奥 威 尔 作 品 全 集

George Orwell

奥威尔散杂文全集

奥威尔杂文全集

Collected Essays of George Orwell

（上）

［英］乔治·奥威尔 著　陈超 译

上海译文出版社

上册目录

英国的审查制度①

  目前英国的审查制度现状是这样的。在剧院，每一出剧目要上演之前必须递交给政府指派的审查员进行内容审查。如果审查员觉得该剧目于公共道德有害，有权力禁止上演或要求进行整改。审查员的地位相当于公务员，但并不是根据文学才华甄选出来的。这些人在过去五十年来禁止或阻碍了一半英国出品的当代重要剧目。易卜生②的《幽灵》、布里厄③的《损坏的货品》、乔治·萧伯纳的《沃伦夫人的职业》——所有严肃的甚至痛苦的道德戏剧——多年里都被禁止在英国的舞台上演。相反，普通的露骨的海淫海盗的剧目、评论和音乐喜剧却只需要进行最小程度的修改。至于小说，在出版之前没有审查制度，然而，任何小说在出版之后都可能会遭到查封，就像詹姆斯·乔伊斯先生的《尤利西斯》或《孤独之井》。这通常是公众发出呐喊下的结果，没有一个政府机构受雇干这种事情。牧师撰写布道文，某个人给报纸投稿，一个星期天报纸的记者写了一篇文章，群众联名给内政大臣寄信——某本书就会遭到查封，只能私底下刊印，一本卖到5基尼。但是，只有当代的书籍或戏剧才会受到审查——这是整个事情最奇怪的一点。莎士比亚的所有剧目都可以在英国的舞台上演，乔叟④、斯威夫特、斯莫利特⑤和斯特恩⑥的作品未经删节就可以畅通无阻地出版和发行。就连托马斯·厄克特⑦翻译的《拉伯雷》⑧（可能是世界上最粗俗的书）也可以轻松买到。但是，要是这些作家生活在今天的英国，还是照他们的方式写作的话，他一定会发现自己的作品被查封，连本人也可能会被控告。

不难想象在这一点上所引起的纠纷。没有人希望有审查制度，而它们就是证据。但要明白事情是如何演变成这种情况的，我们必须注意一件非常奇怪的事情，这件事情大约在过去一百五十年来影响了英国人的精神。正如前面我们提到的，斯莫利特和斯特恩是非常粗俗的作家。而就在六七十年后，在沃尔特·斯科特爵士⑨和简·奥斯汀的作品中，粗俗的描写完全不见了。1820年至1850年在苏迪斯⑩和马里亚特⑪的作品中还有零星的痕迹，

---

① 刊于《世界报》1928年10月6日。奥威尔的英语原文已经佚失，本文由珍妮特·珀西瓦尔和伊安·魏理森译自法语译文。这是奥威尔第一篇以职业文人的身份发表的文章。《世界报》的编辑是亨利·巴布斯（Henri Barbusse, 1873—1935）。

② 亨利克·易卜生（Henrik Ibsen, 1828—1906），挪威剧作家、诗人，现代现实主义戏剧的先驱，代表作有《玩偶之家》、《群魔》等。

③ 尤金·布里厄（Eugène Brieux, 1858—1932），法国剧作家，代表作有《损坏的货品》、《独立的女人》等。

④ 杰弗里·乔叟（Geoffrey Chaucer, 1340—1400），英国著名诗人，代表作有《坎特伯雷故事集》（The Canterbury Tales）等。

⑤ 托比亚斯·乔治·斯莫利特（Tobias George Smollett, 1721—1771），苏格兰作家，代表作有《罗德里克·兰登历险记》和《佩里格林·匹克历险记》等。

⑥ 劳伦斯·斯特恩（Laurence Sterne, 1713—1768），爱尔兰作家、牧师，代表作有《项狄传》、《法国与意大利的伤感之旅》等。

⑦ 托马斯·厄克特（Thomas Urquhart, 1611—1660），苏格兰翻译家，以翻译拉伯雷的作品而著称。

⑧ 弗朗索瓦·拉伯雷（François Rabelais, 1493—1553），文艺复兴时期法国人文主义作家，代表作有《巨人传》系列。

⑨ 沃尔特·斯科特（Walter Scott, 1771—1832），英国作家、剧作家、诗人，代表作有《赤胆豪情》、《湖畔少女》等。

⑩ 罗伯特·史密斯·苏迪斯（Robert Smith Surtees, 1805—1864），英国作家，代表作有《汉德利十字架》、《希灵顿大厅》等。

⑪ 弗雷德里克·马里亚特（Frederick Marryat, 1792—1848），英国海军军官、作家，代表作是少年作品《新福里斯特的孩子们》。

在萨克雷、狄更斯、查尔斯·里德和安东尼·特罗洛普①的作品中没有半丁点儿粗俗的描写，几乎没有涉及性的内容。

英国人的精神世界到底为什么会有突兀而奇怪的改变？斯莫利特和比他晚不到一个世纪的信徒狄更斯之间有那么大的区别，这到底是怎么回事？

要回答这些问题，我们必须记住，直到十八世纪，除了十七世纪短暂的清教徒统治时期外，英国几乎没有文学上的审查制度。考虑到这一点，我们似乎可以合乎情理地得出结论：工业革命使得信奉新教的商人和工厂老板重新掌握了权力，这就是为什么突然间假道学兴起的原因。信奉新教的中产阶级在 1750 年、1850 年或今天总是那么一本正经。但是，没有了政治权力，它就没有办法将自己的意愿强加于公众之上。这个解释的真实性没办法得到证实，但它要比其它解释更加符合事实。

这引发了另一个非常有趣的问题。为什么"体面"这个概念在不同的时期和不同的人身上有如此大的差异？英国的知识分子已经在精神上回归十八世纪，无论是斯莫利特或拉伯雷都不再能让他们感到惊讶。另一方面，英国的公众仍然和狄更斯时期的人一样，在八十年代对易卜生的戏剧作嘘，而如果易卜生的戏剧明天公演的话，他们仍然会对其作嘘。为什么这两个阶级的人想法如此不同？因为——我们得记住这一点——如果拉伯雷在狄更斯的时代让公众觉得惊诧，那今天受过教养的英国人应该会对狄更斯感到惊诧。不仅是狄更斯，几乎所有十九世纪中期的英国作家

---

① 安东尼·特罗洛普（Anthony Trollope，1815—1882），英国作家，代表作有《三个小职员》、《巴切斯特塔》、《美国参议员》等。

（包括美国作家）在一位感觉敏锐的现代读者眼中都让人觉得讨厌，因为他们喜欢描写死亡和哀伤的题材。这些作家特别喜欢写弥留之际、尸体和葬礼。狄更斯描写过自焚的情景，今天读起来让人觉得很恶心。美国幽默作家马克·吐温总是拿还没有下葬的尸体开涮。埃德加·爱伦·坡[①]写过一些骇人听闻的故事，有的故事（尤其是《傅德玛先生的案子》）就算在法国也不能全文出版。但是，这些作家从未引起过英国公众的疾呼抗议，情况恰恰相反。

我们能得出什么结论呢？我们只能说，当前英国奇怪而没有逻辑可言的审查制度是假道学的结果，乔叟、莎士比亚和詹姆斯·乔伊斯原本会遭到查封，但他们作为享誉盛名的作家，势利的制度拿他们没辙。这种假正经源自奇怪的英国式清教徒主义，他们不反对污秽，却害怕性欲，对美充满厌恶。

如今出版一个脏字是违法的，就连说说也不行，但没有哪个民族像英国人这样喜欢说脏话。同样的，任何反映卖淫的戏剧都会被禁止在英国的舞台上演，而妓女会遭到指控，但我们都知道，和其它地方一样，卖淫在英国非常普遍。有迹象表明，目前这种状况不会永远持续下去——我们已经看到，比起五十年前，文学享有了一点比以前更大的自由。

要是政府勇敢地废除所有文学作品的道德审查制度，我们将会发现我们被一小撮人玩弄了数十年之久。而废除这一制度一个世纪后，我们可以肯定，对文学作品进行道德审查这一奇怪的制度在文学世界里似乎就像中非的婚姻习俗一样那么遥远而奇特。

[①] 埃德加·爱伦·坡（Edgar Allan Poe, 1809—1849），美国作家，代表作有《乌鸦》、《悖理的恶魔》等。

英国的失业[①]

英国！失业！当你提起其中一个，另一个就一定会像幽灵那样跟着冒出来。

失业是战后英国生活的现实情况之一，也是对英国工人参军服役的嘉奖。

战前没有人知道失业是怎么一回事，失业的人数很少，可以忽略不计。他们是"候补劳动力"，是防止工资骤然上升的减压阀。有时候遇到劳动力紧缺，他们就被当作替补使用。

那时候经济体制运作得很顺畅，至少看起来是这样。

公众舆论很平静，认为这部机器永远不会出现毛病。

但战争到来了，突然间一切都出了岔子。竞争——现代贸易的基石，它迫使工业国之间展开你死我活的厮杀——是根本的原因所在。所有的竞争必定有赢家和输家。英国在战前是赢家，今天它成了输家。这正是所有麻烦的核心问题。

* * *

战争终结了英国在工业上的统治地位。那些没有参战的国家，尤其是美国，攫取了大部分的出口市场从中获利。而更糟糕的是，其它国家比英国更加迅速地实现了工业化。

在工业化道路上一度领先的情况拖了它的后腿。

它的资本被捆绑在过时的机器上，而这些机器已经不适合新的生产方式，而要将其报废代价又太昂贵。

在工业化赛跑中起步较晚的其它国家配备了更加现代化的机械设备。英国的主要工业，煤炭和钢铁，是遭受打击最为严重的行业。

目前煤矿业处境最为艰难，许多煤矿在现时的制度下只能赔本经营。

在英国，矿区双重产权的制度造成了能源、劳动力和机器的大量浪费。

蕴含着矿产的土地的地主得到丰厚无比的回报。而且，每座煤矿都被自己的食利阶层拖垮：股东要求分红，把煤炭的价格越推越高。

正是基于这些劣势，英国的煤炭没有了市场也就不足为奇。

为了弥补这一情况，资本家试图压榨矿工的薪水。他们的尝试失败了，而与此同时，波兰的煤炭卖出的价格要比英国在现时的制度下能出的最低价格还要低 10 到 15 法郎（合 1 先令 8 便士或 2 先令 6 便士）。

钢铁厂和纺棉厂情况也是一样。今天的英国为以前在工业上

① 刊于 1928 年 12 月 29 日《公民进步报》。1928 年至 1929 年间，埃里克·亚瑟·布莱尔（Eric Arthur Blair，即奥威尔的本名）在《公民进步报》上发表了三篇题为《探询英国"公民进步"：英国工人的困境》的系列文章，包括本文以及随后两篇文章。每篇文章奥威尔领到 225 法郎的稿酬（约合今天 1.8 英镑或 70 法郎）。这些文章与一篇名为《一法寻报纸》的文章在英国发表，体现了他作为随笔作家将来所追求的兴趣：社会及政治问题、文学、流行文化和帝国主义。文章简短的段落不是典型的奥威尔的风格。奥威尔用英语写出这篇文章（原版已经佚失），几乎可以肯定的是，法文译者拉乌·尼克尔（Raoul Nicole）将奥威尔的文章肢解为简短的段落。或许，以星号隔开的部分就是奥威尔原来的段落结构。本文由珍妮特·珀西瓦尔（Janet Percival）和伊安·魏理森（Ian Willison）翻译成英文。

的统治地位付出了惨痛的代价。

结果就是，英国出现了 125 万到 150 万的失业者，有时候甚至达到了 200 万。

当一个国家有一两百万人失业时，革命的威胁就挥之不去了。因此，从一开始，国家就背负上了救济失业者的责任。

战后迎来了一段短暂而让人受到误导的繁荣时期。回国的士兵听别人说他们是为了文明和如劳合·乔治①所说的——一个"配得上英雄"的国家而战。简而言之，战后的英国将是一个黄金国度，财富会更多，生活水准也会更高。

呜呼哀哉！黄金国度并没有实现。趁那些退伍军人还没有发现自己被欺骗了，没有意识到他们到头来其实只是徒劳地厮杀，必须立刻想出什么办法进行补救。

这就是为什么政府在 1920 年匆忙通过了《失业保险法案》。在这个法案下，任何有固定工作的工人可以选择付一笔钱，在失业的时候就可以得到救济。这笔钱能让他在被迫失业的时候获得赔偿——这是精明的未雨绸缪，防止饿死人的情况出现，而一旦饿死人，革命不可避免就会发生。

下面是这个法案各条款的简介：

每周工人支付保费，男工 3 法郎，女工 2.5 法郎。如果他们能至少支付 30 次保费，作为回报，如有必要的话，他们将能领取特别失业保险的补贴。

这笔补贴每周的金额是 18 先令（110 法郎），在失业时总共可

_____

① 大卫·劳合·乔治（David Lloyd George, 1863—1945），英国自由党政治家，1908 年至 1915 年曾任英国首相。

以领取 26 周。特殊情况的领取时间可以延长。

此外，如果失业者是已婚人士，妻子有 5 先令（30 法郎）而每个孩子有 1 先令（6 法郎）的额外补贴。失业的女性和 21 岁以下的工人能领到的补贴甚至还要更少一些。

应该直接指出的是，这一做法根本与慈善无关。事实上，这是一种保险，大部分工人交了钱，到头来什么也没有得到。

必须补充一点，这些给失业工人的补贴已经成为了英国经济衰退的必要救济，而工人们对此是没有责任的。

值得注意的还有，失业补贴不能错误地理解为慷慨的施舍。

1 星期 1 先令根本不够养育孩子。而一个大男人一星期光靠 18 先令很难维持生计。

这一点需要加以强调，因为保守党的报刊报道了一个可笑的故事，说失业纯粹是因为工人们既懒惰又贪心。根据这个故事，英国工人一心只想着逃避所有的劳动，靠着一星期 18 先令悠闲地生活。

这则故事的编撰者们生造出了"救济金"①这个词语指代失业补贴。

"救济金"是一个歹毒的词语，意思充满了鄙夷，让人觉得钱都施舍给了毫无价值的敲诈者。

那些生活条件较好的人都认为失业者就是一群名副其实的游手好闲之辈，靠着纳税人施舍的金钱逍遥地生活。

事实上，许多失业者根本让人没办法羡慕。说到底，谁能靠一星期 18 先令生活？答案很简单，那算不上是生活，那只是赖着

---

① 原文是"dole"。

不死。

以一个失业的已婚男子和他的妻子与两个小孩为例。他每周的总收入是 25 先令（150 法郎）。

有谁会以为他能用这点钱买很多奢侈品，而这个穷鬼不愿意去工作好多挣一点钱，无论这份工作多么辛苦呢？

一个陷入我刚才所描述的处境的穷苦家庭就蜗居在伦敦、曼彻斯特或某个威尔士矿镇臭气熏天的贫民窟中的一个单间里。

一星期光是房租就得花去他们大约 7 先令（42 法郎）。剩下的钱必须满足四个人吃饭和生活。

收入就这么一丁点，他们能吃到什么呢？面包配茶，茶配面包，周周如是。

这是极其可怜的维持生命的伙食：吃的是索然无味又没有营养的劣质面包，喝的是浓浓的茶，这就是英国穷人的主食。

在冬天他们几乎没办法给一间破败的房间好好取暖。丈夫买不起烟草，啤酒连想都不敢想。

就连孩子们的牛奶也得定量喝。多余的衣服和不是太重要的家具一件件被送去了当铺。惨淡的日子一天连着一天，却没办法结束失业。

因此，保守派的报纸义愤填膺地指责着的"无所事事的奢侈享受"在进一步的追究下，结果其实是"离饿死不远的状态"。

*　　*　　*

那个失业的男人可能是单身，那么他就会去其中一座那种专给赤贫的人居住的被称为"寄宿旅馆"的大营房。住进里面的话他每个星期的房租能省上一两个先令。

这些寄宿旅馆由大公司运营，从中挣了不少钱。

寄宿者睡在摆着三四十张行军床的大房间里——就像军营一样——彼此间的距离只有三英尺远（90厘米）。

他们每天就待在建造在街道下面的地下厨房，在那里就着一堆炭火用一个煎锅做饭，要是他们有饭的话。

英国大部分穷困潦倒的未婚人士——失业者、乞丐、报贩和其他类似的人——就住在这些拥挤、肮脏而不舒服的寄宿旅馆里。那里的床总是臭得让人觉得恶心，爬满了臭虫。

那些失业的人就在这里吃饭，吃的只是面包和茶。要是他不去找一份活儿干的话，他就神情恍惚地在炉火前面坐上好几个小时。

除了找工作经常遭受挫折外，他完全无所事事。你可以明白，身处他那种情况，他满心渴望找到工作，能做点什么事情，无论工作多么让人讨厌，报酬有多么低廉，因为这种完全空虚的存在状态，没有任何形式的娱乐或消遣——而饥饿随时会降临——是单调得能把人压垮的无聊。

失业的男人只有勉强能应付生活必需品的钱，他被强迫接受的无聊要比最糟糕的工作还要糟糕一百倍。

而且，他不能一直领取失业救济金，而且就连领到钱也不是一件容易的事情。

他必须每天去劳动力市场看看有没有工作，经常得在那里等候几个小时才能等到某个人有时间接待他。

为了领到他每周的救济金，他必须本人到场，又得等很久。因此，在白天的任何时候你都会看到衣衫褴褛憔悴不堪的男人排着几条长队围在劳动力市场的几个门口。过路的人以同情或鄙夷的目光打量着他们。那些官员的工作是给他们钱，但他们却故意让他们意识到自己处境的卑微。他们不会让失业者忘记哪怕一分钟他们是流浪汉，依靠公共救济而活，因此在任何情况下都必须低声下气唯唯诺诺。要是失业者喝醉了或身上有酒味，那些官员就有权拒绝付钱。

接着，"救济金"用光了的那可怕的一天到来了。26个星期过去了，那个失业者仍然找不到工作，发现自己身无分文了。

现在他能怎么办呢？或许他已经攒了几个先令，能让他再撑上一两天。他可以放弃他那四法郎的床位到外面露宿，把饭量减少到仅仅足够吊命的程度。那有什么用呢？要是期盼已久的工作没办法落实，他就必须在乞讨、偷窃或死于贫困之间作出选择。

他或许会决定去乞讨。他会当街讨钱，要不然他会去领《济贫法》规定的那种专为贫民设立、按照地方生活费用分发的救济金。或许他会投奔济贫院由公家养活，在那里穷人被当成犯人一样看待。

要是他运气好的话，按照《济贫法》的规定，他可以得到一周10个先令的救济（62法郎），他就靠着这丁点儿钱勉强活下去。

他可能会变成一个"流浪汉"，在英国来回游荡，一路寻找工作，每天晚上在不同的济贫院落脚寄宿。

但这些不幸的人实在是太多了，《济贫法》就要有撑不下去的危险了。它的设计原本是为了应付正常的失业情形，根本承受不了数以万计的失业工人的额外负担，他们拿不到失业救济，就只能依靠社会的施舍。

在南威尔士，矿场的倒闭使得50万人流落街头，如今帮助那些困难户的地方政府救济金已经破产了。

＊　＊　＊

这些就是英国的失业情况的写照。而在应对这一情况时，本届保守党政府除了喊几句乐观的口号外什么也没有做。

今年年初，当有人敦促鲍德温先生[①]从国库中拨款救济南威尔士时，首相的回答是，他"会依靠私人慈善事业"帮助那些深陷贫困的矿工。

有人提出了"试验项目"，意在通过进行大规模的公共建设如建造马路和兴修水利以创造人为的劳动力需求，但由于项目涉及征收新的税种，并没有收到多少成效。

有人倡导将失业人口大规模移民海外，但提供的条件并不是非常吸引人。而且，和宗主国一样，加拿大和澳大利亚也有自己的工业化问题需要解决。

现在它们没办法吸收多余的英国矿工，而且矿工们都很清楚这一点。

因此，靠移民解决这一难题不太现实。

为了掩盖错误，政府不遗余力地粉饰真相。官方的失业统计一直刻意地在营造错误的印象。他们只计算领取保险补贴的失业者，忽略了数以万计的自从战后就没干过正职工作的人，而由失业者照顾的妻子和孩子也没有出现在这些统计数字中。

那些有需要的人的真实数字因而被严重低估了。保守党的媒体尽可能避免提及失业，就算提到，也只是轻蔑地提到"救济

[①] 斯坦利·鲍德温（Stanley Baldwin, 1867—1947），英国保守党政治家，曾于1923—1924年、1924—1929年及1935—1937年担任首相，奉行绥靖政策，无法遏制法西斯主义在欧洲大陆的步步崛起和进逼。

金"，并说是工人阶级懒惰所致。

所以，那些日子过得舒舒服服的中产阶级英国人士一无所知——而且愿意一无所知——不去了解穷人的生活，不去了解或许能让他们摆脱那种志得意满的漠然心态的情况。

我们要问，这种情况将如何结束？会有什么解决措施出现呢？

有一件事似乎是肯定的。为了防止这些穷人真的活活饿死，措施还是会采取的。比方说，没有政府敢站出来对抗50万饿着肚皮的矿工。无论发生什么事情，为了避免革命，他们会确保失业者能从某个机构领到救济金。

但除此之外，任何大的改善似乎都是不可能的。失业是资本主义和大规模工业竞争的副产品。只要这种状况一直持续下去，贫穷将会使工人成为奴隶，在一个国家是这样，在另一个国家也一样。

当前英国工人是替死鬼。无疑，他们将继续承受苦难，直到现在的经济体制出现剧变。

与此同时，他唯一真正的希望是终有一天会选出一个有足够的能力和智慧实现改变的政府。

流浪汉生命中的一天①

首先，流浪汉是什么样的人？

流浪汉是英国特有的人群，他的特点是：没钱、衣衫褴褛、每天走二十公里路和从来不会在同一个地方睡上两晚。

简而言之，他在不停地流浪，依靠救济生活，日复一日年复一年地步行流浪，一遍又一遍地从英国的一头走到另一头。

他没有工作、房子或家庭，除了那身遮蔽身体的破烂衣服之外别无长物，依靠社会的救济而活下去。

没有人知道流浪汉这个群体有多少人。三万人？五万人？或许在就业很不景气的时候，英国和威尔士有十万个流浪汉。

流浪汉不是为了好玩而流浪，或因为他继承了祖先的游牧本能。他流浪的初衷和最根本的原因是不想饿死。

原因不难理解：由于英国的经济状况，他们失业了。因此，为了活下去，他们必须求助于公共或私人的救济。为了帮助他们，政府设立了济贫所，让他们能够有东西吃和有地方住。

这些地方彼此相隔大约二十公里，一个月只能在同一间班房②住一天。因此，如果他们想要有饭吃或有地方住宿的话，他们就得不停地流浪，每天晚上找新的地方住宿。

这就是流浪汉存在的原因。现在让我们看看他们过着什么样的生活。单看一天就足够了，因为对于生活在世界上最富裕的国家的这些不幸的人来说，每天都是一样的。

* * *

让我们看看上午十点钟他走出班房时的情形吧。

他得走二十公里到下一家济贫所。这段路他可能得走上五个小时，下午三点钟左右可以到达目的地。

一路上他没有多少休息时间，因为警察会以狐疑的眼光打量流浪汉，立刻将他赶出他试图停歇的城镇或村庄。这就是为什么我们的流浪汉不会在路上耽搁时间。

正如我们所说的，来到班房的时候大概是下午三点钟。但班房要到下午六点钟才开门。他得和其他已经在等候的流浪汉一起度过无聊的三个小时。这群人面容憔悴，胡子拉碴，衣衫褴褛，肮脏落魄。他们的数目渐渐多了起来，很快就有了一百来个几乎涵盖了各个行业的失业者。

席卷英国北方的失业浪潮让矿工和棉纺工成为受害者，他们构成了流浪汉的主体，但各个行业的人都有，无论是技术工种还是非技术工种。

他们的年龄？从十六岁到七十岁都有。

他们的性别？每五十个流浪汉里有两个是女人。

每个地方总会有一个智障在说着毫无意义的话。有的人看上去如此衰弱，你会纳闷他们是如何走完这二十公里路程的。

他们的衣服褴褛而肮脏，让你觉得很恶心。

---

① 刊于 1929 年 1 月 5 日《公民进步报》见 p.3 注①。
② 班房：原文 "spike" 是英语 "casual ward"（收容所）的俚语表达。因此，译者在这里取 "班房" 这个更为俗语化的表达，并与译者翻译的《巴黎伦敦落魄记》中的译法保持一致。

他们的脸庞让你想到了野生动物的面孔，不是那种危险的动物，而是因为缺乏休息和照料而野蛮又胆怯的动物。

＊　　＊　　＊

他们等候着，躺在草地上或坐在泥地上。那些最勇敢的人跑到肉店或面包店，希望讨到点吃的。但这是危险的举动，因为乞讨在英国是违法的，因此大部分人只满足于无所事事，用流浪汉的奇怪的行话交流只言片语，用的都是些字典里根本找不到的形形色色的古怪词语。

他们来自英国和威尔士的各个地区，彼此诉说着自己的冒险，谈论着在路上找到工作的可能性，但心里并不抱任何希望。

许多人以前在别的地方的某个班房见过面，因为在无休止的流浪中他们一遍又一遍地相遇。

这些济贫所是悲惨和肮脏的旅舍，这些不幸的英国浪人相聚几个小时，然后又分道扬镳。

所有的流浪汉都抽烟。因为班房里不许抽烟，他们会充分利用等候的时间。他们的烟草大部分来自路上捡到的烟头，用纸卷起来或塞进旧烟斗里。

当一个流浪汉在路上挣到或讨到钱时，他的第一反应是去买烟草，但大部分时候他只能将就着吸路上捡到的烟头。班房只为他提供食宿，至于其它，如衣服、烟草什么的，都得靠他自己张罗。

＊　　＊　　＊

很快班房就要开门了。流浪汉们起身在这座大房子的墙边排队。那是一座难看的砖屋，修建在某个郊区，或许会被误以为是一座监狱。

几分钟后，几扇沉重的大门打开了，那群人走了进去。

当你走进大门后，你会惊讶地发现班房与监狱是如此相似。中间是一个空荡荡的庭院，周围是高耸的砖墙，主楼里是一间间四壁空空的囚室、一间浴室和一间行政办公室，还有一个小房间，里面摆着没有涂油漆的长凳，充当一间食堂。一切都那么丑陋和狰狞，如果你愿意去想象的话。

监狱的气氛无所不在。穿着制服的官员对流浪汉颐指气使，把他们推来搡去，从来不会忘记提醒他们进了济贫所后就被剥夺了所有的权利和自由。

流浪汉们登记了自己的名字和职业后，会被叫去洗澡，衣服和个人物品会被拿走，然后领到一套粗劣的济贫院棉布衣服过夜。

如果他碰巧身上有钱，那会被没收，但如果他承认自己身上有超过两法郎（四便士），他就不能住在班房里，得去别的地方找床位。

结果就是，那些身上的钱多于两法郎的流浪汉——他们的数目不是很多——得费尽心思将钱藏在脚趾缝里，确保它们不会被看到，因为这么做是得坐牢的。

洗完澡后流浪汉的衣服被拿走了，他领到了晚餐：半磅面包加一点人造黄油，还有半升茶。

那些专为流浪汉准备的面包难吃极了。它是灰色的，总是有一股难闻的馊味，让你觉得做这些面包的面粉用的一定是陈年旧谷。

就连那些茶也很难喝，但流浪汉们喝得很开心，因为茶水让他们在经历了一天的疲惫之后觉得温暖又舒服。

这些难吃的饭在五分钟内就被一扫而空。然后，流浪汉们被带到囚室里，他们将在那里过夜。

这些砖砌或石垒的囚室和监狱一样，大约十二英尺长，六英尺宽。里面没有灯——唯一的光源是墙上高处的一个窄窗和门上的一个窥视孔，让保安查看里面的人。

有时候囚室里会有一张床，但通常流浪汉们得睡地板，只有三张毯子当床铺。

枕头通常是没有的，因此这些不幸的人可以带他们的大衣进去，卷起来垫在头下面。

通常囚室里都很冷，而由于长期使用，那些毯子变得很薄，根本无法抵御严寒。

这些流浪汉一进囚室后，门就从外面牢牢地闩上，得到第二天早上七点钟才开门。

通常每间囚室住两个人。在他们那个小小的囚室待上十二个无聊的小时，除了一件棉布衬衫和三张薄薄的毛毯之外没有别的东西御寒，这些可怜的人被冻得够呛，无法享受到最起码的舒适。

这些地方总是有臭虫，而流浪汉又特别招虫，得辗转反侧好几个小时，徒劳地想睡上一觉。

就算他能入睡几分钟，躺在硬地板上的苦楚很快就会让他醒过来。

那些老油条的流浪汉过着这样的生活十五或二十年，已经习惯了，整晚都在聊天。他们会在第二天到野外躺在篱笆下面休息，比睡班房舒服一些。但那些年轻的流浪汉还没办法把这当成家常便饭，在黑暗中挣扎着哀号着，不耐烦地等候着早上的解脱。

但是，当日头终于照进牢房里时，他们就会绝望地想到又是一天，和之前的一天不会有什么两样。

终于，囚室的门打开了。是时候接受医生的检查了——事实上，流浪汉们得等到这一正规程序完成之后才会被释放。

医生总是姗姗来迟，这些流浪汉们得半裸着身体排队等候检查。于是，你可以了解到他们的身体状况。

那都是些什么样的身体和什么样的面孔啊！

许多人有先天畸形。有几个人得了疝气，缠着绷带。几乎每个人的脚都因为长期穿着不合适的鞋子走路而长满了水泡。老人们都瘦得皮包骨头。所有人都肌肉松弛，因为一年到头吃不上一顿饱饭，样子都很难看。

他们胡子拉碴的样子看上去未老先衰羸弱不堪，一切都在诉说着他们的营养不良和睡眠不足。

不过医生来了。他检查很快也很随便。按照规定，他只是来检查是否有流浪汉感染了天花。

医生挨个快速地上下前后扫了这些流浪汉一眼。

大部分流浪汉都得了某种疾病。有的几乎是白痴，几乎不会照顾自己。但是，因为他们没有可怕的天花的迹象，他们就被释放了。

政府可不在乎他们的健康状况，只要他们不得某种传染病就行了。

医生检查过后，流浪汉们穿上了衣服。然后，借着白天清冷的阳光，你可以好好地看一看这些可怜的家伙身上穿着的用于抵御变化无常的英国气候的衣服。

那些蹩脚的衣服——大部分是挨家挨户乞讨得来的——就算扔进垃圾桶里都嫌破。它们样式古怪，不合身，太长或太短、太大或太小，置身于别的地方你或许会哈哈大笑，但在这里你看到它们会感到很难过。

它们被补了又补，打着各种各样的补丁。用绳子代替丢失的纽扣，内衣裤只是脏兮兮的破布，破洞都用泥垢糊了起来。

他们当中有人没有穿内衣。许多人甚至连袜子也没有，就拿破布裹着脚趾，然后赤脚穿鞋，那些皮鞋在风吹日晒下变得硬邦邦的。

看流浪汉整装出发实在是可怕的一幕。

他们穿好衣服后分到了早餐，和昨天晚上吃的晚餐一样。

然后他们在院子里像士兵一样排好队，由保安派他们去干活儿。

有的去洗地，有的去砍柴，有的去碎煤，干各种各样的活儿，直到十点钟可以离开的指令下达为止。

他们拿回了昨晚被没收的私人财物，还分到了半磅面包和一块奶酪当午餐。有时候他们会分到一张餐券，能到路上指定的餐馆换面包和茶，价值三法郎（六便士），但这种情况比较少见。

过了十点钟，班房的大门打开了，释放了一群可怜的、脏兮兮的赤贫者，在郊野分道扬镳。

每个人都准备去一间新的班房，在那里他会得到同样的遭遇。

或许这些流浪汉就这么活上几个月、几年乃至几十年。

　　总而言之，我们应该注意到，每个流浪汉吃的东西就只有 750克（两磅）面包、一点人造黄油和奶酪，还有每天一品脱的茶水。显然，对于一个每天得步行二十公里的人来说，这根本不够。

　　为了补充伙食，弄到衣服、烟草和上千样他需要的东西，流浪汉在找不到工作的情况下（他几乎不可能找到工作）就得去乞讨——乞讨或偷窃。

　　乞讨在英国是违法的，许多流浪汉就因为乞讨而成为了国王陛下的阶下囚。

　　这是一个恶性循环。如果他不去乞讨，他就会饿死，如果他去乞讨，他就触犯了法律。

　　这些流浪汉的生活毫无体面可言而且让人意气消沉。一个活跃的人很快就会变成一个丧失工作能力的废物。

　　而且，这种生活很单调。对于流浪汉来说，唯一的快乐就是不期然地得到几先令，这样就有机会吃上一顿饱饭或去畅饮一番。

　　流浪汉接触不到女人。没有几个女人会成为流浪女。在那些比较幸运的女人眼中，流浪汉是鄙夷的对象。因此，对于这些永恒的流浪者而言，同性恋是众所周知的恶习。

　　最后，那些没有犯罪的流浪汉，那些只是失了业的可怜人，被迫过着比最卑劣的罪犯还要悲惨的生活。他是一个徒有自由的人，却不如最可怜的奴隶。

　　当我们思考他和数千个遭受同样命运的人时，显而易见的结论就是，把他关进监狱度过余生会更好一些，在那里他至少能过得比较舒服。

伦敦丐帮^①

任何来到伦敦的人一定会注意到街头众多的乞丐。

这些不幸的人大部分是残疾人或盲人，在这座首都随处可见。你或许可以说，他们是伦敦的一景。

在有的地方，你可以每隔三四码就看到一个病恹恹的人，衣衫褴褛，站在人行道上，拿着一盒火柴假装在卖东西。

有的人小心翼翼地用破嗓子唱着流行歌曲。

也有的人则在用一件老旧的乐器发出刺耳的声音。

他们毫无例外都是乞丐，因为失业而生活没有着落，沦落到差不多公然向过路人乞求施舍的地步。

伦敦有多少这样的人？没有人知道确切的数字，或许有好几千人，或许在一年最不景气的时候有上万人。总之，每四百个伦敦人里可能就有一个乞丐靠着另外三百九十九人的施舍而活下去。

在这些落魄潦倒的人里，有的人是因为受了工伤，有的人是因为得了遗传病，许多人是老兵，最好的年华在战争中度过，以为"可以结束战争"，没有学到一门能挣钱的手艺，等他们回国时才发现亏欠了他们的祖国由得他们在挨饿和乞讨之间慢慢地步入死亡，以此作为他们服役的报酬。

他们没有失业保险，就算他们有保险，法律所规定的领取失业救济的 26 周时间根本不足以让他们找到工作。

他们团结友爱，当中有老头也有年未弱冠的年轻人，女人的数目相对要少一些。

就像我上一篇文章所描写的流浪汉一样，伦敦的乞丐出身、性格和在相对景气的时候所从事的行当五花八门，但他们肮脏、褴褛和可怜兮兮的样子却没什么不同。

在我们进一步了解伦敦的乞丐靠公众施舍活下去的方式之前，我们应该了解按照政府的规定他们所处的尴尬境地。

* * *

伦敦有许多人完全依靠私人的施舍而活。有数千人在讨钱，但在大英帝国的都市里，乞讨是严令禁止的，违者会有牢狱之灾。那每天数以千计的乞丐怎么能违反法律却又不至于遭到惩罚呢？

答案是：事实上，要逃避这条法律是世界上最容易的事情。

直接要钱、要食物或衣物是犯罪行为，但另一方面，贩卖东西，或假装贩卖东西，或假装在表演以娱乐市民实则扰民则是合法的行为。

这就是英国法律的荒谬之处，有悖最基本的常理。

* * *

现在让我们了解一下他们是如何规避法律的。

第一点，音乐。

伦敦有许多歌手和会吹笛子或长号的乐手。那些不会演奏乐

---

① 刊于 1929 年 1 月 12 日《公民进步报》。见 p.3 注①。

器的人则用手推车载着一部留声机穿街走巷，但这些街头音乐家中数目最多的是街头手摇风琴乐手。

手摇风琴这种乐器大约和一部普通的直立钢琴同样大小，放置在一部手推车上。演奏的时候，你要转动一个把手。

伦敦有许多手摇风琴乐手。事实上，他们的人数众多，在有的地方根本不可能避开。

你会发现一个可怜的家伙走到每个街角都会摇出一段乐曲。这种哀怨的音乐只有在伦敦才能听见，实在是让人觉得万分感伤。

我们必须顺便提一下，手摇风琴乐手不能与尽自己的努力以娱乐听众的真正的音乐家相提并论。他们就是彻头彻尾的乞丐。他们只会以完全机械的动作演奏出难听的音乐，目的只是为了让他们不至于违法。

他们"真正的"不幸在于，他们沦为彻头彻尾的被剥削的对象，因为在伦敦有十几家公司专门生产手摇风琴，每周的租金是15先令（90法郎）。一部手摇风琴平均能运作10年左右，这些风琴制造商的利润相当可观——反正比那些可怜的街头"音乐家"挣得多。

那些可怜的家伙拖着乐器，从早上十点钟一直到晚上八九点钟。

付清手摇风琴的租金后，到了一周结束时，他顶多还能剩个一英镑左右（约合124法郎）。

要是他独自行动的话还能够挣多点，但这是不可能的，因为他需要一个帮手在他转动把手的时候"伸出帽子去要钱"。

因为市民们顶烦他们，要是不觍着脸伸出帽子（那就是他们的要饭碗)讨钱的话，没有人会给他们一个子儿。因此，毫无例外，所有的街头音乐家都不得不找一个搭档，在他们挣到的钱里分一杯羹。

他们喜欢挑吃饭的时候在咖啡厅和客人多的餐馆门外演奏。

一个人在街上演奏乐器或唱歌，而另一个人则去讨钱。

当然，这种情况只有可能在工人阶级的居住区发生，因为在有钱人住的地方，警察根本不允许乞讨，即使伪装起来也不行。

结果，伦敦的乞丐主要依靠穷人而活下去。

现在，让我们回到手摇风琴。

我们已经了解到，他每天工作九到十个小时，拖着 600 公斤重的乐器从一间咖啡厅走到另一间咖啡厅，在每间咖啡厅前面逗留一小会儿，机械地演奏出一首曲子。

很难想象还有比六天在外面风吹日晒累死累活地只挣到可怜兮兮的一英镑更加绝望单调的生活。

而在伦敦有一千个人就像他们一样。

* * *

正如我们已经说过的，乞丐必须假装成一个买卖人或艺术家才能避免违法……事实上，这种蹩脚的伪装骗不了任何人。

我们刚刚了解到街头音乐家的工作，现在让我们看看那些"人行道画家"的情况。

伦敦的人行道通常是用四方的石板铺成的，我们的画家就拿着彩笔在上面画肖像画、静物写生和浓墨重彩的风景画。

我想，在欧洲别的地方，哪儿都不会有像这样的"画家"。和那些音乐家一样，他们的工作名义上是为了取悦公众，因此，他们是在"工作"，严格意义上说他们并没有违反法律。

人行道画家就在自己的位置上从早上九点钟一直坐到夜幕降临。

他会先快速地画三四幅画，画出国王、首相、一幅雪景或水果和鲜花什么的，然后就坐在地上讨钱。

有时候，像手摇风琴乐手一样，当一大群人驻足看画的时候，他会找一个朋友帮忙把帽子递到他们面前。

不用说，他看上去越是可怜就越能勾起同情。

因此，他整天就坐在坚硬冰冷的石头上。一张板凳或折叠椅会让他看上去太"有钱"，妨碍他要钱。

显然，乞丐一定谙熟心理学。

你可以想象得出，那些画作根本谈不上是什么杰作。有的画比十岁大的孩子画的东西好不了多少。

这些人行道画家里头有的甚至从来没学过两个主题以上的画画，几年来就一直画着同样的作品。

这些可怜人的生活就像街头音乐家一样穷困而空虚。

有时候，这个行当一星期能挣到三到四英镑，但你必须考虑到那些麻烦的事情。比方说，下雨天就没办法在人行道上作画，因此，年复一年，他们每周的收入不会多于一英镑。

这些街头画家衣着穷酸，食不果腹，整天在寒风中萧瑟，到头来受风湿或肺结核所苦，最终死于这些疾病。

* * *

现在，让我们去了解一下那些在街头贩卖或假装贩卖火柴、鞋带、薰衣草香料等东西的人。

那些卖火柴的人必须以 23 生丁（半个便士）买到一盒火柴，卖出去的价格不能超过 50 生丁（一便士）。

你可能会觉得利润颇为可观。或许乍看上去是这样，但我们必须记住，为了挣到 15 法郎（半个克朗）一天这个伦敦生活的最低收入，他必须卖出六十盒火柴。显然，这是不可能的事情，我们的"买卖人"同街头音乐家和画家一样，只是伪装起来的乞丐，比起后面两种人，他们的处境甚至更不值得羡慕。

无论天气好坏，他们都得站在路边整整六天，用可怜巴巴的声音兜售他们的货品。

没有比这更傻帽更低贱的买卖了。

没有人会买他们的火柴、鞋带或薰衣草香料，但不时会有一个过路人可怜他们，往他们挂在脖子上的展示货品的小盘子里扔进一个硬币。

每周六十个小时就这么昏昏沉沉地苦干只能挣到 100 法郎（16 先令），只能勉强填饱肚子。

然后还有那些公然乞讨的人。这些人很少见，因为他们迟早会被抓起来，在国王陛下的监狱里混个脸熟。

不过，盲人可以例外，按照约定俗成的规矩，他们享有完全的豁免权。

* * *

现在，我们已经了解到伦敦形形色色的乞讨，让我们看看那些无奈之下靠施舍活下去的人私底下的生活。

许多乞丐结婚了，有的人背负着养育孩子的责任。

他们是如何奇迹般地满足家庭需要的呢？你几乎不敢问出这

个问题。

首先，住宿怎么办?

在这个问题上单身汉有其优势，因为他可以在那些普通的寄宿旅社付4法郎(8便士)一晚的价钱租到一个床位，在人口众多的地方这些旅社的数目正在激增。

另一方面，结了婚的男人如果希望和妻子住在一起就必须租房子住，这会让他花更多的钱。

事实上，男女同住不合寄宿旅馆的规矩，即使分开房间住也不行。

正如我们所看到的，伦敦当局在道德问题上绝不妥协。

*　*　*

乞丐们吃的几乎就只有面包和人造黄油配茶。

他们几乎不喝啤酒或其它酒精饮品，因为在伦敦啤酒要6法郎一升(6便士一品脱)。

因此，茶是他们唯一的提神饮品。只要买得起，他们日夜都在喝茶。

和流浪汉一样，伦敦的乞丐用自己特别的语言进行沟通，有许多奇怪的表达方式，大部分讲述的是他们如何应付警察。

他们彼此之间遵循一套特别的礼仪。每个人在人行道上有自己的保留位置，没有人会尝试偷钱。

手摇风琴乐手或人行道画家彼此之间的距离起码会有三十米。

这些定好的规矩很少被打破。

他们的敌人是警察，他们对乞丐拥有准自由决断权。一个警察可以随心所欲地命令他们走开，甚至可以逮捕他们。

如果他觉得一个人行道画家的画有碍观瞻，或是一个手摇风琴乐手闯进一个不准演奏音乐的"上流"社区，代表着法律和秩序的警察会马上让他走人。

那个乞丐要是不离开的话就会大祸临头，他将因"妨碍警察值勤"而被关进监狱。

＊　　＊　　＊

有时候，这些可怜人中的一个会沦落到更不堪的境地。

或许他病了，没办法出门挣到租过夜的床位所需要的 4 个法郎。

而寄宿旅馆的老板从不赊账。

因此，每天晚上他得付 4 个法郎，不然就得露宿街头。

在伦敦的户外过夜可没有什么吸引人的地方，对于一个衣衫褴褛营养不良又身无分文的可怜虫更是如此。

而且，伦敦只有一条大街允许露天过夜。

要是你愿意的话，你可以漫步街头，坐在台阶上和路堤上或其它别的地方，但你不能在那里睡觉。

要是巡逻的警察发现你睡着了，他的责任就是把你叫醒。

那是因为睡着的人要比醒着的人更容易被冻死。英国是不会让它的子民死在街上的。

因此，你可以自由自在地在街头过夜，前提就是不能睡着。

但是，正如我所说过的，有一条路可以让那些无家可归的人睡觉。奇怪的是，那里就是泰晤士河的河堤路，不远处就是议会大厦。

那里有几张铁长凳，每天晚上有六七十人会过去睡觉，他们是首都最一贫如洗的人的代表。

河边冰冷彻骨，他们那身褴褛破旧的衣服根本不足以御寒，而且他们没有毛毯，就用旧报纸裹住身子。

那些不舒服的长凳和冰冷入骨的夜晚让人没办法睡着，但是，那些可怜的家伙实在是累坏了，尽管条件这么恶劣，他们彼此蜷缩在一起，还是能睡上一两个小时。

他们当中有些人几十年来没睡过床铺，就在河堤路的长凳上过夜。

我们建议所有到英国的游客，如果想看到我们繁荣表面下的另一面，他们可以去瞧瞧那些长年在河堤路露宿的人，瞧瞧他们肮脏褴褛的衣服、被疾病折磨的躯体、没有刮胡子的脸庞。他们生活在议会大厦的阴影下，正活生生地对其提出控诉。

一个国家是如何遭受剥削的
——论大英帝国在缅甸的统治①

缅甸位于印度与中国之间，其人口属于印度支那人种。

它的面积是英格兰和威尔士的三倍，约有 1 400 万人口，其中大约 900 万是缅甸人。

其余的人口由不计其数的在不同时期从中亚草原迁徙而来的蒙古部落组成，还有从英国占领时期开始到此居住的印度人。

缅甸人笃信佛教，各部落的居民则崇拜众多异教的神明。

要和这么多出身各异的人民以他们自己的语言交流，你得会说一百二十门不同的语言和方言。

这个国家的人口密度只有英国的十分之一，是世界上物产最富饶的国家之一。它有丰富的自然资源，刚刚开始被开发利用。

它的森林盛产木材，是一流建筑材料的理想出产地。

缅甸产锡、钨、玉石和红宝石，这些只是其矿产资源的冰山一角而已。

目前它出产了全球 5% 的石油，其储量远远未见底。

但其最大的财富之源——养活了 80%—90% 人口的资源——是它的稻田。

稻谷普遍种植于自北向南流经缅甸的伊洛瓦底江的盆地。

在南部辽阔的三角洲平原，每年伊洛瓦底江带来许多吨冲积泥，土地极为肥沃。

缅甸稻米的产量和质量都非常高，向印度、欧洲乃至美洲出口。

而且，这里的温差变化没有印度那么频繁剧烈。

由于降雨丰沛，南方地区更是如此，缅甸不知干旱为何物，而且永远不会过于酷热。大体上，这里是热带最宜人的地区之一。

缅甸的郊野风光秀丽，有宽阔的河流、巍峨的山峰、四季常青的森林、斑斓绚丽的花朵、奇异特别的水果，要是我们提到这些的话，自然而然会想起"人间天堂"这个词。

因此，英国人煞费苦心就是为了得到这个国家也就没什么好奇怪的了。

1820 年他们占领了面积广袤的土地。1852 年他们故伎重施。最后，在 1882 年，米字旗飘扬于这个国家几乎每一个角落。

在北边的山区居住着小型的原始部落，迄今他们还未被英国人统治，但他们很可能将遭受和其他国民同样的命运，这全拜用委婉的说法叫"和平渗透"的做法所赐，用直白的英语说，就是"和平吞并"。

我无意在本文中对英国的帝国主义统治进行褒扬或批判。我们只需要记住，这是任何帝国主义国家发展的必然结果。

从政治和经济的角度出发，对英国治理缅甸的得与失进行探讨会是更有意义的事情。

*　　*　　*

首先，让我们探讨政治问题。

---

① 刊于 1929 年 5 月 4 日《公民进步报》。

在大英帝国统治下的所有印度行省政府奉行绝对的专制，因为单凭武力恐吓就能让数百万人乖乖听命。

但这种专制却潜伏在民主的面具后面。

英国统治东方民族的金科玉律是"东方人能做的事情绝不劳欧洲人插手"。换句话说，英国人掌握着最高权力，但由基层的公务员承担着日常的行政工作，执行公务时与人民打交道的公务员都是从本地人中甄选出来的。

比方说，在缅甸，所有的底层地方治安官、官至督察的全体警察、邮局职员、政府工作人员和乡绅等都是缅甸人。

最近，为了平息舆论和制止开始引起关注的民族主义动乱，英国甚至决定接纳受过教育的本地人成为几个重要职位的候选人。

雇用本地人担任公务员的制度有三个好处：

首先，本地人愿意接受比欧洲人低廉的薪水。

其次，他们更加了解同胞的心思，这会帮助他们更轻松地解决法律纠纷。

再次，他们有机会向政府表忠心，以此安身立命。

因此，通过与受过教育或略受过教育的阶层进行紧密合作，和平得以维系，不然他们的不满可能会催生造反的领袖。

但是，控制这个国家的人是英国人。当然，和每一个印度行省一样，缅甸有议会——以此昭示民主——但议会其实没有多大的权力。

它的权力根本无足轻重，大部分成员只是政府的傀儡，其作用只是让任何法案师出有名。

而且，每个行省都有一位由英国人委任的总督，他拥有像美国总统那样否决任何违背其意愿的提案的绝对权力。[①]

尽管正如我们所提到的，英国政府在本质上是专制政权，但这并不表示它没有得到民意的拥戴。

英国人修建了道路和运河——当然是为了自己的利益，但缅甸人也从中受惠——他们创办了医院，兴建了学校，并维持法治和秩序。

归根结底，缅甸人只是农民，一心只想着耕种土地。他们的意识还没有觉醒到诞生出民族主义者的地步。

他们的村庄就是自己的小天地，只要他们能宁静地耕种土地，他们不会在乎统治者是白人还是黑人。

有一点可以证明缅甸人不关心政治，那就是：只有两个步兵营和大约十个营的印度土兵和骑警驻扎在这个国家。

也就是说，一万两千名士兵，其中大部分是印度土兵，就足以让一千四百万人口臣服。

政府最危险的敌人是受过教育的年轻人。要是这个阶层人数更多一些，并真正受过教育的话，他们或许会高举革命的旗帜，但他们并没有这么做。

这是因为，首先，正如我们已经了解到的，绝大多数的缅甸人是农民。

其次，英国政府尽量让缅甸人只接受笼统的教育，其内容几乎毫无用途，只能培养出信差、基层公务员、律师行的小文员和白领人士。

---

① 按照美国宪法第一条第七条款规定，总统有权否决经参议院和众议院通过的法案，如果法案被否决，而两院经程序表决仍有三分之二多数同意，则该法案无须总统同意即可生效。

英国人小心翼翼地避免技术和工业方面的培训。这个政策在印度全境贯彻，目的是阻止印度成为有能力与英国一争高下的工业国。

事实上，大凡任何真正受过教育的缅甸人都是在英国接受教育，属于生活富裕的一部分人。

因此，由于没有受过教育的多样化阶层，也就不存在要求反抗英国统治的公共舆论。

*　*　*

现在，让我们思考经济上的问题。我们在这里再次发现缅甸人大体上十分愚昧，对自己正在遭受怎样的对待并不知情。结果就是，他们茫然无知，根本不会流露出憎恨。

此外，目前他们还没有遭受到太大的经济上的破坏。

确实，英国人抢夺了矿山和油井；确实，他们控制了木材生产；确实，形形色色的中间商、掮客、磨坊主和出口商从稻米买卖中谋取了巨额利润，只有种稻米的人——也就是农民——什么也没能得到。

而且，那些从稻米和石油买卖中暴发的商人没有对这个国家的富强做出任何贡献，他们的钱不会通过纳税增加地区的收入，而是流至海外，到英国消费去了。

说句实诚的话，我们可以说，英国人正在恬不知耻地劫掠盗窃缅甸。

但我们必须强调，缅甸人现在并没有察觉到这一点。他们的国家十分富庶，他们的人口非常稀少，和所有的东方人一样，他们如此无欲无求，不知道自己正被剥削。

耕种着他那一亩三分地的农民仍然过着与马可·波罗时代的祖先一样的生活。要是他愿意的话，他可以用合理的价钱买到未被开发的土地。

当然，他过着艰辛的日子，但大体上他没什么好发愁的。

饿肚子和失业对他来说像是天方夜谭。每个人都有活儿干有饭吃，为什么要杞人忧天呢？

但是，这是重要的一点：当他们的国家财富大量减少时，缅甸人就会开始尝到苦头了。

尽管自战争之后缅甸有了一定的发展，但那里的农民比起二十年前却更加贫困了。

他们开始体会到了土地税的重负，增加的收成并不足以减轻负担。

而工人的收入一直没有赶上生活成本的增长。

而原因就是，英国政府允许成群的印度人自由地进入缅甸，他们来自一片几乎就快饿死的土地，愿意为了微薄的收入而工作，结果，他们成了缅甸人可怕的敌人。

除此之外，缅甸本身的人口还在快速增长——上次的人口普查显示，在十年里缅甸人口增加了一千万——不难预见到，和所有人口过多的国家一样，迟早缅甸人就会丧失他们的土地，沦落到为资本主义体制服务的半奴隶制国家，而且还得忍受失业。

他们将会察觉到今天几乎没有察觉的问题：油井、矿山、磨坊业、稻米的销售和种植都被英国人控制。

他们还会意识到自己在工业上的落后，而当今世界是工业统治的世界。

英国在缅甸推行与印度同样的政治制度。

在工业方面，印度被刻意地保持在愚昧状态。

它只能以手工生产基本的必需品。印度人没办法生产诸如汽车、步枪、时钟、电灯泡等产品，也没有能力建造或驾驶远洋舰船。

与此同时，他们在与西方人打交道的时候依赖某些机器生产的东西，因此，英国工厂的产品在没有能力自主生产的国家找到了重要的倾销处。

通过无法逾越的关税壁垒，外国竞争无从实现。因此，英国的工厂老板们没有顾虑，完全控制了市场，攫取了高额利润。

我们说过，缅甸人还没有吃到大的苦头，而这是因为大体上他们还是一个农耕民族。

但是，和所有的东方人一样，对他们来说，与欧洲人的接触产生了他们的父辈根本不知道的对于现代工业品的需求。结果，英国人以两种方式偷走了缅甸的财富：

首先，他们掠夺了自然资源；其次，他们赋予了自己缅甸所需要的工业产品的专卖权。结果，缅甸人被拖入了工业资本主义体制中，但根本没有希望成为工业资本主义国家。

而且，和印度的其他民族一样，缅甸人服从大英帝国的统治完全是屈服于其武力，因为他们确实没有能力建造舰船，制造枪炮或任何现代战争必备的武器。按照现在的局势，如果英国人放弃印度，只会出现殖民地易主的情形。这个国家只会被另外一个强权势力侵略和掠夺。

英国在印度的统治基础是以军事保护换取商业垄断地位，而正如我们所试图展现的，真正占便宜的是控制了各个领域的英国人。

* * *

结论就是，要是缅甸从英国人身上得到一点意料之外的好处，它一定会付出高昂的代价。

直到目前为止，英国人一直较为克制，没有过分地压迫本地人，因为还没有这个必要。缅甸人仍然处于从农民到产业工人过渡的初始时期。

他们的情况堪比十八世纪的欧洲人，只是发展工商业必备的资本、建设材料、知识和武力完全掌握在外国人手里。

因此，他们在专制体制的保护下，这个专制体制为了自己的利益会保卫他们，但当他们失去了利用价值时，就会被毫不犹豫地抛弃。

他们与大英帝国的关系就是奴隶和主人的关系。

这个主人是好是坏呢？这不是关键的问题，我们要说的只是，他实施的是暴政，说得直白一些，为的就是给自己捞好处。

尽管到目前为止缅甸人没有多少抱怨的理由，但缅甸的财富终有一天会难以支撑一直在增长的人口。

那时候，他们就会明白资本主义是如何报答它赖以生存的恩主的了。

论英国人①

走马观花看英国

在和平时期，来到这个国家的外国人很少会注意到英国人的存在。即使是美国人所说的"英国口音"也只在大概四分之一的人口中通行。在欧洲大陆的报纸漫画栏目里，英国人被描绘为一个戴着单片眼镜的贵族、一个戴着高礼帽的阴险的资本家或一个穿着博柏利衣服②的老处女。不管是怀着敌意还是善意，几乎所有这些对于英国的概括都是基于资产阶级的，而忽略了另外的四千五百万人。

但战争的机遇为英国带来了数十万平时不会到英国来的外国人，当中有士兵也有难民，他们与英国平民密切接触。对于捷克人、波兰人、德国人和法国人来说，"英国"原先意味着皮卡迪利马戏团和德比赛马，但他们发现自己蜗居于死气沉沉的英国东部村庄、北方采矿城镇或伦敦广袤的工人阶级社区，直到遭到闪电战的进攻，全世界才听说了这些地方的名字。那些有观察能力的人会亲眼看到真正的英国并不是导游手册里所描绘的那个英国。布莱克普尔③比阿斯科特④更具代表性，高礼帽是已被蛀烂的罕有的东西，群众几乎听不懂英国广播电台的语言。就连英国人普遍的体格也和讽刺漫画里所表现的不大一样，因为传统英国人那种瘦高的身材几乎只局限于上流阶层。工人阶级基本上个子矮小，四肢粗短，行动敏捷，而女人刚到中年就会变得非常臃肿肥胖。

　　将自己设身处地地想象成一个外国人是挺有意思的一件事情。他刚到英国，但没有先入为主的偏见，由于他的工作，他能和那些有用处不起眼的普通人保持接触。他的一些总结会是错的，因为他没有充分考虑到战争所引起的暂时的混乱。他从未见过平时的英国，因此他或许会低估阶级区别的影响力，或许会以为英国农业要比真实情况更加健康，或对伦敦街道的肮脏和酗酒的普遍印象过于深刻。但他带着新鲜的目光，会看到许多本地观察者所忽略的事情，而他可能得到的印象值得列举出来。几乎可以肯定，他会发现英国平民的突出品质：他们没有对艺术的敏锐触觉，性情斯文，遵纪守法，对外国人心存猜疑，对动物有爱心，伪善，有着夸张的阶级区别，并且对运动充满狂热。

　　谈到我们对艺术的迟钝，越来越多美丽的郊野成片的被毫无规划的建筑所破坏，重工业获准将一整个一整个的郡区变成了黑色的沙漠，古代的纪念碑被肆意捣毁或被黄色的砖海淹没，迷人的景色被丑陋的雕像给遮没——所有这些从来没有遭到群众的抗议。当民众对英国的住房问题进行讨论时，他们根本没有考虑审美方面的问题。他们也没有对任何艺术形式的广泛兴趣，可能就只有音乐是例外。诗歌是所有艺术中英国人最擅长的，也已经有一个多世纪对普通人失去了吸引力。只有当它化装成别的什么东

---

① 本文集中的几篇文章于 1947 年 8 月单独结集出版。
② 博柏利（Burberry），英国著名服装品牌，由托马斯·博柏利（Thomas Burberry）于 1856 年创建。
③ 布莱克普尔（Blackpool），英国西北部沿海地带的度假胜地，游客多为英国的中下层人民。
④ 阿斯科特（Ascot），是皇家赛马大会的举行地点，该赛事始于 1711 年，吸引了众多观众，而且与之相关的博彩业非常发达。

西时才会被接受——像流行歌曲和顺口溜什么的。事实上，"诗歌"这个词会让一百个人中的九十八个人觉得好笑或尴尬。

我们这位想象中的外国观察者一定会对我们的斯文感到惊讶：英国人群秩序井然，没有人推搡或吵闹，自觉排队，像巴士乘务员这样操劳过度和备受侵扰的人脾气也很好。英国工人阶级的言行举止并不总是很优雅，但他们非常体谅别人。陌生人问路时会得到细心的照顾，盲人在伦敦行走时上每辆巴士上一定会有人搀扶他上车下车，过每条马路一定会有人指引。在战争时期一些警察会佩带手枪，但英国没有那种住在兵营里并佩带步枪（有时候甚至配备了坦克和飞机）的半军事化的宪兵队，而这些宪兵队却是从加莱到东京的社会守护者，守护着政权。除了六七个大城镇某几个臭名昭著的地区之外，犯罪或暴力现象很少。大城镇的人没有农村人那么实诚，但就算在伦敦，报贩也可以安心地把他那堆硬币留在人行道上去喝一杯。不过，盛行的温文尔雅的举止是最近才出现的。大家都还记得一个衣冠楚楚的绅士走在拉特克里夫大街①一定会遭人骚扰，而有人问一位著名的法学家什么是典型的英国式犯罪，他的回答是："把你的老婆活生生揍死。"

英国没有革命传统，即使在最极端的政党里，也只有中产阶级的成员才会想要进行革命。群众仍或多或少地认为"犯法"和"错误"是同义词。大家都知道刑法很严苛，充满了古怪的规矩，而且诉讼费用极其昂贵，总是让有钱人占便宜，让穷人吃亏。但大家都觉得法律尽管有着种种弊端，仍会被认真地执行，法官或治安官是不能被收买的，没有人会未经审判而被定罪。西

---

① 拉特克里夫大街（Ratcliff Highway），位于伦敦东区（贫民区）的一条街道。

班牙或意大利的农民认为法律只不过是在糊弄人，但英国人骨子里不这么想。正是这种对于法律的普遍信赖使得最近许多干扰"人身保护法"①的事件避开了公众的注意，但它也使得一些难堪的局面得以和平解决。在伦敦遭受闪电战打击最惨的时候，当局曾试图阻止公众将地铁站当成防空洞。人们并没有以破门而入作为回应，而是花一个半便士给自己买票，这样一来他们就拥有了乘客的合法身份，也没有人想过再把他们给赶出去。

传统的英国排外情绪在工人阶级里比在中产阶级里更加强烈。在一定程度上，战前是各个工会阻挠了大批的难民从法西斯国家涌入英国，而当1940年那些德国难民被拘禁时，提出抗议的并不是工人阶级。习惯的差异，尤其是食物和语言上的差异，使得英国的工人阶级和外国人很难相处。他们的饮食同任何欧洲国家的饮食都有着非常大的差别，而且他们对此极其守旧。他们通常都会拒绝哪怕品尝一道外国的菜肴，他们对蒜头和橄榄油这些东西非常反感，而如果没有了茶和布丁，生活对于他们来说简直没法活了。英语的种种奇怪之处使得任何在14岁就离开学校的人几乎没办法在成年后学会一门外语。举个例子，在法国的外籍军团里，英国和美国的雇佣兵很少被提拔为军官，因为他们学不会法语，而一个德国人只需几个月就能学会法语。大体上，英国的工人认为即使把一个外语单词说准也是一件娘娘腔的事情。这和上流阶层把学习外语作为他们的固定教育内容这件事有着密切的关系。去外国旅行，说外国话，喜欢外国食物都被笼统地认为是

---

① "人身保护法"（Habeas Corpus），英国法律的基础理念，规定个人必须经过
　法庭的公审后才能被定罪，以保护个人免受公权力的侵害。

上流社会的习惯，是一种势利的表现，因此，排外情绪因为阶级妒忌而增强了。

或许英国最糟糕的景观是在肯辛顿花园、斯托克波吉斯（事实上，与格雷①写下他那首著名的《挽歌》的墓地相毗邻）和其它众多地方的狗的公墓。此外还有动物的空袭警报中心，里面有给猫准备的具体而微的担架。在战争的第一年举行了动物节，依然像以往那样盛大隆重，而当时正值敦刻尔克大撤退。虽然最蠢的蠢事都是上流社会的女人做的，但对动物的钟爱却风靡整个英国，或许这和农业的式微与出生率的下降有着密切的联系。严格实施配给制的那几年并没有减少猫猫狗狗的数量，甚至在大城镇的贫民窟，爱鸟之人的商店里陈列着金丝雀的饲料，售价高达二十五先令一品脱。

伪善被普遍认为是英国人的特征之一，一位外国观察者准备好了时时会遇到它，但他会在与赌博、酗酒、卖淫和渎神相关的法律里找到特别合适的例子。他会发现在英国经常表露出的反对大英帝国的态度与大英帝国的辽阔版图很难调和。如果他是一个欧洲大陆人，他会注意到有一件很讽刺的滑稽事情：英国人认为拥有一支庞大的陆军是邪恶之举，却不认为拥有一支庞大的海军有何不可。他会认为这就是伪善——但这并不十分公允，因为英国事实上是一个岛国，因此不需要有庞大的陆军，而这使得英国的民主制度得以发展，人民群众都清楚这一点。

过去三十年来，夸张的阶级区别已经开始消失，而战争或许加速了这一进程，但刚到英国的人仍然会对赤裸裸的阶级区别感

---

① 托马斯·格雷(Thomas Gray, 1716—1771)，英国诗人，剑桥大学教授，代表作有《挽歌》、《吟游诗人》等。

到吃惊，有时候甚至觉得恐惧。绝大多数人仍然能根据其言行举止和衣着样貌被立刻"归类"。就连体格也有着明显的阶级区别，上流阶级要比工人阶级平均高上几英寸。但在所有的差异中最明显的当属语言和口音。正如温德汉姆·刘易斯先生[①]所指出的，工人阶级的身份"烙在了舌头上"。虽然阶级区别并不绝对等同于经济差异，但有钱人和穷人之间的对比要比大部分国家突出得多，而且被视为天经地义的事情。

英国人发明了几样全世界最流行的运动，而相比英国文化的其它产物，它们的传播是最广泛的。数千万把"football"（足球）这个词都能念错的人从来没有读过莎士比亚或"大宪章"。英国人本身并不特别擅长这些运动，但他们喜欢从事这些运动，喜欢阅读关于这些运动的内容和进行赌博，这或许会被外国人认为是幼稚之举。在两场世界大战之间，足球博彩业让那些失业者感觉生活仍有个盼头，这是其它任何事情所无法比拟的。职业足球运动员、拳击手、骑师，甚至板球运动员的受欢迎程度远非科学家或艺术家所能及。不过，体育崇拜并没有如你在阅读流行报刊时所想象的那样被哄抬到无知的地步。当声名赫赫的轻量级拳击手基德·刘易斯在他的家乡小镇竞选议员的席位时，他只得到了一百二十五张选票。

我们所列举的这些特征或许是聪明的外国观察者首先注意到的。从中他或许会觉得他能为英国人的性格勾勒出一幅靠谱的图景。但这时或许他会想到：真有"英国人的特征"这么一回事

---

① 温德汉姆·刘易斯（Wyndham Lewis, 1882—1957），英国作家、画家，漩涡主义画派的创始人之一，代表作有《人类的时代》、《爱的复仇》等。

吗？我们能将国家当成个体那样去讨论吗？假如可以的话，今天的英国和过去的英国之间真的存在着连续性吗？

漫步于伦敦街头，他会注意到书店橱窗里的那些旧图片，这时他会想到，如果这些图片具有代表性，那么英国一定经历了非常大的改变。一百多年前英国生活的一个突出特征就是粗暴。根据这些图片判断，英国的平民将时间花在了几乎无休止的斗殴、召妓、酗酒和放狗咬牛上，而且就连体型也改变了。那些大块头的马车夫和粗俗的拳击手，那些白裤子底下有着挺翘臀部的结实强壮的水手，还有那些丰满的胸脯胀鼓鼓的就像纳尔逊的舰队船首像的美女，他们都到哪儿去了？这些人和今天那些温文尔雅、含蓄克制、遵纪守法的英国人有什么相同之处呢？"民族文化"这种东西真的存在吗？

这个问题就像关于自由意志或个体身份的那些问题一样，在这些问题中，理性和本能可谓背道而驰。要找出从十六世纪开始贯穿英国生活的那根主线并不是一件容易的事情，但所有关心这些问题的人都觉得联系是存在的。他们觉得他们理解那些从古代延续到他们的时代的风俗制度——比方说议会、守安息日的传统或阶级体制的细微分层——这种了解是传承下来的，是外国人所不可能有的。而他们觉得英国个体也遵循某种民族模式。戴维·赫伯特·劳伦斯①被认为"很有英国范儿"，而布莱克②也是。约

---

① 戴维·赫伯特·劳伦斯（David Herbert Lawrence，1885—1930），英国作家、诗人、文学批评家，其作品曾因涉及性爱描写而被列为禁书，现被公认为现代小说的先驱者，代表作有《查泰莱夫人的情人》、《虹》、《恋爱中的女人》等。

② 威廉·布莱克（William Blake，1757—1827），英国画家、诗人，代表作有《纯真之歌》、《众教归一》等。

翰森博士①和吉尔伯特·基思·切斯特顿②在某种程度上是同一类型的人。我们认为我们和祖先很相像——比如说，莎士比亚同一个现代英国人的相似程度要比同一个现代法国人或德国人更高——这么说或许没有充分的理由，但它的存在对行为有所影响。传说被相信，然后便成为现实，因为它们建立了一种类型或"人格"，而普通人会尽自己的努力去与之相符合。

在1940年那个糟糕的时期，英国的国民团结要强于阶级仇恨这一点展露无遗。如果真有"无产者没有国家"这么一回事，1940年就是无产阶级给出证明的时候。然而，正是那个时候阶级情感退居幕后，直到燃眉之急过去之后才重新出现。而且，英国的城镇居民在轰炸下的冷静表现一部分程度上是因为民族"人格"的存在——那就是，出于他们对自己已有的观念。传统的英国人冷漠镇定，毫无想象力，不会轻易动摇。只要英国人认为自己应该是什么样的人，他就会倾向于成为那样的人。讨厌歇斯底里和大惊小怪，崇尚坚定，这些就是英国的普遍特征，除了知识分子之外每个人都是这样的。数以百万计的英国人愿意接受斗牛犬作为国家的象征，而这种狗素以丑陋、冥顽和愚蠢而出名。他们很愿意承认外国人比自己更加"聪明"，但他们认为英国由外国人统治是天理不容的事情。我们这位想象中的观察者或许会注意

---

① 应指萨缪尔·约翰森(Samuel Johnson, 1709—1784)，英国作家，曾编撰出第一本现代意义的英文字典，为英国普及文字教育作出了杰出贡献。
② 吉尔伯特·基思·切斯特顿(Gilbert Keith Chesterton, 1874—1936)，英国著名作家，态度偏于保守，笃信罗马天主教，代表作有《布朗神父探案集》、《异教徒》等。

到这场战争几乎催生了类似于华兹华斯①在拿破仑战争时期所写的十四行诗。他知道英国催生了诗人和科学家而不是哲学家、神学家或任何类型的纯粹的理论家。或许他最终的判断是，一种深刻的、几乎是无意识的爱国主义和没有能力进行逻辑思考才是英国人的性格亘久不变的特征，这从自莎士比亚以来的英国文学中可以找到痕迹。

英国人的道德观

大约一百五十年来，有组织的宗教，或任何形式的明确的宗教信仰都对英国人民没有什么影响。只有大约十分之一的人并非只有在婚嫁或葬礼时才会走进教堂。一种模糊的无神论和对来生的断断续续的信仰或许传播相当广泛，但基督教的主要教义大部分已经被遗忘了。你问一个普通人他所理解的"基督教义"是什么，他会完全以伦理学的词语去定义它（"无私"或"爱你的邻居"会是他所给出的定义）。到了工业革命的早期或许情况也差不多，那时候古老乡村生活突然被打破，英国国教已经失去了它对信徒的感染力。但最近一段时间非英国国教的教派也已经失去了它们的活力，而在上一代人中，阅读《圣经》的传统已经式微。如今你会经常遇到一些年轻人甚至连《圣经》里的那些故事都不知道。

但是，在某种意义上，英国平民比上层阶级更保持了基督教

---

① 威廉·华兹华斯（William Wordsworth, 1770—1850），英国浪漫诗人，代表作有《抒情诗集》、《远足》等。

的本色，或许比起任何欧洲国家也是如此。这就是他们不愿意接受宗教式的现代权力崇拜。他们对教会声言的教义几乎不屑一顾，却又坚守着教会从未明确阐述的教义，因为他们认为强权并不代表公理是天经地义的事情。而正是在这一点上知识分子与群众有着最大的分歧。自卡莱尔[1]以降，但尤以上一代人为甚，英国的知识分子倾向于从欧洲获取思想，深受最终起源于马基雅弗利[2]的思想习惯的影响。过去十几年来兴盛一时的思想流派如共产主义、法西斯主义与和平主义分析到最后都是某种形式的权力崇拜。值得注意的是，英国与其它国家不同，马克思主义式的社会主义最热心的拥戴者是中产阶级。它的方式，如果不是它的理论，显然有悖于所谓的"资产阶级道德观"（即"做人的基本道理"），在道德问题上，正是那些无产者有"资产阶级倾向"。英国一个广为流传的民间故事是杀死巨人的杰克[3]——与大人物抗争的小人物，米老鼠、大力水手和查理·卓别林都是同一类角色。（值得注意的是，希特勒一上台德国就封杀了卓别林，而且英国的亲法西斯作家对他极尽攻讦之能事。）英国人普遍痛恨恃强凌弱，而且往往站在弱者一方，就因为他是弱者。因此，英国人崇拜"体面的输家"，在体育、政治或战争上对失败富于宽容。即使是在非常严肃的事情上，英国人并不觉得未能取得成功的行动就必定毫无意义。1939 年至 1945 年的那场战争的一个例子就是

---

① 托马斯·卡莱尔（Thomas Carlyle，1795—1881），苏格兰作家、历史学家，代表作有《法国大革命》、《论英雄与英雄崇拜》等。

② 尼科罗·马基雅弗利（Niccolò Machiavelli，1469—1527），意大利政治哲学家，著有《君主论》和《论李维》等。

③ 杀死巨人的杰克（Jack the Giant-killer）是英国民间传说中亚瑟王时代（King Arthur）凭借智慧和勇气击杀数位巨人的英雄人物。

希腊战役①。没有人指望它会取得成功，但几乎每个人都认为应该展开这一行动。民众对于外交政策的态度几乎总是蒙上要与弱小的一方共同进退这一本能的色彩。

最近一个明显的例子是1940年苏联与芬兰的战争中的亲芬兰情绪。这是千真万确的事情，从几次围绕着这个问题而展开的补选就可以看出来。民众对于苏联的观感在之前本已有所好转，但芬兰是一个遭到大国进犯的小国，而对于大部分人来说这就够了。在美国内战期间，英国的工人阶级支持北方——这一方的立场是要废除奴隶制——虽然北方对棉花港口的封锁使得英国的情况非常艰难。在普法战争时期，英国的亲法情绪主要集中于工人阶级。当时代表了工人阶级和下层中产阶级的自由党对那些被土耳其人压迫的各个小国抱以同情。当英国公众愿意去关心的话，他们同情的是抗击意大利人的阿比西亚人，抗击日本人的中国人和抗击佛朗哥的西班牙共和党人。当德国国力衰弱而且武装落后时，英国对它也很友好。这场战争之后看到类似的情绪转变并不会令人觉得惊奇。

这种你应该与弱小的一方共同进退的情绪或许源自从十八世纪以来英国奉行的势力制衡政策，欧洲批评家会补充说这是一派胡言，并拿出证据指出英国自己就对印度和其它地方的人民实施压迫。事实上，我们不知道如果英国人民能够作主的话他们会如何决断印度事务。所有的政党和无论什么政治色彩的报纸都串通起来不让他们了解问题的真相。但是，我们确实知道他们有时候会与弱者一道与强者抗争，即使这对他们来说明显没有好处。最

---

① 希腊战役：指1941年4月6日至4月30日由德国、意大利、保加利亚的轴心国联军与希腊、英国、澳大利亚、新西兰的同盟国联军在希腊本土进行的战役。4月27日雅典沦陷，同盟国联军作战失利。

好的例子是爱尔兰内战。爱尔兰叛军的杀手铜是坚定地站在他们那一边的英国的公共舆论,阻止了英国政府以唯一有效的手段镇压叛乱。就连布尔战争时期也有很多人在大声疾呼支持布尔人,虽然声音还不足以强到影响事件的地步。从中你可以总结认为英国平民已经落后于他们的世纪。他们没有跟得上强权政治、"现实主义"、神圣的利己主义和"为达目的可以不择手段"这一信条。

英国人普遍痛恨恃强凌弱和恐怖主义,这意味着任何使用暴力的罪犯都得不到多少同情。美国式的黑帮主义在英国没有市场,而美国的黑帮从未尝试过将他们的活动引入到这个国家,在有需要的时候整个英国会团结在一起,与那些绑架婴儿和在街头以机关枪进行扫射的黑帮分子进行斗争。就连英国警察的高效也取决于在警察部队的背后有公共舆论在撑腰这一事实。这种现象的负面作用就是几乎所有的英国人都容忍残酷而落伍的惩罚。英国仍然有类似鞭笞这样的刑罚并不是什么光彩的事情。它继续存在,一部分原因是英国人在心理学上的普遍无知,一部分原因是只有那些犯下得不到任何人同情的罪行的人才会受鞭笞之刑。如果鞭刑被重新用于非暴力犯罪或军事犯罪,或许将会引起公愤。军事惩罚在英国并不像在大部分国家那样被认为是天经地义的事情。民意几乎是一边倒地反对犯了懦弱罪和逃兵罪得被判处死刑,不过杀人犯会被判处绞刑这倒没有什么反对的声音。大体上英国人对于犯罪的态度无知而落后,就连对少年犯加以人道宽待也是最近才有的事情。如果艾尔·卡彭①生活在英国的话,他进监

---

① 艾尔·卡彭(Al Capone, 1899—1947),美国意大利裔人,芝加哥黑手党的头目。

狱的罪名可不会是在个人收入上逃税。

比英国人对待犯罪和暴力的态度更复杂的问题是清教徒主义的继续存在和举世闻名的英国人的伪善。

英国人口的主体，构成四分之三人口的工人阶级，都不是清教徒。加尔文主义的阴沉的神学理念从未在英国流行，不过在威尔士和苏格兰倒是盛行了一阵。但广泛意义上的所谓的清教徒主义（即道学、禁欲主义、反对享乐的精神）是地位仅比工人阶级高出一点点的小商人和厂主阶层并不成功地强加在工人阶级身上的信仰。究其根源，它的背后有一个明显但无意识的动机：如果你能说服那些工人每一样娱乐都是有罪的，你就可以让他们多干活少拿钱。在十九世纪早期，甚至有一种思想认为工人不应该结婚。但要说清教徒的道德戒律只是一派胡言是不公平的。它对不道德的性爱的怀有夸张的恐惧，并延伸到反对戏剧、舞蹈甚至色彩鲜艳的服装，在部分程度上是对中世纪后期真正的堕落的抗议。还有梅毒这个新的因素，它大概于十六世纪在英国出现，在接下来的一两个世纪造成了可怕的危害。不久之后又有一个新的因素出现，那就是蒸馏烈酒——杜松子酒、白兰地等——这些可比英国人喝惯了的啤酒和蜂蜜酒要更加来劲得多。"节欲"运动是对十九世纪由于贫民窟的情况和廉价杜松子酒所引起的骇人听闻的酗酒现象的善意的反应。但它必须由狂热分子去领导，他们不仅认为酗酒是不道德的，就连适度饮酒也是有罪的。过去五十年来，甚至有类似的反对吸烟的运动。一百年前或两百年前，吸烟是很受反对的事情，但只是基于吸烟肮脏、低俗和对健康有害等理由之上，而认为吸烟是邪恶的自我放纵之举则是现代的事情。

这些想法从来没有真正地吸引过英国群众。充其量他们只是被中产阶层的清教徒主义吓得只能偷偷摸摸地享受他们的乐子。大家都承认工人阶级要比上层阶级更有道德，但性爱本身是邪恶的这个看法并没有群众基础。音乐厅的玩笑、布莱克普尔的明信片和士兵们自己写的歌曲完全不符合清教徒主义的精神。另一方面，英国几乎没有人同意卖淫。在几个大城镇里卖淫非常公开，但那完全没有吸引力可言，而且从来没有真正地被容许。它不能像某些国家那样被加以管制和人道化，因为每个英国人都打心眼里觉得它是错的。至于过去二三十年里所发生的性道德的普遍淡漠化，它或许只是暂时的现象，原因是人口中女多男少。

在饮酒这个问题上，一个世纪的喧嚣的"节欲"运动唯一的结果就是只是伪善的些许增加。酗酒这一英国恶习现象的消失并不是那些狂热分子反对饮酒进行呼吁的结果，而是与之竞争的娱乐、教育、工业条件改善和饮酒本身变得昂贵的结果。那些狂热分子能让英国人喝啤酒变得困难，而且心里隐隐觉得这是不对的，但不能真的使他戒酒。酒吧是英国生活的基本设施之一，虽然非英国国教的地方政府奉行骚扰策略，但它们仍在继续营业。赌博的情况也是如此。根据法律规定，大部分形式的赌博都是非法的，但它们都在大规模地进行。英国人的格言或许就是玛丽·劳合①的歌曲中的歌词所写的："来点乐子对你有好处。"他们并非奸邪之人，甚至并不懒惰，但他们想要来点乐子，无论那些高

----

① 玛丽·劳合（Marie Lloyd，1870—1922），英国女歌手，活跃于十九世纪末和二十世纪初。

层人士有什么样的说法。在与提倡禁欲的少数派的斗争中，他们似乎正逐渐获胜。就连英国星期天的恐怖也已经在过去十几年来缓和了许多。一些受法律管制的酒吧——每一条法则都在和酒吧老板作对，并让喝酒变得意兴索然——在战争期间也变得宽松了。而那则愚蠢的禁止孩子进酒吧的规定，其目的是使得酒吧变成一个很不人性化的纯粹只是喝酒的地方，现在在英国的某些地方正开始不被当成一回事，这是非常好的现象。

传统上英国人的家就是他的城堡。在一个推行征兵制和身份证的时代这种事情不可能是真的。但对组织化的仇恨，那种你的闲暇时间由你支配和一个人不应该因为思想而获罪的观感，都是根深蒂固的，而且战时不可避免的中央集权过程虽然仍在推行，却还没有将其摧毁。

确实，英国报刊所大肆吹嘘的自由其实是名不符实的。首先，报刊的集中所有制意味着在实际操作中不受欢迎的意见只能刊登在发行量很小的书籍和报刊上。而且，大体上英国人并不是特别重视出版物，因此对这一方面的自由权利并不是很警觉。过去二十年来有很多干涉出版自由的事情发生，但民众并没有真的进行过抗议。就连《工人日报》遭到查禁时所举行的示威游行也可能是由一小群人在幕后操纵的。另一方面，英国人确实拥有言论自由，几乎所有人都尊重这一自由。只有极其少数的英国人害怕在各个场合说出自己的政治观点，而没有多少英国人会有不让别人说出意见的念头。在和平时期，当失业情况可以被当作武器时，的确存在着对"赤色分子"进行小规模干涉的情况，但真正的极权主义的气氛，国家努力控制人民的思想与言论的情况很难想象会出现。

防止极权主义的安全措施是对于良知品德的尊重和愿意倾听双方意见的心态，这在任何公共会议上都可以观察得到。但这在一部分程度上也是因为缺乏思想的结果。英国对思想问题不是很感兴趣，因此对它们比较包容。"思想偏差"和"危险思想"在他们看来不是非常重要的事情。一个普通的英国保守党人、社会主义者、天主教徒、共产主义者或别的什么人几乎从来不能完全理解那些他所信奉的信条的全部逻辑内涵，他总是说出一些异端的言论，却没有注意到这一点。左翼或右翼的正统思想主要在知识分子群体里盛行，而理论上他们应该是思想自由的捍卫者。

英国人不是很会记仇，他们很善忘，他们的爱国主义大部分是无意识的产物，他们不崇尚军事上的荣耀，不会对伟人顶礼膜拜。他们身上有着老派的优点和缺点。他们不会用自己的一套理论去反对二十世纪的各种理论，只会以模糊的被称为"做人道理"的道德品质进行抵制。在1936年德国人重新占领莱茵兰的当天，我在一座北方的采矿小镇。在这则明显意味着战争的消息公布后我碰巧走进一间酒吧，刚好电台进行了广播，然后我对酒吧的其他人说道："德国军队已经开过了莱茵河。"有个人似乎接了茬，用法语回答道："你说呢？"这就是他们的回答！我觉得没有什么事情能让这些人醒过来。但当晚迟一些的时候，就在同一间酒吧里，有人唱了一首刚出的歌曲，大家合着唱道：

在这儿你不能这么干，

不，在这里你不能这么干。

到别处去你可以这么干，

但在这儿你不能这么干！

我惊讶地意识到这就是英国人对法西斯主义的回答。不管怎样，它确实还没有在这里发生，虽然条件其实非常有利。我们在英国所享有的自由、思想或别的什么不应该被夸大，但经过近六年的绝望的战争它并没有明显地消亡，这就是一个充满希望的迹象。

英国人的政治观

英国人不仅对教义的细微之处漠不关心，而且在政治上也十分无知。现在他们才开始使用在欧洲大陆国家已经盛行多年的政治术语。如果你从任意哪个阶层随便找一群人，叫他们指出什么是资本主义、社会主义、共产主义、无政府主义、托洛茨基主义、法西斯主义，你会得到极其模糊的答案，有的答案傻得叫人吃惊。

而且他们还对本国的政治体制十分无知。近几年来，出于各种原因，政治活动有所复兴，但长久以来，对党派政治的热情一直在减退。许多英国成年人一辈子都不曾投过票。在大城镇里，人们不知道自己的议员的名字或他们生活在哪个选区是很平常的事情。在战争那几年，由于未能更新登记资料，年轻人没有了投票权（29岁以下的年轻人一度是没有投票权的），而他们似乎对这件事并不以为然。古怪的投票制度也没有引起多少争议。这套制度总是偏向于保守党，不过1945年的时候却对工党有利。英国人关注的是政策和政客（张伯伦、丘吉尔、克里普斯①、贝弗理奇②、贝文③），而不是关注政党。认为真正掌控事件的是议会，而当新政府成立的时候有望贯彻实施重大变革的这种感觉，自从1923年工党首度执政后就已经逐渐消失。

虽然有许多细分的不同政党，英国事实上只有两个政党：保守党和工党，此二者基本上代表了英国的主要利益。但过去二十年间这两个政党变得越来越彼此相似。每个人一早就知道任何政府，无论它的政治原则是什么，都可以肯定不会做出某些事情。因此，没有哪个保守党政府会回归十九世纪的所谓保守主义。没有哪个社会主义政府会屠杀有产阶级，甚至不能无偿将其财产充公。关于政治气候改变的一个近期的好例子是对"贝弗理奇报告"④的反应。三十年前，保守党人会将其斥为国家慈善，而大部分社会主义者会认为它是资本家的贿赂而拒绝接受。到了1944年，唯一发生的讨论只是到底它将在全国实施还是在局部地区实

---

① 理查德·斯塔福德·克里普斯（Richard Stafford Cripps，1889—1952），英国政治家，工党成员，曾于1947年至1950年担任英国财政大臣。1942年，克里普斯受丘吉尔委任，赴印度进行谈判，希望印度为英国提供全面的战争支持，但谈判因为英国政府与印度国大党的互不信任而失败。

② 威廉·贝弗理奇（William Beveridge，1879—1963），英国经济学家和社会改革家，于1942年发布"贝弗理奇报告"（the Beveridge Report），为英国在二战后在经济上向经济国有化和社会福利化转变起到了非常重要的指导作用。

③ 厄尼斯特·贝文（Ernest Bevin，1881—1951），英国政治家、工党成员和工会领袖，曾担任战时的劳工部长和战后的外交部长，反对共产主义，促成英国加入北约。

④ "贝弗理奇报告"：由英国经济学家和社会改革家威廉·贝弗理奇于1942年发布，原名为"跨部门委员会对社会保险和联合服务的报告"（The Report of the Inter-Departmental Committee on Social Insurance and Allied Service），在报告中，贝弗理奇指出英国社会存在"五大罪恶"：肮脏、无知、匮乏、游手好闲、疾病，报告得到了英国人民的认可和支持，并促成了英国向福利化社会的转变。

施。政党区别的模糊正在几乎所有国家发生，一部分原因是，或许除了美国之外，每个地方都在迈向计划经济。另一部分原因是，在强权政治的时代，国家的生存要比阶级斗争更加重要。但由于英国既是一个蕞尔岛国，又是帝国的中心，自有其特别之处。首先，在当前的经济条件下，英国的繁荣一部分程度上取决于帝国，而所有的左翼政党在理论上都是帝国主义的反对者。因此，左翼政党的政治家意识到——或者说最近意识到——一旦掌握权力，他们必须在放弃某些原则和降低英国人的生活标准之间作出选择。其次，英国不可能像苏联那样经历革命的过程。它太小了，太有组织性了，太依赖于进口的食物了。英国内战意味着饥荒或被某个外国势力征服，或两者同时发生。第三点，同时也是最重要的一点，英国内战在道德上是不可能发生的。在我们所能预见到的任何情况下，汉莫史密斯的无产阶级不会举行起义并屠杀肯辛顿的资产阶级：他们并没有那么大的分歧。即使是最剧烈的变化也会以温和的形式发生，并展现出合法性，除了各个政党的"极端分子"之外可谓人尽皆知。

这些情况构成了英国人的政治观的基础。人民群众希望有深刻的改变，但他们不想要暴力。他们希望保持自己的生活水平，同时又希望觉得他们并没有在剥削较为不幸的民族。如果你在整个英国发一张问卷，问题是："你想要从政治中获得什么？"绝大部分人的回答会大致上一样。大体上它会是："经济平稳、能保证和平的外交政策、社会更加公平、解决印度问题。"而在这些里面最重要的是第一点，失业甚至是比战争更加可怕的梦魇。但很少有人会认为一定要提资本主义或社会主义。这两个词语都没有多少感情上的吸引力可言。听到将英国银行收归国有这个想法，没有人会心惊肉跳。另一方面，关于坚定的个人主义和私有财产神圣不可侵犯那套陈词滥调已经不再被群众所盲目接受。他们知道"顶层有的是地方"并不是真的。他们当中大部分人并不想爬到顶层，他们只想有稳定的工作，并让他们的孩子过上好的生活。

在过去几年里，由于战争所引发的社会矛盾，对旧式资本主义明显的效率低下的不满和对苏俄的崇拜，民意明显转向左翼，但并没有变得更加教条主义或明显带着仇恨。没有哪个自称是革命党的政党其信徒数量有明显增加。这些政党大概有六七个，但他们的党员数目全部加起来，即使算上莫斯利①的黑衫军的残余，数量也不到十五万。它们当中最重要的是共产党，在成立二十五年后，应该被认为以失败告终、虽然它在条件有利的时候拥有可观的影响力，它从未展现出发展成为一个类似于法国共产党或希特勒上台前的德国共产党那样的大党的迹象。

多年以来，共产党的党员数目因应俄国的外交政策而上升或下降。当苏联与英国友好时，英国的共产党员奉行"温和"的纲领，和工党的那一套几乎没有什么区别，而他们的党员数量会增加到数万人。当英国和俄国的政策分道扬镳时，那些共产党员就会回到"革命"纲领，其党员数量就又减少了。事实上，他们只有放弃他们的基本目标才能争取到一批有分量的追随者。其它各个马克思主义政党都宣称是真正的没有被腐蚀的列宁的继承者，它们的情况甚至更加绝望。普通的英国人没办法理解他们的教

---

① 奥斯瓦尔德·厄尔纳德·莫斯利(Sir Oswald Ernald Mosley, 1896—1980)，英国政治家，英国法西斯联盟的创始人，希特勒的崇拜者，仿照德国的"褐衫军"(the Brownshirt)创建了"黑衫军"(the Blackshirt)，1940—1943年因为从事纳粹活动被英国政府软禁。

条,对他们的牢骚也不感兴趣。在英国,遍布警察的欧洲国家所形成的那种阴谋论心理是一大障碍。许多英国人无法接受任何以仇恨和非法为基调的信条。欧洲大陆那些无法无天的意识形态——不仅是共产主义和法西斯主义,还有无政府主义、托洛茨基主义,甚至包括教皇至上的天主教信仰——都只有知识分子才接受它们的纯粹形式,他们是茫然无知的群众中顽固偏执的孤立派。值得注意的是,英国的革命作家不得不使用杂交式的词汇,大部分关键词语都是翻译过来的。他们所表达的概念几乎没有相对应的原汁原味的英国词语。比方说,就连"无产阶级"这个词也不是英语,而绝大多数英国人并不知道它是什么意思。要说真有什么意思的话。它的普遍用法就只是表示"穷人"。但即便如此,它体现出的是社会的而不是经济的倾向,大部分人会告诉你铁匠或补鞋匠属于无产阶级,而银行职员则不是。至于"资产阶级"这个词,几乎只有自己就是"资产阶级出身"的人才会使用它。这个词只在作为印刷业的术语时才真的被普遍使用。而如你可能会预料到的,它被英国化了,被读成了"布尔乔斯"[①]。

不过,有一个抽象的政治名词被广泛使用,它的意思很空泛,但大家都很了解它的含义。这个词就是"民主"。在某种程度上,英国人确实觉得自己生活在一个民主的国度。没有人会笨到以字面的意义去理解这个词。如果民主意味着由人民进行统治或社会平等,那显然英国不是一个民主国家。然而,这个词自希特勒的上台后有了第二层含义,而在这个意义上,英国确实拥有民

---

① "资产阶级"(bougeoisie)的读音近似于"布尔乔亚",而文中奥威尔指出英国人将其读成"布尔乔斯"(boorjoyce)。

主。首先，少数人拥有让自己的声音被别人听到的权利。但不止这些，当公共舆论决意要表态时，它是不容被忽视的。它或许只能以罢工、示威、给报纸写信等间接的方式进行表达，但它可以并且明显确实能够影响政府的政策。英国的政府或许并不公正，但它无法独断专行。它不能做出一些极权政府视为理所当然的事情。从成千上万的例子中只挑一个，那就是德国进攻苏联。这件事情的重要之处不在于德国不宣而战——那是再自然不过的事情——而是它的发生事前没有经过任何宣传。德国人一觉醒来，发现自己与一个昨晚表面上还保持着友好关系的国家交战。我们的政府可不敢做出这么一件事情，而且英国人很清楚这一点。英国的政治思维被"他们"这个词所统治。"他们"高高在上，是掌握实权的神秘人物，对你做出违背你的意愿的事情。但大家普遍都觉得虽然"他们"暴虐专横，但并非无所不能。如果你不嫌麻烦向他们施压，他们会有所反应。"他们"甚至可以被免职。虽然英国人在政治上非常无知，但当某件小事似乎表明"他们"做得太过分了的时候，他们会总是展现出令人惊讶的敏感。因此，虽然表面上麻木不仁，他们时不时会对操纵补选或国会里某个议题的操作太"克伦威尔"①突然激起一阵鼓噪。

有一件事情很难加以确认，那就是保皇情绪在英国的延续。至少在英国南部，直到英王乔治五世逝世之前，保皇情绪很强烈而且很真实这一点是可以肯定的。1935 年举行"国王登基二十五

---

① 奥利弗·克伦威尔（Oliver Cromwell, 1599—1658），英国政治家、军事家，17 世纪英国资产阶级革命领袖人物，在英国内战中战胜国王查理一世，并将其处死，成立英联邦共和体制，被册封为英格兰、威尔士、爱尔兰、苏格兰护国公，掌握军政大权，于 1658 年病逝。

年庆"①时民众的反应让当局很是吃惊，庆祝不得不延长了一周的时间。平时只有那些有钱人才是公开的保皇派。比方说，在伦敦西区，电影放到结尾时人们会唱《天佑吾王》并起立致敬，而在贫民区人们会直接走出电影院。但在"国王登基二十五年庆"时对乔治五世所展现出的热爱显然是出于真挚，甚至可能从中看到一种几乎和历史一样古老的理念的残余或复兴，那种国王和人民团结在一起对抗上层阶级的理念。比方说，伦敦贫民区有的街道在"二十五年庆"时挂出了非常奴颜婢膝的口号，如"虽是穷人，忠心不改"。而其它标语将对国王的忠诚和对地主的仇恨联系在一起。比方说：有的标语写着"国王万岁，打倒地主"，更有的标语写着"不要地主"或"地主滚开"。要说保皇情感是否已经被逊位事件②消灭还为时过早，但毫无疑问逊位事件给了它沉重的一击。过去四百年来，它随着境况而兴衰。比方说，在她统治的一部分时间里，维多利亚女王很不受欢迎，在十九世纪的前二十五年间，公众对皇室的兴趣根本不能与一百年后相提并论。目前大部分英国人或许是温和的共和党人，但情况也有可能是，另一位长期在位的君主就像乔治五世那样复兴保皇情感，并使之——就像1880年到1936年那段时间一样——成为一个不可忽视的政治因素。

英国的阶级体制

在战争时期，英国的阶级体制是敌人进行宣传的最佳论据。

---

① 当时的英国国王是乔治五世(George V，1865—1936)。

② 逊位事件，指1936年英国国王爱德华八世(Edward VIII，1894—1972)为迎娶美国人华莱士·辛普森(Wallis Simpson)而不惜逊位的事件。

关于戈培尔博士斥责英国仍然是"两个国家"，唯一符合真相的答案应该是，事实上，它是三个国家。但英国的阶级区别的特殊之处不在于它们的不公正——因为说到底富有和贫困在几乎任何国家都是并存的——而在于它们与时代格格不入。它们并不完全反映了经济上的区别，一个本质上是工业资本主义的国家被等级体制的幽灵上了身。

对于现代社会的阶级划分通常会是三个称呼：上层阶级或资产阶级，中层阶级或小资产阶级，和工人阶级或无产阶级。这一划分大致上符合事实，但你从中无法得出有用的结论，除非你考虑到各个阶级内部的细微差别，并意识到英国人的世界观蒙上了浪漫主义和刻骨势利的色彩。

英国是最后一批仍然坚持外在的封建主义形式的国家之一。头衔被保留了下来，并且一直在创造新的头衔，而且由世袭贵族为主体的上议院拥有实权。与此同时，英国没有真正的贵族阶层。贵族统治通常赖以建立的种族差异在中世纪末期就开始消失，那些中世纪的名门几乎完全销声匿迹。而那些所谓的世家是那些十六、十七和十八世纪发家致富的家族。而且，认为"高贵者生来就是高贵的"和"即使你是穷人也能是一个贵族"的这些观念在伊丽莎白时期就已经式微，莎士比亚对这件事发表了见解。然而，奇怪的是，英国的统治阶级从未变成纯粹而简单的资产阶级。它从未具有纯粹的都市气息或赤裸裸的商业气息。希望成为乡绅，拥有并管理土地，从地租中获得一部分收入这一理想经受住了每一次变迁。因此，每一波新的暴发户没有简单地取代原先的统治阶层，而是接受了他们的习惯，与他们通婚，过了一两代人之后，变得与他们没什么两样。

这种情况的根本原因或许是英国面积狭小，而且气候温和，风景秀丽而多变。在英国根本不可能走上二十里还碰不到一座城镇，而就算在苏格兰也不容易。乡村生活不像国土更辽阔冬天更寒冷的国家那么土气。而英国统治阶级相对比较有道义——因为说到底，他们的行事作风并不像欧洲大陆的统治阶级那么卑鄙下流——这或许是和他们自认为是封建乡绅有关系。许多中产阶级的人士也拥有这样的世界观。几乎每个有条件去当一名乡绅的人都会去当乡绅，或至少朝成为一名乡绅作一番努力。带停车位和围墙花园的庄园主屋以缩小的样式重新出现在股票经纪人的周末度假屋和带草坪和绿草隔离带的郊野别墅，甚至在港湾公寓的窗台上出现了盆栽旱金莲。这一广为传播的白日梦无疑是势利的，它的目的是稳固阶级区别，并对阻止英国农业的现代化起了推波助澜的作用，但它与某种理想主义联系在一起，一种认为风格与传统要比金钱更加重要的感觉。

在中产阶级内部，那些以挤进上流阶层为目标的人和那些不想这么做的人之间有着鲜明的区别，这体现在文化方面而不是在经济方面。根据常见的划分方法，在资本家和挣周薪者之间的每一个人都可以被归为"小资产阶级"。这意味着哈利街①的医生、军官、杂货店主、农场主、资深公务员、律师、神职人员、校长、银行经理、包工头和拥有自己的渔船的渔民，都属于同一阶层。但是，没有哪个英国人会觉得他们属于同一阶级，而他们之间的区别不在于收入上的区别，而在于口音、举止和，在一定程度

---

① 哈利街（Harley Street）：位于伦敦威斯敏斯特，自十九世纪以来是英国医生开设诊所的集中地带。

上，世界观的区别。任何真的关注阶级区别的人会认为一个年收入 1 000 英镑的军官在社会地位上要高于一个年收入 2 000 英镑的店主。即使在上层阶级内部，类似的区别也是存在的，拥有贵族头衔的人几乎总是比没有头衔但收入更高的人更加受人尊敬。中产阶级则依据他们与贵族的相似程度进行划分：专业人士、资深官员、军队里的军官、大学教师、神职人员，甚至文学界和科学界的知识分子，他们的地位都要比商人高，虽然在整体上他们的收入较低。这个阶层的一个特征是，他们最大的支出用在了教育上。一位成功的贸易商人会把儿子送到当地的文法学校读书，而一位牧师则会把一半收入用于供孩子去一间公学读书，自己多年来节衣缩食，虽然他知道花的这笔钱是得不到直接回报的。

此外，中产阶级还有一个值得注意的区别。旧的区别主要在于"一位绅士"和"一位非绅士"的区别。然而，过去三十年来，现代工业的需求、技术学校和地方大学造就了新的类型的人，有中产阶级的收入和他们的一部分习惯，但对自己的社会地位不是太感兴趣。像无线电工程师、工业化学家这样的人，他们的教育没有让他们学会尊重过去，他们倾向于住在公寓楼里或居民小区里，那里的旧社会结构已经瓦解，他们是英国最接近于没有阶级的人。他们是社会的重要部分，因为他们的数目在稳定增加。比方说，这场战争使得成立庞大的空军部队成为必要，因此就有了数以千计的工人阶级出身的青年毕业后加入英国皇家空军，进入技术中产阶级。现在任何严肃的工业重组都会有同样的效果。那些技术人员的特别的世界观已经在中产阶级的旧阶层里传播。这种情况的一个迹象就是，中产阶级内部的通婚要比以往更加自由。另一个迹象就是年收入 2 000 英镑以下的人越来越不愿意因为教育搞得自己倾家荡产。

另一系列改变或许始于 1871 年的教育法案，正在工人阶级内部发生。你不能完全无视英国工人阶级的势利或谄媚。首先，工资条件较好的工人和那些极度贫穷的工人之间有着相当明显的区别。即使是在社会主义的文学作品里也会很经常发现对住在贫民窟的人（总是用那个德文词语"流氓无产阶级"①）抱以轻蔑的口吻，而生活水准很低的外来劳工，如爱尔兰人，则备受轻视。比起大部分国家，英国人或许更倾向于接受阶级区别是永恒的，甚至接受上层阶级生来就是领袖。意味深长的是，在大难临头之时，最有能力将整个国家团结在一起的人是丘吉尔，一个贵族出身的保守党人。"老爷"这个称呼在英国频繁使用，那些明显看上去就像是上层阶级的人总是能受到本不应有的来自门卫、售票员、警察等人的礼遇。正是英国生活的这一方面最让来自美国和自治领的游客感到惊愕。变得奴颜婢膝的趋势在过去二十年两次战争之间或许没有减弱，甚至或许增强了，这主要是拜失业所赐。

但势利与理想主义从来都是分不开的。给予上层阶级他们应得之外的尊重这一趋势是与对于良好举止和被称为"文化"的事物的尊重分不开的。在英国南部，毫无疑问大部分工人阶级想要模仿上层阶级的举止和习惯。鄙视上层阶级，认为他们娘娘腔和"装腔作势"的传统态度在重工业地区流传最为广泛。带着敌意的绰号像"花花公子"和"公子哥儿"已经几乎绝迹了，就连《工人日报》也刊登"高级绅士裁缝"的广告。最重要的是，在整个

---

① 原文是德语单词"lumpenproletariat"。

英国南部几乎普遍都觉得伦敦土腔听起来叫人觉得不舒服。在苏格兰和英国北部，对于本地口音的势利心态确实存在，但并不强烈，传播也不广泛。许多约克夏人对自己浓厚的乡音感到很自豪，以语言学作为依据捍卫自己。在伦敦，仍然有人把"脸"说成"两"①，但或许没有人会觉得说"两"更有优越感。即使是一个宣称鄙视"资产阶级"及其一切的人仍然会小心翼翼地让他们的孩子长大以后说话时带着 H 音②。

但与这一同出现的还有政治意识的长足发展和对阶级特权的愈发焦虑的态度。在二三十年的时间里，工人阶级在政治上更加仇视上层阶级，而在文化上则不再那么仇视。二者之间并没有矛盾，两种趋势都是机器文明所引发的事物平等化的特征，并使得英国的阶级体制变得越来越不合时宜。

英国仍然有明显的阶级区别，这让外国观察者感到很吃惊，但它们远不像三十年前那般显著和真切了。不同社会出身的人，在战争期间团结在一起，或参军，或在工厂或办公室上班，或担任火警观察员和加入国民自卫队，比起 1914 年至 1918 年的那场战争期间更加容易相处在一起。值得一提的是，这众多的影响将会使得所有阶级的英国人彼此之间越来越相似——从技术上说，似乎就是这样。

首先是工业技术的改良。每一年，越来越少的人在从事让他们总是疲惫不堪，让某些部位的肌肉异常发达和赋予他们独特举止的重体力劳动。其次是住房条件的改善。在两次战争期间，房

---

① 原文是伦敦人将"face"说成了"fice"。

② 指将单词中辅音 h 的发音没有发出来的口音，如"have"说成了"ave"，"hide"说成了"ide"。

屋重建的工作大部分由地方政府承担，他们建造了一种房子（市政公屋，有浴室、花园、独立厨房和室内厕所），更像是股票经纪的别墅而不像是帮工的小木屋。第三是家具的大规模生产，在平时可以通过先租后买的方式买下来。结果就是，一间工人阶级的房子的内部装修比起一代人之前与一间中产阶级的房子更加相似。第四点，或许是最重要的一点，那就是廉价衣服的大规模生产。三十年前英国几乎每个人的社会地位都可以通过他的外表去判断，即使相距两百码之外。工人阶级清一色穿着成衣，而成衣不仅不合身，而且总是模仿十或十五年前上流阶级的时尚。布帽基本上是地位的象征。它在工人阶级里很盛行，而上流阶级只会在打高尔夫球和打猎时才会戴。这一情况正在迅速发生改变。如今的成衣紧跟潮流，有很多不同的尺寸，适合每一类型的身材，即使是非常廉价的衣服在外观上和昂贵的衣服也并没有太大的区别。结果就是，要一眼看出社会地位一年年变得更加困难，尤其是女人。

大批量生产的文学作品和娱乐也产生了同样的效果。比方说，电台节目对每个人一定都是一样的。虽然电影隐含的世界观总是极其反动，它们必须吸引数百万的公众，因此不得不避免引起阶级敌意。而几份发行量很大的报纸也是一样。比方说，《每日快报》和几份报刊过去十几年来吸引了各个阶层的读者。《潘趣》明显是一份针对中产阶级和上流阶级的报纸，但《画报》则没有针对哪一个阶级。租赁图书馆和非常廉价的书籍，比方说企鹅出版社，普及了阅读的习惯，或许在文学品味上起到了拉齐平均水平的作用。即使是食物的品位也变得越来越一致，这都是拜廉价但相当时髦的餐馆纷纷开业所赐，如梅斯餐馆、里昂斯餐馆等。

我们没有理由认定阶级区别事实上正在消失。英国的主体结构仍然与它在十九世纪时的情形几乎一样。但人与人之间真正的区别显然正在减少，那些在几年前还死命地抓住他们的社会地位不放的人意识到了这一事实，并表示欢迎。

无论那些非常有钱的人最终的命运会是怎样，工人阶级和中产阶级显然正在合二为一。它的发生或许快或许慢，得视情况而定。这场战争加速了它的进程，再有十年的全面限量供应、统一的服装、高收入税收和强制性参军服役或许会一步到位完成这个过程。我们无法预测它的最后结果。本土的和外国的观察家认为英国所享有的相当大的个体自由依赖于一个明确的阶级体制。根据有些人所说，自由与平等是不相容的。但至少可以肯定的是，目前的趋势是奔向更大的社会平等，而那正是英国的人民群众所盼望的事情。

英国的语言

英语有两个突出的特征，大部分它的细微特征归根结底都可以追溯到它们上面。这两个特征就是非常大的词汇量和简单的语法。

英语的词汇量即使不是世界上最大的，也肯定属于最大的行列。英语其实是两种语言：盎格鲁-撒克逊语和诺曼—法语。在过去三个世纪里，它刻意大规模地以拉丁语和希腊语为词根拓展新的词汇，进一步扩大了词汇量。但除此以外，通过词性的变动，英语词汇要比看上去的多得多。举个例子，几乎任何名词都可以作为动词使用，这事实上就相当于多出了一堆动词，因为你有

"knife"（刀子、动刀子）和"stab"（刺、戳），"school"（学校，上学）和"teach"（教导），"fire"（火、烧）和"burn"（燃烧）等等等等。然后，有的动词能够通过添加介词表达多达二十种不同的意思，比方说："get out of"（出去）、"get up"（起床）、"give out"（公布）、"take over"（接管）。动词也相当自由地可以变成名词，而通过词缀的运用，如"-y"（……的）、"-ful"（很……）、"-like"（像……），任何名词都可以被变成形容词。英语比大部分语言更加自由，通过"un-"（不……）这个前缀就能变成其反义词。而形容词能变得语气更加重或被赋予新的意思，比方说，"lily-white"（百合白）、"sky-blue"（天蓝）、"coal-black"（炭黑）、"iron-hard"（铁硬）等。

而且英语善于借用其它语言，甚至到了没有必要的地步。它随时在吸收任何似乎能满足需要的外来词语，而且经常会改变其词义。一个最近的例子就是"blitz"（闪电战）。这个词直到1940年末才出现在印刷品中，但它已经成为了英语的一部分。大量的外来词语的例子还有"garage"（车库）、"charabanc"（旅游大巴）、"alias"（化名）、"alibi"（不在场证据）、"steppe"（大草原）、"thug"（恶棍）、"role"（角色）、"menu"（菜单）、"lasso"（套索）、"rendezvous"（集合点）、"chemise"（女式内衣）等。值得注意的是，大部分外来词其实已经有相对应的英语词汇，因此，外来词使得本来就已经很庞大的同义词进一步增加。

英语的语法很简单。这门语言几乎完全没有词形变化，这个特征使得它与中国以西的几乎所有语言有所区别。任何英语的规则词汇都只有三种词形变化：第三人称单数，现在进行时和过去式。因此，比方说，kill（杀）的词形变化有 kill、kills、killing 和

killed，就只有这些。当然，英语有许多时态，在意思上有细微的区别，但这些时态是通过本身几乎没有词形变化的助动词的运用而实现的。may（可以、或许、可能）、might（可以、或许、可能）、shall（应该，将要）、will（将要、会）、should（应该、将要）、would（将要、会）根本没有词形变化，除了已经弃用的第二人称单数。结果就是，像"kill"这么一个动词算上每种人称和时态只有三十种形式，包括代词在内，如果你把第二人称单数也算在内，大概是四十种形式。而举个例子，法语对应的形式有将近两百种。英语还有另外一个优势，那就是用来构成各种时态的助动词在所有情况下都一样。

英语没有名词的词尾变化或阴格阳格这种事情。不规则复数或比较级也不是很多。而且，英语的发展趋势总是在语法和句法上变得更加简单。带有从句的长句越来越不受欢迎，而不规则但省时的结构，如美式虚拟语气"it is necessary that you go."（你必须去）而不是"it is necessary that you should go"（你必须应该去）越来越为人所接受，而难以掌握的规则，如"shall"和"will"或"that"和"which"之间的区别越来越被忽略。如果它继续按照当前的趋势发展下去，最终英语将与东亚那些没有词形变化的语言更加接近，而与欧洲的语言更加疏远。

英语最美妙的特征在于不仅词义广泛，而且语气也非常丰富。它能表达无穷无尽的微妙含义，从最高妙的修辞到最粗俗的表达都能应付。另一方面，相对简单的语法使得它很容易以简短形式进行表达。它是诗一般的语言，也可以用于新闻标题。虽然英语的拼写并不规则，但低层次的英语非常好学。它还可以被缩略为非常简单的洋泾浜英语以便在国际通行，从基础英语到太平洋南部的"比斯克英语"①。因此，它很适合充当世界语，而事实上，它的传播比其它任何语言要更加广泛。

但以英语作为母语也有非常不利的因素，或者说，巨大的危险。首先，正如前面已经讲过的，英国人学语言很糟糕。他们的母语在语法上是如此简单，除非他们在童年时经过学习一门外语的训练，否则他们总是无法理解什么是阴格阳格、人称和属格。一个完全是文盲的印度人学起英语要比一个英国士兵学印度斯坦语言要快得多。将近五百万个印度人拥有英语识字能力，有好几百万人能说蹩脚的英语，有数万个印度人能几乎完美地用英语说话。而能完美地用印度语说话的英国人不会超过几十个。但英语的一大缺陷是它很容易变得蹩脚。正是因为它是如此简单好用，它很容易就被用得很糟糕。

要用英语写作，甚至用英语说话不是一门科学，而是一门艺术。没有什么可靠的规则，基本原则只有：具体的词语要好于抽象的词语，而无论表达什么，最简短的方式总是最好的。单是正确并不足以保证写得好。像"an enjoyable time was had by all present"（一段美好的时光被在座诸位享受了）是正确无误的英语，而一张收入报税表上那些不知所云的词语也是正确无误的英语。无论是谁，在用英语进行写作时，都要进行一番挣扎，就连一句话也不能放松。他在与晦涩含糊作斗争，在与拉丁语和希腊语的侵蚀作斗争，而最重要的是，在和这门语言乱七八糟的过时的表达和僵死的比喻进行斗争。在说英语时，这些危险要更加容易避免，但口头英语与书面英语之间的区别要比大部分语言更加

---

① 比斯克英语(Beche-de-mer English)：将马来语与英语混用的语言。

明显。在口语表达中，能省略的每个词都被省略，能用缩略表达就用缩略表达。大部分的意思通过强调进行表达，不过很奇怪的是，英国人不会打手势，而你有理由认为他们会这么做。像"不，我不是指那一个，我是指那一个"这么一句话在大声说出来的时候，即使不用动作，意思也是非常清晰的。但当口头英语要变得庄严和富有逻辑性时，它总是会沾上书面英语的坏习惯，如果你在众议院或海德公园的大理石拱门待上半小时就知道了。

英语特别容易受行话的影响。医生、科学家、商人、官员、运动员、经济学家和政治理论家都有他们标志性的语言毛病，可以通过相应的杂志进行研究，如《柳叶刀》和《劳动月刊》。但或许好的英语最大的敌人是所谓的"标准英语"。这一沉闷的语言，社论文章、白皮书、政治演讲和英国广播电台的新闻报道，无疑正在社会阶级由上至下传播，并由内至外影响了口头语言。它的特征是依赖现成的表达方式——"in due course"（在适当的时候）、"take the earliest opportunity"（抢占先机）、"warm appreciation"（热烈欢迎）、"deepest regret"（深表遗憾）、"explore every avenue"（不遗余力）、"ring the changes"（老调重弹）、"take up the cudgels"（揭竿而起）、"legitimate assumption"（合理假设）、"the answer is in the affirmative"（予以肯定回答）等等等等——这些表达方式曾经是生动活泼的，但如今已经变成了只是节约脑力的套话，它和鲜活的英语的关系就好比假肢和真腿的区别。任何人在准备一篇演讲稿或给《时代》写信时都会几乎是出于本能地使用这一语言，而且它也传染到了口头英语。我们的语言被败坏到了如此严重的地步，以至于斯威夫特那篇关于礼貌的对话中的傻乎乎的聊天（讽刺斯威夫特那个时代上层阶级的谈吐）以现代标准去衡量的话不失为一番精妙的对话。

正如许多别的情况一样，英语的这一暂时的衰微要归结于我们不合时宜的阶级体制。"有教养"的英语已经变得死气沉沉，因为过去长久以来它没有从下层汲取活力。最有可能使用简单具体的语言，以唤起生动画面的比喻进行思考的人，是那些与现实世界有接触的人。比方说，像"瓶颈"这么一个好用的词语，最有可能去使用它的人是那些在传送带工作的工人。又或者说，那个形象的军事术语"winkle out"（逐出）意味着对"winkle"（螺蛳）和机关枪阵的熟悉。英语的活力取决于这类形象化的语言源源不断的供应。当受过教育的阶级与体力工人失去了接触，语言就会受到戕害，至少英语是这样。照当前的情况，几乎每个英国人，无论他是什么出身，都觉得工人阶级的谈吐甚至习语很低俗。分布最广的伦敦土腔最为人所鄙视。任何被认为是伦敦土腔的词语或用语都被看作是低俗的表达，即使有时那其实只是古语。一个例子就是"ain't"（不是，并非），现在已经被摒弃了，更喜欢用的是语气上要弱得多的"aren't"（不是）。但在八十年前"ain't"是标准的英语，维多利亚女王说的就是"ain't"。

过去四十年来，特别是过去这十几年来英语从美国那里借用了许多内容，而美国并没有展现出从英语中借用内容的倾向。这种情况的一部分原因是出于政治。美国的反英情绪要比英国的反美情绪强烈得多，大部分美国人不喜欢用他们知道是英式英语的词语或短语。而美式英语在英国为人所接受的一部分原因是它的俚语形象生动，几乎有诗的品质，一部分原因是某些美国用法（比方说，在名词后面加"-ise"［……化]将其变成动词）很省时，而最重要的原因是，你能采用一个美国词语而无须碰到阶级上的障碍。从英国人的观点，美国的词语没有阶级标签。这甚至适用于盗贼的行话。英国人觉得像"stoog"（下手）和"stoolpigeon"（告密）这样的词语远没有"nark"（密探）和"split"（揭发）那么低俗。就连一个非常势利的英国人或许也不会介意把警察叫成"cop"（警察、官差），因为它是美国用法，但不愿意把他叫成"copper"（警察、官差），那是工人阶级的语言。另一方面，对于工人阶级而言，使用美式英语是摆脱伦敦土腔而不使用英国广播电台式的英语的权宜之计，他们出于本能讨厌英国广播电台式的英语，而且要掌握它并不是一件容易的事情。因此，尤其在大的城镇，工人阶级的孩子现在从开始学说话起说的就是美国俚语。有一个值得注意的趋势，那就是，即使当美国式的词语并不是俚语，而英语里已经有对应的词汇也不用，比方说，用"car"（车子）代替"tram"（电车）、"escalator"（电梯）代替"moving staircase"（移动梯子）、"automobile"（汽车）代替"motor-car"（汽车）。

这个过程或许会持续一段时间。你不能单是对其提出抗议就将其阻止，不管怎样，许多美国词语和表达都是值得吸收的。有些是必需的新词，其它（比方说，"fall"［秋天、凋零］代替"autumn"［秋天］）是旧时的词语，我们本不该将其放弃。但应该意识到的是，大体上美式英语带来了糟糕的影响，已经产生了败坏语言的效果。

首先，美式英语有英式英语的某些恶习，而且更加夸张。不同词性的词汇之间的互相通用性被进一步深化，及物动词和不及物动词之间的区别被打消，许多根本没有任何意义的词语被使用。比方说，在英式英语中，一个动词配以不同的介词表示不同的意思，而美式英语的趋势是给每个动词加上介词，却又对它的意思毫无影响（"win out"［胜出］、"lose out"［输掉］、"face up to"［仰面对着］等等）。另一方面，美式英语比英式英语更加彻底地与历史和文学传统割裂。它不仅制造了像"beautician"（美容师）、"moronic"（白痴的）和"sexualize"（使性感）这样的词语，而且经常将意义强烈的直白的词语替换成语气轻柔委婉的词语。比方说，许多美国人似乎认为"dead"（死）这个字和许多与"dead"联系在一起的词语（"corpse"［尸体］、"coffin"［棺材］、"shroud"［裹尸布］）几乎是不可以提起的。但最主要的是，全心去吸纳美式英语或许意味着词汇的大量损失。因为，尽管美式英语制造了生动而机智的表达方式，它很不擅长为自然物体和地点起名。就连美国城市的街道也叫的是数字，而不是名字。比方说，如果我们真的要以美式英语为榜样，那我们就应该将瓢虫、长腿蜘蛛、锯蝇、水蟒、金龟子、蟋蟀、黑甲虫还有几十种其它昆虫全部归于乏味的"虫子"这个名字。我们会失去我们那些野花诗情画意的名字，而且我们给每条街道、酒吧、球场、巷子和山丘单独起名的习惯可能也会失去。要是接受美式英语的话，这就是大体的趋势。那些从电影和诸如《生活》和《时代》这类报刊里学习语言的人总是倾向于机巧省时的词语，而不是那些背后有历史的词语。至于口音，如今很时髦的美式口音是否要优越一些仍无法肯定。"受过教育"的英式口音是过去三十年的产物，无疑非常糟糕，很可能被遗弃，但普通的英国人或许和普通的美国人一样口齿伶俐。大部分英国人会模糊化元音的发言，而大部分美国人的辅音发音很含糊。例如，许多美国人在说"water"（水）这个词时似乎里面没有 T 的音，甚至听起来好像只有 W 这个辅音。大体上，我们有理由对美式英语抱以怀疑。我们应该准备好吸收它最好的词语，但我们不应该由得它改变我们的语言的实际结构。

然而，除非我们赋予英式英语以新生，否则我们根本没有机会抵制美国的影响。在词语和习语没办法在各个阶层中自由流通的情况下这是很难做到的。各个阶级的英国人如今在表达难以置信时脱口而出就是美国俚语"sez you"（随你怎么说）。许多人甚至会信心满满地告诉你"sez you"没有英语的对应表达。事实上，它有一堆的对应表达——比方说，"not half"（信一半都不成）、"I don't think"（我不这么想）、"come off it"（别扯了）、"less of it"（少来了）和"then you wake up"（然后你就醒了）或简单地说"garn"（接着扯）。但大部分这些表达被视为粗俗的言语，比方说，你从来不会在《时代》的社论里找到像"not half"这么一个表达方式。另一方面，许多有必要的抽象词语，特别是源自拉丁文的词语，被工人阶级所抗拒，因为它们听起来带有公学的气息，"时尚"和娘娘腔。语言应该是诗人和体力工人共同创造的产物，在当代英国，这两个阶级很难一道合作。当他们能再次携手时——就像在封建时代他们以另一种的方式携手一样——英式英语将比现在更加清楚地表明它和莎士比亚和笛福的语言有着血缘上的关系。

英国人民的未来

这本书并非在论述外交政治，但如果你要探讨英国人民的未来，你就必须先从他们或许将生活在什么样的世界和他们在那个世界里将扮演什么特殊的角色说起。

国家不会总是灭亡。英国人民在一百年内仍将继续存在，无论那段时间发生了什么事情。但如果英国要以所谓的"大国"地位继续存在，在世界事务中扮演重要而有意义的角色，你必须确保某些事情。你必须假定英国将继续与苏联和欧洲保持友好关系，将继续与美国和各个自治领保持特殊的关系，并以友善的方式解决印度的问题。这些条件或许太多了，但不能做到的话，大体上，人类的文明将会失去希望，而英国本土将更加绝望。如果过去二十年来野蛮的国际争斗再继续下去，整个世界将只能容纳得下两或三个超级大国。从长远的角度看，英国不会是它们当中的一个。它没有人口，也缺乏资源。在强权政治的世界里，英国人将最终降格成为附庸，他们或将失去作出独特贡献的能力。

但是，他们能作出什么独特贡献呢？英国人突出的——按照当前的标准——非常独特的品质是他们不"互相残杀"的习惯。除开那些"模范"小国不谈，它们的情况比较特殊，英国是唯一的以比较人性化和体面的方式处理内部政治事务的欧洲国家。它是唯一荷枪实弹的军人不会大摇大摆地走在街上，而且没有人会害怕秘密警察的国家——早在法西斯主义崛起之前就是这样。整个大英帝国，虽然有着种种高调的暴行，有的地方经济萧条而有的地方在进行剥削，至少它有一个好处，那就是国内相安无事。虽然它占据了世界四分之一的人口，它总是能以极小的兵力维持局面。在两场战争之间，它的全部兵力顶多不过60万人，其中有三分之一是印度人。在战争爆发时，整个大英帝国能调动的兵力大概是一百万受过训练的士兵。光是罗马尼亚就能调动这等规模的兵力。比起大部分民族，英国人或许更擅长进行不流血的革命。要说真有哪个地方可能在不毁灭自由的前提下消除贫困，那就是英国。如果英国人能尽力设法让自己的民主体制发挥作用，他们将成为西欧的政治领袖，或许还将成为世界的另一部分的领袖。他们将能够在俄国的极权主义和美国的物质主义之间提供另一条急需的道路。

但要发挥领袖的作用，英国人必须清楚自己在干什么，而且他们得保持自己的活力。为此，接下来的十年需要在某些方面有所发展。这些方面包括出生率上升、更多的社会公平、更少的中央集权和更加尊重知识分子。

在战争这几年出生率略有上升，但这或许意义不大，整体的人口曲线是呈下降趋势。情况并不像有时候说的那么糟糕，但只有在人口曲线于未来十年内，最迟二十年内呈剧烈上升趋势的情况下，才能将情况扭转。否则，英国人口将不仅会下降，而且更糟糕的是，将由中年人口构成主体。如果这种情况真的出现的话，人口的下降将是无法挽回的。

说到底，出生率下降的种种原因都是经济原因。说这种情况之所以会发生是因为英国人不爱生小孩是在胡说八道。在十九世纪早期，他们有着极高的出生率，而且他们对小孩子的态度之冷酷无情如今在我们看来实在是难以置信。六岁大的孩子就被卖进矿井和工厂，而公众对此并不会表示反对。一个小孩子的死亡在现代人看来是最骇人听闻的事情，当时却被认为是微不足道的悲剧。在某种意义上，现代英国人家庭很小是因为他们确实喜欢孩子。他们觉得除非你完全肯定能养育孩子，为他们提供不低于你自己的生活条件，否则把孩子带到世上是一桩过错。过去五十年来，拉扯一户大家庭意味着你的孩子只能穿比同一阶层的其他孩子更加邋遢的衣服，吃得少一些，受到的照顾也少一些，或许还得早一点去工作。除了非常有钱的人和那些失业者之外，这种情况对所有阶级的人都是一样。无疑，婴儿数目的不足一部分程度上要归因于汽车和广播电台，但主要是因为典型的英国式的势利和利他主义夹杂在一起的结果。

当较大的家庭成为普遍现象时，崇尚多子本能或许将会回归，但实现这一情况的头几步必须是经济上的措施。敷衍式的家庭补助是无济于事的，而当现在房屋紧缺严重时更是如此。人们应该因为养育孩子而变得更加富有，就像他们在农业社区里一样，而不是像我们这个时代一样陷入经济拮据。任何政府只需要动动笔头就可以使得不生孩子成为就像现在一户大家庭那样无法忍受的经济负担，但没有哪届政府选择这么做，因为那个无知的想法，认为人口越多就意味着失业的人越多。比迄今为止任何人所提出的方案更激进的措施是，税收将实行累进制，以鼓励养育孩子和让带小孩的女人不用离开家庭去工作。这包括重新调整房租，在托儿所和活动场地等方面提供更好的公共服务，并营建更大更方便的房屋。或许还得包括延长和改善免费教育，这样的话，那些中产阶级家庭就不会像现在这样被高得离谱的学费压榨殆尽。

经济上的调节必须先行，但世界观的改变也是需要的。在过去三十年来的英国，公寓楼拒绝接纳有小孩的租客，公园和广场竖起围栏不让小孩进去，理论上非法的流产被看成是一种过失，商业广告的主要目的就是宣扬"享受"和青春永驻似乎成为天经地义的事情。就连报纸一手炮制的对动物的狂热喜爱，或许在出生率下降这件事情上也起了推波助澜的作用，而直到最近政府当局才严肃地对这个问题表示关注。如今的英国比起1914年少了

150万儿童，多了150万只狗。但即使是现在，当政府设计一座预制房屋时，它只设计带两间卧室——也就是说，家里最多只能养育两个孩子。当你考虑到两次战争之间那些年的历史，或许出生率并没有出现灾难性的下降实在是令人惊讶。但除非那些掌握权力的人和街头的平民百姓意识到孩子比金钱更加重要，否则出生率是不可能上升到人口更替水平的。

比起大部分民族，英国人或许对阶级区别并不是那么焦虑，更能包容特权和像贵族头衔这样的荒唐事情。但是，正如我在前面已经指出的，人们越来越希望获得更大的平等，收入在一年2000英镑以下的人大体上都希望阶级之间表面上的区别能够消除。目前，这种情况只是在不自觉地发生，在很大程度上是战争的结果。问题是，这种情况如何能加快速度。因为正以不同的名义在所有国家发生的——或许只有美国例外——向中央集权经济的转变在本质上将实现人与人之间更大的平等。一旦文明达到了相当高的技术水平，阶级区别就是一个明显的恶。它们不仅引导许多人将生命浪费在追求社会地位上，而且还会导致巨大的才华浪费。在英国，不仅财富集中在少数人手中，而且所有的权力，行政权力和经济权力，也都只属于一个阶级。除了一小部分"靠自己的奋斗而成功"的人士和劳工政治家之外，那些控制着我们的命运的人是十几间公学和两所大学培养出来的人。只有当一个国家所有的人都能够找到适合自己的工作时，这个国家才能发挥出它的最大能力。你只需想想过去二十年来占据极其重要的职位的某些人，并想想要是他们生于工人阶级又会是什么遭遇，你就会知道英国的情况并非如此。

而且，阶级区别总是在打击士气，在和平时期如此，在战争时期亦如是。人民群众变得越意识清醒，教育程度越高，情况就越是如此。"他们"这个词，大家普遍的感觉是"他们"掌握了所有权力，制订所有决策，只能以间接而含糊的方式对"他们"加以影响，这是英国的一大障碍。在 1940 年曾经有过明确的趋势，"他们"将被"我们"所取代，现在是时候将这一趋势永远固定下来。有三个措施显然是必需的，它们将在几年内开始产生效果。

第一个措施是收入的增加与减少。战前英国的财富悬殊绝对不能再次重演。超过一定的限度，所有的收入都应该被课以重税，全部归公——这应该与当前的最低工资有固定的关系。至少从理论上说应当如此，而且这已经在发生了，并带来了益处。

第二个有必要的措施是教育方面实施更大的民主。一套完全统一的教育体制或许并不是什么好事。有的年轻人适合接受高等教育，有的不适合，应该把文字教育和技术教育区分开来，而且一些独立的实验学校应该存在，这样会比较好。但应该像有的国家已经做到的那样规定所有的孩子到十二岁或至少十岁之前应该就读同一类学校。过了规定的年龄就有必要将那些更有天赋的孩子从那些天赋较差的孩子中分出来，但在年纪较小的时候实施统一的教育体制可以将培养势利心态最深的根源之一给斩断。

第三点是有必要将英语中的阶级标签去除。这不是在说所有的地区方言，但应该有一种说话方式是明确的国家通用语言，而不仅仅是对上层阶级的说话方式的模仿（就像那些英国广播电台的播音员的口音）。这个全国性的口音——对伦敦土腔或某个北方口音的改造——应该一视同仁教给所有的孩子。他们能够转回地方口音，在英国的某些地方或许他们会这么做，但当他们愿意时，他们能够用标准英语说话。没有人应该将身份"烙在舌头上"。

就像在美国和某些欧洲国家一样，不应该能够从口音判断出某个人的地位。

我们还需要减少中央集权。英国农业在战争时期重新振兴了，而且这一重振或许仍会继续，但英国人的观念仍然非常都市化。而且，在文化意义上，这个国家过于中央化了。不仅整个英国实际上由伦敦实施统治，而且地方意识——比方说，除了英国人外，还有伦敦东部的圣公会信徒或伦敦西边的农民——在过去一个世纪来已经在很大程度上弱化了。那些农场帮工的理想总是到城里去，那些小地方的知识分子的理想总是去伦敦。在苏格兰和威尔士正在进行民族主义运动，但它们是出于经济上对于英国的不满，而不是出于真正的地方自豪感。而且，没有任何独立于伦敦和大学城镇的文学或艺术运动。

我们不能肯定这一中央集权化的趋势是否能彻底得以扭转，但我们能够做很多事情去阻止它。苏格兰和威尔士都可以而且应该拥有比现在更大的自治权。地方大学应该拥有更好的设备和给地方报刊更多的补贴。（目前几乎整个英国由八份伦敦的报纸所"覆盖"。伦敦之外没有一份拥有大发行量的报纸和一流的杂志。）如果农场的帮工有更好的小屋住，如果乡村城镇更加开化，贯通乡村的巴士更有效率的话，让人们留在本地这个问题，尤其是精力充沛的年轻人，就能在部分程度上得到解决。最重要的是，在小学教育就应该培养地方的自豪感。每个孩子都理所应当得学会关于他们的家乡的历史和地方志。人们应该为自己家乡感到骄傲，应该觉得那里的风景、建筑甚至饮食是世界上最好的。这样的感觉在北方某些地方确实存在，但在英国的大部分地方已经消失了，它会加强国家的团结，而不是将其削弱。

前面已经提到过，英国的自由言论的幸存在一部分程度上是愚昧无知的结果。那些人太蠢了，不配成为追捕思想异端的目标。你不会希望他们变得更加不宽容，而在目睹了结果之后，你也不会希望他们变得很有政治头脑，就像希特勒上台前的德国或贝当上台前的法国那样。但是，英国人所依赖的本能和传统只有在他们过着非常幸运的日子时才能最好地发挥作用，由于地理形势优越，他们免遭大型天灾人祸的侵袭。在二十世纪，普通人的狭窄兴趣，英国教育的低下水平，对"高雅"的鄙视和对美学问题几乎普遍的麻木，这些都是严重的障碍。

　　上层阶级对"高雅"的想法可以根据授勋名录加以判断。上层阶级觉得头衔很重要，但几乎从来没有任何显赫的头衔被授予任何被认为是知识分子的人。除了极少数几个人之外，科学家受册封不会超过男爵，而文人则不会超过爵士。而街头的贩夫走卒的态度也好不到哪里去。英国每年花费数以亿计的钱在啤酒和足球博彩上，而科学研究却因为资金紧缺而陷入困顿，又或者，我们有钱建造不计其数的赛狗场，却甚至连建一座国家大剧院都没钱，但他们对此根本漠不关心。在两次战争期间，英国能够容忍闻所未闻的愚蠢的报纸、电影和广播节目，这些东西使得公众更加麻木不仁，蒙蔽了他们的眼睛，让他们看不到至关重要的问题。英国出版界的这种愚昧一部分程度上是人为的，由于报纸依靠消费品的广告而生存这一事实造成的结果。在战争期间，这些报纸变得更有思想，却并没有失去读者，数百万人读的就是他们几年前会因为内容"高雅"而根本不肯去读的报纸。然而，问题不仅是品味的整体低下，而且许多人根本没有意识到美学方面的考量有什么重要意义。比方说，房屋重建和市镇规划平常在进行讨论时甚至从不提及美丑。英国人热爱花卉、园艺和"大自然"，但这只是他们对于农业生活的模糊的向往的一部分。大体上他们不会反对"带状发展"或反对工业城镇的肮脏和混乱。他们不觉得在森林里乱丢纸袋，用罐头和单车架子填埋池塘与河流有什么不对。而且他们一味听信任何记者告诉他们要相信自己的本能，鄙视"高雅"的言论。

这一切的一个结果就是英国知识分子越来越孤立。英国的知识分子，特别是那些年轻一代的知识分子，对自己的祖国充满了敌意。或许有一些人例外，但大体上，任何喜欢托马斯·斯特恩斯·艾略特①甚于阿尔弗雷德·诺伊斯②的人都鄙视英国，或认为自己应该鄙视它，这确实是真的。在"开明人士"的圈子里，表达支持英国的言论需要很大的道德上的勇气。另一方面，过去十几年来有一种强烈的趋势，对于其它国家形成热烈的民族主义式的忠诚，而那个国家通常就是苏俄。这种事情或许是无论如何都会发生的，因为日落西山的资本主义将文学家乃至科学家的知识分子推到了安全无忧又无须承担多少责任的位置。不过，英国公众的庸俗将与知识分子的疏远进一步加深。这对社会造成了非常大的损失。它意味着那些眼光最长远的人——比方说，那些人比英国的公众早了十年就已经察觉出希特勒是一个危险分子——无法与群众接触，对英国的问题越来越不感兴趣。

英国永远无法发展成为一个哲学家的国度。他们总是更青睐

---

① 托马斯·斯特恩斯·艾略特（Thomas Sterns Eliot，1888—1965），英国剧作家、文学批评家、诗人，1948 年诺贝尔文学奖得主，代表作有《荒原》、《四个四重奏》等。

② 阿尔弗雷德·诺伊斯（Alfred Noyes，1880—1958），英国诗人，代表作有《剪径强盗》、《管风琴》等。

于相信本能而不是进行逻辑思考，相信品格而不是相信智慧。但他们必须摆脱他们对"机灵"的露骨的轻蔑。他们再也不能这么做。他们必须不对丑陋的事情予以包容，更加有冒险精神。他们必须停止鄙视外国人。他们是欧洲人，而且应该意识到这一点。另一方面，他们与海外的其他说英语的民族有着特别的关系，负起帝国的特别义务，应该比过去这二十年来展现出更多的关注。英国的精神氛围已经比过去活跃了许多。战争虽未消灭某些荒唐事情，但也将其重创。但仍有需要在全国进行有意识的再教育。朝向这个目标的第一步是改善小学的教育，不仅要提高离校的年龄，而且要保证经费充足，有全面的师资和设备。电台、电影——如果能彻底摆脱商业利益——还有报刊——都拥有巨大的教育方面的潜力。

接下来的这些事情似乎是英国人民的当务之急。他们必须加紧生育，更加努力工作，或许生活得更加简单，思想得更加深刻，戒除他们的势利和不合时宜的阶级区别，更加关注世界，少点关注自己后院的事情。他们几乎所有人都热爱祖国，但他们必须学会有智慧地热爱它。他们必须清楚地知道自己的命运，而不是听从那些告诉他们英国已经完蛋或告诉他们英国将回归过去的人。

如果他们能做到这些，他们将在战后的世界拥有立足之地，而如果他们能有立足之地，他们将向数百万正在等候的人树立起榜样。世界厌倦了混乱，厌倦了独裁统治。在所有的民族中，英国人最有可能寻找到一条避免这两者的道路。除了少数一部分人之外，他们做好了充分的准备应对需要进行的剧烈的经济变迁，与此同时，他们并不希望发生暴力革命或被外国征服。他们知道任何一个国家要统治整个世界是不可能的。这件事他们早在四十年前就知道了，而德国人和日本人刚刚知道，俄国人和美国人还不知道。他们最想要的是生活在国内和世界的和平中。他们当中绝大多数人或许都做好了为和平牺牲的准备。

但是，他们必须将命运牢牢地掌握在自己手中。只有在英国的贩夫走卒也能以某种方式掌握权力的情况下，英国才能履行它特殊的使命。在战争期间我们经常听到这一次当危险过去后，不应该再坐失良机，而过去也不能再度重演。经济不能再度陷入战争所带来的萧条，不能再有劳斯莱斯从排着长队领救济金的人身边驶过，不能再回到英国的萧条区、时刻都在煮茶的茶壶、空荡荡的手推车和"大熊猫警车"①。我们不能肯定这一番承诺能否实现。只有我们自己才能保证它将会实现，而如果我们不去努力，我们不会再有机会。过去三十年来英国人的善意一而再再而三地被挥霍。里面的储蓄或许不是取之不尽的。到了下一个十年末便可最终知晓英国是否能保持其大国的地位。如果答案是肯定的，正是人民群众促使了它的发生。

---

① 原文是 the Giant Panda，因为伦敦的警车通常只有黑白二色。

政治与英语

　　大部分愿意花点心思在这个问题上的人都会承认英语的情况不是很妙，但大家又都认为我们无法对其采取有意识的行动。我们的文明步入衰落，而我们的语言——他们就是这么说的——一定也会不可避免地走向衰落。因此，任何反对滥用语言的斗争都只是多愁善感的泥古主义，就像宁可点蜡烛也不肯用电灯或宁肯坐二轮马车也不肯搭飞机一样。在这一观点下面隐藏着意识模糊的信念，那就是，语言是自然生成的东西，而不是我们为了达到自己的目的而造就的工具。

　　现在大家都清楚地知道，语言的衰落归根结底必定有其政治和经济原因，不能简单地怪罪于某位作家的不良影响。但是，结果可能会变成原因，强化了原来的原因，产生更加严重的同样性质的结果，并且无限地循环下去。一个人染上酒瘾可能是因为他觉得自己是个失败者，而由于染上了酒瘾，他成为了更加彻头彻尾的失败者。这件事情就发生在英语身上。英语成为一门丑陋和不准确的语言是因为我们的思想很愚蠢，但我们的语言这么混乱模糊，又让我们更加容易形成愚蠢的思想。关键在于，这个过程是可以逆转的。现代英语，尤其是书面英语，充斥着各种恶习，这些恶习通过模仿而得以传播，如果你愿意花一番必要的工夫的话又是可以避免的。如果你戒掉了这些恶习，你的思想就会更加清晰，而思想清晰是迈向政治革新的必要的第一步。因此，反对蹩脚英语的斗争并非小事，也不只是专业作家所关心的事情。待会儿我会回到这个问题，我希望到那时候我在这里所说的意思会更加明确。与此同时，这里有五段英语的样本，就是在当前恶习的影响下写出来的。

这五段文字不是因为写得特别糟糕而被挑出来——要是我经过一番挑选的话，还能引用比这糟糕得多的文字——而是因为它们展现了我们现在所犯的各种思想毛病。它们略低于平均水准，但颇具代表性。我给它们编上了号码，这样在有需要的时候我就可以对它们进行回顾。

一、事实上，我无法肯定是否可以说米尔顿似乎一度并非不像十七世纪的雪莱，由于年复一年愈加痛苦的经历，他并没有变得与耶稣会的创始人有什么不同（原文如此），而他却觉得耶稣会根本让他无法忍受。

哈罗德·拉斯基①教授（《论言论自由》的杂文）②

二、最重要的是，我们不能拿本地话的俚语像打水漂那样一串串地打出去，这些俚语开出的药方尽是一些拙劣的词

---

① 哈罗德·约瑟夫·拉斯基（Harold Joseph Laski，1893—1950），英国学者、作家，曾于1945—1946年担任英国工党主席，伦敦经济学院教授。其政治主张偏于激进，鼓吹工人阶级有可能在英国进行革命，与时任英国首相的工党巨头克莱蒙特·艾德礼（Clement Attlee）不合。代表作有《现代国家的自由》、《危机中的民主》等。1945年，《每日快报》攻击拉斯基鼓吹暴力革命，拉斯基提出诽谤诉讼，法院判处拉斯基败诉，整场诉讼的费用和赔偿据说高达6万英镑。

② 原文：I am not, indeed, sure whether it is not true to say that the Milton who once seemed not unlike a seventeenth-century Shelley had not become, out of an experience ever more bitter in each year, more alien (sic) to the founder of that Jesuit sect which nothing could induce him to tolerate.
PROFESSOR HAROLD LASKI（"Essay in Freedom of Expression"）

语搭配，拿"put up with"代替"tolerate"①，或拿"put at a loss"代替"bewilder"②。

兰斯洛特·霍格本③教授(《格罗沙语④》)⑤

三、一方面，我们拥有自由的个性，按照定义它是不会产生神经过敏的，因为它既无冲突也无梦想。它的欲望，如果真有欲望的话，是透明的，因为它们得到了制度的许可，得以保留在意识的前台。换了一个制度模式，欲望的数量和强度就会发生改变。当中鲜有自然的，不会消退的，在文化上危险的欲望。但另一方面，社会契约本身无非就是这些自我保护的品质之间的相互映射。回想一下关于爱的定义。这不就是一个小小的学院的写照吗？在这座挂着许多镜子的大厅里，哪里有个性或友爱的位置呢？

《政治》中关于心理学的杂文(纽约)⑥

---

① put up with 和 tolerate 都表示"容忍，忍受"之意。
② put at a loss 和 bewilder 都表示"使……迷惑"之意。
③ 兰斯洛特·托马斯·霍格本(Lancelot Thomas Hogben, 1895—1975)，英国动物学家与医疗数据统计学家，曾构思出格罗沙语，作为国际性通用语言。
④ 格罗沙语(Interglossa)，二十世纪四十年代由兰斯洛特·托马斯·霍格本创造的以希腊语和拉丁语为基础的人工语言。
⑤ 原文：Above all, we cannot play ducks and drakes with a native battery of idioms which prescribes such egregious collocations of vocables as the basic *put up with* for *tolerate* or *put at a loss* for *bewilder*.
PROFESSOR LANCELOT HOGBEN ("INTERGLOSSA")
⑥ 原文：On the one side we have the free personality; by definition it is not neurotic, for it has neither conflict nor dream. Its desires, such as they are, are transparent, for they are just what institutional approval keeps in the forefront of consciousness; another institutional pattern would alter their number and intensity; there is little in them that is natural, irreducible, or culturally dangerous. But *on the other side*, the social bond itself is (转下页)

四、所有这些绅士俱乐部的"精英"和所有疯狂的法西斯头目们，出于对社会主义的共同仇恨和对群众革命行动浪潮的卑劣的恐惧而团结在一起。他们采取了挑衅手段，进行罪恶的纵火行动，散播井里被人下了毒的中世纪传闻，为他们破坏无产阶级组织的行动找到合法理由，并煽动起焦虑不安的小资产阶级的沙文主义狂热，以求对抗革命，度过危机。

共产党的宣传册①

五、如果要为这个古老的国家注入新的精神，就必须着手进行一次棘手而富有争议的改革，而那就是让英国广播公司变得人性化和接地气。怯懦只意味着灵魂的萎靡。英国的心脏或许还在坚强地搏动，但英国雄狮的吼声现在就像莎士比亚的《仲夏夜之梦》中波顿②的嘶叫声——就像乳鸽一样温柔。一个雄赳赳气昂昂的新英国不能继续无休止地在世界的

（接上页）nothing but the mutual reflection of these self-secure integrities. Recall the definition of love. Is not this the very picture of a small academic? Where is there a place in this hall of mirrors for either personality or fraternity?
ESSAY ON PSYCHOLOGY IN POLITICS (NEW YORK)

① 原文：All the "best people" from the gentlemen's clubs, and all the frantic fascist captains, united in common hatred of Socialism and bestial horror of the rising tide of the mass revolutionary movement, have turned to acts of provocation, to foul incendiarism, to medieval legends of poisoned wells, to legalize their own destruction of proletarian organizations, and rouse the agitated petty-bourgeoisie to chauvinistic fervor on behalf of the fight against the revolutionary way out of the crisis.
COMMUNIST PAMPHLET

② 波顿（Bottom），莎士比亚的喜剧《仲夏夜之梦》中的角色，职业是木匠，被精灵变成了驴子。

眼中，或许应该说，在世界的耳中听起来就是朗豪坊①那倦怠无力的腔调，它还厚颜无耻地装扮为"标准英语"。当九点钟播放"英国之音"时，老老实实不发出 H 音的土腔要比当前那些清白而腼腆、猫咪一样的小姐们发出的一本正经、自命不凡、装腔作势的女教师式的尖叫好听得多，而且远没有那么滑稽。

　　《论坛报》刊登的信件②

　　这几段文字各有其毛病，但除了可以避免的拙劣之外，它们拥有两个共同的特征。其一是意象陈腐，其二是意思含糊。作者要么苦于无法表达自己的意思；要么马虎应付，词不达意；要么几乎不在乎自己的话到底有没有意思。意思含糊和词不达意是现代英语文章最突出的特征，而任何种类的政治文章更是如此。一旦主题确立后，具体的事情便化为抽象，似乎没有人能想出摆脱陈词滥调的语言。散文的词语越来越少是因为它们本身的意义而

---

① 朗豪坊（Langham Place），位于伦敦西区，曾是英国广播电台总部的所在地。

② 原文：If a new spirit is to be infused into this old country, there is one thorny and contentious reform which must be tackled, and that is the humanization and galvanization of the B.B.C. Timidity here will bespeak canker and atrophy of the soul. The heart of Britain may lee sound and of strong beat, for instance, but the British lion's roar at present is like that of Bottom in Shakespeare's Midsummer Night's Dream — as gentle as any sucking dove. A virile new Britain cannot continue indefinitely to be traduced in the eyes, or rather ears, of the world by the effete languors of Langham Place, brazenly masquerading as "standard English." When the Voice of Britain is heard at nine o'clock, better far and infinitely less ludicrous to hear aitches honestly dropped than the present priggish, inflated, inhibited, school-ma'am-ish arch braying of blameless bashful mewing maidens.
LETTER IN Tribune

选用的，而是变得越来越像用构件去搭建一个预制的鸡窝那样尽用一些现成的词语。下面我列出了几个构建文章所惯常采取的手段，并附上注解和例子。

僵死的比喻。一则新鲜出炉的比喻能通过唤醒视觉形象而对思考起到促进作用。另一方面，一个严格意义上说"业已死去"的比喻（例如："iron resolution"［钢铁般的决心］）实际上已经回归为普通的词语，大体上用起来仍不失生动。但在这两类词语之间有一大堆过时了的比喻，它们已经失去了激励思考的力量，只是因为它们能省去人们自己动脑筋发明词汇的麻烦而仍被使用。例子有："ring the changes *on*"（老调重弹）、"take up the cudgels for"（揭竿而起）、"toe the line"（绳趋尺步）、"ride roughshod over"（践踏欺凌）、"stand shoulder to shoulder with"（并肩而立）、"play into the hands of"（落入某某的魔掌）、"an axe to grind"（磨刀霍霍）、"grist to the mill"（有利可图）、"fishing in troubled waters"（浑水摸鱼）、"on the order of the day"（头等大事）、"Achilles' heel"（阿喀琉斯之踵）、"swan song"（天鹅之歌）、"hotbed"（温床）等。许多词语使用时根本不知其所云。（比如说，什么是"rift"［裂缝］呢？）自相矛盾的比喻总是掺杂在一起，清楚地表明作者对自己所说的话并不感兴趣。有的比喻现在已经与原来的意思脱节了，而那些使用者甚至不知道这一点。比如说，"toe the line"（绳趋尺步）有时候被写成了"tow the line"。又比如说，"the hammer and the anvil"（"铁锤和铁砧"），现在总是用于暗示铁砧吃亏。但在现实生活中总是铁砧弄坏了铁锤，从来不是铁锤砸坏了铁砧。一个作家只消停笔想一想自己在写些什么就会了解这一事实，从而避免词语的滥用。

操作词，或义肢式的词语。这些词语省去了挑选合适的动词和名词的麻烦，同时给每个句子加上了音节，让句子看上去很对称。标志性的词组包括："render inoperative"（使之无效）、"militate against"（产生不利影响）、"prove unacceptable"（实难接受）、"make contact with"（与之接触）、"be subjected to"（经受……后果）、"give rise to"（导致……结果）、"give grounds for"（步步退让）、"having the effect of"（产生……效果）、"play a leading part（role）in"（在……发挥主导作用）、"make itself felt"（凸显自身）、"take effect"（发挥作用）、"exhibit a tendency to"（展现了……的倾向）、"serve the purpose of"（有助于……的目的）等等等等。关键的一点就是消灭简单的动词。类似于"break"（打破）、"stop"（停止）、"spoil"（破坏）、"mend"（弥补）、"kill"（杀害）这些简单的动词不用，而是用词组，由一个名词或形容词搭上某个万金油式的如"prove"（证实）、"serve"（服务）、"form"（形成）、"play"（扮演）和"render"（使之）这些动词。此外，凡是能用被动句的地方绝不用主动句，能用名词结构的地方绝不用动名词（"by examination of"［通过对……进行检验］而不是"by examining"［检验……］）。通过"-ize"（……化）和"de-"（去……）这些构词方法，动词的范围被进一步缩小了，而通过使用"not un-"（并非不）这样的手段，平凡的表述也显得很有深度。简单的连词和介词被诸如"with respect to"（关于）、"having regard to"（考虑到）、"the fact that"（事实上）、"by dint of"（凭借……）、"in view of"（鉴于）、"in the interests of"（有利于）、"on the hypothesis that"（在……的假定基础上）所取代。为了让句末不至于气势全无，可以加上类似于"greatly to be desired"（极其希望）、"绝不能有所失察"（cannot be left out of account）、"a development to be expected in the near future"（近期即将出现的事态发展）、"deserving of serious consideration"（值得慎重思考）、"brought to a satisfactory conclusion"（产生满意的结果）等等这些铿锵有力的陈词滥调。

装腔作势的用词。像"phenomenon"（现象）、"element"（元素）、"individual"（个体，作名词用）、"objcctivc"（客观）、"categorical"（绝对的）、"effective"（有效）、"virtual"（实质）、"basis"（基础）、"primary"（首要）、"promote"（促进）、"constitute"（构成）、"exhibit"（展示）、"exploit"（利用）、"utilize"（利用）、"eliminate"（消灭）、"liquidate"（清算）被用于装点简单的表述，将有偏见的判断装扮成科学而公正的模样。像"epoch-making"（划时代的）、"epic"（史诗式的）、"historic"（历史性的）、"unforgettable"（难以忘怀的）、"triumphant"（欢欣鼓舞的）、"age-old"（古老的）、"inevitable"（不可避免的）、"inexorable"（无可阻挡的）、"veritable"（名副其实的）这样的形容词被用于将龌龊的国家政治勾当装扮得庄严高尚。为了美化战争，写东西时就得加上点崇古的色彩，标志性的词语包括："realm"（王国）、"throne"（宝座）、"chariot"（战车）、"mailed fist"（铁拳）、"trident"（三叉戟）、"sword"（宝剑）、"shield"（盾牌）、"buckler"（圆盾）、"banner"（旗帜）、"jackboot"（长统靴）、"clarion"（号角）等。外国的词语和表达方式，例如"cul de sac"（独头巷道）、"ancien regime"（旧制度）、"deus ex machine"（有如神助）、"mutatis mutandis"（已作必要修正）、"status quo"（现状）、"gleichschaltung"（一体化）、"weltanschauung"（世界观）可以让句

子显得很有文化且优雅。除了那些有用的缩写像"i.e."（即）、"e.g."（如）和"etc."（等）之外，其它数百个当前用于英语中的外来短语其实并没有真正的需要。蹩脚的作家，尤其是科学、政治和社会学方面的作家，几乎总是觉得拉丁语或希腊语的词语要比撒克逊语的词语显得更加庄重，像"expedite"（促进）、"ameliorate"（改善）、"predict"（预测）、"extraneous"（无关）、"deracinated"（根除）、"clandestine"（私底下）、"subaqueous"（水下的）和数百个其它不必要的词语总是替代了盎格鲁－撒克逊语中对应的词语。①马克思主义作品中的一些行话（"hyena"［豺狼］、"hangman"［刽子手］、"cannibal"［食人生番］、"petty bourgeois"［小资产阶级］、"these gentry"［这伙人］、"lackey"［狗腿子］、"flunkey"［奴才］、"mad dog"［疯狗］、"White Guard"［白卫军］等等）大部分是从俄语、德语或法语中翻译过来的；但通常造出一个新词的方法是用一个拉丁语或希腊语的词根，加上适合的前后缀，如有必要，将其变成"……化"。拼凑这类词语（"deregionalize"［去地区化］、"impermissible"［不允许的］、"extramarital"［婚外的］、"non-fragmentary"［非零散的］等等等等）总是要比想出能表达意思的英语词汇来得简单。结果就是，蹩脚而意思含糊的词语越来越多。

毫无意义的词语。在某些种类的文章中，特别是在艺术批评和文学批评的文章里，你总是会遇到大段大段几乎毫无意义可言

---

① 原注：一个有趣的例子是，那些英国花卉的名字最近正被希腊语的名字所取代，"snap-dragon"（龙头花）变成了"antirrhinum"、"forget-me-not"（勿忘我）变成了"myositis"等等。很难看出这种时尚的改变有什么实际原因，或许是因为对朴素的语言本能上的抗拒和隐隐约约觉得希腊词语有科学色彩。

的文字。[①]像"romantic"（浪漫）、"plastic"（可塑的）、"values"（价值）、"human"（人性）、"dead"（死气沉沉）、"sentimental"（伤感的）、"natural"（自然的）、"vitality"（生命力）这些被用于艺术批评的词汇严格来说根本没有意义，因为它们不仅没有指代任何看得见摸得着的事物，而且就连读者也不指望它们能说明些什么。当一位评论家写道"某某先生的作品的突出特征就是充满活力"，[②]而另一位评论家写道"某某先生的作品的惹眼之处，就在于它古怪而死气沉沉"，[③]读者会接受这只是意见上的分歧；要是用的是"black"（黑）或"white"（白）这样的词语，而不是"dead"（死气沉沉）或"living"（充满活力）这样的行话，读者就会立刻看出语言的使用不当。许多政治词语也同样被加以滥用。法西斯主义这个词现在已经失去其意义了，只是用于表示"something not desirable"（不受待见的东西）。"democracy"（民主）、"socialism"（社会主义）、"freedom"（自由）、"patriotic"（爱国的）、"realistic"（现实的）、"justice"（公正）这些词语，每个词都有好几种不同的意思，彼此之间无法调和。以"民主"这个词为例，它不仅没有公认的定义，就连取得这种定义的尝试都遭到了各方的抵制。我们几乎都觉得当我们称一个国家为"民主国家"

---

① 原注：举一个例子："康福特的感受与形象的天主教的特征与惠特曼出奇地相似，在审美冲动上却几乎截然相反，不停地唤起那种逐渐积累的、弥漫于整个氛围中的、令人战栗的暗示，对象是一个残忍无情的、宁静的永恒事物……雷伊·加德纳精准地瞄准简单的靶心，箭无虚发。然而，这些靶心并不简单，在这一满意的悲伤中流淌的并不只是表面上的苦乐参半的逆来顺受。"（《诗歌季刊》）

② 原文是："The outstanding feature of Mr. X's work is its living quality"。

③ 原文是："immediately striking thing about Mr. X's work is its peculiar deadness"。

时，我们是在对其加以赞美。因此，每一种政体的捍卫者都宣称它是民主政体。他们担心如果民主被赋予了某一个意思，那他们就没办法继续使用这个词语了。这一类词语总是刻意以虚伪的方式被加以运用。也就是说，使用这些词语的人有其自己的定义，却让他的听众以为他说的是不一样的意思。像"贝当元帅是真正的爱国者"、"苏联报刊是世界上最自由的"、"天主教会反对迫害"这样的话基本上就是在存心欺骗。其它意思多变的词语在大部分情况下总是出于不诚实的用意，这些词语包括："class"（阶级）、"totalitarian"（极权体制）、"science"（科学）、"progress"（进步）、"reactionary"（反动）、"bourgeois"（资产阶级）和"equality"（平等）。

在罗列了种种欺骗和曲解后，让我再举一个以这种方式写作会出现的例子。这一次的文本是想象出来的。我准备将一段优美的英语文字翻译成最糟糕的现代英语。下面是《圣经·传道书》中一段著名的经文：

"我又转念，见日光之下，快跑的未必能赢，力战的未必得胜，智慧的未必得粮食，明哲的未必得赀财，灵巧的未必得喜悦。所临到众人的，是在乎当时的机会。"（《圣经》和合本）①

用现代英语去写，它是这么写的：

"对当代现象的客观思考必定会得出这一结论：在竞争性活动中的成功或失败表明其与内在能力并没有趋于一致性的倾向，而

---

① 原文是：I returned, and saw under the sun, that the race is not to the swift, nor the battle to the strong, neither yet bread to the wise, nor yet riches to men of understanding, nor yet favor to men of skill; but time and chance happeneth.

不可预测的因素占据了相当的比重，必须总是考虑在内。"①

这是一篇戏仿之作，但并不算太夸张。比方说，前面引用的第三篇文章就有几段同样的英语。你会看到我并没有完整地进行翻译。句子的开头和结尾非常贴近原意，但中间那些具体的描写——快跑、力战、粮食——都消弭于那句含糊的"竞争性活动的成功或失败"。就得这么翻译，因为没有哪个我所探讨的现代作家——没有哪个能写出"对当代现象的客观思考"这些字眼的作家——会以那么精当而细致的方式展现自己的思想。当代散文的整体趋势就是远离具体描写。现在再仔细分析一下这两个句子。第一句有 49 个单词，却只有 60 个音节，用的都是日常生活中的词语。第二句有 38 个单词，却有 90 个音节，有 18 个源于拉丁语的词根，1 个源于希腊语的词根。第一句有六个生动的形象，只有一个短语（"time and chance"［当时的机会］）是意思模糊的。第二句里没有一个鲜活而吸引人的短语，虽然它有 90 个音节，却只表达了第一句话的简略大意。但是，毫无疑问，在现代英语中占得上风的是第二种句子。我不想夸大其词。这一类写作还没有成为普遍现象，即使是文笔最糟糕的文章里也会时而展现出质朴的文字。尽管如此，如果要你我写几句话讨论人生的命运无常，我们写出来的东西或许会更接近于我所想象出来的那段文字，而不是《传道书》中的那段话。

正如我所试图表明的，最糟糕的现代创作不是为了表达意思

---

① 原文是：Objective consideration of contemporary phenomena compels the conclusion that success or failure in competitive activities exhibits no tendency to be commensurate with innate capacity, but that a considerable element of the unpredictable must invariably be taken into account.

而选择词语，不是为了让意思明朗而创造意象。它是把别人已经安排好的长串长串的字眼堆砌在一起，把一派胡言整得像模像样。这种写作路数的吸引力在于，它很容易做到。说出"在我看来，这一假设并非毫无道理可言"①要比说出"我认为"②容易得多——如果你养成了习惯，还要快得多。如果你用的是现成的语句，你不仅不需要搜肠刮肚地选词，而且不用担心句子的韵律，因为这些语句大体上都经过编排，还算比较悦耳动听。当你准备写一篇急就章时——比方说，当你向一位速记员进行口述或进行公共演讲时——你自然而然地就会陷入一种装腔作势的拉丁化风格。像"我们必须铭记这一想法"③或"我们大家一定会立刻同意这一结论"④这样的标签会使很多句子不至于突兀地结尾。通过使用陈腐的暗喻、明喻和成语，你无须煞费苦心，但代价就是不仅读者觉得你的意思含糊不清，就连你自己也不知所云。这就是混乱比喻的影响。比喻的唯一目的就是为了唤醒视觉形象。当这些形象彼此起冲突时——正如"法西斯章鱼唱响了其天鹅之歌"⑤、"长统靴被丢进了熔炉里"⑥——可以肯定地说作者的脑海里根本没有呈现他所表达的事物的形象。换句话说，他并没有真正地思考过。再看一看在本文开头我所给出的那几个例子。拉斯基教授（第一篇）在53个字里使用了5个否定词，其中有一个是多余的，使得整段文字狗屁不通。而且有一处笔误，把"akin"（类似的）写

---

① 原文是："In my opinion it is a not unjustifiable assumption that"。
② 原文是："I think"。
③ 原文是："consideration which we should do well to bear in mind"。
④ 原文是："a conclusion to which all of us would readily assent"。
⑤ 原文是："The Fascist octopus has sung its swan song"。
⑥ 原文是："the jackboot is thrown into the melting pot"。

成了"alien"（不同的），使得意思更加不知所云。还有几处可以避免的拙劣描写，使得意思更加含糊不清。霍格本教授（第二篇）一串串地打水漂，还能开出药方。他反对使用"put up with"（忍受）这样的日常用语，却不愿意翻开辞典查阅"egregious"的意思（明目张胆的）。至于第三篇，如果你老实不客气的话，它根本就毫无意义可言。或许你只有通读全文才能联系上下文知道它究竟想表达什么。第四段文字的作者多多少少知道自己想表达什么，但陈词滥调的堆砌让他就像一个被茶叶堵塞了的水槽。第五段文字的词语和意思几乎完全脱节了。以这种方式写作的人通常带着某种情绪——他们讨厌某个事物，想表达与另一个事物的紧密团结——但他们对自己所说的细节根本不感兴趣。一个谨慎的作家在他所写的每句话里，都会扪心自问至少四个问题，分别是：我要尝试着说什么？什么词语能将其表达出来？什么样的形象或成语能使意思更加清晰？为了达到效果，这个形象够新颖吗？他或许还会问自己两个问题："我能写得再简短些吗？我是不是写了一些可以避免的拙劣内容呢？"但你并没有必要这么麻烦。你只需要敞开你的头脑，让那些现成的语句蜂拥而入就可以了。它们会替你构建文句——甚至在某种程度上替你思考——在有需要的时候它们还能为你完成重要的任务，即在部分程度上掩盖你的意思，甚至连你自己也被瞒过。正是在这点上，政治与语言的堕落之间的特殊联系变得清晰起来。

在我们的时代，大体上可以说政治文章都写得很烂。偶有例外，你也会发现那位作者通常是某种叛逆者，表达出自己的看法，而不去遵循"党的纲领"。正统的观点，无论它有什么样的色彩，似乎要求的都是毫无生机的、模仿的风格。当然，在宣传册、社论、宣言、白皮书和各个部门的次长所作的发言中，政治语言由于党派的不同而各有不同，但有一点它们都是相同的：从那些话中你绝对找不到鲜活、生动、朴实的话语。当你看着某个疲惫的政客站在讲台上机械地重复着那些熟悉的话语——"bestial atrocities"（禽兽的罪行）、"iron heel"（铁蹄）、"bloodstained tyranny"（沾满鲜血的暴政）、"free peoples of the world"（全世界的自由人民）、"stand shoulder to shoulder"（并肩而立）——你总是会有一种奇怪的感觉，似乎你看着的不是一个活人，而是一个傀儡，而当灯光闪耀在演讲者的眼镜上，将两个镜片变成空白的小圆盘，似乎后面没有眼睛时，那种感觉会突然间变得更加强烈。这并非全是幻想。一个说的尽是那类措辞的人已经朝将自己变成一部机器开始迈进。他的喉咙发出各种合适的声响，但他的大脑并没有在运作，没有在为了表达自己的意思而选择词语。如果他所作的演讲是他已经习惯于重复一遍又一遍的内容，或许他根本不知道自己所说的究竟是什么，就像在教堂喃喃作答的信徒一样。对于政治顺从来说，这一无意识的状态即便不是必不可少的，也是它所青睐的品质。

在我们的时代，政治演讲和政治文章总是在为无法辩护的事情进行辩护。像英国对印度继续进行统治、俄国大清洗和大流放、原子弹轰炸日本等事情其实是可以为之辩护的，但辩护的理由对于大多数人来实在是太残酷，太难以直面了，而且与政党公开宣布的宗旨大相径庭。因此，政治语言必须包括大量的委婉措辞、回避问题和云里雾里的闪烁言辞。毫无防备的村庄被空袭，居民被赶到郊野，牲畜被机关枪扫射，屋舍被燃烧弹焚毁，这就叫做"pacification"（平定）。数百万的农民被剥夺了农田，被迫带着仅有的一点东西长途跋涉，这叫做"transfer of population"（人口迁移）或"rectification of frontiers"（修正疆界）。未经审判就把人监禁多年，或在脑后开枪，或送去北极的劳动营死于坏血症，这叫做"elimination of unreliable elements"（消除不稳定因素）。如果你需要为这些事情起名字，又不至于唤起那一幕幕情景，那这类措辞就用得着了。比方说，想象一下，某个舒服自在的英国教授在捍卫俄国的极权体制。他不能直白地说："当杀死你的政敌能让你得到好处时，我支持这样做。"[1]因此，或许他会说出这样的话：

"我们完全承认，苏联政权展现出了某些让人道主义者或许会感到痛心的特征，但我想我们必须同意对政治反对派的权利加以一定的限制是过渡时期不可避免的伴随状态，而俄国人民响应号召所经受的苦难已经因为具体的成就而得到了充分的补偿。"[2]

这种浮夸的文法其实是一种委婉表达。一大堆拉丁词语就像柔软的白雪一样覆盖在事实之上，模糊了事实的轮廓，掩盖了所有的细节。清晰语言的大敌就是虚伪。当一个人的真实意图和一个人口头上的意图不一致时，就像本能作祟一样，他就会转而说出冗长的词语和空洞的成语，就像一只乌贼喷出墨水。在我们这个时代没有"与政治无关"的事情。所有的问题都是政治问题，

---

[1] 原文是："I believe in killing off your opponents when you can get good results by doing so."

[2] 原文是："While freely conceding that the Soviet regime exhibits certain features which the humanitarian may be inclined to deplore, we must, I think, agree that a certain curtailment of the right to political opposition is an unavoidable concomitant of transitional periods, and that the rigors which the Russian people have been called upon to undergo have been amply justified in the sphere of concrete achievement."

而政治本身就是一堆谎言、逃避、愚昧、仇恨和精神分裂症。当整体的气氛变糟时,语言也一定会受害。我猜想——这只是一个猜想,我并没有充分的知识去验证——德语、俄语和意大利语在过去十到十五年间都因为独裁制度而退化了。

但如果思想会腐蚀语言,语言也会腐蚀思想。一个糟糕的用语会因为传统和模仿而传播开来,即使是那些文笔高明的人也会受其影响。我所探讨的那种低劣的语言在某些方面颇为方便。像"not unjustifiable assumption"(并非无法成立的设想)、"leaves much to be desired"(不尽人意)、"would serve no good purpose"(毫无裨益)、"a consideration which we should do well to bear in mind"(我们必须谨记于心的一件事)这样的语句时时刻刻在诱惑着你,就像你手边常备的一包阿司匹林。回过头通读这篇文章,你肯定会发现我一再犯下了我所反对的那些毛病。今天上午我收到了一本邮寄来的小册子,谈论的是德国的情况。作者告诉我,他"迫切觉得"要写出这本小册子。我随意翻开这本小册子,看到的头一句是这么写的:"(同盟国)有了一个机会,不仅可以对德国的社会和政治结构进行彻底的改革以避免德国本土的民族主义反应,与此同时,还为建立统一合作的欧洲奠定基础。"①你瞧瞧,他"迫切觉得"要写出来——或许觉得他有一些新鲜事情想说出来——但他的措辞就像响应着军号的战马,自发地排成了那熟悉而沉闷的阵势。现成的语句对一个人头脑的侵蚀("lay the

---

① 原文是:"〔The Allies〕have an opportunity not only of achieving a radical transformation of Germany's social and political structure in such a way as to avoid a nationalistic reaction in Germany itself, but at the same time of laying the foundations of a cooperative and unified Europe."

foundations"〔奠定基础〕、"achieve a radical transformation"〔进行彻底的改革〕)只有时时刻刻抱以警惕才能避免，每一个这样的语句都会麻醉你的一部分头脑。

我在前面说过，我们的语言的衰落或许还有药可救。那些矢口否认的人会争辩说——如果他们能提出一个理由的话——语言只是反映了当前的社会情况，任何对词语和结构的修修补补都是无法影响其发展的。就语言的整体基调或精神而言，这么说或许没错，但从细节上说就不对了。愚蠢的词语和表达还是经常会消失的，这并不是出于任何进化过程，而是出于少数人的有意识的行动。举两个最近的例子吧，"explore every avenue"（巨细无遗）和"leave no stone unturned"（千方百计），它们就是被几个记者以嘲讽扼杀的。还有一长串陈腐的比喻，只要有足够多的人对这件事感兴趣的话，可以用相同的方式将它们消灭掉。我们还可以把"not un-"（并非不）这样的结构嘲笑得无地自容①，减少普通句子里的拉丁词和希腊词，杜绝外来语和不相干的科学词语，使得装腔作势的文风不再风行。但是，这些都只是小节，保卫英语不止意味着这些；或许，首先解释清楚它与什么无关会比较好。

首先，这与复古主义没有关系，和拯救过时的词语和表达方式没有关系，和建立绝不允许背离的"标准英语"也没有关系。相反，我们着重关心的是废除每一个过时无用的词语或成语。这与正确的语法和句法没有关系，只要你能把意思表达清楚，语法

---

① 原注：你可以通过记住下面这句话让自己杜绝使用"并非不"的结构。一只并非不黑的狗正横穿一片并非不绿的农田，追着一只并非不小的兔子。英语原文是：A not unblack dog was chasing a not unsmall rabbit across a not ungreen field.

和句法并不重要；它与避免英语美国化或与所谓的"优美散文风格"没有关系。另一方面，它不追求虚伪的朴素或试图将书面英语变得口语化。它甚至并不暗示在任何情况下都应该用撒克逊词而不用拉丁词，虽然它确实要求使用最少最短的词语去表达意思。最有必要去做的，是让意思去选择单词，而不是颠倒过来。散文最糟糕的事情莫过于向词语投降。当你想到了一个具体的事物时，你是想不到词语的，然后，如果你想要描述你想象中的事物的话，或许你会一直搜肠刮肚，直到找到似乎最合适的词语为止。而当你思考一些抽象的事物时，你一开始想到的却往往就是词语，除非你有意防止这种事情发生，否则现成的语句就会蜂拥而至，越俎代庖地取代你的思想，而代价就是，你的意思变得模糊不清，甚至被曲解。或许将遣词用语尽可能久地往后推，将你的意思通过意象或感觉尽可能弄清楚会比较好。然后你就可以选择——不仅仅是接受——能够最贴切表达意思的词句，然后调换位置，看看它们会对另一个人留下什么样的印象。经过这番主观上的努力后，所有陈腐的、纠缠不清的形象，所有现成的语句、不必要的重复、废话和含糊都可以一扫而空。但你经常会怀疑某个词语或短语的效果，你需要定下在直觉不管用时可以依赖的规矩。我认为下面这几条规矩足以应付大部分情况：

一、绝不使用你在书刊中常见的暗喻、明喻或其它修辞手法。

二、能用短词的时候绝不用长词。

三、如果可以的话，能删掉的单词一律删掉。

四、能用主动句的时候绝不用被动句。

五、如果你能想到一个日常英语词语代替的话，绝不使用外来词语、科学词语或行话词语。

六、一旦胡言乱语，就打破上面这些规矩。

这些规则听起来很简单——事实上正是如此——但它们要求那些已经习惯了以当前的时髦风格进行创作的人在态度上作出深刻的改变。或许你遵守了所有这些规矩，写出来的英语仍然很烂，但你不会写出像在本文开头我所列举的五个样本那样的货色。

在这里我所探讨的不是语言的文学运用，只是将语言作为表达意思的工具，而不至于掩盖或妨碍想法。斯图亚特·切斯[①]和其他人几乎就要宣称所有的抽象词语都没有意义，并以此为借口鼓吹政治上的无为主义。要是你不知道什么是法西斯主义，你又怎么能与法西斯主义进行抗争呢？你不需要接受像这样的谬论，但你应该承认当前的政治混乱与语言的堕落是有关联的，你或许可以从语言这方面着手，对情况加以改善。如果你将自己的话变得简单明了，你就能从最愚蠢荒谬的正统言论中获得解脱。你说不出那些必要的套话，当你说出一番蠢话时，它的愚蠢将会暴露无遗，连你自己也能察觉。政治语言——从保守党到无政府主义者，这一点对于所有的政党都一样，只是略有差异而已——就是为了让谎言听上去煞有介事，将谋杀变成可敬之举，让空穴来风的传闻听起来真实可信。你无法立刻改变这一切，但你至少可以改变自己的习惯。时不时地，如果你的嘲笑声够大的话，你甚至可以将某些过时无用的语句——"jackboot"（长统靴）、"Achilles'

---

① 斯图亚特·切斯(Stuart Chase, 1888—1985)，美国经济学家、作家，早年曾积极为妇女解放和社会主义奔走，代表作有《废品的悲剧》、《你的钱的价值》等。

heel"（阿喀琉斯之踵）、"hotbed"（温床）、"melting pot"（熔炉）、"acid test"（严峻的考验）、"veritable inferno"（名副其实的炼狱）或其它语言垃圾——丢进垃圾桶里，那里才是它们的归宿。

童年快乐种种①

一

来到圣塞浦里安学校不久后（不是马上，而是过了一两个星期，就在我似乎刚刚开始适应学校生活的日常内容时），我开始尿床了。那时候我八岁，因此，这可算是旧态复萌，本来我戒掉了尿床的习惯至少得有四年之久了。现在我觉得，在当时的情景下尿床是一件理所当然的事情，是小孩子从自己家里来到一个陌生地方的正常反应。然而，那个时候，尿床被看成为一桩恶心的罪行，是尿床的孩子故意要这么做的，而对于这种事情，适当的治疗方法就是揍一顿。对我来说，我不需要别人告诉我这是一桩罪行。我以此前从未有过的热诚夜复一夜地祈祷，"求求您，上帝，不要让我尿床！噢，求您了，上帝，不要让我尿床！"但祈祷并没有起到作用。有的晚上我还是尿床了，有的晚上我没有尿床。这种事情由不得你，甚至无法察觉。严格来说这件事并不是你做的——你只是早上醒来时发现床单已经是湿淋淋的了。

第二次尿床时我就受到了警告：再尿床的话就会挨揍，但我是以一种奇怪的、迂回的方式受到警告的。一天下午，我们吃完茶点，正鱼贯走出房间，校长夫人威尔克斯太太正坐在一张桌子的首座，和一位太太聊天。那位太太我不认识，只知道她那天下午过来参观我们学校。她长得像个男的，令人望而生畏，穿着一套骑装——或者说，我把她那身衣服当成了骑装。我正要离开房间时，威尔克斯太太把我叫了回去，似乎想把我介绍给那位客人。

威尔克斯太太的外号叫"翻脸"，我就用这个名字称呼她，因为想到她的时候我很少想起别的名字。（不过，在正式场合，我们都称呼她为夫人，或许是拙劣地模仿公学的学生称呼他们的舍监的妻子。）她是个肩宽体胖的女人，脸颊红润，额头平坦，眉毛长得很浓，一双深陷的狐疑的眼睛。虽然大部分时间里她总是装出一副热心样，以男人婆的口吻和大家有说有笑（"加油，老伙计！"什么的），甚至称呼别人时大咧咧地叫名不叫姓，但她那双焦虑的眼睛总是在指责你。看着她的脸，你不由得会感到心虚，即使你从未做过任何亏心事。

"喏，这个小男孩，""翻脸"指着我对那位陌生的女士说道，"每晚都尿床。如果你再尿床，你知道我会处置你吗？"她转过身对着我补充说道："我会让六年级揍你一顿。"

那个陌生的女士装出无以言状的吃惊的样子，嘴里叫嚷着："我想就得这么办！"这里发生了一个荒诞甚至疯狂的误解，而这种事情在童年时几乎每天都会发生。六年级有一帮年纪大一些的男生，他们因为有"胆量"而被选中，被赋予了殴打年纪较小的男生的权力。那时候我还不知道有这么一帮人，我把"六年级"听成了"六年姐"。我以为说的就是这位陌生的女士——我以为她就是六年姐。这可不像个名字，但小孩子在这种事情上没有判断力。因此，我以为被派来揍我的人就是她。这个任务交给一个

---

① 于1952年奥威尔身故后由《党派评论》出版。

和学校毫无关系的临时访客在我看来并不奇怪。我只是以为"六年姐"是一位严厉的训导员，以揍人为乐（而她的外表似乎证明了这一点），我的脑海里立刻浮现出可怕的一幕，看到她穿着全副骑装手执马鞭正走过来准备揍我。直到今天我还能感觉得到当时的我——一个穿着灯芯绒布短裤的圆脸小男孩——站在那两个女人面前，羞愧得几乎晕厥过去的心情。我说不出话来。我觉得如果被"六年姐"揍一顿的话我宁愿死掉。但我主要的感觉不是害怕，甚至不是怨恨，而只是羞愧，因为多了一个人，而且还是个女人，知道了我丢人的丑事。

过后不久，我忘记是怎么一回事了，我知道打人的终究不是"六年姐"。我不记得是不是在当天晚上自己又尿床了，但总之就是不久之后我又尿了一次床。噢，那种绝望，那种残忍不公的感觉，我做了那些祈祷，下了那些决心，马上又在湿漉漉的床单之间醒来的感觉！我根本没有机会掩饰自己的所作所为。那个名叫玛格丽特的脸色冷峻、身材高大的舍监来到宿舍里，专门检查我的床铺。她掀开床单，然后直起身子，那些可怕的字眼似乎就像惊雷一样从她的嘴里轰隆隆地吼出：

"早餐后到校长那里**自首**！"

我特别强调"自首"这两个字，因为它们在我的脑海中的印象特别强烈。我不知道在圣塞浦里安最初几年里这个词我听过了多少遍。只有极少数的几回这个词不意味着挨打。这两个字在我的耳朵里听起来总是带着恐怖的意味，就像发闷的鼓声或死刑判决书。

我来到校长那里自首时，"翻脸"正在通往书房的前厅那张亮闪闪的长桌上忙碌着什么事情。经过她身边时，她那令人不安的眼神一直打量着我。"傻逼"是个肩膀圆圆，样子蠢得出奇的男人，体格不大，但走起路来总是拖着步子，长着一张肉嘟嘟的脸，看上去像个发育过头的婴儿，总是笑口常开。他当然知道我为什么会被叫过来见他，已经从柜子里拿出了一把骨柄的马鞭。但作为自首的一部分惩罚，你必须亲口说出犯下的罪行。当我坦白交代完毕之后，他对我作了一番简短而装模作样的训斥，然后抓住我的后颈，把我拧转过来，开始用马鞭揍我。他习惯一边揍你一边继续训话，我记得"你这个一脏一兮一兮一的一小一家一伙"这句话和一下下的鞭笞很合拍。挨这顿并不疼（或许因为这是初犯，他对我手下留情了），我走出房间，感觉心里好受多了。挨揍却不觉得疼似乎是一种胜利，在部分程度上洗刷了尿床的耻辱。我甚至冒失到脸上露出笑容的地步。几个小男生在前厅门外的走廊里等候着。

"你挨鞭子了吗？"

"一点儿都不疼。"我骄傲地说道。

"翻脸"什么都听到了。她立刻在我的身后咆哮道：

"过来！马上过来！你说什么来着？"

我期期艾艾地回答："我说一点儿都不疼。"

"你怎么敢说出这样的话？你觉得这像话吗？**再进去自首！**"

这一次"傻逼"动真格的了。他一连打了好久，把我给吓坏了——似乎有五分钟左右——最后把那根马鞭给打断了。骨柄飞到了房间的那头。

"看看你逼我做出了什么事情！"他盛怒万分地说道，手里握着那根断鞭。

我倒在椅子上，有气无力地啜泣着。我记得那是童年时唯一一次被打得掉眼泪，而奇怪的是，我并不是因为疼痛而哭。第二顿鞭笞也不是很疼。恐惧和羞愧似乎给我施了麻醉。我之所以哭，一部分原因是我觉得自己应该哭，一部分原因是出于真心的忏悔，还有一部分原因是童年时才有的那种说不清道不明的、更深层次的悲痛：一种凄凉的、孤独无助的感觉，一种被锁在一个充满敌意的世界里的感觉，在这个善恶并存的世界里，我根本无法遵守它的规则。

我知道，首先尿床是不对的，其次是，那是我控制不了的。第二点是我亲身体验到的，而对于第一点我并不质疑。因此，很有可能你在不知情的情况下就犯下了一桩罪行。你并不想做出这件事，却又无法避免。罪行不一定非得是你做过的事情，它也可能是碰巧发生在你身上的事情。我并不是想说当"傻逼"在鞭笞我的时候，我的脑海里闪现出了这么一个崭新的想法。早在我离家之前我就已经有过这样的想法了，因为我的童年早期过得并不开心。但不管怎样，这是我童年无法磨灭的重要一课：我置身于一个我不可能当个好孩子的世界里。这次双重鞭打是一个转折点，因为它让我第一次意识到我被丢进了一个多么残酷的环境。生活要比我想象的更加可怕，而我也比想象的更加邪恶。总而言之，当我在"傻逼"的书房里挨着椅子边坐下啜泣，甚至没有站起身的自控能力，而他一直冲我吼着不停时，我深深地觉得自己是个罪孽深重的傻瓜和懦夫，而这是我印象中此前从未有过的感受。

大体上，一个人对任何时期的回忆一定会随着时过境迁而渐渐淡忘。一个人总是在学习到新的事实，而老的事实必须让位于新的事实。二十岁的时候我能准确地记述上学时的历史，现在我可做不到了。但一个人的记忆在经过很长一段时间后反而变得更加清晰，这种事情也是会发生的，因为他以新的眼光看待过去，似乎能区分出并注意到某些事情，而那些事情之前一直存在，却淹没在其它事情里，没有什么分别。这里有两件事情，在某种程度上我是记得的，但直到最近我才觉得奇怪和有趣。一件事情是，第二次挨打当时在我看来是正当合理的惩罚。挨了一顿打，然后因为不知趣地向别人说这顿打不疼于是又挨了比第一顿更重的打——这似乎是天经地义的事情。天神都是善妒的，当你交了好运时你就应该将其隐瞒。另一件事情是，我把那根断鞭看成是我的过错。我仍然记得当我看到那个手柄掉在地毯上时的感受——那是一种做了一件笨拙而没有教养的蠢事，打烂了一件贵重物品的感觉。是我弄断了鞭子，"傻逼"就是这么告诉我的，而我也相信了。我接受了自己是一个罪人，将这件事在记忆里封存了二三十年，从未以此为意。

尿床事件就说这么多。但是还有一件事情得说，那就是我不再尿床了——至少，在我又尿过一次床，又挨了一顿打后，这桩麻烦事就此告终了。因此，这个野蛮的治疗方法或许真的很奏效，虽然代价很高，对于这一点我并不怀疑。

二

圣塞浦里安是一所昂贵而势利的学校，而且我觉得正变得越来越昂贵而势利。它与哈罗公学关系很密切，但在我上学的时候越来越多的男生上了伊顿公学。大部分学生是富家子弟，但大体上他们并不是出身贵族的有钱人，而是住在伯恩茅斯或里士满的那种有灌木环绕的大宅里的人，家里有汽车和管家，但没有乡村庄园。他们当中有几个外国人——几个来自南美洲的男生、阿根廷牛肉大王的儿子、一两个俄国男生，甚至还有一个暹罗王子，或者说，是被称呼为王子的人。

"傻逼"有两个远大理想。其中一个是吸引贵族子弟入读这所学校，另一个是培训学生获得公学的奖学金，特别是伊顿公学的奖学金。到我快毕业的时候，他真的招到了两个出身名门的学生。我记得其中一个是耷拉着鼻涕的可怜虫，几乎是个白化病人，一双弱视的眼睛总是往上瞟，长长的鼻子上总是带着一溜看上去颤巍巍的鼻涕。向别人提起这两个学生时，"傻逼"总是以他们的贵族头衔称呼他们，他们入读的头几天他真的当着他们的面称呼他们为"某某某某爵爷"。不用说，当有客人过来参观学校的时候，他总是想方设法将注意力集中到这两个贵族子弟身上。我记得有一次那个白头发的小男孩吃饭时呛着了，鼻子里流下一条鼻涕，掉到了盘子上，真是不忍卒睹。换了是其他地位卑微的人，一早就该被责骂为"脏兮兮的小畜生"，立刻被赶出食堂了，但"傻逼"和"翻脸"却以"孩子终究是孩子"的态度一笑置之。

所有家里很有钱的男孩都或多或少得到不加掩饰的优待。这所学校仍带着维多利亚时代"私塾"的气息，招收"寄宿学生"。后来我在萨克雷的作品里读到对那种学校的描写时，立刻看到了相似的地方。上午的课间那些富家子弟可以喝牛奶吃饼干，每周上一两次马术课。"翻脸"对他们呵护备至，亲热地直呼他们的名，而最重要的是，他们从来不会挨打。除了那几个南美学生——他们的父母远在十万八千里之外——我想"傻逼"从来没揍过那些父亲的年薪远远超过两千英镑的男生。但有时候他愿意放弃经济效益树立学业成绩上的招牌。有时候他会降低学费特招几个有希望能考取奖学金给学校争取荣誉的男生。我自己就是以这种条件入学的，不然的话我的父母根本没办法送我入读一所这么昂贵的学校。

一开始我不知道自己是学费减免生，直到我十一岁的时候"翻脸"和"傻逼"才开始向我透露这件事。在头两三年里我接受的是普通的教育课程，接着，在我开始学希腊文（八岁开始学拉丁文，十岁开始学希腊文）后不久，我被分进了奖学金班，这个班上的古典文学课程大部分由"傻逼"亲自教授。在两三年的时间里，冲刺奖学金班的学生接受的是填鸭式的教学，就像圣诞节的那些填鹅。我们学的都是些什么啊！让天资聪颖的男生在只有十二三岁的时候参加一场将决定其前途的竞争激烈的考试，这种事情再怎么说也是造孽。似乎有的预备学校能让学生获得伊顿公学或温彻斯特公学等学校的奖学金，但并没有教他们以分数作为衡量一切的标准。而在圣塞浦里安，整件事情被赤裸裸地当成一种骗局进行准备。你的任务就是只学那些能让考官觉得你貌似知识渊博的东西，尽可能不让你的脑袋去思考别的事情。任何没有考试价值的科目，例如地理，几乎完全被忽略了，如果你读的是"古典文学班"，你不用学数学，无论什么形式的科学课程都不用上——事实上科学根本不受重视，甚至对博物学感兴趣也不受鼓励——甚至连你在课余所读的书也是为了"英语考试"而读的。拉丁文和希腊文这两门和奖学金挂钩的主课才是最重要的，但就算这两门课也是刻意以一种浮夸而不合理的方式教授的。比方说，我们从未通读哪怕一本希腊语或拉丁语作家的作品。我们只读一些短篇，它们之所以被挑出来是因为它们可能会被选作"临场翻译"的考题。在我们参加奖学金考试的最后一年里，大部分时间都花在"题海战术"上，专攻前几年的试卷。"傻逼"攒了一摞摞的这种试卷，都是从每一所著名的公学那里搜罗来的。但最最荒唐的莫过于历史课的教学了。

那时候有一个很无聊的竞赛，名叫"哈罗公学历史奖学金"，每年举办一次，许多预备学校都会参加。圣塞浦里安的传统是每年都会得奖，我们确实有这个能力，因为我们已经死记硬背啃下了自从这个竞赛开始以来的每一份考卷，而可能会考的题目并不是无穷无尽的。那些题目特别愚蠢，答案只是一个名字或一句引言。谁洗劫了印度的贵妇？谁在一艘敞篷船上被砍掉了脑袋？谁趁辉格党人①洗澡的时候偷走他们的衣服跑掉了？几乎所有的历史课就是以这种水平传授的。历史成了一系列毫无联系、不可理解却是以铿锵动听的语句来描述的重要事实——至于为什么重要从未向我们解释。迪斯累利②以荣誉带来了和平。克莱夫③对自己的节制感到惊讶。皮特④召来新世界以恢复旧世界的平衡。还有年代日期和记忆练习。（比方说，你知道"A black Negress was my aunt：there's her house behind the barn"这句话的

---

① 辉格党人（the Whigs），奉行新教观念的英国政党，反对君主集权，拥护议会制度，是自由党的前身。

② 本杰明·迪斯雷利（Benjamin Disraeli，1804—1881），犹太裔英国政治家，保守党人，曾于1868年及1874—1880年两度担任英国首相。

③ 罗伯特·克莱夫（Robert Clive，1725—1774），英国陆军中将，缔造东印度公司在印度军政势力的核心人物，被公认为将印度纳入大英帝国统治的殖民头子。

④ 小威廉·皮特（William Pitt the Younger，1759—1806），英国政治家，24岁出任英国首相（历史上最年轻的首相），任期从1783年至1801年和1804年至1806年。在位时通过"联合法令"，成立大不列颠及爱尔兰联合王国，起用海军杰出将领纳尔逊，在特拉法尔加战役中重创法西联合舰队，巩固了英国在欧洲大陆的势力和影响。

首字母就是玫瑰战争①的各场战役名字的首字母吗？）"翻脸"给高年级上历史课，对这种东西最具热情。我还记得那些激扬岁月：热情洋溢的男生在座位上雀跃着抢答正确的答案，与此同时对他们所说的神秘事件的意义一点儿也不感兴趣。

"1587 年？"

"圣巴塞洛缪大屠杀②！"

"1707 年？"

"奥兰奇布③去世！"

"1713 年？"

"乌得勒支条约！④"

"1773 年？"

"波士顿倾茶案⑤！"

---

① 玫瑰战争（the War of the Roses），指英国的兰开斯特王室（House of Lancaster）与约克王室（House of York）为争夺英格兰王位而进行的战争。最后以兰开斯特的继承人亨利·都铎（Henry Tudor）战胜理查德三世（Richard III），并迎娶约克家族的继承人伊丽莎白（Elizabeth）为妻而结束，英国进入都铎王朝时期。

② 圣巴塞洛缪大屠杀（St. Bartholomew Massacre），发生于 1572 年 8 月 23 日（"使徒巴塞洛缪节"前夕）法国巴黎，是天主教徒与胡歌诺派（法国新教徒）之间矛盾激发的高潮。史学界对大屠杀的具体死亡人数意见不一，从 5 000 人到 3 万人不等。

③ 阿布尔·穆扎法·穆罕默德·奥兰奇布（Aurangzeeb Abul Muzaffar Mohammad Aurangzeb，1618—1707），印度莫卧儿王朝第六任君主，统一印度南亚次大陆全境，使莫卧儿王朝达到全盛时期。

④ 乌得勒支条约（the Treaty of Utrecht），指西班牙继位战争后，参战各国于荷兰的乌得勒支签署的一系列条约，英国在欧洲的势力得到扩张，法国的势力受到削弱，普鲁士获得崛起的空间。

⑤ 波士顿倾茶案（the Destruction of the Tea in Boston），1773 年 12 月 16 日，反对英国殖民统治的民间反抗组织"自由之子"（Sons of Liberty）销毁英国东印度公司的茶船上的茶叶以示不满，英国政府采取强硬措施镇压，引起殖民地反抗，是 1775 年美国革命战争的肇因。

"1520 年？"

"噢，夫人，求您了，夫人——"

"夫人，夫人，请您让我告诉他！夫人！"

"好吧！1520 年？"

"金缕地之会！①"

如此这般这般。

但历史和类似的副科也不是一点儿也不好玩。真正折磨人的是"古典文学课"。回首往事，我意识到那时候的我比以后的我更加用功读书，但是当时似乎再怎么努力也无法令人满意。我们围坐在一张用浅色硬木做的光洁的长桌边，"傻逼"又是棒打又是威胁又是劝诫，有时候插科打诨，极偶尔夸上几句，但总是在鞭笞我们保持全神贯注的状态，就好比一个人以利锥刺股的方式让一个昏昏欲睡的人保持清醒那样。

"继续，你这个小懒虫！继续，你这个没用的小懒鬼！你们这帮家伙最大的毛病就是你们天生就懒到骨子里去了。你们吃太多了，这就是原因所在。你们顿顿饭都狼吞虎咽，然后来到这里的时候就已经快睡着了。继续，投入一点。你们根本没有在动脑筋。你们的脑子根本没有出汗呢。"

他会用他那支银管铅笔敲打着某个学生的脑袋瓜，在我的记忆中，那支笔似乎就像香蕉那么粗，重得可以撬起一块大石头。又或者他会揪着某个学生耳朵边上的短发，又或者会时不时在桌子底下伸脚踢某个学生的胫骨。碰到诸事不顺的日子，他就会

---

① 金缕地之会(The Field of the Cloth of Gold)，1520 年 6 月 7 日至 24 日，英国国王亨利八世与法国国王弗朗西斯一世于法国加来附近举行会晤，巩固百年战争后于 1514 年缔结的英法条约。

说:"那好吧,我知道你想要什么。一整个上午你一直要的不就是这个吗? 过来,你这个没用的小懒鬼。进书房去。" 然后就啪、啪、啪,然后你就回来了,带着血红的鞭痕和火辣辣的疼痛,坐下来继续学习——后来那几年"傻逼"不用马鞭了,改用一根细细的藤条,打起来要疼得多。这种事情不是很经常发生,但我记得不止一次在念一句拉丁文句子的时候被带出教室,挨了一顿藤条,然后继续念同一个句子,事情就是这样。如果你觉得这种教学方法不管用,那可就错了。这种方法在特定目的上其实很管用。事实上,如果没有体罚的话,我想古典教育可能根本无法顺利进行下去。那些男生们自己也相信体罚的功效。有个男生名叫比察姆,是个脑袋少根筋的笨蛋,但显然他很渴望考取奖学金。"傻逼"就像鞭笞驽马那样驱赶着他朝目标迈进。他去参加厄平汉姆的奖学金考试,回来时知道自己考砸了,一两天后因为懒惰被狠狠地揍了一顿。"要是去考试前挨那顿藤条就好了。"他哀怨地说道——我觉得这番话很让我鄙视,但我完全理解个中含义。

奖学金班的男生并非受到同样的待遇。如果是个有钱人家的子弟,对他来说减免学费并非那么重要,"傻逼"就会像慈父一样激励他,开开玩笑,捅捅肋骨,偶尔用铅笔拍打一下,但从来不揪头发或打藤条。那些没钱但"聪颖"的学生才会吃苦头。我们的脑袋就像一座金矿,他投资进去,就必须从我们这里压榨出回报。早在我明白我和"傻逼"的经济关系的性质之前,他们就已经让我明白我和大部分男生的地位是不一样的。事实上,学校里有三个阶层。有一小撮出身贵族或百万富翁背景的上等人,有出身普通郊区富裕阶层的子弟,他们是学生的主要构成群体,还有几个像我这样的下等人，出身于神职人员、印度民政官、挣扎求存的寡妇这样的家庭背景。这些穷苦的孩子被勒令不能参加像射箭和木工这样的"课余活动"，而且从衣服到小玩意儿被百般羞辱。比方说，我从未拥有属于自己的板球拍子，因为"你父母买不起"。这句话在我读书的时候一直困扰着我。在圣塞浦里安我们不准保管从家里带来的钱，而是必须在学期的第一天"交公"，然后每隔一段时间在监督下才能花掉。我和境况相似的男生总是被劝阻，不能买像模型飞机这样的昂贵的玩具，就算我们攒够了钱也不行。特别是"翻脸"，她似乎故意要向那些穷孩子灌输卑贱的人生观。"你觉得那种东西是你这样的小孩应该买的吗？"我记得她对某个男生说道——而且是当着全校学生的面说出这番话的，"你知道自己长大以后是个穷光蛋，不是吗？你们家没钱，不宽裕。你得懂事。别不知道天高地厚！"还有每周给我们买糖果的零花钱，由"翻脸"坐在一张大桌子那里分给我们。那些百万富翁子弟每周有六便士，大部分学生有三便士，而我和其他一两个孩子只有两便士。我的父母并没有嘱咐要这么做。可以想象，每周省一便士对他们来说并没有多大的影响。这是身份的标志。而更令人尴尬的是生日蛋糕的细节。每个孩子在生日的当天通常可以得到一个插着蜡烛的大冰糕，在吃茶点的时候和全校的同学分享。这是校规规定的，而账记在了学生的父母头上。我从未得到过蛋糕，虽然我的父母绝对不会介意为蛋糕掏钱。年复一年，我会可怜巴巴地希望今年我的蛋糕会出现，却又不敢开口提出要求。有一两次我甚至向我的小伙伴们轻率地吹嘘说今年我会有蛋糕。接着，茶点时间到了，没有蛋糕，我还是那么没有人缘。

很早的时候我就已经知道，如果不能获得一所公学的奖学金，我根本没有机会混出个人样。要是不能考取奖学金，我就得在十四岁的时候离开学校，用"傻逼"最喜欢说的话形容，只能当"一个年薪四十英镑的办公室杂役"。我身处这样的环境，当然对其深信不疑。事实上，在圣塞浦里安大家都认为，如果你上不了"好的"公学（这类学校大约只有十五所），你这辈子就完了。随着考试的时间日益临近——十一岁、十二岁，然后十三岁，这一年可谓生死攸关！——勉强鼓起勇气面对不成功便成仁的可怕战斗时那种沉重的压力是很难让一个大人明白的。在大约两年的时间里，我没有一天醒着的时候不在想着"考试"这件事，我的祈祷总是一成不变：当我分到一块比较大的如愿骨，或捡到一块马蹄铁，或向新月鞠躬七次，或通过一道许愿门没有碰到门的两边时，我获得的许愿机会当然会用在"考试"上。然而，奇怪的是，我还总是被一种几乎无法抵抗的不想用功的冲动所困扰。有时候我一想到要做的功课就会觉得无比沮丧。在最小儿科的题目面前我就像一只小动物那样傻愣愣地发呆。放假的时候我也无法学习。有几个奖学金班的学生跟着巴切勒先生补习。他是个和蔼的人，毛发很浓密，总是穿着松松垮垮的衣服，住在一间典型的单身汉的"窝"里——墙上摆满了书，屋里弥漫着烟味——就在镇上的某处地方。放假的时候巴切勒先生每星期都会从一沓作业里给我们布置一些片段。但不知为什么我就是完成不了。空白的作业纸和黑色的拉丁文字典就摆在桌子上，我知道自己的责任，但不知怎的，我就是没有心情开始写作业。假期快结束的时候，我只能交给巴切勒先生写了五十或一百行的作业。毫无疑问，这一部分是因为"傻逼"和他的藤条不在身边。但上学的时候也一样，我总是时不时就犯懒犯傻，渐渐沉沦到丢人现眼的地步，甚至变得软弱爱哭却又不肯听话。我很清楚自己的罪行，却没办法或不情愿——我不知道到底是为什么——作出改正。然后"傻逼"或"翻脸"会把我叫去，这一次甚至不是挨藤条。

"翻脸"会用她那双恶毒的眼睛打量着我。（她那双眼睛是什么颜色的呢？我也不知道。我记得它们是绿色的，但事实上没有人有绿色的眼睛。或许它们是淡褐色的。）她会以她那特有的半是哄骗半是恐吓的方式开场，总是能突破对方的心理防御，打动对方善良的天性。

"我觉得你这么做真是太不像话了，不是吗？你觉得你就这么一星期接一星期，一个月接一个月地荒废光阴对得起你的父母吗？你想放弃自己的机会吗？你知道像你这样的人可不是有钱人，不是吗？你知道你的父母不能像别的孩子的父母那样提供同样的条件。要是你考不到奖学金，他们怎么能送你上公学读书呢？我知道你的母亲很为你自豪。你想让她失望吗？"

"我想他是不想上公学的了。""傻逼"会假装我不在场一样对"翻脸"说道，"我想他已经放弃这个念头了。他想当个年薪四十英镑的小人物。"

流眼泪那种可怕的感觉——胸口一阵发胀，鼻子里一阵发酸——已经向我袭来。"翻脸"会祭出她的杀手锏：

"你觉得你这样做，对我们公平吗？我们为你付出了这么多。你知道我们为你付出了多少，不是吗？"她的眼睛直勾勾地盯着我，虽然她没有把话挑明，但我心知肚明。"我们收留了你这么多年——我们甚至还让你放假的时候在这里住一个星期，让巴切勒先生能辅导你。我们不想把你赶走，你知道的，但我们可不能由得一个孩子在这里一学期接一学期地白吃白喝。我认为你这样的行为是很不对的，是不是？"

我只能可怜巴巴地回答"不，夫人"或"是的，夫人"，根据情况而定。显然，我的行为是不对的。时不时地，我的眼泪会不由自主地夺眶而出，顺着鼻梁簌簌地滴落下来。

"翻脸"从不会直白地说我是个不交学费的学生。显然，像"我们为你付出了这么多"这样含糊的话更能打动人心。不过，"傻逼"没有被自己的学生爱戴的渴望，说话更加直白一些，就像平时说话那样趾高气扬。"你是靠我的奖学金生活的"是这种情形下他最喜欢说的一句话。在挨鞭子的时候我至少听过一次这句话。我必须得说，这一幕并不是经常发生，当着其他孩子的面只说过一回。在公开场合我老是被提醒说我是一个穷孩子，我的父母这样或那样东西都"买不起"，但我并没有被点破自己寄人篱下的地位。这是无可辩驳的终极王牌，当我的学业一塌糊涂时就会作为刑具拿出来折磨我。

要理解这么一番话对一个十或十二岁的孩子的影响有多大，你必须记住，小孩子对分寸和概率没有什么概念。一个小孩子可能极端自我，无法无天，但他缺乏阅历，他对自己的判断没有信心。大体上，人们说什么他就信什么，而且相信大人们拥有不可思议的知识和能力。这里我举一个例子。

我曾经说过，在圣塞浦里安我们不能私底下存钱。但是要偷偷扣下一两先令还是有可能的，有时候我会浪费在买糖果上，藏在操场墙上松散的藤蔓里。有一天我被派出去跑腿时，我去了一英里开外的一家糖果店，买了几块巧克力。从店里走出来时，我看见对面人行道上有一个面目狰狞的小个子男人，看上去似乎正恶狠狠地盯着我的校帽。我心里登时一惊。那个人是谁根本用不着猜。他就是"傻逼"安排在这里的密探！我不动声色地转过身，然后，我的双脚似乎不听使唤，撒丫子笨拙地跑开了。但当我绕过街角时，我迫使自己慢下来走路，因为跑就是心里有鬼的迹象，显然。这个小镇里到处都遍布着密探。那一天和接下来的第二天我等候着被叫进书房，但最终平安无事，我觉得很是吃惊。在我看来，一所私立学校的校长能够动用一大帮告密者并不是什么奇怪的事情，我甚至没有想过雇这些人是要钱的。我以为无论校内校外，大人们都会自发联合起来，阻止我们破坏规矩。"傻逼"无所不能，因此他的爪牙遍布各处也就不足为奇了。这件事情发生的时候我想我应该不止十二岁。

我恨透了"傻逼"和"翻脸"，那是一种恼羞成怒的恨意，但这并没有让我怀疑他们的判断力。当他们告诉我不能考取公学的奖学金就只能去当一个年薪四十英镑的办公室杂役时，我相信自己就只能在这两者之间做出选择。最重要的是，当"傻逼"和"翻脸"告诉我他们是我的恩人时，我真的相信了。当然，现在我明白在"傻逼"的眼中我是一个奇货可居的学生。他往我身上投了本钱，他希望我以为学校争光的方式给他回报。要是我"误入歧途"了——有时候一些有希望拿奖学金的男生就会这样——我想他们一早就把我开除了。结果，最终我为他考到了奖学金，当然，他在宣传手册里对此大肆宣扬。但让一个小孩意识到学校的本质就是一个商业机构是很困难的事情。小孩子相信学校的存在就是为了教书育人，校长训导他是为了他好，或者说是爱之深责之切。"翻脸"和"傻逼"对我很友好，他们的友好包括了打藤条、责骂和羞辱，这些都是为了我好，把我从沦为办公室杂役的厄运中解救出来。这就是他们的说法，而且我对此深信不疑。因此，我知道自己亏欠了他们的大恩大德。但我并没有心存感激，我清楚地知道这一点。恰恰相反，我恨透了他们俩。我无法控制自己的主观情感，也无法在他们面前掩饰。但痛恨自己的恩人实在是太坏了，不是吗？他们就是这么教导我的，而我也相信了。一个孩子会接受人家教给他的行为准则，即使他在违反这些行为准则时也一样。从八岁或更早的时候开始，我就一直觉得自己是一个罪人。即使我努力装出目中无人的冷漠模样，那其实也只是蒙在羞愧和失落之上的一层薄薄的掩饰。深刻的罪恶感贯穿了我的童年时期，我知道自己不是个好人，我知道自己在蹉跎光阴，荒废我的才华，做出天大的傻事，心地歹毒而且忘恩负义——所有这些似乎都无可避免，因为我生活在像地心引力一样的绝对法则中，但我却无法遵循这些法则行事。

三

　　没有人能在回首自己的校园生活时，真心地说他们一点儿也不快乐。

　　在圣塞浦里安，除了惨痛的回忆之外，我也有美好的回忆。盛夏的下午我们有时候会去远足，穿过唐斯丘陵来到一个名叫比尔林沟的村庄，或去滩头那里，在礁石间危险地游泳泡水，回来时全身都被割伤。仲夏的夜晚还有更好玩的事情。作为特别优待，我们不用像平常那样被赶上床，而是获准在流连的暮光中在操场上闲逛，最后九点钟的时候一头扎进游泳池里泡个澡。在夏天起个大早，在阳光明媚睡意沉沉的宿舍里不受打扰地读上一个小时书也是一大乐事（伊安·赫伊[①]、萨克雷[②]、吉卜林[③]和威尔斯[④]是我童年时最喜欢的作家）。还有打板球——虽然我打得不好，但还是无可救药地沉溺其中，直到大约十八岁。养毛毛虫也是很有趣的事情——那种光滑如丝绸的绿紫色的天社蛾毛虫、恐怖的白杨木绿毛虫、大如中指的水蜡树毛虫，这些都可以从镇里一间商店花六便士偷偷买到。还有就是，校长"出去散步"时，我们可以有足够的时间摆脱他，兴高采烈地到唐斯那里的露池中捞硕大的、长着橙色肚皮的蝾螈。我们出去散步，遇到某样特别有趣的事情，然后校长一声令下又得乖乖回去，就像一只被绳子生拉硬拽着往前走的小狗——这是学校生活的一个重要特征，在许多孩子的心中推波助澜地增强了心中的信念，那就是，你最想要的事情总是可望而不可即。

在极少数情况下，或许每个夏天有那么一回，你可以完全摆脱学校军营般的气氛。副校长布朗获准带着一两个男生一整个下午去几英里外的公地上抓蝴蝶。布朗白发苍苍，脸膛红得像一颗草莓。他精通博物学、做模型和石膏像、放幻灯片等等诸如此类的事情。他和巴切勒先生是学校里仅有的两个我不讨厌也不害怕的大人。有一次他带我进他的房间，信任地给我看一把镀金的手

---

① 伊安·赫伊（Ian Hay，1876—1952），英国作家，代表作有《一家之主》、《第一笔十万英镑》等。

② 威廉·梅克皮斯·萨克雷（William Makepeace Thackeray，1811—1863），英国作家，以讽刺作品著称，代表作有《名利场》、《男人的妻子们》、《菲利普历险记》等。

③ 约瑟夫·拉迪亚德·吉卜林（Joseph Rudyard Kiping，1865—1936），英国作家、诗人，1907年诺贝尔文学奖得主，生于印度孟买，作品多颂扬大英帝国的统治，代表作有《七海》、《丛林之书》等。

④ 赫伯特·乔治·威尔斯（Herbert George Wells，1866—1946），英国著名科幻作家，代表作有《时间机器》、《透明人》、《世界大战》等。

柄上镶有珍珠的左轮手枪——他称其为"六发手枪"——他把这把枪藏在床底下的一个箱子里。噢，那些偶尔举行的远足是多么快乐！在人迹罕至的铁路支线乘坐两三英里的火车，一整个下午举着绿色的大网跑来跑去，那些漂亮的大蜻蜓在草丛的顶部盘旋飞舞，阴森森的杀虫瓶散发着令人作呕的气味，还有在一间小茶馆的门廊处喝着茶吃着一大块浅白色的蛋糕！这种事情的关键之处在于乘火车旅行，似乎在你和学校之间施加了魔法一般的距离。

"翻脸"自然是不赞成这些远足的，虽然并没有真的禁止。有人回来时她就会露出狰狞的笑容，捏出最稚嫩的嗓音说道："你们去捕蝶了吗？"在她看来，学博物学（或许她会称之为"逮虫子"）是幼稚的举动，应该尽早让男生们知道这是可笑的事情，不再沉溺其中。而且，它不是什么有出息的事情，一向是那些不擅长运动的戴眼镜的男生做的事情，对你通过考试没有任何帮助，而且最重要的是，它有科学的味道，因此似乎会影响古典文学的教育。接受布朗的邀请需要在道德上苦苦挣扎一番。我真的很害怕那番"小蝴蝶"的讥讽！但是布朗是自学校创办伊始的老员工，拥有一定程度上的自主权，似乎只和"傻逼"打交道，不怎么搭理"翻脸"。如果碰巧"翻脸"和"傻逼"都不在，布朗就会担任代理校长的职务，这样一来，早上做礼拜的时候他不会诵读那些指定的课文，而是给我们阅读《圣经别传》[①]里面的故事。

我从童年一直到大约二十岁的大部分美好的回忆在某种程度

---

① 《圣经别传》，指一部分内容没有得到基督教会钦定的自希伯来时代流传下来的经文。

上都与动物有关。当我回首往事，在圣塞浦里安就读期间，所有的美好回忆都发生在夏天。冬天的时候你会一直流鼻涕，手指冻僵了，连纽扣都没办法扣上（星期天我们得穿伊顿硬领，这时候可苦恼了），还有那每天像噩梦一样的足球——天气那么冷，场地那么泥泞，那个丑陋的湿漉漉的足球呼啸着朝你的脸飞过来，那些大一点的男生顶着你的膝盖，踩踏你的靴子。除此之外，让我烦恼的还有一件事：十岁之后一到冬天我就老是病恹恹的，至少在上学的时候是这样。我有支气管炎，而且许多年之后发现一片肺叶上有病变。因此我不仅长期咳嗽，而且跑步对我来说是一种折磨。但那时候这种情况被称为"气喘"或"胸闷"，要么是自己在杞人忧天，要么被认为是由暴饮暴食引起的，是道德上的堕落。"你喘起气来就像在拉风箱一样。""傻逼"站在我的椅子后面时会不高兴地说道，"你老是吃那么多，这就是病因。"我的咳嗽被说成是"胃胀气"，听起来很恶心而且应该被责骂。而咳嗽的疗方就是去跑步，如果你能长期坚持的话，就能"清理好你的胸腔"。

真是奇怪，如此那般的——我说的不是真正的生活艰苦，而是邋遢肮脏和漠不关心的氛围——在那个时候的上流阶层的学校，竟被视为天经地义的事情。几乎就和萨克雷时代一样，一个八岁或十岁的小男孩就应该是个流着鼻涕的可怜虫，他的脸就应该总是脏兮兮的，双手皲裂，指甲被咬得参差不齐，手帕湿漉漉的脏得可怕，屁股总是青一块紫一块。在假期的最后几天，想到回学校，你的心里就像塞了一大团铅块那样沉重，而那种身体发肤上的苦楚是原因之一。关于圣塞浦里安最典型的一个记忆就是学期的头一天晚上你会觉得床铺硬得出奇。由于这是一所昂贵的学校，在这里读书的我觉得社会地位高了一等，但是舒适程度从各个方面来说都要远远低于我自己的家，或者说，比一个富裕的工人阶级之家差了很多。比方说，一个学生一星期才能洗一次热水澡。食物不仅难吃，而且还填不饱肚子。我从未见过涂得如此之薄的黄油或果酱，后来也没有见过。我想吃不饱这件事不是我臆想出来的，我记得我们煞费苦心地想偷东西吃。我记得有好几次半夜两三点钟的时候蹑手蹑脚地穿过似乎有好几英里长的漆黑的楼梯和过道——光着脚丫，每走一步都会停下来听一听动静，对"傻逼"、鬼怪和夜贼怕得要死——为的是从食堂里偷点发霉的面包。那些老师和我们一起吃饭，但他们的伙食要稍稍好一些。一有机会我们就会在他们的盘子被端走时偷点剩下的熏肉皮和炸土豆吃。

　　和往常一样，我没有意识到不给吃饱饭是出于经济上的考虑。我接受了"傻逼"的看法，认为小孩子食欲旺盛是病态发育，应该尽量加以控制。在圣塞浦里安有一句格言对我们重复了无数遍，那就是：吃完饭后站起来时感觉和刚才坐下去时一样饿是健康的表现。仅仅在一代人之前，学校开饭时以一道不加糖的板油布丁作为开胃菜是很普遍的事情，他们还老实地承认说这是为了"让孩子们没有胃口"。但在预备学校里，吃不饱饭可能没有公学那么骇人听闻。在预备学校里孩子们只能吃到学校安排的伙食，而在公学，孩子们可以给自己额外买点吃的——事实上，校方希望他们这么做。在有的学校，除非学生自带鸡蛋、香肠、沙丁鱼罐头什么的，否则他们别想吃饱，因此父母们得给孩子们留一点钱。比方说，在伊顿公学，至少在高中，吃过午饭之后就别指望吃上一顿饱饭了。吃下午茶时他只能吃到可怜的稀汤或炸鱼，而更经常吃到的是面包加奶酪，喝的是清水。"傻逼"去伊顿公学看望他的大儿子，回来时势利而得意地大谈那些男生生活的奢华。"他们晚饭给学生们吃炸鱼呢！"他嚷嚷着，肉嘟嘟的脸上笑容满面，"世界上没有像这样的学校了。"炸鱼！这是最穷的工人阶级经常吃的晚餐！在廉价的寄宿学校无疑更加糟糕。在我还很小的时候，我记得在一间文法学校里见到那里的寄宿生——或许是农民和小店主的儿子——吃的是煮内脏。

无论是谁在写自己的童年回忆时都切记不要过度夸张和自怜自艾。我不是在说自己是个受难者，或者说圣塞浦里安是一所类似于多斯比男校①那样的学校。但如果我说大体上我的回忆不算恶心的话，那我就是在撒谎。在我的回忆中，我们过着人满为患、饭又吃不饱而且蓬头垢面的生活，的确非常恶心。如果我闭上眼睛，说一声"学校"，第一样记起的当然是学校的环境：带板球亭的平坦的操场、步枪射击场旁边的小屋、阴风阵阵的宿舍、布满灰尘的开裂的通道、体育馆前面的沥青广场、后面那个表面粗糙的松木礼拜堂。几乎每一个地方都有某样脏兮兮的东西突兀地显露出来。比方说，我们喝粥的锡碗都卷了边，下面结了嘎巴，可以长条长条地撕下来。而粥本身也总是有很多硬块、头发和说不清道不明的黑漆漆的东西，多得让你觉得难以置信，似乎是有人故意放进里面去的。不先检查一下那些粥可不安全。还有浴缸里那些黏糊糊的水——浴缸大约有十二到十五英尺，每天早上大概整个学校的学生都会进去洗澡，我不知道那些水有没有经常换——而且那些毛巾总是湿漉漉的，带着一股奶酪的味道。冬

---

① 多斯比男校（Dotheboys Hall），狄更斯的作品《尼古拉斯·尼克比》中塑造的一座野鸡男校，环境恶劣，教育落后。

天我有时会去本地的浴室，那里用的是直接从海滩上引来的脏兮兮的海水，有一次我见到上面漂浮着一团人粪。还有更衣室里的汗臭味和油腻腻的洗脸盆。对着这些东西是那一溜肮脏破烂的厕所，门上没有任何固定的插闩，因此当你坐在里面的时候肯定会有人破门而入。对我来说，想起上学的日子，我很难不闻到一股冷冰冰而可怕的味道——一种夹杂着汗袜子、脏毛巾、沿着过道飘荡的粪便的味道、残留着陈腐的食物的叉子和炖羊颈汤的味道，还听到厕所的门乒乒乓乓的碰撞声和宿舍里夜壶的撒尿声。

确实，我生来不是一个擅长交际的人，而当很多人局促在一个狭小的空间里时，如厕和脏兮兮的手帕这些生活的另一面肯定会更加扎眼。这种情况就像在军队里一样糟糕，而毫无疑问，监狱里的情况会更糟。而且，在童年时你对什么都感到讨厌。在一个小孩有了辨别能力之后，在他变得麻木不仁之前——比如说，七八岁之间——他似乎总是在一口化粪池上走钢丝。我认为当我回忆起健康和卫生是如河被漠然置之的时候，我并没有夸大学校生活的肮脏，虽然他们在夸夸其谈地说什么新鲜空气、洗冷水澡和坚持艰苦训练。连续好几天便秘是常有的事情。事实上，你几乎很难保持肠胃畅通，因为能用的通便药就只有蓖麻油或另外一种几乎同样难喝的药，名叫甘草粉。按照规定学生们每天早上应该洗澡，但有的学生会连续好几天躲着不洗澡，铃声一响就不见踪影，或随着人群走到澡堂边，然后用地上的脏水弄湿头发就算了。除非有人紧盯着他，否则一个八九岁的小男孩是不会让自己保持干净的。在我离开学校前不久来了一个新生，名叫海泽尔，是一位漂亮妈妈的心肝宝贝。我注意到他的第一件事，就是他长了一口珍珠般美白的牙齿。到了那个学期末，他的牙齿变成了恐怖的绿色。显然，那段时间以来没有人关心他，叮嘱他要刷牙。

但是，家与学校的区别不只是在物质环境上。开学的第一天晚上躺在硬邦邦的床铺上时，我总是有一种蓦然惊醒的感觉："这就是现实，这就是你要面对的事情。"你的家或许远远称不上完美，但至少那是一个充满了爱而不是充满恐惧的地方，你不用时时刻刻防备着身边的人。八岁的时候你突然间从这个温暖的窝里被扔到一个充满暴力、欺诈和秘密的世界，就像一条金鱼被丢进一口满是梭子鱼的水缸里。无论面对什么程度的欺负，你都没有办法找回公道。你只能靠告密保护自己，而除了少数严格规定的情况外，告密是不可饶恕的罪行。写信回家叫父母把你带走更是不可想象的事情，因为这么做不啻于承认你是个不合群又不快乐的人，男孩子绝不会承认这种事情的。男生都是伊尔丰国的人①：他们觉得遭受不幸是丢脸的事情，必须不惜一切代价加以隐瞒。或许向你的父母抱怨伙食恶劣、挨了一顿不公的藤条，或被校长虐待而不是同学欺负了是可以被接受的事情。"傻逼"从来不打有钱人的子弟这件事表明真的有人会偶尔抱怨。但像我这种情况，我根本不可能求父母为我作主。甚至在我明白我是学费减免生之前，我就已经知道他们在某种程度上亏欠了"傻逼"，因此没有办法保护我。我已经说过，在圣塞浦里安读书的时候我从未有过一把属于自己的板球拍。他们告诉我这是因为"你的父母根本买不起"。假期里有一天，他们无意中说到他们交了十先令给我买一

---

① 伊尔丰国（Erewhon），萨缪尔·巴特勒的同名小说中一个虚拟的国度，那里没有机器，因为伊尔丰国的国民认为机器是危险的东西，顽固保守。

把球拍，但我根本就没有拿到板球拍。我没有向父母抱怨，更没有向"傻逼"提起过这件事。我怎么能开口呢？我承受他的恩惠，区区十先令只是我亏欠他的九牛一毛。当然，现在我知道应该不是"傻逼"吞了这笔钱。显然他只是忘了有这么一回事。但问题是，我当时以为他把这笔钱给吞了，而就算他这么做也是理所应当的。

　　一个小孩子要在精神上真正地独立是多么困难的一件事情，从我们对待"翻脸"的行为就可以看出。我想学校里的每个学生对她真的是又恨又怕，但是我们都以最可怜巴巴的方式奉承她，而我们对她的感情的最表层的特征是一种受罪恶感驱使的忠诚。虽然学校的纪律是靠她而不是靠"傻逼"在维持，但她甚至对表面的公正都不屑一顾，摆明了就是一个喜怒无常的人。今天可能会让你挨一顿藤条的行为到了明天可能就会被当成是小孩子的淘气一笑置之，甚至受到赞扬，因为这"表明你有种"。在有的日子里，每个人都在她那双深陷而刻毒的眼睛面前畏畏缩缩，而在别的日子里，她就像一个搔首弄姿的女皇，被一群谀臣面首包围着打情骂俏，分发奖赏，慷慨大度地许下种种承诺（"如果你能赢得哈罗公学历史奖我就赏你一个新的相机套！"），甚至偶尔让三四个最受宠爱的学生乘她的福特牌小轿车，带他们去镇里的茶馆，让他们在那里买咖啡和蛋糕。在我的心目中，"翻脸"总是和伊丽莎白女皇联系在一起，而伊丽莎白女皇①和莱斯特②、埃塞克

---

① 指伊丽莎白一世(Elizabeth I，1533—1603)，1558 年至 1603 年在位。
② 指第一任莱斯特伯爵罗伯特·达德利(Robert Dudley, 1st Earl of Leicester，1532—1588)，伊丽莎白一世的亲信宠臣。

斯①和罗利②的关系我从小就知道了。我们谈起"翻脸"时经常用的一个词就是"宠"。我们会说"我得宠了"或"我失宠了"。除了那几个富家子弟和贵族子弟外，没有人能一直得宠，但另一方面，就算是那些被冷落的孩子也不时会得到补偿。因此，虽然我对"翻脸"的记忆以敌意居多，但我也记得有好几回我领略到她的微笑，她叫我"老伙计"，直呼我的名，允许我去她的私人书房借书。就是在那里我读到了《名利场》。得宠的标志是在星期天晚上"翻脸"和"傻逼"请客吃饭的时候被叫去端盘上菜。当然，在清理打扫的时候你有机会把残羹剩菜吃掉，还有机会领略站在客人身后，当有什么需要时就谦恭地飞奔过去那种奴颜婢膝的快乐。当一个人有机会溜须拍马时，他就会溜须拍马。她一露出微笑，你的仇恨就会化为谄媚的爱。当我能成功地逗"翻脸"发笑，我就会觉得很自豪。在她的命令下，我甚至写过应景诗和俏皮诗庆祝校园生活中值得纪念的事件。

我很希望表明除非受环境所迫，我并不是一个叛逆的小孩。我接受了我所置身的环境的种种规矩。在我快毕业的时候，有一次我甚至向布朗告密，说我怀疑有人搞同性恋。我并不是很清楚什么是同性恋，但我知道它发生了，而且是件坏事，而且这种事情打小报告是应该的。布朗夸我是个"好孩子"，这让我感到十分惭愧。在"翻脸"面前你似乎就像舞蛇人面前的那条蛇一样无

---

① 指第二任埃塞克斯伯爵罗伯特·德弗罗（Robert Devereux, 2nd Earl of Essex, 1565—1601），伊丽莎白一世的亲信宠臣。
② 沃尔特·罗利（Walter Raleigh, 1554—1618），英国探险家，曾对北美新大陆进行探索，为英国建立北美殖民地做出贡献。曾担任英国海军副司令一职。英国民间风传他与女王伊丽莎白一世有染。1592 年 6 月至 8 月，沃尔特·罗利因与伊丽莎白一世的一名侍女私通而被囚禁于伦敦塔中。

助。她夸人和骂人用的都是千篇一律的词汇，全都是些精心编排的套话，每一句话都能立刻撩起你作出适当的反应。比如说，"加把劲，老伙计！"听了这句话登时让人浑身来劲；还有"别傻了！"（或"逊毙了，不是吗？"）这会让人觉得自己生来就是个傻瓜；还有"你不是很老实噢，不是吗？"这种话总是能让人眼泪汪汪。然而，在你的心里，你一直觉得有一个不容侵蚀的内在的自我，知道无论你做了什么——无论你是笑是哭，或因为小恩小惠而感恩戴德——你真正的感情就只有憎恨。

四

很小的时候我就已经知道一个人可能会在不情愿的情况下做错事情，而不久后我还认识到，一个人可能会在根本不知道自己做了什么事情的情况或不知道为什么那会是错的情况下做错事情。有的罪行实在是太难以解释清楚，而有的罪行则太过于骇人听闻，不能明说出来。比方说，性的问题——它总是在水面下暗潮涌动，然后在我十二岁的时候突然爆发，引起了一场轩然大波。

在有的预备学校同性恋并不是什么问题，但我想圣塞浦里安或许沾染上了"坏风气"，这都是拜那些南美男生所赐，他们可能要比英国的男生早熟一两年。那个年纪的我对性并不感兴趣，因此我不知道到底发生了什么事情，但我想那是集体手淫。总之，有一天这场风波骤然降临我们头上。各种传召、审问、坦白、鞭笞、忏悔和严肃的讲座，而你根本不知道讲了些什么内容，只知道有人犯下了某种被称为"下流无耻"或"兽性大发"的罪行。其中一个带头的男生名叫霍恩，挨了一顿板子，据目击者说，他被不间断地揍了十五分钟，然后给开除了。他的哀号声响彻整座校舍。但我们都或多或少受到了牵连，或觉得自己受到了牵连。罪恶感似乎就像一团烟雾那样悬在空中。我们学校有一个老师，长着黑头发，性情严肃，但人特别傻帽，不过后来当上了议员。他把我们这帮年纪稍大的男生带到一间隔离的屋子里，对人体的神圣性进行了一番说教。

"难道你们不知道你们的身体是多么奇妙的事物吗？"他难过地说道，"你们老是谈论汽车发动机，劳斯莱斯、戴姆勒什么的。你们难道不明白，根本没有什么发动机能够和你们的身体相提并论吗？而你们就这么糟蹋身体，将它毁掉——这是一辈子的事情！"

他用那双深陷的黑眼睛看着我，很难过地补充道："还有你，我一直以为你也算是一个守规矩的孩子——但我听说你是最坏的一个。"

一种毁灭的感觉降临我的心头。也就是说，我也是罪人。我也做出了那件可怕的事情，无论那是什么事情，这辈子你的身心都被毁掉了，最后将以自杀或进疯人院而告终。此前我一直希望自己是无辜的，但那一刻罪恶感占据了我的内心，而因为我不知道自己做了什么，那种感觉越发强烈。我不在那些受到审讯和鞭笞的孩子之列，直到这场风波过去了很久，我才了解到把我的名字牵涉进去的那桩小事。当时我懵懂无知。直到两年后我才真正明白那番关于神圣人体的说教到底说的是什么。

当时我处于几乎没有性欲的状态，在那个年纪的男生里这是很正常的，或者说是很普遍的状态。因此，我对那件被称为"人伦大防"的事情处于一种似知非知的状态。但是，五六岁的时候，和许多小孩子一样，我经历了一段性欲期。我的那些小朋友是街头那个水管工的孩子，有时候我们会玩一些有点暧昧的游戏。其中一个游戏名叫"看医生"，我记得把一个玩具喇叭当成听诊器，放在一个小女孩的肚皮上时，我体验到一种轻微却又的确很愉悦的快感。与此同时，我深深地爱上了一个和我一起上修道院学校的名为埃尔丝的女孩子，那是一种充满崇拜的爱情，比以后我对任何人的爱意都要深刻得多。我似乎觉得她是个大人，因此我想当时她一定有十五岁了。自此之后，就像经常发生的那样，所有关于性的感觉似乎与我隔绝了许多年。十二岁的时候我知道了比小时候更多的事情，但我却更糊涂了，因为我忘记了性活动能带来快乐这个最重要的事实。大约从七岁到十四岁的时候，我对这种事情根本不感兴趣，当有时候被迫思考这一问题时，只觉得它很恶心。我对所谓的"人伦大防"的知识是从动物那里学来的，因此只是扭曲的零星片段。我知道动物会交配，而人的身体和动物的身体有相似之处，但我是在不自觉的情况下知道人也会交配的，或许是《圣经》中的某句话让我记住的。由于没有性欲，我没有对性的好奇，对许多问题并不想去探究答案。因此，大体上我知道女人是怎么怀上孩子的，但我不知道孩子是怎么生出来的，因为我从来没有追问这件事。我知道所有的脏话，在我心情不爽的时候我会一遍又一遍地责骂自己，但我不知道最卑劣的脏话是什么意思，也不想弄清楚。它们是抽象的污言秽语，类似于一种诅咒。当我处于这种状态时，对自己身边任何性方面的不良行为一无所知，这对我来说是很容易的事情，而就算发生了那么一场风波也没能让我了解得更多。通过"翻脸"、"傻逼"和其他人朦胧而可怕的警告，我最多了解到那个让我们变得罪孽深重的罪行是和性器官联系在一起的。我注意到一个人的阴茎有时候会自发地勃起（这种现象早在一个男生有性冲动之前就会出现），但对此并不是很感兴趣。我倾向于相信，或半信半疑，这就是罪行。不管怎样，罪行与阴茎有关——我明白的就这么多。我相信其他男孩子也一样懵懂无知。

那次关于人体圣洁的讲话过后（回想起来，那是很多天之后的事情，那场风波似乎持续了很多天），我们十多个孩子坐在"傻逼"用来给奖学金班上课的闪亮的长桌旁边，"翻脸"居高临下地监视着。从楼上哪个地方的房间里传出长而凄厉的惨叫声。一个还不到十岁、名叫罗纳兹的小男孩也受到了牵连，正在挨揍，或是被揍完之后在痛哭。一听到惨叫声，"翻脸"的眼睛打量着我们的脸，然后定格在我的脸上。

"你瞧，"她说道。

我发誓她没有说过"你看看你自己做了些什么"这么一句话，但她就是这个意思。我们都惭愧地低着头。是我们不好。不知怎的，我们把罗纳兹引上了歪路，是我们害得他这么痛苦，还毁了他。然后"翻脸"转身对着另一个名叫希斯的男生。那是三十年前的事情了，我不记得她只是引用了《圣经》中的一段话，还是说真的拿出了一本《圣经》让希斯朗读，但我记得那段经文是这么说的："凡使这信我的一个小子跌倒的，倒不如把大磨石拴在这人的颈项上，沉在深海里。"[①]

这也十分可怕。罗纳兹是"一个小子"，我们"使他跌倒"了。我们都得在脖子上挂着大磨石，淹死在海底深处。

"你想过吗，希斯——你想过这些话是什么意思吗？""翻脸"

---

① 此句出自《圣经·马太福音》。

说道。希斯簌簌地掉下了眼泪。

另一个小男孩，比奇汉姆——我曾经提到过他，他也因为被斥责"有了黑眼圈"而感到万分羞愧。

"你最近照过镜子吗，比奇汉姆？""翻脸"问道，"你的脸变成这样还到处跑，不觉得羞耻吗？你以为大家都不知道一个小孩子有黑眼圈意味着什么吗？"

再一次，罪恶感与恐惧似乎压在我的心头。我有黑眼圈吗？几年后我才知道黑眼圈被认为是手淫者的特征。但当时我并不知道这一点，我已经接受黑眼圈是无可辩驳的某种堕落的标志。很多次，甚至在我了解情况之前，我焦虑地照着镜子，寻找着那可怕的烙印的最初征兆，一个隐秘的罪人写在脸上的供词。

这些恐惧渐渐消退，或只是偶尔才发作，但这没有影响到我的所谓正式信仰。对于疯人院和自杀者的坟墓的恐惧依然存在，但不再那么令人毛骨悚然。几个月后，我碰巧见过霍恩一回，就是那个被鞭笞并开除的罪魁祸首。霍恩是一个浪荡子，父母是没钱的中产阶层，这无疑是为什么"傻逼"这么严厉地惩罚他的原因之一。被开除后的那个学期他去了伊斯特本学院，那是一所小型的本地公学，为圣塞浦里安的师生所鄙视，认为那根本算不上是一所"真正的"公学。只有少数几个圣塞浦里安毕业的男生会去那儿读书，提起他们时"傻逼"总是带着鄙夷和遗憾。要是你上了那么一所学校，你的前途就毁了：你这辈子顶多只能当个小文员。我觉得才十三岁的霍恩已经断送了光明前途的希望。身体上，道德上，人生道路上他都已经毁了。而且，我觉得他的父母送他上伊斯特本学院是因为他做了那么丢人的事情，没有"好"学校愿意接纳他。

接下来的那个学期，当我们出去散步时，我们在街上遇到了霍恩。他看上去完全正常。他是个健壮英挺的男孩，长着一头黑发。我立刻注意到，比起我上一次见到他时，他的气色要好一些——他的脸色以前很苍白，现在红润一些了——而且他见到我们时似乎并不感到尴尬。显然，他对自己被开除或在伊斯特本学院上学并不觉得羞愧。我们鱼贯经过他身边，他看着我们，似乎很高兴自己逃离了圣塞浦里安。但我对这次偶遇没有什么印象。我并没有对霍恩这个身心都被毁掉的人怎么看上去那么开心和健康这件事进行深思。我仍然相信"傻逼"和"翻脸"教给我的那一套关于性的胡扯。那些神秘而可怕的危险依然存在。黑眼圈随时可能在某一个早上出现在你的眼睛周围，那时你就会知道自己也是那些堕落者中的一员。只是它似乎不再是什么非常要紧的事情。这些相互矛盾的认识因为小孩子自身的生命力而能轻易地在他的头脑里并存。他接受了老一辈的人告诉他的无稽之谈——除此之外，他还能怎么做？——但他年轻的身体和现实世界的欢乐告诉他的却是另外一回事。这种事情就像地狱一样。直到十四岁我都打心眼里认为地狱的存在几乎是肯定的，有时候一番绘声绘色的布道能把你吓得魂飞魄散。但不知怎地，这种恐惧从来不会持久。等候你的是真实的火，它会像你烧伤手指那样带给你创伤，而且是永久性的创伤，但大部分时间里，你想到这种事情时并不会觉得苦恼。

五

在圣塞浦里安，有种种清规戒律在约束着你——宗教上的戒律、道德上的戒律、社交上的戒律和思想上的戒律——如果你弄清楚它们的含义，你就会发现它们总是自相矛盾。而基本的矛盾是十九世纪禁欲主义的传统和1914年之前现实中存在的奢华和势利。一方面是低教会派笃信《圣经》的教义和禁欲主义，奉行辛勤工作，尊重学识，反对自我放纵；另一方面则是对"学识"的鄙视，崇尚运动，看不起外国人和工人阶级，对贫穷有一种几乎是病态的恐惧，而最重要的是，认为金钱和特权不仅重要，而且最好是继承而来而不是靠奋斗去争取。大体上讲，你被要求既是基督徒又是社会的成功人士，而这是不可能的事情。那时候我并不知道灌输给我们的各种理想可谓南辕北辙。我只是觉得，就我而言，它们都是或几乎都是无法实现的，因为它们不仅取决于你的行动，还取决于你的身份。

很早的时候，只有十或十一岁的时候，我就已经得出了结论——没有人告诉我这个，但也并不完全是我自己想出来的，不知怎地它就存在于我呼吸的空气中——除非你有十万英镑的身家，否则你就一无是处。我定下这么一个数目或许是因为读了萨克雷作品。十万英镑每年的利息是四千英镑（我喜欢百分之四这个比较保险的利率），这对我来说就是你必须拥有的最低收入，如果你希望跻身那个真正的顶级阶层，成为那些住在乡村别墅里的人。但显然我是永远进不了这个天堂的，除非你出生于那里，否则你不能真正算是属于里面的人。唯一的办法就只能靠一种叫做"进城去"的神秘活动挣钱。当你从城市里出来，变成腰缠万贯的富翁时，你也已经变成了一个又老又胖的人。但那些上层人士真正令人羡慕的地方在于，他们年纪轻轻就已经很有钱。对于像我这样的人——野心勃勃的中产阶层，参加考试的应试者而言，要成功只有一条渺茫而艰辛的道路。你通过考取奖学金这条阶梯成为公务员或驻印度公务员，或者也有可能会当上律师。如果你稍有"懈怠"或"步入歧途"，在楼梯上踩空了一脚，你就将沦为"年薪四十英镑的办公室杂役"。但就算你爬到向你开放的最高一层，你也只是一个下等人，给那些真正有地位的大人物当食客帮闲。

这一点就算不从"傻逼"和"翻脸"那里学到，我也会从其他男生那里学来。回首往事，我很惊讶我们都曾经是那么聪明而势利的人，熟稔名字和地址，能迅速辨别出口音、举止和衣服剪裁的细微差别。有的男生似乎在冬季学期的萧条中都从毛孔里散发出金钱的气息。在学期刚开始和期末的时候，我们会天真而势利地谈论瑞士和苏格兰，什么"吉利服"①和打松鸡的荒原，什么"我叔叔的游艇"、"我们家在乡下的别墅"、"我那匹小马"、"我老爸的房车"等等。我猜想，历史上从来没有一段时期像1914年前的那几年一样丝毫没有贵族风雅作掩饰的、赤裸裸的铜臭气息逼人而来。那是疯狂的百万富翁们戴着卷边高礼帽，穿着淡紫色的马甲在泰晤士河上乘着洛可可式的游船泛舟并举行香槟酒会的年代，响铃和窄底裙的年代，戴着灰色圆顶礼帽和合身大衣的花花公子的年代，《风流寡妇》、萨基②的小说、《彼得·潘》和《彩虹尽头》的年代，人们谈论着巧克力、雪茄和美味糕点，去布莱顿度过周末，在卡德罗餐厅吃着美味茶点的年代。1914年之前的

---

① 吉利服(ghillies)，由苏格兰人(Ghillies)发明的猎装，由网袋做成，上面挂有树枝和树叶作为伪装，以便猎人接近猎物。
② 萨基(Saki)，英国作家赫克托·休·门罗(Hector Hugh Munro，1870—1916)的笔名，代表作有《和平的玩具》、《讲故事的人》等。

整整十年似乎散发着一股格外低俗幼稚的奢华气息，一种亮光薄呢、薄荷奶油和软心巧克力的味道——一种在绿色的草坪上听着伊顿公学的赛艇歌曲，吃着永远吃不完的草莓冰淇淋的气氛。不同寻常的是，每个人都理所当然地认为他的狂欢滥饮和英国上流阶层与中上阶层膨胀的财富将会成为永恒，成为自然法则的一部分。1918年之后，事情就全都变了。当然，势利和奢华的习惯卷土重来，但都小心翼翼地不敢过于张扬。在战前，人们根本不会对拜金主义进行反思，不会受到良心的谴责。金钱就像健康或美貌那样是确切无疑的美好事物，在人们的心目中，一辆闪闪发亮的汽车、一个贵族头衔或成群的奴仆就是真实的美德。

在圣塞浦里安上学的时候，生活的普遍简朴促使了一定的民主，但只要一提到放假，就会引起关于轿车、管家和乡村别墅的吹牛和攀比，立刻就暴露出阶级差别。学校里弥漫着一种对苏格兰奇怪的崇拜，凸显了我们价值标准最基本的矛盾。"翻脸"自称祖上是苏格兰人，很宠爱那些苏格兰男生，鼓励他们穿古老的格子呢短裙，"不用"穿校服，甚至给她最小的孩子起了一个盖尔式的教名。表面上我们应该崇拜苏格兰人，因为他们"严肃"而且"阴郁"（或许"冷峻"比较贴切），在战场上所向披靡。在那间大教室里挂着一幅钢版雕刻画，描绘着苏格兰灰骑兵在滑铁卢战场的英姿，每个士兵看上去似乎都很享受战斗的每一刻。我们对苏格兰的想象由伯恩斯、山坡、格子呢短裙、毛皮袋、大砍刀、风笛等东西构成，这一切不知怎的，和燕麦粥、新教的教义和寒冷气候令人精神振奋的效果联系在一起。但隐藏在这一切下面的是截然不同的动机。膜拜苏格兰的真正原因是，只有非常有钱的人才能去那里避暑。对苏格兰的优越性的虚伪信仰是那些霸占了苏格兰的英国人掩盖内心愧疚的遮羞布。他们将高地的农民赶出农场，为的是设立鹿苑，然后将他们变成奴仆，以此作为补偿。每当"翻脸"提起苏格兰时，她的脸上总是泛起天真的势利的神采。有时候她甚至硬生生装出苏格兰口音。苏格兰是一座私密的天堂，只有少数进了天堂的人才能谈论，并让天堂外的人自惭形秽。

"这个假期你去苏格兰吗？"

"当然去！我们年年都去。"

"我老爸拥有三里的河段呢。"

"我老爸在我十二岁时会给我一把新枪。我们还去打雄黑琴鸡的猎场，好开心哦。走开啦，史密斯！你听什么听？你又没去过苏格兰。我打赌你不知道一只雄黑琴鸡长什么样子。"

他们说到这里就会模仿起雄黑琴鸡的叫声、一头牡鹿的叫声，还操着口音说什么"我们的吉利服"之类的话。

有时候，那些社会背景不明的新生会被盘问——那些问题格外刻薄具体，你还得考虑到，问话的那些人只是十二三岁的孩子！

"你老爸一年挣多少钱？你住在伦敦哪个地方？是骑士桥还是肯辛顿？你家有多少个浴室？你家有多少个仆人？你家有管家吗？那好，你家有厨子吗？你的衣服是在哪儿做的？放假的时候你去看多少次演出？你带回来多少钱？"等等等等。

我见过一个新来的小男生，还不到八岁，绝望地想在这场问答游戏中胡说八道蒙混过关：

"你家里人有车吗？"

"有。"

"什么样的车？"

"戴姆勒。"

"马力多少？"

（想了一下，胡乱瞎猜一把。）"十五马力。"

"什么样的灯？"

那个小男孩傻了。

"什么样的灯？电灯还是乙炔灯？"

（想了更久一些，又胡乱瞎猜一把。）"乙炔灯。"

"切！他说他老爸的车用的是乙炔灯。它们很多年前就过时了。那车一定老掉牙了。"

"胡说！他是在说大话。他家没有汽车。他就是一苦力。你老爸是苦力。"

等等等等。

按照我身边所盛行的社会标准，我是个一无是处的人，而且根本没办法有出息。但是，各种不同的优点似乎神秘地交织在一起，都属于同一些人。他们不仅有钱，而且强壮、漂亮、风度翩翩、热爱运动、拥有一种叫"胆量"或"性格"的品质，而这在现实中意味着将你的意志强加于其他人之上。这些品质我都没有。比方说，我很不擅长运动。我游泳游得不错，板球也打得不赖，但这些不能增加名望，因为男生只重视需要力量和勇气的运动项目。受人看重的是足球，而我却是这项运动的懦夫。我讨厌足球，由于我不知道这项运动有什么好玩的或有什么意义，我很难对其展现出勇气。在我看来，踢足球其实并不是在享受踢球的快乐，而是一场战斗。喜欢足球的都是大块头、崇尚暴力且出身名门的孩子，他们很擅长把体格较小的男生撂倒，往他们身上踩上几脚。这就是学校生活的模式——总是恃强凌弱。成为赢家就是美德：它的要义就是你要比别人块头更大、更强壮、更漂亮、更有钱、更受欢迎、更优雅、更寡廉鲜耻——如此才能统治别人，欺负别人，让别人痛苦，让他们看上去很傻帽，各个方面都要盖过他们。生活高下有别，存在就是合理。强者获胜是应该的，而且总是获胜，弱者就应该失败，而且总是失败，永远都是如此。

我没有质疑这些盛行的标准，因为我看不到还有别的标准。那些有钱、强壮、优雅、受欢迎、有权力的人怎么会是错的一方呢？这是他们的世界，他们为其制定的法则一定就是正确的。但是，从非常小的年纪开始，我就意识到我不可能在主观上去顺从它。在我的内心深处总是有一个清醒的自我，指出道德上的责任与心理认为的事实之间的不同。这种情况在所有的问题上都一样，无论是此世还是来世。以宗教为例吧。你应该爱上帝，对此我没有怀疑。直到十四岁我一直信奉上帝，相信对他的种种描述都是真的。但我清楚地知道我并不爱他。相反，我恨他，就像我恨耶稣和那些希伯来人的长老一样。如果说我对《圣经·旧约》里的哪个人物怀有同情的话，他们都是像该隐①、耶洗别②、哈曼③、亚甲④、西西拉⑤这样的人；而在《圣经·新约》里如果要说

---

① 该隐(Cain)：《圣经》中的人物，亚当与夏娃的儿子，嫉妒弟弟亚伯受上帝宠爱，将其杀害，受到上帝的惩罚。
② 耶洗别(Jezebel)：《圣经》中的人物，以色列的王后，煽动国民信奉异邦神明，受到上帝的惩罚。
③ 哈曼(Haman)：《圣经》中的人物，波斯帝国大臣，曾企图灭绝波斯帝国境内的犹太人，受到上帝的惩罚。
④ 亚甲(Agag)：《圣经》中的人物，亚马利人的王，与希伯来人为敌，受到上帝的惩罚。
⑤ 西西拉(Sisera)：《圣经》中的人物，迦南国的将军，欺压以色列人，受到上帝的惩罚。

有的话，我的朋友是亚拿尼亚①、该亚法②、犹大③和本丢·彼拉多④。但是，关于宗教的所有内容似乎遍布心理上不可能实现的事情。比方说，《祈祷书》告诉你要爱上帝，敬畏上帝，但你怎么可以爱一个你敬畏的人呢？你的个人情感也是一样。你应该怀有怎样的情感总是非常清楚的，但正确的情感是无法通过命令去实现的。我应该对"翻脸"和"傻逼"感恩戴德，但我并没有感激之情。同样清楚的是，一个人应该爱自己的父亲，但我清楚地知道我不喜欢我的父亲，在我八岁之前我很少见到他，对我来说，他只是一个声音嘶哑的老头儿，永远都在说"不能怎么样怎么样"。这并不是说我不想要拥有正确的品质或有正确的情感，而是我就是做不到。正确的事情和可能发生的事情似乎永远不会是同一件事。

在圣塞浦里安读书的时候我曾经读到一句话，当时不以为意，但过了一两年，那句话似乎在我的心里激起了沉重的回响。那句话就是："不变的法则的天军"。我完全理解成为路西法⑤将意味着什么——遭受失败，而且这是天经地义的事情，完全没有复仇的机会。拿着藤条的校长们、住在苏格兰城堡里的百万富翁们、那些长着卷发的运动员——他们就是"不变的法则的天军"。要在那个时候就意识到这些是可以改变的并不是一件容易的事

---

① 亚拿尼亚(Ananias)：《圣经·新约》中的人物，曾企图隐瞒田产以欺骗圣灵，受到上帝的惩罚。

② 该亚法(Caiaphas)：《圣经·新约》中的人物，在耶路撒冷逮捕耶稣，将其交给罗马总督本丢·彼拉多。

③ 犹大(Juda)，《圣经·新约》中的人物，耶稣的门徒之一，将耶稣出卖。

④ 本丢·彼拉多(Pontius Pilate)：《圣经·新约》中的人物，时任罗马总督，判处耶稣死刑。

⑤ 路西法(Lucifer)：本义是"光之使者"，后堕落成为魔鬼撒旦。

情。根据那个法则，我就该下地狱。我没钱，长得丑，不受欢迎，老是咳嗽，胆小怕事，而且身上有体味。我得补充一句，这幅图像不是我想象出来的。我是个毫无吸引力的男孩。圣塞浦里安很快就让我明白了这些，就算我以前并没有察觉。不过，一个孩子认定自己的缺点并不完全取决于事实。比方说，我认定自己"臭死了"，但这只是基于大体概率的一个猜测。不受欢迎的人身上总是有味道，因此，我应该身上有味道。还有，直到我毕业很久，我一直相信自己生来就长得丑。我的同学们就是这么对我说的，而我又找不到其它权威的标准去比照。我坚信自己不可能成为一个成功人士，这个念头深深地影响着我的行为，直至成年。直到三十岁为止，我一直怀着我什么大事也干不成而且活不了几年的想法在规划自己的人生。

但这种内疚和失败无可避免的感觉被别的什么事情给抵消了：那就是求生的本能。就算是一只孱弱、丑陋、胆小、臭烘烘、一无是处的动物也想活下去，以自己的方式活得开开心心。我没办法颠覆现有的价值体系，也没办法让自己成为一个成功人士，但我可以接受我的失败，并随遇而安。我可以对自己听之任之，然后在那样的情况下挣扎求存。

生存下去，或至少保持某种意义上的独立，在本质上是犯罪，因为这意味着打破你自己承认的规矩。有一个名叫强尼·黑尔的男生，狠狠地欺负了我好几个月。他是个孔武有力的大块头，相貌英挺但十分粗野，脸色很红润，长着一头黑色的卷发。他老是拧人的胳膊，揪人的耳朵，拿马鞭抽人（他是六年班的学生），在足球场上大出风头。"翻脸"很宠他（因此总是直呼其名），"傻逼"盛赞他是个"有性格"的男生，能"管得住人"。他有一帮小弟，他们都叫他"强人"。

有一天，我们在更衣室把大衣脱掉，不知道为什么，黑尔过来挑衅我。我"顶嘴"了。他当即抓住我的手腕，扭转过来，将我的前臂拧到背后，疼得要命。我记得他那张英俊的赤红脸膛带着嘲弄的笑容俯视着我的脸。我想他比我大一些，而且要强壮得多。他松开我的时候，我的心里冒出一个可怕而邪恶的想法。我会趁他不注意的时候揍他一拳作为报复。我经过一番谋划，在去散步的校长回来的那一刻执行，这样的话就不会引发打架。我等了一分钟，以我能装出的最温顺的姿态走到黑尔跟前，然后我将身体的重心后撤，一拳挥出，打中了他的脸。这一拳让他往后倒去，嘴里冒出鲜血。他那张总是面色红润的脸几乎气得发黑。然后他跑了开去，到洗手盆那里漱口。

"好嘛！"校长领着我们离开时他从牙缝里挤出这么两个字。

这件事过后，他一直缠着我，要跟我干一架。虽然我吓得魂飞魄散，但我坚决不肯和他打，说他挨那一拳纯属活该，这件事就此罢休。奇怪的是，他并没有直接和我干一架，如果他这么做的话，或许大家都会支持他。于是这件事就这么不了了之，没有打架发生。

即使不是按照他的行为准则，就算是按照我的行为准则，我那么做也是不对的。趁他不注意打他固然不对，而后来拒绝打架，知道如果我们打起来的话我干不过人家——那更是不对：这是懦夫的行为。如果我拒绝打架是因为我不赞成打架，或是因为我真心觉得事情应该就此作罢，或许这并没有什么不对，但我拒绝打架只是因为我心里害怕。就连我的复仇也因为这件事而变得毫无意义。我揍出那一拳是一时的意气用事，只是一心想要讨回公道，根本没有考虑到后果。后来我才意识到自己做错了，但那是一种你能得到些许快慰的犯罪。现在一切都过去了。我的第一桩行为还算有点胆识，但接下来的懦弱将其抹杀了。

我几乎没有注意到一件事：虽然黑尔正式向我挑战，但他并没有打我。事实上，挨了那一拳之后他就再也没有欺负过我。或许得等到二十年后我才意识到这件事情的意义。当时我看到的只是作为弱者在由强者统治的世界里所面临的道德困境：打破规矩，或走向灭亡。我没有意识到，在那种情况下，弱者有权为自己制定一套不同的规矩，因为即使我脑中能闪过这么一个念头，我身处的环境中也没有人能让我确认这一点。我生活在男生的世界里，他们是群居性的动物，不会提出疑问，接受强者制定的法则，以欺负比自己弱小的人洗刷自己的耻辱。我的遭遇也是无数其它男生的遭遇，要是我有比大部分男生更叛逆的潜质，那也只是因为按照男生的标准，我比别人更弱。但我从来不是一个思想上的叛逆者，只是拥有叛逆的情感。能够让我倚靠的，就只有我麻木不仁的自私，我无法——不是无法鄙视自己，而是无法讨厌自己的心理——和我的求生本能。

挨了强尼·黑尔的脸一拳后，大约过了一年，我永远离开了圣塞浦里安。那是冬季学期的期末。带着摆脱黑暗奔向光明的感觉，我们整装待发，我戴上了毕业生的领带。我记得那种解放的感觉，似乎那条领带是男人的象征和对抗"翻脸"的喝骂与"傻逼"的教鞭的护身符。我摆脱了桎梏。这并不是说我以为自己在一所公学会比在圣塞浦里安更加成功，我甚至没有这样的打算。但不管怎样，我就要逃离这里了。我知道在一所公学有更大的私人空间，更加没人管束，有更多的机会偷懒、沉溺在自我的世界里和堕落。多年来，我一直决心——起初是下意识的，后来是心思明确的——等我考取了奖学金，我就会"放纵"，不再接受填鸭式的教育。顺便说一下，这个决心真的完全得到贯彻，从十三岁到二十二三岁期间，应付学习我一直是能逃就逃。

"翻脸"和我握手道别。这时她甚至直呼我的名。但她的表情和语气流露出一种居高临下，几乎是轻蔑的姿态。她说"再见"时的语调就跟她平时说"小蝴蝶"时几乎一模一样。我考取了两份奖学金，但我仍是个失败者，因为衡量成功的标准不是你做了什么，而是你的出身。我不是一个"好学生"，不能为学校增光。我没有个性，没有勇气，不是一个健康强壮的男生，没钱没教养没权力，看上去根本不像一位绅士。

"再见。""翻脸"的离别微笑似乎在说，"现在没有必要进行争吵了。你没有利用在圣塞浦里安的时间取得成功，不是吗？我想你也甭想在公学里混得好。我们真的错了，在你身上浪费了这么多金钱和时间。这种教育对于一个像你这种背景和思想的男生来说根本没有多少意义。噢，别以为我们不了解你！你脑子里的那些想法我们统统都知道。我们知道你根本不信我们所教导的一切，我们知道你对我们为你所做的事情毫无感激之情。但现在提这些根本没有意义。我们不用再为你负责了，我们也不会再见到你了。让我们承认你就是我们的一个失败的学生，不伤感情地道别吧。好了，再见。"

那至少是我从她的脸上得出的感觉。但是，那个冬天的早上我是那么开心，我脖子上系着闪闪发亮的新丝绸领带（如果我没记错的话，那是一条夹杂着深绿、浅蓝和黑色的领带），火车载着我离开了！世界在我面前打开，就只开了那么一丁点儿，就像灰蒙蒙的天空中露出一线蔚蓝的裂缝。公学可要比圣塞浦里安好玩多了，但说到底它同样是根本不适合我的地方。在一个推崇金钱、贵族家庭、竞技狂热、度身定制的衣服、梳得油光水亮的头发和迷人的微笑的世界里，我是个一无是处的人。我得到的只是一个可以喘息的地方。一点点宁静，一点点自我放纵，一点点摆脱填鸭式教育的喘息——然后就是毁灭。是什么样的毁灭我不知道：或许是去殖民地，或许是在办公室当个杂役，或许是进监狱，或许是早早死去。但在接下来的一两年里，你可以"偷懒松懈"，就像浮士德博士一样从罪孽中获得乐趣。我坚信自己是个命运多舛的人，但是我十分开心。这就是十三岁的好处：你不仅可以，而且清楚地知道未来会是怎样，但根本不会在乎。下学期我会去威灵顿公学。我还赢得了伊顿公学的奖学金，但还不清楚那里有没有名额，所以我先上威灵顿公学。在伊顿公学你有自己的房间——甚至可以在房间里生火。在威灵顿你有自己的小卧室，晚上可以自己泡可可喝。你有自己的隐私，而且是一个大人了！你还可以去图书馆流连，在夏天的午后可以不去参加球赛，自己跑到乡间漫步，没有校长驱赶着你。而且还有假期。上一次放假时我买了一把点 22 口径的步枪（它叫"神枪手"，花了我 22 先令 6 便士）。下个星期就是圣诞节，我可以大快朵颐。我想到的是那种特别馋人的奶油面包，在我们镇里的面包店一个只卖两便士。（那时是 1916 年，食物配给制还没有实施。）我甚至还算错了旅程要花多少钱，多出了一先令——这足以让我在路上喝一杯咖啡，吃一两块蛋糕，这可是我没想到过的——我觉得无比幸福。在未来对我关上大门之前，我还有时间找一点乐子。但我知道自己前途黯淡。失败、失败、失败——以前是一个失败者，将来还是一个失败者——那就是我离开时心里最为深刻的信念。

六

这些都是三十年前或更久以前的事情了。问题是：如今的小孩子还在经历同样的事情吗？

我想，唯一诚实的回答就是，我们没有确切的答案。当然，当前对于教育的态度显然要比以前更加人性化和合理。在我接受教育时那种固有的势利心态到了今天已经几乎不可想象了，因为滋生这种势利心态的社会已经死了。我记得在我离开圣塞浦里安一年前发生的一段对话。一个俄罗斯男孩，块头很大，长着一头金发，比我大一岁，他在质问我。

"你父亲一年挣多少钱？"

我告诉了他我心目中的数字，往上面加了几百英镑让它听起来好听些。那个俄国男孩做事情习惯了有条不紊，他掏出铅笔和小本子，进行了一番计算。

"我父亲比你父亲有钱两百倍。"他以鄙夷的口吻宣布。

那是 1915 年的事情。我想知道几年后那笔钱的下落。而我更想知道这种对话现在还会在预备学校发生吗？

显然，学校的风貌已经大有改观，"启蒙思想"得以普遍发展，即使那些根本不作思考的普通中产阶级人士也深受影响。比方说，宗教信仰在很大程度上消亡了，与之同命运的还有其它形形色色的无稽之谈。我想现在很少有人会告诉一个小孩子说，如果他手淫，将来就会进疯人院。体罚也变成了可耻的行为，甚至被许多学校摒弃。不给孩子吃饱饭也不再被认为是正常而且几乎是有益的行为。如今没有人会公然给他的学生一丁点勉强只够糊口的食物，或告诉他们吃完一顿饭后站起来感觉和刚刚坐下来一样饿是健康的事情。孩子们的整体地位提高了，一部分原因是他们的数目没有以前多了。即使只是零星的心理学知识的传播也会令父母和老师更难以维持纪律的名义为所欲为。这里有一个例子，不是我亲眼见到的，却是一个我信得过的人所了解到的，就在我的生平年代里发生。有一个小女孩是牧师的女儿，到了不该尿床的年纪仍然尿床。为了惩罚她这一恶行，她的父亲把她带到一个大型的花园派对，向全体人员介绍她是个尿床的小女孩，而为了突出她的下作，事先他还把她的脸涂黑了。我不是在说"翻脸"和"傻逼"真的会做出这种事情，但我想他们应该不会觉得惊讶。说到底，世道真的变了。然而——！

问题不是如今的男生是不是在星期天还得系上伊顿式的领子，或被灌输说婴儿是在醋栗丛下挖出来的。那种事情已经结束了，这些我都承认。真正的问题是，一个学校里的孩子仍然长年生活在非理性的恐惧和癫狂的误解中是不是仍然司空见惯。我们很难了解一个小孩真正的感受或想法。一个外表看上去很开心的小孩可能正受到恐惧的折磨，而这件事没办法或永远不会被人知晓。他生活在某个陌生的水下世界里，我们只能靠着记忆或灵感去探明。我们主要的线索就是我们自己曾经也是小孩子，而许多人似乎把他们童年时的气氛几乎忘记得一干二净。比方说，想一想人们让孩子穿着款式不合适的衣服去上学，而且不肯相信这是一件很要紧的事情，这会给孩子带来多么不必要的痛苦！有时候孩子会对这种事情表示抗议，但大部分时间他只会隐藏起自己的态度。从七八岁起，不向一个大人暴露你真实的感情似乎成为了一种本能。甚至一个人对孩子的爱，想要保护他和珍惜他的愿望，也会成为误会的原因。一个人或许会比爱着另一个成人更深切地爱着一个孩子，但如果他以为那个孩子会以爱意作为回报，那就太轻率了。回首我自己的童年时代，幼儿时期的那几年过去之后，我相信除了我妈妈之外，我从未对任何一个成年人感觉到爱意，而即使是她我也不抱以信任，害羞使我向她隐瞒了绝大部分真挚的感受。只有对那些年轻人我才能感受到那份爱，那种自发的无条件的爱。对于那些老人——你要记住，对于一个孩子来说，过了三十岁，甚至过了二十五岁就算"老了"——我只能感觉到尊敬、崇拜或内疚，但害怕、害羞与生理上的厌恶所构成的隔阂把我和他们隔绝开来。人们总是会忘记孩子不愿意和大人有身体上的接触。大人们庞大的身躯、他们那笨拙僵硬的肢体、他们粗糙而皱巴巴的皮肤、他们那大而松弛的眼袋、他们那黄澄澄的牙齿和发霉的衣服，还有啤酒、汗水与烟草的味道随着他们的一举一动从他们身上散发出来！在一个孩子的眼中，大人总是很丑陋，一部分原因是那个孩子总是在仰望，没有几张脸从底下往上看去会好看。而且，孩子自己粉嫩无瑕，因此对皮肤、牙齿和气色有着难以企及的高标准。但最大的障碍是孩子对年龄的错误概念。一个孩子很难想象三十岁之后的生活，在判断人们的年龄上他总是会犯离奇的错误。他会把一个二十五岁的人错认为四十岁，一个四十岁的人错认为六十五岁，等等等等。因此，当我爱上埃尔丝的时候，我以为她是个大人了。当我再见到她时，那时我十三岁，而她，我以为一定得有二十三岁了，在我眼中她成了一个中年妇人，已是风华不再。而且，孩子认为长大几乎是一场灾难，而出于某个神秘的原因，永远不会发生在他自己身上。所有过了三十岁的人都是郁郁寡欢的怪人，总是为鸡毛蒜皮的小事大惊小怪，在孩子的眼中，他们根本没有活下去的理由。只有孩子的生活才是真正的生活。以为自己深受学生爱戴和信任的校长其实在背后被模仿嘲弄。一个看上去不危险的大人似乎总是滑稽可笑。

这些总结是我根据我所记得的童年时的世界观而得出的。虽然记忆是不牢靠的，但在我看来，它是我们所拥有的了解一个孩子内心世界的主要方式。只有唤起我们自己的回忆，我们才能意识到在孩子的眼中世界是多么失真。比方说吧，如果我能回到过去的话，以我现在的年纪，看到1915年的圣塞浦里安，那么，它在如今我的眼里会是什么样子呢？我会对"傻逼"和"翻脸"那两个可怕的无所不能的怪物有什么想法呢？我会把他们俩看成是一对愚昧、浅薄、无能的人，渴望顺着一道任何有思考能力的人都知道行将坍塌的社会阶梯往上爬。我不会再害怕他们，就像我不会再害怕一只宿舍里的老鼠。而且，那时候他们在我眼中老得出奇，其实——虽然我不是很肯定——我想那时候的他们要比我现在的岁数小一些。那个长着铁匠一般壮实的胳膊和一脸嘲讽神情的赤红脸膛的强尼·黑尔呢？只不过是一个邋遢的小男孩，在上百个其他邋遢的小男生里根本不起眼。这两组事实共同出现在我的脑海里，因为那些碰巧是我自己的回忆。但我没办法以别的孩子的眼光去观察，而发挥想象力则有可能让我完全迷失。孩子和大人生活在不同的世界里。如果真是那样的话，我们就不能肯定地认为学校，至少是寄宿学校，对于许多孩子来说不像过去那么可怕了。上帝、拉丁语、藤条、阶级差别和性禁忌这些都已经没有了，但恐惧、仇恨、势利和误解或许仍盘亘在那里。可以看得出，我自己的大麻烦是对分寸或概率完全缺乏理解。这使得我接受了暴行，相信了荒唐的事情，被一些根本无足轻重的事情所折磨。说我"傻帽"和"我不应该这么糊涂"是不够的。回首你自己的童年，想想你曾经相信过的那些无稽之谈和让你感到痛苦的鸡毛蒜皮的小事吧。当然，我自己的情况有其个体变量，但大体上这也是无数其他男生的情况。孩子的弱点是，他的人生就像一张白纸那样开始。他无法理解也不会去怀疑他所生活的社会，由于他的轻信，其他人就可以影响他，让他产生自卑感，恐吓他，让他不敢违反神秘而可怕的法则。在圣塞浦里安发生在我身上的一切有可能在最"开明"的学校发生，虽然在形式上可能会含蓄一些。但有一件事情我很肯定，那就是：寄宿学校要比走读学校更糟糕。如果一个孩子有自己的家在附近作为避难所，他的情况可能会好一些。我觉得英国上层和中层阶级所特有的缺点或许在部分程度上是因为他们让孩子才八九岁甚至七岁的时候就离开家庭，而这种做法直到最近才不再普遍。

我从未回去过圣塞浦里安。我对校友会、老同学聚餐和诸如此类的活动的态度远不是"冷淡"这两个字形容得了的，即使当时我的脑海里充满着友好的回忆。我甚至从未回过伊顿公学，虽然我在那里过得还算开心，不过我在1933年确实经过那里，发现那里似乎什么也没有改变，只是商店里卖起了收音机，让我很感兴趣。至于圣塞浦里安，它的名字多年来让我觉得深深地讨厌，我根本无法以超然的态度去看待它，看清楚发生在我身上的事情到底有什么意义。从某种角度说，直到过去这十年来我才真正地回忆起我在学校的日子，虽然那些鲜活的回忆总是在折磨着我。我相信如今让我故地重游，我不会有什么感触，要是它还在的话。（我记得几年前听说过一则谣言，说学校被焚毁了。）要是我得经过伊斯特本的话，我不会绕道避开学校。要是我正好经过学校，我甚至会在那低矮的砖墙边（下面就是一道很陡的堤坝）停留一会儿，越过那片平整的操场，看着那座前面是沥青操场的丑陋校舍。要是我走进里面，再一次闻到大教室里的那股墨水味和尘土味、教堂的松脂味、澡堂污浊的空气和厕所冷冰冰的恶臭，我想我应该只会感觉到任何一个人再次看到童年情景时一定会有的感觉：故地依旧，人已不堪，这实在是太可怕了！但事实上，这么多年来我几乎没想过再去看它一眼。除非事出必要，否则我绝不会踏足伊斯特本。我甚至对圣塞浦里安所在的苏塞克斯郡产生了偏见，长这么大，我只到过苏塞克斯郡短暂地观光过一回。不过，现在这个地方从我的世界里永远消失了。它的魔法对我不再起作用，我甚至不再心怀恨意，并不希望"翻脸"和"傻逼"已经死掉，或希望学校被焚毁的那个传闻是真的。

英国军队的民主[①]

威灵顿公爵曾把英军形容为"泥土里的渣滓，当兵就只是为了喝酒"，或许他这番话的确属实。但重要的是，在接下来的将近一百年里，他的话得到了所有英国平民的响应。

法国大革命和新的"国家"战争的概念改变了大部分欧洲大陆国家的军队性质，但英国的特殊之处在于它免于侵略，而且在十九世纪的大部分时间里由非军人出身的资产阶级统治，因此，英国的军队仍和以前一样，走小规模职业化的道路，与英国的其它社会阶层大体上切断了联系。六十年代对战争的恐惧催生了志愿兵，后来发展成地方自卫队，但直到第一次世界大战的前几年英国才认真地谈论起普遍兵役制。直到十九世纪末，即使是在战争时期，白人士兵的总数也从未达到二十五万人，而且似乎每一场英国的大规模陆战，从布伦海姆战役[②]到鲁斯战役[③]，都是以外国士兵为主体。

在十九世纪，普通英国士兵通常都是农场帮工或贫民窟的无产者，他们参军是要填饱肚子。参军至少得服役七年——有时候长达二十一年——习惯了军营生活无休止的训练、严苛而愚蠢的纪律和毫无尊严的肉体惩罚。他几乎不可能结婚，即使在公民权授予范围扩展之后，他们也没有投票的权利。在他驻守的印度城镇，他可以踢打那些"黑鬼"而不受任何惩罚，但回到国内他是群众痛恨或鄙夷的人，只有在短暂的战争期间他才会被视为英雄。显然，这么一个人已经和他出身的阶级没有了联系。从本质上说他是一名雇佣兵，他的自尊取决于他对自己的理解——他不是工人或市民，而是一头斗兽。

战后军队生活的条件有所改善，对于纪律的理解也更加理性，但英国军队依然保留着它的特征：小规模、志愿参军、长年服役和强调对师团的忠诚。每一个师团都有自己的名字（不像大部分军队一样只是一个番号）、自己的历史和纪念物、特别的风俗和传统等等，拜这些事情所赐，整支军队极度势利，除非你亲身目睹，否则你几乎无法相信情况竟然会是那样。"精锐"师团和普通步兵师团或和印度土兵师团的军官之间互相猜忌，几乎达到了阶级区别的地步。毫无疑问，一个长期服役的士兵几乎和军官一样对自己的师团很有认同感。它的效果是培养狭隘的、雇佣兵式的"没有政治色彩"的观念。而且，英国军队提供了许多军官职位，这一事实或许减少了阶级摩擦，使得下层阶级产生"反动思想"的可能性得以减少。

但使得一个普通士兵形成反动思想的最具影响力的因素，是他在海外戍防的兵役。一个步兵师团通常会驻守国外一连达十八年之久，每四五年就转换驻地，因此许多士兵一辈子就在印度、非洲、中国等地方度过。他们在当地的任务是控制充满敌意的人口，这件事以确凿无疑的方式向他们揭示得一清二楚。他们与

---

① 刊于 1939 年 9 月《左翼论坛》。

② 布伦海姆战役（The battle of Blenheim），1704 年 8 月 13 日在德国布伦海姆进行的西班牙继位战争中英国、神圣罗马帝国与荷兰的联军同法国与巴伐利亚联军进行的战役。

③ 鲁斯战役（the battle of Loos），1915 年 9 月 25 日至 1915 年 10 月 14 日于法国鲁斯进行的英军与德军的战斗，英国的兵力在 30 万人左右，其中有相当一部分是从印度召集的土兵部队。

"土著人"的关系几乎总是很糟糕，而士兵——不是那些军官——成为了反英情绪的明显目标。自然而然地，他们会进行报复，通常来说，他们对"黑鬼"的仇恨要比对军官或商人的仇恨更甚。在缅甸我总是惊讶于那些普通士兵成为白人中最遭人记恨的群体，而从他们的行为判断，他们确实很可恨。即使在接近英国本土的直布罗陀，他们也大摇大摆地走在街上，对西班牙"土著"颐指气使。事实上这样的态度是绝对有必要的。你不能带着一支信奉阶级团结的部队去镇压一个臣服的帝国。以法兰西帝国为例，大部分肮脏的工作并不是由征募的法国士兵去做，而是交给了不识字的黑人士兵和外籍军团去完成，后者是纯粹的雇佣军师团。

总而言之，虽然技术进步不再允许职业军官像以前那样愚昧无知，虽然普通士兵现在的待遇比以前更加人性化了，但和五十年前相比，英国军队依然是同样一部战争机器。在以前任何社会主义者都会毫无争议地承认这一点。但我们正好处于这么一个时期：希特勒的上台使得左翼党派的领导人恐惧不安，态度上转向了沙文帝国主义，许多左翼宣传人员几乎是公开地鼓吹战争。无须赘言，我们可以指出，在资本主义社会里，当左派政党成为主战派时，它就已经宣告投降了，因为它要求实施的政策只有它的对手才能执行。工党的领袖时不时会意识到这一点——他们在征兵制上闪烁其词就是证明。因此，在"坚守前线！"、"英国人的尊严！"这些呼声中掺杂着自相矛盾的言论，大体意思是在说"这一次"情况"不一样了"。军事化并不表示穷兵黩武，毕灵普上校[1]不再是沙文

---

[1] 毕灵普上校（Colonel Blimp），二十世纪三十年代英国漫画家戴维·楼尔（David Low）为《伦敦标准晚报》创作的漫画形象，是个性格傲慢自大的沙文主义者，信奉军事强权，妄图一直保持大英帝国统治世界的荣耀。

主义分子。在和稀泥的左翼报纸里，一个名词在反复出现，那就是"军队民主化"。有必要考察这个名词所蕴含的意义。

"军队民主化"意味着取缔单一阶级的发号施令，引入没有那么僵硬呆板的纪律。对于英国军队来说，这将意味着完全重建，会在五或十年内降低军队的效率。只要大英帝国继续存在，这一过程是不大可能会发生的；与此同时，它的目的是"阻止希特勒"，这实在是不可思议。接下来几年间将会发生的事情是，无论战争会不会爆发，军队的规模将会急剧扩张，而新的部队将会蒙上业已存在的职业军队的色彩。就像世界大战时一样，它仍是同一支军队，只是规模变得更大一些。中产阶级的低下阶层将为新的部队提供军官，但职业军队的等级体系仍将得以保留。至于新的民兵部队，将他们想象为各个阶层都从零开始的"民主化军队"的核心力量或许是一个错误。可以有把握地说，即使没有了对于某个阶级的偏袒（大体上说，这种情况是会出现的），出身资产阶级的军官将会首先获得晋升。霍尔-贝里沙[1]和其他人已经在许多演讲中提到了这一点。社会主义者经常没有考虑到的一个事实就是，在英国，整个资产阶级在某种程度上是军事化的阶层。几乎每一个上过公学的男孩子都受过军官训练营的培训（理论上是自愿参加，事实上是强制参加）。尽管这一训练是在 13 岁到 18 岁期间进行的，但仍不容小觑。事实上，一个曾经受过军官培训的军人在头几个月内比起其他人来说很有优势。不管怎样，军事训练法案只是一个实验，一部分原因是做给国外的人看，一部分原

---

[1] 莱斯利·霍尔-贝里沙（Leslie Hore-Belisha, 1893—1957），英国自由党政治家，曾担任国防部长、交通部长等职位。

因是让英国人民熟悉征兵制度。这股新鲜劲一过，某些措施一定会出台，将无产者清除出发号施令的职位。

或许，现代战争的本质使得"民主的军队"成为自相矛盾的说法。比方说，建立在普遍募兵制之上的法国军队并不比英国军队更加民主。它一样是由职业军官和长期服役的士官所控制，而法国军官比英国军官看上去更加有"普鲁士的做派"。西班牙政府的民兵组织在内战的头六个月——而在加泰罗尼亚，情况维持了一年——是真正的民主军队，但他们也是非常原始落后的军队，只会采取防御行动。在那种特殊情况下，采取防守策略，并配以宣传攻势的话或许要比采取常规的作战方式更有机会获得胜利。但如果你希望有通常意义上的军事效率，你只能仰仗职业军人，而只要由职业军人控制军队，他就不会允许军队民主化发生。而军队的情况是这样，国家的情况也是如此。军事机器的每一次壮大都意味着反动力量的壮大。很有可能我们的某些左翼沙文主义者完全清楚这条路通向何方。如果真是这样的话，他们必须意识到《新闻纪实报》版本的"捍卫民主"会直接背离民主，即使那只是意味着十九世纪的政治权利、工会独立和言论与出版自由。

我的祖国，无论左右①

过去与大多数人的想法相反，过去并不比现在更像是多事之秋。如果看上去是这样，那是因为当你回首多年以前所发生的事情时，那些事情都被压缩在一起了，同时也是因为你所记起的往事并不是真的保持了原貌。很大程度上，由于书籍、电影和回忆录的介入，1914 年至 1918 年的那场战争如今被认为具有某种当前这场战争所缺乏的宏大史诗色彩。

但如果你经历过那场战争，如果你能将真正的回忆和后来添加进去的东西分开的话，你会发现当时让你感受到震撼的通常都不是那些重大事件。比方说，我觉得马恩河战役在当时并没有让公众感受到后来它被赋予的戏剧色彩。我记得直到几年后才听到"马恩河战役"这个词语。那场战役的实质是，德国人距离巴黎只有二十二英里——在听闻了他们在比利时犯下暴行的传言后这确实很叫人害怕——然后不知道出于什么原因，他们退兵了。那场战争开始时我十一岁。如果我诚实地梳理回忆，不加入后来我才了解到的情况的话，我必须承认整场战争没有哪件事情能比几年前泰坦尼克号的沉没更让我深深触动。那是一件算不上什么大事的灾难，却震撼了整个世界，甚至到了现在仍余波未了。我记得有人在早餐的饭桌上读出那些可怕的细节描写（那时候的习惯是大声读报），我记得在长长的恐怖事情的清单中，令我印象最深刻的是，到最后泰坦尼克号突然竖了起来，船头最先沉入海中，因此，那些紧紧抓住船尾的人被抬到三百多英尺的空中，再栽入到深海里。它让我的心似乎跌入了谷底，直到现在仍然心有余悸。那场战争没有什么事情能让我有同样的感觉。

我对战争的爆发有三桩不相关的琐碎却鲜活的回忆，不管后来发生了什么事情都不会受到影响。一桩是七月底开始出现的讽刺"德国皇帝"（German Emperor）的漫画（我相信那个为人所痛恨的"Kaiser"头衔要到后来才流行起来）。虽然我们正处于战争的边缘，但这一嘲笑皇室的行为还是把群众吓到了（"可他是一个如此英俊的男人，真的！"）。另一桩是军队征调了我们小镇所有的马匹，市场的一个出租马车的车夫涕泪交流，因为他那匹为他服务多年的马被带走了。还有一桩回忆是一群年轻人围着火车站争抢着伦敦列车刚刚送来的晚报。我记得成摞的豌豆绿的报纸（那时候有些报纸仍然是绿色的）、高高的领子、紧身裤和圆顶礼帽，这些可比在法国前线已经打响的那些可怕的战斗让我记得更加清楚。

到了那场战争的中间那两年，我主要记得的是那些炮兵平坦的肩膀、壮实的小腿和马刺叮叮当当的响声，比起步兵的制服，我更喜欢他们的制服。至于战争的最后阶段，如果你让我老实说主要记得的是哪些事情，我的回答很简单——人造黄油。这是儿童那令人讨厌的自私心态的一个例证。到了 1917 年，那场战争已经几乎对我们没有任何影响了，只是妨害了我们的伙食。在学校的图书馆里，一张巨幅的西线地图被钉在一块画板上，一根红色的丝线曲曲折折地盘绕在图钉上。那条红线时不时会往某个方向

---

① 刊于 1940 年 9 月《新写作》。

挪半英寸，每一次移动都意味着堆积成山的尸体。我根本不去留意它。我所就读的学校里那些学生都比一般的孩子聪明，但我不记得有哪一件当时的大事让我们意识到它真正的意义。比方说，俄国革命没有给我们留下任何印象，只是影响了几个学生，他们的家长在俄国有投资。在这帮年轻的小家伙中，早在战争结束之前抵制战争的反应就开始了。马马虎虎地应付军事训练的队列操和对战争漠不关心被视为思想开明的标志。年轻的军官们回来了，由于可怕的经历而变得麻木不仁。而年轻的一辈认为他们的这番经历根本没有意义，这种态度令他们很恼火，总是教训我们说我们太柔弱了。当然，他们所说的我们根本无法理解。他们只能冲你大吼大叫说战争是"好事情"，它"让你变得坚强"，"使你保持健康"等等等等，但我们对他们嗤之以鼻。我们的和平主义是在强大海军保护下的畸形的思想。那场战争过去几年后，对军事状况有一定的了解或感兴趣，甚至知道子弹从枪的哪一头射出来，是会遭到"开明人士"圈子的质疑的。1914 年到 1918 年的那场战争被贬斥为一场毫无意义的屠戮，甚至那些被屠戮的人也被加以责难。想到那张征兵海报，上面写着"你在那场伟大的战争中做了什么呢，爸爸"（一个孩子朝他羞愧难当的父亲问出了这个问题），我就觉得好笑。被那张海报诱惑而参军的人，后来都被自己的孩子鄙视，因为他们没有出于良知而选择逃避兵役。

但死人终究还是复仇了。随着战争成为陈年旧事，在当时"太年轻"的我这一代人开始意识到他们所错过的宏大体验。你觉得自己不是一个真正的男人，因为你错过了它。1922 年到 1927 年的时候我和一帮比我岁数大一点的男人在一起，他们经历过那场战争，不停地说起它——当然，带着恐惧，但也带着一种渐渐滋长的思念之情，在描写战争的英国书籍中这一缅怀之情表露无遗。而且，和平主义的反应只是一句空话，就连那些"太年轻"的人也已经接受了军事训练。绝大部分的英国中产阶级人士从孩提时期就接受战争的熏陶，不是体现在军事技术上，而是体现在道德思想上。我记得的最早一句政治口号是"八艘无畏舰，少年莫等闲①"。七岁的时候我是海军联盟的成员，穿着一套水手服，帽子上绣着"无敌号"几个字。甚至在我进入公学的军官训练之前，我就已经加入了私校的学生军训队。从十岁开始我就摆弄步枪，不仅在进行备战，而且那是一种特别的战争：大炮声伴随着性高潮的疯狂尖叫，在指定的时刻，你爬出战壕，指甲卡断在沙包上，踉跄着穿过泥沼和铁丝网，冲入机关枪的火力网中。我相信对于我这个年纪的人来说，西班牙内战的魔力在于，它就像那场世界大战。佛朗哥在某些时候能召集起足够规模的战机，将那场战争提升到现代战争的层面，而这些时刻就是战争的转折点。但战争的其它时候则是1914年到1918年那场战争的拙劣翻版，一场由战壕、大炮、突袭、狙击、泥泞、铁丝网、虱子和僵持构成的阵地战。在1937年早期，我所驻守的阿拉贡前线那块阵地就像1915年法国的一片平静的阵地，缺少的只是大炮。即使在韦斯卡和外围所有的大炮同时开火的罕见时刻，那些大炮也只能发出让人觉得意兴索然的断断续续的轰鸣，就像一场雷暴的尾声。佛朗哥的军队使用的六英寸口径炮弹爆炸声很响，但一次不会有超过二十门大炮。当我第一次听到他们所谓的大炮"愤怒的轰鸣"时，我知道我觉得有点失望。那与

---

① 原文是："We want eight (eight dreadnoughts) and we won't wait"。

我的感官等候了二十年的震耳欲聋从无间断的大炮轰鸣根本不是一回事。

我不知道在哪一年我第一次清楚地知道现在这场战争即将到来。当然，到了1936年后，事情已经非常明显，只有傻瓜才不知道。有几年的时间，这场即将到来的战争对我来说就像是一场梦魇，我甚至时不时发表演说和撰写宣传手册对其发起抵制。但在苏德条约签订被宣布的前夜，我梦见战争开始了。这样的梦境，不论它们具有怎样弗洛伊德式的内在意义，有时候的确会向你揭示你真正的情感。它教会了我两件事。第一，当那场我害怕了很久的战争开始时，我只是觉得松了口气。其次，我在内心是一个爱国者，我不会从事破坏活动或与祖国为敌，我会支持这场战争，如果可能的话会参军打仗。我来到楼下，发现报纸宣布里宾特洛甫①飞抵莫斯科。（1939年8月21日里宾特洛甫受邀到莫斯科，到了8月23日，他和莫洛托夫签署了苏德条约。）也就是说，战争就要来临了，而英国政府，即使是张伯伦的政府，也可以相信我是忠诚的。不消说，这份忠诚只是一个姿态。就像我认识的绝大多数人一样，政府断然拒绝起用我从事任何职务，哪怕是一个文员或小兵。但那并不会改变一个人的情感。而且他们迟早都会被迫利用我们。

如果我不得不捍卫我支持这场战争的理由，我相信我能做到。在抵抗希特勒和向他俯首称臣之间没有其它路可走。从一个

---

① 乌尔里奇·弗雷德里希·威廉·约阿希姆·冯·里宾特洛甫（Ulrich Friedrich Wilhelm Joachim von Ribbentrop, 1893—1946），德国纳粹党人，曾于1938年至1945年担任德国外交部长，战后在纽伦堡审判中被判处死刑。

社会主义者的观点出发，我得说进行抗争是比较好的出路。不管怎样，我觉得所有认为抵抗佛朗哥将军的西班牙共和军或抗击日本人的中国人应该投降的言论都是一派胡言。但我不会假装说那就是我的行动的情感基础。那天晚上我从梦中得悉的是，中产阶级长期接受的爱国主义熏陶发挥作用了，一旦英国遭遇到重大危机，我不会从事破坏活动。但不要误会我的意思。爱国主义与保守主义无关。那是对某个正在变化，却又神秘地被认为始终如一的事物的奉献，就像曾经是白军的布尔什维克对俄国的奉献。既对张伯伦的英国效忠，又对未来的英国效忠，如果你不知道这只是寻常的事情，那也许这在你看来似乎是不可能的。只有革命才能拯救英国，这是多年来明摆着的事情，但现在革命已经开始了，要是我们能将希特勒御于国门之外，或许它将迅速蔓延。再过两年，或许只过一年，如果我们能够挺住的话，我们将看到改变，让那些没有先见之明的傻瓜大吃一惊。我敢说，伦敦的阴沟将流淌着鲜血。好吧，那就流吧，如果这有必要的话。但即使赤化的民兵部队住进了里兹酒店，我仍会感觉到，许久之前我被教导因为决然不同的理由而要去爱她的英格兰将依然存在。

我生长于一个沾染着军事主义色彩的环境中，后来我在军号声中度过了无聊的五年。直到今天，在播放《天佑吾王》时不站起身仍会让我有一种轻微的亵渎神圣的感觉。当然，那是幼稚的，但我宁愿接受这种教育，也不愿像那些"开明"左翼知识分子，他们连最普通的情感都无法理解。这些人看到米字旗时不会觉得心潮澎湃，在革命到来时会当缩头乌龟。让我们比较一下约翰·康福德①在遇害不久前所写的诗（《韦斯卡风暴之前》）与亨利·纽波特②爵士的《在亲密的今晚令人喘不过气来的静谧》。文笔好坏姑且不论，那只是时代的特征，这两首诗的情感几乎一模一样。那位在国际纵队英勇牺牲的年轻的共产党员骨子里其实是个公学的毕业生。他的立场改变了，但他的情感没有变。这证明了什么？那就是有可能将一个毕灵普分子改造成一个社会主义者，将一种忠诚的力量改造成另一种忠诚的力量。对于爱国主义与军事荣耀的精神需要，无论那些左翼人士有多么讨厌它，其替代品仍没有被找到。

一、《韦斯卡风暴之前》
致无心的世界的心脏，
亲爱的心脏，想到你，我痛彻心扉。
影子使我的视野在战栗。

夜里刮起了风，
提醒了我秋意已近。
我害怕失去你，
我害怕我的恐惧。

离韦斯卡最后一英里，

---

① 鲁伯特·约翰·康福德(Rupert John Cornford, 1915—1936)，英国诗人、共产主义者，代表作有《了解武器，了解创伤》、《来到前线》等。
② 亨利·约翰·纽波特(Henry John Newbolt, 1862—1938)，英国作家、历史学家，代表作有《生命的火炬》、《我的时代的世界》等。

我们的骄傲的最后防线，
亲爱的，想开点，我感觉到你就在我的身边。

如果厄运让我步入浅窄的墓穴，
请一定要记住，
不要忘记我的爱。

二、《在亲密的今晚令人喘不过气来的静谧》
在亲密的今晚令人喘不过气来的静谧，
十点就要出发，要赢下这场比赛——
一座凹凸不平的球场和一束令人目眩的灯光，
还有一个小时就要比赛，最后的选手入场。
不是为了装点着缎带的大衣，
也不是为了一个赛季的荣耀这个自私的希望，
而是他的上尉在他的肩膀上重重的一拍——
"加油！加油！全力争胜！"

荒漠之沙尽皆染成了红色——
血色的战场一片狼藉。
加特林机关枪卡壳了，上校战死了，
军团在硝烟与沙尘中迷失了方向。
死亡之河泛滥了，
英国是遥远而可敬的名字。
但一个男生的声音为士兵们打气：
"加油！加油！全力争胜！"

这就是年复一年的世界,
为了母校而进行比赛。
她的每一个学生都听得见,
听得见的每个人都不敢遗忘。
他们都怀着快乐的心情,
像熊熊燃烧的火把一样度过生命。
对后面的人喊道:
"加油!加油!全力争胜!"

国民自卫队和你：
乔治·奥威尔对关于"一厢情愿的
民主人士"和真正的民主人士的
私人问题的回答①

与一位独立工党党员的对话：

"你是和平主义者吗？"

"不，当然不是。为了社会主义的实现或为了捍卫真正的民主，我愿意投身任何战争。"

"你认为目前这场战争就是那种战争吗？"

"不是。"

"难道你不认为它能够被转变为那种战争吗？"

"或许会吧，但那得到工人掌握控制权之后。武器必须掌握在工人自己手里。"

"嗯，那么，为什么不加入国民自卫队呢？他们会给你充足的武器。"

"国民自卫队！可那根本就是一个法西斯组织。"

"我并不这么认为。但就算是，为什么不尝试让它变得不那么法西斯呢？"

当然，争论并没有意义。争论持续了漫长的时间，但和那种人争论是没有结果的。他们几乎生活在一厢情愿的世界里，没办法理解单是空喊"我们要求成立一支民主的人民军队"（或类似那样的话)并不能让工人掌握武装。

"除非工人掌握了武装，否则武装就会控制工人"是一句二十年来翻来覆去说个不停的口号，而且是千真万确的话。但说出这番话的人当中，有多少人自己尝试过学习军事知识呢？那些三句不离街垒工事的人当中有多少人懂得如何修筑街垒工事呢？更别说处理好机关枪卡壳了。总之，不去掌握武装或如何使用武器的知识，革命的口号又有什么意义呢？

在现实中，国民自卫队根本不是法西斯组织。目前它是一个政治中立的组织，可以朝几个不同的方向发展，而它朝哪个方向演变最终取决于它的成员有哪些人。而在强调这一点之前，有必要回顾国民自卫队是如何形成的，以及它所经历的奇特历史。

七个月前，在这场战争最绝望的时刻——当时荷兰和比利时被占领了，法国即将投降，公众认为英国很快就会被入侵——安东尼·艾登[2]在电台上呼吁成立地方自卫志愿军。我没有听到他的演讲，但有人告诉我它并不鼓舞人心。在头二十四小时他就征集了二十五万人，接下来的几个月又征集到了一百万。你只需将这个数字和在补选中喊着"停止战争"的口号的候选人得到的选票进行比较，就知道这个岛国的群众对于纳粹主义的观感。

但国民自卫队的构成有一些特征不是那么令人高兴。申请人提交名字之后，一个骨干组织被创建，而基本上，下至小分队队长(相当于军队里的军士一职)的所有指挥岗位都分配给了来自中产阶级和上层阶级的人士。当志愿兵被征召起来时，他们发现军

---

① 刊于1940年12月20日《论坛报》。
② 安东尼·艾登(1897—1977)，英国保守党政治家。

官已经通过非民主的方式内定了，大部分人是六十岁甚至更老的、过气的毕灵普分子。

从那时起关于国民自卫队有两股明显的思潮。一派是（长久以来它以汤姆·温钦汉姆[①]和参加过其他西班牙内战的老兵运作的奥斯特利园训练学校为中心）想要将它改造成一支民主的游击部队，比早期的西班牙政府民兵部队更有纪律的部队。另一派的目标是缔造一支类似于正规军但没有军饷的志愿军。在夏天那几个月，当入侵似乎就要发生时，前一派思潮占了上风。但近来毕灵普分子的思想大规模卷土重来，原本以为再也不能发号施令的年迈的上校可高兴坏了。他们一心要进行阅兵式的操练和讲求军纪仪容，而第一批志愿兵报到时就根本受不了这一套。

在这么一个转折时期，如果有数目可观的左翼人士加入国民自卫队的话，将会造成决定性的影响。这一点需要我指出吗？尤其是伦敦地区，由于年纪较轻的成员被征调了，现在特别缺人。伦敦的大部分区域都在招募兵员。工党没有鼓励它的成员一开始就加入国民自卫队，错过了一个大好机会，但现在机会再次出现了。

在英国历史上，社会主义者第一次有了在武装部队里拥有一定影响力的机会。国民自卫队的势力平衡处于微妙的状况，无法确定它想要成为一支真正的人民军队还是一支模仿战前的地方团练但不是太像的部队。大部分的基层士兵希望的是前者，而大部分的高层军官要求的是后者，虽然他们无法非常明确地表明自己的想法。在这么一个时刻，朝正确的方向推动一把或许就能创造

---

① 即托马斯·亨利·温钦汉姆（Thomas Henry Wintringham, 1898—1949），英国军事史家、作家，代表作有《人民的战争》、《自由人的军队》等。

奇迹。而就事情的本质而言，推动力只能来自基层——知道自己想要什么也知道我们正在进行一场怎样的战争的人民群众，他们必须真的参军入伍，在同志之间传播政治觉悟。

请不要误解我的意思。我并不是在说社会主义者的责任是参加国民自卫队，去传播煽动性的思想或捣蛋。那是卑劣的行径，而且不会奏效。社会主义者要在国民自卫队里形成影响的方式是尽量当好一名士兵，服从命令，行动高效和自我牺牲。但即使只有几千个心怀左翼思想的好同志，也将会造成巨大的影响。在这个时刻，传播社会主义绝不是不爱国的行为，即使是以爱国主义这个词语最狭隘和最老套的含义去看。

我们正置身于一个奇怪的历史时期，作为一个革命者必须是一个爱国者，而一位爱国者也必须是一个革命者。

我们知道，即使毕灵普分子并不知道，如果我们的社会体制没有发生剧变，我们就无法赢下这场战争。我们的责任就是让所有可以被争取到我们这一边的人都知道这一点。这意味着整个国家的群众。至于国民自卫队——在一百万名士兵当中，百分之九十九的人痛恨法西斯主义，但在政治上没有方向——机会是如此明显，之前居然没有抓住，实在是令人感到惊讶。

你不应该低估国民自卫队的重要性，无论是现在还是将来。一百万名有步枪在手的群众总是重要的。它被发起是出于一个特殊目的（抗击侵略者的静态防御）。比起大部分西班牙的民兵部队，它已经是一支相对强大的军队，而且经过一年的战争，它更加操练得当，装备更加精良。它将会对政治事件形成重要的影响，除非它被解散或取缔（而这在目前是不可能的），或英国很快就轻松获胜（而这更加不可能）。

但会是什么样的影响呢？那取决于它到底演变成为一支人民的军队还是一支由中产阶级中最反动的阶层发号施令的冲锋队。这两个演变都孕育在时间的子宫里，而在部分程度上，我们有能力去让好的结局发生。

我们不知道在我们前头的会是什么。认为侵略的危险已经过去了是幼稚的，而以为在英国没有人会去尝试成立一个类似于贝当政府的政权也是幼稚的。或许由于战后的混乱，我们将不得不使用暴力手段恢复民主和阻止反动政变发生。

不管发生怎样的情形，一支民兵部队的存在——它拥有武装和政治意识，能够对正规军造成影响——将会具有深刻的重要意义。但我们必须让国民自卫队有这一品质。我们不应该通过置身其外并斥之为"这是法西斯主义"去实现这一点。过去二十年来，左翼人士由于"我们比他们更圣洁"的姿态而吃了很多苦头，而在现实中，这意味将所有真正的权力拱手让给敌人。

共产党人、独立工党和他们的同路人一直在鼓噪着"武装工人"，但他们没办法将一把步枪交到工人的手中，国民自卫队能做到而且也做到了。在道德上，任何身体健康而且能够花点时间（一个星期大概是六个小时）的社会主义者都应该去参军，这一点是显而易见的。在整个伦敦和英国的许多地区你会看到墙上贴着招募海报，告诉你去哪里应征。重要的是现在就加入国民自卫队，因为存在于此刻的这个机会或许将不会重现。

别让毕灵普上校毁了国民自卫队[①]

自从 25 万人踊跃报名参加地方自卫志愿军起到今天，似乎已经过去很久了——但事实上只过了七个月而已。那时，他们被告知或许有一天他们中间会有一批人能分到步枪，而其他人只能凑合着拿霰弹枪应付——那帮人总是以为霰弹枪想要就能拥有。

到了秋末，地方自卫志愿军[②]（如今改名为国民自卫队[③]了）已经发展成为一支强大的军队，装备精良，有步枪、机关枪、反坦克炮和手雷，而且最重要的是，它的组织方式能够发挥出士兵最大的作战效率。

当然，国民自卫队到底将起到什么作用取决于希特勒的侵略将采取什么样的形式。这么一支纯粹的步兵队伍在抗击集中进攻单一区域的重机械化部队时起不到什么作用。但另一方面，对付兵力更加分散的侵略，如伞兵、空投部队和轻型坦克，国民自卫队或许将扮演几乎和正规军一样重要的角色。

国民自卫队在仓促间成立，一开始并没有得到高层的支持，它自行组织，自然而然地，带有浓厚的地方色彩。

它的主要作战单位是十到二十个人组成的小分队，队员彼此间很熟悉，都是来自同一个城镇或乡村的旧相识——这是进行游击战、巷战或对付第五纵队的理想作战单位。

但是国民自卫队迄今为止最大的作用是一种政治上的象征。它的存在，更重要的是它的维系，表明了这个岛国的人民对于纳粹主义的态度。

经过纷纷扰扰的七个月后，国民自卫队的人数并没有大幅减少，只是在号召更年轻的志愿者入伍。

已经在工厂和办公室长时间工作的男人们每周必须牺牲二十个小时的闲暇时间，而且没有酬劳，只是在值夜时能领到三先令的补贴。

他们在晚上站岗，星期六下午去训练场或靶场，晚上在阴风阵阵的礼堂里拆卸组装机关枪——他们做这些完全不是出于强迫。

> 国民自卫队是纯粹的志愿群体，除了开除之外没有别的
> 惩罚手段——每一个参役的成员都知道惩罚根本没有必要。

即使紧迫的侵略危险顺利度过，国民自卫队也会继续存在下去。甚至有传闻说战后仍会保留其建制。因此，它的政治演变具有非常重要的意义，因为没有军队能够真正做到政治中立。

国民自卫队背后的驱动力是群众对于英国民主体制的观感，他们认为英国民主并非虚有其表，它之所以成立是为了反抗法西斯主义。

因此，它的最大遗憾是它的实际组织并不像它的士兵群体的思想那么民主。国民自卫队几乎完全掌握在其相对富裕的成员手中，那些人很多是退休的上校，他们的军事经历是在机关枪得到

---

① 刊于 1941 年 1 月 8 日《标准晚报》。
② 1940 年 5 月至 7 月的名字是地方自卫志愿军。
③ 从 1940 年 7 月至 1945 年 12 月解散时，更名为国民自卫队。

完善之前或坦克闻所未闻的时代获得的。

排长以上的职位基本上是一份全职工作，而且没有工资，因此，只能由有私人收入的人士担任。不可避免地，那些退休的上校就站到了前台。

或许过去几个月来毕灵普上校的精神经由老式的军士带队训练占得了太多上风——这些人在单发步枪时代或许能起到作用，但会给将进行游击战的非正规军带来危险。

随着冬天的到来和侵略并未发生，越来越多的时间被用于进行操场训练，越来越多的重点被放到了并腿立正和屁股挨板子上。

原本可以用于学习如何科学使用步枪的宝贵夜晚被用于练习扛步枪和端步枪。适合阿尔巴尼亚人或埃及人抗击意大利军队的拼刺刀的战争观被普遍灌输，代价是更适合志愿军（国民自卫队就是这么一支军队）的观念被避而不谈。一些具有现代思想的士兵勇敢地在赫灵汉姆和奥斯特利园的国民自卫队训练学校传播这些观念。

普通士兵们并没有忽略这一举措的意义，他们也没有忽视将所有的指挥权交到中产和上层阶级的手中这一趋势的后果。

他们并没有发牢骚——至少他们发牢骚的程度并不比军队内外的普通英国人过分。但他们，特别是他们当中的老兵知道，一支业余军队在训练场上不可能像一支正规军那么英姿飒爽，而且也不应该尝试这么做，因为它的所有时间都应该用在更重要的事情上：射击、扔手雷、看懂地图、判断距离、找掩护、布设坦克陷阱和修筑工事。

这些老兵并没有质疑纪律的必要性，甚至并没有质疑操练的价值。他们知道士兵的第一要则是服从命令，而且，大体上，在训练场上表现最好的部队在战场上往往会有最优异的表现。

即使是非正规部队，如果不练习走正步、端正军姿和保持装备和武器干净，也会士气萎靡低落。但这并不表示一个胸口佩戴着两三枚军功章的工人愿意将所有的晚上都花在整理军装或装刺刀上。

在任何军队里，毕灵普上校的精神和奥斯特利园的精神一定会进行某种程度上的斗争。让毕灵普上校占得太多上风的危险在于，他们或许会把志愿参军的工人阶级给赶跑。

如果国民自卫队失去了它全民皆兵和反法西斯的特征，演变成为就像中年版的公学军官训练营那样的保守党的民团势力，从方方面面看都会是一场灾难。

一开始的时候，工人阶级踊跃参军，到现在仍然是士兵的主体。在国民自卫队身上，他们看到一支民主的人民军队的希望，他们可以去抗击纳粹分子，而不用遭到古板的军士的咆哮谩骂。

请不要误会我的意思，国民自卫队确实是一支民主的人民军队。队伍里的士兵为自己能够入伍而感到自豪，他们自发完成工作，而且他们知道自己从中学习到了很多。

但如果他们有机会发言的话，下面是他们可能会提出的三四点批评意见。

他们希望将更多的时间花在为战争进行训练上，而不是训练当好卫兵。

他们希望得到更多——多得多——的弹药和手雷进行练习。

他们希望能更加肯定晋升只取决于功勋，而与社会阶层无关。

他们希望部分关键的职位能够由有工资拿的全职人员担任。

如果指挥官的年纪小于 50 岁，他们会非常高兴。

即使只是处于候命状态，国民自卫队也只有在一个人们感到自己是自由人的国度才能存在。

极权主义国家能够做出种种壮举，但有一件事情是他们做不到的：它们不敢将一支步枪交给工人，并告诉他可以把枪带到家里去放在他的卧室里。**工人的公寓或农场帮工的小木屋里挂着步枪，这就是民主的象征。**

我们的责任就是让那把枪能一直挂下去。

修路工的生活的一天①

英国依赖海上交通而生存，但内陆交通同样重要，特别是在战争时期。关于郡议会的雇员——那数十万无论寒暑每天都在工作以使英国的公路维持良好路况的修路工人的情况，我们所知甚少。让我们听一听厄尼斯特·索特先生的心声——他是一位精明强干的工人，脸膛赤红，曾在海军服役十二年，当了十六年修路工——请他谈一谈这份工作的情况。

"我为萨里的中部地区工作。我是他们所说的领班，也就是工头。我那伙人有八个人——加上我是九个人。大部分时候我们一周工作四十八个小时，冬天工作四十四个小时，因为那时候白昼很短。你还得加上每天几个小时的上下班交通时间，因为一个工人可能得骑着单车来回十二英里去上班和下班。现在下雨的时候他们也会支付工资给你——以前可没有，那时候我们还没有工会——得是非常恶劣的天气我们才能休息。当然，这份工作的活儿有很多种，铺沥青是最难的。为什么？因为你得趁沥青还热的时候把它铺上去，而这意味着你得手脚麻利。我们大伙儿九个人有时候一天能轮班铺四十到五十吨沥青。我每个星期领三英镑十先令，另外还有四先令的战争补贴。我们正在争取多增加四先令的补贴。当然，这是领班的工资。其他人——比方说，工程车司机的助手——只能领到两英镑十二先令六便士，补贴另算。如今有份工作能凑合着过就不错了。但不管怎样，情况还是改善了很多。不久前有的郡议会只支付三十四先令的工资，而且节假日或下雨天没有工资。工会为我们做了很多事情——我们总是说一周付一坦纳②还是很值得。挺不挺得住？噢，是的。我能挺得住。这是健康的生活，如果你开始干活的时候身体很健康。但冬天有时很辛苦，你得上一条坡路，没有挡风的地方，在冰冻的路面工作。"

无疑，索特先生低估了他的工作的艰辛程度。这比矿工的工作要轻松一些，但是——考虑到天气状况——轻松不了多少。大部分路面工作不被归为技术工种，但你只需要看一看那些混凝土路面的平整程度就知道这些修路工的技术和负责态度。当然，战争并没有使得工作变得更加简单。新的铺路工作几乎停止了，但修路工程变得更加紧迫，越来越多的工作由中年男子承担，因为只有少数路面工作被列为免予征兵的职业。私人交通工具的数量减少了，但军方的重型卡车和坦克总是将路面碾碎。

这些维护着英国五十万英里道路的工人有什么样的苦楚呢？——和每个人一样，他们有着自己的苦楚。

你只需要看一眼那些工资微薄的体力劳动者的生活就能够了解到这么一个事实：最糟糕的不便总是由最琐碎的事情引起的，而那些养尊处优的人从来不会察觉。几乎每个人都知道在寒冬砸碎混凝土不是一件惬意的工作，但并非每个人都能了解大部分困难和怨恨是由郡议会以支票形式支付雇员工资这一做法引起的。

过去多年来，有人尝试过反对这一做法，但没有成功。这么

---

① 刊于 1941 年 3 月 15 日《画报》。
② 一坦纳等于六便士。

做是不可原谅的，而且几乎违反了工资支付法案。大部分郡议会以支票形式向雇员支付工资是因为，这样一来他们能够节省几个领取和清点款项的职员的工资。那些每周挣两三英镑的人没有银行账户，而且一周工作四十八小时（或许还得加上十个小时的交通时间），总是没时间去银行。当修路工领到周薪支票时会怎么做？他只能找当地的杂货店老板或酒吧老板帮忙兑现支票，而有时候杂货店老板或酒吧老板碰巧没有现金。由战争引起的其它苦楚是工资越来越难"张罗"，而且限量供应政策对体力工人的影响无疑要比对那些坐办公室的人的影响更大。熏肉和奶酪的短缺对修路工们来说是一大打击——还有对农场帮工和其他得带饭去上班的人。

但索特先生说工会为修路工们做了很多事情，这确实是真的。活跃的全国公共雇员工会过去五年来将周薪提高了将近一英镑，而且它刚刚取得了一场意味深远的胜利，那就是成立全国工资委员会，或许将实现全英国郡议会雇员工资的平等。以前每个郡都有自己的规矩，不仅工资定得很低——有几个郡低至一周三十一先令——而且差别很大，有时候两个邻郡的工人，干着同样的工作，会发现他们的周薪相差将近一英镑之多。在新的体制下，政府接管了维护大部分道路的责任，包括负担主干道的全部支出。

自从郡议会成立的这五十年来，它们并没有赢得好雇主的名声。它们总是被乡绅和退休的上校所把持，而这些人根本不知道工人阶层的生活是怎样的。全国公共雇员工会与他们进行斗争，目的是将英国的每一个郡议会的雇员争取入会。最主要的困难是这个工作的分散性，这使得就连召集代表开会也成为成本高昂的事情。修路工们将混凝土担进搅拌机，将炮弹碎片用作排水系统的材料，并开着他们那些轰隆隆的工程车来来回回——他们的工作或许没有士兵或飞行员那么显眼，但同样都是非常必要的。如果他们无法承担起这份工作，不到一个星期我们就会尝到苦头。道路在战争时期的重要性显然是毋庸置疑的，而且会越来越重要。

事实上他们已经表明自己能承担起这份工作。确实，从事这份工作的人数比战前的五十万减少了一些。但那是因为新的道路作业没有了。那些修路工总是干同一份工作，很少会另谋职业，虽然机器的应用使得工作大大加快而变得更加辛苦。有一些人是从其它职业转行过来的——比方说，采矿业——但大部分人一辈子都是修路工。我们必须不让他们成为战争努力中被遗忘的人。战争努力要求每个人都尽最大的能力，食不果腹和不满将会对其形成威胁，这些可要比德国人的炸弹更加危险。

英国纸贵[①]

　　战前英国的造纸木浆大部分来自瑞典、芬兰和苏俄。德国入侵挪威后，斯堪的纳维亚半岛的供应被切断了，虽然木材可以从俄国进口——事实上，目前英国仍从俄国进口木材，替俄国前线输送战备物资的船只回来时大部分都装载着木材——但这一行程缓慢而且危险。另一个木材供应大国加拿大距离遥远，运力非常宝贵，因此，过去几个月来我们面临纸张短缺的问题——情况不算太严重，但紧张得足以让人几乎每时每刻都感受到问题的存在。只有当你面临纸张紧缺时，你才会意识到它要比你想象中的更加重要。我将告诉你纸张紧缺所带来的结果——有趣的是，尽管大部分情况是坏事，但也有的情况是好事。

　　广告的减少是纸张紧缺虽然并非最重要但最明显的结果。在战前，英国的每一面空墙上都张贴着巨大的海报——通常是食物和专利药品的广告——用色鲜艳，大体都非常丑陋。我想除了广告商外，任何人看到这些广告销声匿迹都不会觉得难过，没有了广告的光秃秃的墙壁看上去好看多了。前几天晚上我走过一个地铁站，注意到虽然那里还有几张巨幅海报教促你去买啤酒或巧克力，但所有的海报都是旧的，或许是战前留下来的。那些新的广告——比起旧的广告它们要小得多，低调得多——是剧院的广告或政府的宣传广告，号召女性为战争服务，或是伦敦郡议会的通知在推广夜校。这一幕让我觉得备受鼓舞，尽管想到如今消费的啤酒和巧克力少了让我不是太开心。我觉得这是我们正在进入新经济时期的标志——在这个时代，私人公司将不再重要，贸易也将不再只是意味着无休止的竞争，诱导人们去买他们并不真正想要的东西。

但纸张紧缺最大的后果——其影响有好有坏——可以大体上在报刊中获得了解。

如今英国的报纸版面变得很小，很难相信以前它们的版面有那么大。几个星期前我碰巧从一个抽屉的最底下找到一份战争前的《泰晤士报》。它看起来那么大，我不仅在心里纳闷读者每天怎么能通读这么一大沓报纸，甚至怀疑有没有人愿意举着这么一份沉重的报纸进行阅读。你会相信如今一份普通的英国报纸只有区区四个版面——也就是说，只有两张纸，还有相当一部分版面用来刊登照片吗？此外，我们已经习惯了这种版面的报纸，很难想象它们大一些会是什么样子。

纸张短缺的这一结果在我看来大体上是一件好事，我会告诉你个中原因。战前的英国报纸商业化极其严重，庞大的版面不仅充斥着毫无价值的奢侈品广告，而且内容十分无聊傻气——入室抢劫报道、对电影明星私生活的探究、唇膏和丝袜的流言蜚语、长篇累牍的体育报道的、延绵好几页的赛马结果，甚至有几个占星术和算命的专栏——这些廉价的感官娱乐报道让读者根本没办法去留意真正的新闻。并非所有的英国报纸都是这样，但大部分报纸的确如此。这种情况已被抛到九霄云外，报纸没有多少版面可供填满，英国正在打仗，因此每天都会刊印冗长的官方通讯文

---

① 1942年1月8日在英国广播公司《透过东方之眼》节目上播放。

章。自然而然的，被排挤出去的首当其冲就是那些垃圾内容。如今的报纸可能有点沉闷，但至少它们都很严肃。它们的头条新闻报道的是真正的新闻而不是鸡毛蒜皮的小事。以前出现在大街小巷的新闻海报和晚报上刊登的连篇广告也不见了。现在的报贩在一块小黑板上面写下他们挑选出来的新闻，这些要比印刷海报信息量更足，内容更加可靠。

但如果你的注意力从日报转移到所谓的高雅文学上，纸张短缺的影响大体上是负面的。供应给出版社的纸张有严格的限制，它们出版的书在数量上根本不能与战前相提并论。现在一个没有名气的作者要出书是一件非常困难的事情，因为没有出版社愿意把宝贵的纸张花在一本可能卖不出去的书上。那些名不见经传的作者如今很难出书，即使大部分年轻人不在服役情况也会是这样。对于文学评论和杂志来说也是非常糟糕的时期。除了厚上一两个页码外，它们其实应该被称为宣传册。去年没有新的期刊出版。大部分高雅杂志——《品文》、《地平线》、《新政治家》、《诗艺》、《七》和《印度文学》仍在出版，但大部分的版面都大大缩减了。而书籍不仅少了，篇幅也短了许多。书籍的篇幅受技术方面的制约要比我们想象中的更大。战前十年长篇小说盛行一时，那可能是因为纸张很廉价。纸张的紧缺可能会促使短篇小说的兴起，那些在法国一直很流行的所谓的"长版短篇小说"在英国这边不怎么受待见。

如今你去商店里买东西，很难叫店员把物品给包起来。店老板不像以前那么慷慨地给纸袋了。就连香烟也经常散卖，而不是装在香烟盒里卖。圣诞节采购的时候你会看到奇怪的情形：年迈的老头子腋下夹着他们给孩子买的没有包装的洋娃娃、泰迪熊、玩具枪匆匆忙忙赶回家。据说包装纸仍是英国最大的纸张浪费，在这个方面推行节约的空间最大。而且，现在正在进行全国性的运动，将废纸回收并送到造纸厂重新捣成纸浆再变成新纸。这种纸的颜色灰沉沉的——这是因为那些印刷油墨很难去除——但仍然很好用，而且这个过程几乎可以无限循环。在一间二手书店里你时不时会看到一本纸张灰沉沉的旧书，你一看就知道它是上一场战争的最后几年出版的，那时候纸张的紧缺情况和现在一样严重。到一间造纸厂参观纸张被重新捣成纸浆的那一幕情形很奇怪。你会看到除了成堆的报纸和包装纸外，还有成捆的私人信件、炸破的烟花爆竹、官方文件、海报、巴士车票和圣诞树上面拿下来的流苏，全部都等着一起被送进捣纸浆的桶里。

纸张的短缺算不上是战争造成的一项主要的物资紧缺，而且我们的紧缺情况根本不像德国从战争一开始所遭受的那么糟糕。但就像我们在战争中不得不忍受的所有改变一样，它对我们的国民生活产生了影响，就像香蕉没有了和没有红磷制造火柴一样。它让我们明白，如今的世界是一个统一经济体，没有哪个地方能独立于其它地方之外，也没有哪个地方能不承受艰难。

（作为节约纸张的证明，讲稿的最后三行之间没有空行，以避免多用一张纸。）

英国的配给制和潜艇战[①]

或许你已经在报纸里读到或在电台里听到英国食物供应的配给量已经被削减了。每个人都知道这种事情会发生。十一月的时候，某些食物的配给量增加了，目的是度过冬天最艰难的时期，但群众收到警告，或许这些食物的配给量以后会再度削减。（太平洋战争爆发后，海运需求增加了。）脂肪的配给量从每星期 10 盎司减到 8 盎司，白糖的配给量从 12 盎司减到 8 盎司。其它食物的配给量不受影响，但自然地，到了冬天某些没有限量供应的食物，如鱼和水果，也会面临短缺。

有许多证据表明，食物限量供应到目前为止并没有对英国的公众健康造成破坏——要是真有影响的话，结果倒是得反过来。战争之前英国人吃糖太多，喝茶也太多，过分地把肉类当成了主食。战争让许多人意识到了蔬菜的益处，特别是生吃蔬菜。自战争以来英国没有发生严重的流行病——即使在空袭最密集的时期也没有，那时候英国人都以为瘟疫将会发生——现在所有传染性疾病的数字比起去年同期都要低一些。但要真正理解英国食物限量供应的意义，你必须进行两个比较。一个是与德国对应的食物限量供应进行比较，另一个是与 1914 年至 1918 年战争时英国的情况进行比较。

要是你浏览已公布的英国和德国食物限量供应清单的话，你就会发现只有一样东西德国人宣布的配给量更多，那就是脂肪。

根据官方的数字，德国人每周有9盎司的脂肪，而英国人只有8盎司。但这会让人产生误解，因为每个英国人还可以分到4盎司的熏肉，而德国人分到的熏肉已经包括在他的脂肪定量里了。其它每一样限量供应的食物英国人和德国人配给量要么差不多，要么就是英国人的多一些。而且，德国有许多供应受限的物品在英国可以不受任何数量限制地自由购买。面包就是其中一例，还有可可和咖啡。有些东西，比方说茶叶，在德国几乎买不到了。一个更重要的事实是，在英国如果你在外面吃饭，比方说在餐馆或工厂的食堂吃饭，你无须使用粮票。食物限量供应只限于生买回家的食物。在德国情况则不是这样。由于战争的影响，几乎每个人都有工作了，越来越多的人每天至少在家外面吃一顿饭，这一区别非常重要。

要理解这一点的重要性，你必须记得，德国人统治了从挪威到黑海的区域，所有欧洲出产的食物都任由他们处置。我们可以肯定，他们不会为了其他欧洲民族而牺牲自己人。事实上，他们甚至没有掩饰这一点，公开承认欧洲大陆各个地方的食物供应条件比德国更加糟糕。在有的国家，比方说希腊，已经几乎出现了饥荒。德国人正在洗劫整个欧洲以供应本民族，但就算是这样，比起我们英国人，他们的食物分量和种类越来越少。

现在我们可以看看另一个对比的意义——与这个国家在1914年至1918年时的情况作对比。当然，那时候我不在战场上，我不会伪称自己深有体会。但所有年纪在35岁乃至30岁以上的人都对那一场战争有着鲜活的回忆，我和许多人探讨过这个话题。无

---

① 1942年1月22日在英国广播公司的《透过东方之眼》节目上播放。

一例外，他们都说 1917 年下半年和 1918 年的食物供应情况要比现在糟糕得多。事实上，那些童年时经历过那一场战争的人告诉过我，他们对战争的回忆就是挨饿。

我们现在和那时候的人比，最大的不同是生活要好一些，原因是食物短缺的危险早已被预料到了。1914 年战争爆发时，没有人意识到德国的潜艇战会那么成功，食物短缺骤然变得十分严峻。突然间，英国人发现他们只有几个星期的食物储备——你必须记住，英国是个十分狭小的岛国，即使每一寸土地都用来种粮食或许也无法实现粮食自给。在此之前英国从未采取过食物限量供应，食物贮藏的手段也没有今天那么有效。而且那时候关于食物营养价值的研究还没有像过去二十年间那样展开。与此同时，1917 年底，德国的潜艇每周击沉二三十艘英国轮船。结果，黄油在英国几乎绝迹了近一年之久，白糖和果酱成了稀罕的东西，面包供应不足，而且那种面包是脏兮兮的灰色，因为里面掺了土豆粉。肉类的限量供应要比现在严苛得多，即使你到一间餐馆或食堂，要吃肉你也得用粮票购买。此外，食物的发放没有现在那么有技巧，结果就是，在食品店外面女人们排起了长队，有时候得等上好几个小时才能轮到你买东西。我的英国朋友们经常告诉我，那些长长的队伍是他们对战争的主要回忆之一。我不能说现在你看不到排队买食物了，但至少不会那么频繁地看到。

这一次之所以会出现这么大的改变，是因为政府从一开始就采取了限量供应食物这一必要措施，而且应付潜艇的威胁越来越卓有成效。要意识到这一不同，你必须记住，在上一场战争中，英国海军有法国、意大利和日本等国的海军支援，而到了战争末期还有美国海军的支援，而这场战争打了一年多，英国海军一直是在孤军奋战，与意大利和德国的海军周旋。确实，从一开始德国人就对通过封锁食物供给迫使英国投降这一战略寄以厚望。如果你收听德国无线电广播的话，你就会听到每个星期被德国潜艇击沉的英国食物运送船只的庞大吨数。有人从一开始就不辞辛劳地记录下这些数字，发现迄今德国宣称击沉的舰船数字上远远超过英国拥有过的舰船。（当希特勒的副官鲁道夫·赫斯①逃到英国时，他透露说希特勒的主要战略就是想把英国活活饿死。）即使德国的潜艇不能真的饿死英国，他们或许希望击沉足够多的舰船，使得重要战争物资的进口被迫停止，所有可用的船只就只能集中用于运送食物。但这种事情并没有发生。横跨大西洋的货物运输——坦克和战斗机，还有小麦和牛肉——数量从未减少，去年英国船只被击沉的数字每个月都在急剧减少，而这是在德国潜艇现在能从挪威到西班牙的港口出动的情况下取得的，而不像上一场战争里，德国潜艇只能从比利时和德国的港口出动。侦察和摧毁潜水艇的方法得到了大幅度的改进，随着每一艘德国潜艇被击沉，德国越来越难找到受过培训的人员执行这一危险的任务。而且，英国的农业发展部分解决了食物问题。1940 年有两百万英亩的农田被开垦出来，1941 年又有一大片广袤的农田被开垦出来。英国能够自产更多的粮食，越来越不需要依赖海运进口粮食。耕地的额外劳动一部分由女性志愿者承担，一部分由意大利战俘承担。从这些你可以了解到为什么英国的粮食状况要比上一场战争

---

① 鲁道夫·瓦尔特·理查德·赫斯（Rudolf Walther Richard Hess, 1894—1987），德国纳粹分子，希特勒的早期追随者，纳粹党副元首，于 1941 年 5 月 10 日单独驾机飞抵英国，但其动机由于英国的文件尚未解密而无从得悉。战后被纽伦堡国际军事法庭判处终身监禁，于 1987 年自缢身亡。

进行时英国人所忍受的状况大有好转——虽然我不会违心地对你说情况非常完美——但比起德国，我们的情况要好得多，即使德国正在全面搜刮欧洲以自肥。

国民自卫队成立三年：独特的稳定迹象①

今天距离热情的国民自卫队的业余士兵用蜡油给霰弹猎枪的弹药筒上油，拿着混凝土块练习扔手雷的日子已经过去快三年了，现在能够对国民自卫队作为一支武装力量的价值进行准确的评估了。

虽然它从未打过仗，但它的成就是不可忽视的。根据德国人的广播进行判断，从一开始他们就比我们更加严肃地对待国民自卫队，而且它一直是德国人未能入侵英国的原因之一。即使那只是百分之五的因素，对于一支没有报酬的业余军队来说，这个成绩并不算太糟糕。

国民自卫队经过了三个阶段。第一个阶段坦白说情况一团糟，不仅是因为在1940年的夏天国民自卫队没有多少武器和制服，而且是因为它的规模要比任何人所预料的更加庞大。

一则在电台上的呼吁——或许目的是征集起五万志愿军——几个星期内就征集到了一百万人，这支新的部队不得不在几乎没有援助的情况下自我进行组织。由于对德国可能采取的侵略手段意见不一，它有不同的组织形式。

到了1941年中，国民自卫队成为了一支纪律严明的标准部队，主要用于应付巷战和佯攻，而且配备有步枪和机关枪等精良装备。到了1942年它配备了斯登冲锋枪和小口径火炮，并开始接管一部分防空工作。在第三个阶段，国民自卫队与正规军和民团有机地结合在一起，但它也有自己的问题，有些问题很难得到解决。

过去一年来，军方的设想是，如果进攻欧洲大陆的话，国民自卫队将顶替英伦群岛的一部分正规军，因此开展了运动战的训练。由于国民自卫队成员平均年龄的下降，这变得比较容易了。但有时候结果并不能令人满意。由于人员都是兼职服役，而且总是会发生变动，模仿正规军的训练不知是否是明智之举，而且即使交通问题得以解决，国民自卫队也不可能是完全机动的部队。

它的大部分成员是工人，即使遭受侵略，在没有发生战斗的地区经济生活也必须照常进行。

如果英国真的遭受侵略，国民自卫队只会以小分队的形式在它自己的地区进行作战。纪律正渐渐变得严明，而且与正规军的接触也在增加，这些都很有好处，但在战略安排上或许坚持原先作为纯粹的地方武装力量的设想会比较好，从而保证业余士兵拥有相对于职业军人来说唯一的优势——高度熟悉作战地区的地形。

但是，虽然国民自卫队比起以前更像是一支军队，但它的早期岁月还是留下了痕迹。由汤姆·温钦汉姆等人在1940年夏天创立的军事训练学校为传播对于全面战争的理解和对待军事问题的富于想象力的态度作出了不可估量的贡献。

即使是当时缺乏武器的状况也有它的好处，因为这引发了在修车厂和机械厂的研发尝试，现在正在使用的几样反坦克武器就是国民自卫队进行研究的成果。

---

① 刊于1943年5月9日《观察者报》。

在社会构成上，国民自卫队与刚开始的时候已经很不一样了。它的成员随着军队征召发生了剧变，它的趋势是融入被接受的英国阶级现状。这对于一支没有报酬的部队来说或许是不可避免的，没有汽车和电话很难去执行一位军官的工作。

但如果说它的内部气氛并非真正的民主，那么至少这种气氛很友善。这个庞大的组织具有非常典型的英国色彩，现在成立三年了，没有发生有意识的政治演变。它既没有如某些人所希望的一样演变成像拥护西班牙共和政府的民兵部队那样的一支人民军队，也没有演变成其他人所担心的纳粹冲锋队。它不是依靠政治信念团结在一起的，而是依靠无法言说的爱国主义情怀。

它的存在本身——在危机时刻它能够通过几句广播就组建起来，而且近两百万人把步枪摆放在卧室里，而且政府不会为这件事情感到忧心忡忡这一事实——就是世界上其它国家所无法企及的稳定的象征。

理查德·阿克兰①爵士小介②

　　身材瘦削，戴着眼镜，和36岁的年龄不相符的娃娃脸，让人觉得就像是一个六年级的男生——那种并非很擅长运动但依靠品格的力量以勤补拙的模范生——理查德·阿克兰爵士给人留下的最深刻的印象是真诚。就连他的敌人也不会指摘他的诚挚。但那并不是一本正经的真诚，而是喜欢较真的热切的态度——他不仅知道自己掌握了真理，而且，他知道真理其实非常简单，能够被印在四个页面的传单里。

　　如果你问理查德·阿克兰爵士他那个规模虽小但正在扩张中的共同财富党的核心纲领是什么，他的答案大概会是：资本主义必须被抛弃，但英国必须走有自己特色和符合其历史传统的"社会主义道路"。工业国有化——要，阶级斗争——不要，帝国主义——不要，爱国主义——要，和俄国结盟——要，模仿俄国的方式——不要。

　　这么一个纲领或许听起来很简单，甚至是明摆着的事情，但它很有原创性，引起了历史更加悠久的左翼政党的敌意。几次补选的数据表明，他们确实有理由害怕这个年轻的竞争者。

　　阿克兰很清楚措辞表达非常重要。共同财富党人不喜欢将自己标识为"社会主义者"，避免马克思主义者的术语，并尝试用群众的语言进行沟通，虽然并不是很成功。阿克兰本人的优势在于，他走向集体主义思想的道路不同寻常。他是一个地主，拥有第十五代的准男爵封号，在巴恩斯戴普尔拥有安稳的议员席位，以自由党人的身份当选，从未经历过一个左翼政党的纪律约束。

在战前的几年里，人们对他的了解主要是他支持与苏联结盟和反对德国的坚决态度。在"静坐战"时期[3]，他的"坚定立场"略有松动，在他那本有失偏颇的作品《我们的奋斗》里，阿克兰道出了一个危险的信念，那就是：光靠聪明地使用高音喇叭就能赢得这场战争。《将来会怎么样》是一篇更冷静的文章，无论是政治水平和思辨水平都有了很大的进步。

阿克兰喜欢解释说，当前左翼政党由于忽略了三个明显的事实而招致失败——态度非常激烈，甚至让人觉得他想拍桌子。第一个事实是"无产阶级专政"已经过时了。无产阶级光靠自己并不足以强大到主导社会的程度，只有在得到中产阶级的支持时才能获得胜利。第二个事实是，任何侮辱爱国主义的政党注定会失败，至少在英国是这样。第三个事实，同时也是最重要的事实是，社会主义运动背后的真正推动力必须基于伦理而不是基于经济。因此，共同财富党的口号是："于德有亏必于政不合"——一个蹩脚的口号，但不乏吸引力。

依照这一纲领的是很含糊的短期政策，有时候似乎在向所有人作出任何承诺。共同财富党提倡将所有的生产资料国有化，但它愿意作出补偿——对小业主进行全额补偿，对大业主进行部分

---

① 理查德·托马斯·戴克·阿克兰（Richard Thomas Dyke Acland，1906—1990），英国政治家，曾担任自由党众议员，后加入工党，英国共同财富党创始人之一。
② 匿名刊于 1943 年 5 月 23 日《观察者报》。
③ 静坐战（phony war），1939 年 9 月至 1940 年 4 月，德国入侵波兰，西线则度过了一段没有重要战事的平静期。

补偿；它将停止剥削大英帝国属地，但会维持英国的生活水平；它会坚决与敌人进行斗争，但允许言论自由；它会反对军国主义，但会鼓励爱国主义；还会和任何志同道合者展开合作。

所有这一切无疑带有乌托邦色彩。但可以这么说：如果公有制能在英国建立，它将更接近于阿克兰所努力争取的事业，而不是欧洲大陆马克思主义的模式。

理查德·阿克兰爵士会不会成为政党的最高领袖则是另一个问题。他本人说自己并没有这个想法，只是想促成更大规模的运动。另一方面，他的敌人指责他有"元首情结"，并宣称如果共同财富党在全国运动中陷入困境，阿克兰会一走了之，而不愿意沦为配角。

这个判断或许带有嫉妒的色彩。事实上，很难想象阿克兰会成为第一流的政治人物，无论这件事情是好是坏。他有着独裁者的偏执，但不低俗，或许甚至不够坚强果敢。他的对手说共同财富党只是选举中断时期的产物，一旦工党自由展开选战的话它就会销声匿迹，或许这番话更靠谱一些。

与此同时，共同财富党参加了全国各地的补选，并赢得了令人吃惊的高选票。就像迄今为止所有的激进运动那样，或许最终它会被坚如磐石的工会挫败。阿克兰宣称他在军队里有很多追随者，而且虽然共产党在反对，但他正在赢得产业工人的支持，并且能够拿出数字去支持他的说法。至少他拥有不去盲目乐观地看待英国，不从"经济人"这头神秘动物的角度进行思考的智慧。

如果他就像在他之前的许多先知那样以失败告终，他也会因为他那不符合政治原则但堂堂正正地不去说"这么做有好处吗"而是说"这么做对吗"的姿态而被长久地记住。

英国的侦探故事①

    大部分侦探故事的创作和阅读发生于 1920 年至 1940 年间，但正是在这一时期，侦探故事作为一种文学体裁开始走向衰落。在这个充斥着麻烦和无聊的年代，这些所谓的"犯罪故事"（这个名称涵盖了侦探故事和"惊悚故事"，作者们遵循着木偶大剧场②的惯例）在英国和茶、阿司匹林、香烟与广播一道成为普遍的生活消遣。这些作品被大批量地生产，当我们发现它们的作者包括政治经济学的教授、罗马天主教徒和圣公会的牧师时会感到很惊讶。任何从来没有想过去写一本小说的人都觉得自己能写出一则侦探故事，只需要说不清道不明的毒理学知识和似是而非的不在场证据掩饰真凶就可以了。但很快，侦探故事开始变得越来越复杂。如果作者要满足读者们对暴力和血腥的日益增加的渴求，它就需要更多的奇思妙想。那些罪案变得越来越骇人听闻，而谜团也越来越难解开。但事实上，许多后期的作品几乎没有一本值得反复去阅读。

    情况并非总是如此。有娱乐性的书不一定都是劣书。在 1880 年到 1920 年间，英国有三位侦探小说的专家，展现了毋庸置疑的艺术品质。柯南·道尔自然是这三者中的一员，其他两位作者虽然不能与他比肩，但也不应该被轻视——厄尼斯特·布拉玛③和理查德·奥斯丁·弗里曼④。《神探福尔摩斯》与《神探福尔摩斯回忆录》、布拉玛的《马克斯·卡拉多斯》和《马克斯·卡拉多斯之眼》、弗里曼的《欧西里斯之眼》与《歌唱的白骨》，还有埃德加·爱伦·坡的两三篇激发他们的灵感的短篇小说，都是英国侦探小说的经典之作。我们可以从每一部这些作品中找到在当代作家（例如多萝西·塞耶斯⑤、阿加莎·克里斯蒂⑥或弗里曼·威尔斯·克罗夫茨⑦）的作品中找不到的风格乃至氛围。关于这一点的原因值得进行探究。

即使到了今天，距离福尔摩斯首次出现在文学作品中已经过去半个多世纪了，他仍然是英国小说中最受欢迎的角色之一。他那消瘦而强壮的体格、他的鹰钩鼻、他那件皱巴巴的睡衣、他在贝克街的公寓的凌乱的房间里的壁龛和试管、那把小提琴、印度拖鞋里的烟草、墙上的弹孔，所有这些都是英国人熟悉的作品的精神氛围。而且，神探福尔摩斯的故事被翻译成了二十多种语言，从挪威文到日文都有。我提到的另外两位作家，厄尼斯特·布拉玛和理查德·奥斯丁·弗里曼，没有那么受欢迎，但两人都创造出了难忘的角色。弗里曼的桑戴克博士是实验室侦探和法政学专家，用他的显微镜和相机破解谜团。至于厄尼斯特·布拉玛

---

① 刊于 1943 年 11 月 17 日《喷泉报》，由雪莉·琼斯博士（Dr. Sherry Jones）与珍妮特·珀西瓦尔（Janet Percival）翻译。

② 木偶大剧场（Le Théâtre du Grand-Guignol），位于巴黎的木偶剧场，1897 年开业，1962 年结业，以上演恐怖剧而著称。

③ 厄尼斯特·布拉玛（Ernest Bramah, 1868—1942），英国作家，代表作有《开龙说书系列》和《侦探马克斯·卡拉多斯》系列。

④ 理查德·奥斯丁·弗里曼（Richard Austin Freeman, 1862——1943），英国作家，代表作有侦探小说《桑戴克博士》系列、《社会的腐朽与重生》等。

⑤ 多萝西·塞耶斯（Dorothy Sayers, 1893—1957），英国女作家、诗人、翻译家，代表作有《公之于众的凶手》、《神曲》英译本等。

⑥ 阿加莎·克里斯蒂（Agatha Christie, 1890—1976），英国著名侦探推理小说女作家，代表作有《尼罗河上的惨案》、《东方快车谋杀案》等。

⑦ 弗里曼·威尔斯·克罗夫茨（Freeman Wills Crofts, 1879—1957），爱尔兰作家，代表作有《海洋的秘密》、《死亡的途中》。

的马克斯·卡拉多斯，他是个盲人，但失明使得他的其它感官变得更加敏锐，由于失明他成为了更好的侦探。如果我们想要知道为什么我们会被这三位作家所吸引，我们就会被引导对一个纯技术性的本质作一点初步的了解，这个本质阐明了现代侦探故事和过去二十年来英国所有短篇小说的缺陷。

我们可以看到，老派的侦探故事（从爱伦·坡到弗里曼）要比现代小说"充实"得多。对话更加丰满，插曲的出现更加频繁。如果柯南·道尔或爱伦·坡的故事是昨天写出来的，不知道有没有哪位编辑会接受投稿。它们对于如今紧凑的杂志来说篇幅太长了，而且它们冗长的开头场景与如今追求简约的时尚背道而驰。

但是，正是通过乍一看似乎冗余的细节的堆砌，柯南·道尔与在他之前的狄更斯一样，营造出最扣人心弦的效果。如果你去研究神探福尔摩斯的故事的话，你会发现一个角色的怪癖和真相是通过与情节并非不可分割的插曲揭露的。福尔摩斯的"理性推导"的杰出能力让华生医生佩服得五体投地。在《蓝宝石案》的开头我们看到了一个例子。福尔摩斯对街上找到的一顶礼帽进行了分析，并详细地描述了它的主人的特征——而后来的情节证实了他的推理。但是，这个帽子事件与主要情节并没有紧密的关联，有几幕事件一开始是六七页纯粹只是插曲的对话，其用意是展现福尔摩斯的智慧与华生的天真。

厄尼斯特·布拉玛和理查德·奥斯丁·弗里曼也对简明的文风抱以鄙夷的态度。正是他们的插曲使得他们的故事成为文学作品，而不只是"谜团"。

老派的侦探故事不一定需要建立在一个悬案之上，即使它的结尾没有出人意表或骇人听闻的真相揭露也值得一读。现代侦探故事的作者们最让人觉得厌烦的一点是他们总是煞费苦心地想要隐藏真凶的身份——这个惯用伎俩由于读者很快就会感到疲倦而变得更加令人讨厌，他们最终会发现这些错综复杂的掩饰很荒诞可笑。另一方面，在柯南·道尔的有几篇故事以及爱伦坡那篇著名的《失窃的信件》里，罪案的实施者从一开始就已经揭晓。他将如何应对？最后如何将他绳之以法？这就是引人入胜之处。有时候奥斯丁·弗里曼敢先详细地描写罪案，然后再去解释谜团是如何解开的。在较早的侦探故事里，罪案不一定要耸人听闻或进行精心安排。在现代侦探故事里，罪案几乎总是谋杀（公式几乎一成不变：一具尸体和十几个嫌疑人，每个人都有天衣无缝的不在场证据），但较早的故事经常描写轻度犯罪，或许犯人只不过是一个三流的小偷，甚至有时候根本没有罪案或犯人。福尔摩斯调查的许多悬案逐渐被遗忘了。布拉玛写了十几二十个故事，只有两三个故事与谋杀案有关。这些作家能这么做是因为他们作品的成功不是取决于揭开犯人的真面目，而是读者觉得很有兴趣去了解福尔摩斯、桑戴克或卡拉多斯的侦探手段。这些角色要求读者富于想象力，如果读者能够像作者意图的那样作出反应，会觉得自己成为了思想上的巨人。

现在我们可以找出这两类侦探小说——老派侦探小说和新派侦探小说——之间最根本的区别。

早期的作家对自己的角色很有信心。他们将自己的侦探塑造成天赋异禀的个体，是他们膜拜的半神。与我们如今这个时代所面临的世界大战、大规模失业、饥荒、瘟疫和极权主义相比，犯罪已经失去了吸引力。我们对犯罪的社会和经济原因有了太多的了解，不再将普通的侦探视为造福群众的恩人。而且我们很难认为阅读这种作品所带来的思维锻炼本身就是目的。在伴随着他的无处不在的黑暗中，爱伦·坡的杜宾运用他的智力，但从来没有想到过采取行动，正是因为如此，虽然爱伦·坡很崇拜他，但我们却并不觉得有什么了不起。《玛丽·罗杰特的秘密》是典型的纯粹思维锻炼，要求读者钟爱字谜，这种故事只能出现在更有闲暇的时代。在《神探福尔摩斯》的故事里，你会察觉到作者显然对展现似乎与情节无干的精湛技艺感到很得意。《银色的火焰》、《马斯格雷夫的葬礼》、《舞者》或那些让福尔摩斯从一个过路人的样貌就判断出他的生平或猜出华生在某个时刻心里的念头让他瞠目结舌的片段也是这样。但是，这些侦探所努力想完成的事情显然对他们的作者来说很重要。在上个世纪末的和平岁月里，社会似乎主要是由遵纪守法的群众构成的，只有罪犯在滋扰他们的安全。在他们的眼里，莫里亚蒂博士和今天的希特勒一样是穷凶极恶的角色，而战胜莫里亚蒂的人成为了侠客或民族英雄。当柯南·道尔在《回忆录》的尾声让福尔摩斯死去时，他让华生说出柏拉图向苏格拉底诀别的原话，不会担心这么写会显得很滑稽。①

　　在现代作家中，我们觉得似乎只有两位作家相信他们笔下的侦探，他们是吉尔伯特·基思·切斯特顿和埃德加·华莱士②。但他们的动机不像道尔或弗里曼那么公平无私。华莱士是一位才华横溢的多产作家，写的是变态的内容，受到他自己的虐待心理的

---

① 原注：道尔原本想写到《回忆录》就结束《神探福尔摩斯》系列，但读者们的强烈反对让他觉得有必要继续下去。世界各地的信件纷至沓来，有的还说如果他不继续写福尔摩斯的故事的话就会对他不客气。于是，《回忆录》之后又出了几卷，但先前几部写得比较好。

② 理查德·霍拉西奥·埃德加·华莱士（Richard Horatio Edgar Wallace，1875—1932），英国作家，作品多涉及犯罪心理小说，代表作有《四个公正的人》、《神探里德》、《金刚》等。

启发。在这里没有时间对这一点进行探讨。切斯特顿的主角布朗神父是一位天主教的牧师，通过他宣扬宗教。在其它侦探故事里，至少在我读过的那些故事里，我看到的是滑稽的一面，或作者牵强地想要创造一个围绕着犯罪的恐怖气氛，而他自己并不觉得恐怖。然后，为了达到目的，当代小说里的侦探最依赖的是运气和灵感。他们没有爱伦·坡、道尔、弗里曼或布拉玛的主角那么聪明。显然，对于早前的作家而言，福尔摩斯、桑戴克和许多其他侦探是科学人士的典范，或者说，全知全能。他们完全依靠逻辑去破案，不会依靠巧合。切斯特顿的布朗神父拥有几乎是魔法的能力。福尔摩斯是十九世纪的理性主义者。在创造这个角色时，柯南·道尔忠实地呈现那个时代的人对于一位科学家的想法。

在上个世纪，侦探通常都是单身汉。这一定会被认为是他不同凡响的证明，当代的侦探也有明显的独身倾向（一个妻子会让侦探故事变得太复杂），但福尔摩斯和桑戴克是苦行僧似的人物。书里特别强调他们都对异性不感兴趣。人们觉得智者不应该结婚，就像圣人必须禁欲一样。智者的身边应该有一个互补角色——那个笨蛋，通过这个对比突出智者的优秀品质。在《失窃的信件》里，这个角色留给了警察总长，杜宾解决了他的问题。桑戴克的副手贾维斯是个肤浅之辈，而马克斯·卡拉多斯的助手卡莱尔先生是个多面手。至于华生，他总是那么白痴，比福尔摩斯本人更加贴近生活。早前的侦探都是业余人士而不是警察，这是刻意为之，而不是出于巧合。描写苏格兰场警官的时尚始于埃德加·华莱士。对于业余人士的尊崇是英国的特色。我们可以看到夏洛克·福尔摩斯与同时代的一个角色——绅士窃贼莱福士，英国版本的义贼亚森·罗平。但是，早期侦探的非官方身份再一次表明他们有更优越的才华。在早期的福尔摩斯故事和桑戴克博士的冒险中，警察对外界的调查者显然是持敌对态度的。这些专业人士总是会犯错误，并毫不犹豫地指控无辜的人。福尔摩斯的分析天才和桑戴克的百科全书式的知识在乏味枯燥的官方例行公事的衬托下显得更加光彩夺目。

在这篇简短的分析里，我只能够对一类作家进行比较详尽的分析，没有探讨国外的作家或除爱伦坡之外的美国作家。自 1920 年以来出了一大堆侦探故事，而且这场战争也没有让出书的速度慢下来，但是，出于上面我所强调的原因，旧时的魔法棒已经失去了它的魔力。现代小说更加精巧，但那些作者似乎无法创造出一个氛围。现代作家首先应该学习的是深思熟虑的埃德加·华莱士，他们更喜欢恐吓读者而不是让他们去破解一系列复杂的问题。阿加莎·克里斯蒂是一个必须提及的作家，她能写出优雅的对话，拥有布下疑局的高超艺术。多萝西·塞耶斯的自吹自擂的短篇小说要不是她灵机一动让主角是一位公爵的儿子的话，或许根本没办法引起关注。至于其他当代作家——弗里曼·威尔斯·克罗夫茨、乔治·道格拉斯·霍华德与玛格丽特·科尔[1]、奈欧·马什[2]和菲利普·麦克唐纳[3]，他们写出来的根本称不上是文学作品，只是一堆字谜。

---

① 乔治·道格拉斯·霍华德·科尔（George Douglas Howard Cole, 1889—1959）与妻子玛格丽特·科尔（Margaret Cole, 1893—1980），英国作家夫妻，费边社成员，曾著有流行的侦探小说。
② 奈欧·马什（Ngaio Marsh, 1895—1982），新西兰女作家，代表作有《死亡系列》、《正义的天平》等。
③ 菲利普·麦克唐纳（Philip MacDonald, 1900—1980），英国作家，代表作有《抉择》、《安息》等。

不难想象，像《金甲虫》这样纯粹的思维锻炼小说或许有一天会再出现。但它不会是一本侦探小说。我已经说过，最好的侦探小说作家能够去描写小打小闹的犯罪，而且这对我来说是一个重要的事实。很难相信这种警匪游戏能够让作者达到柯南·道尔的高度，更别说爱伦·坡了。我们所认识的侦探故事属于十九世纪，确切地说是属于十九世纪末。它属于八九十年代的伦敦，属于那个阴郁神秘的伦敦，那里的人戴着高礼帽在昏暗的煤气灯下鱼贯而行，轻便马车的铃声在终年不散的浓雾中叮当作响，在那个时代，开膛手杰克对英国的公共舆论的困扰要比爱尔兰民族自治或马尤巴战役①更大一些。

---

① 马尤巴战役(the Battle of Majuba)，发生于 1881 年 2 月 27 日的南非马尤巴山，是第一次布尔战争的决定性战役，以英军的惨败而告终。

国民自卫队今后的教训[①]

显然，现在德国大规模入侵的危险已经过去了，国民自卫队能够安全解散，我们能够正确地看待它的活动，并得出关于业余非正规军的整体结论。

我们不知道国民自卫队如果被征召的作战表现。几乎可以肯定，在 1941 年后它将能够很好地证明自己，而且即使在 1940 年也能起到滋扰敌军的作用。结果，它的功能纯粹只是起到了预防作用，由于它的存在德国人得对侵略行动三思而行，它以非常低的社区成本换得了非常高的价值。民主国家能够安全地让公民承担额外的工作，不会引起反感，而且几乎不用给钱，这一点值得反思。

现在退役的国民自卫队普通士兵服役了四年，大概付出了不少于 1 200 小时的闲暇时间，更多人的付出大概在 4 000 小时左右，而军官所付出的闲暇时间或许还要多一些。这四年在自卫队服役的补贴（和消防值班人员的收入差不多）大概是 35 英镑。

除此之外，除了他们的制服、弹药、武器的损耗、场地租赁费和正规军指导员的工资之外，他们不会给社区带来负担。而且，国民自卫队在后面两年为数以万计后来正式参军的年轻人提供了宝贵的基础训练。

更重要的是，从外在表现上看，这类军队除了费用低廉之外，更重要的是它的自愿性质。征兵制在两年后建立，但它的目标或许是吸引年轻的士兵，并不是非得保持军队的规模。自愿服役的士兵介乎一百万到两百万之间，而且一开始的时候纪律完全依靠善意在维持。军官和军士没有任何的强制权力。后来，针对开小差和纪律散漫引入了法律惩罚，但它们是军事惩罚的非常微弱的代替手段，只是在少数情况下才会运用。有很多部队从来没有执行过处罚，而且有些部队的指挥官从一开始就宣布他们不想动用自己的法律权力。

如果有人问："是什么让国民自卫队团结在一起？"答案只会是："德国人。"其背后的理念只是基于保家卫国的原始本能，而且令人惊诧的是，经过四年没有演变出任何政治色彩。在外国出生的征募士兵惊讶地说他们听了几十场关于军事技术的讲座，但从来没有一场讲座在介绍战争的起源。国民自卫队赖以存在的继承下来或从小被灌输的爱国主义即使在英国或许也并非永远不会枯竭，而我们是可以指出像这样的军队在再次有需要的时候从哪些方面或许能变得更有效率的。

简而言之，像这样的军队应该也可以变得更加民主，更加了解战争的性质。它应该更清楚自己的目标，无论是军事目标还是政治目标。国民自卫队从一开始就不清楚它到底是一支游击部队还是正规军的附属部队。如果它有更高比例的领取报酬的人员，或许它会更加民主和更有效率。在领取报酬的指战员缺位时，委任军官总是由有钱人担任，因此国民自卫队比正规军更确切地反映了现有的阶级结构。在外敌侵略的紧要关头，这些事情可能会

---

① 刊于 1944 年 10 月 15 日《观察者报》。

是严重的缺陷。但它们都是可以纠正的；与此同时，国民自卫队发挥了作为军事力量和政治象征的作用。没有哪个极权主义国家敢这么大方地分发武器。

莫里森与布拉肯面临苦战：
预计将会有高投票率①

在我已经走访的六个伦敦选区中，预计将会有很高比例的登记选民去投票；除此之外，结果的不确定性很大，有几个地区各个政党的候选人根本不确定自己能否获得议席。

例如，在东刘易舍姆，赫伯特·莫里森②先生的选区在1935年选举时保守党的选票多出了近7 000张，但此次竞选两党的选票应该会很接近。在北帕丁顿，布兰登·布拉肯③先生将与工党候选人梅森-麦克法兰④将军进行激烈角逐。由于轰炸的影响，帕丁顿地区自从上一次选举之后社会构成就发生了改变，如果布兰登·布拉肯先生赢得选举，很可能是因为大不列颠社会主义党的候选人格罗夫斯先生（这是大不列颠社会主义党唯一竞争的选区）分散了工党的选票。

在马里波恩，坎宁汉姆-雷德⑤上尉与保守党候选人进行角逐。这是工党首次在这个保守党的重镇获得机会。在麦尔安德，工党候选人丹·弗兰克尔先生与非常活跃而且受欢迎的共产党候选人菲尔·皮拉廷⑥先生将会有势均力敌的角逐。南哈克尼的情况也差不多，《工人日报》编辑威廉·拉斯特⑦先生的对手是工党候选人巴特勒⑧先生，他是当地的名人。我走访的结果似乎已经提前确定的选区是利姆豪斯，那是艾德礼先生⑨的席位，但即使在这里，年轻的保守党候选人彼得·伍达德先生正在活跃地竞选，而且对自己当选的机会很有信心。

目前这种不确定的现象来自人口的变动和选民登记的糟糕境况。由于轰炸的破坏，伦敦东区的几个选区的选民从四万人下降到一万六千人。而且，许多选票"流失"了。有的人回到自己在伦敦的家，却发现他们已经在被撤离的地方登记了，如果他们想要投票的话得专程回去一趟。有些人的登记地点是近期清除计划中已经被清除的地方，有时候根本不可能找到他们的下落。有几个行业的工人没有被登记为选民，因为他们仍然用的是旧身份证，还有许多数量的海外士兵未能登记。譬如说，哈克尼有五千名潜在的服役选民，只有两千人申请了证件。

除了像斯特普尼这些全部人口都是工人阶级的地区之外，选举的技术性困难或许对保守党有利。"流失"的选票大部分是工人阶级的选票——事实上，如今几乎没有失业的状况使得左翼政党的工作更加难以开展。游说和其它组织工作以前通常是由失业工人完成，但如今在工人阶级地区很难找到能够在晚上六点之前有

---

① 刊于 1945 年 6 月 24 日《观察者报》。
② 赫伯特·斯坦利·莫里森(Herbert Stanley Morrison, 1888—1965)，英国政治家、工党成员，曾担任内政部长、外交部长、副首相等职务。
③ 布兰登·布拉肯(Brendan Bracken, 1901—1958)，英国政治家，二战期间是丘吉尔的坚定支持者，曾担任情报部长。
④ 弗兰克·诺尔·梅森－麦克法兰(Frank Noel Mason-MacFarlane, 1889—1953)，英国军人，曾在二战担任直布罗陀海峡总督。
⑤ 坎宁汉姆－雷德(Cunningham-Reid)，情况不详。
⑥ 菲利普·皮拉廷(Philip Piratin, 1907—1995)，英国共产党领导人，是最早当选为议员的英国共产党员之一。
⑦ 威廉·拉斯特(William Rust)，情况不详。
⑧ 巴特勒(H.W. Butler)，情况不详。
⑨ 克莱蒙特·理查德·艾德礼(Clement Richard Attlee, 1883—1967)，英国工党政治家，曾于二战期间担任丘吉尔政府的内阁成员，任副首相一职，战后率领工党获得大选胜利，从 1945 年至 1951 年担任英国首相。

空的人。

选举只是"热身"，我还没有在街上听到自发的对选举的评论，也没有见到过一个人停下来看一看选举的海报。另一方面，所有政党的室内会议，虽然规模总是不大（许多公共建筑遭到轰炸的影响在这里得到显现），但有很多人参加，而且气氛相当热烈，甚至在喧闹中那些问题和插话总是切中要点。演讲者与听众似乎都很热切地想要探讨实际的问题——那就是，工业国有化和丘吉尔先生是否继续留任——不会去理会无关紧要的问题。譬如说，反对拉斯基的宣传似乎没有造成多大的影响，就连共产党的演讲者也更加强调住房问题、养老金问题，而不是互相指责过去的行为。另一方面，对于与日本人作战似乎没有多少人关心，也不认为这是一个选举议题。

没有人能够怀疑在伦敦政治潮流大体上仍在强烈地左倾，而且保守党的会议总是最吵闹的。但是，情绪的热烈程度在不同的选区有很大的区别。

譬如说，在刘易舍姆，竞选很干净，而在帕丁顿竞选则非常肮脏。在星期四晚上出现了有组织的高喊口号打断布兰登·布拉肯先生的行为，但是，他才是最后的胜利者，因为他有一个高音喇叭，而想要打断他的人没有。星期五在麦尔安德，共产党演讲者被打断了好几回，似乎是有组织的行为。几个政党的干事告诉我，他们认为"职业质问人"正被派遣到会议上搞鬼，但即使在保守党内部——打断干扰的最大受害者——持这一观点的人并不是大多数。

许多观察者还相信，从长远来看喧哗吵闹会危及自身——甚至短期内也是如此——因为一次傻乎乎的打断总是会让一个有急智的演讲者有机会逗听众来一场哄堂大笑。下一周我们就能够看到广大公众是不是了解此次选举的重大意义，还是说十年一届的议会所造成的政治上的冷漠已经根深蒂固。但是，直到目前为止，从参与斗争的公众的表现来看，主流的态度是严肃和民主的，而且证明了政治思想上的进步。

自由党介入，工党得利：投票人的谜团[①]

　　伦敦的选举情绪并没有达到期待中的热烈程度，而且广大群众的反应仍然无法预料。你能说的就是，在那些明确表态的人群中，工党的选情仍有所进展。而且似乎大家都认同自由党的介入将会分散保守党的选票，而不是工党的选票，特别是在中产阶级地区。但各个政党的干事都拒绝进行详细的预测。

　　在旺兹沃思中区，厄尼斯特·贝文先生正在与保守党的对手史密斯准将[②]进行一场艰苦而且疑惑重重的斗争。贝文先生在战争期间顺利地回到这个席位上，但在上一次选举时工党只领先不到 500 票，自那之后，选民的数目减少了 6 000 人，而且人口结构发生了改变。东伊斯灵顿也是一场混战。开朗的保守党候选人卡扎雷特-凯尔夫人[③]在上一次选举时领先 4 000 票，并被誉为帮助女教师争取平等报酬的功臣，但是，她对养老金的态度让当地人不满。她的工党对手埃里克·弗雷彻[④]显然很有机会。

　　在霍尔本，麦斯威尔·埃肯金[⑤]上尉似乎将会干净利落地战胜工党对手玛尔克斯小姐。但是，就连这里也有很多不确定因素，因为这个地区的人口很杂，而且总是在变动，很难进行游说工作。

　　在南汉默史密斯，保守党似乎将以微弱优势获得胜利。在这个选区是工党与保守党在争斗，大部分手段还是堂堂正正的。而买一张一便士车票到北汉默史密斯，情况则很不一样——那里的工党候选人丘奇先生的对手不仅有保守党的卡普兰上校，还有活跃的丹尼斯·诺威尔·普利特⑥先生。这或许是当前在伦敦地区进行的最有趣而且最激烈的竞争。

丹尼斯·诺威尔·普利特先生在这个席位上待了几年，但在1940年被逐出工党。他的海报并没有明确地表明他并不是工党的候选人，丘奇先生花了很多精力去揭露这一点。普利特先生在当地纪录良好，或许在一开始时占有很大的优势，但丘奇先生似乎在上个星期选情进展很顺利。这里的情况很微妙。如果丘奇先生和普利特先生势均力敌的话，卡普兰上校或将获得胜利，因为上一次选举时工党只领先1 600票。但是，选举的情绪迫使卡普兰上校将火力集中在普利特先生身上，在星期三晚上他在气氛热烈的大会上宣布他将正式提出诽谤的指控。如果他指控普利特先生的尝试获得成功，结果或许将会是丘奇先生获胜。普利特先生和卡普兰都是法庭律师，而且是滕普尔的近邻。

普特尼的情况很相似，有五个候选人在进行角逐——活跃的

---

① 刊于1945年7月1日《观察者报》。

② 约翰·乔治·史密斯(John George Smyth, 1893—1983)，英国军人。

③ 塞尔玛·卡扎雷特-凯尔(Thelma Cazalet-Keir, 1899—1989)，英国女权活动家、政治家。

④ 埃里克·乔治·莫利纽·弗雷彻(Eric George Molyneux Fletcher, 1903—1990)，英国工党政治家。

⑤ 比弗布鲁克爵士威廉·麦斯威尔·埃肯金(Lord Beaverbrook William Maxwell Aitken, 1879—1964)，英国商业大亨，政治家，曾在英国内阁任职。

⑥ 丹尼斯·诺威尔·普利特(Denis Nowell Pritt, 1887—1972)，英国律师、工党政治家。

保守党成员林斯泰德先生、工党候选人斯图尔特先生、共同财富党候选人理查德·阿克兰爵士、一个自由党候选人和一个代表"永不再战联合会"的独立候选人。普特尼一直是保守党的阵地，理查德·阿克兰爵士似乎认为工党并不会在意这个选区的得失，于是选择了这个并没有获胜把握的选区。那个自由党候选人和独立候选人将会抢走保守党的选票，但这将是一场三方角逐。大家认为工党能够获得占据四分之一选票的当地产业工人，但理查德·阿克兰爵士的竞选似乎进展顺利，而且左翼政党的内耗或许将再次使得保守党获胜。

除了北汉默史密斯和旺兹沃思中区之外，我认为保守党将无法抢走工党的席位。但是，所有政党的观察者都认为无法知道群众在想些什么。室内会议有很多听众，而且虽然存在有组织的闹哄现象，问题和讨论的水平要比报刊上的诋毁抹黑高得多。但是，只有少数人参与选举活动，户外会议，至少从人口比较稠密的伦敦各个地区来观察，似乎并没有取得成功。

我不止一次看到高音喇叭对着小男孩和狗进行毫无意义的宣传。这个星期我只听到过一次自发的关于选举的评论——来自一个苏格兰女人，她似乎认同工党。有时候直接的问题会引出这个令人不安的答案："嗯，你知道，我对政治什么都不懂。"有些地区的游说者报告说"我还没想好呢"是人们经常给出的回答。但是，当投票进行时，这些似乎不感兴趣的群众大部分人都会投票，而且他们有可能会受到最后一刻的争取努力的影响。

拉斯基事件已经失败了，几个保守党的干事坦诚地说，他们认为比弗布鲁克爵士是一个负累。在最后一刻最可能影响举棋不定的选民的因素是抛弃丘吉尔的想法，从海外的种种事件看，这将是工党的组织者最害怕的事情。

安奈林·比万① 小介②

本周关于房屋建设的辩论将会迎来新任卫生部长的大型演讲。

在战争期间，安奈林·比万有几年被认为是反对席上最不安分的众议员——丘吉尔先生在一次激烈的争论中骂他是"不忠的始作俑者"，就在十六个月前他所属的政党几乎要将他开除，因为他在一个重大的问题上投票反对政府。他接替斯塔福德·克里普斯爵士担任《论坛报》这份周刊的总编辑。这份刊物也在批评政府的战争行为和英国的外交政策，有时候表现出近乎不负责任的自由散漫的态度。这些活动使得他在公众中的印象是工党的捣蛋鬼，并掩盖了他所取得的切实成绩。但在英国房屋重建的工作中，他在地方政府和工会管理层任职的经验或许和他不知疲倦的精力与热情同样重要。

安奈林·比万生于1897年，是一个煤矿工人的儿子。他十三岁的时候就辍学到矿井下工作。虽然他体格强壮，却是一个书卷气的羞涩男孩。他是左撇子，困扰于严重的口吃，这在他疲惫的时候偶尔会发生。他一有空就发愤读书，特别是哲学书籍。他说他有机会自学很大程度上是因为特里迪加公共图书馆是一个特别好的地方，而且那里的图书管理员很喜欢他。至于他的口吃和紧张，他刻意让自己参与街头会议和其它他知道自己得进行即席演讲的场合，通过这种方式克服这两个缺点。

几年后，他离开矿井，到中央劳工学院进修。十九岁的时候他就当上了南威尔士最大的矿工组织的主席，当他成为地方城区委员会的成员时仍然很年轻。1926年他是处理矿工纠纷的干事，从1929年起担任埃布谷的议员。有这样的背景他原本应该和工党里的工会组织走得很近，但事实上劳工联合会的大人物直到不久前一直不是很信任他。

他的追随者在自己的选区之外主要是工党支部的"知识分子"和过去五年或十年来认同左翼政党的中产阶级人士。他是斯塔福德·克里普斯的密切伙伴，直到克里普斯到丘吉尔的政府任职。他有许多流亡的外国社会主义者朋友和顾问。比起其他工党的下院议员，他更加极端也更加信奉国际主义。正是这些情况的综合，加上他的工人阶级出身，使得他成为了一个有趣的、不同寻常的人。

在内政事务上——房屋建设、社会稳定、教育、公共医疗——比万站在工人的立场进行思考。他知道任何周薪在5英镑以下的人所承受的负担有多重。在战争期间，即使在罢工会对战争努力造成破坏或威胁的时候，他仍捍卫工人罢工的权利。但他不是出于个人的情感去反对社会——有时候他的对手会说这是危险的事情。在他身上看不到寻常意义上的阶级意识的迹象。他和任何人都能交往自如。很难想象会有人比他更不受社会地位的影响或对下属这么没有架子。每个和他比较熟悉的人都叫他的昵称

---

① 安奈林·比万（Aneurin Bevan, 1897—1960），威尔士工党政治家，曾在二战后担任艾德礼政府的卫生部长，推行全民免费医疗，因艾德礼政府提出人民须为眼镜和牙医付费而愤然辞职，长期担任南威尔士下院议员。
② 刊于1945年10月14日《观察者报》。

"奈伊"。他是个性情阴晴不定的人——有时候会突然间陷入低潮，但不会一直悲观。他爱说爱笑的作派会让马虎的观察者觉得他不是一个严肃的人，他最热烈的支持者也不会说守时是他的长处。但事实上他的工作能力非常出色，并花了很多时间在他那个很难开展工作的选区上。

比万的一些品质可以归因于他的威尔士血统。虽然他只是一个温和的威尔士民族主义者，但他并没有失去与威尔士的联系，一直保留着威尔士口音。他为数不多的假期都用在去家乡登山。他是一个典型的凯尔特人，不仅体现在说话很快和喜怒无常，而且体现在他对知识分子的尊重。他不会猜疑"聪明人"，而且不会对艺术麻木不仁，而这总是被视为一个实干家的特征。那些与他共事的报刊从业人员都惊讶而开心地说终于有了一个了解文学的政治家，甚至愿意停下工作五分钟谈论文学风格的问题。

比万在国会和报纸里反对丘吉尔的言论非常尖刻，有时候显得有失风度。有时候这是出于个人的厌恶，而丘吉尔也特别容易受到比万的挑逗。有的观察家说这两个人是天生的敌人，"因为他们太相像了"。事实上，他们确实有共同点。两个人都是天才，但会突然间陷于愤怒和口不择言，两个人都因为是"机灵人"而在政治生涯中没有更加鲁钝的同僚那么顺利。比万是否像丘吉尔那么顽固还有待观察。

他现在的职位不仅要负责公共医疗，而且还要负责房屋重建，是一份吃力不讨好而且很艰难的工作。公众盼望房屋重建能有奇迹出现，当他们看不到奇迹时就会感到失望。比万很清楚这一点，而且知道他将会与地方政府、建筑业和英国医疗协会进行一场斗争。他很清楚什么是值得争取的，也知道房屋建造会出现什么情况。他自己希望建造房屋而不是公寓，而且他的原则是每个人都应该有权利在这两者中作出选择。但他也意识到如果人们要住在大城市里，他们就必须接受高层建筑。如果他能作主的话，他希望普及由一座建筑构成一个小城镇的理念——"郊野中的摩天大楼"。

他之所以担任这份工作，是因为他渴望消灭贫民窟，了解房屋紧缺对于出生率的影响，知道让医疗业变成非商业活动的必要性。那些了解他的人相信他能作出大胆的决定，能够有所作为，而且很快会重新成为头版新闻的人物，但不再是过去五年来那个热烈的辩论者。

英国大选[①]

    工党取得了压倒性的胜利，赢得了绝大多数议席，比其它政党加在一起还多 150 席，而保守党和它的附庸政党失去了近 200 个议席，其它小党都销声匿迹了。据我所知，事先没有一个英国人能够预料到会是这样的结果。在选举开始前，我的预测是保守党会勉强成为多数派政党，而在投票日之后——根据我对伦敦地区强烈的左倾情况的观察——工党会勉强成为多数派政党。我认识的人大部分都是这么想的，而报纸在保守党将多出 50 个议席和选举会出现僵持局面这两个猜测之间摇摆不定。自由党推荐了300 位候选人，大家都认为它将会大幅度增加议席里的人员（事实上，它的议席从 18 个减少到 10 个），从投票日到结果公布的那天为止，大部分讨论的内容是如果出现少数派政府而自由党拥有投票权会是怎么的情况。大家都觉得选举的结果会非常接近，我们将选出一个弱势的政府，它将被迫组成某种形式的联盟。在指出这种一面倒的形势意味着什么之前，我要先说一说选举进行时给我留下的印象。

    我只看到伦敦选举的情形，但我对它进行了相当深入的追踪，因为我为一份星期天报纸"报道"伦敦各个选区的情况。最让我和其他观察街头事件而不是阅读新闻报道的人感到惊讶的事情是，群众对选举并不感兴趣。确实，投票率很高（事实上要比预料的更高，因为数十万人由于选举登记制度的漏洞而被剥夺了选举权）——人们在补选的时候不会投票，但大选的时候总是会投票，因为新闻和广播在最后一刻仍在对他们施压。

在半个月的选举宣传中，我醒着的时候大部分时间都走上街头或在酒吧、巴士和茶铺里，一直竖着耳朵。只有两次我不经意间听到对选举自发的议论。户外集会，特别是在伦敦比较拥挤和嘈杂的地区，总是以彻底的失败而告终。在教堂大厅、学校和歌舞厅的室内集会通常会有五百人或一千人，场面很活跃，有时候甚至非常骚乱。但在街上，群众像平时那样来来去去，似乎对整件事情毫不在乎。根据我的经历，他们根本不会去看贴满了墙壁的选举海报一眼。几乎所有我访问过的干事和组织者都谈到了游说的困难和根本无法了解群众在想些什么。游说者说，"我还没有想好呢"是经常出现的回答。而且有一部分人认为这个时候不应该举行选举，因为对日作战还没有结束，而且保守党和工党的候选人都在竭力将"迫使"选举进行的憎恨情绪转移到对方身上。

另一方面，在少数对选举感兴趣的人里面，让我吃惊的是整件事情所展现的相对严肃和体面。候选人和听众的行为让我觉得要比报刊的行为好得多。距离英国的上次大选已经过去很久了，人们已经忘记了以前被视为天经地义的抹黑和插科打诨。有几处地方爆发了愤怒的抗议，不满英国在欧洲的不光彩举动。事实上，我相信此次大选格外平静也特别干净，几位经验丰富的政党干事证实了这一点。唯一真正要将此次大选拖到 1931 年或 1924 年水准的尝试是短视的比弗布鲁克旗下的刊物抨击拉斯基教授的宣传。这件事甚至没有成为选举的议题，只是再一次表明报业大

---

① 刊于 1945 年 11 月《评论》。

亨没办法以直接的手段影响公共舆论。根据我的观察，反犹主义并不是左右此次选举的因素，而且报刊上没有过多地尝试去激起反犹主义，虽然拉斯基事件显然体现了这么一种扭曲的倾向。（反犹主义虽然可能正在抬头，但在英国它并不是真正的政治议题，而且不会张扬，因为没有法西斯政党出来竞选。各个政党内都有犹太人，虽然他们在左翼政党里的人数更多一些，而且每个选区都有犹太裔的候选人。顺便说一句，共产党的新议员——他们现在有两个议席——就是一个犹太人，但因为他是在伦敦一个基本上都是犹太人的社区当选的，而且他的工党对手也是一个犹太人，所以很难从这件事中得出什么深层次的含义。）

在公共集会上，尝试以吼声压倒演讲人的总是一小撮共产党人或亲共产党的人，而一小撮保守党人则以其人之道还治其人之身。我去过的所有工党集会都很平静、很严肃，他们的提问很有水平。如果你进行广义的思考，就会发现此次选举最糟糕的一点是保守党人对丘吉尔的履历和人格的利用。但到最后这一策略产生了反作用，领袖崇拜和大肆宣传在英国与欧洲国家相比根本不可同日而语。这一点在现实中的体现就是，到处张贴的丘吉尔的相片只有欧洲各个地区的斯大林、戴高乐等人的相片的四分之一大小。

第三件让我感到惊讶的事情是，此次大选几乎完全围绕着国内话题进行。这一点应该强调，因为迄今为止我所看到的外国报刊评论都对此有着严重的误解。显然，工党和保守党代表了不同的政策，英国在全世界的政策将因为政府的改变而受到影响，但是，现实中的大部分选战表明群众对英伦群岛以外的事情并不感兴趣。对日战争、外交政策、与美国的关系、各个自治领、巴勒斯坦和印度问题都不是选举的议题。即使与苏联的关系也只有间接性的影响，因为大家都相信工党政府会"与俄国搞好关系"。他们所关注的问题是工业国有化、社会稳定、军人复员、房屋建设、养老金、战时管制的延续、战时设施如日托所和提高离校年龄等问题。保守党人无法对国内事务保持沉默，他们被迫公开表明他们将捍卫自由资本主义，并尽最大努力让这一政策听上去更加可以接受，打出了丘吉尔的名字。他们更愿意谈论的是太平洋战争和重新攫取英国的海外市场，但他们的听众不让他们有机会这么做。工党候选人有时候的言论听上去好像英国的本土繁荣不会受到外部世界的影响。重要的是，工党发言人的手册有218页，只有单独一页语焉不详地谈论印度问题。

这些就是我的主要印象，我认为许多观察者都能够证实。但现在你一定会问，这种全国性的左倾意味着什么？

第一件值得注意的事情是，选票的情况并没有议席的变更所体现的那么夸张。英国的选举体制能够产生各种出人意表的情况，而且理论上可以让只获得51%的选票的政党获得议会里的全部议席。过去二十五年来——很大程度上因为总是投票给保守党的农村地区得到了过多的代表——这种反常的现象对保守党有利，工党的候选人要当选得比保守党的候选人得到更多的选票。这次选举情况被逆转了，保守党的候选人平均得到46 000张选票才能当选，而工党的候选人只需要30 000张选票。结果就是，虽然工党赢得392个议席而保守党才赢得195个议席，但工党赢得的选票是1 200万张，而保守党赢得的选票是900万张。如果你考虑到那些能够被归入一两个主要政党的小党的话，工党的选票大概是1 250万张，而保守党的选票是1 000万张：这意味着选票形势是6.5比5，而议席的形势却是2比1。

有各种因素使得情况更加复杂，这些因素都应该进行探讨，但没有必要作详细论述，因为它们或许并不会改变大体上的结果。最重要的因素是自由党的大规模介入（他们赢得了200万张选票，但只赢得了10个议席），还有大量的"死票"这个问题，几乎所有的死票都是工人阶级的选票，这都是拜糟糕的选票登记系统和海外服役的男兵和女兵没有得到协助所赐。（服役的男兵和女兵可以通过寄信或委托进行投票。许多选择寄信的选民没有及时得到选票，而其他人因为他们的部队指挥官没有充分地解释选举步骤而未能及时投票。这或许不是完全出于疏忽。如果海陆空三军无军官衔的军人能够投票的话，大部分人会投给工党。）根据我所能做的非常简略的估计，双方的废票大致相当，或许稍微对保守党有利。

如果比例代议制能够在英国实行，选票的形势将使工党赢得300个议席，保守党和它的附庸政党会赢得250个议席，而自由党会赢得55个议席。也就是说，工党将不会赢得牢固的、能够开展工作的多数议席。同样地，在比例代议制的基础上，保守党在1935年的选举中也不能赢得牢固的多数议席。那次大选保守党得到了大约1 000万张选票，而工党得到了大约800万张选票。比较1935年和1945年的数字，你可以看到，相对少数的选票的走势或许将会带来政治局势的彻底逆转。这总是意味着下议院并不真的代表了选举结果，但它的好处是能够产生有强势执行力的政府，而当他们五年的任期结束后又能够轻易地将他们赶跑。

在这次大选中，保守党的失败可以被归结为两件迟早会发生的事情：工党在农村地区的渗透和中产阶级的缺陷。工党成员重新占领了乡村选区和繁荣的"郊外住宅区"，而就在十年前，任何左翼政党的候选人都没办法在那里站稳脚跟。虽然我强调过选票的形势逆转并不是非常夸张，但就像众多观察员从1940年开始就一直在说的：英国的整体局势在转向左倾。虽然群众大体上冷漠无知，但他们有一种无法用任何"主义"去解释的不满情绪，它源自让生活更有尊严和体面，让年轻人有更多机会的要求，而最重要的是，让社会更加稳定的渴望。

以为英国正处于暴力革命的边缘，甚至以为群众已经坚定地信奉社会主义是荒唐的想法。他们大部分人不知道社会主义意味着什么，虽然公众舆论愿意接受社会主义措施，譬如煤矿、铁路、公共设施和土地的国有化。我得再一次强调，很难确认群众是否普遍希望实现彻底的社会平等。阶级情感很强烈，从未平静下来，有时候会演变成尖锐的仇恨，但如果进行全民表决的话，群众不会投票要求推行严格的收入平等，也不会要求废除君主制，甚至可能不会要求废除世袭头衔。在人们的心目中，工党并非代表共和主义，更不是代表红旗、街垒和恐怖统治。它代表了完全就业、让学校的孩子喝上免费牛奶、每周三十先令的养老金和为工人争取基本公平的待遇。

在法国也可以观察到同样的左倾趋势，但没有伴随着强烈的革命或突然间打破阶级体制的渴望。最近，法国举行了市政选举，巴黎有一半的选票投给了共产党人或社会主义者，我觉得比起伦敦，巴黎的革命气氛没有那么浓烈，与1939年前的情况更加相似。人们投给左翼政党的一部分原因是通敌合作的人属于右翼政党，但最重要的是，左翼政党代表了社会稳定。在英国，苏联的神话和红军的胜利帮助了工党，但人们对苏联的体制并不感兴趣。他们只是模糊地觉得在俄国"他们"（上层阶级）不会占据所有的特权，而且没有失业。经历了两次战争之间的那些年，大规模失业——社会竞争大背景下的失业——是英国人民所能想象的最恐怖的事情，他们转向工党，因为工党要比对手更令人信服地承诺解决问题。

与此同时，除非工党出现严重的分裂，否则它将可以放开手脚干上五年。和这个时候的其它政府一样，它必须去做不受欢迎的事情：它必须继续推行征兵制，"引导"工人去做令人厌恶的工作如挖煤，镇压右翼和左翼的怠工破坏，消除复员和房屋重新建设带来的不可避免的不满，收拾战争留下的烂摊子。但它的起步拥有巨大的优势，特别是在处理外交问题上。它没有强烈的动机去支持像佛朗哥或希腊的乔治国王这样声名狼藉的人物。另一方面，它不需要一味向苏联绥靖求和。英国迟早必须采取反对俄国步步进逼的立场。当那个时候来临时，工党政府能够让整个国家团结在它身后，而显然保守党做不到这一点。我相信认为新政府的外交政策会与旧政府的外交政策唱反调是错误的。

工党政府会比以前更理性地去探讨像占领德国这样的问题，它会以更友好的目光去看待意大利的社会主义者和西班牙的共和主义者，而且它会进一步满足犹太人对巴勒斯坦的渴望，但在一个民族主义林立的竞争性的世界里，英国的战略利益仍然没有改变，无论执政的政府是社会主义政党还是资本主义政党。

对于工党政府来说，最艰难的问题——它之所以那么艰难，是因为群众从来不去思考这个问题——是印度问题。工党现在必须一锤定音地作出决定，是兑现还是违背它曾经对印度许下的承诺。它无法像保守党那样对这个问题一拖再拖，因为工党掌握权力后印度的民族主义者希望能够很快知道英国的决定。

在这个问题背后是我已经提到过的事实——选举的议题是国内问题，大部分英国人对外交或帝国的事情根本不感兴趣。工党的领袖们沉溺于与保守党的斗争，从未明确地向他们的追随者表明英国的繁荣有赖于对有色人种的剥削。它总是很有技巧地暗示我们能够"解放印度"并同时提高我们的工资。工党政府的第一个任务是让人们意识到英国不是自成天地的国家，而是世界的一部分。即使是建立社会主义这个问题相比起它也是第二位的。因为如果英国继续掠夺亚洲和非洲的话，它将无法成为真正的社会主义国家。另一方面，如果我们一下子失去所有的市场与原材料资源，再怎么进行国有化、削减利润和消灭特权也无法让我们维持生活水平。工党会不会真心地努力去建立社会主义还不能肯定，但如果它真的这么做了，重建时期或许对于每个人来说都会非常艰苦。能否让人们了解到这段时期的个中含义，让他们了解到必须面对的情况，就好像必须去面对的战争一样——这件事将决定工党的成败。

最困难的时刻或许是两年后，那时候战后的繁荣结束了，复员也完成了。但工党至少有五年的时间，它的高层领导人团结一致，和过去几十年来领导过我们的政府一样果敢能干。庆祝还为时过早，但我们有理由满怀希望。这次选举的结果是值得开心的事情，它展现了民主的活力和英国人民不需要元首也能活得好好的，哪怕它授予权力的那些人最后以彻底的失败而告终。

现在议会正处于休会期，虽然之前已经任命了各个内阁部长，但还没有宣布任何政策。英国政府已经对希腊政府发出不是太友好的通牒，西班牙的混乱局面或许在一部分程度上是因为英国的施压，一位专门处理印度事务的国务卿接受了任命，这表明印度事务处将不会被撤销。除此之外，没有什么事情能透露内情。

就外交政策而言，工党上台并不会带来激烈或突然的变动。工党必须跟随前任政府的方针，而且你必须记住，丘吉尔的政策有工党领袖的一部分功劳，至少后者对其表示赞成。譬如说，在希腊问题上，工党的高层并不像群众那样支持民族解放阵线。南斯拉夫、波兰、波罗的海国家、芬兰和土耳其的问题也一样。这些国家都有左翼正统思想，被大部分支持工党的人毫无保留地接受，而表现最好的或许是自由党的《新闻纪实报》。你只需要回顾两三年前那些如今成为政府高官的人早前的演讲和文字，你就会意识到他们对于外交政策的看法并不总是像他们的追随者所想象的那样。工党政府不会像保守党政府那样自发地支持反动势力，但它最优先考虑的是保卫英国的战略利益，无论哪一个政府执政都一样。新任的外交部长厄尼斯特·贝文要比安东尼·伊登[①]强硬得多。

英国境外的一个地方，工党政府的政策或许会与它的前任有强烈的分歧，那就是巴勒斯坦。工党坚定地致力于建设犹太人的国家，事实上，几乎英国所有激进的思潮在巴勒斯坦问题上都支持犹太人。但我觉得，认为工党政府会兑现它作为反对党时的承诺是草率的想法。英国的左翼思潮之所以支持犹太人，一部分原因是阿拉伯人的理由没有得到表达的机会。而且英国人没有意识

---

① 罗伯特·安东尼·伊登（Robert Anthony Eden, 1897—1977），英国保守党政治家，曾在二战期间担任外交部长一职，激烈反对绥靖主义政策，曾于1955年至1957年担任英国首相。

到，几乎各个地方的有色人种都支持阿拉伯人。毫无保留地支持犹太人或许会引起阿拉伯国家、埃及甚至印度的反弹，而这是新当选的政府不愿意面对的。

公园的自由 ^①

　　几个星期前，五个在海德公园外面卖报纸的人因阻碍交通被警察逮捕。地方法庭判决他们全部有罪，四个被判监禁六个月，一个被判缴纳四十先令的罚金或一个月的监禁。他决定服刑。

　　除了一般的报纸外，他们还卖《和平新闻报》、《前进报》和《自由报》，还有其它类似的刊物。《和平新闻报》是"和平誓言联盟^②"的喉舌，《自由报》（不久前叫《战争评论报》）是无政府主义者的喉舌，而《前进报》的政治态度很难界定，但大体上是一份极左的报纸。在判决中法官表示，他并不关心卖的是哪些报纸，他只是考虑阻碍交通的事实，而从严格的法律意义上说，这一违法行为确实发生了。

　　关于这件事有几个要点。首先，在这个问题上法律是如何规定的？据我所知，在街头卖报纸确实阻碍了交通，尤其当警察找上你，而你没办法搬走的时候更是如此。因此，警察可以随时随地逮捕任何卖晚报的报贩，这是合法的。但显然这种事情不会发生，因此法律的执行其实取决于警察的判断。

　　那到底是什么原因促使警察抓张三而不抓李四呢？无论法官是如何判决的，我很难相信警察没有出于政治原因而抓人。他们抓的人卖的总是那几份报纸，这未免有点太巧合了。

　　要是他们还逮捕了卖《真理报》、《碑文报》、《旁观者》甚至《教会时报》^③的人，那他们秉公办事的态度才容易被人相信。

英国警察不像欧洲大陆的宪兵队或盖世太保，但我觉得以前如果有人指责他们对左翼人士很不友好也不为过。大体上，他们与那些他们认为是私有财产制度捍卫者的人站在同一阵线。直到不久前"赤化"和"非法"几乎是同义词，而且，总是卖《工人日报》的人被赶跑或受到警察的侵扰，而那些卖《每日电讯报》的人则安然无恙。即使在工党执政的时候，情况也是一样。

有一件事我很想了解——而这件事我们所知甚少——那就是，政权更替时政府人员的构成发生了什么变化？当政府是由社会主义者执政时，警察仍然认为"社会主义"意味着犯法吗？

我在想，当工党执政的时候，伦敦警视厅特别部门会发生什么变化呢？军情部门呢？没有人告诉我们，但这一情况表明并没有广泛的内部整顿正在发生。

不过，此次事件的主旨是，那些卖报刊和宣传册的人应不应该受到干涉。而究竟是哪个群体受到针对——无论是和平主义者、共产主义者、无政府主义者，还是那些声称希特勒就是耶稣基督的属于基督教改革派的"耶和华见证人"——则是次要的问题。有一点很重要：这些人是在某个特殊的地方被抓的。法律规定不得在海德公园里卖报，但这么多年来报贩们一直在公园门外摆摊设点，一百码外就可以公开地派发文字宣传材料，任何种类

---

① 刊于 1945 年 12 月 7 日《论坛报》。

② 和平誓言联盟（the Peace Pledge Union），1934 年由英国人迪克·谢泼德（Dick Sheppard）倡导建立，是英国二战前重要的反战组织，并帮助了许多西班牙内战的逃亡者和受镇压清洗的犹太人。但和平誓言联盟一度支持绥靖主义，对希特勒的纳粹政府认识不足，赞同英国首相张伯伦的绥靖政策和签署《慕尼黑条约》。

③ 《真理报》（Truth）、《碑文报》（Tablet）、《旁观者》（Spectator）、《教会时报》（the Church Times）都是英国的右翼报纸或英国国教的报纸。

的出版物都在那里卖，根本没有人干涉。

英国的言论自由的程度总是被高估了。严格来说英国确实有言论自由，但大部分新闻报刊是由少数人在运作，和政府审查没什么区别。另一方面，言论自由的确有。在讲台上或任何像海德公园那样的规定的露天地方，你可以畅所欲言。或许更重要的是，任何人都可以大胆地在酒吧里或在巴士顶部等地方高声说出自己的真实想法。

问题是，我们所享有的相对自由有赖于民意，法律并没有提供保障。政府制定了法律，但它们是否得到贯彻和警察如何执法都取决于英国的整体气氛。如果有很多人希望有言论自由，那言论自由就可以有，就算法律禁止也必须有。如果民意麻木不仁，一些鸡毛蒜皮的事情就会遭到指控，就算有法律在保护它们也无济于事。六年前战争爆发时，对于个人自由的渴望并没有像我所预言的那样骤然消沉，但消沉还是发生了。越来越多的人认为，某些观念如果被宣传出去会造成危险。而知识分子没有把民主式的反对和公然造反分开，使得这种想法流传了开去，结果就是，我们对国外的暴政和不公越来越漠不关心。即使是那些宣称支持言论自由的人，当受迫害的人是他们的敌人时，他们也会装聋作哑。

我不是在说逮捕五个贩卖于众无害的报纸的报贩是一桩严重的罪行。当你目睹当前的世界所发生的种种事情时，像这样一桩小事似乎根本不值得大惊小怪。但不管怎样，战争已经结束很久了，发生这种事情并不是什么好的征兆。如果这件事和一系列之前的类似事情能够激起轩然大波，而不只是在小报的领域引起一场小小的骚动，我会感觉更开心一些。

狮子与独角兽

社会主义与英国人的聪明才智

第一部：英国，你的英国

一

当我撰写这篇文章时，文质彬彬的绅士正怒不可遏，想要把我给杀了。

他们并不是对我本人怀有敌意，而我也没有恨他们。正如他们所说，他们只是在"履行自己的义务"。我毫不怀疑他们中的大部分人是奉公守法的好人，私底下从来没有想过杀人。但话又说回来，假如他们当中有人精心放置了一颗炸弹，将我炸得粉身碎骨，他也不会因此寝食难安。他是为了祖国才这么做的，这赋予了他杀人的正当性。

只有了解爱国主义和对国家的忠诚压倒性的力量，一个人才能真正地理解现在这个世界。在某些情形下，它会导致毁灭，而到了文明的某个阶段，它将不复存在，但作为一股**正面的力量**，没有什么能与之相比。比起爱国主义，基督教和国际社会主义就像稻草一样脆弱。希特勒和墨索里尼能在德国和意大利掌权，很大程度上就是因为他们能够了解这一事实，而他们的对手则做不到。

此外，我们必须承认，国家之间的区别是基于思想的真实差异。直到不久之前，假装所有的人都一样是体面的想法。但事实上，任何明眼人都知道，在不同的国家，人的行为有非常大的区别。在一个国家能够发生的事情，在另一个国家绝对不可能发生。例如，希特勒的"六月清洗"就不可能在英国发生。与其他西方人相比，英国人可以说是非常特别的。对于这一点，从几乎所有外国人都不喜欢我们这个国家的生活方式上可以得到间接的承认。没有几个欧洲人能忍受英国的生活。就连美国人也觉得，在欧洲比在英国更加自在。

从任何海外国家回到英格兰，你会立刻觉得连呼吸的空气都不一样了。短短的几分钟内，无数细微的小事共同起着作用，带给你这种感觉。啤酒要苦一些，硬币要重一些，青草要翠绿一些，广告要俗气一些。英国大城镇的人脸上都长着麻子，嘴里一口坏牙，举止斯文优雅，与欧洲人很不一样。英国的广袤面积会把你彻底吞没，有那么一会儿，你不会认为这个国家拥有唯一的、可分辨的特征。像国家这种东西真的存在吗？难道我们这四千六百万英国人不都是决然迥异的个体吗？它是如此富于多样性，如此混沌！在兰开夏的工业城镇，人们穿着木屐咔嗒咔嗒地走路；在宽广的北方公路，大卡车穿梭不停；在求职市场外面人们排起了长长的队伍；在索霍区的酒吧里弹珠台响个不停；在秋日雾蒙蒙的早晨，老女人颤巍巍地走路去参加圣餐礼——所有这些生活片段都深深带着英国特征的烙印。我们怎么能从这一片混乱中总结出英国人共有的特征呢？

但是，和外国人交谈，读一读外国书籍或报纸，你就会想到："是哦，英国文明还真的有自己独特而明显的特征。"英国文明就像西班牙文明一样独特。英国文明和丰盛的早餐、阴郁的星期天、烟雾缭绕的城镇、蜿蜒的街道、绿色的农田和红色的邮筒联系在一起。英国文明有自己独特的味道。而且，英国文明的形成是连贯性的，既继承了历史，也延伸到未来。就像一头动物一样，英国文明有其与生俱来的特征。1940 年的英国和 1840 年的英国有什么相同之处吗？那你和你母亲挂在壁炉架上的相片里那个五岁的孩子有什么相同之处呢？没有，但你和那个孩子确实就是同一个人。

最重要的是，英国文明就是你的文明，是你的一部分。无论你有多么憎恨它或鄙视它，你与它须臾不离，一旦离开它，你的内心绝不会好过。板油布丁和红色的邮筒已经沁入了你的灵魂。无论是好是坏，你都是英国文明的一分子，这辈子你都永远无法摆脱它在你身上留下的痕迹。

与此同时，和世界其它地方一样，英国正在经历变迁。和任何事物一样，英国只能往某个方向改变，而这一点是可以预见的。这并不是说未来已经被固定下来了，这只是说，有些情况可能发生，而有些情况则不可能发生。一颗种子或许会发芽，或许不会发芽，但一颗郁金香种子绝不会长成一棵防风。因此，最重要的事情，是了解英国的本质，然后我们才能预测在当前所发生的重大事件中，英国将扮演什么样的角色。

二

要分辨出国家的特征并不是一件容易的事情。而能够被确定的特征通常都是一些微不足道的细节，彼此之间似乎完全没有联系。西班牙人对动物很残忍；意大利人做什么事情都吵吵闹闹；中国人热衷于赌博。显然，这些都是无关紧要的细节。但是，万物都有其起因，就算是英国人牙齿不好这一事实也能让我们了解到英国生活中现实的一面。

下面是对于英国的几点总结，相信几乎所有人都不会有意见。其一，英国人天生没有艺术细胞。他们不如德国人或意大利人那么擅长音乐；也不像法国人那样，为绘画和雕塑提供蓬勃发展的乐土。此外，正如欧洲人所说的，英国人不适合当知识分子。他们害怕抽象思维，他们觉得不需要哲学或系统的"世界观"。但这并不是因为英国人追求"实用"，虽然他们喜欢自诩为追求实用的人。只要看一下英国人的城镇布局和自来水供应的管道，他们所坚守的那些落伍的、令人厌恶的事物，那套经不起分析的拼写规则，还有那套只有算术课本的编撰者才能理解的度量衡系统，我们就可以看出英国人其实并不是那么在乎效率了。但他们能不经思索就采取行动。他们那举世闻名的虚伪——譬如说，他们对待大英帝国的两面三刀的态度——与这一点有着紧密的联系。在最危险的时刻，整个英国会突然团结起来凭着本能行事，那是每个人都明白的行为守则，虽然它从来没有被清楚地表述过。希特勒曾评价德国人是"梦游的民族"，这个说法用在英国人身上或许更加贴切。被称为一个梦游者可没有什么值得骄傲的。

不过，有一个英国的小特征值得在这里提一下，这个特征非常明显，但很少被提及，那就是对花卉的热爱。这是从国外来到英国的人，特别是从南欧来的人，首先注意到的事情之一。这不是和英国人不重视艺术的特征相抵触吗？那倒不尽然，因为这个特征是在那些完全没有美感的人身上找到的。不过，它却和另一个在我们身上根深蒂固但很少被注意到的英国人的特征联系在一起，那是对爱好和闲暇消遣的沉迷，即英国生活的私人空间。在这个国家有许多人喜欢花卉，喜欢集邮，喜欢养鸽子，喜欢业余做做木工，收集优惠券，玩飞镖，玩字谜游戏。所有最本土化的文化围绕着大家都在进行但得不到官方认可的活动——酒吧、足球比赛、后花园、壁炉和"喝杯好茶"。几乎和十九世纪一样，英国人仍然信仰个体自由。但这和经济上的自由——剥削他人而获得利润的权利——没有关系。那是你拥有自己的家的自由，你可以在闲暇时做自己喜欢做的事情，选择你自己的消遣，而不是由上层为你作出选择。英国人最痛恨那些喜欢窥探隐私和搬弄是非的人。当然，即使是这个纯粹的私人自由也显然注定会消亡。和所有别的现代人一样，英国人正逐渐被编上号码、贴上标签、被征召动员、被协调整合。但他们的心理冲动是朝着另一个方向的，加诸他们身上的纪律也会相应被调整。没有党派集会，没有青年运动，没有"某某色衫军"，没有迫害犹太人或"自发"示威。当然，十有八九不会出现盖世太保。

但在所有的社会里，平民一定在某种程度上反对现有的秩序。英国真正的大众文化是隐藏在表面之下的，非正式的，或多或少不被官方所认可。如果你直接观察普通人，尤其是大城镇的普通人的话，你会发现他们并非清教徒。他们是积习已久的赌徒，挣的钱都花在喝啤酒上，喜欢讲下流的笑话，用的或许是世界上最肮脏的语言。他们得在让人惊诧的伪善的法律管制（酒牌法律、博彩法案等等等等）下满足这些品味。这些法律影响到每个人，但实际上却又什么都没禁止。而且，英国平民没有明确的宗教信仰，这种情况已经持续了好几个世纪。英国国教从未真正令英国人信服，那只是拥有土地的上流阶级的一块自留地，而非英国国教的其它教派只在小范围内产生影响。虽然这些教派都保留着基督教浓厚的痕迹，但差不多连基督的名字都忘记了。欧洲大陆对权力的膜拜虽然对英国知识分子群体产生了影响，但从未波及普通人的层面，他们从未参与过权谋政治的游戏。日本和意大利报刊中所风行的"现实主义"一词会令英国人大为恐惧。在廉价文具店的橱窗里，你可以看到许多画着漫画的明信片，通过这些你可以对英国文明的精神有一定的了解。它们是英国人无意识中写下来的日记，从中折射出英国人守旧的世界观、贵贱有别的势利、既猥琐又伪善的性格、彬彬有礼的风度和对生活的深刻的道德态度。

　　绅士风度或许是英国文明最明显的特征。一踏足英国的土地，你就会注意到这一点。在这里，巴士乘务员态度和蔼，警察没有佩枪。在白人生活的国度里，再没有哪里比在这里更适合横冲直撞，行人都会让着你走。英国人厌恶战争和军国主义，而在欧洲观察者眼中，这一点总是被斥之为"堕落"或伪善。这一思想深深植根于历史，无论是劳动工人还是社会中下层阶级对此态度都非常鲜明。延绵不断的战争动摇了英国文明，但并没有将其摧毁。如今还在世的人的记忆里，"红衫军"[①]在街头总是被嘲笑的对象，上档次的酒吧老板拒绝士兵进去是家常便饭。在和平时期，就算有两百万人失业，英国规模不大的常备军也面临兵源不足的问题，这支部队的军官阶层由乡绅和中产阶级的特殊阶层担任，兵源则是农场的帮工和贫民窟的无产者。英国的平民对军事知识或传统一无所知，提起战争时态度总是非常抗拒反感。没有

---

　　① 英国士兵的传统制服是红色的。

政治家能靠向他们鼓吹征服四夷或军事荣耀而攫取权力，没有哪首煽动仇恨的歌曲能对他们有影响。在上一场战争中，士兵们自作自唱的歌曲并没有报复情绪，而是嘲讽式的失败主义调子，非常幽默①。他们口中的敌人是班长。

在英国，所有的吹嘘、摇旗呐喊和"大不列颠统治四海"的说辞，都是由一小撮人捣鼓出来的。普通民众不会把爱国主义挂在嘴边，甚至根本没有察觉。他们的历史记忆里没有一场军事上的胜利。和其它国家的文学一样，英国文学有很多描写战争的诗歌，但值得注意的是，那些脍炙人口的诗歌总是在描写战败和撤退。举例来说吧，英国没有关于特拉法尔加②或滑铁卢③的流行诗歌。英国人感兴趣的不是辉煌的军事胜利，而是像约翰·穆尔爵士④那样率部在科伦纳殿后，浴血奋战逃出生天的事迹。（就像敦刻尔克大撤退！）最激动人心的描写战斗的英文诗是关于一支骑兵队朝错误的方向发起了进攻。在上一场战争中，真正留在人民心目中的四个名字分别是蒙斯⑤、

---

① 原注：举例来说，"我不想加入该死的军队，我不想去打仗，我不想四处漂泊，我宁愿呆在家里，靠卖身生活"。但他们打起仗来并不会这么颓唐。

② 特拉法尔加海战（the battle of Trafalgar），1805 年 10 月 21 日，英法海军在西班牙特拉法尔加角进行海上决战。英军主帅纳尔逊海军上将率军击败法西联合舰队，掌握了海上霸权，粉碎了拿破仑进攻英伦本土的计划。

③ 滑铁卢战役（the battle of Waterloo），1815 年 6 月 18 日，反法同盟联军与法国军队在比利时小镇滑铁卢进行决战，联军获得决定性胜利，拿破仑一世第二次被迫退位，法兰西百日王朝覆灭。

④ 约翰·穆尔（John Moore，1761—1809），英国军人，在半岛战争的科伦纳战役中率领英军从西班牙西北方的科伦纳进行海上撤退，以付出近 1 000 人伤亡的代价换取 16 000 名将士顺利从海上撤退，约翰·穆尔在战役中牺牲。

⑤ 蒙斯战役（the Battle of Mons），1914 年 8 月 23 日，英国军队与德国军队在比利时小镇蒙斯进行的会战，英军与德军的军力比例大概是 1：2，在寡不敌众的情况下，英军被迫撤退，但德军付出了更大代价的伤亡。

伊普雷斯①、加里波利②和帕斯尚尔③，每一次战役都是一场灾难。而那些横扫德国军队的大型战役，普罗大众对此几乎毫无印象。

英国人反对军国主义的态度令外国人觉得反感，这是因为这一态度与大英帝国存在这一事实是完全抵触的。这看起来像是彻头彻尾的伪善。说到底，英国人占领了地球四分之一的面积，依靠庞大的海军维持统治。他们怎么还有脸说战争是邪恶的呢？

确实，英国人对自己的帝国抱着伪善的态度。工人阶级们会假装不知道有大英帝国这么一回事。但他们对于常备军的讨厌是非常合理的本能。英国海军雇佣的军事人员相对较少，而且长年在海外作战，对国内政治没有直接影响。军事独裁无处不在，但依靠海军取得独裁大权却闻所未闻。几乎所有英国阶层打心眼里讨厌的是趾高气扬的军官、马刺的叮当声和军靴的踏地声。早在希特勒上台几十年前，"普鲁士"这个词在英国就像"纳粹"这个词一样声名狼藉。这种态度持续了上百年之久，在和平时期，英国军官不在值勤时总是会穿上平民的服装。

要了解一个国家的社会气氛，一个迅速而且很肯定的指引就是其军队的正步走仪式。阅兵典礼其实是一种仪式性的舞蹈，就

---

① 伊普雷斯战役（the Battle of Ypres），应指第一次伊普雷斯战役，于1914年10月19日至1914年11月22日进行，英国、法国、比利时联军与德国军队展开激战，联军获得胜利，扼守住伊普雷斯，但伤亡惨重，16万人的英军付出了死伤超过5万人的代价。

② 加里波利战役（the Battle of Gallipoli），1915年4月25日至1916年1月9日，以英军为首的英联邦军队与法国军队和得到德国和奥匈帝国支援的土耳其奥斯曼帝国军队在加里波利半岛展开的会战。英法联军在兵力占优的情况下失利，50万英军伤亡过半。

③ 帕斯尚尔战役（the Battle of Passchendaele），1917年7月31日至11月10日协约国联军（英国、法国、比利时）与德国军队在比利时的帕斯尚尔进行的会战，协约国联军获得胜利，但付出死伤近30万人的惨痛代价。

像芭蕾舞一样，表达一种生命的哲学。比方说，迈正步是世界上最难看的事情，比俯冲的轰炸机更令人觉得胆战心惊。那是权力在露骨地耀武扬威，看到那一幕情形就像看到一只军靴肆意地在一张脸上践踏。丑陋正是其狰狞本质的一部分，因为它就在说："对，我就是这么丑陋，你敢嘲笑我吗？"就像一个恶棍朝被他欺负的受害者扮鬼脸。为什么英国没有走正步的仪式？天知道能引进这么一个仪式有多少军官会多么开心。走正步没有被采纳，因为街上的观众会对此百般嘲笑。只有在某些国家，那里的人们不敢公然嘲笑军队，走正步的仪式才会出现。意大利人转由德国人控制之后引进了走正步，可想而知，他们走起正步来没有德国人好看。如果维希政府能延续下去的话，他们一定会引进更加僵化的阅兵场纪律让残存的法国军队操练。英国军队的训练十分刻板复杂，带有浓厚的十八世纪军队的痕迹，但没有明确的趾高气扬的姿态，行军时只是正规地走方步。毫无疑问，这种步子属于佩剑贵族统治的时代，而一把佩剑绝不能轻易出鞘。

但是，英国文明在温和中又夹杂着野蛮和不合时宜。我们的刑法就像塔楼里的滑膛枪一样过时。与纳粹冲锋队员相对应的英国人物是判处绞刑的法官，某个患了痛风的老恶棍，思想仍停留在十九世纪，颁布残忍的判决。在英国，人们仍然会被处以绞刑，被九尾鞭鞭笞。这两种刑罚都是残忍而且卑劣的作法，但从来没有民意要求废止它们。英国人接受了它们（还有达特摩尔流放地和博斯托尔的少年犯感化院），几乎就像他们接受天气一样。它们是法律的一部分，而法律被认为是不可变更的。

现在我们将探讨英国人一个非常重要的特征：对宪法和法律的尊重。英国人认为法律凌驾于国家政权与个人之上。当然，法律是残酷而愚蠢的，但它却不会被金钱腐蚀。

没有人认为法律是公正的。每个人都知道有一套法律适用于富人，而有另一套法律适用于穷人。但没有人对此在意，每个人都认为遵纪守法是天经地义的事情，要是有人不遵守法律的话，会觉得义愤填膺。像"他们不能拿我怎么样，我又没犯法"和"他们不能那么做，因为那是违法的"这样的话在英国经常听到。声言与社会为敌的人和别人一样有着这种强烈的感觉。在描写监狱的作品，如威尔弗雷德·麦卡尼①的《张开血盆大口的高墙》或吉姆·费伦②的《监狱之旅》中，在对基于良心而不肯服役的人士进行审判那种庄严的白痴行为中，在著名的马克思主义教授写给报纸的信件中，你可以看到种种"英国司法体系的失败"。但每个英国人打心眼里相信，大体上，法律应该，可以，也将会被秉公执行。极权主义认为法律并不存在，只有权力才是真实的，这一想法在英国根本没有扎根。即使是知识分子也只是在理论上接受了这一主张。

幻象有可能真假参半，面具能改变一张脸的表情。说民主体制和极权主义其实"都一样"或"同样糟糕"的那一套熟悉的说辞从来没有考虑到这一事实。这些说辞说到底就是认为有半个面包和根本没有面包没什么两样。在英国，人们仍然相信像公正、自由和客观真相这样的概念。或许这些只是幻觉，却是影响力非

---

① 威尔弗雷德·麦卡尼(Wilfred Macartney, 1899—1970)，英国作家，曾参加一战，1927 年被控告"意图盗窃军事情报"和"间谍罪(被俄国收买)"，判处十年监禁，出狱后他将狱中经历写成了《张开血盆大口的高墙》。
② 吉姆·费伦(Jim Phelan)，真名是詹姆斯·列奥·费伦(James Leo Phelan, 1895—1966)，爱尔兰作家，以流浪为生，写过多本关于流浪生活和监狱生活的作品。

常深刻的幻觉。这一信仰塑造了英国人的行为，由于它们的存在，国民的生活也发生了改变。看看你的周围就可以找到证据。橡胶警棍在哪里？蓖麻油在哪里①？佩剑仍然待在剑鞘里，只要佩剑还在那儿，腐败就不至于太过猖獗。举例说吧，英国的选举系统虽然漏洞百出，在为有产阶级谋取利益，但只要公众的思想没有太大的改变，这套体制就不至于**烂透**。你不会在投票站看到有人拿着手枪强迫你投哪一边的票，验票也不会出什么岔子，也没有直接贿赂这种情况。就连伪善也是强有力的安全措施。那个判决绞刑的法官，那个穿着大红法袍、戴着马毛假发的恶棍，虽然就算在他身边引爆一颗炸弹也无法让他意识到自己生活在哪个世纪，但他一定会按照书面的意义进行法律判决，绝对不会收受金钱贿赂，而这正是英国的特征之一。他是奇怪的混合体，是现实与幻觉的结合，也是民主与特权的结合，更是谎言与体面的结合，各种性质在他身上达成了微妙的妥协，以这种方式，这个国家保持住了其熟悉的形态。

三

前面我提到了"国家"、"英国"、"不列颠"什么的，似乎那四千五百万生灵可以被看成一个整体。但是，难道英国不是两个国度，一个是富人的国度，一个是穷人的国度吗？难道有人敢昧着良心说那两个群体之间有什么共同之处吗？一年挣十万英镑的人和周薪只有一英镑的人可以相提并论吗？就算是威尔士和苏

---

① 意大利的法西斯分子曾用给受害人大量灌服蓖麻油的方式恐吓反对者。这种刑罚会造成严重的腹泻与羞辱。

格兰的读者也会觉得很生气，因为我用"英国"这个词比"不列颠"这个词更加频繁，似乎所有的英国人都住在伦敦和周边的各个郡府，而北部地区和西部地区的人没有自己的文化。

如果你首先考虑次要的方面，你能更清楚地了解这个问题。的确，生活在不列颠群岛上的不同民族自认为彼此之间差别很大。例如，如果你把一个苏格兰人叫成是一个英国人，他可不会领情。从我们给自己的群岛起了六个不同的名字——英格兰、不列颠、大不列颠、不列颠群岛、联合王国和在庄严的时刻所说的阿尔比恩[1]，你就可以了解我们心中的踌躇。在我们眼中，英国的南方和北方也有着非常大的差别。但是，当一个欧洲人遇到两个不列颠人时，这种差别就显得微不足道了。除了美国人之外，很少有外国人能分辨英格兰人和苏格兰人，或英格兰人和爱尔兰人。对一个法国人来说，布列塔尼人和奥弗涅人差异很大，而巴黎人总是拿马赛地区的口音开玩笑，但是，我们提到"法国"和"法国人"时，总是认为法国就是单独一个事物，单独一种文明，而事实也的确如此。这种情况也适用于我们。在外国人的眼中，就算是伦敦人和约克夏人也长得像一家人。

在外国人眼中，连穷人与富人之间的差别也似乎微乎其微。的确，英国的贫富悬殊非常严重，比任何欧洲国家都要严重，到最近的街道上看一看，你就会了解这个问题。从经济意义上考虑，英格兰确实是两个国家，如果不是三个或四个国家。但是，绝大多数的英国人认为他们来自同一个国家，彼此之间的相似程度要大于他们与外国人的相似程度。爱国主义总是比阶级仇恨更

---

[1] 阿尔比恩（Albion），不列颠群岛的古称。

加强烈，也总是比任何形式的国际主义更加强烈。除了1920年有那么一段短暂的时间外（"不插手俄国事务运动"），英国的工人阶级从未有过国际主义的理念或行动。两年半来，他们看着西班牙的同志被一批批屠杀，从未提供过帮助，哪怕举行一次罢工[①]。但是，当他们自己的国家（纽菲尔德勋爵[②]和蒙塔古·诺曼[③]先生的英国）遇到危险时，他们的态度则截然不同。当英国可能遭到侵略时，安东尼·伊登在广播电台上呼吁成立地方志愿自卫队。不到二十四小时他就召集了二十五万人，一个月内又召集到了一百万人。你只需要拿这些数字和基于道德或宗教原因拒绝服役的人数进行对比就可以知道，与新的道德价值观相比较，传统的忠诚拥有多么巨大的力量。

在英国，不同的社会阶级对爱国主义有不同的表现形式，但爱国主义却像一条纽带将几乎所有的阶级串联了起来。只有欧洲化的知识分子才能真的对爱国主义免疫。作为一种正面的情绪，中产阶级比上层阶级有着更强烈的爱国主义情绪——比方说，比起学费昂贵的公学，那些廉价公学的学生更加积极地投身爱国主义示威活动——而那些确实在从事叛国活动的富人，像拉沃尔[④]和

[①] 原注：的确，他们在一定程度上提供了金钱援助，但多个资助西班牙的运动筹到的资金总额还不到同一时期足球博彩营业额的百分之五。

[②] 威廉·理查德·莫里斯（William Richard Morris，首任纽菲尔德子爵，1877—1963），英国汽车制造商，创办了莫里斯汽车有限公司，并热心慈善事业，成立纽菲尔德基金会和牛津大学纽菲尔德学院。

[③] 蒙塔古·科列特·诺曼（Montagu Collet Norman，1871—1950），英国银行家，曾于1920年至1944年担任英格兰银行行长一职。

[④] 皮埃尔·拉沃尔（Pierre Laval，1883—1945），法国政治家，二战时法国沦陷后与维希政权合作，并签署文件，将法国境内的犹太人运往德国集中营处死。二战后被判叛国罪遭处决。

吉斯林①之流，其人数或许非常少。在工人阶级群体中，爱国主义的影响非常深刻，但他们对此却没有意识。一个工人看到米字旗时并不会觉得心潮澎湃，但众所周知的英国人的"岛国心理"和"仇外情绪"在工人阶级中比在资产阶级中要强烈得多。在任何国家，穷人总是比富人更爱国，但英国工人阶级的不同之处在于，他们对外国人的习惯嗤之以鼻。就算他们被迫在国外居住多年，他们也不愿意让自己习惯外国食物或学习外语。几乎每个出身工人阶级的英国人都认为把一个外国单词说得字正腔圆是件可耻的事情。1914年至1918年一战期间，英国的工人阶级与外国人的接触程度之密切现在几乎是不可能发生的。结果就是，他们仇恨所有的欧洲人，德国人除外，因为英国工人很钦佩他们的勇气。在法国土地上呆了四年之久，英国人甚至没能培养出品尝法国美酒的乐趣。英国人内向孤僻，不愿意诚恳地接纳外国人，这是非常愚蠢的事情，时不时得为之付出惨痛的代价。但它是英国神秘性的一部分，许多知识分子曾经试图打破这一交流的障碍，结果却是得不偿失。归根结底，这种拒绝交流的心态与英国人不欢迎游客及抗击入侵者的心态如出一辙。

在上一章的开头我指出了英国人的两个特征，看起来似乎毫无关联。其一是，英国人缺乏艺术技能。或许，这其实是英国人游离于欧洲文化之外的另一种说法，因为有一种艺术是英国人充分展现了自身才华的，那就是文学，而它也是唯一无法跨越国界

---

① 维德孔·吉斯林（Vidkun Quisling, 1887—1945），挪威政治家，1940年挪威被纳粹德国征服，吉斯林与纳粹政权合作，于1942年至1945年担任挪威首相，纳粹德国战败后，接受国际法庭审判，于1945年10月在奥斯陆被枪决。吉斯林这个名字在二战时成为卖国贼的同义词。

的艺术形式。文学，尤其是诗歌，特别是韵律诗歌，其实是一种自家人才懂的笑话，脱离了自身的语言环境，其价值就会大打折扣，甚至毫无价值可言。除了莎士比亚之外，英国最杰出的诗人在欧洲几乎无人知晓，连名字也未曾听闻。诗作被广泛阅读的诗人只有拜伦，他因为错误的原因而受到崇拜，还有奥斯卡·王尔德，作为英国式伪善的受害者而受到怜悯。与这个联系在一起的，虽然不是非常明显，是哲学思辨能力的缺乏——几乎所有的英国人都不需要一套有秩序的思想体系，甚至不需要用到逻辑思维。

　　在一定程度上，民族团结的责任感代替了"世界观"，因为爱国主义是一种普遍的情怀，就连富人也受其影响。有时候，所有的英国人会突然间团结在一起，做一样的事情，就像一群牛面对一头狼那样。毫无疑问，在法国蒙受灾难的时候，这么一个时刻出现了。在经过八个月对战争局势的观望后，英国人突然意识到自己得做什么：首先，他们必须将军队撤出敦刻尔克，然后，他们得抗击侵略。这就像一个巨人的觉醒。快点！危险！非利士人要来杀你了，参孙①！然后就是迅速一致地采取行动——然后，哎呀呀，立刻又陷入了沉睡。换作是一个陷入分裂的国家，这样的时刻原本是会爆发一场浩大的和平运动的。但是，这表示英国人的本能总是能提醒他们作出正确的应对吗？根本不是，这只是表示他们会做出同样的事情。1931年大选时我们就团结一致地作出

---

① 参孙（Samson），《圣经·士师记》中所记载的一位犹太人士师，天赋异禀力大无穷，由于中了非利士人的美人计，失去了神力并沦为奴隶，最后神力恢复，与非利士人同归于尽。

了错误的决定。我们就像一意孤行的加大拉的猪群①，但我真心怀疑我们不能说自己是违背自身意愿被推下山坡的。

我们可以得出这么一个结论，英国的民主体制并非像它有时候看上去的那样是一场骗局。在外国观察者眼中，他只看到巨大的贫富悬殊、不公的选举体系、政府对媒体、电台和教育的控制，然后得出结论说，民主只是独裁专制相对比较好听的别称。但是，这一观点忽略了一个不幸的事实：在统治者和被统治者之间有相当程度的共识。即使你心里有一千个一万个不情愿，但你必须承认，1931年到1940年英国政府代表了大多数民众的意愿。这个政府对贫民窟和失业毫无作为，奉行懦弱的外交政策。确实是这样，但公共舆论也是这样。那是一段停滞不前的时期，而它的领袖都是些平庸之辈。

虽然有数千名左翼人士在举行各种活动，但可以肯定，大多数英国人认同张伯伦的外交政策。更重要的是，可以很肯定地说，就像普通人的心里在进行斗争一样，张伯伦的心里也在进行着同样一番挣扎。他的反对者声称他是个狡猾黑心的阴谋家，准备将英国出卖给希特勒，但更有可能的情况是，他是个愚蠢的老人，在老眼昏花中尽力做好自己的本分。否则很难解释为什么他的政策前后矛盾，为什么他没办法抓住曾经摆在他面前的任何一个机会。和普罗大众一样，无论是和平还是战争，他都不愿意付出代价。他一直得到民意的支持，这体现在那些彼此完全不可调和的政策中。当他去了慕尼黑，当他试图与俄国达成共识，当他

---

① 加大拉的猪群（the Gadarene swine），该典故出自《圣经·马太福音》，耶稣将邪灵赶到猪群中，在邪灵的驱使下猪群夺路而跑，冲下山崖淹死。

向波兰作出保证，当他恪守了承诺，当他并非完全出自真心地斥责战争时，民意都在支持他。只有当他的政策产生了明确的后果时，民意才转而反对他，也就是说，反对他们自己过去七年来的麻木不仁。人民随即选出一个更合他们心意的领导人丘吉尔，至少他更明白这场战争不打是赢不了的。或许再过上一段时间他们就会选出另一个能明白只有社会主义国家才能有效组织作战的领导人。

我说了这么多，是不是在说英国有真正意义上的民主？不是，就算是《每日电讯报》的读者也不会认为英国有真正的民主。

英国是太阳底下阶级压迫最严重的国家。这是一个充斥着特权和势利的国度，由年迈糊涂的老人在统治。但在分析英国的情况时，你必须把英国人在感情上的团结和它几乎所有的国民在重大的危机时刻会有同样的态度并共同采取行动的倾向考虑在内。英国是欧洲唯一不需要将数以十万计的国民流放或关进集中营的大国。现在仗刚刚打了一年，报纸和宣传册就已经在攻讦政府，赞美敌人和呼吁投降，满大街都是，几乎没有人干预。这并不是表示英国有言论自由，只是大家都知道这样子口头说说无伤大雅。《和平新闻报》这样的报纸可以自由发行，因为百分之九十五的英国人不会想去阅读这份报纸。英国被一条看不见的锁链紧紧捆绑着，在平时统治阶级会做出劫掠、管理不善、阴谋破坏等事情，使我们陷入泥沼中，但只要让民意被听见，从下面狠狠地拽他们一把，让他们没办法装聋作哑，他们很难不作出回应。左翼作家将统治阶级斥责为"法西斯的同路人"，这样的指责其实过于简单化了。即使在让我们陷入眼下被动局势的那个政治家的内部小圈子里，恐怕也很难揪出一个蓄意为之的叛徒来。在英国发生的堕落通常都不是这种情况。那几乎总是自我欺骗的结果，右手不知道左手在做什么①。由于对情况毫不知情，做出的坏事也就有限。这一点在英国的报刊中展现得最为明显。英国的媒体诚不诚实？在平时一点儿都不诚实。任何有影响力的报纸都依靠广告生存，广告商对新闻施加了无形的审查管制。但我认为，没有一份英国报纸可以赤裸裸地用金钱直接收买。在法国第三共和国统治时期，除了极少数例外，几乎所有的报纸都能够像买奶酪那样明目张胆地收买。英国的公共生活不至于这么糟糕，也从未堕落到连虚伪的话都可以省略掉的土崩瓦解的程度。

英国不是被广泛引用的莎士比亚笔下的"明珠之岛"，也不是戈培尔博士笔下的炼狱。它更像是一户人家，维多利亚时代的大户人家，有辱门楣的混账不多，但丑事倒有不少。这户人家遇到有钱亲戚就点头哈腰，对穷亲戚极尽欺凌之能事。而且一提到家庭的收入来源，他们就串通起来保持缄默。在这户人家，年轻一代总是遭受压制，而大部分权力被掌握在不负责任的叔叔伯伯和卧床不起的三姑六婶手里。但不管怎样，他们始终是一家人，有自己的语言和共同回忆，遇到敌人入侵时，他们就会团结一致。它是一户由错误的人掌权的家庭——或许这就是你能对英国进行总结的一句话。

---

① 右手不知道左手在做什么（the right hand not knowing what the left hand doeth），此典故出自《圣经·马太福音》，后引申为某某人或部门暗中诡秘行事，内部缺乏沟通的情形。

四

或许，滑铁卢战役的确是在伊顿公学的运动场上赢得的，但接下来的战争刚开始的战役都是在那里输掉的。过去四分之三个世纪以来，英国生活中最重要的事实之一就是：统治阶级越来越腐朽无能。

1920年到1940年间，它以化学反应的速度在发生。但到了我写这些文字的时候，统治阶级却依然存在。就像一把换过两块新刀片和三个新把手的刀子一样，英国社会的上层阶级几乎仍然和十九世纪中叶没什么两样。1832年之后，占有土地的旧贵族阶级逐渐失去权力，但他们并没有变成化石或销声匿迹，而是与取代他们的新贵商人、企业家和金融家联姻，很快将他们塑造成与自己一样的阶级。那些有钱的船主或棉纺厂老板挤进了乡绅阶层的行列，他们的儿孙上了公学，学会了正确的礼仪举止，那些公学之所以创立正是为了这个目的。英国的统治者是贵族阶级，它总是从暴发户中汲取新血。鉴于那些白手起家的人所拥有的能量，鉴于他们用金钱铺路，进入一个以公共服务为传统的阶级，你会以为这种方式能够产生有能力的统治者。

但不知出于何故，这个统治阶级堕落了，失去了它的能力和勇气，最后甚至变得不再凶残，直到最后像伊登或哈利法克斯[①]这

---

① 爱德华·弗雷德里克·林德利·伍德（Edward Frederick Lindley Wood, 1881—1959），封号为哈利法克斯伯爵，英国保守党政治家，曾于1938年至1940年担任英国外交部长，推行绥靖政策，二战期间担任英国驻美国大使。

样虚有其表的人能够成为引人注目的杰出人才。至于鲍德温，你甚至不能用虚有其表这个词去恭维他，简直可以当他是个透明人。本世纪二十年代的时候，英国的内政问题处理手段已经是糟糕透顶了，而 1931 年到 1939 年间英国的外交政策堪称是令世界瞩目的奇迹。为什么？到底发生了什么事情？为什么在每一个决定性的时刻每一个英国政治家都会出于不会失效的本能做出错误的决定呢？

　　背后的事实就是，有产阶级的地位已经不再拥有合法性。他们掌握了一个庞大帝国和一个遍布世界的金融体系的核心位置，攫取了利润和利息，然后将它们花在了什么地方呢？说句公道话，大英帝国里的生活在许多方面要比帝国之外的地方好一些。但大英帝国仍然是一个欠发达的国家，印度仍沉睡在中世纪，各个自治领一片荒凉，而外国人被猜疑地封锁在外面。就连英国本土也到处是贫民窟和失业者。这个国家只有五十万住在郊外别墅里的人能从当前的体制中受益。而且，小企业合并成大企业的商业趋势使得越来越多的有产阶级无所事事，让他们成为纯粹的股东，所有的工作都由领取薪水的职业经理人和技术人员代劳。长期以来，英国存在着一个无所事事毫无贡献的阶层，靠他们几乎不知道投资到哪儿所获得的回报和收益生活。这群人被称为"悠闲的富人"，如果你愿意的话，你可以在《闲谈者》和《旁观者》等刊物上看到他们的相片。以任何标准衡量，这个群体都绝对不应该存在。他们是寄生阶层，对社会的作用还不如一条狗身上的虱子。

　　1920 年时很多人已经注意到这个现象的存在。到了 1930 年，了解这一情况的人有数百万之多。但是，英国的统治阶级绝对不会承认他们已经对社会毫无贡献，要是他们真的承认这一点的话，他们就得被迫逊位让权。他们不可能让自己变成像美国百万富翁那样彻头彻尾的强盗，刻意而清醒地攫住不公的特权不肯放手，依靠贿赂和催泪弹镇压反抗。说到底，英国统治阶级背负着历史传统，他们上过公学，在他们所接受的教育中，必要时为祖国牺牲的责任是首要的教条。即使在他们劫掠自己的同胞时，他们仍感觉自己是真正的爱国者。显然，他们只有一条出路——那就是变得愚昧无知和麻木不仁。他们只能维持社会的现状，完全不知道该如何进行改良。虽然这不是件容易的事情，但他们做到了。他们只关注过去，拒绝知道在他们身边到底正在发生什么改变。

这个观点对英国的现状很有解释力。它解释了由于坚持虚伪的封建主义的缘故，有活力的工人被赶出了乡土，导致乡村生活衰败凋零；它解释了为什么公学会陷入僵化，从上世纪八十年代以来几乎没有任何改变；它解释了英国军队为什么那么无能，一次又一次地令世界大跌眼镜。自五十年代以来，每一场英国参加的战争都以一系列的灾难作为开始，然后由社会地位较为低下的人挽救局势。英国的军事高层人员是从贵族中提拔的，他们根本无法适应现代战争，因为要这么做，他们就必须承认世界正在改变。他们总是紧紧抓住陈旧的作战方法和武器不放，因为他们总是觉得每一场战争纯粹就是上一场战争的重演。在布尔战争之前，他们以祖鲁战争的方式进行备战，在 1914 年那场战争之前，他们以布尔战争的方式备战，而当前这场战争，他们又以 1914 年那场战争的方式备战。即使到了现在，数十万英国士兵仍在操练拼刺刀，这种兵器已经被淘汰了，只能用来开罐头。值得注意的是，海军和后来创建的空军总是比常规陆军更有效率。但海军只是在部分程度上被纳入统治阶级的势力范围，而空军则根本不采纳他们的那一套。

必须承认，只要局势和平，英国统治阶级的那一套统治方法为他们带来了很多好处。英国人民表面上对他们非常宽容。无论英国的管理多么不公，至少它不会被阶级斗争所撕裂，或需要到处安插秘密警察。没有哪个疆域像它一样辽阔的帝国能像它那样一派祥和。虽然大英帝国占据了地球四分之一的面积，维持帝国的军队却比一个巴尔干小国的军队还要少。至于被统治的人民，从消极的、自由主义的立场来看，英国统治阶级也有其优点。比起真正的摩登人士，例如纳粹和法西斯分子，他们是更好的统治者。但他们无力抵御来自外界的进攻，这一点早在很久之前就已经非常清楚了。

他们根本干不过纳粹主义或法西斯主义，因为他们根本不理解这两者为何物。如果共产主义能在西欧扎根的话，他们也干不过共产主义。要理解法西斯主义，他们就必须研究社会主义理论，而这样一来，他们将被迫意识到他们所赖以生存的经济体制是那么不公、低效而落伍。但他们刻意迫使自己不去面对这一事实。他们与法西斯主义的对决就像是1914年骑兵元帅进攻机关枪部队一样——完全无视对方的存在。虽然法西斯主义多年来一直在进行侵略和屠杀，他们却只注意到一点，那就是，希特勒和墨索里尼仇视共产主义。因此，他们认为希特勒和墨索里尼一定会对英国那些食利阶层者抱有好感。于是就有了那令人瞠目结舌的一幕：运送食物给西班牙共和国政府的英国船只被意大利飞机炸沉了，而保守党的议员竟然大肆欢呼庆祝。即使他们开始明白法西斯主义的危险，意识到它的革命本质以及它调动起大规模的军队的能力、它将会采取的策略，这些都是他们所无法理解的。在西班牙内战时期，任何从六便士的社会主义宣传手册中获取政治知识的人都知道如果佛朗哥获得胜利，结果将会是对英国的毁灭性打击。但是那些毕生都在研究战争的陆军元帅和海军上将都无法理解这一事实。这一政治上的愚昧浸透了英国的官僚阶层，从内阁部长、大使、领事、法官、治安长官到警察，统统如是。那些逮捕"赤匪"的警察无法理解那些"赤匪"在传播的理论。如果他们能理解的话，他们会对自己作为有产阶级鹰犬的地位感到羞耻。有理由认为，就连军事上的间谍活动也因对新经济学说和地下党活动的无知而遭到了阻碍，完全失去了希望。

英国统治阶级将法西斯分子视为同道中人并非完全错误。事实上，除了犹太人之外，比起法西斯主义，富人们更害怕共产主义和民主社会主义。你永远不应该忘记这一点，因为德国和意大利的全盘政治宣传都在掩盖这一点。西蒙①、霍尔②、张伯伦等人的自然本能就是和希特勒达成妥协。但是——这时我所提到过的英国生活的特征，那种民族团结的深切情感，开始起作用了——他们这样做只会使得帝国陷入分裂，出卖自己的人民，使得他们沦为半奴隶。一个真正堕落的阶级会毫不犹豫地做出这种事情，就像法国那样。但在英国情况并没有那么糟糕。在英国的公共领

---

① 约翰·阿尔瑟布鲁克·西蒙(John Allsebrook Simon, 1873—1954)，英国自由党政治家，曾担任内政大臣、外交部长、财政大臣和司法大臣等重要职位。

② 萨缪尔·约翰·古尔尼·霍尔(Samuel John Gurney Hoare, 1880—1959)，英国保守党政治家，曾担任英国外交部长、海军大臣、内政大臣，1944年时担任英国驻西班牙大使。

域几乎找不到会说出"向我们的征服者效忠"这种奉承话的政治家。他们在利益和原则之间徘徊，像张伯伦这样的人，什么事情都做不出来，只会把两边都给得罪了。

有一件事情总是能表明英国的统治阶级在道义上是可靠的，那就是，在战争时期，他们愿意杀身成仁。几位公爵、伯爵和其他爵爷在近期发生的佛兰德斯战役中牺牲。如果他们真像有时候被斥责的那样是玩世不恭的恶棍，这种事情是不会发生的。我们不能误会他们的动机，这很重要，否则我们就无法预测他们的行动。他们不会叛国，也不会成为懦夫，但他们会做出愚昧而无意识的破坏举动，总是在本能的驱使下犯错。他们并非邪恶之徒，或者说，他们是还没有坏透的人，他们只是教而不善。只有当他们失去了金钱和权力时，他们当中比较年轻的人才会开始意识到他们身处哪一个世纪。

五

一战与二战期间，大英帝国陷入了停滞，几乎每个人都受到了影响，而在中产阶级中有两个群体受挫最为严重。其中一个群体是军官和为大英帝国服务的中产阶级人士，他们被戏称为毕灵普分子，而另一个群体是左翼知识分子。这两个群体似乎水火不容，是两个对立的符号——那些领着一半薪水的上校，脖子像公牛一样粗壮，头脑却小得可怜，就像一头恐龙；还有那些额头隆起，脖子细得像麻秆的知识分子——在精神上却是联系在一起的，总是互相影响；不管怎样，他们都来自同一个大家庭。

早在三十年之前，毕灵普分子阶层就已经开始失去活力。吉卜林所讴歌的中产阶级家庭，那些多子多孙教养浅薄的家庭，世世代代都在陆军和海军中服役，遍布地球的各个蛮荒之地，从美洲的育空河到亚洲的伊洛瓦底江，他们的数目早在1914年前就开始萎缩。是电报扼杀了这个群体。世界变得越来越小，白厅掌握了越来越大的统治权，年复一年，个人的能力越来越没有用武之地。假使克莱夫、纳尔逊[①]、尼克尔森[②]、戈登[③]复生，他们会发现自己在现代大英帝国中根本没有立足之地。到了1920年，几乎每一寸殖民地都在白厅的控制和掌握中。心地善良和太过于斯文有礼的绅士，穿着黑色的西装，戴着黑色的礼帽，卷得整整齐齐的雨伞就搭在左臂上，以呆滞的人生观看待马来亚、尼日利亚、蒙巴萨和曼德拉。那些一度是帝国建设者的人沦为小职员，被越来越深地埋在文牍和红头文件下面。在二十年代早期，你可以看到，在整个大英帝国，老一辈的官员，那些了解旧时更加广阔的年代的人，在正在发生的变迁中毫无作为地挣扎着。从那个时候开始，要让朝气蓬勃的年轻人担任大英帝国的行政职位几乎成了不可能的事情。而在官僚阶层里发生的事情也同样发生在商业世界里。庞大的寡头公司吞没了小贸易商。他们没有到印度进行冒险的贸易活动，而是在孟买或新加坡的某间办公室谋得一个职位，那里的生活要比伦敦的生活更加无趣但很安稳。中产阶级仍

---

① 赫拉修·纳尔逊（Horatio Nelson, 1758—1805），英国海军将领，功勋卓著，被授予海军上将职位，并指挥英国舰队于1805年10月21日的特拉法尔加战役中击败法国与西班牙的联合舰队，奠定英国海上霸权，但本人在战役中牺牲。

② 弗朗西斯·尼克尔森（Francis Nicholson, 1655—1728），英国殖民头子，曾开拓和经营英国在北美的殖民地，推行促进贸易和普及教育的措施。

③ 亚瑟·查尔斯·汉密尔顿-戈登（Arthur Charles Hamilton-Gordon, 1829—1912），英国自由党政治家，曾历任英国各个殖民地（加拿大新不伦瑞克省、特立尼达、毛里求斯、新西兰等）的总督或地区领导人。

保有帝国主义的情怀，主要是因为家族的传统，但从事管理帝国的工作渐渐失去了它的吸引力。如果不是走投无路的话，能干的人很少会跑到苏伊士运河以东的东方去谋职。

到了二十世纪三十年代，帝国主义的情结渐渐减弱，整个英国士气低迷，这在部分程度上是左翼知识分子们努力的结果，而这一群体本身的发展壮大也正是源于大英帝国的萧条败落。

值得注意的是，如今没有哪个知识分子在某种程度上不是"左翼分子"了。或许最后一位右翼知识分子是托马斯·爱德华·劳伦斯①。自 1930 年以来，每个被称为"知识分子"的人都生活在对现存秩序的长期不满之中。这是必然的，因为他在社会中没有容身之所。大英帝国陷入停滞，既无法走向发达，也不至于分崩离析，在这么一个国家，在由愚昧无知的人统治的英国，做一个"聪明人"会招人猜忌。要是你很聪明，能理解托马斯·斯特恩斯·艾略特的诗作或读得懂卡尔·马克思的著作的话，英国的统治者绝不会让你担任重要的工作。只有写写文学评论，组建左翼政党，这些知识分子才能让自己一展所长。

通过几份周报和月刊，你就可以了解到英国左翼知识分子的精神状态。所有这些报纸最显眼的特征就是它们总是抱着负面、挑剔的态度，从来无法提出任何有建设性的意见。里面没有什么内容，就只有那些从未掌握过权力，也永远没有希望掌握权力的人不负责任的吹毛求疵。另一个重要的特征是，这些人生活在精

---

① 托马斯·爱德华·劳伦斯(Thomas Edward Lawrence, 1888—1935)，英国军人，曾在阿拉伯地区反抗土耳其奥斯曼帝国的起义中发挥了重要的作用，被称为"阿拉伯的劳伦斯"，曾将他在阿拉伯世界的所见所闻写成作品，代表作有《智慧的七柱》、《沙漠的起义》等。

神世界中，完全与现实生活脱节，思想非常肤浅。许多左翼知识分子直到1935年仍是死气沉沉的和平主义者，而从1935年到1939年又叫嚣着要与德国进行一场战争，但战争一打响就立刻销声匿迹。那些在西班牙内战期间最彻底的"反法西斯者"如今是最彻底的失败主义者，这大体上是成立的，虽然并非人人如此。在其背后隐藏着关于英国知识分子一个十分重要的事实——他们与这个国家的平民文化的隔绝。

英国的知识分子刻意让自己欧洲化。他们吃东西讲究巴黎风味，从莫斯科汲取精神启迪。在这个国家普遍的爱国主义情绪中，他们是持不同意见的少数派。或许，英国是唯一一个本国知识分子以自己的国籍为耻的国家。在左翼圈子里，他们总是为自己是英国人而略感羞愧。他们的责任就是嘲讽英国的每一样事物，从赛马到焦糖板油布丁统统不放过。几乎所有的英国知识分子在立正聆听《天佑吾王》时都会觉得羞愧难安，比从济贫捐献箱里偷钱还不自在，虽然这一现象很奇怪，却真真切切地发生了。在最关键的那几年里，许多左翼人士老是在打击英国人的士气，试图传播一种观念，那套观念有时候就像和平主义那么懦弱，有时候又是狂热的亲俄思想，但总是在反对英国。这些行为到底收到多少成效仍有待思考，但的的确确起到了一定的影响。如果说，英国人经历了数年士气上的低迷，让法西斯国家觉得他们确实"腐朽不堪"，从而放心大胆地发动战争，那么，来自左翼知识分子的破坏行动要对此负上一部分责任。《新政治家报》和《新闻纪实报》在高喊口号反对慕尼黑条约，但就连它们也做了一些事情，使得慕尼黑条约的签署成为可能。十年来对毕灵普分子从里到外的嘲弄甚至影响了毕灵普分子本身，使得让聪明的年轻人参军比以前变得更加困难。大英帝国陷入了萧条，拥有军事传统的中产阶级必然走向衰落，但浅薄的左翼思想对这个过程起到了推波助澜的作用。

显然，英国知识分子在过去十年里地位很特殊。他们是纯粹的消极分子，一味地反对毕灵普分子，是统治阶级的愚昧的派生物。他们对社会一无是处，而且他们并不懂得对祖国的奉献意味着"无论好坏，她都是我的祖国"。毕灵普分子和知识分子都认为爱国主义与知识应该分道扬镳，似乎这是天经地义的事情。如果你是一个爱国者，你读的就是《布莱克伍德》杂志，公开感谢上帝让你"没有头脑"。如果你是个知识分子，你会嘲笑米字旗，认为逞勇斗狠是野蛮人的行径。显然，这一荒唐的传统不能够再继续下去。那些木讷地嗤嗤傻笑的布伦斯伯里的知识分子就像骑兵上校一样不合时宜。这两种人不应该在现代国家出现。爱国主义与聪明才智必须再次结合在一起。我们正在进行一场战争，一场非常特殊的战争，或许这个事实能让这种结合成为可能。

六

过去二十年来，英国最重要的发展是中产阶级壮大了，既有向上的趋势，也有向下的趋势。而且改变之大，使得那套将人分为资本家、无产者、小资产阶级（小产业者）的旧式社会分层理论几乎失去了解释力。

在英国，社会财富和金融权力集中在极少数人的手。在现代英国，一般人除了衣服、家具和可能有一套房子之外就一无所有了。农民这个阶级一早就已经消失了，独立的商业店主阶级也逐渐被摧毁，小企业家一个接一个地消失。与此同时，现代工业变得如此复杂，得有一大帮经理、推销员、工程师、化学家和各类技术人员才能正常运转。这些人都能得到优厚的报酬，而这些情况反过来促使了专业人士群体的诞生，像医生、历史学家、教师、艺术家等等。因此，发达资本主义的趋势就是扩大中产阶级，而不是曾经一度被认为要将中产阶级消灭。

比这个更重要的是，中产阶级的理念和习惯传播到了工人阶级那里。比起三十年前，英国的工人阶级几乎在方方面面都大有改善。这既是因为工会的努力，也是因为科学的进步。人们并不总是会认识到，在非常狭窄的范围内，一个国家的生活水平可以在真实工资没有增加的情况下获得提升。在一定程度上，文明不需要其它帮助也能得到自我提升。无论社会多么不公，技术上的进步总是会惠及整个社区，因为某些产品是共有的。比方说，就算是百万富翁也不能让街灯只为自己照明，而让其他人黑灯瞎火地走路。几乎所有文明国家的人民现在都能享受到完善的道路交通、没有细菌污染的自来水、警察的保护、免费的图书馆或许还有免费的教育。英国的公共教育饱受资金不足之苦，但不管怎样，它还是有所改善，很大程度上是因为教师的奉献。读书的习惯更加广泛传播。有钱人和穷人越来越倾向于读一样的书，看一样的电影，听一样的电台节目。有了大规模生产的廉价服装以及居住条件的改善，有钱人和穷人在生活方式上的差异已经大为减小。比起三十年前乃至十五年前，有钱人和穷人的服饰，尤其是女性的服饰，在外表上的区别小了许多。至于居住条件，英国仍然有贫民窟，那些都是文明的污点。但是，过去十年来修建了许多房屋，大部分是地方政府工程。现代的市政公屋有浴室和电灯，面积比股票经纪的别墅小，但大体上是同一类型的房屋，而不是农场帮工住的茅屋。比起在贫民窟长大的人，在市政公屋长大的人在思想上更接近于一个中产阶级出身的人——事实上，看上去也像。

这一切所产生的后果就是人们的言行举止大体上变得柔弱了，而现代工业生产不再强调体力劳动这一情况也起到了推波助澜的作用。在一天工作之后，人们有更多的精力进行消遣。比起医生或杂货商，许多从事轻工业的工人干的体力劳动还要轻一些。工人阶级和中产阶级在品味上、习惯上、举止上和思想观念上开始趋同。虽然不公的差距依然存在，但真正的差别消失了。旧时的"无产者"——不戴领子，不剃胡须，因为长年从事重体力劳动而肌肉发达的人——仍然存在，但数量越来越少了，只有在英格兰北方的重工业地区他们仍然占据着主流。

1918年后，英国开始出现了此前从未有过的一个无法划分其社会阶级的群体。1910年，不列颠群岛的每一个人都可以从衣着、举止和口音一下子将其归类。如今这可行不通了，尤其是在那些由于廉价的汽车普及和工业向南迁移而出现的新兴城镇。要了解未来的英国会是怎样，你得去轻工业地区和公路干线经过的地区。在斯洛、达格南、巴尼特、莱奇沃思、海耶斯——事实上，在每一座大城镇的外围周边——旧的社会模式渐渐演变为新的社会模式。在那片广袤的玻璃和砖头构成的新的荒原里，它们不再像旧式那种有着贫民窟和高楼大厦形成鲜明对比的城镇，或那种庄园大屋和肮脏的茅屋形成鲜明对比的乡村。收入的差距很大，但虽然层次不同，生活大体上是一样的：住在不用动手干活的公寓或市政公屋里，利用水泥路作为交通，大家都赤条条地在游泳池里游泳。那是一种浮躁的没有文化的生活，围绕着罐头食品、画报、收音机和内燃机而展开。在那个文明里，孩子们对永磁发电机非常了解，却对《圣经》一无所知。在属于那个文明的人群中，感觉最自在的人是那些技术人员、高工资的技术工人、飞行员和机师、无线电专家、电影制片人、流行专栏作家和化工人员。他们是模糊的阶层，旧时的阶级差别开始被打破。

除非这场战争我们战败了，否则它将把现存的阶级特权几乎横扫一空。每过一天，都有越来越少的人希望这些阶级特权继续下去。我们也无须担心随着生活方式的改变，英国的生活会失去其独特的风味。大伦敦地区那些新型的红色城市十分低俗，但这些只是伴随着一场改变而来的风潮。无论这场战争过后英国将发生什么样的改变，它仍会深深地带着我在前面所提到过的独具一格的色彩。那些希望英国能变得俄国化或德国化的知识分子会感到很失望。英国人仍将风度翩翩，带着伪善的性格，毫无思考精神，尊崇法律，讨厌穿军装的士兵，继续吃焦糖布丁，继续在那片阴沉不定的天空下生活。要摧毁一个民族的文化需要非常剧烈的灾难，比如说，长时间被外敌统治。股票交易所将被推倒，马拉犁耕将被拖拉机取代，乡村房屋将被改建成孩子们度假时的营地，伊顿公学与哈罗公学的比赛将被遗忘，但英国仍将是英国，它仍是那头自亘古而来就存在的巨兽，将继续生存下去，就像所有一切生物一样，它会变得无法辨认，但仍然是它本身。

第二部：参战的店主

一

我开始写这本书的时候，德国正在对英国狂轰滥炸，而开始写这第二章的时候，德国的轰炸变本加厉了。黄色的炮火照亮了天空，弹片咣咣咣地砸着屋顶，伦敦桥要垮了，要垮了，要垮了[①]。任何看得懂地图的人都知道我们的境况非常危险。我不是说我们已经战败了，或应该会被击败。胜负的关键很大程度上取决于我们的斗志。但此刻我们之所以会陷入这一水深火热的境地，完全是咎由自取，而且还在犯同样的错误。如果我们不立刻改弦更张的话，将会万劫不复。

这场战争让我们认识到，在私人资本主义的经济体制下，土地、工厂、矿业、交通由私人拥有，纯粹为了营利——这套体制行不通了。它无法带来任何好处。过去几年来，已经有数百万人意识到这一事实，但什么事情也没有发生，因为没有自下而上的真正的冲动去改变这个体系，而那些高高在上的人逼着自己对这件事保持着冥顽不灵的愚昧。争辩和宣传根本无法取得任何进展。那些拥有财富的人就赖在自己的位置上，宣称一切都会好起来的。希特勒征服欧洲，彻底暴露了资本主义的问题。尽管战争是邪恶的，但它是一场无可辩驳的实力的考验，就像一台掰手腕机器。强大的实力能获得立竿见影的回报，没有办法弄虚作假。

当螺旋桨刚被发明时，有一场争论持续了很多年，那就是，到底螺旋桨蒸汽船快还是明轮船快。和所有被淘汰的事物一样，明轮船不乏其支持者，他们提出了很有见地的理由支持自己的见解。但是，最后一位著名的海军上将让马力相同的螺旋桨蒸汽船和明轮船并肩出发，彻底地解决了这个问题。在挪威和佛兰德斯的战场上，类似的事情发生了。它彻底证明了计划经济体制要优

---

① 此句出自英国民谣《伦敦桥要垮了》（*London Bridge Is Falling Down*）。

越于无计划的经济体制。不过，在这里有必要对两个被滥用的词汇进行解释，这两个词分别是：社会主义和法西斯主义。

社会主义经常被解释为"共同拥有生产资料"。说得浅显些，就是政府代表整个国家占有一切，每个人都受雇于政府。个人仍可以拥有私人财产如家具和衣物，但所有的生产资料，如土地、矿业、轮船和机器，都由政府拥有，政府是唯一的大规模生产者。社会主义是否在方方面面都比资本主义优越尚未可知，但可以肯定的是，比起资本主义，社会主义将能解决生产与消费之间的矛盾。在正常情况下，资本主义经济无法消费完自己所生产出来的东西，因此总是会造成过度生产的浪费（小麦拿到炉子里烧掉，鲱鱼被扔回大海里等等），而且总是会有失业问题。而到了战争时期，它无法生产出所需要的一切物资，因为除非有利可图，否则根本没有人会从事生产。社会主义经济体制不存在这些问题。政府会计算出需要哪些物资，尽自己的能力进行生产，只受制于劳动力和生产原料。在国内，金钱不再具有神秘而万能的魔力，变成了一种配给券或票证，发行的数量足以买下当时所能提供的全部消费品。

但是，过去几年来，我们清楚地看到，"生产资料共同所有"并不等同于社会主义。以下几点是不可或缺的：收入要相对平等（相对平等就可以了），政治上要推行民主，废除世袭特权，尤其是在教育方面。这些都是防止阶级体制卷土重来的必要的未雨绸缪。要是人民无法相对平等地生活，并能对政府实施监督控制，那么收归中央的所有制就失去了应有之义。政府可能会由专横独断的政党所把持，寡头政治和特权有可能回归，不是基于金钱，而是基于权力。

那么，什么是法西斯主义？

法西斯主义，或德国式的法西斯主义，是资本主义的一种形式，借鉴了社会主义的一些特征，使它能更有效率地进行战争。在内政上，德国和社会主义国家有很多的相似之处。私有产权没有被废除，仍然有资本家和工人——这一点很重要，也是为什么全世界的富人支持法西斯主义的原因——大体上说，就像纳粹革命前一样，资本家和工人的身份并没有改变。但与此同时，德国政府，也就是纳粹党，控制了一切，包括投资、原材料、利率、工时和工资。工厂的老板还是工厂的拥有者，但实际上他的地位只相当于一名经理。每个人实际上都在为政府做事，不过工资却有非常大的差别。这个体系非常高效，能够杜绝浪费和克服障碍。在短短的七年内，德国就建立起了世界上最强大的军事体系。

但法西斯主义的理念与社会主义的理念之间的差异是不可调和的。社会主义的终极目标是建立一个大同世界，每个人都享有自由和平等。人权的平等是社会主义的应有之义。纳粹主义则正好相反。纳粹运动背后的驱动力是对人类不平等的信仰，坚信日耳曼民族优越于其他所有民族，理应由德国统治世界。在德意志帝国之外，它不会承担任何义务。知名的纳粹教授一次又一次地"证明"只有日耳曼人才是完全的人类，甚至提出非日耳曼人（比如说，我们这些人）可以和大猩猩配种！因此，虽然德国似乎在推行战时共产主义的一些措施，它对待被征服国家纯粹是抱着压迫者的心态。捷克、波兰、法国等国家的作用就只是为德国生产其所需要的物资，而报酬如此低廉，使得他们无法进行公开的反叛。如果我们被征服了，我们的工作或许就是为希特勒继续发动征服俄国和美国的战争生产武器。纳粹的目标是建立一个类似于印度教的种姓体制，把人分为四个等级。最顶层是纳粹党，第二等级是德国人民，第三等级是被征服的欧洲人民，第四等级是有色人种，希特勒称他们为"半猿"，这些人将被公然当成奴隶看待。

无论这个系统在我们看来有多么可怕，它确实很有效。它运作有效是因为它是一个有计划的体系，为了实现征服世界这个具体的目标而运作，不允许任何个人利益，无论是资本家还是工人的利益，妨碍它的实现。英国的资本主义体制行不通了，因为这个体制充满了内耗，以私人利润为主要目标。在这个体制内，各个力量分散往不同的方向，很多时候个人利益与国家利益完全相悖。

在关键的那几年，英国的资本主义虽然拥有巨大的生产能力和无与伦比的技术工人队伍，却无法满足备战的要求。为了迎接现代战争，你必须将很大一部分国家收入用在军备武装上，而这意味着消费产品的减少。例如，一架轰炸机的价值相当于五十辆小汽车，或相当于八万双丝袜，或一百万个面包。显然，要生产许多架轰炸机的话，你只能降低国家的生活标准。正如戈林元帅所说的，要大炮还是要黄油？但在张伯伦主政下，英国无法完成这一转变。富人们不愿意被课税，而富人们丝毫不受触动，也就不能对穷人们课以重税了。而且，只要利润仍是生产者们追求的主要目标，他们就没有动力将生产消费品转变为生产军备武器。商人的首要天职是向股东们负责。或许英国需要坦克，但或许生产汽车回报更高。不让战争物资流入敌国是一般的常识，但是卖到利润最高的市场又是商业的义务。1939 年 8 月底，英国的贸易商络绎不绝地向德国出口锡、橡胶、铜和虫胶——而众所周知，战争再过一两个星期就要打响了。这就好比卖给一个人一把剃刀，好让那个人拿着那把剃刀割开你的喉咙，但那可是"好买卖"。

现在看看事情的结果吧。1934 年之后，大家都知道德国在重新武装自己。1936 年之后，每个长了眼睛的人都知道战争即将来临。慕尼黑会议之后，战争何时会打响成了唯一要考虑的问题。1939 年 9 月，战争爆发了。八个月后，我们发现，就军备而言，英国军队比起 1918 年时好不到哪里去。我们看到自己的子弟兵一路被绝望地赶到海边，以一架飞机对抗三架飞机，以步枪对抗坦克，以刺刀对抗机关枪。我们甚至没有足够多的手枪发放给军官。战争打了一年，常规军还缺三十万顶头盔。我们还一度出现军服紧缺——而英国是世界上最大的生产羊毛织品的国家之一！

事实的真相是，整个有产阶层不愿意面对生活方式的改变，于是对法西斯和现代战争的本质视而不见。低俗的报刊以不切实际的乐观主义糊弄公众，那些报纸依靠广告生存，因此只关心贸易能正常运作下去。年复一年，比弗布鲁克旗下的报刊用巨大的头条新闻安慰我们"战争不会爆发"；到 1939 年初，罗瑟米尔勋爵①对希特勒的描述是"一位了不起的绅士"。英国陷入危机时，除了舰船之外，每一样战争物资都出现短缺，而汽车、皮衣、留声机、唇膏、巧克力或丝袜却无一有紧缺记录。有人敢昧着良心

---

① 哈罗德·西德尼·哈姆斯沃（Harold Sidney Harmsworth，1868—1940），封号为罗瑟米尔勋爵，诺斯克里夫勋爵的弟弟，《每日快报》和《每日镜报》的创始人之一。

否认私人利润和公共必需品之间的拔河比赛没有一直在进行吗?英国在为生死存亡而战,但商业却必须谋求利润。打开一份报纸,你一定会看到两种意见相左的论调一同出现。就在同一个页码上,你会发现政府在敦促你厉行节约,而商家在敦促你掏钱买毫无用途的奢侈品。"借出你的钱,保卫我们的家园"①,但"健力士啤酒对你有好处"②,"购买枪支"但还要购买"海格牌威士忌"、"邦德洗面奶"和"黑魔法巧克力"。

　　但有一件事带来了希望——公众意见出现了明显的转向。要是我们能在这场战争中幸存下来,佛兰德斯一役的惨败将会是英国历史伟大的转折点之一。在那场惨不忍睹的灾难面前,工人阶级、中产阶级甚至商人阶级的一部分群体意识到私人资本主义已经彻底腐朽了。在此之前,反对资本主义的理由从未得到证实。唯一的社会主义国家,俄国,是一个遥远而落后的国度。所有的批判对獐头鼠目的银行家和声如洪钟的股票经纪毫无触动。社会主义?哈哈哈!钱从何而来呢?哈哈哈!那些资本家的位置稳固得很,他们都知道这一点。但法国垮台之后,无法一笑置之的事情来临了,支票簿或警察根本无法摆平轰炸。嗖一砰!那是什么?噢,只是一颗炸弹炸倒了股票交易所。嗖一砰!又有一亩某个人在贫民窟的宝贵产业被炸平了。希特勒将作为让伦敦转喜为悲的人物而名留青史。有生以来头一遭,那些生活得舒舒服服的人活得不那么舒服了,那些以散布乐观主义为职业的人不得不承

---

① "借出你的钱,保卫我们的家园"(Lend to Defend),当时英国政府推出的为备战募集资金的债券。
② "健力士啤酒对你有好处"(Guinness Is Good For You),当时健力士啤酒的广告词。

认出问题了。那是一个巨大进步。从那时起，让那些故意装疯卖傻的人相信计划经济或许要比让最卑劣的人成为赢家的自由经济更加优越这个原本很难实现的任务或许变得不那么困难了。

二

社会主义与资本主义之间的差别并非只是技术层面的差别。我们不能从一种体制换到另一种体制，就像工厂里安装完一台新机器一样，然后继续像以前那样运作，任由同一帮人在控制。显然，这还需要一场权力的彻底变更。要有新鲜血液、新人和新的理念——确切地讲，需要一场革命。

前面我提到了英国的理智和同质性，还有像一根纽带那样将几乎所有的阶级团结在一起的爱国主义。敦刻尔克大撤退之后，任何稍有理智的人都可以看到这一点。但要说出那个时候的希望已经实现这样的谎话是荒唐可笑的。几乎可以肯定的是，普罗大众已经做好了应对巨大变革的准备，但变革至今甚至还没有开始。

英国是一户由错误的人掌管的家庭。我们被那些富人和生来就颐指气使的人所统治。这些人其实本性并不坏，有些人甚至不傻，但作为统治阶级，他们根本没有能力带领我们获得胜利。就算他们能摆脱物质利益的羁绊也无法做到这一点。前面我已经指出，他们故意装疯卖傻。别的且不说，有产阶级的统治意味着我们在很大程度上被老人所统治——那些人完全不知道自己生活在什么年代，或他们在与什么样的人为敌。这场战争一开始的时候，那些老一辈的人串通一气，硬要说它是 1914 年至 1918 年那场战争的重演，没有什么事情能比这更加令人绝望。所有的老头都回到岗位上，比上一次战争老了二十岁，那一张张老脸变得更像骷髅。伊安·赫伊为部队加油助威，贝洛克①撰写作战策略，马洛伊斯②进行广播宣传，班斯法瑟③画卡通画。这就像一群游魂野鬼在开茶话会。这种情况几乎没有改变。灾难性的打击把像贝文这样少数几个有能力的人推上前线，但大体上，我们仍被原来那帮人所统治，他们经历了1931年至1939年那段时期，却甚至没有察觉希特勒是个危险人物。那一代教而不善的人就像一串尸体那样吊在我们的脖子上。

但凡你考虑到这场战争的任何问题——无论那是最为广泛的战略问题，还是本土组织的最微小的细节——你都会了解到，只要英国的社会结构依然故我，必要的行动就无法进行。不可避免的是，出于所处的位置和所受到的教育熏陶，英国统治阶级为了捍卫自己的特权而战，而他们的特权又与公众利益无法协调。有一种错误的观点认为战争的目的、战略、宣传和工业生产组织就像轮船的水密舱一样互不关联；事实上，上述的几点是紧密结合在一起的。每一个战略计划、每一个战术谋略，甚至是每一样武器，都深深带着社会制度的烙印。英国统治阶级正在抗击希特勒，而他们一直以为，有些人甚至依然以为希特勒是抵抗布尔什

---

① 约瑟夫·希莱尔·皮埃尔·热内·贝洛克（Joseph Hilaire Pierre Rene Belloc, 1870—1953），作家，拥有英国、法国双重国籍，笃信天主教，持反犹立场，代表作有《奴役国家》、《欧洲与信仰》、《犹太人》等。
② 安德烈·马洛伊斯（André Maurois, 1885—1967），原名埃米尔·所罗门·威廉·赫佐格（Émile Salomon Wilhelm Herzog），法国作家，一战时曾担任英法两军的翻译官，二战时流亡英国，并担任法国战场的观察员，积极参与"法国解放运动"。
③ 布鲁斯·班斯法瑟（Bruce Bairnsfather, 1887—1959），英国漫画家，创造了"老比尔"这一漫画形象。

维克主义的保护神。这并不表示他们会主动地出卖祖国，但它意味着在每一个决定性的时刻，他们总是会犹疑动摇，手下留情，犯下错误。

自1931年以来他们出于本能，总是一错再错，直到丘吉尔政府在某种程度上阻止了这一进程。他们帮助佛朗哥推翻了西班牙政府，尽管任何不是白痴的人都会告诉他们法西斯统治的西班牙一定会与英国为敌。从1939年到1940年的那个冬天，他们为意大利送去了战争物资，而全世界都知道意大利人将在春天对我们发起进攻。为了数十万名食利阶层的利益，他们将印度从盟友逼成了敌人。而且，只要有产阶级仍在统治我们，我们就只能采取被动**防御**的策略。每一次胜利都意味着改变现状。我们怎样才能在不引起自己的帝国内有色人种响应的情况下将意大利人逐出阿比西尼亚呢？我们如何才能消灭希特勒，而不让德国社会主义者或共产主义者掌权呢？左翼人士在鼓吹"这是资本主义世界的战争"和"大英帝国主义"是为了战利品而战，他们的脑袋根本没有清醒。英国的有产阶级并不想获得新的领土，那只会是一个难堪。他们进行战争的目的（这个目的难以启齿，而且根本无法实现）只是维持他们已经拥有的特权和利益。

本质上讲，英国仍是有钱人的天堂。所有关于"牺牲的平等"的言论都是在扯淡。就在产业工人被要求忍受更长工作时间的同时，报刊上却在刊登广告"招聘仆人，一个负责家庭事务，八个当杂役"。在狂轰滥炸之下，伦敦东区的贫民流离失所饥肠辘辘，而那些有钱人却开着小汽车跑到舒适的乡村别墅避难。国民自卫队在几周之内膨胀到百万规模，被经过有意的从上至下的组织，使得只有拥有私产收入的人才能担任指挥官。就连限量供应系统也被刻意安排，使得穷人一直遭受打击，而年收入在2 000英镑以上的人则基本上不受影响。到处都有特权在挥霍善意这种事情发生。在这种情况下，即使是政治宣传也成为几乎不可能的事情。为了试图唤起爱国主义情绪，张伯伦政府在战争开始时所派发的红色海报，其内容可以说是历来最肤浅的。但是，它们就只能刊登这些内容，不会有其它内容，因为张伯伦和他的手下怎么能冒险唤起反对法西斯主义的强烈民意呢？任何真心反对法西斯主义的人一定也会反对张伯伦本人和所有那些帮助希特勒掌握权力的人。而对外的政治宣传情况也一样。在哈利法克斯勋爵的所有演讲中，没有一个切实的提议，能让哪怕一个欧洲人愿意做出一丁点儿的牺牲。因为，哈里法克斯或任何像他那样的人能提出什么战争目标呢，除了让一切倒退回1933年？

只有爆发一场革命才能让英国人民的聪明才智得以自由发挥。革命不一定非得是红旗飘飘和街头抗争，革命意味着权力的大规模移交。革命会不会发生流血冲突在很大程度上取决于时间和地点。而且，革命不是由某个阶级实施专政。在英国，那些知道应该进行哪些改变，并有能力促使改变发生的人并不局限于某个阶级——当然，他们当中只有极少数人一年的收入在2 000英镑以上。我们需要做的，就是公开地、有意识地反对效率低下、阶级特权和老人统治。主要的问题不是改变政府。大体上，英国政府体现了人民的意愿。如果我们能自下而上改变我们的组织结构，我们将能组建我们所需要的政府。那些老迈的、可能是亲法西斯派的大使、将军、官员和殖民地行政官要比那些一定会在公众面前暴露出愚蠢的内阁部长更加危险。在我们的国内生活的方方面面，我们必须与特权作斗争，与那种智力有缺陷的公学毕业生比聪明的技术工人更适合担任领袖的思想观念作斗争，虽然前者当中不乏诚实干练的人才，但我们必须打破有产阶级对政坛的把持。英国必须恢复其真正的面目。隐藏在表面之下的英国，由工厂和报刊编辑室、飞机和潜水艇组成的英国，必须掌握自己的命运。

　　短期内，实施"战时共产主义"所奉行的平等和牺牲势在必行，这比实施激进的经济改革更加紧迫。工业必须进行国有化，但更紧迫的是，像"仆人"和"私产收入"这样的畸形事物必须立刻消失。为什么西班牙共和国在形势极为不利的情况下可以坚持抗战两年半之久？几乎可以肯定的主要原因就是没有明显的财富差别。西班牙人的生活非常辛苦，但所有的人都在同样受苦。普通士兵没有烟抽，将军也一样没有烟抽。假如每个人都付出同样的牺牲，英国的士气将坚不可摧。但当前我们只能依赖传统的爱国主义激励人民，虽然我们的爱国主义比其它国家要浓厚一些，但绝非取之不涸的源泉。或许到了某个时候，你就会发现英国人在说："或许被希特勒统治，我的生活也不会差到哪里去。"那时你能对他怎么说？——普通士兵出生入死，一天的军饷只有 2 先令 6 便士，而臃肿的贵妇则坐在劳斯莱斯小车里，抚弄着她的哈巴狗——你希望用什么话去鼓舞他？

　　这场战争很可能会持续三年之久。这将意味着辛苦的加班加点、寒冷无趣的冬天、食之无味的伙食、娱乐的匮乏和无休止的轰炸。我们的生活标准将持续恶化，因为在战争时期生产武器比生产消费品更加重要。工人阶级将蒙受苦难。他们愿意忍受这些事情，几乎无限期地忍受下去，只要他们知道自己为了什么而奋斗。他们不是懦夫，他们甚至没有国际意识。他们可以像西班牙工人那样忍受一切苦难，甚至比他们更坚强。但他们需要承诺，让他们知道他们和孩子们将会过上美好的生活。而最具说服力的证据就是，当他们被课税和被勒令加班加点时，他们会看到富人们作出了更大的牺牲。如果那些富人发出痛苦的尖叫，那就更好了。

假如我们真的有心的话，我们可以实现这些事情。在英国，公众意见拥有很大的权力。公众意见总是能实现一些事情。过去六个月来，几乎所有良性的改变都是公众意见促使的结果。但这一切就像冰川蔓延一样缓慢，而且只有在灾难性的结果发生后我们才会吸取教训。直到巴黎沦陷我们才罢黜了张伯伦；直到伦敦东区数万民众遭受了本可以避免的灾难时我们才摆脱了，或在部分程度上摆脱了约翰·安德森爵士①。为了埋葬一具尸体而输掉一场战斗是不值得的。我们正在与狡猾而邪恶的敌人进行斗争，时间非常紧迫，对于失败者而言，呜呼哀哉！历史是无法修改或重来的。

三

过去六个月来，人们一直在谈论"第五纵队"。不时总有一些身份不明的疯子因为发表了支持希特勒的言论而被抓入监狱，大批的德国难民被关进集中营，几乎可以肯定的是，这件事在欧洲对我们造成了巨大的伤害。的确，隶属第五纵队的庞大部队突然间会像在比利时和荷兰那样手持武器涌上街头只是滑稽无聊的想

---

① 约翰·安德森（John Anderson, 1882—1958），英国保守党政治家，曾先后担任内政大臣、财政部长、掌玺大臣等职位。

象。但是，第五纵队的危险的确存在。只有同时考虑英国会以什么方式被击败，你才能考虑清楚这个问题。

光靠空中轰炸是不可能结束一场战争的。英国或许会被入侵并被征服，但这场侵略将会是一次危险的赌博。如果它真的发生了，并且以失败告终，或许它将让我们比以前更加团结，不再像以前那样接受毕灵普分子的摆布。而且，如果外国军队入侵英国，英国人会知道自己打了败仗，并继续抗争。外国军队将很难永久地压制下去，希特勒也不愿让一百万德军常驻在英伦群岛。一个由某某某、某某某和某某某（名字你可以自己想）把持的政府或许更合他的心意。英国人或许不愿受欺压凌辱，不愿举手投降，但他们可能会对战争感到厌倦，就像在慕尼黑会议上一样，被连哄带骗签署了投降书，甚至不知道自己已经投降了。当战局似乎一片光明而不是焦头烂额的时候，这种事情是最容易发生的。德国和意大利的宣传所采取的威胁口吻从心理学上犯下了错误。它只对知识分子起作用。要对付广大群众，恰当的手段应该是"就算我们打了个平手吧"。当和平的提议以这种调子出现时，那些亲法西斯派就会扯起嗓门开始呐喊。

但是，谁是亲法西斯派呢？那些非常有钱的人、共产主义者、莫斯利的追随者、和平主义者和天主教的某些教派希望希特勒获得胜利。此外，如果国内局势不利的话，工人阶级中较为穷苦的阶层或许会转向失败主义者的立场，但不会积极地支持希特勒。

在这张乱糟糟的名单里，你可以看到德国宣传的勇气，它愿意向每个人许诺一切。但众多的亲法西斯势力并没有自觉地采取共同行动，他们在以不同的方式进行运作。

共产主义者肯定是亲希特勒派的，除非俄国改变了政策方针，但他们的影响力并不大。虽然现在莫斯利的黑衫军很低调，但他们是更严重的危险，因为他们在军队中拥有根基。即使如此，即使在最鼎盛的时期，莫斯利的追随者也不超过5万人。和平主义是精神上的一种倾向，而不是一场政治意义上的运动。某些更加极端的和平主义者，一开始时摆出完全抗拒暴力的姿态，到最后热烈地拥戴希特勒，甚至向反犹主义暗送秋波。这是很有趣的事情，但并不重要。"纯粹的"和平主义是海上霸权的副产品，只对那些地位很安稳的人有吸引力。而且，和平主义是一种消极而不负责任的态度，无法鼓舞起人心。在和平誓约联盟的成员中，只有不到百分之十五的人会付年费。和平主义者、共产主义者或黑衫军这些群体都不能单靠自己的力量发起大规模的反战运动。但他们或许能够帮助出卖国家的政府更加轻易地进行投降谈判。就像法国共产党一样，他们或许会在不知情的情况下沦为百万富翁们的帮凶。

真正的危险来自上层。你无须关注希特勒近来所说的那一套，什么他是穷苦人民的朋友，财阀集团的敌人之类的话。希特勒的真我体现于《我的奋斗》和他的所作所为中。他从未处决过有钱人，除非他们是犹太人或积极地与他作对。希特勒厉行中央集权经济体制，剥夺了资本家的大部分权力，但没有改变社会结构。国家控制了工业生产，但穷人和富人，主人和仆人依然存在。因为，为了阻止真正的社会主义实现，有产阶级总是与希特勒站在同一阵营。西班牙内战的时候这一点已经暴露无遗，而法国沦陷的时候再次清楚地暴露出来。希特勒的傀儡政府不是由工人阶级组成，而是由一帮银行家、老迈糊涂的将军和腐朽的右翼政治家组成。

那种明目张胆的有意识的叛国行为不大可能在英国获得成功。事实上，不大可能有人会去尝试做这种事情。但是，对于许多苦于重税的人来说，这场战争是毫无意义的资本主义内战，无论付出什么代价都必须停止。你不用怀疑高层正在进行"达成和平"的行动。或许，影子内阁已经形成。这些人的机会不是在战败的时候，而是在战况陷入僵持，厌战情绪为不满情绪火上浇油的时期。他们不会提及投降，只会高谈和平。毫无疑问，他们自欺欺人的言论或许还能说服别人，自以为他们是为了谋求最好的结局而努力。百万富翁带领着一帮失业者引用"登山宝训"①的内容——那正是我们的危险。但是，当我们实现了合理的社会公平后，这种事情是不会发生的。坐在劳斯莱斯轿车里的女士可要比戈林的轰炸机队更具杀伤力。

第三部：英国的革命

一

英国的革命从几年前就开始了，在敦刻尔克大撤退后，它开始蓬勃兴起。和英国的一切事物一样，英国的革命进行很不活跃很不情愿，但它的确正在发生。这场战争加速了它的进程，但加快速度的必要性也在急剧增加。

进步和反动与政党标签不再有什么关系了。如果你希望指出

---

① "登山宝训"（the Sermon on the Mount），出自《圣经·马太福音》，是耶稣在加利利的某座山上对追随者的教诲，提倡隐忍。"有人打你的右脸，将你的左脸也伸过去"和"爱你的敌人"这两个基督徒的守则就出自"登山宝训"。

一个特别的时刻，那么，你可以说，当《画报》开始出版时，旧时区分左翼和右翼的那一套就不适用了。《画报》有什么样的政治立场呢？《骑兵队》呢？普雷斯利①的广播节目呢？《标准晚报》的社论文章呢？旧的分类不再适合它们。它们表明有许多没有政治标签的人群的存在，他们在去年或前年就意识到出了什么差错。但是，一个没有阶级和消灭了产权制度的社会大体上可以被称为"社会主义社会"，因此，我们可以给我们正在迈进的社会起这么一个名字。战争与革命是不可分割的。不击败希特勒，我们就无法建立西方国家心目中的社会主义体制；另一方面，如果我们的经济和政治还延续十九世纪的制度，我们就无法击败希特勒。我们的历史阻碍了我们对未来胜利的追求，我们只有两年、一年，甚至只有几个月的时间，努力促使那个未来得以实现。

我们不能够指望这个政府或任何类似的政府能自发完成必需的改变。主动性只会来自底层。这意味着将会有从来未在英国存在过的事情发生——一场有广大人民群众作为后盾的社会主义运动。但你必须先认识到为什么之前的英国社会主义会以失败告终。

英国只有一个有影响力的社会主义政党，那就是工党。它一直无法实现任何重大的改变，因为除了纯粹的国内事务之外，它从未有过真正独立的政策。这个政党一直由工会所控制，致力于提高工资和改善工作条件。这意味着多年来，工党更感兴趣的是英国资本主义的繁荣。它最关心的是维系大英帝国，因为英国的

---

① 约翰·布伊顿·普雷斯利（John Boynton Priestley，1894—1984），英国作家、剧作家、广播员，作品诙谐而具批判精神，倾向社会主义。

财富大部分来自亚洲和非洲。工党所代表的工会会员的生活标准间接建立在印度苦力的血汗劳动之上。与此同时，工党是一个社会主义政党，拥有旧式的反对帝国主义的思想，承诺要对有色人种做出补偿。它不得不主张印度"独立"，就像它不得不主张裁军和"进步"一样。但是，大家都知道这是不可能的事情。在坦克和轰炸机的时代，像印度和非洲殖民地这样的落后农业国家就像猫狗一样无法独立。要是工党真的能赢得绝对多数选票并组成政府，然后赋予印度真正意义上的独立的话，印度将会被日本所吞并，或被日本和俄国所瓜分。

　　工党政府治理大英帝国时可以选择三种方略。其一是继续像以前那样治理这个帝国，这意味放弃所有社会主义的主张。另一个方略是让那些被统治的人民获得"自由"，这实际上意味着将他们移交给日本、意大利和其它虎视眈眈的帝国，并使得英国人的生活标准遭受灾难性的下降。第三个治国方略是制订出积极正面的政策，将大英帝国转变为社会主义国家的联邦政体，就像苏维埃社会主义共和国联盟一样，但更加松散自由。但纵观工党的历史和背景，这是不可能的事情。工党是各工会的政党，目光极其狭隘，从不过问大英帝国的治理，而且与那些治理大英帝国的人毫无交往。它只能将管理印度和非洲，以及大英帝国的防务工作交给另一个阶级的人，而这些人向来仇视社会主义。对工党是否能够真的做到政令畅通的怀疑像阴影一样笼罩着一切。虽然它的追随者人数众多，但工党在海军毫无根基，在陆军和空军里也没有多少基础，根本没有殖民地管理的经验，就连在本国的行政部门也立足不稳。工党在英国的地位很坚固，却并非坚不可摧，而英国海外的一切关键职位都掌握着其敌人的手中。一旦工党执政，它将面临一直以来同样的问题：兑现它的承诺而甘冒遭遇反抗的危险；或延续保守党的政策，不再奢谈社会主义。工党领袖们从未找到解决的办法，自 1935 年以来，他们是否真的有执政的意愿实在值得怀疑。他们已沦落为国会里永远的反对派。

除了工党之外还有几个极端主义的政党，其中以共产党势力最强。1920 年 6 月和 1935 年 9 月，共产党员在工党中发挥了重要的作用。但他们的最大贡献，以及劳工运动左翼团体的最大贡献，是使得中产阶级疏远脱离了社会主义。

过去七年的历史让我们清楚地意识到，共产主义在西欧没有实现的机会。法西斯主义的吸引力要比它大得多。在许多国家，共产党接连被纳粹党这个更加摩登的政敌所取代清除。在英语国度里，共产党从来未能真正立足。他们所传播的信念只能感召一小部分人，大部分是中产阶级的知识分子。这些人不再热爱自己的祖国，却仍然有爱国主义的情怀，于是将他们的这份情怀倾注在俄国上。1940 年的时候，在工作了二十年，花费了大量资金之后，英国共产党只有不到 2 万名党员——事实上，这个数字比 1920 年时还要少。其它奉行马克思主义的政党更加微不足道。他们没有俄国的资助和威望在背后支持，而且它们比共产党更信奉十九世纪关于阶级斗争的信条。年复一年，它们宣传着这一落伍的信条，虽然没有人再相信这一套，但它们从未从中得到启示。

本土的法西斯主义运动也没有壮大兴盛。英国的物质条件并不算太糟，也没有出现值得严肃对待的政治人物。你得找上很久才能找到一个能比奥斯瓦尔德·莫斯利爵士更没有头脑的人。他就像一个水壶，脑袋里空空如也。他甚至连法西斯主义绝对不能冒犯民族感情这一基本原则也不知道。他的整个运动就是照搬国外的那一套，从意大利借鉴了制服和党内章程，从德国借鉴了致敬礼，后来才补上了迫害犹太人的那一套——事实上，莫斯利发起运动时，犹太人是他最重要的追随者。像博顿利①或劳合·乔治这样的人或许能够掀起一场真正的英国法西斯运动，但这样的领袖只有在公众对他们的心理需要存在时才会出现。

经过二十年的停滞和失业之后，英国的社会主义运动再也无法鼓舞起英国人民对社会主义的向往。工党信奉的是怯懦的改良主义，马克思主义者仍在沿用十九世纪的那一套思想诠释当今的世界。二者都忽视了农业和帝国的问题，并且激起了中产阶级的反感。左翼政治宣传令人咂舌的愚蠢将工厂经理、飞行员、海军军官、庄园主、白领工人、商店店主、警察这些必须争取到的阶层给吓跑了。这些人都以为社会主义会威胁他们的生计，或者用他们的话所说，是陌生的、煽动性的、"反英国"的那一套。只有知识分子，那些百无一用的中产阶级人士，才会被这场运动所吸引。

如果一个社会主义政党希望有一番作为，它就必须认清如今在左翼团体中被视为禁忌的几个事实。它必须承认英国比大部分国家更有凝聚力，英国工人除了锁链之外，也有自己的财产，而且社会阶级之间观念和习惯的区别正在急剧消失。总而言之，它

---

① 赫拉修·威廉·博顿利（Horatio William Bottomley，1860—1933），英国政治家、记者、报纸老板，曾创办宣传大英帝国主义的报纸《约翰牛》，擅长公众演讲和自我宣传，后因涉嫌在发行"约翰牛胜利债券"时舞弊谋利而被捕入狱，于1922年被判7年徒刑。

必须承认传统的"无产阶级革命"那套理论已经不可能实现了。但在两场战争之间的那些年头里，根本没有出现既有革命色彩又切实可行的社会主义纲领——基本上，这是因为没有人真心希望任何重大改变发生。工党的领导人希望能一直领取他们的工资，时不时和保守党人换换位置。共产主义者希望维持现状，满足于充当殉道者的角色，遭遇无休止的挫折，然后归罪于他人。左翼知识分子希望维持现状，嘲笑毕灵普分子，打击中产阶级的信心，但仍然保住那个他们喜欢的位置——食利阶层的门客。工党的政见成为了保守党的政见的一个变种，"革命"政见只是一层自欺欺人的伪装。

但是，现在情况已经发生了改变，昏昏欲睡的年代已经结束了。作为一名社会主义者不再意味着在口头上对现行体制破口大骂，而实际上你却对其非常满意。这一次，我们的艰难处境是真切的。"非利士人已经杀过来了，参孙。"我们必须实现我们的诺言，否则就将遭到毁灭。我们都很清楚，英国要是再延续当前的社会体制就要亡国了，我们必须让其他人了解这一现实，并采取行动。如果我们不能建立社会主义，就根本无法赢得这场战争，而不赢下这场战争，建立社会主义也无从谈起。在这一时刻，既有革命色彩又切实可行的社会主义纲领是可能实现的，而这在和平的年头是不可能的事情。这场社会主义运动将能得到人民群众的支持，将亲法西斯派赶下权力的宝座，消灭较大的不公，让工人阶级意识到自己将为之奋斗的目标，赢得中产阶级的支持而不是激起他们的反感，制订切实可行的帝国政策，而不是把谎言和乌托邦式的幻想掺杂在一起，将爱国主义与理智结合起来——这么一场运动将会头一回成为可能。

二

我们正身处战争之中，社会主义不再只是书本上的概念，而是可以实现的方针。

当前欧洲的局势已经证明了私人资本主义存在着弊端。伦敦东区正是资本主义不公活生生的写照。虽然社会主义者一直在抨击爱国主义，但现在它却变成了他们手中有力的杠杆。那些在别的时候会死抓住他们那点可怜兮兮的特权不放的人在祖国遇到危险时将愿意放手。战争是促成改变的最有力的因素。战争加快了一切进程，消除了细微的分歧，让现实暴露无遗。我们让每一个个体意识到他不仅仅是一个个体。而当他们意识到这一点时，他们愿意在战场上浴血牺牲。在这一刻，牺牲生命、闲暇、舒适、经济自由和社会地位都不是什么问题。在英国，只有极少数人愿意看到自己的祖国被德国征服。要是我们能让他们知道只有消除阶级特权才能战胜希特勒，绝大多数的中产阶级人士，那些从一周挣6英镑到一年挣2 000英镑的人，或许愿意投入我们的阵营。这些人是必须争取的对象，因为他们当中包括了大部分技术专家。显然，像飞行员和海军军官这些人的势利心态和政治无知将会是非常棘手的问题。但是，没有了这些飞行员和驱逐舰指挥官等人，或许我们一周之内就得投降。而唯一说服他们的理由就是他们的爱国情怀。一场明智的社会主义运动将会利用他们的爱国主义情绪，而不是像迄今为止那样对其进行羞辱。

但我的意思是说，没有人会进行反对吗？当然不是。真要那么想可就太幼稚了。

一场艰苦的政治斗争将会发生，到处都会有无意识和半是出于真心的破坏活动。在某些时候，或许必须使用暴力。不难想象，有可能会发生一场亲法西斯的叛乱，比方说在印度发生。我们将必须与贿赂、无知和势利进行斗争。银行家和工商巨头、地主和食利阶层以及善于见风使舵的官僚将会尽自己最大的能力进行阻挠。当中产阶级所习惯的生活受到威胁时，就连他们也会觉得很苦恼。但正因为英国的民族团结从未瓦解，正因为爱国主义最终压倒了阶级仇恨，人民群众的意志将可能获得最后胜利。幻想你能在不引发国内分歧的情况下就实现根本性的改变是没有用的。但在战争时期，那些奸佞小人的人数要比其它时候少得多得多。

显然，民意的转向正在发生，但不能指望它会自发地迅速发生。这场战争是希特勒巩固其帝国与民主意识壮大发展之间的竞赛。在英国的各个地方，你可以看到一场拉锯战正在进行——在议会、政府、工厂、军队、酒吧、防空洞、报纸和电台中进行。每一天都会有细微的失败和胜利。莫里森呼吁组建国民自卫队——前进了一小步；普雷斯利开始进行广播——后退了一小步。这是一场那些在暗中探索的人与那些教而不善的人之间的斗争，年轻人与老人之间的斗争，活人和死人之间的斗争。毋庸置疑，不满情绪一定会出现，但极为重要的是，它应该有所指向，而不只是起到阻碍的作用。现在是人民提出他们的战争目标的时候了。他们想要的是简单切实的行动纲领，尽可能地对其进行宣传，而公共舆论可以围绕着它展开。

我认为下列六点意见是我们需要的。前三点探讨的是英国的内政，后三点探讨的是大英帝国和世界的外交。

一、 国有化土地、矿产、铁路、银行和各大工业。

二、平抑收入，让英国最高的税后收入与最低收入之间的比例不高于十比一。

三、以民主为纲领改革教育体制。

四、立刻赋予印度自治领的地位，当这场战争结束后就放弃权力。

五、组建帝国国民大会，有色人种可以派代表参加。

六、宣布与中国、阿比西尼亚和其它遭受法西斯侵略的国家结盟。

这一章程的整体倾向非常明了，就是要将这场战争变成一场革命战争，并将英国变成一个社会主义民主国家。我力争让里面不会包括思想最简单的人也不明白或无法理解原因的事情。按照我总结归纳的形式，它可以刊登在《每日镜报》的头版。但出于这本书的宗旨，这里需要进行一定程度上的阐述。

一、国有化。你可以在纸上谈兵，将工业"收归国有"，但实际上的过程是缓慢而复杂的。我们需要做的，是将所有主要工业的所有权收归代表人民群众的政府。一旦实现了这一步，就有可能消灭那些单纯只是产权所有者，但没有从事生产，只是依靠产权契据和股份凭证而生存的人。因此，国有体制意味着没有人可以不事劳作而活下去。这将导致工业运作发生的改变会有多突兀，我并不能肯定。在像英国这样的国家，我们不能将整体结构全盘推倒然后再从头开始建设，尤其是在战争时期。不可避免地，工业生产的主要任务仍将由以前的同一班人员去执行，他们曾经是老板或经理，将以国家雇员的身份进行他们的工作。我们有理由相信那些小资本家会欢迎这样的举措。阻力将来自大资本家、银行家、地主和无所事事的富人，大体上说，那些年收入在

2 000英镑以上的人——即使你算上所有依赖他们生活的人，他们在英国数目顶多就只有50万。农耕土地的国有化意味着消灭地主和什一税的受益者，但不一定会对农民造成影响。很难想象对英国农业进行改造能够在不保留现有的大多数农场作为基础单位的情况下进行，至少在刚开始的时候得是这样。只要农场主能干，他仍然可以当一个领工资的经理。事实上，他已经在靠给人打工谋生了，只是他还得肩负创造利润的压力，总是欠银行的钱。或许国家根本不会对小规模的贸易活动甚至小规模的土地私有进行干预。一开始就拿小业主开刀将会铸成大错。这些人的存在是必要的，他们大体上都很能干，他们干多干少取决于他们是否觉得自己是"真正的主人翁"。但国家将设置土地所有权的上限（或许最多为十五英亩），绝对不允许城镇地区私人拥有土地。

所有的生产工具都被收归国有的那一刻起，人民群众就会觉得自己是国家的主人，而这是他们现在所体会不到的。他们将愿意承受等待着我们的牺牲，无论有没有战争。即使英国的外表似乎没有改变，到了我们的主要工业正式实现国有化的那一天，单独一个阶级的专制将会宣告结束。从那时开始，重点问题将从所有权转移到经营，从依赖特权到依靠本事。国有制本身所带来的社会变迁应该比战争所造成的普遍困难强加在我们身上的改变要小一些。但它是必要的第一步，没有了这一步，真正的重建将不可能发生。

二、收入。平抑收入意味着制订最低工资，这意味着受管制，以可支配的消费品总额作为基础的国内货币供应。而这也意味着推行比现在更加严格的限量供应计划。在这个世界历史时期提出所有的人类应该享有毫厘不差的平等收入是没有意义的。某些工作没有金钱的回报就没有人会去做这种事情已经一次又一次地得到了证明。另一方面，金钱的回报无须过于巨大。在实际运作中，不可能像我所提到的那样对收入进行那么严格的限制。总是会有异常的情况出现，会有人逃避税收。但没有理由反对将十比一的收入差异作为正常差异的上限。有了这样的限制就可以营造公平的氛围。一个每周只挣三英镑的人和一个年薪 1 500 英镑的人可以觉得相互是平等的，但威斯敏斯特公爵和睡河堤路长凳的流浪汉则不会有这种感觉。

三、教育。在战争时期，教育改革只会停留在口头上而不会真的发生。当前我们没办法提高离校年龄或增加小学的师资力量。但我们可以采取某些立竿见影的措施，朝民主教育体制迈进。我们可以将结束公学和老牌大学的自治作为开始，安排接受国家资助全凭能力筛选出来的学生到里面上课。当前的公学教育在一部分程度上是在培养阶级偏见，一部分程度上是上流社会在压榨中产阶级，让后者高价换得进入某个职业的权利。确实，情况正在发生改变，中产阶级已经开始反对教育的昂贵，如果战争再持续个一两年的话，大多数公学将会破产倒闭。疏散行动也正在促使某些细微的改变发生。但是，有些老牌学校经受得住金融风暴的侵袭，以这样或那样的形式存活下来，成为势利态度的温床，这一危险是存在的。至于英国那 10 000 所"私立学校"，绝大多数只配被勒令停学。它们只是一门生意，许多学校的办学质量还不如小学。它们之所以存在，是因为许多人都觉得接受公共教育是没有面子的事情。国家应该消除这种观念，宣布由它接管所有的教育活动，即使在一开始的时候这只是一个姿态。我们既需要表示姿态，也需要采取行动。当一个有天赋的孩子能否得到他应有的教育完全取决于他的出身时，大谈"保卫民主"显然是毫无意义的。

四、印度。我们必须给予印度的不是"自由"。正如我前面所说的，"自由"是不可以实现的，但我们将与印度结盟，成为伙伴——换句话说，与它平等相待。但我们还必须告诉印度人如果他们愿意的话，他们可以退出同盟。没有这个的话就谈不上伙伴之间的平等，而我们捍卫有色人种抵御法西斯入侵的宣言也就不会有人相信。但如果认为要是印度人获得脱离大英帝国的自由，他们马上就会这么做，那可就错了。当英国政府给予他们无条件的独立时，他们会表示拒绝。因为，就算他们有了摆脱大英帝国的权力，他们也没有理由这么做。

英印两国的决裂对印度的影响之严重并不亚于对英国的影响。印度的知识分子们了解这一点。当前的现状是，印度不仅没有力量保卫自己，甚至没有能力喂饱自己。整个国家的政府行政工作依赖专业人士的骨干作用（工程师、护林官、铁路工人、士兵、医生），这些专业人士绝大多数是英国人，五到十年内根本没办法取代。而且，英语是主要的通用语言，几乎所有的印度知识分子都深受英国国教的影响。任何异族统治权的易手——因为一旦英国让出印度，日本和其它强权势力就会立刻涌进来——将意味着大规模的混乱。日本人、俄国人、德国人或意大利人都没办法像英国人那样卓有效率地管理印度。他们没有必不可少的技术人才储备和对语言与当地情况的了解，而且他们或许无法赢得像欧亚混血儿这样不可或缺的中间人的信任。如果印度就这么"被解放"了，即解除了英国的军事保护，它旋即就会被新的外国势力征服，然后爆发一系列大饥荒，在几年之内就饿死数百万人。

印度所需要的是不受英国干涉制订自己的宪法的权力，但通过某种同盟关系获得英国的军事保护和技术支持。除非英国由社会主义者执政，否则这根本就是天方夜谭。因为至少八十年来英国一直在限制印度的发展，一部分原因是担心如果印度的工业得到高度发展的话会引起贸易竞争，一部分原因是落后的民族要比文明的民族更容易管理。印度人民被自己的同胞压榨比被英国人统治更加痛苦已经是老生常谈。印度的小资本家以最残酷无情的手段盘剥城镇工人，农民们从出生到死去都逃不出高利贷的魔掌。但这是英国统治的间接结果，其隐约闪现的目标就是使得印度尽可能地保持落后。对英国最忠诚的阶级是王公贵族、地主和商帮——总而言之，是对现状非常满意的反动阶级势力。当英国不再以剥削者的身份对待印度时，平衡的力量就会被改变。届时，英国人不需要再讨好那些可笑的、骑着挂满金饰的大象和率领着纸扎一般的军队的印度王公贵族，不需要再阻止印度的工会势力壮大，不用再挑起穆斯林与印度教之争，不需再保护放高利贷者毫无价值可言的生命，不用再接受谄媚的小官僚的阿谀奉承，不用再偏袒半开化的廓尔喀族士兵欺负那些受过教育的孟加拉人。一旦阻断了从印度苦力身上流往住在切尔滕纳姆的老太婆的银行账户的红利输送，整个白人老爷—土著人民的关系，前者傲慢无知而后者奴颜婢膝的关系就可以宣告结束。英国人和印度人可以并肩努力，促进印度的发展，培养印度人学会各种工艺，而他们目前受到系统性的限制，没办法进行学习。有多少目前在印度的英国人员，无论是经商还是从政，会欢迎这么一个举措——这意味着他们将失去"白人老爷"的地位——则是另外一个问题。但是，大体上说，更多的希望来自年轻人和那些接受过科学教育的政府官员（民政工程师、林业和农业专家、医生、教育者）。至于那些高官——行省总督、行政署长、法官等等，靠他们是没有指望的。但是，他们也是最容易取代的。

简单地说，那将意味着由社会主义政府赋予印度以自治领的地位。这是基于平等地位的建立伙伴关系的提议，直到世界不再生活在轰炸机的阴影下。但我们必须加上印度可以无条件脱离大英帝国的权利。只有这样才能证明我们的诚意。给予印度的条款，经过必要的细节上的变更后，也应给予缅甸、马来亚和我们在非洲的大部分殖民地。

五、六两点不需要进一步解释。我们必须这么做，才能证明我们进行这场战争为的是保护和平的民族抵御法西斯的入侵。

这么一个政策能在英国得到响应难道是不可能实现的奢望吗？一年前，甚至六个月前，或许那是不可能的事情，但现在情况不一样了。而且——这是眼下一个千载难逢的机会——可以对这个政策进行必要的宣传。现在周刊出版业非常发达，发行量高达几百万份，为普及这一理念做好了准备——即使不是上述我所勾勒的全盘方案，至少可以制订部分符合那一纲领的政策。甚至有三到四份日报愿意以理解的心态去倾听。这就是过去六个月来我们所取得的进步。

但是，这样的政策可行吗？那完全取决于我们自己。

我所提出的几点意见有的可以立刻执行，有的得花上几年或几十年的时间，甚至到了那时也无法完美地得以实施。没有哪一套政治纲领能够全盘得以实施。但重要的是，那一套纲领或类似的纲领应该成为我们的宣传政策。方向总是最重要的。我们当然不能指望现在的政府能够作出任何承诺，将这场战争变成一场革命战争。充其量它只是一个妥协的政府，而丘吉尔就像骑在两匹马上的杂技演员。在限制收入这样的举措成为可能之前，首先要做的就是从旧的统治阶级手中接管所有的权力。要是这个冬天这场战争再次陷入僵持，我认为我们应该呼吁进行大选，而这件事一定会遭到保守党的拼命阻止。但就算没有大选，我们也能组建我们想要的政府，只要我们真的迫切想要实现这一点。由下至上的推动将能完成这一任务。至于谁能进入政府，我无法作出猜测。我只知道当人民有迫切需要的时候，合适的人选会进入政府，因为这是时势造英雄，而不是英雄造时势。

一年内，或许六个月内，要是我们还没有被征服，我们将目睹前所未有的事情发生——一场英国独特的社会主义运动。迄今为止英国只有工党，它是工人阶级的产物，但它并没有进行根本性改变的目标。而马克思主义是源自德国的理论，经过俄国人的诠释，移植到英国变得水土不服，根本无法触动英国人的内心。自始至终，英国社会主义运动就从来没有谱写过一首脍炙人口的歌曲——比方说，像《马赛曲》或《蟑螂》这样的歌曲。当一场贴近英国的社会主义运动出现时，和所有其他既得利益阶层一样，马克思主义者会成为其凶狠的敌人。不可避免地，他们会将其斥为"法西斯主义"。那些头脑不是很清醒的知识分子已经在反反复复地声称如果我们抗击纳粹分子，我们自己就将变成"纳粹分子"。他们还不如说"要是我们抗击黑人的话，我们也会变黑呢"。"要变成纳粹分子"，我们必须得经历过德国的历史。各国进行革命都无法绕过自己的历史。一个英国社会主义政府会对这个国家进行翻天覆地的改造，但那仍然会带着我们自身文明的明显烙印，也就是我在本书前面探讨过的那个奇特的文明。

这场改造将不会墨守成规，甚至不会照常理出牌。它将罢黜上议院，但可能不会废除君主制。它将处处留下不合时宜的事物和零零碎碎的残余：戴着滑稽的马毛假发的法官、士兵的帽徽上刻着狮子与独角兽。它不会建立任何明确的阶级专政政权。它将会围绕着旧的工党进行活动，绝大多数追随者将来自工会，但会吸引大多数中产阶层和许多出身资产阶级的年轻人参加。它的大部分首脑人物将来自新的模糊的阶层，有熟练工人、技术专家、飞行员、科学家、建筑家、记者——那些在电台和钢筋混凝土时代如鱼得水的人。但它不会失去达成妥协的传统和信奉法律高于政府的信念。它会枪决叛徒，但在此之前会给予他们庄严的审判，会判决某些人无罪释放。它会迅速而无情地镇压任何公开的反抗，但对言论和出版不会进行过多干预。不同名字的政党将会继续存在，革命团体将继续刊印他们的报纸，就像以往一样，不会产生多少影响。它将摧毁教会，但它不会迫害宗教。它将保留对于基督教道德观的尊敬，时不时地称英国是"一个基督教国家"。天主教会将与之为敌，但非英国国教的教派和英国国教的大部分势力将能与之达成妥协。它能吸收历史，让国外的观察家感到震惊，有时候让他们怀疑到底革命是否发生了。

　　但它一定会完成必要的举措。它将会实现工业国有化、缩小收入差距、创建没有阶级之分的教育体系。从世界各地那些幸存的富人对它的仇视就能了解到它真正的本质。它的目的不是使大英帝国分崩离析，而是将其转变为社会主义国家的联邦体制，摆脱的不只是英国的旗帜，还有放高利贷者、食利阶层和榆木疙瘩脑袋的英国官僚。它的战争策略将与那些奉行私有财产制度的国家截然不同，因为它不会害怕革命将当前的现有政权摧毁后的后续效应。在进攻持有敌意的中立国或号召敌国的殖民地人民举行起义时它不会有半分犹豫。它将进行顽强的斗争，即使它被击败了，它的记忆仍会对胜利者构成威胁，就像法国大革命的记忆对梅特涅①的欧洲构成了威胁一样。独裁者们会对它充满恐惧，而他们永远不会这般恐惧当下的英国政府，即使后者的军事实力是前者的十倍。

但目前英国浑浑噩噩的生活并没有多大的改变，即使在遭受轰炸的时候，令人愤恨的贫富差距到处可见，为什么我敢说这些事情"将会"发生？

因为以"非此即彼"的范式预测未来的时候已经到来了。要么我们将这场战争变成一场革命战争（我不是在说我们的政策将会丝毫不差地按照我在上面所说的去执行——只是说大体上它会遵照那些纲领行事），要么我们输掉这场战争，付出极其惨痛的代价。很快我们就可以明确地说我们正在朝哪一个方向迈进。但可以肯定的一点是，以我们当前的社会结构，我们是不可能取得胜利的。我们真正的力量，无论是人力上、道德上还是智力上的力量，都无法得到动员发挥。

三

爱国主义与保守主义无关。事实上，它是保守主义的反面，因为它是对经常在改变，却又被认为神奇地保持不变的国家的奉

---

① 克莱门斯·温泽尔·冯·梅特涅（Klemens Wenzel von Metternich, 1773—1859），奥地利政治家，曾担任奥地利帝国首相及外交大臣等职务，工于政治投机，拿破仑得势时促成奥地利与法国联姻，拿破仑远征俄国失败后积极组建反法同盟，并担任维也纳会议的主席，力图使欧洲回到法国大革命前的封建制度和维护奥地利帝国在欧洲的地位。

献。它是沟通过去和未来的桥梁。没有哪一个真正的革命者会是一个国际主义者。

过去二十年来，在英国左翼知识分子中风行一种负面的无所作为的观念，对爱国主义和献身勇气进行嘲讽，不断地削弱瓦解英国人的士气，并传播一种享乐主义和"我能从中得到什么"的生活态度。这一行动的后果只有伤害。即使我们生活在那些人所幻想的软弱的国联体系中，它也会造成伤害。在元首和轰炸机的时代，它是一场灾难。无论我们有多么不喜欢，要生存就必须变得强硬起来。一个贪图享乐的国家是无法在工作像奴隶而吃饭像兔子，并以军备作为国家支柱产业的诸民族当中生存的。几乎所有肤色的英国的社会主义者都想要抗击法西斯主义，但与此同时，他们又希望使得自己的国人不好战争。他们失败了，因为在英国，对传统的忠诚要比对新事物的忠诚更加强韧。尽管左翼报刊上刊登那些"反法西斯"的豪言壮语，当与法西斯进行真正的斗争的时刻到来时，如果英国的普通人果真就像《新政治家报》、《工人日报》乃至《新闻纪实报》希望将其塑造的那副德性，我们有多少机会获胜呢？

直到 1935 年，几乎所有的英国左翼人士都是和平主义者。1935 年后，他们当中更加能言善道的人积极地投身于"人民阵线"运动中，那只是对法西斯主义引发的问题的回避。它以纯粹的负面方式进行"反法西斯主义"——"反对"法西斯主义，而不"支持"任何已有的政策——而且在其背后隐藏着那个让人泄气的想法：一旦战争爆发，自然有俄国人帮我们顶着。令人惊讶的是，这一番幻想总是很有市场。每个星期都有大量的信件寄到报纸杂志那里，指出要是我们能组建排除了保守党的政府，俄国人就一定会站在我们的阵营。又或者我们会发表一些唱高调的战争目标(参阅如《我们的奋斗》、《亿万盟军——假如我们愿意》等作品),寄希望于欧洲人民会义无反顾地为了我们而进行抗争。其理念总是一样的——到国外寻找你的灵感,让别人去帮你打仗。在这一想法下面隐藏着英国知识分子严重的自卑情结。他们认为英国人不再是尚武的民族,再也不能进行艰苦卓绝的抵抗。

事实上,除了已经进行了三年抗战的中国人之外,我们没有理由认为会有人为了我们而进行斗争,哪怕只是一段时间。①在遭受到直接进攻的情况下,俄国人或许会被迫使与我们一同作战,但他们已经清楚表明,如果可以的话,他们不会与德国的军队为敌。不管怎样,他们不会被英国成立了左翼政府这一奇观所吸引。几乎可以肯定的是,当前的俄国政权对西方的任何革命都持以敌对的态度。当希特勒的地位不牢靠的时候,欧洲被统治的民族将进行反抗,但在此之前他们是不会起来反抗的。我们潜在的盟友不是欧洲的民族。我们的盟友一方面是美国人,但即使大企业能乖乖听命,他们也需要一年的时间去动员资源;另一方面是有色人种,而除非我们开始了自身的革命,否则他们不会在感情上支持我们。在一段漫长的时间里,一年、两年,也有可能是三年,英国将会是世界的减震器。我们将不得不面对轰炸、饥荒、长时间工作、流感、无聊和阴险的和平提议。显然在这段时间里,保持士气很重要,而不是打击士气。左翼人士不能像平时那样恪守反对英国的态度,而是应该考虑,要是英语文明被消灭的话,世界将会是一番怎样的情景。而认为如果英国被征服了,其

---

① 原注:写于希腊的战争爆发之前。

它说英语的国度，甚至包括美国，能独善其身，那是非常幼稚的想法。

哈里法克斯爵士和他的党羽认为战争结束时，情况仍会和以前一样。回到疯狂的凡尔赛秩序，回到"民主体制"，即资本主义体制，回到领救济金的长队和劳斯莱斯轿车相映成趣的情景，灰色的高礼帽和麻袋裤子并行不悖的年代。亘古不变，直到永恒。①当然，这种事情显然是不可能发生的，只有在通过谈判达成和平的情况下才能勉强效仿。但那只是回光返照而已。自由放任的资本主义已经死去了。②只能在希特勒将要建立的集权社会和将他击败之后将建立的另一种集权社会中做出选择。

如果希特勒赢得了这场战争，他的统治将支配欧洲、非洲和中东。要是他的军队的损耗程度不是太大的话，他将从苏俄那里掠夺大片的领土。他将建立起一个贵贱有别的种姓社会。在那个社会里，日耳曼统治民族（"优等民族"或"高贵种族"）将统治斯拉夫人和其他劣等民族，后者的工作将会是生产廉价的农产品。他将让有色人种一次性全部沦为奴隶。法西斯强权与大英帝国主义之间真正的纷争在于他们知道大英帝国正在走向分裂。按照当前的事态发展，再过二十年，印度将成为一个农业共和国，出于自愿与英国结盟。希特勒极度轻蔑地所指的"半人猿"将会驾驶飞机和制造机关枪。法西斯分子所梦想的奴隶国度将会走向终结。另一方面，如果我们失败的话，我们只是将自己的奴隶移交

---

① 此句原文是拉丁文"IN SAECULA SAECULORUM"。

② 原注：有趣的是，请注意肯尼迪先生（译者注，指约瑟夫·帕特里克·肯尼迪[Joseph Patrick Kennedy, 1888—1969]）——美国驻伦敦大使——在1940年10月回纽约时曾说道，这场战争所产生的一个结果就是"民主结束了"。当然，他所说的"民主"指的是私人所有制的资本主义。

给新的主人，他们刚刚当上奴隶主，丝毫没有顾虑。

　　但除了有色人种的命运之外，还有两种水火不容的生活理念在互相抗衡。"在民主体制和极权体制之间，"墨索里尼说道，"绝对容不得半点妥协。"这两种理念甚至无法并存，哪怕只是短暂的时间。只要民主存在，即使它是极不完美的英国式民主，极权主义就会遭到致命的威胁。整个说英语的世界都无法摆脱人类平等的理念，虽说我们或美国人都言出必行只是一个谎言。但是，这个理念仍然存在，终有一天它将成为现实。一个自由平等的社会终将从英语文化中诞生，如果它不被毁灭的话。但正是人类平等的理念——"犹太式的"或"犹太教—基督教式"的平等理念——让希特勒来到这个世界上，想将其毁灭。天知道这番话他说过多少次了。在他看来，一个黑人和白人地位平等而犹太人被当成人看待的世界，就像无尽的奴役在我们看来那么恐怖而绝望。

　　我们要记住这两个理念是水火不容的，这一点很重要。到明年的某个时候，左翼知识分子很有可能会做出亲希特勒的反应。现在已经有这种情况的前兆了。希特勒的正面成就对这些空虚的人很有吸引力，至于那些有和平主义倾向的人，他迎合了他们的受虐倾向。你一早就大致知道他们会说些什么。他们先会拒绝承认英国的资本主义体制正在演变，或者说打败希特勒只会是英国和美国的百万富翁的胜利。然后，以这一点为出发点，他们会争辩说，说到底民主和极权体制"其实没什么两样"或"好不到哪里去"。英国并没有多少言论自由可言，因此，它的自由并不比德国更多。领取救济金是骇人听闻的经历，因此盖世太保的刑讯室也就坏不到哪儿去。大体上，天下乌鸦一般黑，不用五十步笑百步。

但在现实中，无论民主和极权体制的情况是怎样的，都不能认为这两者并没有区别。即使英国的民主体制无法演变超越目前的阶段，这一想法也是错误的。有秘密警察、文字审查和强制劳动的军国主义的欧洲大陆与一个松散的，有贫民窟、失业、罢工和党派争斗的海洋文明民主国家根本不是一回事。这是大陆势力和海洋势力之间的区别，残酷和漫无效率之间的区别，说谎和自欺欺人之间的区别，盖世太保和收租的寓公之间的区别。在两者之间作出选择时，你并非基于他们现在的力量，而是基于他们将会做出什么样的事情。但在某种意义上，它与民主——无论是较高程度的民主还是程度最低的民主——是否"优于"极权主义这个问题并不相干；要在这个问题上作出判断，你必须先掌握绝对的标准。唯一重要的问题是，在最危急的时刻到来时，你真正同情的会是谁。那些喜欢在民主体制和极权体制之间取得平衡，"证明"两者都好不到哪里去的人都只是一帮浅薄的人，从未真正经历过现实。现在他们展现出对于法西斯主义同样肤浅的误解。一两年前他们高声呼吁反对法西斯主义时是这样，现在他们开始与法西斯主义暗通款曲，情况亦如是。问题不是："你能说出一番大学辩论队式的替希特勒辩护的'道理'吗？"而是："你真的接受那种情况吗？你愿意接受希特勒的统治吗？你愿意看到英国被征服吗？还是不愿意呢？"在轻率地与敌人站在同一阵线之前，弄清楚这一点比较好。在战争中没有恪守中立这种事情。在现实中，你不是帮助一方就是在帮助另一方。

当最危急的时刻到来时，没有一个在西方传统中长大的人可以接受法西斯式的生活。重要的是，现在就意识到这一点，并理解它意味着什么。虽然英国文明死气沉沉、伪善而且没有公义可言，它却是希特勒的道路上唯一的障碍。它是所有"颠扑不破的"法西斯主义教条的一个活生生的反例。这就是为什么所有的法西斯主义作家过去多年来都一直认为必须摧毁英国的势力，为什么英国必须被"消灭"，必须被"毁灭"，必须"不复存在"。在战略上，这场战争有可能以希特勒占据欧洲，而大英帝国保持完整，英国的海上势力大体上不受影响而告终。但在意识形态上这是不可能发生的，如果希特勒一边在倡导那些纲领，而一边又抛出和平的提议，那只是他在耍手段，目的是以间接途径征服英国或在更加合适的时机重新发起进攻。他绝不会允许英国继续存在，就像一个漏斗那样将致命的理念从大西洋的彼岸引入欧洲的极权国家。回到我们自己的观点，我们将面临一个至关重要的问题，那就是保持我们所认识的民主体制。但保持总是意味着发扬。我们所面临的选择不是胜利和失败，而是革命与冷漠。如果我们为之奋斗的事情被彻底摧毁了，那在一部分程度上将是出于我们的自作自受。

英国有可能进入社会主义的初始阶段，将这场战争演变为一场革命战争，但仍然被打败。这是完全可以想象得到的。但虽然对于任何现在已经成年的人来说它是非常可怕的事情，但比起少数富人和他们雇佣的骗子所盼望的"妥协的和平"，它远远没有后者那么致命。只有当英国政府沦为柏林的傀儡时，英国才会最终被毁灭。但如果在此之前英国已经觉醒过来，这种事情是不可能发生的。因为那样一来，英国或许注定会失败，但斗争仍将继续，理念仍然长存。在战斗中倒下和不战而降之间的区别绝不是"荣誉"的问题和小男生式的豪情壮语。希特勒曾经说过，接受战败将扼杀一个国家的灵魂。这番话听起来像是哗众取宠的言论，但这的的确确是真的。1870 年的战败没有削弱法国在世界上的影响力。法兰西第三共和国在精神上比拿破仑三世的帝制法国更具影响。但贝当、赖伐尔及其同伙所接受的和平，其代价就是将民族文化彻底摧毁。维希政府将享有虚伪的独立，代价是法国文化的独特之处——崇尚共和、政教分离、尊敬知识分子、没有肤色歧视——全将被摧毁。要是我们率先完成革命，我们将不会被彻底击败。我们或许会看到德国部队朝白厅进发，但另一波最终将击溃德国的权力迷梦的进程早已开始了。西班牙人民失败了，但他们在那难忘的两年半的时间里所学到的理念终有一天会像飞去来器那样飞回到西班牙法西斯主义者身上。

在战争开始时，莎士比亚有一番豪言壮语被很多人引述，就连张伯伦先生也曾引用过一回，要是我没有记错的话：

"尽管全世界都是我们的敌人，向我们三面进攻，我们也可以击退他们。只要英格兰对它自己尽忠，天大的灾祸都不能震撼我们的心胸。" ①

话是这么说没错，假如你能正确理解它的意思。但英格兰必须忠诚于自己。当寻求我们的庇护的难民被关进了集中营时，当公司的董事设计出种种巧妙安排以逃避超额利润所得税时，它并没有对自己尽忠。是时候和《闲谈者》、《旁观者》说再见了，是时候和劳斯莱斯里的贵妇道别了。纳尔逊和克伦威尔的后代不再进入上议院。他们在田间街头，在工厂上班，在军队服役，在劣

---

① 此句出自莎士比亚的《约翰王》，朱生豪译本。

等啤酒吧喝酒，在郊区的后花园耕种。目前他们仍然被一代鬼魂压制着。与塑造真正的英国这个任务相比，就连赢得战争这个必须实现的任务也是第二位的。通过革命，我们将变得更加真实于自己，而不是更加虚伪。我们绝不会中途放弃，达成妥协以拯救"民主"，结果停滞不前。没有什么事情是停滞不前的。我们必须发扬我们的传统，否则将会失去它；我们必须发展壮大，否则将会走向衰败；我们必须前进，否则将会后退。我对英国怀有信心，我相信我们将迈向前进。

英国的反犹主义①

英国已知的犹太人大概有四十万，而且从 1934 年开始，还有数千名或数万名犹太难民来到这个国家。犹太人口几乎完全集中在六七个大城镇里，大多数人从事餐饮、服饰和家具生意。有几间垄断公司如帝国化学工业公司，一两份发行量领先的报纸和至少一家大型连锁超市由犹太人掌控，或部分程度上由犹太人掌控，但要说英国的商业生活被犹太人主宰根本不靠谱。恰恰相反，犹太人似乎无法跟上大规模商业兼并的现代趋势，一直固守着那些旧式手法经营的小打小闹的行业。

任何了解情况的人都已经知道这些背景事实了，我以它们作为开始，目的是强调英国没有真正的犹太人"问题"。犹太人的数目并不多，也没有掌握权力，只是在所谓的"知识分子圈子"里才有些许影响。但大体上人们承认反犹主义正在兴起，而且这场战争使得情况急剧恶化，就连开明的人道主义者也概莫能免。它的形式并不激烈（几乎所有英国人都很斯文，而且奉公守法），但它的本质非常邪恶，而且如果情况合适的话，可能会产生政治后果。下面是过去一两年我所听到的几则反犹主义言论的例子：

> 中年政府雇员："我通常是乘巴士上班。这样久一些，但如今我不想从戈登·格林站搭地铁了。那条线路有太多'上帝的选民'搭乘了。"

女烟民："不，我没有火柴给你借火。我会去街那头找那个女人借火。她总是有火柴，'上帝的选民'中的一员，你懂的。"

年轻的知识分子，共产党员或共产党同情者："不，我不喜欢犹太人。我从来不隐瞒这一点。我受不了他们。当然，提醒你一句，我可不是反犹主义者。"

中产阶级女人："嗯，没有人说我是反犹主义者，但我觉得这些犹太人的行事实在是太惹人嫌了，老是插队推搡什么的。他们自私透顶。我觉得他们是自作孽不可活。"

牛奶派发员："犹太人和英国人可不一样，他们不干活。他们聪明得很。我们靠这个工作（弓起他的二头肌）。他们靠那个工作（敲了敲他的额头）。"

注册会计师，有思想，潜在的左翼人士："这些该死的犹太佬都是亲德派。如果纳粹分子杀过来，他们明天就会改变立场。我干这一行看过很多他们这类人。他们打心眼里崇拜希特勒。谁踢他们一脚，他们就会去巴结奉承。"

一位知性女士，有人请她写一本描写反犹主义和德国人暴行的书："别跟我提这个，请别跟我提这个。这只会让我更加痛恨犹太人。"

我能写上好几页类似的言论，但这些就足够了。它们当中有两个事实。其一——这一点非常重要，而且我待会儿必须回到这一点——是人们的思想到了一定的水平，他们就会因为有反犹主义思想而感到羞愧，会小心翼翼地在"反犹主义"和"讨厌犹太

---

① 刊于 1945 年 4 月《当代犹太人记录》。

人"之间划清界限。其二是，反犹主义是非理性的事物。犹太人被指责有某些特定的罪行（比方说，在排队领食物时行为不端），人们一提就会义愤填膺，但显然这些指责只是将某些深深扎根的偏见加以理性化而已。要用事实和统计数据予以驳斥是没有意义的，有时候或许比没有意义更加糟糕。就像上面引用的那些话所表明的，人们可以保持反犹思想，至少不喜欢犹太人，而又清楚地知道他们的看法根本站不住脚。如果你不喜欢某个人，你就是不喜欢他，事情就是这样——反复强调他的美德并不能改善你的观感。

而这场战争恰恰助长了反犹思想，甚至在许多群众的眼中，赋予了它以一定的正当性。首先，你可以很肯定地说，同盟国的胜利将使犹太人这个民族获益。于是就有了"这是一场犹太人的战争"这个似是而非的说法，而由于犹太人为战争出的力没有得到公平的承认，情况变得更加糟糕。大英帝国是一个成分复杂的庞大组织，在很大程度上由共识凝聚在一起，总是得以伤害更忠心的人为代价去讨好那些不是很可靠的人。报道犹太士兵的英勇奋战，甚至承认在中东地区有一定规模的犹太人军队的存在，会引起南非、阿拉伯国家和其它地方的不满。不去理会整件事情，让街头的群众继续认为犹太人很精明，老是逃避兵役会比较容易。而且，人们发现犹太人总是从事那些在战时不受平民待见的行业。犹太人总是在贩卖食物、衣服、家具和烟草——而正是这些商品总是陷入长期短缺，因此有了哄抬物价、黑市交易和徇私枉法。还有，犹太人总是被指责在空袭时表现怯懦，而1940年的大轰炸给这种说法平添了几分可信色彩。实际上，怀特查佩尔的犹太人区是遭受轰炸最严重的地区之一，结果自然就是，犹太人难民遍布整个伦敦。如果你只是根据这些战时的现象进行判断，你会很容易地以为反犹主义是半理性的事情，建立在错误的前提之上。自然而然地，那些反犹分子自认为是理性的人。每当我在新闻报道上触及这个时，我总是有一种强烈的"旧事重来"的感觉，总是有一些信件是那些通情达理的中产阶级人士所写的——比方说，医生——他们并没有蒙受经济上的委屈。这些人总是说（就像希特勒在《我的奋斗》里所说的那样），他们刚开始的时候并没有反对犹太人的偏见，但看到那些事实，他们是被逼着产生了反犹思想的。但是，反犹主义的一个特征就是相信那些不可能真有其事的故事的能力。1942年发生在伦敦的那桩奇事就是一个很好的例子。当时有一群人被附近的炸弹爆炸吓得躲进了一个地铁站的入口，结果有一百多人被踩踏至死。就在同一天，整个伦敦都在复述"犹太人是罪魁祸首"这个传闻。显然，如果人们能够相信这种事情，你再跟他们争执下去也没有用。唯一有意义的做法就是找出为什么他们能够在某一个特定的问题上接受荒谬的看法，而在其它问题上保持理性。

但是，现在让我回到前面我提到过的那个问题上——大家都知道反犹情绪的传播很广泛，却又不愿意承认自己也有反犹情绪。在受过教育的人中，反犹主义被认为是不可饶恕的罪恶，与其它类型的种族歧视很不一样。人们费尽心力地表现自己没有反犹思想。因此，1943年，圣约翰林的一间犹太教堂为波兰的犹太人举行了一场代祷仪式。当地的官员说他们很想参加，当地的市长盛装打扮，所有的教会都派出了代表，还有英国皇家空军的分遣队、国民自卫队、护士、童子军和其他人士出席了这场仪式。表面上这是一个很令人感动的、与那些受尽苦难的犹太人团结一致的示范行动。但是，它的本质是人们刻意为之的展示体面的行动，那些人在许多情况下的主观情感其实根本不是这样。伦敦的那个区有一部分人是犹太人，反犹主义在那里很普遍，我很清楚犹太教堂里坐在我身边的几个人就有反犹思想。事实上，我所属的国民自卫队的连长在代祷仪式开始之前就特别热情，说我们应该"做场好戏"。他以前是莫斯利的黑衫军的一员。只要这种感情上的分歧一直存在，容忍大规模的对犹太人施加的暴力——以及，更重要的是，反犹立法——在英国就是不可能实现的。事实上，现在反犹主义不可能是体面的事情，但这并不像它看上去的那样是什么好事。

德国对犹太人的迫害的一个后果就是，没有办法对反犹主义进行严肃的研究。一两年前，《大众观察》曾在英国进行了一次仓促的调查，但即使对这个问题进行过其它调查，其结果也会被严格保密。与此同时，有思想的人士都在有意识地打压任何可能会伤害犹太人感情的事情。1934年后，关于犹太人的笑话像变魔术那样从明信片、报刊和音乐厅中消失了，在长篇小说或短篇小说里加入不受待见的犹太人角色被认为是反犹主义的体现。在巴勒斯坦问题上，那些开明人士也认为接受犹太人的要求是礼节上的需要①，而不去考虑阿拉伯人的要求——这个决定或许本身是正确的，但作出这一决定主要是因为犹太人遭受厄运，人们觉得不应该去批评他们。因此，由于希特勒的缘故，现在搞得要对报刊进行内容审查，要对犹太人进行支持，而私人的反犹情绪却在滋长，甚至连思想敏锐的知识分子也无法避免。在1940年监禁难民

---

① 原文是法文：de rigueur。

时，这种情况特别明显。自然而然地，每一个有思想的人都觉得他的责任就是抗议大规模地监禁那些不幸的外国人，他们当中大部分人是因为与希特勒为敌才流落到英国的。但是，私底下，你听到决然迥异的情感表达出来。有一小部分难民行事非常不智，对他们的反感一定带有反犹主义的暗流，因为他们大部分是犹太人。工党里的一个显赫人物——我不会说出他的名字，但他是英国最受尊敬的人物之一——曾非常激动地对我说："我们从来没有叫这些人来这个国家。如果他们选择到这里来，他们就得承担后果。"但这个男人一定会签署宣言反对监禁外国人。认为反犹主义是不体面的罪恶，认为一个文明人不应该有反犹主义情绪并不是种科学的思维方式。事实上，许多人会承认他们不敢对这个问题作过多探究。也就是说，他们不敢发现不仅反犹主义正在传播，而且他们自己也被传染了。

要明白这一点，你必须回望几十年，那时候希特勒只是一个籍籍无名的失业画匠。你会发现，虽然反犹主义如今非常明显，但比起三十年前，现在英国的反犹主义或许没有那么兴盛。确实，深思熟虑之后从人种或宗教的角度推行反犹主义从未在英国兴盛过。英国人从未很反对与犹太人通婚或反对犹太人担任公共生活的重要职位。但是，三十年前，犹太人是取笑的对象——虽然他们智力过人，却"于德有亏"，这被视为天经地义的事情。理论上，没有法律在约束犹太人，但事实上他们被禁止从事某些职业。比方说，他们不能担任海军军官，也没办法加入军队中的"精锐"师团。在公学里，犹太男孩几乎都过得很不开心。当然，如果他长得很迷人或很有运动天赋的话，这能淡化他的犹太血统，但它就像口吃或胎记一样是先天的缺陷。有钱的犹太人会以英国贵族的名字或苏格兰名字作为掩饰，而对于普通人来说，他们这么做是很自然的事情，就像一个罪犯在有可能的情况下会改名换姓一样。大约二十年前，在仰光，我和一个朋友去搭出租车，这时一个肤色白皙、衣衫褴褛的小男孩朝我们跑来，开始讲述一个内情复杂的故事，说他是从科伦坡乘船来的，需要讨钱回去。他的举止和样貌很难"界定"，于是我问他：

"你的英语说得很好。你是哪国人？"

他以浓重的口音热切地回答道："俺是犹太人，先生！"

我记得我转身对我的同伴以半开玩笑的口吻说道："他公开承认这一点哦。"在此之前我所认识的所有犹太人都耻于是犹太人，或不愿意谈及自己的祖籍。如果他们被迫要谈起这件事，他们会用"希伯来人"这个词。

工人阶级的态度也好不到哪里去。那些在怀特查佩尔长大的犹太人认为如果自己闯进附近基督徒居住的贫民窟的话，遭到欺负或至少被嘲笑作嘘是天经地义的事情。歌舞厅和幽默画报的"犹太人玩笑"①几乎都不怀好意。文学里面也有欺负犹太人的情况，在贝洛克、切斯特顿和他们的同行手里达到几乎和欧洲大陆的文学作品一样尖酸刻薄的程度。有时候非天主教徒的作家也是

---

① 原注：将"犹太人玩笑"和歌舞厅的其它后备节目——在表面上和它相似的"苏格兰人玩笑"进行比较是一件有趣的事情。有时候他们会讲述一个故事（比方说，某个犹太人和某个苏格兰人一起走进一间酒吧，两人都渴得要命），将这两个民族的人等同齐观，但大体上，犹太人只是狡猾而贪婪，而苏格兰人还有孔武有力这个特征。比方说，有一个故事，讲述犹太人和苏格兰人一起去听说是免费招待的聚会。不幸的是，大家要凑份子，为了逃避掏钱，那个犹太人晕倒了，那个苏格兰人把他扛了出来。在这里，苏格兰人扮演了扛起犹太人的大力士的角色，如果将两个人的角色进行调转，会让人觉得有点奇怪。

一样，只是手法要温柔一些。自乔叟以降，英国文学带着明显的反犹主义色彩，我不用起身去翻阅书籍就能想起现在会被指责为反犹主义作品的篇章。那些作家包括莎士比亚、斯摩莱特、萨克雷、萧伯纳、赫伯特·乔治·威尔斯、托马斯·斯特恩斯·艾略特、奥尔德斯·赫胥黎和众多其他作家。我当下能想到的在希特勒之前明确地维护犹太人的英国作家只有狄更斯和查尔斯·里德。无论知识分子群体有多么不认可贝洛克和切斯特顿的看法，他们并没有明确地表示反对。切斯特顿总是在嘲笑犹太人，将最浮夸浅薄的文字写进故事和短文中，但从来没有惹上麻烦——事实上，切斯特顿是英国文坛最受尊敬的作家之一。现在如果有人像他那样写作的话，一定会让自己备受谴责，甚至可能根本没办法出版自己的作品。

就像我所说的，如果针对犹太人的偏见已经在英国广泛传播，那就没有理由认为希特勒真的将它消灭了。他只是将两类人划清界限，一类人有政治意识，意识到现在不是朝犹太人扔石头的合适时候；另一类人缺乏政治意识，他们的反犹思想受战争紧张情绪的影响而进一步加深。因此，你可以认为，许多人宁死都不愿意承认自己的内心深处有反犹主义。我已经说过，我相信反犹主义的本质是一种神经官能症，但它当然有其合理化的一面，被虔诚地信奉，而且在一定程度上是真实的。群众所作出的合理化的解释是：犹太人都是剥削者。这一观感在部分程度上是正当的，英国的犹太人通常都是小生意人——也就是说，他们的剥削行为比起那些比方说从事银行或保险公司的斯文人更加明显，也更加容易理解。在思想水平更高的层面，对反犹主义的合理化解释是，犹太人散布不满和败坏国民的士气。而这在表面上似乎也是有道理的。过去二十五年来，那些所谓的"知识分子"所做的事情大部分是有害的。我认为，如果那些"知识分子"干得更彻底一些的话，英国在 1940 年就宣告投降了，这么说并不夸张。但那些心怀不满的知识分子不可避免地包括了数目众多的犹太人。说犹太人是我们的本土文化和民族道德的敌人是一种似是而非的说法。仔细地对它进行分析，这一说法是在胡说八道，但总是有几个地位显赫的人物支持这种说法。由左翼书社这样的组织所展现的那种肤浅的左翼主义曾一度风靡十载，但在过去几年来这种思潮遭到了反击。这一反击（例如，参阅阿诺德·伦恩①的《善良的大猩猩》或伊夫林·沃②的《竖起更多的旗帜》）带有反犹主义色彩，如果这一主题的危险程度不是那么明显的话，或许它会更加突出。巧合的是，过去几十年来，英国没有值得在意的民族主义知识分子。但英国思想层面的民族主义或许能得以复兴，如果英国因为目前这场战争而元气大伤的话。1950 年的年轻知识分子或许会像 1914 年的那些知识分子一样怀着天真的爱国之情。那样一来，切斯特顿和贝洛克试图引入这个国家的像法国德雷福斯案③那样的反犹思想或许将会获得立足之地。

　　关于反犹主义的起源我并没有确凿而严密的理论。目前有两

---

① 阿诺德·亨利·莫尔·伦恩（Arnold Henry Moore Lunn，1888—1974），英国登山家和作家，曾对天主教的教义提出批评，后皈依天主教，并撰书为其辩护。
② 亚瑟·伊夫林·圣约翰·沃（Arthur Evelyn St. John Waugh，1903—1966），英国作家，代表作有《荣誉之剑》三部曲、《一掬尘土》等。
③ 德雷福斯案（the Dreyfus Case），指 1894 年拥有犹太人血统的法国炮兵上尉阿尔弗雷德·德雷福斯（Alfred Dreyfus）被指控与德国勾结出卖军事情报。1906 年因为指控没有证据，德雷福斯无罪释放，继续在法国军队服役，直至一战结束。

种解释，一种归因于经济，另一种则认为是中世纪的残余，但我认为都不能令人满意。不过我承认如果你将它们结合起来的话，能够对事实作出解释。我有信心说出的是，反犹主义是民族主义这个更宏大的问题的一部分，而对于民族主义还没有进行过严肃的探究，犹太人显然是替罪羊，但至于为了什么而当替罪羊我们还不知道。在这篇文章里，我所依靠的几乎是我自己有限的经验，或许我的每一个结论都会遭到其他观察者的反对。事实上，关于这个问题几乎没有资料，但我认为有必要对我自己的看法进行如下总结：

英国的反犹主义要比我们愿意承认的更加强烈，而这场战争让情况变得更加严重，但如果以十年而不是一年为单位，无法肯定它是否比以前更加严重。

目前它不会走到公开迫害的地步，但它使得人们对其它国家犹太人所遭受的苦难麻木不仁。

它在本质上是非理性的，无法靠争辩加以说服。

德国对犹太人的迫害导致反犹主义的隐匿，因此使得整个问题变得模糊不清。

这个问题需要进行严肃的调查。

只有最后一点值得进行拓展。要科学地研究任何问题，你必须有超脱的态度，而当事关你自己的利益或情感时，显然要做到这一点会更加困难。许多人能够对海胆或 2 的开方做到客观，但当事关他们自己的收入来源时，就会陷入精神分裂。有一点戕害了所有关于反犹主义的作品，那就是作家认为自己不受反犹主义的侵袭这一想法。他会争辩说："因为反犹主义是非理性的，因此我可不受反犹主义的影响。"因此，他无法在可以找到可靠证据的地方展开调查——那就是他自己的思想。

我认为民族主义这种疾病如今已经广为流传。反犹主义只是民族主义的一个体现，并不是每个人都染上了这一特殊形式的疾病。比方说，一个犹太人就没有反犹主义，但在我看来，许多持犹太复国主义的犹太人只是将反犹思想颠倒过来，就像许多印度人和黑人以颠倒的形式展现出肤色歧视一样。问题是，现代文明缺少某种心理上的维他命，结果我们都或多或少地受到这个无稽之谈的影响，无来由地相信有些民族或有些国家就是好人或就是坏人。我敢保证，任何现代知识分子只要诚实而深入地研究自己的思想，都会找到某种民族主义式的忠诚和仇恨。身为知识分子，他能够感受到某些东西牵动了他的情感，却又能冷静地看待它们。因此，可以看到，任何研究反犹主义的起点不应该是："为什么别人会被这个显然是非理性的信念所吸引？"而是："为什么我会被反犹主义所吸引？我为什么会认为它是对的？"如果你问出这个问题，至少你会发现自己的非理性之处，有可能找到它的根源。应该对反犹主义进行调查——我不是说由那些反犹分子进行调查，而是由那些知道自己并不对这种情感免疫的人进行调查。当希特勒销声匿迹时，对这个问题进行真正的探究将成为可能。或许最好不要一开始就去斥责反犹主义，而是找出它在你自己的思想或别人的思想中所有的正当之处。这样的话，你或许就会找到一些线索，能够顺着它们追溯到它的精神根源。但我不相信在根治民族主义这个更大的疾病之前能够根治反犹主义。

为英式烹调辩护[①]

近年来我们听说许多关于吸引外国游客到英国来将会是大好事的论调。众所周知，在外国游客的眼中，英国有两大缺点：我们的星期天很阴郁，而且要买到酒喝很难。

这两件事情都是由狂热的少数派惹出来的，得好好治治他们，包括广泛的立法。但有一件事是公众的意见可以立刻促成改观的——我指的是烹饪。

大家都说，甚至连英国人自己也说，英国的烹饪堪称是世界上最糟糕的，不仅做得很差劲，而且很山寨。前不久我甚至在一本法国人写的书里读到这么一段评论："当然，最好的英式烹调就是法式烹调。"

凡是在国外长久生活过的人都知道这番话根本不符合事实，而且有许多美食出了说英语的国度就无处寻觅。这里我要列举几样我自己在国外寻觅无果的美食，无疑，这份清单还可以进行补充。

首先，腌青鱼、约克夏布丁、德蒙夏奶油、松饼和脆饼。然后是一列布丁的清单，如果我全部都列举的话就太长了。我要特别提的是圣诞布丁、蜜糖馅饼和苹果馅饼。然后是一份几乎同样冗长的蛋糕清单，例如：黑莓蛋糕（就像战前你在布扎商店买到的那些）、奶油酥饼和藏红花小面包。还有不计其数的各种饼干——当然别的地方也有，但英国的饼干被公认更脆更好吃一些。

然后还有各种我们国家特有的煮土豆的方式。你在哪儿见过把土豆放在肘子下面烘烤呢？而这样做出来的土豆是最最好吃的。你又在哪儿见过你在英国北方吃到的美味土豆糕呢？用英国的方式煮新土豆最好不过——即加入薄荷叶水煮，然后配一点融化的黄油或人造黄油——而不是像大部分国家那样拿来炸着吃。

然后还有各种英国特有的调味酱。比如说：面包酱、辣根酱、薄荷酱和苹果酱，更不用说红加仑子酱，用来蘸羊肉和兔肉堪称一绝。还有各种各样的甜泡菜，我们的种类似乎比大部分国家都要多。

还有别的吗？出了英伦群岛，我从未见过肉馅羊肚，除了有一回看到的是装在罐头里的，我也没见过都柏林虾或牛津橘子酱或其它几种果酱（比方说，西葫芦酱和树莓酱），而香肠也和我们的不一样。

然后还有英国奶酪，种类虽然不多，但我觉得斯蒂尔顿奶酪是世界上同类奶酪中最好吃，而温斯利戴尔奶酪也差不到哪里去。英国的苹果也非常好吃，特别是考克斯的橘苹。

最后，我想说一说英国的面包。所有的面包都好吃，从巨大无比的洒了茴香籽的犹太面包到颜色像黑蜜糖的俄国黑麦面包。然而，我从来没有吃到过像英国的乡村面包（我们什么时候能再吃到乡村面包呢？）那么柔软可口的面包皮了。

毫无疑问，上面我所列举的那些东西在欧洲大陆都可以吃到，就像在伦敦可以喝到伏特加或燕窝汤一样，但这些都是我们所特有的东西，在很多地方根本闻所未闻。

---

① 刊于 1945 年 12 月 15 日《标准晚报》。

比如说，到了布鲁塞尔以南，我想你吃不到板油布丁。在法国，甚至没有一个词确切地对应"板油"。法国人也从不用薄荷烹饪，而且不用黑加仑，只是拿来榨果汁喝。

可以看到，我们没有理由为自己的烹饪感到惭愧，至少就独特性和作料而言是这样。然而，必须承认，在外国游客的眼中有一件事情很不方便，那就是：在英国基本上除了私家菜之外，在外面找不到好吃的饭菜。比如说，如果你想要好好吃一顿美味浓郁的约克夏布丁，在最穷苦的英国家庭吃到的机会比下馆子吃到的机会更大，而基本上游客们是在餐馆里吃饭的。

有独特的英国风味，而且东西好吃的餐馆确实很难找。基本上，酒馆除了卖薯片和索然无味的三明治之外，就不卖其它食物。昂贵的餐馆和酒店几乎都在模仿法国烹饪，用法语写菜单，而当你想吃顿好吃又便宜的饭时，你自然而然地会去希腊餐馆、意大利餐馆或中国餐馆。当英国被认为是一个东西难吃规矩难懂的地方时，我们很难吸引游客过来参观。目前我们对此无能为力，但迟早限量供应将会结束，届时将是英国烹饪复兴的时候。英国的每一间餐馆要么难吃要么供应的是外国菜并不是出于自然法则，迈向品质提高的第一步将是英国公众自己不要再对此抱以长期忍受的态度。

英式烹饪

伏尔泰那句广为流传的名言如是说："英国这个国家有上百种宗教，却只有一种酱料。"他所说的情况无论在过去还是今天都不完全符合事实，但对于一个在英国只是短暂停留而且印象来自于酒店和餐馆的游客来说，或许仍会引起认同和共鸣，因为英式烹饪让人首先注意到的是，要对它进行最深入的研究，你必须到英国人的家里去，特别是中产阶级和工人阶级的家里，他们的口味还没有被欧洲同化。英国的廉价餐馆基本上都很糟糕，而昂贵的餐馆则几乎都在卖法国菜或冒牌法国菜。在食物的种类，甚至吃饭的时间和各顿饭的名字上，上层阶级的一小撮人与普罗大众之间有着明显的文化差异和阶级区别，后者还保留着他们的祖先的饮食习惯。

进一步归纳，你或许可以说英国饮食的特征是简单和重口味，或许还有点野蛮，大部分优点来自品质优良的本土食材，以及它对糖和动物脂肪的重视。它是适合潮湿的北方国家的饮食，这里黄油很充足，而植物油则很匮乏，一天的大部分时间可以喝热饮，所有的香料和一些味道浓烈的草本植物来自国外。譬如说，英式烹饪里没有大蒜，而在某些欧洲国家被完全无视的薄荷则很受重视。大体上说，英国人口味偏甜甚于偏辣，他们做肉菜时也会放糖，这在别的地方很少见。

最后，我们必须记住，在谈论"英式烹饪"时，我们指的是有英伦诸岛特色的本土饮食，而不是目前英国的普罗大众的饮食。除了不同群体的经济差异之外，我们还得考虑已经严格推行了六年的食物限量供应这个因素。因此，在讨论英式烹饪时，我们谈论的是过去或以后的情况——那些英国人现在很少吃得到的食物，但如果有机会的话，他们会吃得很高兴，而直到1939年他们一直都在吃。

那么，首先我们谈谈早餐。对于几乎全体英国人来说，事实上，即使到了现在，这可不是一顿随便打发的饭，而是相当受重视的一餐。当然，人们吃早饭的时间由上班的时间决定，但如果他们可以自由选择的话，大部分人希望在九点吃早饭。基本上，这顿饭有三道菜，其中有一道是肉菜。按照传统，先是喝粥，将燕麦片煮得稀烂，往里面倒冷牛奶和糖（如果配奶油就更好了）。或用预先准备好的大麦或大米做的早餐麦片配牛奶和糖冷着吃，经常代替粥。接着是吃鱼，通常是腌鱼，或吃某种肉类或蛋类。最好吃而且最具特色的英式腌鱼是腌鲱鱼——将一条鲱鱼剖开，然后用木柴的烟熏到它变成深棕色，或烤或炸了吃。早餐的肉菜通常是煎熏肉，配不配煎蛋都可以，或烤腰子、煎香肠、冷火腿。英国人喜欢吃瘦点的、味道较淡的熏肉或火腿，用糖和硝腌制而不是用盐。平时早餐吃煎牛排或羊肉并不是什么罕见的事情，仍然有守旧的人喜欢以吃烤牛肉冷盘作为一天的开始。在英国的一些地方，譬如说东部地区，早餐则经常吃奶酪。

吃完肉菜接下来是面包，更经常吃的是吐司，配黄油和橘子酱。橘子酱是必备配料，但蜂蜜也可以代替，其它果酱很少在早餐时吃，而别的时候橘子酱则并不经常出现。对于绝大多数英国人来说，早餐的饮品一定是茶。英国人讨厌在早餐时喝咖啡，无论是在餐馆还是在家里。大部分人虽然咖啡喝得不少，但他们对咖啡并不感兴趣，而且不知道如何分辨好坏。另一方面，他们对茶非常挑剔，每个人都有自己最喜欢喝的茶和应该如何泡茶的一套理论。茶里总是会放牛奶，而且总是会泡得很釅，大概一茶勺茶叶泡一杯茶。比起中国茶叶，大部分人更喜欢印度茶叶，而且他们喜欢在茶里放糖。不过，这里你会遇到一个阶级差异，或更确切地说，是一个文化差异。基本上所有的英国工人阶级都会在茶里放糖，根本不会去喝不放糖的茶。喝不甜的茶是上层阶级或中产阶级的习惯，这些阶层的人推崇的是欧洲口味。如果你将英国喜欢喝红酒甚于喝啤酒的人列一个清单，你或许会发现里面大部分人喜欢喝茶不放糖。

吃完这顿分量十足的早餐之后——即使现在处于限量供应的时期，早餐的分量也相当大，主要是面包——自然而然的，午饭应该比许多其它国家分量要少一些。但是，在讨论午饭之前，有必要解释关于"午餐"、"晚餐"和"茶点"的疑问。英国的富人和穷人吃的东西其实差不多，但饭名有不同的称谓，而且吃的时间不一样，这是因为过去一百年来从法国引入的习惯还没有影响到群众。

有钱人会在下午一点半吃午饭，称之为"午点"。下午大约四点半的时候他们会喝一杯茶，或许还会吃上一片黄油面包或一块蛋糕，他们称之为"下午茶"，到了晚上七点半或八点钟的时候吃晚饭，称之为"正餐"。其他人，或许百分之九十的人吃午餐的时间要早一些——大概是十二点半——称之为"正餐"。大概六点半的时候他们会吃晚上的主餐，称之为"茶点"，在上床睡觉之前他们会吃点零食——譬如说可可和面包果酱——称之为"宵夜"。这个区别既有地域性也有社会性。在英格兰的北部、苏格兰和爱尔兰，许多有钱人和工人阶级的吃饭时间是一样的，一部分原因是它和上班的时间更加配合，另一部分原因或许是出于保守的习惯，因为一个世纪前我们的祖先也是在这些时候吃饭的。

　　尽管名字和时间或许会有不同，但每一个英国人关于午饭的想法差不多都是一样的。我们谈论的不是酒店里吃的那些半法不英的饭菜，只是正宗的英式烹饪，因此我们不会去探讨什么汤和开胃品。大部分英国人都鄙夷这两种东西，而且不会在中午吃它们。英国的汤基本上都不好喝，几乎没有一样是英伦诸岛的本土风味，就连"开胃品"这个词在英语里也找不到对应的词汇。英国的午饭大体上有肉，最好是烤肉，还有油腻的布丁和奶酪。这里你会了解到英式烹饪的主菜——"肘子"，那是一大块肉——牛或猪或羊的腿部——整只烤熟，周围放上土豆，味道香极了，而且鲜嫩多汁，烹调分量比较小的肉似乎根本没有这种味道。

　　最有特色的是烤牛肉，所有部位的牛肉，里脊是最好的，不用烤得太熟，中间还是鲜红的就可以吃了，猪肉和羊肉则要烤得更熟一些。牛肉要切成像威化饼那么薄的片状，羊肉则要切的比较厚。牛肉的配菜几乎总是约克夏布丁，那有点像牛奶、面粉和蛋做成的脆煎饼，浇上肉汤味道好极了。在英国的某些地方，吃牛肉配的是板油布丁，而不是约克夏布丁。有时候新鲜的烤牛肉会变成煮腌牛肉，总是配板油团子和萝卜或芜菁。

　　在这里有必要说一说有英国特色的土豆做法。烤肉总是会配"放在肘子下烤"的土豆，或许这就是土豆的最佳做法。土豆削皮后放在盘里烤肉的周围，这样它们会将酱汁都吸收掉，然后变成赏心悦目的棕色，清脆爽口。另一种方式是连皮整个烤，然后切开，中间蘸上少许黄油。在英格兰北部，美味的土豆糕是用土豆泥和面粉做的小圆饼，放在架子上烤，然后抹上黄油。新土豆通常会用水煮，里面放几片薄荷叶，吃的时候往上面淋融化了的黄油。

　　这里我们还可以提一提吃每一种烤肉总是会配的特别酱料，那几乎是一道菜必不可少的一部分。热烤牛肉一定会配山葵酱，那是用磨碎的山葵、糖、醋和奶油做的非常辣而且很甜的酱料。吃烤猪肉要配苹果酱——将苹果加糖炖烂打成糊状。吃烤羊肉或烤羔羊肉总是配薄荷酱，一种用剁碎的薄荷、糖和醋做成的酱料。羊肉总是会就着红加仑子果冻吃，吃兔肉或鹿肉时也会用这种酱料。吃烤鸟总是会配面包酱，那是用白面包的面包屑和牛奶做的，以大蒜调味，总是煮热了吃。可以看到，英国的酱料大体上偏甜，一些腌菜总是会配冷肉，几乎就像果酱那么甜。英国人很喜欢吃腌制的东西，一部分原因是好吃大肘子这一口意味着在英国的家庭里会有很多冷肉得吃完。在利用吃剩的食物这一方面，英国人不像其它国家的人那么有想象力，而且英国的炖菜和"便菜"——炸肉饼什么的——并不算很特别。不过，有两三种英国独有的馅饼或用肉做的布丁很好吃，值得一提。一种是牛排腰子布丁，是用剁碎的牛排和羊腰子做的，外面包一层板油外皮，然后放在盘里蒸。另一种是"洞里蟾蜍"，做法是将香肠裹在用牛奶、面粉和鸡蛋做的面糊里，然后放到烤炉里烤熟。还有农舍馅饼，材料是剁碎的牛肉或羊肉，用大蒜调味，上面铺一层土豆泥，烤到土豆泥变成好看的棕色为止。最后是出了名的苏格兰哈吉斯，里面是肝脏、燕麦片、洋葱和其它配料，统统剁碎了放在羊胃里煮。

英国没有多少特别的吃鸟的方式。英国人认为很多鸟不能吃——譬如说，画眉、云雀、麻雀、麻鹬、翠鸽和多种鸭类——这些在其它国家被视为美味。而且英国人不喜欢吃兔子，以兔肉为主料的菜式并不是很多。另一方面，他们会吃五月打的嫩鸦，包在馅饼里烤了吃。他们特别喜欢吃鹅和火鸡，（在正常的时候）圣诞节时吃得特别多，总是会整只拿去烤，如果是火鸡的话，里面会放栗子，如果是鹅的话里面会填上鼠尾草叶、洋葱和苹果酱。

英国吃鱼的做法不是很好。英国四面环海，出产许多好鱼，但它们的做法毫无例外都是煮或炸，英国人不知道如何给它们调味。英国的工人阶级特别喜欢吃的炸鱼很难吃，是家居烹饪的敌人，因为在大城镇里任何地方都能买到，现成即吃，而且价格很低廉。除了鳟鱼、三文鱼和鳗鱼之外，英国人不吃淡水鱼。至于蔬菜，必须承认，除了土豆之外，它们很少得到应有的对待。由于气候多雨土地湿润，英国的蔬菜基本上味道都很好，但烹饪的方式将它们糟蹋了。卷心菜只是拿去煮——这一做法让它几乎难以下咽——而花椰菜、韭菜和西葫芦总是浇上索然无味的白汁沙司，或许那就是伏尔泰顶瞧不起的"那一种酱料"。英国人不怎么喜欢吃沙拉，但在战争期间他们变得更喜欢生吃蔬菜了，这多亏了英国粮食部门的教育宣传。沙拉除外，蔬菜总是会和肉一起吃，而不是分开吃。

在午餐的后半段，我们将会吃到英国烹饪最值得夸耀的成就——布丁。布丁的数量如此之大，根本不可能全部罗列出来，但除了炖水果之外，英国的布丁可以分为三大类：板油布丁、馅饼和酥饼，还有牛奶布丁。

板油脆皮似乎有数不清的搭配，和甜食一样被归于开胃菜里面，其实只是用剁碎的牛脂替代黄油或猪油而做的普通的糕点脆皮。它可以烤，但更经常的做法是裹在一块布里或盖上一块布放在盆里蒸。所有板油布丁里，最好吃的是梅子布丁，一道特别精致而且口感丰富价格昂贵的美食，每个英国人在圣诞节都会吃，但在别的时候则比较少吃。做法比较简单的布丁脆皮会加上糖，并满满地嵌入无花果、枣子、加仑子或葡萄干，或用姜或橘子酱调味，或用它作为炖苹果或炖醋栗的盛器，或裹上一层层的果酱，直至成为圆柱形，名字叫滚圆布丁，吃的时候将它切成片状并淋上糖浆。板油布丁最好吃的一种是煮苹果团子：将一个大苹果去掉果核，里面填上红糖，苹果的外面裹上一层薄薄的板油脆皮，然后用布裹紧煮熟。

英国的糕点不算特别出色，但有几种馅饼和酥饼的填料很好吃，而且是别的国家找不到的。糖浆酥饼是一道美味，还有大大小小的薄荷馅饼几乎一样好吃，在圣诞节时是一定会吃的，平时也经常吃。做法是将肉碎和好几种干果混合在一起，剁碎后连同糖和生的牛板油一起搅拌，加上白兰地调味。其它广受喜爱的填料有各式果酱、柠檬凝乳——用柠檬汁、蛋黄和糖做成——用柠檬汁或丁香调味的炖苹果。每六个苹果加上一个榲桲做出来的苹果馅饼有一种不同寻常的美妙味道。

另一大类布丁——牛奶布丁——你会希望悄悄地带过不提，但它们必须被提及，因为不幸的是，它们是英国的特色食物。做法是用米、粗面粉、燕麦、西米甚至通心粉，加入牛奶和糖，在烤炉里烤熟。用燕麦做的牛奶布丁不像别的那么难吃，而用通心粉做的牛奶布丁就几乎没有哪个有文明口味的人会忍受得了。因为所有这些布丁都很容易做，廉价酒店、餐馆和公寓会常备这些，成为英式烹饪对于外国游客来说名声不好的主要原因之一。

当然，还有数不清的甜食，包括各种果冻、牛奶冻、奶油蛋羹、蛋奶酥、冰布丁、蛋白糖霜和其它，和所有欧洲国家没什么两样。没办法被归入上面罗列的种类里的几样特别的食物是煎饼——英国的煎饼要比大部分国家的煎饼更薄，总是就着柠檬汁吃——还有面糊布丁，材料和约克夏布丁差不多一样，但做法是蒸而不是烤，和糖浆和烤苹果一起吃。烤苹果要去核但不削皮，里面填上黄油和糖，在炉子里烤熟，重要的一点是在吃的时候它们应该盛放在烤盘里。吃任何烤水果英国人总是会蘸着奶油吃，如果他们能弄到奶油的话。在英格兰西部，一种特别好吃的浓缩奶油，做法是将倒在大煎锅里的牛奶慢慢地煮沸，将漂到表面的奶油撇走。

如果午饭以奶酪作为最后一道菜，那种奶酪或许是外国货。有几样英国出产的奶酪非常好吃，但没有大批量生产，大部分只供本土消费。它们当中最好的是斯提耳顿奶酪，和罗克福尔奶酪或戈尔根朱勒奶酪属于同一种奶酪，但味道更加浓烈，质地更加紧密。文斯利代尔奶酪的味道和它相似，但要淡一些，也非常好吃。

在讲述午餐的内容时，我已经大体上讲述了晚上那顿饭的内容，少数人将其称为正餐。当然，午饭和晚餐并不完全相同。晚餐要更精致一些，通常至少有三道菜，以汤或开胃品作为开始。但午餐的菜都可以是晚餐的菜，而晚餐的菜也都可以是午餐的菜，十九世纪很盛行的冗长的菜单已经绝迹差不多二十年了。甚至就在战前，一顿相当精致的晚餐通常也只有四道菜，最多五道菜。很少有哪顿饭会有多于一个肉菜；先吃"开胃菜"，在吃完甜点后再吃奶酪或腌鱼的这一做法已经过时了。另一方面，吃晚餐时喝酒会比较多。很少有英国人在中午喝很多酒——而那些喝酒的人，半品脱啤酒大概是平均的分量——喝红酒的人很少，即使他们能喝得起。波特酒在英国传统中有一席之地，进口量仍相当大，几乎总是餐后饮品。杜松子酒会在餐前喝，威士忌则在餐后喝。吃完晚饭后通常会喝一两小杯咖啡——午餐后也会喝咖啡，但或许大部分英国人更喜欢喝一杯茶。

正如我已经指出的，大部分英国人称晚上的主餐为"茶点"而不是"正餐"，大概在六点半时吃这顿饭——等到一家之主下班回来就吃。就食物的价值而言，"茶点"和"晚餐"其实差不多，但菜式的顺序则不太一样。"茶点"通常也叫做"傍晚茶"，是一顿惬意的、非正式的大餐，为那些下班回来后身心疲惫而且有六七个小时没吃东西的人而设计。因此，那些菜都是能够马上准备好的，而且总是立刻就把所有的菜肴都摆到桌上。

一顿典型的傍晚茶有一道热菜、面包加黄油与果酱、蛋糕、沙拉或时令的水芹以及——在平时容易买到东西的时候——罐头水果。有时候主菜会是冷火腿、罐头三文鱼或贝类，但通常是热菜，可以是某样烤奶酪，譬如说美味的威尔士干酪，或煎熏肉、香肠，或腌鱼，或炖牛肉，或农舍馅饼。好的茶点至少得有一样蛋糕。蛋糕是英式烹饪——或更确切地说是苏格兰式烹饪——的特色之一，和布丁一样，它们的种类如此之多，根本无法全部列举出来：你只能介绍几种特别好吃的。最好吃也是最具英国特色的蛋糕是味道浓郁口感丰富的梅子布丁，里面装满了香料和碎干果，颜色几乎是黑色的。最盛大的梅子蛋糕嵌满了去皮的杏仁，在圣诞节的时候，外面甚至还会包上一层杏仁糊，然后整个蛋糕裹上一层糖霜。当然，还有其它许多种梅子蛋糕——"梅子"只是表明里面有加仑子或葡萄干——也有很平常而且不贵的。最浓郁的梅子蛋糕里面加了朗姆酒或白兰地，可以放很久，通常在做了几个星期或几个月后才会去吃。另一类口感浓郁丰富的蛋糕里面放了樱桃干而不是加仑子，味道要淡一些，比自己家里做的要好吃一些，里面加了香芹籽调味。英国的姜饼——颜色非常深——里面加了黑糖浆——自己家里做的总是比较好吃。黄油饼干——一种加了很多黄油的非常浓郁的饼干——以苏格兰做的最好吃。还有不计其数的各式小蛋糕：松糕、马卡龙、甜甜圈——与更出名的美国同类的不同之处在于它们中间会夹上一点果酱——还有果酱酥饼，通常要趁热吃，以及各式味道微甜的小面包，吃的时候要剖开，烘烤后就着黄油吃。烤饼是用面粉、牛奶和油脂做的小圆蛋糕，通常会在茶点前烤好趁热吃，热到黄油淋在上面会化的程度。一种特别好吃的茶点——也是得烘烤后加黄油吃的——是松脆饼，里面没有加糖，要蘸盐吃。松脆饼的样子很奇怪——它们是白色的，像格吕耶尔奶酪一样满是洞——只有很少人知道怎么做。在喝茶的时候除了吃蛋糕之外还会吃饼干。英国的饼干特别好吃，但家里很难做得成功，因为它们需要精准调节温度，只有在工厂条件下才可能实现。

对于绝大多数人来说，晚餐是一定要喝茶的，而喝酒则不多见。英国的工人在自己家里不怎么喝酒。他们喜欢在星期天吃午饭时喝上几瓶啤酒，但基本上他们会去酒吧喝酒，那里相当于他们的俱乐部。许多人会在睡觉前再喝一杯茶，吃些点心。这份宵夜或许是蛋糕、饼干或面包果酱，不过在大城镇里，炸鱼店会开到很晚，以炸鱼和薯片作为一天的最后一餐是很普遍的事情。

可以看到，英式烹饪要比外国游客愿意承认的更加丰富和更具原创性。普通的餐馆或酒店，无论价格低廉还是昂贵，都不是能让人了解英国平民饮食的好地方。每一种烹饪风格都有其弊病，而英式烹饪的两大缺点就是不足够重视蔬菜和用糖过多。在平常的时候，英国的人均糖消费量要比大部分国家高得多，而且所有的英国儿童和很大比例的成年人特别喜欢在饭间吃甜食。当然，甜食和糕点——蛋糕、布丁、果酱、饼干和甜酱——确实是英式烹饪的亮点，但全民嗜糖对英式烹饪没什么好处。它总是令人们只去注意副食，使得主菜做得很糟糕，而且没有想象力。问题的一部分原因是酒精饮品，甚至包括啤酒，实在是贵得离谱，因此被看作是奢侈品，只在休闲的时候饮用，而不是一顿饭必不可少的组成部分。大部分人每天至少有两顿饭会喝甜茶，因此，他们自然想要食物本身的味道很甜。英国商店里不计其数的瓶装酱料和腌制食品也是好的烹饪的敌人。但是，有理由相信，英国的烹饪水准，也就是家居烹饪，在战争期间得到了提升，原因是茶叶、糖、肉和脂肪受到了严格的限量供应。家庭主妇们只能比以前更加经济节俭，更注重汤和炖品的火候，将蔬菜当成值得讲究对待的食材，而不是可以被无视的点缀。

本文的最后是前面已经提到的几道有英国风味的美食的菜谱。此外，有必要列出英国特别好的食材，无论是天然材料还是加工过的材料，任何外国游客都应该尝一尝。

首先，英国的苹果——各种苹果一年里有七个月可以弄到。英国几乎所有的水果和蔬菜都是天然的美味，但苹果的味道特别好。最好的苹果是那些晚熟的，从九月开始熟，你不应该因为大部分英国品种的苹果颜色不光鲜而且形状不周正而嫌弃它们。最好的品种是考克斯的橘苹、布伦海姆橘苹、查尔斯·霍斯苹果、詹姆斯·格里夫苹果和拉希特苹果。这些都是生吃的。布拉姆利苹果是最好的煮着吃的苹果。

其次是腌鱼，特别是鲱鱼和苏格兰的鳕鱼。第三是牡蛎——个头硕大而且美味，但价格昂贵。第四是饼干，甜或不甜都好吃，特别是那些由四五间名字是注册商标的大公司出产的饼干。第五是各种果酱和果冻，总是自家做得最好吃，草莓酱是个例外，总是工厂制作的比较好吃。一些在英国境外不常见的果酱有黑加仑子果冻、树莓果冻（用黑莓做的）、姜味果冻、结晶蜜李（一种特别硬的、能够一片片切出来的果冻）。此外，你得试一试德文郡奶油、斯提耳顿奶酪、松脆饼、土豆糕、藏红花小面包、都柏林虾、苹果团子、腌核桃、牛排腰子布丁，当然，还有烤牛里脊配约克夏布丁、烤土豆和山葵酱，才算试过英式美食。

有英国本土特色而且很多人喝的酒精饮品是啤酒、苹果酒和威士忌。苹果酒很好喝（以赫里福德郡酿制的苹果酒为最佳），啤酒也很好喝，比大部分国家的啤酒有更高的酒精含量，而且要苦得多，除了几种最淡而且最便宜的啤酒之外，英国的啤酒都有浓烈的啤酒花的味道，而且各地有不同的风味。英国出口的威士忌大部分来自苏格兰，但爱尔兰的威士忌味道要甜一些，用了更多的裸麦，在英国本土也很受欢迎。一种特别好喝的佳酿——黑刺李杜松子酒，在英国很多地方都有酿制，但出口并不多，自己家里酿的总是比较好喝。它的颜色是漂亮的紫红色，很像樱桃白兰地，但味道更加细致。

最后，我要夸一夸英国的面包。大体上它们质地紧密，味道很甜，烤好放上三四天也不会坏。最好吃的是双条面包。英国人几乎不吃裸麦面包和燕麦面包，但全麦面包特别好吃。英国面包的好处在于它们是以相当原始的方式小批量烤制的，而并不是标准化生产出来的。街这头的面包师傅做的面包和街那头的面包师傅做的都不一样，你可以逐间店试吃，直到找到合口味的面包为止。大体上说，土气的小店做的面包味道最好。许多英国北部的女人喜欢自己动手做面包。

菜谱

威尔士干酪

材料：

1 盎司黄油

4 盎司奶酪（磨碎）

一汤勺牛奶或啤酒

半茶勺芥末

胡椒和盐

做法：用煎锅将黄油煮化，加上牛奶、盐、芥末和奶酪。加热翻炒，直到奶酪融化为止。将其倒在预先准备好的抹了黄油的面包片上。赶紧吃。

约克夏布丁

材料：

4 盎司面粉

1 个或 2 个鸡蛋

半茶勺盐

半品脱牛奶（或掺了水的牛奶）

做法：将面粉和盐放进一个盆里，中间掏空，打一个鸡蛋进去，搅拌均匀，加入牛奶做成黏稠的面糊，放置 2 个小时。在煎锅里热油，在锅很热的时候倒入面糊，在热炉里烤制半个小时。

糖浆酥饼

材料：

12 盎司酥皮糕点面粉

果葡糖浆

2 盎司面包屑

一小把姜末或一点柠檬汁

做法：以 8 盎司面粉配 5 盎司黄油的比例制作酥皮的面糊，加一小撮盐，以冷水搅匀。将面糊倒入平的金属盘子，上面撒一层面包屑，然后倒入果葡糖浆，将柠檬汁或姜末洒在糖浆上，将剩下的面包屑倒上，在热炉里烤制半个小时。

橘子酱

材料：

2 个酸橙

2 个甜橙

2 个柠檬

8 磅白糖

8 品脱水

做法：将水果洗净擦干，剖开榨汁，去掉一些果髓，然后将其切碎。将果仁绑在一个棉布袋里，将榨出的果汁、果皮和果仁倒进水里，浸泡 48 小时，再倒进一口大锅，慢火煮半个小时，直至果皮软化。放置过夜，然后加糖，待其融化后再将其煮沸至呈凝结状，放在一个冷盘上，再倒入预先加热的罐子里，然后贴上纸封。

梅子蛋糕

材料：

四分之三磅黄油

半磅白糖

4 个鸡蛋

四分之三磅面粉

四分之一磅樱桃干

四分之一磅葡萄干

四分之一磅无籽葡萄干

四分之一磅碎杏仁

四分之一磅甜味杂果皮

1 个柠檬和 1 个橙子的切碎的果皮

半茶勺混合香料

一撮盐

1 杯白兰地

做法：将黄油和白糖打成糊状，一个个加入鸡蛋，将混合物打至黏稠均匀为止。加入面粉、香料与盐并搅拌均匀，加入去核葡萄干、切成两半的樱桃干、无籽葡萄干、甜味杂果皮、切碎的柠檬和橘子皮，再加入白兰地。充分搅匀，放进一个垫着油纸的圆罐里，放进热炉里烤 10 到 15 分钟，然后降低温度，再慢火烤3.5 小时。

圣诞节布丁

材料：

加仑子、葡萄干、无籽葡萄干各 1 磅

1 盎司甜杏仁

1 盎司苦杏仁

4 盎司杂果皮

半磅红糖

半磅面粉

半磅面包屑

半茶勺盐

半茶勺磨碎的肉豆蔻

四分之一茶勺肉桂粉

6 盎司牛板油

一个柠檬的果皮和果汁

5 个鸡蛋

牛奶少许

八分之一品脱白兰地或啤酒少许

做法：将水果洗净，剁碎牛油，切下并剁碎果皮，将葡萄干去核切碎，杏仁剥皮切碎。准备好面包屑。将香料和盐加入面粉中，再将所有的干料放到一个盆子里搅匀。将鸡蛋与柠檬汁与其它液态调料搅匀。加入干料，充分搅拌，如果太稠可添加牛奶。将材料放在一个盘子里，盖上等候几个小时。然后再次搅拌均匀，倒在一个抹匀油的直径 8 英寸左右的盘子里。盖上几层油纸，如果是煮布丁，将撒了面粉的布绑在盘子上面；如果是蒸布丁，就盖上厚油纸。蒸或煮 5 或 6 小时。在吃布丁的当天，再蒸上3个小时。上盘时，淋上一大汤勺温白兰地，在上面点火。

在英国，有时候布丁里会放进一两个小硬币、小瓷娃娃或银饰，据说会带来好运。

英式谋杀的衰落①

　　时间是一个星期天的下午，最好是在战前。妻子已经在扶手椅上睡着了，孩子们被叫出去到很远的地方好好散散步。你把脚搁在沙发上，把眼镜在鼻梁上架好，打开《世界新闻报》。烤牛肉配约克夏奶酪，或烤猪肉配苹果酱，接着吃了板油布丁，然后喝下一杯棕褐色的浓茶把这些东西压下去，正是读报的好心情。你在美滋滋地抽着烟斗，屁股下的沙发垫很柔软，炉火烧得正旺，空气暖和而凝滞。在这美妙的时刻，你想读什么呢？

　　当然是关于谋杀案的报道。但什么样的谋杀案呢？如果你研究一下那些带给英国公众最大程度的快乐的谋杀案，那些犯罪情节几乎为每个人所熟知，并被写入小说，被星期天的报纸翻来覆去炒作的谋杀案的话，你会发现大部分案件具有强烈的家族相似特征。我们谋杀案的伟大时代，也就是我们的伊丽莎白黄金时代，似乎是在1850年到1925年之间，那些名声经受住了时间考验的杀人犯是下面这些人：雷吉利的帕尔默医生②、开膛手杰克③、尼尔·克林姆④、梅布里克太太⑤、克里彭医生⑥、塞登⑦、约瑟夫·史密斯⑧、阿姆斯特朗⑨和拜沃特斯与汤普森⑩。而大概是在1919年前后出了另一桩家喻户晓的案子，它也符合这一犯罪路数，但我最好还是不要指名道姓，因为那个被指控的嫌疑犯无罪释放了。

　　在上面提及的九宗案件中，至少有四宗被改编成了成功的小说，有一宗被改编成了流行的情景剧，而围绕这些案件的文学作品如报刊文章、犯罪学论文、律师和警官的回忆录，足以构成一间有相当规模的图书馆。很难相信任何近期的英国罪案会这么久、这么清晰地为人所记得，不仅是因为外国犯罪事件的暴力使得谋杀相形见绌，而且因为盛行的犯罪类型似乎正在发生改变。战争年代轰动一时的大案是所谓的"裂下颌谋杀案"⑪，现在被写

---

① 刊于 1946 年 2 月 15 日《论坛报》。

② 威廉·帕尔默(William Palmer, 1824—1856)，英国医生，被指控以士丁宁毒死朋友约翰·库克(John Cook)，并被怀疑毒害了自己的弟弟、岳母以及四个亲生骨肉，在当时引起社会公愤，英国公众戏称他为"毒手药王"。

③ 开膛手杰克(Jack the Ripper)，英国历史上最著名的连环杀手之一，主要在伦敦东区的怀特查佩尔一带作案，手法残忍，并多次寄信至司法部门挑衅，但由于当时伦敦警力薄弱，未能将凶手逮捕，成为百年悬案，并为许多小说、影视作品提供了创作素材。

④ 托马斯·尼尔·克林姆医生(Dr. Thomas Neill Cream, 1850—1892)，苏格兰一加拿大籍连环杀手，曾在美国和英国犯下多宗毒杀案，后被逮捕，处以绞刑。

⑤ 梅布里克太太谋杀案，指 1889 年美国女子弗洛伦斯·伊丽莎白·梅布里克(Florence Elizabeth Maybrick)毒杀英国丈夫詹姆斯·梅布里克(James Maybrick)的案件，由于詹姆斯生前有服用砒霜为药的习惯，案件存在疑点，1904 年梅布里克太太获释返回美国。

⑥ 克里彭案，指 1910 年美国人霍里·哈维·克里彭(Hawley Harvey Crippen)医生谋杀妻子贝拉·埃尔莫(Belle Elmore)，埋尸于地下室的罪案。

⑦ 塞登案，指 1911 年英国人弗雷德里克·塞登(Frederick Seddon)为谋财毒杀邻居伊莉莎·玛丽·巴罗(Eliza Mary Barrow)的案件。

⑧ 乔治·约瑟夫·史密斯(George Joseph Smith, 1872—1915)，英国连环杀手，生平曾以伪造身份的手段结识七次婚，骗取女方钱财，于 1915 年以残忍手法在出租房的浴室杀死三名女性，后被判处谋杀罪名成立，处以绞刑。

⑨ 赫伯特·劳斯·阿姆斯特朗(Herbert Rowse Armstrong, 1869—1922)，英国历史上唯一犯下命案的律师，因以砒霜毒死妻子和试图毒杀一位同行律师而被逮捕，并被判处绞刑。

⑩ 埃迪丝·洁希·汤普森(Edith Jessie Thompson, 1893—1923)与弗雷德里克·爱德华·弗朗西斯·拜沃特斯(Frederick Edward Francis Bywaters, 1902—1923)，谋杀汤普森的丈夫珀西而被处决。

⑪ "裂下颌谋杀案"发生于 1944 年，它被称为"裂下颌谋杀案"，是因为被谋杀的士司机长着裂下颌。罪犯是瑞典裔美国逃兵卡尔·胡尔滕(Karl Hulten)和女服务员伊丽莎白·琼斯(Elizabeth Jones)。

成了流行的小册子，而该案的庭审记录去年也由贾罗斯出版社出版，由贝克霍夫·罗伯茨先生①先生作序。在回到这宗伤感而卑劣，或许只有从社会学和法学角度看才有意义的案件之前，请让我尝试解释一下星期天报纸的读者遗憾地说"如今你看不到什么好的谋杀案件了"时所指的含义。

在考察我上面所列举的九宗谋杀案时，你可以先排除开膛手杰克案，因为它自成一类。其它八宗案件里，六宗是毒杀案，十个罪犯中八个是中产阶级人士。从某种程度上说，性是所有案件的有力动机，只有两宗案件例外。至少在四宗案件中，"体面"——希望保住生活中安稳的地位，或不至于因为某件像离婚这样的丑闻而丧失社会地位——是谋杀的主要原因之一。在超过一半的案件中，犯罪目的是为了得到一笔金额已知的钱财，如一笔遗产或保险金，但涉案的金额几乎都不多。大部分案件的真相很久才曝光，先是邻居和亲戚觉得可疑，然后经过精心调查才破的案。几乎每宗案子都有某个戏剧性的巧合，可以清楚地看到什么叫天网恢恢，又或者，里面的情节是没有一个小说家敢编出来的——比如说，克里彭带着他那女扮男装的情妇乘飞机横穿大西洋，或约瑟夫·史密斯用脚踏式风琴演奏着"更靠近您了，我的上帝"，而他的一个妻子就在隔壁房间被活活淹死。所有这些案件的背景，除了尼尔·克林姆案之外，都发生在家里。十二个遇害者中，七个是凶手的丈夫或妻子。

知道了这些之后，你就可以从《世界新闻报》的读者的观点

---

① 卡尔·埃里克·贝克霍夫·罗伯茨（Carl Eric Bechhofer Roberts，1894—1949），英国作家，代表作有《美国著名审判》、《通灵术的真相》。

出发，构建一宗"完美的"谋杀案。凶手应该是一个小个子的专业人士——比方说，牙医或律师——在郊区过着受人尊敬的生活，最好是一栋半独立的房子，可以让邻居隔墙听到可疑的声音。他应该是地方保守党支部的主席，或是一位激进的非英国国教和禁酒运动的支持者。他应该是因为对秘书或一个同行的妻子怀有非分之想而步入歧途。在与自己的良知经过一番漫长而艰辛的挣扎之后，他终于作出杀人的决定。下定决心之后，他应该进行了精心布置，只是在某个没有预料到的小细节上出现了疏漏。他所选择的杀人方式当然应该是用毒。归根结底，他之所以杀人，是因为在他看来，比起被发现通奸，杀人没有那么丢脸和有碍他的前途。有了这样的背景，一宗犯罪就有了戏剧性，甚至有了悲剧色彩，让人难以忘怀，并为被害者和凶手感到遗憾。上面所列举的大部分罪案都带着这种气氛的烙印，有三宗罪案，包括我提到过但没有说出名字的那一宗，情节和我所分析的大致相近。

现在比照一下"裂下颌谋杀案"。这桩案件没有深刻的情感。那两个涉案者杀人几乎完全是出于偶然，他们没有再犯下几宗命案只是因为我们运气好。案子的背景不是家庭而是彼此都不认识的歌舞厅和美国电影的虚伪价值观。两个犯人中一个是十八岁的前女服务员，名叫伊丽莎白·琼斯，另一个是冒充军官的美国军队的逃兵，名叫卡尔·胡尔滕。他们在一起的时间只有六天，直到他们被捕的时候，他们知不知道对方的真名尚未可知。他们在一间茶馆相遇，当晚就乘着一辆偷来的军用卡车去兜风。琼斯说自己是一个脱衣舞娘，严格来说这并不是真的（她曾经登过一回台，但并不成功），还说她想干点危险的事情，"比如说，当一个杀手的姘妇"。胡尔滕说自己是个芝加哥帮派老大，这也纯属胡扯。他们在路上遇到了一个踩单车的姑娘，为了展示自己的狠劲，胡尔滕开卡车把姑娘撞倒，然后两人把她身上的几个先令抢走。还有一次，他们把一个搭他们便车的女孩子打晕，抢走了她的大衣和手袋，把她扔进了河里。最后，他们随随便便地谋杀了一个的士司机，因为他口袋里有八英镑。之后不久两人就分开了。胡尔滕被抓住，因为他傻乎乎地开着死者的车，而琼斯一被警察抓住就忙不迭招供了。在法庭上，两个人试图将罪名推到对方身上。在犯罪的间隙，他们两人似乎都是冷漠无情的人，把那个的士司机的八英镑全部花在了赛狗上。

从那个女孩的信件中判断，她的情况具有一定的心理学价值，但这宗谋杀成为新闻头条或许是因为它让人暂时不去想 V 型飞弹和为法国战场担心。在 V 型飞弹一号嗡嗡嗡响的时候，琼斯和胡尔滕杀了人，而在 V 型飞弹二号嗡嗡嗡响的时候，他们被定了罪。男的被宣判死刑，而女的只是坐牢，引起了轰动——在英国总是这样。根据雷蒙德先生所说，琼斯的轻判激起了公愤，电报雪花般地拍给了内政大臣，在她的家乡小镇，"她应该被吊死"这句话用粉笔写在了墙上，旁边画着一个人晃晃悠悠地吊在绞刑架上。考虑到本世纪英国只有十个女人被处以绞刑，而且这一做法已经终止，因为公众反对这么做，很难不感觉到这种要求绞死一个十八岁少女的呼声在部分程度上是因为战争将人心变得残酷粗暴了。事实上，这桩案件乏善可陈，那种舞厅、电影院、廉价香水、化名和偷来的车营造的气氛都是战争时期的产物。

或许重要的是，近年来大部分被人谈及的英国谋杀是由一个美国男人和一个半美国化的英国女孩做出来的。但很难相信这宗案件会像那些老派的家庭毒杀案一样被人们长久地记住——后者是一个稳定社会的产物，在那个社会里到处充斥着伪善，至少使得像谋杀这么严重的罪行背后带着强烈的感情色彩。

我们的殖民地带来好处了吗？ [①]

　　我面前有一份《社会主义评论》，是社会先锋团体的喉舌，还有一份《快报》，是犹太人—阿拉伯人合作理事会（美国）的喉舌。我从第一份报纸里摘抄了下面的句子：

> "英国与印度的资产报表并不支持英国正在剥削印度这个假想……单纯从'道德'的角度（谈论殖民地问题）并不充分，因为许多人被蒙蔽了，以为英国的经济'依赖'印度与其它殖民地。"

从第二份报纸我摘抄了下面的句子：

> "英国政府誓要保持帝国统治，这已经表明并将继续表明无论政治局势如何变化，它的外交政策都不会发生变动……英国的生活水平有赖于帝国，而帝国必须在远东永远拥有军事力量。"

　　因此，有一位作家在一份左翼报刊里直白地说英国的生活水平有赖于对殖民地的剥削，而另一位作家在另一份左翼报纸里同样明确地说出相反的内容。眼下我并不在意两者的是非对错，而是他们可以如此自相矛盾这个事实。或许哪一份是英国的报纸哪一份是美国的报纸并不重要，因为那份英国报纸里的作者是美国人。

值得注意的是，我们是否在剥削印度和我们的繁荣是否依赖印度是两个不同的问题。我们确实正在剥削印度，但只是为了一小撮人的利益，并没有惠及整个国家。这两个问题中，第二个更为紧迫重要。如果我们相对舒适的生活真的是生活在帝国下的结果，如果像贝弗理奇计划、养老金增加、提高离校年龄、清理贫民窟、改善医疗服务等等这些事情没有数以百万计的东方奴隶供我们驱使是不可能实现的——如果真是这样的话，它当然会是一个严肃的问题。因为，作为社会主义者，我们希望我们的人民能够生活获得改善，而作为社会主义者，我们还希望能够为殖民地的人民争取公道。这两件事情能相容不悖吗？无论事情的是非对错是什么，你都希望这个问题能够得到权威的回答。事实上，这些事情都可以通过数据加以确认，但仍然未能达成共识。我在上面所引用的两个自相矛盾的言论是我所能收集的数以百计的言论中两个典型的例子。

我知道有人能够在纸面上向我证明如果我们失去了殖民地，我们将生活得一样好，甚至更好。我也知道别人能够证明如果我们不能剥削殖民地的话，我们的生活水平将会出现灾难性的下滑。奇怪的是，这种意见分歧有非常明确的政党划分。所有的保守党人都是帝国主义者，但有的保守党人认为如果我们失去了帝国，我们的经济和军事将会土崩瓦解，而有的保守党人则宣称管理帝国是一件吃力不讨好的事情，我们只是出于道义而维持着帝

① 刊于 1946 年 3 月 8 日《论坛报》。

国。极左的社会主义者，譬如说独立工党，总是认为英国一旦停止剥削有色人种，就会陷于赤贫，而其他立场偏右的人士则宣称如果有色人种获得解放，他们将会更加迅速地发展，提高生产力，为我们带来好处。在亚洲民族主义者中，意见分歧同样存在。最激烈反对英国的民族主义者宣称，如果失去印度，英国将会活活饿死，而其他人则说，一个自由友好的印度比起一个落后而带着敌意的附庸将会是英国产品更好的市场。但是，正如我在上面所说的，显然这并非是一个无法解答的问题。能够解答这个问题的数据一定存在，如果你知道去哪里得到这些数字的话。

但是，或许这两种意见都不对。那个说"是的，英国依赖印度"的人总是认为如果印度获得自由，英国与印度的贸易将不复存在。那个说"不，英国并不依赖印度"的人总是认为如果印度获得自由，英印贸易将一如既往，不会有混乱的时期。我一直认为：一、过去很长一段时间我们一直在对殖民地进行剥削掠夺；二、在某种程度上，整个英国的经济因此而获益；三、解放殖民地一定会导致至少几年内我们的生活水平下降。这个问题真正重要的因素几乎从来没有被提及，那就是时间因素。终止帝国主义是一件好事，但不是立刻进行。而且或许一开始将会是漫长而痛苦的过渡时期。这是一个令人消沉的想法，我相信对这个想法的下意识的回避使得几乎所有对这个问题的探讨变得不切实际。

譬如说，在大选时，对于帝国事务的回避令人很惊讶。在提及外交事务时，提到的总是苏联或美国。我从来没有听到过演讲台上有人主动提起印度。在工党的会议上，有一两回，我尝试提问关于印度的问题，得到的答案是这样的："工党当然十分同情印度人民渴望独立的心情，下一个问题。"问题就这样被一带而过，而听众们也根本不感兴趣。工党演讲者拿到的手册有两百页，而只有语焉不详的一页用于讲述印度。但印度的人口几乎是英国的十倍！按照我的经验，真正引起热情的问题是房屋建设、全面就业和社会保险。看着他们热烈地进行讨论，谁会猜想得到这些问题与给我们带来原材料和市场保证的殖民地其实密不可分呢？

从长远来看，逃避真相总是要付出代价。如今我们正在为一件事情付出代价，那就是，我们无法让英国人民明白英国的繁荣在一部分程度上依赖海外因素。左翼和右翼的极端分子都夸大了帝国主义的好处，而按照处于两者之间的乐天派的说法，以军事手段控制市场和原材料产地似乎不是什么大不了的事情。他们认为获得解放的印度仍会是我们的顾客，没有考虑到如果印度被另一个外国势力控制，或陷入无政府状态，或奉行闭关锁国的政策，或被奉行民族主义政策的政府所统治，推行抵制英国产品的政策，将会有什么后果。过去二十年我们本应该明确地说："作为社会主义者，我们的责任是解放受奴役的民族，从长远来看这将会给我们带来好处，但只是从长远来看。短期内我们必须考虑到这些民族的敌意，应付可能会出现的动乱，帮助他们摆脱贫穷，而这意味着我们必须为他们提供物资，以帮助他们自立。如果运气好的话，我们的生活水平或许不会因为殖民地的解放而受到影响，但很有可能我们将会经历长达数年乃至几十年的痛苦。你只能在解放印度和多一点糖之间作出选择。你会选择哪一个呢？"

排队买鱼的普通妇女如果有发言权她会怎么说呢？我不能肯定。但重点是，她从来没有发言权。当危机时刻来临时，如果她希望多一点糖——她或许就是这么想的——那是因为之前这个问题没有得到全面的探讨。相反，正如上面我引用的内容表明的，我们的意见南辕北辙，而没有一个意见是真实的，都在以不同的方式想要让帝国主义延续下去。

英国的左翼报刊[①]

英国报刊大体上的突出特点是，它们非常集中，只有为数不多的报纸，基本上被一小撮人所掌控。一部分原因是英国是一个小国，使得伦敦的日报能在大清早就运到格拉斯哥以北的地方销售。

英国确实有好几份一流的地方报纸，如《曼彻斯特卫报》，但它们的发行量都很小。事实上，英格兰全境一直到苏格兰边境由八份伦敦的日报所覆盖。至于周刊和月刊，伦敦之外没有一份有分量的刊物。

英国报刊的这种独特的结构已经存在了三十年。因此，到了一份独立的左翼报刊在政治意义上有可能存在时，它在经济意义上已经不可能存在了。要创办一份能与现有的报纸相抗衡的新报纸，你需要有数百万英镑的资本，而且除了发行量很小的《工人日报》外，自1918年后就再也没有新的日报或晚报创刊。接下来这些数字都是估算出来的，能让你了解到一个最近工党横扫选票的国家，其读者群体是如何分布的。

如果你只考虑有明确政治倾向的报纸，并不考虑那些地方报纸的话，英国报刊的每周总发行量大概在一亿份以上。其中2 300万份由那些可以被称为"左翼"的报刊发行。但这包括了自由党的《新闻纪实报》，它确实是一份"开明"或"进步"的报纸，但并非在所有的情况下都是工党政府的可靠支持。如果你只统计明确地隶属于某一个左翼政党的报纸，那么这个数字大约是 1 400万，或不到总数的七分之一。目前英国只有六份比较有分量的左翼报纸，它们是：

《每日先驱报》，发行量在 200 万份以上，在英国日报的发行量中排第三位。《先驱报》能被视为工党的官方报纸，但它基本上代表该党的工会纲领（更为保守）。它创办于 1914 年，接下来的 15年，它的政策和态度要比今天激进得多；它更换了好几位编辑，苦苦挣扎，总是徘徊于破产的边缘。即使在它的发行量达到 40 万份的时候，它也无法做到收支平衡，因为那时候广告商不愿意在一份左翼报纸上投放广告。

1929 年，《先驱报》进行了改组，由总工会和欧德哈姆出版社各占一半的股份——欧德哈姆是一家拥有几份低俗周刊的大型出版社。在这个过程中，就基调和版面而言，《先驱报》被改造成了一份普通的流行报纸，但他们的共识是，它的政治方针不受欧德哈姆的控制，主导权掌握在工党手里。

这一共识得到了遵守。虽然有时候它有一些好的国外通讯栏目，但《先驱报》仍是一份非常无聊的报纸，比起其它几份立场相同的报纸，可读性要差得多。不过，它的发行量十几年来一直稳定在 200 万份，无疑，一部分原因是它全面地报道工会的事务。它的读者几乎都是工人阶级。

《雷诺新闻报》是一份星期天报纸，发行量在 70 万份左右。（在英国的几份星期天报纸中它的发行量算是小的了。其中有一份号称有 700 万份！）《雷诺新闻报》有时候在美国的出版界被称为

---

① 刊于 1948 年 6 月《进步月刊》。

"同路人的报纸"，但严格来说这不是真的。它是合作社党的官方报纸，这个政党是合作社运动的政治喉舌，该运动如今几乎完全与工党运动合并了。不过，《雷诺新闻报》深受共产主义的影响，就连它的书评也不例外。有时候它会让人觉得是将三份报纸拼凑在一起——一份是合作主义，一份是共产主义，一份是普通的周日报纸，有体育、犯罪和皇室的新闻。《雷诺新闻报》有时候会刊登一些睿智的文章，但大体上它不是一份令人满意的报纸，带有宗派主义的气氛和黄色小报的缺陷。

《新政治家和国家报》是评论周刊，发行量大约 8 万份。《新政治家报》创办于 1913 年，从那时起"兼并"了三份性质雷同的竞争报纸，如今它是最有影响力的英国政治周刊。同样的情况再次出现，人们总是将《新政治家报》称为"同路人的报纸"。同样地，严格来说这并不属实，虽然按照当前的情况我应该说在很大程度上确实如此。《新政治家报》偶尔会明确地反对共产主义，比方说，在苏德两国签署条约的时期，而如果俄国人在欧洲再步步进逼的话，或许它还会这么做。不过，在大约二十年的时间里，或许《新政治家报》所做的最突出的一件事情——当然，要比任何一份期刊更卖力——就是在英国知识分子里宣传一种不加批判的亲俄态度，而因为它和共产党没有关系，对苏联保持着一种表面上很超脱的态度，效果更加显著。

除了编辑金斯利·马丁①之外，许多著名的左派宣传工作者

---

① 巴西尔·金斯利·马丁（Basil Kingsley Martin, 1897—1969），英国编辑，长期担任左翼杂志《新政治家报》的编辑。

现在或曾经与它有过联系：伦纳德·伍尔夫[①]、亨利·诺尔·布雷斯福德[②]、约翰·斯特拉奇[③]、哈罗德·拉斯基、约翰·布伊顿·普雷斯利、理查德·霍华德·斯坦福德·克罗斯曼[④]等等。

严格说来，《新政治家报》是一份名副其实的大报。许多年来，它一直保持了很高的办报水平，并在相当程度上保持了一以贯之的方针和独特的姿态。大体上，"思想开明"、较为激进的中产阶级一直习惯于读这份报纸。它的地位基本上可以对应美国的《新共和报》，但我认为后者是一份更加成人化的报纸。

《论坛报》是一份评论周刊，发行量不明，或许在2万份左右。《论坛报》创刊于战前的一两年，那时候是一份很喧嚣的报纸，卖三便士一份（五美分），主要面向工人阶级发行。它的控制人是斯塔福德·克里普斯爵士，最近他因为组织了一个分裂性的组织"社会主义联盟"而受到了工党的处分。当时它得到奉行人民阵线方针的共产主义者的支持以及发行方面的协助。

苏德条约签订和战争爆发后，这个支持就消失了，《论坛报》本来已经很小的发行量锐减到了2 000份。1941年，克里普斯加入了政府，因此被迫断绝他与这份报纸的联系，它被现任卫生大臣安奈林·比万接管。

---

① 伦纳德·西德尼·伍尔夫(Leonard Sidney Woolf, 1880—1969)，英国作家、政治理论家，代表作有《经济帝国主义》、《帝国主义与文化》。
② 亨利·诺尔·布雷斯福德(Henry Noel Brailsford, 1873—1958)，英国记者，代表作有《为什么资本主义意味着战争》、《财产或和平？》。
③ 约翰·斯特拉奇(John Strachey, 1901—1963)，英国工党政治家，左翼书社创建人之一，曾加入英国皇家空军参加作战，1946年曾担任"战时食物限量供应部长"。
④ 理查德·霍华德·斯坦福德·克罗斯曼(Richard Howard Stafford Crossman, 1907—1974)，英国作家、工党政治家，代表作有《内阁部长的日记》、《柏拉图与当代世界》等。

比万将这份报纸重新编排，以六便士的价格销售，风格大体上与《新政治家报》接近，在接下来的战争时期，它或许是左翼报刊中最出色，可能也是最独立的报纸。事实上，它是唯一支持战争但保持了负责任的态度的报纸，对丘吉尔政府持激烈批评的态度。左翼报刊中也只有它会对苏俄的宣传予以驳斥。

1945年大选过后，比万加入了政府，《论坛报》成为一群年轻工党议员的喉舌，其中以迈克尔·富特①最为出名。这个群体（不要与地下共产党员混为一谈）大体上支持政府的纲领，但对其外交政策，特别是对事关希腊和巴勒斯坦的政策，持批判态度。

不可避免的是，自从工党执政以来，《论坛报》失去了它的活力，遭遇了当反叛者自身的阵营获胜时总是发生在他们身上的尴尬局面；而且，它对厄尼斯特·贝文的外交政策的批评未免有点不切实际，因为在至关重要的抵抗俄国的问题上，它并不是真正的反对派。有几个共产主义者及其同路人有时候会为《论坛报》投稿，但所有那些有决定权的人都是极端的反共产主义者。虽然表面上是反对政府的报纸，但在各份周刊中它却是当前政府最可靠的支持者。它的读者大部分是在战争时期争取到的，或许大体上以中产阶级为主，因为大家普遍认为英国的工人阶级不会付多于三便士去买一份周报。

《前进报》，大体上是以工人阶级为主的评论周刊，在格拉斯哥出版。《前进报》基本上不能被称为一份有影响力的报纸，而且它的发行量很小，但它的有趣之处在于它表达了旧式的、马克思

---

① 迈克尔·麦金托什·富特（Michael Mackintosh Foot，1913—2010），英国工党政治家，长期担任英国工党议员。

主义式的、叛逆不羁的社会主义，这一思想仍在克莱德河①流域盛行。它总是与政府唱反调，但它的政策极其摇摆不定：只要情况允许它就会支持俄国，但另一方面，它反对共产主义，强烈支持言论和出版自由。《前进报》由埃姆里斯·休斯②主持，他是一个脾气暴躁的工党下院议员。著名作家如萧伯纳、伯特兰·罗素和肖恩·奥卡西③时不时会为它撰稿。

《工人日报》的发行量不明，但或许有时候达到了 10 万份。《工人日报》创办于 1929 年，因为在战争期间进行失败主义的宣传活动而被禁止发行两年。比起早期，它有了明显的提高，有时候会刊登好的科普文章和书评，但它一直更像是一本宣传册，而不像是一份报纸。另一方面，与欧洲大陆的报纸甚至美国的共产主义报纸相比较，《工人日报》不是一份非常下流卑鄙的报纸。它能保持发行，部分程度上是靠它的支持者自发订阅。最近它试图通过向公众售股筹集资金，但并不是很成功。

我所列举的这六份报刊就是英国所拥有的比较重要的左翼报刊。除此之外就只有报道工会消息或纯粹地方事务，印得模糊不清的简章，还有甚至不会假装要面向公众发行的单薄的非主流杂志。还有一两份期刊只刊登苏联的政治宣传，对英国的政治几乎不怎么报道。

在小规模的宗派主义杂志中，共产党的《劳动月刊》或许拥

---

① 克莱德河(the Clyde)，苏格兰第一大河，流经格拉斯哥市中心，流入克莱德湾。
② 埃姆里斯·休斯(Emrys Hughes，1894—1969)，威尔士工党政治家。
③ 肖恩·奥卡西(Sean O'Casey，1880—1964)，爱尔兰剧作家、社会主义者，代表作有《一个枪手的故事》、《出发吧》等。

有最大的发行量。考虑到资源不足的情况，共产党要比工党勤奋得多。他们发行了不计其数的宣传手册，甚至拥有或控制了一个连锁书业，当然，主要为自己人出版东西。而且，在战争的前几年和战争期间，他们对自由党的《新闻纪实报》（发行量大约是150万份）起到了相当大的影响。当然，在工党的眼中，共产党的竞争并不是真正重要的问题。最关键的事实是，毫无疑问，当前的政府代表了人民大众，但每天都遭到庞大而效率很高的保守党报刊的攻讦和不实的报道，除了一份日报之外就没有任何自己的阵地了。至于英国广播公司，它是一个独立的公司，既不是朋友也不是敌人。它的海外报道受到了政府的监督，但在国内政治事务上，可以说它保持了中立的态度。

一年多来，由政府任命的委员会一直在调查英国报刊的现状——行事很小心谨慎，遭到了一些反对。无论它的发现是什么，都不会带来什么激烈的改变，因为报刊业不会是在短期内进行国有化的行业。但有可能会采取一些手段限制报纸的共有业权。目前有可能发生的事情是——它确实发生了一两回——某位报刊大亨占有或控制了多达100份期刊，并主宰它们的办报方针。

也有可能一份新的伦敦晚报将会与《每日先驱报》捆绑发行。显然，左翼报刊需要更好的公关宣传，但在一个大体上仍然是资本主义体制的国家，而公众几十年来一直习惯于阅读同样的报纸，除非左翼报刊得到大量的补贴，否则它们很难得以壮大发展。

过去两年来对这个问题进行了大量的探讨，但没有得出非常明确的结论。一方面，大部分英国记者会乐意看到报业巨头被推翻；另一方面，无论哪种政治色彩的记者，都对由国家或党派控制报刊心怀警惕。工党拥有数量庞大的党员和稳定的资金，肯定能够比现在更好地对自己进行公关宣传，但任何政党在资助了自己的报刊后，能否以非极权主义的方式去管理它仍有待观察。

执政三年后的工党①

　　我们这个时代的特征是，1945年大选时，你很清楚地看到工党政府将面临什么问题，而时至今日，要预测它将取得成功还是会以失败告终仍然和当时一样困难。在这个时代，进退两难的境地没有出路，斗争从未缓和，而且从来不会得出一个确凿的结论。整个世界得了一种病，这种病既是急性病又是慢性病，但不至于要人的性命。

　　在英国，三年来我们一直生活在层出不穷的危机中，就像那些广播剧一样，男主人公在每一集的结尾都面临紧急关头。当然，最糟糕的灾难总是得以避免，但故事的结尾似乎总是那么遥远。多亏了美国的援助贷款、"精简开支"的政策和动用储备，破产被一推再推，当这些权宜之计不再奏效时，或许还能通过有效地推动出口将危机推迟几十年。但让英国偿清债务而不至于让生活水准下降到不堪忍受的低水平这个根本的问题仍然没有被触及。

　　我认为，重要的一点是，我们要意识到，在英国，经济集中制和自由放任的资本主义体制之间的斗争是第二位的。英国的存亡才是最主要的目标。通过外部观察和阅读英国的报刊，你会很容易以为英国正在官僚体制的暴政下痛苦呻吟，但情况之所以看上去会是这样，只是因为那些大资本家和中产企业家阶层拥有与他们自身的规模不相匹配的话语权。

英国在许多方面是一个保守的国家，但它没有农民阶层，对于经济自由的渴望并不强烈或广泛。在英国，财富意味着房子、家具和几百英镑的积蓄。自由意味着思想和言论的自由，或能在闲暇时间做你想做的事情的自由。绝大部分的群众认为他们靠工资生活而不是靠利润生活是天经地义的事情。他们希望从出生到死亡都有社会保险，对工业国有化并没有强烈的感觉。当然，他们不欢迎配给制和管制，但这个问题之所以重要，是因为它加剧了八年的辛苦劳作所导致的疲惫和无聊。

事实上，我们都被绑住了手脚，不是因为想要回归资本主义体制，而是囿于在繁荣时期形成的思维习惯（包括社会主义运动本身的意识形态）。

时至今日，甚至就在左翼圈子的内部，他们还是未能完全了解英国的经济困境是与生俱来的。这是一个人口过度稠密的国家，从国外进口食物，以出口的方式偿还。只有在其它国家没有工业化的时候这种情况才能得以维持。如果当前世界范围内的工业发展继续下去的话，从长远来看，国际贸易除了交易原材料、热带产品和奢侈品之外将没有理由存在下去。像俄国或美国这样的独裁专横的大国将占尽优势——或者说，已经占尽优势。因此，英国只有在与一个更广阔的地区融合的情况下才能继续保持"先进繁荣"。

当前，有四种方式可以实现这一点。一种方式是成立西欧和非洲的共同体。另一种方式是加强英联邦体制的内部联系，将英国的一半人口迁徙到各个说英语的自治领去。第三种方式是让英

---

① 1948 年 10 月刊于《评论》。

国和欧洲地区成为俄国体制的一部分。最后一种可能性是英国和美国合并。每一种方式的反对意见都一目了然。

第一种方式是目前探讨最多的，或许也是最有希望实现的，但它面临巨大的困难和危险，其中俄国的敌意只是最直接的体现。而第二种方式，即使假设各个自治领都做好了准备，只有习惯于把人口当牲口那样成船运送的专制政府才能做出这样的事情。第三种方式虽然可能在战败时会发生，但可以将它排除在外，因为除了少数共产主义者之外，没有人希望它发生。第四种方式很有可能会发生，但在英国人的眼中它是不可能被接受的，因为它意味着沦为附庸，而且除了保守党人之外，和另一个国家合并在每个人看来都是在政治上开倒车之举。

即使这些可能性中的一种成真，或几种可能性组合在一起发生，那也得是很久以后的事情，而偿还债务的需要非常紧迫。因此，工党政府的领导人只能以英国在短期的未来必须自力更生为前提去制订计划。他们在努力促成欧洲共同体的成立。他们希望并且相信当共同体成立时，各个自治领都会拥护它，而且他们决心——事实上，是他们被迫——与美国保持友好关系。但他们的短期目标一定是让英国做到出口和进口的平衡。他们得依靠破旧的工业设备做到这一点，而海外领地要求驻军，因此吸纳了大量的人力，而且工人阶级疲惫不堪，伙食又不好——他们打了那场战争，并在大选时投票，就是希望情况会有所改善。

1945 年时，大约有一半的选票投给了工党。我相信，这些人当中的大部分投票是为了实现社会主义是夸张的说法。他们投票是为了实现完全就业、有更丰厚的养老金、提升受教育的年龄、更大的社会和经济平等以及全方位的民主。政府希望这么做，它承担不起令其支持者失望的代价，因此必须兼顾基础设施重建的紧迫改革使得经济重建工作变得更加困难了。比方说，工党政府不可能不将房屋重建列为当务之急，因为房屋是必须要有的，但这意味着减少能够用于工业建设的劳动力和物资。向国有制的转变本身并不是什么振奋人心的过程——在人们的心目中，工党代表了工作时间缩短，医疗服务和托儿服务免费，学生有免费奶喝等等，而不是社会主义。

不幸的是，由于一切物资都极度紧缺，要在物质层面上改善人们的生活并不是一件容易的事情。比起三年前，英国人民的物质生活或许变差了。住房情况极其恶劣，食物虽然不至于分量不足，但吃起来寡然无味。香烟、啤酒和没有限量供应的食物比如蔬菜都贵得离奇。衣服的限量供应条件越来越差，因为它的后果是逐渐积累的。我们正处于过渡时期，这是所有左翼政党掌权时等候着他们的情况，而它总是让人觉得痛苦而惊讶，因为事先几乎没有对它进行深入的探讨。大体上，左翼政党许下改善物质条件的承诺而召集起追随者，但当考验的时刻来临时，结果总是那些承诺不可能在短期内实现，必须经过长期的自我否定的斗争，在这个过程中，普通人的生活条件要比一开始时更加糟糕。而正因为他的生活变糟了，他就会表示拒绝，或者说，没办法去作出别人要求他的努力。这一点可以拿英国煤矿业的挣扎作为一个典型的例子。

英国的矿业必须实现国有化，因为没有别的方式能对它们进行资产重组，让它们实现现代化。与此同时，国有化并不能立竿见影。关于英国煤矿的基本情况是，它们年久失修，而且里面的工作环境不堪忍受，不直接施压或遭受失业威胁的话几乎不可能雇佣到足够的劳动力以维持煤矿的运作。自从战争结束后，我们所需要的矿工数目有大约五万人的短缺，结果就是，我们只能艰难地生产出勉强足够自用的煤炭，而要再产出一千五百万吨煤炭用于出口几乎是不可能完成的目标。当然，这些煤矿或许将会实现现代化，但这个过程将耗时数年之久，而与此同时，为了制造或购买需要的机器，我们对煤炭的需求将会更大。

同样的情况普遍存在于整个工业界，只是问题没有那么突出而已。而且，当人们已经很疲惫的时候，通过经济刺激让他们更加努力工作并不是一件容易的事情。如果对工资进行平均分配，劳动力就会从那些不招人待见的工作转移出去。如果给那些工作安排高工资的话，旷工现象就会增加，因为每星期只上三四天班的话就足以维持生计。过去几年来，除了个人旷工之外，还有不计其数的停工和非正式的罢工，或许疲惫和经济上的不满都是其中的原因。确实，由于行业纠纷而导致的时间损失比起1914年至1918年那场战争之后紧接的那几年的时间损失算不了什么，但它们有一点重要的区别：那时候的罢工取得成功能给工人阶级带来切实的好处。而今天，主要的问题是如何生产出勉强足够的商品，罢工是对所有人的打击，包括对罢工者本身，而它的后果就是物价飞涨。

在我们目前所遇到的困难下面有两个事实，是社会主义运动总是想要忽略的。一个事实是，有些必须去做的工作不加以强制的话是不可能完成的。因此，当你实现了完全就业，你就不得不通过强制劳动去完成某些比较肮脏的工作。（当然，你可以给它起一个听起来比较顺耳的名字。）另外一个事实我已经提起过：英国极度贫困——目前根本不可能提高工人阶级的生活水准，或许甚至要维持当前的水准也是不可能的事情。

我不知道我们目前的经济问题能不能得以解决。抛开与苏联交战的危险不说，短期内它取决于马歇尔计划的成功，而长期来看取决于西欧共同体能否成立或英国能否在市场争夺中取得优势地位。但可以肯定的是，我们再也没办法回到十九世纪和二十世纪初那时候的优势地位。除非英国的社会主义者掌握大权，并面对艰难的事实，否则他们不会承认他们想要更平均分配的国民收入有一部分是剥削殖民地得来的。长久以来，我们的产出一直比消费少（自从 1913 年以来我们就一直处于入超的状态），但我们拥有廉价原材料，而且在我们的那些殖民地或能以军事武力慑服的国家拥有可靠的市场。

这种情况不可能永远持续下去有许多原因，其中一个原因就是英国人民自身的帝国主义情结的衰微。在这里你会看到社会主义运动未曾得到解决的核心矛盾。社会主义是在工业化的西方国家里兴起的信念，对白人无产阶级来说，它意味着更好的物质条件，同时也意味着受剥削的有色人种的解放。但这两个目标是不可调和的，至少暂时是这样。社会主义运动的领袖们从未提到过这个问题，或从来没有大声地讨论过这个问题，现在他们为自己的怯懦付出了代价。由于人们并不了解基本的经济情况，事实上不可避免的困难似乎是因为社会的不公没有改变而引起的。乡村别墅和豪华酒店里仍然住满了有钱人，你会忍不住幻想要是把他们统统消灭的话，每个人都可以享受到用之不尽的物质财富。事实上，我们现在比以前更加贫穷，这种情况将持续很长一段时间，收入的重新分配并不能在本质上改变这种情况，但人们并没有清楚地意识到这一点，因此他们的士气受到了打击。

工党政府的公关工作很失败，这是司空见惯的事情。他们已经在进行宣传，特别是在上几个月，但他们还没有采取系统化的做法，每天告诉公众正在发生什么事情和个中原因，而之前他们也没有意识到需要这么做。政府的做事方法就是让人们在一年左右的时间里以为情况好得很，然后突然间在墙上张贴告示，上面写着最让人胆战心惊的标语："不工作就挨穷。"房屋紧缺、燃料紧缺、面包限量供应和波兰移民让人们怨气冲天，而如果之前就把一切事实解释清楚的话，情况并不会这么糟糕。政府在海外对英国的"推销"也做得不怎么成功，从我们在巴勒斯坦问题上的行动遭到世界各国的指责这件事就可以看出来，而与印度达成和解这个更加重要的问题却几乎没有人关注。

就英国内部的宣传工作而言，政府面临着两大难题。一个难题是它没有宣传的喉舌。除了《先驱报》这份日报之外，英国的出版业有的被保守党控制，还有几份报纸被左翼人士控制，但他们对工党政府的同情并不十分可靠。另一方面，英国广播公司是一个半独立的团体，在国内政治问题上恪守中立，只能作为官方宣传的有限渠道。政府所面对的另一个困难是它与敌人结成了联合政府，因此没有机会表明自己的立场。

在战前，多年来坚定不移的宣传工作让工党赢得了绝大多数体力工人和一部分中产阶级人士的支持，但那是过时的社会主义宣传，大部分内容与战后的情形无关：英国沦为积弱积贫的国家，德国和日本被征服，俄国成为敌人，美国成为活跃的世界霸主。在那段更让人感到绝望的战争时期，工党没有能力宣布自己是独立的政党，但我认为它在战争明确无疑将以胜利告终时没有立刻终止联合执政是一个严重的错误。接着大选到来，情况非常仓促。工党积极拉票，承诺会实现海外和平和国内繁荣，在当时的情况下它必须这么做。

如果它在当时更加诚实，它会解释接下来将是非常艰难的时期，而由于通往社会主义的第一步必须迈出，情况会更加艰难。它还应该解释与轴心国的热战结束只是意味着和苏联的冷战开始。每一个工党候选人都在说："工党将和俄国更好地相处。"这就等于在说"一个新教的政府将和梵蒂冈更好地相处"。但群众在投票时并没有了解到自1943年以来就很明显的事实：俄国满怀敌意，而共产主义和社会主义民主是一对不可调和的矛盾，与此同时，工党必须赢得大选。工党之所以获胜，一部分程度上是因为它许下了无法实现的承诺。很难去责备它做出这种事情，但群众对左倾政策和亲俄政策之间关系的疑惑原本可能会造成可怕的后果，它们之所以没有发生纯属幸运而不是依靠英明的领导。如果在战时出现的亲俄情绪一直持续下去的话，人们会认为英国正与苏联进行一场似乎没有意义的争执，还保留着庞大而昂贵的军队，这或许将导致工党运动自上而下的分裂。因为那样的话，或许就会有人似是而非地说，我们的艰难情况是由于美国迫使我们奉行反共政策而导致的。当然，那些共产党员和秘密党员就在这么说，但并没有取得意料中的成功，因为亲俄情绪冷却下去了，但不是因为工党的宣传，而是因为俄国政府自己的所作所为。当然，如果我们出于某个琐碎的理由而面临开战的话，公众可能会突然爆发反感情绪。

上面我所列举的所有困难——艰难甚至绝望的经济局势、选举前承诺的拉锯战和必要的重建工作、以旷工和不必要的罢工作为表达方式的疲惫和失望、对管制和重税越来越不满的小商人和中产阶级人士的敌意——尽管遇到这些困难，工党政府的地位依然很牢固。离下次大选还有两年，在此之前可能会发生灾难性的事情，但假如当前的情况一直继续下去的话，我不相信工党会下台①。目前，虽然它有敌人，但它没有意识形态上的对手。它的敌人有保守党政敌，但它的思想腐朽不堪，只有中产阶级和上层阶级在发牢骚，还有左翼政党、共产党、"秘密党员"和或许会追随他们的心怀不满的工党支持者。这些人尝试过分裂工党运动，但以失败告终，因为他们将自己与咄咄逼人的外国势力联系在一起，而在内政事务上，他们的政策与工党的政策其实大同小异。

　　你必须记住，工党和保守党代表了绝大多数的人民，除非他们自乱阵脚，否则很难有另一个大党崛起。共产党人可能会利用"渗透"的方式兴风作浪，但在公开的竞争中他们根本没有希望获胜。法西斯群体更加没有获胜的希望。莫斯利再度活跃起来，过去一两年来反犹主义又开始冒头，但现在用不着担心大规模的法西斯运动的兴起，因为旧的政党不分裂的话，它是不可能召集起党员的。工党在选举中唯一要担心的对手是保守党，但他们并没有高歌猛进的迹象。确实，他们在地区政府的选举上抢得了许多席位，或许是因为那些并不在意投票的群众，特别是妇女，想要对像土豆限量供应这类不受待见的管制发泄怒火。但在议会选举的层面，工党没有失去自 1945 年赢得的每一个议席。对于一个执政三年的政党来说，这是前所未见的事情。保守党要在大选中获胜只能靠席卷"浮动选票"（中产阶级和白领工人）以及 1945 年投给自由党的那两百万张选票。大部分体力工人不会再投票给保

----

　　① 从 1951 年至 1964 年，英国保守党连续三届赢得大选。

守党，在他们的心目中，它和阶级特权与失业联系在一起。

如果保守党人重掌大权，那将会是一场灾难，因为他们会遵循与工党政府差不多的政策，但没有关键人物所拥有的自信。只要工党权力牢固，或许连任上几届，我们至少有可能和平实现必要的改变。无疑，英国将会存在下去，而且不会有大规模的饥荒发生。问题是，我们能不能继续以民主国家的身份存在下去，能不能有正派的社会氛围与政治行为。接下来会有一段相当漫长的时间，除非出现社会崩溃和大规模失业，主要的问题将会是激励人们更加努力地工作。我们能不能不需要采取强迫劳动、恐怖手段和秘密警察就做到这一点呢？迄今为止，虽然比弗布鲁克的报刊①在大发牢骚，政府对个人自由并没有过度侵犯。它很少动用它的权力，也没有进行所谓的政治迫害。但那是因为决定性的一刻还没有到来。

其它国家，特别是法国，面临着和英国大致同样的情况。或许，所有的国家迟早都会面临同样的问题。左翼政府只会在艰难时期掌权，他们的第一任务总是让疲惫和失望的民众更加努力地工作。就英国而言，你能说的就是英国人民非常耐心，非常有纪律，而且愿意忍受任何事情，只要他们能看到承受这些事情的理由。最迫切的需要是让政府运用比以前更加明智的方式进行基本的解释工作，让一直认为战后一切会更好的群众能够理解为什么他们必须多忍受几年的加班和辛劳，而除了社会平等的提高之外，并没有别的直接补偿。

---

① 比弗布鲁克爵士掌控的右翼报纸包括《每日快报》、《标准晚报》和《星期天快报》。

然而，工党政府的成立并没有给英国的思想氛围带来什么不同。它对商人和体力工人的影响大于对自由专业人士的影响（除了医生之外）。那些左翼知识分子的不满和多疑态度几乎没有改变。这些人的思想在《新政治家报》，《论坛报》和拉斯基、科尔和克罗斯曼的宣传作品中得到淋漓尽致的体现。当然，他们都支持工党——事实上，他们当中有些人和工党有组织上的联系——但他们总是对它很不耐烦，而且总是对它的外交政策不予认同。流行的态度总是将工党看成一部机器，得去推它才能运作得更快，并怀疑它的领袖虽然没有真的变节通敌，却想要延缓改变的速度，尽可能地保持社会结构的完整。值得注意的是，这些人仍然习惯性地谈论"大英帝国"和"英国统治阶级"，似乎什么事情也没有发生过，仍然是丘吉尔和他的同伙在统治着这个国家。工党的声望很低，一个迹象就是除了《论坛报》这个政府可靠的支持者之外，没有一份周报或月报为它撑腰。

　　要解释这一态度，还有为什么当工党掌权后它并没有改变，你必须记住几件事情。一件事情是麦克唐纳①和他的团伙在1931年的背叛②留下了惨痛的创伤，让人下意识觉得工党政府的本质很软弱，而且有可能背信弃义。另一件事情是，工党本质上是一个工人阶级的政党，是有工会组织的产业工人的喉舌，而社会主义的理论家大部分是中产阶级出身。工党有自己的政策，但没有能与马克思主义抗衡的明确的意识形态。它存在的意义在于为打工者争取更好的条件，与此同时，它有讲究伦理的半宗教的传统，

---

① 詹姆斯·拉姆西·麦克唐纳（James Ramsay MacDonald，1866—1937），英国工党政治家，英国首位工党首相，于1929—1931、1931—1935年组阁。
② 1931年，麦克唐纳与保守党和自由党组建联合执政政府。

归根结底是福音派清教徒主义，不被那些接受了欧洲大陆的影响的知识分子所接受。观念的差异大致体现于对英国外部事物的态度。在战前那几年，几乎没有例外，工党只有中产阶级的支持者对国外与法西斯主义的斗争感兴趣，而如今在巴勒斯坦问题上也出现了同样的分裂。关心这个问题的工人在巴勒斯坦问题上并不反对贝文，而几乎所有的左翼知识分子都强烈表示反对。这并不是政策上的区别，而是主观情绪上的区别。没有几个人能够告诉你我们的巴勒斯坦政策是什么或曾经是什么（假如说我们曾经有过这一政策的话），更没有几个人能够告诉你这个政策应该是怎样的。但是，对于犹太难民的惨状，对犹太复国主义者所取得的成就，以及对英国士兵被恐怖主义者炸得粉身碎骨的惨状，或许不同的人会根据阶级背景的不同而有不一样的观感。

在战争期间以及战争之后出现了新一代的知识分子，他们的声音更加响亮，而且在思想上反对社会主义——或者说，反对中央集权主义、计划经济、劳动指挥和强制军事服役，并且反对国家对个人的干预。这一思想表现在无政府主义、和平主义和个人主义等运动中。此外还有小规模的民族主义运动（威尔士和苏格兰），近年来它逐渐普及，并有同样的抵制中央集权的倾向。大部分年轻一代的作家似乎都对政府怀有敌意，以相同的口吻指责它滥权反动。

有很多人在疾呼个人自由的衰亡，以及作家、画家和科学家将沦为御用文人的趋势。这在一部分程度上是正确的，但要责备的并不是工党。过去十几年来实际发生的事情是，即使不是所有的艺术家，至少作家的经济处境一直在恶化，他们不得不仰仗政府和像英国广播公司这样的半官方团体的施舍以谋生。这场战争加速了这个过程，而本届政府只是延续了从前任政府那里继续下来的传统。工党并没有制订任何文学或艺术政策。它的领袖是务实派，他们不想和艺术家们做朋友，也不想以极权主义的方式"协调"他们。近来越来越严格的就业规定确实蕴含着对所有知识分子的潜在威胁，因为理论上它能够为不成功的作家或画家安排"有贡献的"工作。但是，这种事情在现实中是不会发生的。对于那些真正在意文学或艺术的人来说，宁死不食嗟来之食的权力似乎与纯粹的资本主义体制一样不可动摇。

《英国的宣传册创作》[①]第一卷序文

——————————————

这本宣传册选集有二十五篇宣传文章，或全文引用，或部分节选。选择的标准是其代表性和文学价值，涵盖了从英国宣传册创作肇始的宗教改革到美国独立战争这两个世纪的时间。我们准备出版第二卷[②]，把宣传册创作的历史延续到我们这个时代。

雷吉纳德·雷诺兹先生承担了这本书的编纂工作。他必须从纷繁芜杂的材料中进行筛选，光是从 1640 年到 1661 年，伦敦就出版了 22 000 种各类宣传册和小册子。这份工作的困难之处不仅在于要挑出最好的作品，而且还要判断到底哪些是而哪些不是宣传册。"什么是宣传册？"这个问题就好比："什么是狗？"当我们看到一只狗时，我们都知道那就是狗，或至少我们认为那就是狗。但要给出一个清晰的文字定义并不容易，甚至区分一只狗和它的近亲比如一只狼或一只豺也并不容易。宣传册总是会和其它与其有很大分别的出版物如传单、宣言、纪念册、宗教小册子、通函、指导手册及其它廉价出版的纸封小册子混为一谈。但是，真正的宣传册是一种特殊的文学形式，数百年来并没有发生重大改变，但它经历了兴衰起伏。对它加以确切的定义很有必要，即使冒着拘泥刻板的危险。

宣传册是简短的辩论式的文章，以小册子的形式进行印刷，读者群体是普罗大众。它的篇幅没有明确的规定，但显然，一张只有"打倒墨索里尼"这几个字的传单算不上是宣传册，而像

《憨第德》或《木桶奇遇记》这么长的作品也不能被归为宣传册。或许一本真正的宣传册的篇幅介乎五百字到一万字之间，通常没有装帧，只需花上几便士就能买到。一本宣传册的首要宗旨不是提供娱乐或挣钱。它之所以被写出来，是因为某人有话想说，而且因为他相信没有其它争取听众的途径了。宣传册探讨的或许是伦理或神学问题，但它们通常都带有清晰的政治意味。一本宣传册可能是为了"支持"或"反对"某个人或某件事而写的，但本质上它总是一则抗议。

正如雷诺兹先生所指出的，宣传册创作只有在一个人能够很轻松地将所写的文字刊印出来的情况下才会蓬勃兴盛，无论是以合法手段还是以非法手段。或许一点非法刊物的感觉对于宣传册来说不无裨益。当言论自由真正实现，所有的观点都可以在媒体上表达时，宣传册创作就失去了一部分存在的理由。另一方面，如果一个人被迫违法才能进行写作，他就不会那么害怕说出诽谤诋毁的话。暴力宣泄与下流肮脏是宣传册的传统的一部分，从某种程度上说，这是内容审查制度促成的。我们将会看到这本选集中有几篇宣传文章是匿名创作的，或在海外出版，然后偷偷运到英国。这在十六世纪和十七世纪是很正常的事情，当时几乎每一个专制政府都很无能。大权在握时，没有人愿意让他的政敌争取听众，但与此同时，警察根本不足为虑，非法文学能够自由传播。在现代专制社会，宣传册创作再照搬十七世纪的做法是行不通的。秘密刊印即使能够进行，也会是极其危险的举动，没有哪

---

① 由乔治·奥威尔与雷吉纳德·雷诺兹（Reginald Reynolds）编撰，于 1948 年 11 月 15 日出版。
② 第二卷于 1951 年出版。

个做这件事情的人会有闲情逸致去雕琢典雅的文字。十七世纪的巴罗克式英语宣传册让人觉得它们出自内心无所恐惧的人的手笔。下面是无名氏创作的《讨暴君檄》中的几句话。请注意那些多姿多彩的形容词：

> "但是，如果可以的话，请告诉我，你这座荒唐而没有信仰的城市，是谁教你违反上帝十诫中第二块法版的戒律比违反第一块法版的戒律会招致更大的惩罚呢？是谁教你们抓拿可怜无知的窃贼却去维护暴君呢？他们都是富有、虚假、傲慢、伪善、全无虔诚的窃国大盗。"

下面是掘土派①的杰拉德·温斯坦利②的言论，他在英国内战中破产，并遭受到英联邦政府的无情迫害：

> "你们这些伦敦的热情的牧师和教授，还有你们这些高官和军队里的士兵，你们抗击北欧骑士的胜利如今安在？你们在大地上点起了熊熊火焰，在你们饥肠辘辘勤勉操练的日子里向上帝哀求和致谢，你们是否还记得？你们愿意再次被诺曼人的强权所统治，忍受旧时的不公法律吗？……噢，你这座城市，你这座伪善的城市！你这个盲目的、昏昏沉沉睡去

---

① 掘土派和平权主义者(diggers and levellers)，指十七世纪英国追求社会公义和平等的左翼人士，掘土派的思想理念更为左倾，要求均分土地，让人民自由耕种，后来遭到克伦威尔的镇压。

② 杰拉德·温斯坦利(Gerrard Winstanley, 1609—1676)，英国政治活动家，掘土派精神领袖，代表作有《英国的受压迫的穷苦百姓的宣言》、《公义的新法》等。

的英格兰，你正在贪婪的睡床上沉睡打鼾。醒来！醒来！敌人已经在你背后，他们正准备破墙而入，夺走你们的财产，你们可要小心！"

当政治争端只能通过张贴传单和在人行道上写粉笔字时，谁还会写出像这样的语言呢？

只有那些满怀激情有话想说，并认为真理虽然蒙垢，但只要公众了解事实的话就会支持他们的人，才有可能写出好的宣传作品。如果一个人对民主没有坚定的信念，他是不会去撰写宣传册的，他会通过巴结讨好达官贵人以实现自己的目的。又可以这么说，当激烈斗争的双方阵营都有正直而有才的人士时，宣传册的创作将会走向繁荣。这本选集在挑选宣传文章时尽可能完整地涵盖整个时期，但我们会注意到，只有四篇文章出自 1714 年至 1789 年，而这四篇文章里面，只有一篇（潘恩[1]的《常识》）讲述了英国的内部事务。雷诺兹先生对这段政治纷争的"间隙"作了评述，并指出了原因。在那个时期——从清教主义站稳脚跟之后到法国革命爆发之前——没有意识形态上的冲突。政治斗争以一方的彻底胜利而告终，与法国展开的战争并不涉及英国的存亡，关于黑奴或东印度公司剥削的争论只涉及一小部分人。而之前的两个世纪情况则不一样。每一位有识之士都受到斗争的影响，各方都真诚地认为另一方犯下了玷污光明的罪恶。大体上，当时思想界的情形与我们今天的情形出奇地相似。

---

[1] 托马斯·潘恩（Thomas Paine, 1737—1809），英美作家、思想家、革命家，代表作有《论常识》、《理性的时代》、《人权》等，其思想对美国独立革命有深刻影响。

雷诺兹先生的选集中所有的宣传文章，截至并包括了斯威夫特的作品，是一场大规模战争的激烈交锋。那是天主教与清教、封建主义与资本主义之间的斗争。斗争先是在英国和西班牙之间展开，然后在国王与议会之间展开，接着在辉格党与托利党之间展开，期间还夹杂着——或许可以说是从中派生出来的——获胜的议会派与其内部左翼分子之间的斗争。回过头来看最主要的交锋，不难看出，克伦威尔所代表的力量理应获胜，因为他们至少为未来带来希望，而从他们的对手身上看不到希望。但是，正如一些观察者在当时就意识到的，他们的胜利并没有带来实质的福祉，而只是承诺。它的结果就是现代资本主义的崛起，而现代资本主义只能被视为进步中的一个环节，使另一场还没有发生的变革成为可能。如果你对资本主义已经取得的成绩进行评判——工业革命的种种丑恶现象、一个又一个文化被摧毁、数百万人蜗居在蚁穴一般的丑陋城市里，以及对有色人种的奴役——很难认为资本主义本身要比封建主义更加优越。在英国内战时期，议会派的胜利所带来的长期影响在当时并不能被预见到，但战争还未结束平民百姓就清楚地知道自己为之奋斗的事业已经失败了。旧的暴政被推翻，思想自由与社会平等却并没有更加接近实现。

这整个过程在今天看来很熟悉，就像是象棋里的一个经典开局。虽然历史似乎并没有在重复自身，但它总是呈现螺旋式上升的运动，因此，数百年前的事件似乎就在你的眼皮底下进行。某些人物、争论和思想习惯总是不停重演。总是有像温斯坦利这样的空想家，他们遭到双方阵营的迫害。总是有人争辩说革命形势不进则退，而反击言论则说第一要务是巩固胜利局面。总是有人指责说激进的革命派其实是反动派的同伙。一旦斗争结束，保守派总是比已经获胜的激进分子更加进步。介绍天主教与清教之间的斗争这一系列的最后一篇宣传文章选的是《谦卑的提议》——这很是恰当。在这篇文章里面，斯威夫特——他既不是天主教徒也不是詹姆斯二世党人，而是失败者的拥趸——为惨遭蹂躏欺凌的爱尔兰人呼吁。

革命最振奋人心的事情就是，尽管它总是以失败告终，但它总是在继续。对自由平等永远相亲相爱的人类世界的憧憬——在一个时代被称为天国，在另一个时代被称为没有阶级的社会——从来未能实现，但对它的信仰似乎永不消退。英国的掘土派和平权派在这本选集中有三本宣传册作为代表，其思想脉络可以追溯到古代的奴隶起义，经过中世纪的多次农民和异教徒的起义，一直到十九世纪的社会主义运动，再到我们这个时代的托洛茨基主义者和无政府主义者。在这几份宣传册中你会发现对理想社会曾经存在于过去某个时候的信仰，因此，真正的革命其实是回归过去。在温斯坦利的宣传册里，"诺曼人"这个词语反复出现。一切不公的压迫——国王、法律、教会、贵族——都是诺曼人的所为，温斯坦利表示英国的平民曾经是自由的，他们身上的桎梏是外国人后来强加于他们身上的。这个信仰以更加明确的形式仍然存在于我们这个时代。温斯坦利和他的同仁生活在机器时代之前，只能想象出原始农业社区，没有预见到人类可以从辛苦的劳动和不平等中解脱。他们的纲领——除非你认为低下的生活水平本身是好事——已经过时了，但他们的困境正是今天信奉民主和社会主义的知识分子的困境。

你不应该过分强调十七世纪和二十世纪的相似性，因为现在的情况更加复杂，而且机器的出现和宗教信仰的衰微使得思想氛围发生了改变。但是，大体上的相似还是很明显的，因此就有了这么一个问题：为什么在我们这个时代宣传册创作没有那么兴盛呢？

值得注意的是，就产出的数量而言，我们这个时代是宣传册创作的时代。宣传册可以任意刊印，根本无法去了解在某一时间到底有多少本宣传册出现，但自从希特勒上台后的十五年来，这个数字肯定非常庞大。这些年来，无论纸张情况如何紧张，保守党人、社会主义者、共产主义者、无政府主义者、和平主义者、托派分子、货币改革派、素食主义者、活体解剖的反对者、工会成员、雇主联合会、小规模政党或政党内的派系、从天主教会到不列颠以色列教会的各个宗教群体、形形色色的研究团体，当然还有各个官方和半官方的组织，都在无休止地推出宣传册。雷诺兹先生提到从 1640 年到 1661 年间有 22 000 种宣传册在伦敦流传，这个数字很可观，但当代宣传册的产量或许还要大得多。我不知道该如何去验证这一点，但从 1935 年到 1945 年间（过去一两年这股潮流似乎有所减缓）英国出版的宣传册可能是每年好几千种。但是，所有这些出版物中，几乎没有什么作品自身有阅读价值或产生了值得关注的效应。迄今为止出现了诸如《罪人》这样的广为流传、篇幅简短的书籍，并对公众舆论造成了一定的影响，但如果你接受我在前面所给出的定义的话，这些作品其实并不是宣传册。拥有文学价值的宣传册已经再也找不到了，宣传册依然存在，它甚至很繁荣，如果你单从数量上进行判断的话；但它发生了改变，有必要对其原因继续探究。

你必须首先关注的是英国语言的衰落。这个问题非常重要，因为宣传册的目的是起到宣传作用，通常不是由专职作家撰写。

在任何时代，如果肯花费心思的话，每个人都可以写出好文章。但如果信笔写来的语言没有被败坏的话，纯粹政治性的文章或许会更好。下面有两段节选的文字，分别出自于维克多·戈兰兹①先生近期发表的宣传册《由他们自决命运》和约翰·埃尔默②的《真信徒的港湾》。它们的题材很相似，可以进行比较。两位作者都在指出英国人要比德国人生活得更好（但怀着不同的动机）。《由他们自决命运》的文字比大部分当代宣传册更加简洁和富有活力，因此拿来比较可以说是公平的。

下面是二十世纪的文字：

这就是写于 3 月 30 日这一天的情况。德国人吃的是作种的土豆，而我了解到，警察纷纷在岗位上倒下。四月份的限量供应将维持在 1 000 卡路里。做到这一点，除了动用最后一批储备粮食之外，还将几艘前往英国的小批量货轮改道去德国，以兑现之前保证会有物资运往德国的承诺。没有人能够猜到五月份将发生什么事情……在我创作期间，根据官方多次发布的内容，英国人每天摄入 2 850 卡路里，而根据联合国救济处的规定，2 650 卡路里就足以维持全面健康和工作效率。在 3 月 11 日，削减脂肪和干蛋粉之后，萨莫斯基尔医生提供的数字是 2 900 卡路里。英国粮食部所拥有和控制的粮食与饲料储备，除去农场的库存和二级批发商及生产商控制的物资之外，在今年三月的最后一天，估计总额不低于四百万吨。

---

① 维克多·戈兰兹(Victor Gollancz, 1893—1967)，英国出版商、左翼事业的支持者，代表作有《工业主义的理想》、《在最黑暗的德国》等。
② 约翰·埃尔默(John Aylmer, 1521—1594)，英国主教、宪政主义者。

下面是十六世纪的文字：

现在将他们（日耳曼人）与你们相比，你们将知道自己是何等幸福。他们吃的是野草，而你们吃的是牛肉和羊肉。他们吃的是草根，而你们吃的是黄油、奶酪和鸡蛋。他们喝的是清水，而你们喝的是美酒佳酿。他们从菜市回来，只带回一点沙拉，而你们享用上等好肉，吃到撑破肚皮。他们从未见过海鱼，而你们吃得脑满肠肥。他们支付赋税直至形销骨立，而你们则可以将财富留给子孙。你们一辈子只被祖国征召两三回，还有补贴军饷可拿，而他们无日不在纳税，永无停息。你们生活得像贵族，而他们活得像猪狗。愿上帝保佑我们，免遭他们的不幸。

我并不是说第二段文字在方方面面都要比第一段文字更加出色。现代的写作方式自有其价值，这在某种程度上应归功于科学思想的传播。显然，那位十六世纪的作者即使听说过像卡路里这样的事情，也绝对不会像第一段文字那样尝试进行精确的表述。纵观这本选集中早期的宣传册，你会注意到，它们大都缺乏理性的辩论，绝大部分的内容是权威性值得怀疑的断言。在过去一两个世纪里，我们更好地了解到证据和证明的含义，语言本身变得更加精确和能够表达更加广泛的意思。但是，在先后读完上面那两段文字之后，难道你不觉得英语的文字水平大大下降了吗？当一个人不是出于审美原因去遣词造句时，散文的平均水准就会下降。"吃到撑破肚皮"——"支付赋税直至形销骨立"——"愿上帝保佑我们，免遭他们的不幸"——白皮书的编写者或费边社的宣传人员是不会出于本能去使用这样的语言的。因此，纯粹政治性的作品不大可能既是宣传材料，又有艺术性可言。

但现代宣传册的另一个严重的劣势在于，公众并不在意宣传册。宣传不同于小说或诗集，它没有确定的渠道去接触到最有可能欣赏它的读者。弥尔顿、斯威夫特、笛福、儒尼尔斯[①]等人所创作的宣传册都称得上是文学作品，它们也被视为当时政治生活的一部分。如今即使有相当分量的宣传册出现，情况或许也不会一样了。事实上，由于宣传册的传播方式，一流的作品也很有可能几乎不会引起关注，即使它的作者已经写过书或报纸文章。

宣传册不仅大规模地刊印，有些宣传册还能卖出好几千册乃至数万册。但是，它们的传播大部分都有猫腻。大部分的宣传册是由政党或政治群体印制的，利用它们和海报、传单、游行、人行道粉笔字等手段，作为整个宣传行动的一部分。在公共聚会上，它们被强行派发给与会者，他们购买这些宣传册权当门票。又或者，它们被送到党支部，支部成员和热心的个体会订购所支持的政党的一切刊物，或者被免费派送，或派发给议员和其他公职人员。许多或绝大多数宣传册根本没有被读过就直接被扔进废纸篓里。而且，即使你有兴趣想拿到某一份宣传册，也总是很难实现。宣传册是由不同的组织发行的，其中有许多组织在成立之后很快就销声匿迹或改头换面。没有哪个书店会去存放所有的宣传册，它们也没有被完整地列入出版名录中，只有一小部分会被报刊提及。即使是最热心的收藏者也无法完整保存所有出版的宣

---

① 儒尼尔斯(Junius)，1769年至1772年间流传英国的一系列宣传文章的作者使用的笔名，真实身份不详。

传册。可以想象，一本宣传册总是会与潜在的读者群体失之交臂，尽管它以单独成册的形式出现，但如果它以月刊文章的形式出现的话，将会取得更大的效果和更多的关注。

当然，大部分宣传册并不值得关注，它们当中大部分其实是垃圾。无论在哪个时代，这肯定是事实。除了我已经提到的那些原因之外，还有其它原因对我们这个时代偶尔出现的好的宣传册不利。宣传册文学不仅被视为宣传，而且被视为政党宣传。它所表达的并不是某一个人的思想，而是某个有组织的运动、群体或委员会的"纲领"，就连实际执笔者也不一定完全由单独某个人担任。旧式的宣传册创作，当某位独立作家不平而鸣，或倡导一个计划，或攻击某个政敌时，他会拿着手稿去刊印，或许是通过地下印刷，然后在街上以几便士的价钱兜售，这种做法现在几乎闻所未闻。没有几个人知道该如何着手进行，而且大部分自费出版的宣传册总是索然无趣的胡言乱语或无稽之谈。另一方面，商业出版对政治宣传册根本不感兴趣。如果你想要以这种特别的体裁进行创作，你就只能去依附某个组织，牺牲自发性甚至诚信。

雷诺兹先生的选集里有五份匿名创作的宣传册，其它二十篇——雷诺兹先生认为是十九篇，或许第二十篇也是——出自个体作者的手笔。当与现代政治文章进行比较时，它们都让人觉得很有个人的风格。这体现于它们的语言和辩论手段的丰富。直到不久前，广为接受的政治术语并不存在。即使一位像指鹿为马的律师那样受人雇佣、鬻文为生的作者，也会自己选择措辞，或许他还会选择进行辩论的纲领。以《皇室宗教》的节选片段为例，在这段文字里，丹尼尔·笛福受皇室所托，将威廉三世描写成虔诚的典范。我们或许会以为笛福的动机并不十分高尚，而且并非出于对某件事不吐不快的热情。但是，他的语言是那么生动！那就像一连串的奶油蛋糕，每一个都砸中了目标。宣扬暧昧可疑的目标的现代政治家几乎不可能展现出同样的幽默和才华，因为他从来无法让自己的想象力如此自由地翱翔。党派的正统思想不仅使他的词汇黯然失色，而且一早便决定了他辩论的主旨。

在《议会成员遴选惕言》中，哈利法克斯勋爵对从十七世纪末开始主宰政治生活的政党体制发起抨击。从那时起，他所提到的诸多恶果急剧膨胀，而且新的邪恶接踵出现。如果考虑到牵涉其中的因素，你就会知道英国不可能避免政党体制的崛起，但是，毋庸置疑，它在扼杀政治思想和创作。情况一定会是这样，因为集体行动要求思想合群，而文学只能由个体进行创作。因此，除非出了什么岔子，在组织严密的群体的控制下，优秀的宣传册是无法出现的。典型的现代宣传册要么是某部社会学或经济学长篇论述的牙慧，要么是为演讲人提示论点或可以引用的数字手册，要么只是一番冗长的口号。当宣传册被视为一种为自我的意见争取听众的方式时，而且你有迫切想要表达的想法，愿意自己去刊印和传播，并不想着从中牟利是很正常的事情，好的宣传册才会开始出现。

一种文学形式的生存或消亡或许是由与它的内在价值没有关系的技术因素所决定的。譬如说，三卷本小说的绝迹一部分原因是借阅图书馆决定抵制它。或许是出于经济上的原因，"中篇小说"（篇幅介于一万五千字至三万字不等）在英国未能兴盛。我曾经提到，宣传册走向衰落的一部分原因是它被政客控制，因此不再值得被严肃对待或能够吸引有才华的作家。很难想象斯威夫特或弥尔顿——甚至笛福或托马斯·潘恩——如果还在世的话，会愿意去撰写宣传册。他们希望争取到的目标群体只能通过别的方式才可以接触到。遗憾的是，在宣传册里，你可以做到在其它创作形式里做不到的事情。宣传册是一台独角戏。你有完全的表达自由，如果你愿意的话，包括下流、辱骂和煽动的自由。另一方面，它可以比报纸或大部分期刊更加具体、严肃和高深。与此同时，由于宣传册的篇幅总是很简短，而且装帧朴素，它能比一本书更快地刊印，原则上应该能够接触到更大的读者群体。最重要的是，宣传册不需要遵循任何规定的模式。它可以是文章或诗歌，它的主要内容可以是地图、数据或引用文献，它的题材可以是故事、寓言、信件、散文、对话或"报告文学"。对它的所有要求就是应该切合主题、做出论述和简短。从这本书的二十五篇宣传文章中就可以看出其内容的多样性与可能性，它们的内容涵盖热烈的争辩、讽刺、典雅修辞和纯粹只是谩骂。

宣传册的一个重要作用是充当官方历史的脚注或注释。它不仅保存不受待见的观点，而且为历史事件提供当权派有理由加以歪曲的材料。这本选集里的一个好例子是那篇描述被审判的贵格教徒佩恩①的作品《论人的古老正当的自由权利》，读起来似乎很贴近真相，勾勒出一幅关于早期极权主义的有趣图画。像这样的暴行，事实上，所有的稗官野史，无论真实还是虚构的阴谋诡计、暴动、屠杀和刺杀都有可能被列入宣传册中，不然就得不到记载。这是任何时代都需要去做的工作，而在这个时代这种需要更是迫切。

---

① 威廉·佩恩(William Penn, 1644—1718)，英国商人、政治家，北美宾夕法尼亚州开拓者，倡导民主与宗教自由，曾多次被英国教廷逮捕、囚禁和审判。

在介绍安东尼·本尼泽特①的《忠言与警告》时，雷诺兹先生评论说，在十八世纪中期，像黑人奴隶这样的问题"至少让宣传作家有题材可写"。在我们这个时代，宣传册作家苦恼的绝不是题材的匮乏。或许以前从来没有一个时代如此迫切要求他展开行动。不仅意识形态的仇恨比以往更加尖锐，而且少数派遭到镇压，真相被以从前根本不可想象的方式加以扭曲。放眼看去，你会看到比十字军东征更加激烈的斗争，比宗教审判更加凶残的暴政，比教皇阴谋②更大的谎言。有人或许会争辩说，由于英国有自由多元的出版业的存在，宣传册作家并没有太大的空间，任何曾经尝试过为不受欢迎的目标争取听众的人都不会认同这一点。英国的出版业确实拥有法律上的自由，它并不是虚假的，而是非常真实的祝福，在现代世界是越来越稀罕的异数。但英国的出版业并不是真的充分代表了所有意见。将你的政治思想写下来总是会很安全，但要将它们印刷出来，还要让它们接触到普罗大众，这并不是容易的事情。由于报纸的所有权和运作情况使然，不仅少数派意见，甚至包括多数派意见，当它们不受某个有影响的组织支持时，几乎不会引起任何关注，而且最重大的事件可能根本没有人去关注，或以矮化和扭曲的形式呈现在公众面前。任何时刻都有某个主导性的正统思想，有对重大但令人不悦的事实不加以讨论的默契。从许许多多的例子中单举近期的一个：将一千两百

---

① 安东尼·本尼泽特(Anthony Benezet，1713—1784)，美国废奴主义者、教育家。

② 教皇阴谋，指 1678 年至 1681 年间流传于英格兰与苏格兰的谣言，声称罗马天主教徒正密谋加害英王查尔斯二世，引起针对罗马天主教徒的控罪、审判和逮捕，但后被证实并无此阴谋。

万德国人从东普鲁士和苏台德等地区的家园赶走这件事。这件事在英国的报刊上得到多少篇幅的报道呢？而这件事英国至少必须负上部分责任。英国公众对这件事有多强烈的反应呢？事实上，如果进行必要的访问后，发现绝大多数英国成年人根本不曾听说过这件事，这会让人感到惊讶吗？

当然，确实，这类事件会以宣传册的形式得以记录。正如我所说的，现代宣传册的实际数目非常庞大，但它们都写得很糟糕，没有多少人去读，也没有几本值得一读——只是政党的正统思想的零星片段，划出从印刷机到废纸篓的一道抛物线。大体上，它们不是由从事写作的人所撰写的，因为没有哪个对文学有深切情怀或分辨得出英语好坏的人，能够接受一个政党的约束。说出过去十五年来有哪个著名的英国作家曾经撰写过宣传册是很困难的事情。如今没有斯威夫特或笛福，就连那些不如他们的作家也不愿意去撰写宣传册。为了让他们开始去做这件事情，人们有必要再一次意识到宣传册作为一种影响舆论的方式和作为一种文学形式所具有的可能性：换句话说，宣传册的名声应该得以恢复。希望这本选集以及它的后续作品，除了自身很有可读性之外，将会对实现这一目标作出贡献。

《随意集》一至八十

随意集·一

1943 年 12 月 3 日

场景：一间香烟店。两个美国士兵大摇大摆地经过柜台，其中一个醉醺醺的，但还能和两个年轻女店员调情，另一个是那种"好斗的醉鬼"。奥威尔登场，正在找火柴。那个好斗的士兵努力站直身子。

士兵："怎么说都行，奸诈狡猾的阿尔比恩人。你听见了吗？奸诈狡猾的阿尔比恩人。千万别相信英国人。你可不能相信英国人。"

奥威尔："不能相信他们什么呢？"

士兵："怎么说都行，打倒英国，打倒英国人。你想做点什么事情打倒英国吗？那你就去做吧。"（伸出他那张脸，活像一只花园墙上的公猫。）

香烟店老板："你再不闭嘴的话，他会揍扁你的。"

士兵："怎么说都行，打倒英国。"（再次躺倒在柜台上。香烟店老板轻轻地将他的头从天平那边挪开。）

这种事情并不稀奇。即使你离开了醉鬼和妓女云集的皮卡迪利，在伦敦的任何地方你都会觉得英国如今是被占领区。大家普遍认为行为得体的美国大兵就只有那些黑人。另一方面，那些美国人也有自己正当的抱怨——他们格外抱怨那些从早到晚跟着他们讨糖吃的孩子。

这种事情重要吗？答案是，当英国和美国的关系趋于平衡时，当这个国家想要和日本达成共识的依然强大的势力能够再次登台亮相时，它或许很重要。到了那个时候，民众的偏见会有相当大的影响。在战前，英国没有普遍的反美情绪。事情是从美国部队抵达时开始的，而不在媒体上探讨这个问题的潜规则使得情况变得更加糟糕。

在这场战争中我们似乎定下了政策，不对我们的盟友提出批评，对他们的批评我们也不作回应。结果，迟早会引发最严重的麻烦的事件已经发生了。一个例子就是：美国和英国达成了协议，美国士兵在英国侵犯了英国人不受英国法律的约束——基本上享有"治外法权"。十个人中没有一个知道这一协议的存在。报纸几乎对此没有进行过报道，并拒绝对此发表评论。人民也无从了解在美国反英情绪的程度。英国人对美国的印象源自精心编辑过的、迎合英国市场的电影，他们不知道美国人从小到大被灌输了关于我们怎样的认识。比方说，当你突然间发现美国的老百姓认为在上一场战争中美国的伤亡比英国更大时，你会大吃一惊，而这种惊讶会引发激烈的争吵。就连美国士兵的兵饷是英国士兵的五倍这么一个根本的区别也从来没有好好报道过。没有哪个理智的人想要挑起英美两国间的嫉妒。恰恰相反，正因为你希望这两个国家能关系友好，你才会希望开诚布公地说个清楚。我们政府的和稀泥政策在美国并没有给我们带来好处，而在本国，它使得危险的愤恨在表面下发酵。

自 1935 年来，当撰写宣传手册死灰复燃后，我一直在收集宣传手册，政治的、宗教的和别的什么。对于任何刚好看到它，又有一先令可以花的人，我建议罗宾·毛姆①写的《1946年手记》，由"战争史实出版社"出版。它是那种规模虽小却在成长的"无党派"激进文学流派的绝好例子。它的主旨是描写英国于 1944 年在一位功勋卓著的将军的带领下建立了法西斯独裁体制，而这位将军（我觉得）取材于一个活生生的原型。我觉得它很有趣，因为它让你知道普通的中产阶级对于什么是法西斯主义有怎样的想法，而更重要的是，为什么法西斯或许会成功。它的出现（以及我收集的其它类似的政治宣传手册）表明自 1939 年以来普通的中产阶级思想有了多少进步，那时候社会主义仍然意味着瓜分财产，而欧洲所发生的事情根本与我们无关。

谁写了这段文字？

我们走过德鲁里巷时，那些地窖的格栅里传来一股极为难闻的恶臭，那是一股我直到今天仍然记得的味道。正当我们经过时，一个衣不蔽体的男人推开我们下面的一扇破窗，涌来一股腐烂的气息，由秽物、被呼吸了上百遍的空气、无以名状的人身上的肮脏和疾病交杂在一起的气味所构成，我怀着无法抑止的忐忑不安，走到阴沟边……直到我和他们有

---

① 罗伯特·西塞尔·罗默·毛姆（Robert Cecil Romer Maugham, 1916 —1981），英国作家，代表作有《仆人》、《有两个影子的人》。

了亲身接触，我才了解到生活在大城市底层的那些阶层和骑在他们头上的那些人是多么的遥远，他们是多么彻底地失去了普通人的行为动机，他们的生活是多么的暗无天日，由于不断地挣扎求存和与社会为敌，自然而然地，他们完全沉浸于自私自利。对我来说，这是一个可怕的念头，在那些星期天就会出现，在其它时候也纠缠着我：男人、女人和孩子生活在粗鄙的堕落中，他们一死别人就会占据他们的位置。我们的文明似乎只是一层薄膜或外壳，覆盖在一个无底洞上面。我经常猜想，有一天这个无底洞会不会裂开，将我们全部吞没。

起码你会知道这段文字出自某个十九世纪作家的手笔。事实上，它来自一部小说——马克·卢瑟福的《解脱》。（马克·卢瑟福的真名是霍尔·怀特[①]，以伪自传的形式写了这本书。）除了这篇文章的文笔之外，你能认出它出自十九世纪是因为那段关于贫民窟难以忍受的污秽的描写。那时候伦敦的贫民窟就是那个样子的，所有诚实的作家都那么描写。但是，更具特征的是那种将整整一个群体视为不可接触和无可救药之人的观念。

几乎所有十九世纪的英国作家都认同这一点，甚至包括狄更斯。城市工人阶级有一大部分人备受工业主义的摧残，纯粹只是野人。革命不是一件为人所期盼的事情，它只是意味着那些野蛮

---

① 威廉·霍尔·怀特（William Hale White，1831—1913），英国作家，代表作有《解脱》、《坦纳街的革命》等。

人将文明吞没。在这本小说里（它是最好的英语小说之一），马克·卢瑟福描写了在德鲁里巷附近的某个传教活动或教会组织的创立。它的目的是"逐渐吸引德鲁里巷的人前来并得到救赎"。不消说，这失败了。德鲁里巷的人不仅不想要获得宗教意义上的救赎，它甚至不希望受到教化。事实上，那个时候马克·卢瑟福和他的朋友成功做到的，一个人所能做到的，就是为附近社区那些与环境格格不入的少数人提供一个栖身之所。广大群众都被排除在外。

马克·卢瑟福写的是七十年代，在 1884 年的一则脚注里他写到的"社会主义、土地国有化和其它计划"如今已经出现，或许能带来一丝希望。但是，他认为工人阶级的情况会每况愈下，不会有所改善。有这种想法是很自然的事情（就连马克思似乎也这么认为），因为那时候很难预料到劳动生产力的巨大提升。事实上，生活标准如此大的改善在马克·卢瑟福和他同一时代的人看来是根本不可能的事情。

伦敦的贫民窟仍然非常糟糕，但比起十九世纪的贫民窟根本算不了什么。一个房间要住四户家庭，每户家庭睡一个角落，乱伦和弑婴被认为是几乎天经地义的时代已经过去了。最重要的是，将整个阶层的人视为无可救药的野蛮人这种被认为是天经地义之事的日子已经过去了。如今在世的最势利的托利党也不会像马克·卢瑟福那样描写伦敦的工人阶级。而马克·卢瑟福——狄更斯和他抱以同样的态度——是一个激进分子！时代确实进步了，虽然在这个集中营和硕大而诡丽的炸弹的时代很难令人相信这一点。

随意集·二

1943 年 12 月 10 日

　　最近发行的《新共和报》名为《黑人：他在美国的未来》的特别增刊值得一读，但它所引发的问题比它所探讨的问题还要多。它揭示了当前黑人平心而论在美国非常糟糕的待遇。虽然战争带来了明显的需要，但黑人仍被排挤在技术工作之外，在军队中遭受孤立和侮辱，被白人警察殴打，被白人法官歧视。在南方几个州，他们被征收人头税，剥夺了公民权。另一方面，那些拥有投票权的人受够了当前政府的所作所为，开始转向共和党——这实际上意味着支持大型商业财团。但所有这一切只是世界领域内的肤色问题中的一个方面。这本增刊的作者所没有指出的是，这个问题在资本主义制度里是无法得到解决的。

　　一个没有被提及的重大政治事实就是生活标准的差异。一个英国工人在香烟上所花费的金钱大概相当于一个印度农民的全部收入。要社会主义者承认或强调这一点并不容易。如果你要人民起义反对现有的体制，你必须向他们表明他们生活得很惨。一开始你就告诉一个领救济金的英国人说，在一个印度苦力的眼中他几乎就像一个百万富翁，这一策略实在令人生疑。在这个问题上几乎所有人都保持缄默，至少在欧洲这边是这样。它使得白人工人和有色人种工人无法团结一致。白人工人几乎不知道——或许是不想知道——他们正在剥削有色人种工人。作为报复，有色人种工人能被利用并正被利用以反抗白人工人。在西班牙，佛朗哥的摩尔人部落正在从事那些孟买工场中饥肠辘辘的印度人或被她们的父母卖身为奴的日本工厂女孩的工作，只是更加引人注目。根据目前的情况，亚洲和非洲就是一个无穷无尽的、为破坏罢工提供劳工的储备区。

我们不能责备有色人种工人不和他的白人同志团结在一起，后者的生活标准和他自己的生活标准之间的差距实在是太大了，这使得西方的任何生活标准的差距都显得微不足道。在亚洲人的眼中，欧洲人的阶级斗争就是一场骗局。社会主义运动在亚洲或非洲从来无法真正立足，甚至在美国的黑人中也是如此，在每个地方，它被民族主义和种族仇恨所取代。因此，就有了思想进步的黑人准备投票给杜威①和印度的国大党成员选择支持本土的资本家而不是英国工党这一幕幕奇观。在数亿"非白人"人民的生活标准被提升到和我们的生活标准同等水平之前，是没有解决办法的。这或许意味着暂时降低我们自己的标准，但无论左派还是右派都在全方位地回避这个问题。

作为个体，你能为这个问题做点什么吗？你至少可以记住肤色问题的存在。有一个不是很麻烦的小预防举措，或许能够做出一点贡献，以减轻肤色战争的恐怖。那就是避免使用带有侮辱意味的绰号。没有几个记者，甚至包括左翼报刊的记者，愿意花点心思去了解哪些名字是其他种族反感的，哪些名字是他们不反感的，这实在是令人觉得惊讶。"native"（土著）这个词会让任何亚

---

① 约翰·杜威(John Dewey, 1859—1952)，美国哲学家、教育家、实用主义理论先驱，笃信教育驱动进步和自由主义，曾于1919年至1921年受胡适和蒋万里邀请到中国讲学。代表作有《哲学重建》、《民主与教育》、《人的本质和行为》等。

洲人充满愤怒，从十年前开始就连印度的英国官员也不再使用了，但它在报刊里到处出现。"Negro"（黑人）的第一个字母总是被印成小写的 n，这是绝大多数黑人所憎恶的。关于这些事情，你的信息需要与时俱进。我刚刚仔细地检阅了我的一本将要重印的书的校样，将凡是写了"China-man"（支那人）的地方统统改为"Chinese"（中国人）。这本书是在不到 12 年前写的，但经过这段时间，"支那人"已经成为一个非常要命的侮辱性名称。就连"mohammedan"（回教徒）现在也开始遭人反感。你应该说"Moslem"（穆斯林）。这些事情很幼稚，但民族主义就是幼稚的。说到底，我们自己也不喜欢被叫成"Limeys"（英国佬）或"Britishers"（老英）。

随意集·三

1943 年 12 月 17 日

许多来信斥责我对在英国的美国士兵所作的那些评论，让我不得不回到这个话题。

与大部分来信的读者所设想的正好相反，我并不是想挑起我们和盟友的麻烦，我对美国也没有心怀恨意。在眼下这个时候，比起大部分的英国人，我可没有那么反美。我所说的，我想再次重申的是，我们不批评盟友和不回应他们对我们的批评的政策（我们也不回应俄国人的批评，甚至不回应中国人的批评）是错误的，而且长远来看可能会妨碍它自己的目的。就英美关系而言，有三个问题亟须公开，但在英国的报刊里却只字未提。

一、**英国的反美情绪**。在战前，反美情绪是中产阶级或上层阶级的事情，原因是帝国强权和商业嫉妒，以讨厌美国口音等作为掩饰。工人阶级并不反对美国，而是通过电影和爵士歌曲在说话上迅速被美国化。现在，不管我的那些来信读者是怎么说的，无论在哪里我都很少听到对美国人的褒扬。这显然是美军抵达英国引起的结果。由于种种原因，地中海战役[①]成为一场美国秀，而英国人付出了大部分的伤亡，使得情况更加糟糕。（见菲利普·乔丹在他的《突尼斯日记》中的评论。）我并不是说英国民众的偏见总是有理，我是说它们确实存在。

二、**美国的反英情绪**。我们应该面对许多美国人从小到大所接受的教育就是讨厌和鄙视我们。媒体里有很大一部分内容持反英基调，还有不计其数的其它报纸以零星的方式攻讦英国。此外，在舞台上、漫画中和廉价杂志里总是对所谓的英国习惯和举止进行嘲讽。典型的英国人被描绘成空有贵族头衔的优柔寡断的笨蛋，戴着单边眼镜，老是说着"呃，呃"。就连相对负责任的美国人也相信这一说法。比方说，资深小说家西奥多·德莱塞[②]在一次公众演讲时说"英国人就是骑马的贵族势利鬼"。（四千六百万骑马的势利鬼！）在美国的舞台上，英国人几乎从未扮演过正面角色，就像黑人最多只能扮演丑角一样。但是，美国的电影工业却与日本政府达成了协议，不对日本角色进行丑化，直到珍珠港事件！

我并不是在因为这些而责备美国人。那些反英媒体的背后有

---

① 地中海战役（the Mediterranean campaign），始于 1940 年 6 月 10 日，终于 1945 年 5 月 2 日，是同盟国与轴心国围绕地中海制海权和海上补给线而展开的海战。1942 年，美国海军和空军加入同盟国进行作战。

② 西奥多·赫尔曼·阿尔伯特·德莱塞（Theodor Helman Albert Dreiser，1871—1945），美国作家，代表作有《嘉莉妹妹》、《美国悲剧》等。

强大的商业力量，此外还有历史上的争端，而很多时候英国是错误的一方。至于盛行的反英情绪，这部分程度上是因为我们自己总是把最糟糕的人给送出去。但我想要强调的是，美国的这股反英思潮非常强大，而英国的媒体一直未能引起对它们的关注。英国从未有过你能称之为反对美国的媒体，自战争爆发以来，我们一直拒绝回应批评，并对电台节目进行仔细的内容审查，将任何美国人可能会反对的内容删掉。结果，许多英国人没有意识到他们是如何被看待的，当他们发现的时候会大吃一惊。

三、**士兵的薪水**。自第一批美国部队来到这个国家已经快两年了，我几乎没看到美国士兵和英国士兵在一块。显然，这种情况的主要原因是薪水的差别。你没办法和一个收入是你五倍的人成为真正的密友。在金钱上，整支美国军队处于中产阶级的水平。在战场上这或许不打紧，但在训练的时候英国士兵和美国士兵几乎不可能相亲相爱。如果你不指望英国军队和美国军队结下友谊，那就最好不过了。但如果你希望两支军队关系和谐，要么你得支付英国士兵一天十先令的薪水，要么你得让美国士兵把多出来的那部分薪水存在美国。我不知道哪一种做法是正确之举。

要感觉永远正确的一个方式就是不要写日记。回顾我在 1940 年和 1941 年写的日记，我发现在可能犯错的时候我总是会犯错。但是，我还不至于像那些军事专家那样错得离谱。1939 年，各所军事学校的专家告诉我们马奇诺防线坚不可摧，而苏德条约制止了希特勒的东向扩张。1940 年初，他们说坦克战的时代已经结束了；1940 年中，他们告诉我们德国会立刻侵略英国；1941 年中，他们说红军将在六周之内崩溃；1941年12月，他们说日本会在90天之内垮台；1942年7月，他们说埃及沦陷了，等等等等，一直说个不停。

现在作出那些预言的人哪儿去了？他们仍然坚守岗位，领取丰厚的薪水。我们没有不会沉没的战舰，但我们有永远浮出水面的军事专家……

如今要在政治上觉得开心，你的记忆应该像一头动物那样。那些最激烈反对释放莫斯利的人是已经解体的"人民大会"①，当莫斯利被软禁时，"人民大会"正在发起"停止战争"的运动，和莫斯利本人发起的运动几乎并无二致。我知道有一个女士针织圈子，它是为了给芬兰人织毛衣以示支持而成立的，而两年之后，它将手头还剩下的毛衣送给了俄国人——一点儿也不觉得矛盾②。1942年初，我的一个朋友买了几条熏鱼，包在一张1940年的报纸里。那张报纸一面刊登了一篇文章，声明红军不是什么好东西，另一面则是一篇文章在吹捧那个英勇的水手和著名的亲英派达尔兰将军③。但这一方面我最喜欢的例子是《每日快报》在苏联参战的几天后发表的一篇社论，声称"本报一直致力于营造和

---

① 人民大会（the People's Convention），1940年至1941年在英国展开的共产主义运动，要求工党和工会的成员抵制英国政府，拒绝参战。
② 指苏芬战争（1939年11月30日至1940年3月12日），当时英法两国支持芬兰，为其提供军事援助。
③ 让·路易斯·萨维尔·弗朗科伊斯·达尔兰（Jean Louis Xavier François Darlan，1881—1942），法国政治家、军事家，曾于1939年担任法国海军总司令，1940年法国战败后充当傀儡政权维希政府的二号人物，1942年遇刺身亡。1940年法国战败后政府流亡海外，达尔兰曾与丘吉尔会晤，并保证法国海军不会落入德国人手中，但投靠维希政府后，达尔兰主动配合纳粹政权，几番拒绝英国人要求接管法国海军的要求，并对英军进军法国海域予以阻击。

谐的英苏关系"。

和其它东西一样，书也涨价了，但前几天我找到了一本兰普里埃①的《古典辞典——古代人物介绍》，只花了六便士。我随意翻了一下，翻到那个著名的交际花——亚西比德的情妇所生的女儿莱丝的传记：

早初她在科林斯卖身，要价 1 万银币，无数曾追求过她的王公贵族、哲学家、雄辩家和平民争相证明她的魅力……为了莱丝，德摩斯提尼②来到科林斯，但那位交际花告诉他，要想和她有床第之欢，他得支付约等于 200 英镑的金额。这位雄辩家离开了，知道付这么高的价钱他一定会后悔的……她讥讽哲学家们的吝啬，以及那些自诩是柳下惠之人的软弱，那些所谓的圣贤和哲人其实与凡人无异，因为她发现他们和其他雅典人一样都成为她的入幕之宾。

同样的描写还有很多，不过，结局很符合道德观，因为"其他女人妒忌她的魅力，于公元前 340 年在维纳斯神庙将她刺死"。那是 2 283 年前的事情。我不知道到了公元 4226 年有多少如今在世之人的《名人录》值得一读。

---

① 约翰·兰普里埃（John Lempriere，1765—1824），英国学者，精通词源学与神学，曾编撰过古典作品词源。
② 德摩斯提尼（Demosthenes，公元前 384—前 322），古希腊雅典城邦哲学家、政治家、雄辩家，生平曾留下多篇精彩的辩论篇章，尤以《反菲利普辩》和《金冠辩》为经典篇章，后者被誉为"最伟大的雄辩名篇"。

随意集·四

1943 年 12 月 24 日

读着迈克尔·罗伯茨①关于托马斯·欧内斯特·休姆②的书时，我再一次想起社会主义运动所犯下的危险的错误：忽视那些所谓的新反动思潮的作家。这些作家的数目相当可观；他们智力超群，不显山露水，却很有影响力，而且他们对左翼运动的批判要比来自"个人主义联盟"③或保守党总部的批判更有杀伤力。

托马斯·欧内斯特·休姆在上次战争中被杀，留下的成书的作品没有多少，但他所草略形成的理念拥有非常大的影响力，特别是对那些在二三十年代围绕着《标准》④的众多作家：温德汉姆·刘易斯、托马斯·斯特恩斯·艾略特、奥尔德斯·赫胥黎、

---

① 迈克尔·罗伯茨（Michael Roberts，1902—1948），本名是威廉·爱德华·罗伯茨（William Edward Roberts），英国诗人、作家、批评家，代表作有《诗歌的批评》、《现代意识》等。

② 托马斯·欧内斯特·休姆（Thomas Ernest Hulme，1883—1917），英国诗人、批评家，代表作有《思考录：人文主义和艺术哲学文集》和《续思考录》等。

③ "个人主义联盟"（the Individualist League），是兴起于 19 世纪末的个人主义组织，支持自由竞争的资本主义，反对工会和社会主义，吸引了许多自由党人士和无政府人士加入。

④ 《标准》（the Criterion），英国文学杂志，创刊于 1922 年，停刊于 1939 年，由著名作家托马斯·斯特恩斯·艾略特创办并担任编辑。

马尔康姆·马格理奇①、伊夫林·沃和格雷厄姆·格林②，他们都或多或少受到他的影响。但比他的个人影响更重要的，是他所从属的整体知识分子运动，这场运动或许可以恰如其分地被称为悲观主义的复兴。或许它最为人所知的活生生的体现就是贝当元帅。但新悲观主义的联系比那还要奇怪。它不仅和天主教信仰、保守主义和法西斯主义联系在一起，而且与和平主义（特别是加利福尼亚式的和平主义）及无政府主义纠缠不清。值得注意的是，托马斯·厄尼斯特·胡尔默作为一个戴着圆顶高帽的英国上层中产阶级的保守派，是无政府主义—工团主义者乔治斯·索列尔③的崇拜者和某种程度上的追随者。

对于这些人来说，有一件事是普遍现象——无论是悲伤地念叨着"失败的纪律"的贝当，或是谴责自由主义的索列尔，或对俄国革命摇头叹息的别尔佳耶夫④，或是在《每日快报》中为贝弗理奇摇旗呐喊的"比奇康莫"⑤，或是躲在美国舰队的大炮后面倡导不抵抗主义的赫胥黎——那就是，他们拒绝相信人类社会能有根本的改

---

① 托马斯·马尔康姆·马格理奇（Thomas Malcolm Muggeridge, 1903—1990），英国作家，曾于第二次世界大战担任谍报人员，早年是左派人士，后来激烈反对共产主义。

② 亨利·格雷厄姆·格林（Henry Graham Greene, 1904—1991），英国作家、批评家，代表作有《安静的美国人》、《人的因素》等，曾是英国共产党党员，后皈依天主教。

③ 乔治斯·尤金·索列尔（Georges Eugène Sorel, 1847—1922），法国思想家，工团主义理论的创始人，其革命理论曾对马克思主义者和法西斯主义者有深刻影响，代表作有《道德的问题》、《现代经济导论》等。

④ 尼古拉·亚历山德洛维奇·别尔佳耶夫（Nikolai Alexandrovich Berdyaev, 1874—1948），俄国哲学家，俄国革命前曾曾抨击沙皇和俄国东正教而遭到流放，但俄国革命后与布尔什维克政权决裂，是1922年"哲学船事件"中苏联驱逐出境的知识分子中的一员。

⑤ 比奇康莫（Beachcomber），1919年至1975年《每日快报》的专栏《顺便说一句》集体创作的笔名。

善。人类不可能变得完美，单纯只是政治上的变革不会有任何影响，而进步只是一个幻象。这一信念与政治反应的联系当然是显而易见的。虚无主义是富人最好的借口。"人不能靠立法变得更好，因此，我就可以继续敛财。"没有人会说出这么庸俗的话，但这些人就是这么想的，哪怕是那些像迈克尔·罗伯茨和休姆本尊那样的人，承认人类社会也许能够取得一点点，就那么一点点的改善。

这些新悲观主义者的危险之处在于，在某种程度上他们是正确的，只要你认为在短期内对未来不抱太大希望是明智之举。改善人性的计划总是以失败告终，那些悲观主义者比乐观主义者有更多的机会说"我早就告诉过你了"。渐渐地，那些宣扬毁灭的先知就比那些以为靠普遍教育、女性解放、国联什么的就能实现真正的进步的人更加正确。

真正的答案是不要将社会主义与乌托邦联系在一起。几乎所有的新悲观主义者的诡辩就是树立一个稻草人，然后再把他打倒。那个稻草人名叫"完人"。社会主义者被斥责相信在社会主义实现之后，社会能够变得全然完美，还相信进步是不可避免的。当然，批驳这种信念不费吹灰之力。

答案就是，社会主义者并不是完美主义者，甚至或许不是享乐主义者，而且这个答案应该比平时更加大声地说出来。社会主义者并没有宣称有能力让这个世界变得完美，他们只是说能将它变得好一些。任何有思想的社会主义者都会向天主教徒承认，等到经济不公得以纠正的那一天，人类在宇宙中的地位这个根本问题仍会悬而未决。但是，社会主义者们所说的是：当普通人所关注的百分百依然是经济问题时，这个根本问题是无法得到解决的。马克思已经总结道：社会主义到来之后，人类的历史才将得以开始。与此同时，那些新悲观主义者就躲在每个国家的媒体后面，在年轻人中间更有影响力，让更多的年轻人皈依，虽然有时候我们不愿意承认这一点。

摘自菲利普·乔丹的《突尼斯日记》：

"我们讨论了德国的未来，约翰(斯特拉奇)对一个在场的美国人说道："你们肯定不会想要迦太基式和平，不是吗？"我们的美国朋友缓慢而庄严地说道："我不记得那些迦太基人后来给我们造成过什么麻烦。"这真让我觉得好笑。

我可不觉得好笑。对那些美国人或许可以这么回答："是的，但那些罗马人给我们造成了很大的麻烦。"但事情并非只是如此。那些谈论迦太基式和平的人没有意识到，在我们这个时代这种事情是不现实的。在战胜敌人之后，你必须在将其消灭或善待他们之间作出选择(除非你想在一代人之内爆发另一场战争)。可想而知，很多人想要第一个选择，但这不可能实现。确实，迦太基被彻底消灭了，它的建筑被夷为平地，它的人民被利剑杀死。这种事情在远古时期一直发生。但牵涉的人很少。我不知道那个美国人是否知道，当迦太基最终沦陷时在其城墙里有多少人。根据我能找到的最近期的权威资料，是五千人！要杀死七千万德国人用什么方式最好？老鼠药？当"让德国人付出代价"这句话再次成为战斗口号时，我们应该记住这一点。

亚瑟·肯尼斯·切斯特顿先生[1]在《每周评论》中因为我曾攻讦过道格拉斯·里德[2]而对我发起攻击："'我的祖国——无论对错'这句格言显然在奥威尔先生的哲学里没有一席之地。"他还说："我们所有人都相信，无论情况怎样，英国都必须赢得这场战争，或者在这个问题上，英国所参加的任何其它战争都必须获胜。"

这句话的关键词是任何其它战争。有很多人在我们遭受侵略，面临被征服的情况下，无论是什么政府执政，都愿意捍卫我们的国家。但"任何其它战争"则是另外一回事。比方说，布尔战争呢？这里有一个历史的吊诡。亚瑟·肯尼斯·切斯特顿先生是吉尔伯特·基思·切斯特顿的侄子，而吉尔伯特极度反对布尔战争，一度曾说："'我的祖国——无论对错'与'我的母亲——无论醉醒'在道德上属于同一层次。"

当你曾经看到官僚当道时，你会不无安慰地想到同样的事情或许正在德国发生。大体上你没办法证实这一想法，但有时候无线电广播会提供一点线索。前不久我在收听柏林的英语广播，播音员花了几分钟谈论印度的民族主义者——当然，那些纳粹分子对他们抱以最热切的同情。我饶有兴味地注意到所有的印度名字都念得很不准，比英国广播电台的发言更加蹩脚。比方说，拉斯·比哈里·波斯被念成了"拉希·比里·波斯"。而就在那些

---

① 亚瑟·肯尼斯·切斯特顿（Arthur Kenneth Chesterton，1896—1973），英国记者，极端右翼分子，曾加入莫斯利的英国法西斯联盟，后加入"右派俱乐部"。
② 道格拉斯·里德（Douglas Reed，1895—1976），英国作家，持反犹立场，代表作有《疯人院》、《以防我们感到遗憾》等。

变节的英国人把印度人的名字念错时，有许多在柏林从事广播工作的印度人一定每天就在同一座大楼进出。因此，德国人的效率也不过如此，当然，这也反映了纳粹对于印度民族主义的兴趣。

随意集·五
1943 年 12 月 31 日

在阅读报纸的读者来信专栏上不断出现的那些关于"战争罪"的讨论时，我注意到许多人发现战争不是犯罪似乎很惊讶。希特勒似乎没有犯下任何可被指控的罪行。他没有强奸任何人，也没有亲手进行过劫掠，没有亲手虐待过任何囚犯，没有活埋过任何伤员，没有把婴儿扔到空中，然后用刺刀将其刺穿，没有用汽油淋湿修女，并拿教堂的蜡烛将她们点着——事实上，他从未犯下任何敌国的国民在战争时期总是被控诉的罪行。他只是促成了一场或许会让两千万人丧生的世界大战，而这本身并不是什么不法行为。当合法性意味着权威，而没有权威能够拥有超越国境的权力时，违法又从何而来呢？

最近在哈尔科夫进行的审判中曾尝试对希特勒、希姆莱和其他要为下属的罪行负责的人进行定罪，但连这种事都要去做本身就表明希特勒的罪行并非是不言自明的。据说他的罪行并不是创建一支进行侵略的军队，而是指示那支军队虐待囚犯。就其本身而言，暴行与战争行为之间是有所区别的。暴行指的是没有真正的军事目的的恐怖行径。如果你承认战争，那你就必须承认这一区别。然而，在一个杀害个别市民就是错的，而往住宅区投下一千吨高性能炸药则是正义之举的世界里，有时候真的会让我猜想我们所生活的这个地球是不是一个天外世界开设的疯人院。

随着 53 路巴士载着我来来回回，每一回经过伦敦板球场对面那座圣约翰小教堂时，我总是会觉得心里一痛，至少在天亮看得见那里的时候会是这样。那是一座摄政时期①的教堂，是建于当时的为数极少的教堂之一，当你走到那里时，值得进去看一看里面亲切的布置，读一读埋在那里的那些东印度英国老爷的铿锵押韵的墓志铭。但它的正面，伦敦最迷人的景致之一，已经被一座矗立在它前面的丑陋的战争纪念碑彻底破坏了。这似乎是伦敦一个固定的规矩，只要你碰巧有了一处好看的景观，就用你能找到的最丑陋的雕塑将它给封闭起来。不幸的是，我们从未面临过青铜短缺，把这些东西给熔掉。

如果你登山来到格林尼治公园里面那座小山的山顶，你可以站在零度经线体验一下激动，而且可以好好端详那座世界上最丑陋的建筑：格林尼治天文台。然后眺望山下的泰晤士河，在你脚下的就是雷恩②的杰作格林尼治医院（现为海军学院）和另一座精致的古典建筑，大家都叫它"后宫"。设计山上那座不成形的、乱糟糟的建筑的设计师就看着这两座建筑，然后一块砖头一块砖头地把格林尼治天文台给修起来。

---

① 摄政时期(the Regency Era)，指 1811 年至 1820 年期间乔治三世病重无法执政，其儿子威尔士亲王代理政事的时期，其后乔治三世逝世，其子即位，是为乔治四世。
② 克里斯朵夫·雷恩(Christopher Wren, 1632—1723)，英国天文学家，建筑师，曾参与设计格林尼治医院、汉普顿宫、剑桥大学三一学院图书馆等。

正如奥斯伯特·西特韦尔①先生在"贝德克尔空袭"②的时候所说的："德国人以为摧毁几座古代纪念碑就可以迫使我们英国人屈服，真是太天真了！"德国的炸弹造成的破坏怎能和我们对自己造成的破坏相提并论！

我看到萧伯纳和其他人希望将国歌的第二段歌词重新谱写。萧先生的版本保留了对上帝和国王的尊崇，但隐约有国际主义的情怀。这在我看来很滑稽。不要国歌才是合乎逻辑的事情。但如果你真的有了一首国歌，它的作用必定就是指出我们是好人，而我们的敌人是坏人。而且，萧先生想要删去国歌里那段唯一像样的歌词。世界上所有的铜管乐器和大鼓都没办法将《天佑吾王》变成一首好听的歌曲，但在非常罕有的整首歌都唱出来的情况下，那两段歌词很有生命力：

> 破阴谋，灭奸党，
> 把乱盟一扫光！③

事实上，我总是认为第二段歌词被习惯性地省略掉了，因为托利党隐约怀疑这些歌词是在针对他们。

---

① 奥斯伯特·西特韦尔（Osbert Sitwell, 1892—1969），英国作家，代表作有《失去自我的男人》、《西奈山的奇迹》等。
② "贝德克尔空袭"（Baedeker raids），1942 年 4 月 23 日至 29 日及 5 月 31 日至 6 月 6 日，德国空军对英国空袭吕贝克和科隆所进行的报复式轰炸，英国遭受轰炸的城市有埃克塞特、巴斯、诺维奇、约克和坎特伯雷。
③ 原文是："Confound their politics, Frustrate their knavish tricks！"译文出自维基百科。

就在两年前，当我们鱼贯走过饭堂的菜单牌时，我对队伍里的下一个人说道："再过一年你就会看到那块牌子上写着'老鼠汤'。而到了1943年，上面会写着'仿老鼠汤'。"事实证明我是错的（海上的战争走向要比当时所能预见的情况好一些）。但我可以再次声称我可不像那些全职预言家错得那么离谱。翻开我那本1943年的《老摩尔历书》，我发现德国于六月份求和，双方停战。九月份日本投降。到了十一月，我们享受着"和平的祝福和完全摆脱了灯火照明的限制"，并"开心地享受减税"。整本书都是这些内容。

每一年的《老摩尔历书》都在重复着这一套，但它的受欢迎程度丝毫不减。原因其实很容易理解。它的心理学方法就体现于封面的广告上："知名占卜师科斯莫预测胜利、和平、重建。"只要科斯莫预测这类事情，就保证会有人听他那一套。

又花九便士买了一样东西：《年代图表，自创世到当前全部重大事件一览》，由爱德门街的 J·D·德威克于 1801 年印制。

我怀着兴趣查看了创造世界的日期，发现那是公元前 4004 年，而且"应该是在秋天"。在该书的后面更加具体地指出是公元前 4004 年的九月。

最后有几页空白，让读者可以将纪年史继续写下去。那个之前拥有这本书的人并没有写下多少内容，但最后一则条目是："5月4日星期二，在此宣布和平。世界一片光明。"那是亚眠和平①。这或

---

① 亚眠和平（the Peace of Amiens）：1802 年，法兰西第一共和国与英国缔结休战条约，但双方并没有遵守条约内容，翌年条约即宣告破裂，英法战争再度重启。

许是在警告我们当战争停止时，不要太早就庆祝光明的到来。

随意集·六

1944 年 1 月 7 日

我在浏览新年授勋名单的照片时，惊讶地发现（和往常一样）展现在上面的脸是那么丑陋庸俗。这似乎已经成了一种规矩，那种爬得够高，能称自己为"法尔康陶尔斯的珀西爵士"的人就应该看上去像个脑满肠肥的酒吧老板，或最糟糕的情况是像个得了十二指肠溃疡的税吏。但不单我们的国家是这样。任何擅长使用剪刀和浆糊的人都能编出一本名为《我们的统治者》的好书，里面只需要刊登那些伟人的照片就够了。当我在《画报》里看到比弗布鲁克勋爵发表演讲时的几张"静态照片"时，他比你所能想象的任何刻意表演的人看上去更像一只拄着拐杖的猴子，那时我第一次有了这个想法。

当你收集完元首们的相片后——那些已经是元首和想要当元首的人物，你会注意到几个贯穿整张清单的特征。首先，他们都是老人。虽然到处都在说一些关于政坛年轻化的客套话，但从来没有一个人不到五十岁就坐上一个真正大权在握的位置。其次，他们几乎全都个头矮小。很少有独裁者身高在五英尺六英寸以上。第三，他们几乎都长得很丑，有时候丑得格外离奇。那套照片里应该包括大动肝火的施特莱歇尔、像是狒狒的日本军阀，长着双下巴的墨索里尼、没有下巴的戴高乐、矮胖臂短的丘吉尔、长着长长的鹰钩鼻和招风耳的甘地、露出三十二颗牙齿每一颗都是金牙的东条英机。在每幅照片的对面将会放一张该国的普通人的相片与其进行对比。在希特勒的相片对面是一张德国潜艇上的年轻水手的照片，东条英机的相片对面是一个旧时的日本农民的相片——等等等等。

但回到授勋名单。当你想到几乎全世界都已经抛弃了这一做法时，看到这一番空洞的恭维仍然在英国这个贵族观念早在几百年前就已经式微的国家继续进行，确实会让人觉得很奇怪。贵族统治赖以存在的种族差异在中世纪末就已经从英国消失了，纯正的"名门血统"本身就是无价之宝，无法用金钱衡量的理念在伊丽莎白时期就消失得无影无踪。从那时候起，我们就已经是赤裸裸的富豪统治。然而，我们仍然在间歇性地挣扎着标榜自己有着中世纪封建体制的色彩。

想想看，纹章院①在庄严地伪造族谱，设计出独角兽或匍匐或回顾等姿态的纹章给那些戴着圆顶高帽、穿着条纹西裤的公司董事！我最喜欢的是那套按照所做坏事的多少授予荣誉的精心分级的体制——商业巨子被册封男爵，时髦的外科医生被册封为从男爵，乖乖听命的教授被册封为爵士。但这些人以为他们自称勋爵、爵士什么的，就和中世纪的贵族有共同之处？比方说，沃尔特·席特林②勋爵会觉得自己和罗兰公子③（席特林公子来到黑

---

① 纹章院(Herald's Office，又称 College of Arms)，始创于 1484 年，为英国皇室传授贵族纹章的知识，并为新授勋贵族设计纹章。

② 沃尔特·麦克连纳·席特林(Walter McLennan Citrine，首任席特林男爵，1887—1983)，英国工团主义者，1926 年至 1946 年曾担任英国总工会的总秘书长。

③ 罗兰公子(Childe Roland)是英国民间故事中的角色。故事中他是某位国王的王子，为了拯救被精灵国的国王掳走的妹妹，在大魔法师梅林(Merlin)的指引下历尽艰险救出妹妹。

塔！^①)是一样的人吗？或者说，纽菲尔德勋爵会觉得我们以为他就是一个穿着锁子甲的东征十字军吗？

然而，授勋名单的这一套把戏有一个特别实际的目的，那就是，头衔相当于一个上等的化名。甲先生能将自己变成乙勋爵，将自己的过去隐藏起来。这场战争中所进行的一些部长委任要是没有这一伪装几乎不可能得以进行。正如托马斯·潘恩所说的："这些人频繁地更改名字，根本不可能知道他们都是些什么人，就像你没办法知道小偷的身份一样。"

我在写这些文字时传来电钻的声音。他们在防空洞的墙上钻出小洞，以固定的间距将砖头拆下来。为什么？因为防空洞就快垮了，必须用水泥加固。

这些经过加固的防空洞还能起到多少作用似乎很值得怀疑。它们能抵御弹片和爆炸，但并不比一座普通房子的墙壁坚固多少。我只见过一次炮弹坠落在一座房子上，将侧面像用刀切一般削开。然而，真正的问题是，在修建这些防空洞时就已经知道过个一两年它们就会倒塌。有不计其数的人指出这一点。但什么事情也没有发生。这些马马虎虎修成的建筑继续用下去，某些人得到了合同。果不其然，过了一两年，那些预言得到了验证。那些防空洞的灰泥开始从墙上剥落，必须用水泥加固。再一次，有人——或许就是同一批人——得到了合同。我不知道在这个国家的哪个地方这些防空洞真的在空袭中派上了用场。在伦敦我住的

---

① 《罗兰公子来到黑塔》（*Childe Roland to the Dark Tower Came*），英国诗人罗伯特·勃朗宁的一首叙事诗。

这头，从来没有人想过要用它们。事实上，它们一直被锁着，惟恐它们被"不当使用"。但是，有一件事情它们或许可以派上用场，那就是在巷战中作为掩护。大体上它们都修筑于较为贫困的街区。如果到了那个时候，那些大人物没办法将民众镇压下去，因为他们一时失察，事先给他们提供了数以千计的机关枪掩体，我会觉得很开心。

在本期的第 18 页你会发现《论坛报》短篇小说征文竞赛的广告。我们希望有大量读者投稿，并希望此次征文竞赛能直接和间接对这个国家的短篇小说复兴起到一点帮助。

很少人会说过去二十年来短篇小说在英国是一个成功的艺术形式。美国和爱尔兰的故事创作或许情况要好一些，但也好不到哪里去。你可以从社会学的角度去解释短篇小说的式微，但这些解释并不能让人完全满意，因为，要是真的话，它们应该适用于其它文学形式，比方说，当代长篇小说的情况大体上就没有当代短篇小说那么糟糕。一定还有技术上的原因，而我认为我可以指出其中两个。

第一个原因是我们无法在《论坛报》里补救的——篇幅的困难。几乎可以肯定，由于当代杂志版面的削减，短篇小说深受其害。几乎所有以前英国的好的短篇小说——许多法国短篇也是这样，不过俄国短篇的情况则不太一样——篇幅都太长了，不适合刊登在任何普通的当代期刊上。此外，我认为短篇小说由于维多利亚式"情节"的消失而受到不必要的伤害。在本世纪初，传统的"最后一章峰回路转"的创作手法不再流行。但很少人注意到那种平淡无奇没有跌宕起伏的故事更适合写长篇小说，而不适合写成短篇小说。一则短篇小说必须是一个"故事"。它不能像长篇小说那样依赖于"氛围"和人物刻画，因为没有足够的篇幅去营造这些。一则没有趣闻轶事、没有任何戏剧变化的短篇小说几乎可以肯定将以虚弱而漫无意义的基调而结束。我读过无数个故事，在读到最后一句话之前它们总是让我想着"这些铺垫一定是为了引出什么事情吧？肯定会有什么事情发生吧"，然后，故事总是软弱无力地告终，有时候作者刻意要显得意味深远，用上了省略号。我禁不住会觉得许多短篇小说的作者是被"以'情节'取胜是毫无希望的过时手法，因此不会被接纳"这一观念给吓住了。

　　我不是在说这是当代短篇小说唯一的过失。但读过那么多短篇小说后，这是我个人的印象。我希望它会是对那些有兴趣投稿的作者的一则有用的提示。

随意集·七

1944 年 1 月 14 日

　　那种将杂志和期刊集结成册的旧俗似乎已经完全绝迹了，真是遗憾，因为即使是非常傻气的杂志的年度合刊，经过一段时间后也要比大部分书籍更有可读性。我想我最划算买到的书籍是1809 年以来的那十几本《季度评论》合订本，是我在农场拍卖时花两个先令买到的，还有一本《康希尔》的年度合订本，不是特罗洛普就是萨克雷编辑的，我忘记是谁了，才卖六便士。另外一笔划算的买卖是几本六十年代中期的零散的《绅士杂志》，一本才三便士。我还买了几份五十年代很流行的《钱伯斯人民报》、在布尔战争时期很流行的《少年月刊》、在《神探福尔摩斯》时代流行的《斯特兰德杂志》，度过了好几个开心的半小时。还有一本书，不幸的是，我只看了一下，没有买下来——是二十年代初期的《雅典娜》合订本，当时的编辑是米德尔顿·默里[1]，托马斯·斯特恩斯·艾略特、爱德华·摩根·福斯特[2]和众多作家就是在这本刊物上首次获得公众影响。我不知道为什么如今没有人愿意这么做了，因为买一年的杂志合订本比买一本小说还便宜，而且你甚至可以自己动手，如果你有一晚的闲暇和合适的材料的话。

这些旧杂志的迷人之处在于它们彻底的"时限性"。它们沉浸于当时的事件中，让你了解到当时的政治风向和趋势，而这些在更为概括性的历史书中很少提到。比方说，研究六十年代杂志中的战争恐慌是很有趣的事情，那时候各方都认为英国将遭受侵略。有好几支志愿军成立了，业余战略家出版了地图，上面画着法国军队将合围伦敦的路线图，热爱和平的市民们躲在沟渠里瑟瑟发抖，而步枪俱乐部（相当于当时的国民自卫队）的子弹四处乱飞。

那时候几乎所有的英国观察家所犯的错误是没有注意到德国会是一个危险的国家。他们以为唯一的危险来自法国，但它已经是一个强弩之末的军事大国，而且根本没有理由与英国起争执。我相信在未来，不经意的读者在阅读我们的报纸和杂志时会注意

---

① 约翰·米德尔顿·默里（John Middleton Murry，1889—1957），英国作家，代表作有《致未知的神明》、《济慈与莎士比亚》、《耶稣的生平》等。
② 爱德华·摩根·福斯特（Edward Morgan Forster，1879—1970），英国作家，代表作有《看得见风景的房间》、《印度之行》等。

到，1940 年在英国，知识分子也同样误入了歧途，他们背弃民主，赤裸裸地推崇极权主义。

最近我在翻看以前几期《地平线》杂志时，我看到一篇评论詹姆斯·伯恩汉姆①的《管理的革命》的长文。在里面伯恩汉姆的主要论点几乎是不假思索地被接受。许多人当时会说，它代表了我们的时代最睿智的寓言。但是——它其实建立在德国军队战无不胜这一信念之上——而这一信念已经被事实炸得灰飞烟灭。

伯恩汉姆的主题可以简短地总结如下。自由放任的资本主义已经结束了，而社会主义在目前的历史阶段是不可能实现的。如今正在发生的事情是，一个新的统治阶级出现了，伯恩汉姆将其称为"管理者"。这个新的统治阶级在德国就是纳粹政权，在苏联就是布尔什维克政权，而在美国则是那些商业行政人员。这个新的统治阶级没收资本家的财产，镇压工人阶级运动，建立一个极权社会，以效率的概念进行统治。英国腐朽衰败，注定会很快被德国征服。征服英国之后，德国将进犯苏联，而俄国的"微弱兵力"将使其"分裂成东西两境"。然后就剩下三个超级大国：德国、日本和美国，三者瓜分世界，彼此之间进行漫无止境的战争，并将工人阶级永远压在脚下。

伯恩汉姆所说的话颇有见地。集体主义在本质上没有民主可言，正式废除私有财产并不能消灭阶级统治等这些事实正变得越来越清楚。世界将被几个超级大国所瓜分的趋势也很清楚，而每

---

① 詹姆斯·伯恩汉姆(James Burnham，1905—1987)，美国政治思想家，托洛茨基运动的美国领导人之一，代表作有《管理革命》和《马基雅弗利的信徒》。

一个超级大国或许都不可战胜是很有可能出现的情况。但考验一个政治理论要看它对未来的预测力，而伯恩汉姆刚一作出预测就被证明是错误的。英国没有被征服，俄国的兵力并不微弱——另一个更加根本性的错误——德国在仍与英国交战的情况下就进犯俄国。伯恩汉姆曾宣称这是不可能的事情，理由是德国和俄国的政权在本质上是相同的，在与旧资本主义的斗争结束之前是不会爆发争端的。

显然，这些错误部分程度上是因为一厢情愿。伯恩汉姆痛恨英国和苏联（许多美国知识分子都有相似的观点），希望看到这两个国家都被征服，而且不愿意承认俄国和德国有着本质上的区别。但这一思想学派的根本错误在于它对普通人的轻蔑。它认为，极权社会一定要比民主社会更加强大，专家的看法一定要比普通人的看法更有价值。德国军队赢得了前面几场战役，因此它一定会最终取胜。民主的力量，它的批判力，却被忽视了。

要说英国或美国是真正的民主国家，那是荒谬的事情，但在这两个国家，公共舆论能够影响政策，在犯下许多小错误的同时，或许避免了犯下最大的错误。比方说，如果德国的民众对于如何进行这场战争有发言权，或许德国就不会在仍和英国打仗的情况下进攻俄国，更不可能在 6 个月后任性地对美国宣战。要犯下这么离谱的错误得专家才行。当你看到纳粹政权如何在十几年内就将自己摧毁得粉身碎骨，很难相信极权主义会长存下去。但我不会否认"管理阶级"或许将控制我们的社会，如果他们真的控制了社会，他们将在毁灭自身之前将我们带入地狱。伯恩汉姆和他的同道者所犯下的错误是试图传播"极权主义不可避免，因此我们不能做出任何事情去反对它"这一理念。

随意集·八

1944 年 1 月 21 日

　　停止军事节目宣传和战后将进行大规模商业广播的谣传又一次让人们谈论起英国广播电台和它的种种缺点。我们希望在不久的将来刊登几篇关于广播的各个方面的文章，但我想在此指出一点仅供参考，那就是英国广播电台之所以会如此，是因为公众并不关心电台。人们隐约意识到他们不喜欢英国广播电台的节目，他们知道尽管它有一些好节目，但许多节目都是垃圾；他们知道那些谈话节目大部分是在胡说八道；他们知道没有哪个重要的话题会得到诚恳的讨论，而在最反动的报纸里也会诚恳地对其进行讨论。但他们没有作出一点努力，无论是从整体层面还是具体层面，去找出那些节目会如此糟糕的原因所在，或了解外国的节目是否要好一些，或在技术层面上哪些手段可能实现，哪些手段不可能实现。

　　即使是消息灵通的人士似乎也对英国广播电台的内部情况一无所知。当我在英国广播电台上班时，我只关心对印度进行广播的英语节目。但那些愤怒的人总是会把我强留下来，问我是不是能对本土节目的某一栏目"做点什么"——这就好比因为在中非发生的事情去责备北海的海岸警备队一样。几个月前，在下议院进行了一场辩论，我们面向美国的广播节目遭到了批评。几位议员声称节目根本没有效果，而事实也正是如此。但他们似乎只是出于本能知道这一点。没有一位议员能站起来告诉下议院，我们每年在对美国的广播中花费了多少钱，有多少听众在收听我们的节目——这些事实他们本可以轻松地了解到。

当报刊对英国广播电台进行抨击时，那些批评总是如此无知，根本不可能去作出回应。前不久我给一位著名的爱尔兰作家写了一封信，他如今在英国居住，我邀请他做一个广播节目。他给我寄来一封愤慨的拒绝信，里面不经意地暴露出：一、他不知道在印度有一家广播电台；二、每天伦敦会进行印度语广播；三、英国广播电台以多种东方语言进行广播。如果人们连这些都不知道，他们对英国广播电台的批评又能起到什么作用呢？在很大程度上，英国广播电台因为其优点而遭受批评，而它的缺点却被视而不见。比方说，每个人都在抱怨英国广播电台的新闻播报员的肯辛顿口音，而这是经过精心选择的，目的不是要在英国本土引起反感，而是因为它是"中性的"口音，在任何说英语的地方都能听得懂。但有多少人知道数以百万计的公帑被浪费在对几乎没有听众的国家进行广播上面呢？

下面是几道给那些业余的电台批评者的问答题。

你说你不喜欢现在的节目，你是否清楚地知道你喜欢什么样的节目？如果知道，你采取了什么措施去保住这些节目？

你是否认为英国广播公司的新闻节目符合事实？比起其它交战国家的新闻报道，它们更加贴近真相还是远离真相？你是否进行过比较加以核实？

你是否了解广播剧、短篇小说、专题节目和讨论节目的可能性？如果了解，你是否曾经探究过你的想法在技术上能否实现？

你是否认为英国广播电台能在竞争中获益？说说你对商业广播的看法。

谁在掌控英国广播电台？谁在为其出资？谁在制定它的政

策？内容审查是如何运作的？

你对英国广播电台对外国的宣传有多少了解？敌对，友善还是中立？它花了多少钱？是否见到效果？和德国的宣传相比呢？请补充关于广播宣传大体上的意见。

我可以将这些问题加以扩展，但如果哪怕只有 10 万个英国人能够对上述的这些问题给出确切的答案，那也将会是前进的一大步。

一位来信读者指责我有"负面倾向"，还"总是咄咄逼人"。事实上，我们生活在一个没有多少原因值得快乐的时代。但当有什么事情值得称赞时，我是会对其称赞的，我想在此写几句话——不幸的是，这些事情都发生在过去——称赞伍尔沃斯超市的玫瑰。

在景气的时候，伍尔沃斯超市的东西都不会超过六便士，而里面最好卖的就是玫瑰花丛。它们都非常嫩，但第二年就开花了，我想我种的花里面没有一棵在我手里死掉过。它们最有趣的地方是，它们与标签上所说的从来都不一致，或很少一致过。我买过一丛说是桃乐丝·帕金斯种，结果却是一丛美丽的小白玫瑰，花蕊是黄色的，是我见过最好看的攀缘玫瑰。一丛标签上写的是黄色多花玫瑰，结果却是深红色的。还有一丛我想买的是艾伯丁玫瑰，看着也像是艾伯丁玫瑰，但花总是并蒂而生，而且多得出奇。这些玫瑰总是让人惊喜不断，而且你总是有机会遇到一个新的品种，有权力给它起个某某某或某某某的名字。

去年夏天，我经过在战前居住的小木屋。那丛小白玫瑰我种的时候还没有一个小孩的弹弓那么大，已经长成了枝叶繁茂的花丛，那丛艾伯丁玫瑰或艾伯丁玫瑰的近属遮住了半边篱笆，结出了如云的粉红色花朵。这两丛我都是在 1936 年种下的。我想："那些只花了我六便士！"我不知道一丛玫瑰花能活多久，我猜想平均寿命大概是十年，贯穿这段时间，一丛攀缘玫瑰每年有一个月或六个星期能开出最繁茂的花朵，而一丛玫瑰至少会有四个月断断续续地开花。这些都只花了六便士——战前，这个价格可以买到十支"运动员牌"香烟或一品脱半淡味生啤或订一星期的《每日邮报》，或在电影院里闻上二十分钟的二手空气！

随意集·九

1944 年 1 月 28 日

我了解到苏雷斯·瓦伊迪亚先生，一位住在英国的印度记者，已经因为拒绝参军服役而被捕了。这种事情不是第一次发生，如果是最后一次发生，那或许是因为再没有其他适龄的印度男子剩下可以当牺牲品。

无消说，每个人都知道瓦伊迪亚先生这宗案子在法律层面会怎么判，我不想就此多作评论。但我希望引起读者对常识层面的关注，而英国政府一以贯之地拒绝进行考虑。除了那些来来去去的水手和仍然驻守在这里的少数军队外，这个国家或许有两千名身份和年龄各异的印度人。对他们推行征兵令，你或许可以多征集到几十个士兵，而对那些"反对派"少数族裔进行镇压，你会让英国的监狱多出十几个囚犯。这是从军事角度考虑得出的结果。

但不幸的是，这并非事情的全部。做出这种行为，你就激怒了整个生活在英国的印度社区——因为没有哪个印度人，无论他的观点是什么，会承认英国有权利代表印度宣战，或有权利要求印度人强制服役。任何在这里的印度社区发生的事情会立刻在印度本土激起反弹，并引发进一步的明显后果。一个抵制战争的印度人遭受判决会比一万名英国人遭受判决对我们的伤害更大。就为了让那些毕灵普分子觉得又有"赤匪"落入他们手中，这个代价似乎太高了。我不指望那些毕灵普分子会站在瓦伊迪亚先生的立场去看待事情。但他们真的应该了解到，经历了这么些事情，制造烈士并不是一桩划算的买卖。

一位记者给我们写了一封信，为埃兹拉·庞德[①]辩护。在战争爆发的前几年，这位美国诗人转而向墨索里尼效忠，在罗马电台活跃地进行政治宣传。这位记者声称：一、庞德并不是为了金钱而出卖自己；二、当你有一位真正的诗人时，你应该忽略他的政治想法。

当然，庞德不只是为了金钱而出卖自己。从来没有作家会这么做。任何视钱高于一切的人都会选择某个报酬更高的行业。但我认为或许庞德在一部分程度上是为了尊严、恭维和作为教授的资格而出卖自己。他对英国和美国怀着最恶毒的仇恨，他觉得自己的才华在这两个国家没有被完全赏识，而且，他显然认为各个英语国家都对他怀有阴谋。此外还发生了几桩丢人的事情，暴露

---

① 埃兹拉·庞德(Ezra Pound, 1885—1972)，美国流亡诗人、文学批评家，二十世纪现代主义文学运动前锋之一，曾翻译一系列东方文学(包括孔子的作品)，促进东西文化交流。二战时庞德投靠墨索里尼，效忠纳粹政府，战后被收押精神病院长达13年。代表作有《灯火熄灭之时》、《在地铁站内》等。

了庞德那所谓的博学才华。无疑,他觉得这些事情是不可原谅的。到了三十年代中期,庞德在几份英文报纸上为"主子"(墨索里尼)唱起了颂歌,包括莫斯利的季刊《不列颠联盟》(维德孔·吉斯林也为这份刊物撰稿)。在阿比西尼亚战争时期,庞德进行了喧嚣的反阿比西尼亚人宣传。在1938年前后,意大利人给他在国内的一所大学谋了一席教职,战争爆发不久后他就加入了意大利国籍。

至于是否原谅这么一位诗人的政治思想则是另外一个问题。显然,你不能说某某某认同我的观点,因此他就是一位好作家。过去十年来诚恳的文学评论大部分时间里就在与这一观念进行斗争。我自己很欣赏几位投靠法西斯的作家(比方说,塞林①),还有很多作家我强烈反对他们的政治思想。但你有权利认为一个诗人应该有普通人的体面。我从未听过庞德的广播,但我经常在英国广播公司读到它们,其内容在见识和道德上都让人觉得不齿。比方说,反犹主义就不是一个成年人能够接受的信条。认同这种信条的人就必须承担其后果。但我认同我们的记者希望美国政府不要逮捕并枪毙庞德,而他们确实说过会这么做。这将彻底成就他的名声,或许得过个上百年,读者才能不带着感情色彩判断庞德那些多有争议的诗作到底是好是坏。

有一天晚上,一个吧女告诉我,如果你往一个潮湿的杯子倒

---

① 路易斯‐费迪南德·塞林(Louis-Ferdinand Celine, 1894—1961),法国作家,本名是路易斯·费迪南德·奥古斯特·德图斯(Louis Ferdinand Auguste Destouches),其作品的文风对法国文学和世界文学有着深刻影响,代表作有《茫茫黑夜之旅》、《从城堡到城堡》等。

啤酒，啤酒的气就会跑得飞快。她还说把你的八字胡浸进啤酒里也能让酒跑气。我立刻接受了她的看法，没有提出任何质疑。事实上一回到家我就剪下胡须，我有几天忘记刮胡子了。

后来我才想到这或许就是那些带有科学真相色彩的迷信，或许能一直流传下去。在我的笔记本里，我记录了长长一列童年时教给我的谬论，每一个谬论都不是老妇人的流言，而像是一个科学事实。我不能全部列出来，但有几个是我深信不疑的：

　　* 天鹅只要扇一扇翅膀就能打断你的腿。

　　* 切伤虎口，你就会得破伤风。

　　* 玻璃粉末有毒。

　　* 如果你拿煮过鸡蛋的水洗手（为什么会有人这么做呢？真是奇怪），你就会长疣子。

　　* 公牛看到红色的东西就会发怒。

　　* 往狗喝过的水里放硫黄可以当补药。

等等等等。几乎每个人都会带着这个或那个信念步入成年。我见过几个三十多岁的人仍然相信我列出的第二点。至于第三点，它在印度很盛行，人们总是用玻璃粉末互相毒害，但结果却令人失望。

我希望我是在评论完兰斯洛特·霍格本教授阐述自己的人工语言"国际格罗沙语"的那本有趣的小册子之前阅读《基础英语与人工语言的对抗》这本书，而不是之后。因为那样的话我就会意识到霍格本教授相比之下是多么地勇敢，与众多国际语的发明者抗衡。关于严肃问题的争论总是很不客气。斯大林主义和托洛茨基主义的追随者在展开争论时一定会发现说着说着双方就不那么友好了；当《碑文报》和《教会时报》掐架时，拳头并不总是会守规矩地只攻击腰以上的部位；但谈到众多国际语的发明者之间的争执之肮脏污秽，则实在鲜有匹敌。

或许不久之后《论坛报》就会刊登一篇或几篇以"基础英语"撰写的文章。如果有任何语言被接纳为世界通用的"第二语言"，这门语言不大可能是一门人工语言。在现存的自然语言中，英语很有机会，虽然不一定是以"基础形式"撰写。公共舆论开始对一门国际语言的需要有所醒觉，但种种离奇的误解仍然存在。比方说，许多人以为推广一门国际语言的目的是消灭自然语言——这一点从来没有人严肃地提出过。

目前，虽然越来越多的人开始意识到这个需要，整个世界却在语言上变得越来越民族化，而不是去民族化。这在一部分程度上是出于有意识的政策（大约有六七门语言正以帝国主义的方式在世界各个地方推行），而在另一部分程度上是因为战争所引起的兵荒马乱。贸易、旅行、科学家之间的沟通的困难，还有耗时费力的外语学习，这一切依然继续存在。我这辈子学了七门外语，包括两门已经消亡的语言，这七门外语我只记得一门，而且还不是很灵光。我这种情况应该相对普遍。一个小国的国民，比方说，一个丹麦或荷兰人，事实上必须学三门外语，如果他希望接受教育的话。显然，这种情况是可以得到改善的，困难的是决定哪一门语言将成为国际语言。但在这个困难解决之前将会有一番丑陋的争吵，任何对这个问题有所了解的人都知道这一点。

随意集·十

1944 年 2 月 4 日

当沃尔特·罗利爵士被囚禁在伦敦塔里时，他以写一本世界史来消磨时间。他已经完成了第一卷，正在写第二卷时，他的囚室窗户下发生了一场几个工人间的斗殴，其中有一个工人被杀了。虽然经过一番努力的探究，虽然他亲眼目睹了事情的发生，沃尔特爵士一直没办法了解到这次争执的真相，据说经过这件事——如果这并非真实事件，它也很有可能会发生——他把写完的东西付之一炬，放弃了这个计划。

这个故事在过去十年里不知道浮现在我的脑海里多少次，但我总是认为罗利或许是错的。虽然那时候研究有着种种困难，而且在监狱里进行研究更是格外困难，但或许他原本可以写出一部揭示了部分事实真相的世界史。截至一个相当晚近的时间点，历史书中所记载的重大事件或许真的都发生过。黑斯廷斯之战①或许真的在 1066 年打响，或许真的是哥伦布发现了美洲，或许亨利八世真的有六个老婆，等等。只要你承认某件事是真的，即使你不喜欢那件事，那么你就可能了解到一定程度上的真相。比方说，即使是晚近如上一场战争的事件，《大英百科全书》在编撰关于各场战役的文章时依然可能采纳了德国方面的资料。有的史实——比方说伤亡数字——曾被视为是持中而立的内容，大体上

---

① 黑斯廷斯之战(The Battle of Hastings)，发生于 1066 年 10 月 14 日，对战双方是诺曼底公爵威廉一世与英国国王哈罗德二世。这场大战奠定了诺曼人征服英国的胜势。

为各方所认同。现在这种事情不可能发生了。对于当前这场战争，纳粹版本的描述与非纳粹版本的描述根本大相径庭，哪一个版本最终能被载入史册将不是取决于以史据为准的治史方式，而是取决于战场上见真章。

在西班牙内战中，我发现自己强烈地感受到这场战争的真实历史将永远不会也不能被写下来。准确的数字或对于史实客观的描述根本不曾存在。如果说我甚至在 1937 年就感受到这一点，而当时西班牙政府依然存在，共和军各个派系彼此之间和对敌人所编造的谎言都只是一些比较小的谎言，那现在情况又会是怎样呢？即使佛朗哥被推翻了，未来的史学家将会看到什么样的记录呢？如果佛朗哥或像他那样的人一直大权在握，这场战争的历史绝大部分的内容将由数百万在世的人都知道是谎言的"史实"所构成。以这些"史实"的其中一则为例，那就是在西班牙有数量可观的俄国军队。大量的证据表明根本没有那么一支部队。但是，如果佛朗哥依然掌握权力，如果法西斯主义大体上依然存在，那支俄国军队就将进入史册，以后上学的孩子就会相信它的存在。因此，事实上，谎言将会变成真相。

这种事情时刻都在发生。例子一定有好几百万个，我会选一个碰巧可以加以证实的。1941 年至 1942 年期间，当德国空军忙于轰炸俄国时，德国电台向本土的听众大肆宣传空袭伦敦所造成的毁灭性的破坏。现在我们知道这些空袭并没有发生。但如果德国人征服了英国，我们所知道的真相又有什么用呢？对于一位未来的历史学家来说，那些空袭是发生了还是没有发生过呢？答案是：如果希特勒获胜，它们就发生了，如果希特勒垮台，那它们就没有发生过。过去十到二十年有无数其它事件也是这样。真有

《锡安长老会纪要》①这么一份文件吗？托洛茨基与纳粹党同流合污了吗？不列颠之战有多少架德国战机被击落呢？欧洲欢迎新秩序吗？你不会得到一个因为它是真相而被普遍接受的答案，每一个问题你都会有几个完全水火不容的答案，其中有一个答案在经过一番斗争后被最终确立。历史是由胜利者书写的。

归根结底，我们对于胜利唯一可以说的就是，如果我们赢得这场战争，我们所讲述的谎言要比敌人少一些。极权主义真正的恐怖之处不在于它会犯下可怕的罪行，而在于它对客观真相的抨击：它宣称控制了过去，也控制了未来。虽然这场战争在怂恿撒谎和自命正义，但我打心眼里认为那种思维习惯在英国并没有滋长。总的看来，我得说媒体要比战前稍微自由了一些。从我自己的亲身经历，我知道现在你能出版十年前不能出版的东西了。这场战争的抵制者或许不像上一场战争的抵制者那样遭受不公的对待，公开发表不受欢迎的观点要安全多了。因此，将真相理解为独立于本人之外，是有待探究而不是你可以随心所欲捏造的事情这种自由的思维方式有希望继续存在。但我仍然不会去羡慕未来的史学家的工作。在当前的这场战争中，就连伤亡数字也无法精确到百万之内，这难道不是对我们这个时代的一个奇怪的注解吗？

一间裁缝店的广告宣布贸易委员会将取消卷边裤腿的禁令，并欣欣鼓舞地说"这是我们所为之奋斗的自由的第一步"。

---

① 《锡安长老会纪要》（*the Protocols of the Elders of Zion*），反犹书籍，1903年于俄国首次出版，作者不详，内容讲述了犹太人征服世界的阴谋，被公认为是挑起反犹情绪的伪书。

要是我们真的是为了卷边裤腿而奋斗，我应该是亲轴心国的一方。卷边裤腿的作用就只有积尘，除了当你清洗它们的时候偶尔会在里面找到一个六便士硬币之外就一无是处。但在这间裁缝店兴高采烈的宣言中隐藏着这样的潜台词：过不了多久德国就将被消灭，战争就将结束，限量供应将得到缓解，先敬罗衣后敬人的势利将再次掀起高潮。我所盼望的事情和那间裁缝店不同。我只希望能尽早结束食物的限量供应，但我希望看到服装的限量供应继续下去，直到蛀虫将最后一件晚礼服侵蚀殆尽，就连送葬人也得摘下他们的高礼帽。我不介意看到整个国家五年都穿着染色的战斗服，这样一来，滋生势利和嫉妒的一大温床将会被铲除。服装的限量供应并不符合民主精神，但不管怎样，它产生了民主化的效果。如果穷人的衣着没有多大的改善，至少富人的衣着得寒酸一些。既然我们的社会并没有发生真正的结构上的改变，纯粹由物资稀缺所引起的事实上的平等化进程要好过什么都没有发生。

有人送给我一本《英格尔兹比故事集》①作为圣诞节的礼物，里面有克鲁克香克②的插图，这本书让我思考英国滑稽漫画衰落的原因。滑稽诗的衰落比较容易解释。巴哈姆本人、胡德③、卡

---

① 《英格尔兹比故事集》(*The Ingoldsby Legends*)，英国作家理查德·哈里斯·巴哈姆(Richard Harris Barham, 1788—1845，笔名托马斯·英格尔兹比〔Thomas Ingoldsby〕)的神话志怪作品。
② 乔治·克鲁克香克(George Cruikshank, 1792—1878)，英国漫画家，与狄更斯是好友，为他的作品创作了许多插画。
③ 汤姆·胡德(Tom Hood, 1835—1874)，英国幽默作家，曾任《有趣》杂志的编辑，代表作有《金子的心》、《船长的孩子》等。

尔弗利①、萨克雷和其他十九世纪早期和中期的作家能够写出好的诙谐诗，风格就像这样：

> 我曾是一个快乐的孩童，
> 终日在绿茵上歌唱，
> 我是多么快乐，
> 穿着蓝色紧身的西装。

大体上，生活——中产阶级的生活——是无忧无虑的，你可以从出生到死去都保持着孩童的思想。除了偶有像克拉夫②的《有钱是多么地快乐》或《海象与木匠》之外，十九世纪的英文诙谐诗里没有什么思想可言。但说到漫画，情况则恰好相反。利奇③、克鲁克香克和长长一串名字，一直追溯到贺加斯④，他们的作品是那么睿智而粗俗，十分迷人。如果利奇为《汉德利·克罗斯》所画的插图是新作的话，《潘趣》是不会刊登出来的。它们太粗俗了，甚至将上流阶级画得和工人阶级一样丑陋！但它们很好笑，而《潘趣》不好笑。在1860年的时候我们怎么就失去了轻松和强蛮的心态了呢？为什么现在和拿破仑战争时一样，阶级仇恨极其尖锐而政治

---

① 查尔斯·斯图亚特·卡尔弗利（Charles Stuart Calverley，1831—1884，），英国诗人，为拉丁语诗翻译为英文诗作出了杰出贡献，而他本人的诗作富于机趣，代表作有《ABC》、《飞叶》等。
② 亚瑟·休·克拉夫（Arthur Hugh Clough，1819—1861），英国诗人，代表作有《透过漆黑的玻璃》、《新摩西十诫》等。
③ 约翰·利奇（John Leech，1817—1864），英国漫画家，曾为狄更斯的作品、《潘趣》杂志等作品创作插画。
④ 威廉·贺加斯（William Hogarth，1697—1764），英国画家、漫画家，西方连环画和政治讽刺画的先驱。

热情汹涌待发，能够表现这些的卡通画家却几乎找不到了呢?

随意集·十一

1944 年 2 月 11 日

  新闻业有两个行动总是让你觉得似曾相识。一个是对天主教徒进行攻讦，另一个是为犹太人进行辩护。最近我碰巧在为几本描写欧洲中世纪和现代对犹太人的迫害的书撰写书评。和以往一样，这篇书评给我带来了成沓的反犹太人的信件，让我第一千次想到，甚至就连与其直接相关的人也在回避这个问题。

  这些信件令人不安的地方在于，它们并非都出自于疯子之手。我不是很在乎那些信奉《锡安长老会纪要》的人，甚至也并不在乎那些没有得到政府善待的解职军官，他们看到"外国人"得到了工作，心里愤愤不平。除了这些人之外，还有一些小生意人或专业人士，他们坚信犹太人的苦难纯粹是因为他们的下三滥的生意手段和完全缺乏公共精神而咎由自取。这些人的信件写得很有条理，结构得当，宣称没有任何种族主义倾向，以充分的例子支持他们所说的每一件事情。他们承认"犹太良民"的存在，总是宣称(希特勒在《我的奋斗》中也说过同样的话)他们并非从一开始就抱着反对犹太人的情绪，但眼见犹太人的所作所为，他们是不得已而为之。

  对待反犹主义，左翼态度的弱点是从理性的角度去回应它。显然，对犹太人的指控是不实的。它们不可能是真实的，一部分原因是它们自相矛盾，一部分原因是没有哪一个民族能坏得这么彻底。但单纯只是指出这一点根本于事无补。对于反犹主义的正统的左翼观点是，它是统治阶级"捣鼓"出来的东西，目的是将注意力从社会的真正罪恶上引开。事实上，犹太人成了替罪羔羊。这无疑是正确的，但它作为一种论证手段并没有多少用处。你不能通过证明一个信仰是非理性的来将其推翻。而依照我的经验，谈论犹太人在德国所遭受的迫害也没有什么作用。如果一个人有那么一丁点反犹主义倾向，那么上面那些话对他来说就像耳边风一样。最好的论证，如果理性的论证有用的话，就是指出犹太人被指责犯下的那些罪行之所以会发生，是因为我们生活在一个鼓励犯罪的社会里。如果犹太人都是奸诈小人，那我们就应该整顿我们的经济体系，让奸诈小人无法飞黄腾达，以此对付他们。但对那些一心认定犹太人统治了黑市，还老是打尖插队，而且躲避参军服役的人说这么一番话有意义吗？

我们可以对反犹主义的成因进行一番详尽的调查，而且不应该被"所有的原因都与经济有关"这一先入为主的看法所影响。无论在大体上"替罪羊"这个理论是如何正确，它并没有解释为什么是犹太人而不是其他少数民族被揪出来，也没有明确地指出他们是什么罪的替罪羊。比方说，像德雷弗斯案这样一桩事件就不容易通过经济角度进行解读。就英国而言，重要的是找出犹太人被指控了什么罪名，反犹主义是否真的正日趋严重（过去三十年来，或许它实际上变得没那么严重了）和在何种程度上由于1938年难民的涌入而变得愈加严重。

你不仅不应该认为反犹主义的直接肇因纯粹是经济原因（失业、商业上的嫉妒等等），你也不应该认为"理性"的人就不会有反犹倾向。举个例子，它在知书识礼的人群当中尤为盛行。我根本不用从书桌上站起来去翻阅一本书就能想到维庸、莎士比亚、斯莫利特、萨克雷、威尔斯、奥尔德斯·赫胥黎、艾略特和其他许多作家的章节，要是这些文字是在希特勒上台后创作的话，定会被视为反犹作品。贝洛克和切斯特顿在挑逗反犹主义或作出比挑逗更过分的事情，其他可敬的作家或多或少接受了纳粹式的反犹主义。显然，这个神经官能症的成因很深，当人们说他们痛恨一个被称为"犹太人"的子虚乌有的群体，他们到底痛恨的是什么呢？在部分程度上，正是对了解反犹主义的传播是何等广泛的恐惧阻止了对这个问题进行严肃的调查。

以下这段诗文取自于安东尼·特罗洛普的《自传》：

当佩恩·奈特①的《品味》在城里出版时，

文中的几段希腊诗句，

被撕成碎片，毁成纸屑，

当成讨厌的垃圾付诸一炬，

它被粉身碎骨，无人加以细究，

因为被发现有几处作伪的痕迹，

当黑烟从灰烬中升起，

他们才发现——它其实出自品达②的手笔！

特罗洛普并没有明确地指出这几句诗的作者是谁。如果有读

① 理查德·佩恩·奈特(Richard Payne Knight, 1750—1824)，英国鉴赏家、考古学家、收藏家，对古典文化和美学有精深的研究，代表作有《古代艺术和神话的象征语言》、《品味的分析》等。

② 品达(Pindar, 公元前522—前443)，古希腊诗人，代表作有《光明舞蹈之歌》、《胜利颂歌》等。

者愿意告诉我的话，我会很乐意倾听。但我引用这几句诗纯粹是因为它们本身——即它们所蕴含的对文学批评的可怕警告——而且也是为了引起对特罗洛普的《自传》的关注，那是一本非常精彩的书，虽然或许因为它的主要内容是在谈钱。

《时代与潮流》就詹姆斯·弗朗西斯·霍拉宾①先生的战争地理图册一直在进行争论，这让我想起了地图是靠不住的东西，就像相片和数据一样，应该被加以怀疑。

每个国家都将自己在地图上标为红色，这是民族主义的一点有趣的小迹象。而且，将自己画得比实际大一些也是一种趋势，而这不需要造假就能办到，因为将地球投射成平面图会使得某个地方出现畸变。在"帝国自由贸易"运动时期，各个学校都免费分发到巨幅的彩色挂墙地图，用新的投射法画成，把苏联给画小了，把印度和非洲的面积给夸大了。然后还有人种学和政治学的地图，是用于政治宣传最给力的材料。在西班牙内战时期，在西班牙的乡村挂着的地图将世界划分成社会主义国家、民主国家和法西斯国家。从这些地图中你能了解到印度是一个民主国家，而马达加斯加和印度支那（那时是法国的人民阵线政府②执政时期）被标示为"社会主义国家"。

这场战争或许帮助我们提高了地理知识。那些五年前说不准

---

① 詹姆斯·弗朗西斯·霍拉宾（James FrancisHorrabin，1884—1962），英国作家，工党成员，社会主义者，代表作有《经济地理学概要》。
② 法国的人民阵线政府（the Popular Front Government），由法国左翼政党联盟（包括法国共产党、法国工人国际、法国社会主义党等）在1936年赢得议会选举而组建的政府，执政时间从1936年到1938年。其核心领袖是利昂·布伦姆（Leon Blum，1872—1950）。

"克罗地亚"的发音，分不清明斯克和平斯克的人现在能告诉你伏尔加河流入哪一个海洋，不用怎么找就能指出瓜达尔卡纳尔岛或布帝洞的所在。数以十万计的英国人，虽然还不到数以百万计的程度，能念出"第聂伯罗彼得罗夫斯克"这个名字。但要让读地图变得流行需要付出一场战争的代价。在韦维尔①发动埃及战役时，我遇到一个女人，她以为意大利是和非洲连在一起的。1938 年当我准备去摩洛哥时，我的村子里有些人——那当然是一个非常土气的村子，但距离伦敦只有五十英里——问我是不是得过海才能到那里。如果你让任何一个群体的人（我特别想问的人是众议院的各位议员）凭着记忆画一幅欧洲地图，你会得到让人大跌眼镜的结果。任何真的重视教育的政府应该确保每个读书的孩子都能得到一份世界地图，但现在一份世界地图很罕有而且十分昂贵。如果普通市民不知道哪个国家和哪个国家接壤，从一个地方到另一个地方最快的路线怎么走，在哪里可以轰炸靠岸的船只，哪里不行，很难理解他们对于外交政策的看法会有什么价值。

随意集·十二

1944 年 2 月 18 日

战后这个国家将会面临严重的房屋紧缺问题，除非我们采取预制房屋这一手段，否则这个问题将无法得到解决。如果我们坚持传统的建筑方式，那得花上几十年的时间才能建起所需要的房

---

① 亚奇伯德·韦维尔（Archibald Wavell, 1883—1950），英国陆军元帅，二战时曾先后担任中东战区和印度战区总司令。

屋，而这将会引起的不适和苦楚、对遭受大空袭破坏的建筑和肮脏的贫民窟的修修补补、租金飞涨和过度拥挤都不难预见将会发生。而房屋紧缺将使得我们已经非常危险的出生率雪上加霜，这也是可以预见到的。与此同时，不仅预制房屋，而且任何大型的房屋协同重建工程都有强大的既得利益者进行反对。建筑公司和砖头水泥行业有直接的关系，而土地私有的整个根本原则受到了威胁。比方说，不废除私有产权，你怎么能以理性的计划重建伦敦呢？但那些与臭虫和地下室为伍的人不会站出来明确地说出他们要争取什么。充其量他们只会诉诸英国人的感情用事但并非全无道理的"居者有其屋"的渴望。他们会一而再再而三地喊出这个口号，我们得在它起作用之前对它进行反驳。

首先，预制房屋并不意味着我们都将被强迫住在丑陋、拥挤、肮脏、鸡窝一般没有家的感觉的房子里——人们已经开始担心它将会是这样。在这一点上应该指出的是，现存的大部分英国房屋建得很糟糕。它们无法抵御炎热或严寒，它们没有碗橱，它们的水管铺设只要一遇到严重的霜降天气就会爆裂，而且它们没有方便的垃圾处理方式。所有这些问题任何一家承包建筑公司都会告诉你解决不了，但在其它国家都轻松地得以解决。如果我们能勇敢地解决房屋重建问题，我们就可以解决被认为就像是天气一样天经地义的种种不适——事实上，这些不适是没有必要发生。我们可以摆脱"背靠背式"的房屋、地下室、间歇喷水、藏污纳垢的煤气炉、暗无天日的办公室、户外厕所、无法清洁的石头水槽和其它烦人的事情。我们可以在每户房屋里装上浴室，安上真的会响的门铃、一拉就亮的开关、不会被一勺茶叶堵住的下水管道。如果我们愿意的话，我们甚至可以将我们的房间变成流线型，使得墙角呈曲线而不是呈直角形，让它变得更加容易打扫。但所有这些都取决于我们能以迅速的、大规模的方式营建房屋。如果不能做到这一点，房屋紧缺的情况将会如此绝望，我们将只能"凑合着"住在残存的每一间老鼠横行的破屋里，还鼓励承包建筑公司做出最可恶的事情。

其次，对于公寓的反感情绪必须以某种方式加以扭转。如果人们想住在大城镇里，他们要么必须住在公寓里，要么就得忍受过度拥挤，别无它法。一座大型公寓建筑群只需占地一两英亩，就能够容纳一座小型乡镇的人口规模，而且他们能够拥有就像住在独户房屋里一样多的居住面积。以大型公寓建筑群的方式重建伦敦，每个人将会享受到采光和通风，而且有空间安置绿地、自耕田和操场。人们可以远离交通噪声，孩子们不会在砖头和垃圾桶的世界里成长，像圣保罗大教堂这样的历史建筑将重见天日，而不是被淹没在黄色的砖海里。

但是，众所周知，人们不喜欢公寓，尤其是工人阶级。他们想要"属于自己的房子"。从某种意义上说他们是对的，因为在大部分工人阶级的公寓楼里确实没有一间私人的房屋所能享受到的隐私和自由。它们建得不能隔音，住在公寓楼里的人总是得承受让人烦心的种种限制，而且这些公寓楼住起来总是不舒服，虽然情况其实并没有必要这么糟糕。第一批明确供应工人阶级居住的公寓楼甚至没有浴室。即使到了现在，这些公寓楼也很少有电梯，而且它们总是修了石头楼梯，这意味着住在里面的人时时刻刻会听到靴子的咔哒声。这很大程度上是因为这个国家有一种模糊的强烈信念，那就是：绝不能让工人阶级住得太舒服。我们应该强调，震耳欲聋的噪音和让人烦恼的限制并非公寓的固有缺点。至于认为如果四个房间是建在地上的，那它们就是"归你所有"，而如果是建在半空中就"不归你所有"这一观念——那些有孩子的女人就是这么认为的——那将会是重新规划的一大障碍，甚至在德国人已经进行了必要的清场工作的地区也是如此。

一位来信读者对我提出责备，因为我想要看到服装限量供应继续下去，直到大家都一样衣着褴褛。不过她补充说道，事实上，衣服限量供应并没有实现平等化的效果。我将引用她的来信的一段摘录：

> "我在邦德街附近一间专为有钱人服务的店里上班……我穿着我那件25码工作服瑟瑟发抖地服侍那些穿着貂皮大衣，戴着皮帽，套着镶皮靴子的优雅女士。我打招呼说：'早上好，今天好冷哦，夫人。'她们对我爱理不理。（我真是太蠢了——她们怎么会知道呢？）我不想看到她们被剥夺掉那身美丽而暖和的衣服，我希望我能穿上一身那样的衣服，所有人都能穿上……我们不应该一心想要降低目前最高的生活标准，而是应该想着在任何事情上向最高的标准看齐。想要将出身伊顿公学和哈罗公学名门的人从他们享有财富和名望的位置上拉下来，逼迫他们下矿井，这真是恶毒而卑鄙的态度。在眼下这个乱糟糟的社会里，我们所想的应该是让大家都能像他们一样。"

我的回答是，首先，虽然服装限量供应显然对那些没有许多衣服的人影响最为严重，它确实起到一定程度的平等化的效果，因为它使得人们在穿得太时髦时心里不是很自在。一些服装，如男性的晚礼服，基本上已经绝迹了。而且现在几乎任何工作都可以随意着装。但我的本意是，如果服装限量供应持续得足够久的话，就连有钱人那些多余的衣服也给穿坏了，那我们将会近乎平等。

但难道我们不应该总是想着"向上看齐"，而不是"向下看齐"吗？我的回答是，在某些情况下你无法做到"向上看齐"。你不能让每个人都开上劳斯莱斯。你甚至不能让每个人都穿上皮衣，特别是在战时。至于每个人都应该上伊顿公学或哈罗公学的那番话，那根本没有意义。那些地方的全部价值，在那些校友的眼中，就是它们的排外性。既然某些奢侈品——比方说，高性能汽车、皮衣、游艇、乡村别墅和别的什么东西——显然不可能分配给每一个人，那最好就没有人能得到。富人失去财富就像穷人失去贫穷。我的这位来信读者在提到那些无知的有钱女人甚至想象不出一个寒冷的早上对于一个没有大衣的人意味着什么的时候，难道不是已经表达出这个意思了吗？

还有一位来信读者愤慨地说他知道我说《潘趣》不好笑是什么意思。事实上，我有点夸张了。自1918年以来，我在《潘趣》里读到过三个让我哈哈大笑的笑话。但正如我总是对问起这件事的困惑的外国游客所说的，《潘趣》的宗旨不是好笑，而是让人觉得心里踏实。说到底，你在哪里最经常看到它？在俱乐部的休息室和牙医的候诊室里。在这两个地方，它有一种让人放松的作用，它的目的就是这样。你一早就知道里面不会有什么新鲜事情。你在童年时就已经熟知的笑话仍然在里面，从来都是那样，就像一帮老朋友。神经兮兮的助理牧师、容易恼火的上校、笨手笨脚的新兵、善忘的水管工——他们都在里面，就像金字塔一样不会改变。看着那些熟悉的页面，那个俱乐部的会员就知道他照样可以领到分红，那个病人就知道医生不会真的把他的下巴打破。但至于好笑，那是另外一回事。好笑的笑话总是包含着非英国式的事情和思想。《纽约客》虽然被高估了，但总是很好笑。最近有一期里画着两个德国士兵牵着一头巨大的猿猴走进勤务兵室，拴上一条锁链。长官愤怒地对他们说道："你们不识字吗？"我觉得它很好笑，但或许得花上五秒钟的时间才能理解这个笑话。没有哪个体面的人能够理解那些被《潘趣》拒绝刊登的思想和笑话，这已经成为中产阶级的一个定理——至少对打高尔夫球、喝威士忌酒、读《潘趣》杂志的那部分中产阶级适用。

随意集·十三

1944 年 2 月 25 日

《家居伴侣和家庭杂志》刊登了一则短篇小说，名字是《你好，甜心》，讲述了一个名叫露西·法洛斯的年轻女孩在长途电话公司转接处上班的冒险故事。她"牺牲了她对于制服的渴望"，为的是得到这份工作，却发现这是平淡无聊的差事。"这么多笨蛋似乎打长途电话就是为了在一起胡扯……"她觉得受够了，她觉得自己是"自私之人的奴仆，她那双榛子色的眼睛里愁云密布"。但是，正如你一下子就能猜到的，露西的工作很快就充满了生机，不久她就发现自己置身于一系列刺激惊险的冒险中，包括击沉一艘 U 型潜水艇，抓获一伙德国破坏分子和与一位英俊的、"声音清朗"的海军军官开着摩托车长途旅行。这就是在电话公司的生活。

在故事的最后是一段简短的尾注:

"如果我们的年轻读者有兴趣在长途电话公司上班(从事露西·法洛斯的工作),请向长途电话公司驻伦敦的人事部主任申请,他会告诉她们入职的机会。"

我不知道这则广告会有多少成效。我不知道那些符合目标年龄的女孩会不会相信在电话接线员的生活里会发生捕获 U 型潜水艇这样的事情。但我饶有兴味地注意到一则政府招聘广告和一篇商业小说之间直接的关联。举个例子吧:在战前,海军经常在男生冒险报刊里登广告,那些报刊是刊登这些广告的好地方,但据我所知,没有为征兵而专门写故事。或许即使到了现在它们也不是花钱买来的。情况更有可能是,那些有关部门一直关注着周刊(我不经意想起了邮政总局某个穿着条纹西裤的人士读着《你好,甜心》,这是他的职责的一部分),然后在哪一篇故事有可能吸引读者时就推出广告。但从这种情况到本土防卫辅助服务①、陆军女兵部门或别的需要招募成员的机构出钱请人写故事只有一步之遥。你几乎可以听到内政部里一番倦怠而彬彬有礼的对话:

"你好! 你好! 是你吗,托尼? 噢,好啊,听我说,托尼,我又有一则脚本要你写了——《通往天堂的门票》。这一次是巴士

---

① 本土防卫辅助服务(the Auxiliary Territorial Service, 1938—1949),隶属英国陆军的妇女拥军组织,其使命是组织英国妇女在英国的男子奉命入伍时从事后勤服务工作,维持社会稳定。

女乘务员。她们不肯来。我想是裤子不合身什么的。怎么写都好啦，彼得说写得香艳一些，不过得清清白白的——你懂的。不能写婚外恋。我们星期二就要交稿。一万五千字。男主角由你定。我倾向于那种孩子和狗都喜欢的户外型男人——你懂的。或个头高高谈吐文雅的也行，我真的不介意。不过彼得说了，写得香艳一些。"

像这样的事情已经在电台节目和纪实电影里发生了，但迄今为止小说和政治宣传之间还没有非常直接的关系。《家居伴侣》里面那则半英寸的广告似乎标志着正在逐渐影响所有艺术的"统筹"过程迈进了另一个小阶段。

纵观切斯特顿为"人人丛书"[①]出版的《艰难时世》所写的序文（顺带提一句，切斯特顿对狄更斯的介绍是他写过的最好的文章），我注意到那种典型的目空一切的宣言："里面没什么新的思想。"在这里切斯特顿说的是鼓舞法国大革命的理念并不是什么新鲜事物，只是曾经兴盛一时但后来被遗忘的理念获得了复兴。但"太阳底下并无新事"这一说法是反动知识分子的一个老生常谈，特别是为天主教辩护的人，他们几乎张口闭口就是这句话。任何你能说出来或想到的内容都已经被说过或想过了。每一个政治理论，从自由主义到托洛茨基主义，都是早期教会的某个异端思想的演变。每一种哲学体系最终都来自古希腊的哲人。每一个科学理论（如果我们相信那些大众天主教刊物的话）早在十三世纪

---

① 人人丛书（Everyman's Library），由英国出版人约瑟夫·马拉比·邓特（Joseph Malaby Dent）创立的经典文学重印系列，于 1906 年推出首版书籍，现为兰登书屋集团旗下出版系列之一。

时罗杰·培根①和其他人就都已经预料到了。有的印度教思想家甚至更加过分，声称不仅科学理论，就连科学应用的产品如飞机、无线电和所有花里胡哨的东西，在古印度早就为人所熟知，他们弃之如敝屣，因为这些并不值得他们关注。

不难看出，这一想法植根于对进步的恐惧。如果太阳底下并无新事，如果过去总是以这种或那种方式重演，那么未来将是我们所熟悉的事物。而一个人人自由而且平等相待的世界——那是被痛恨和害怕的事情——永远不会到来。对于反动思想家来说特别舒心的事情就是世界总是在循环更替，相同的环环相扣的事件在周而复始地发生。在这么一个世界里，每一个通往民主的进步都只是意味着暴政和特权将进一步逼近。这一想法虽然明显带有迷信色彩，如今却被广为接受，在法西斯分子及其同路人中非常普遍。

事实上，新的理念确实诞生了。举例来说，奴隶制无法产生先进的文明这一理念就是一个相对较新的理念，它比基督教要新得多。但就算切斯特顿的声明是真的，只有在"每块石头里都隐藏着一座雕塑"这个意义上才是真的。理念或许没有改变，但重点总是在时刻发生变化。例如，你可以说马克思理论最重要的部分体现于这么一句话："你的财富在哪里，你的心也在哪里。"②但在马克思将其深化之前，这句话有什么力量呢？谁注意过它呢？谁从里面归纳出法律、宗教和道德守则都是建立在现有

---

① 罗杰·培根（Roger Bacon，1214—1294），英国学者，学识渊博，在逻辑学、语言学、科学方法论、光学、火药、天文、历法等方面都有过深入研究，代表作有《论艺术与自然的魅力》、《大作品》等。
② 此句出自《圣经·马太福音》。

的财产关系之上的上层建筑呢？——而它确实蕴含了这一意义。根据《福音书》的记载，是基督说出这番话，却是马克思赋予了它以生命力。而自从他作出这番总结以来，政治家、牧师、法官、道学家和百万富翁们的动机一直遭到最深刻的质疑——当然，这就是他们为什么如此痛恨他的原因。

随意集·十四
1944 年 3 月 3 日

几个星期前，一位信奉天主教的《论坛报》的读者写了一封信，抗议查尔斯·汉姆布雷特先生的一篇书评。她反对他对于圣特蕾莎[1]和曾经在一座大教堂周围飞翔，背上扛着一位主教的圣人库比蒂诺的圣约瑟夫[2]所做的评论。我回了信，为汉姆布雷特先生辩护，结果收到了一封更加愤慨的来信。这封信提到了几点非常重要的内容，在我看来其中至少有一点值得进行探讨。会飞的圣人和社会主义运动之间有什么关系乍一看似乎不是很清楚，但我认为我可以指出，目前基督教教义的含糊不清的状态产生了严重的影响，而这些影响是基督教信徒和社会主义者都没有面对过的。

来信读者的信件内容是，圣特蕾莎和其他圣人是否在天空中飞并不重要。重要的是，圣特蕾莎的世界观"改变了历史"。我承

---

[1] 圣特蕾莎（Saint Teresa，1515—1582），西班牙加尔默罗修会修女，曾改革加尔默罗修会的章程，逝世后被罗马天主教册封为圣人。

[2] 库比蒂诺的圣约瑟夫（Joseph of Cupertino，1603—1663），意大利方济各会教士，据说曾进行过飞空试验，逝世后被罗马天主教册封为圣人。

认这一点。我曾经在一个东方国度生活过，学会了对奇迹持中立的态度，我清楚地知道产生幻觉或成为一个彻头彻尾的疯子和所谓的天才特质其实并不矛盾。举例来说，我认为威廉·布雷克是一个疯子。圣女贞德或许也是一个疯子。牛顿相信占星术，斯特林堡①相信巫术。但是，圣人的奇迹只是一件小事。另外，我的这封读者来信中还说，即使是基督教最核心的教义也不能从字面意义上去接受。比方说，耶稣基督是否存在并不重要。"基督的形象（传说、凡人或是神明，这些都不打紧）超越了一切，我只希望每个人在拒绝他的生平之前会仰望他。"因此，基督或许是一则传说，或者他只是一个区区的凡人，或者教义里面的记载是真有其事。因此，我们得出了这么一个结论：《论坛报》绝不能拿基督教开涮，但基督的存在与否是无关紧要的问题，而有不计其数的人因为否认他的存在而被烧死。

这是正统的天主教教义吗？我的感觉是，它不是正统的天主教教义。我可以想到那些受欢迎的为天主教辩护的人，如伍德洛克神父②和罗纳德·诺克斯神父③等人所写的文章，里面以最明确的语句阐明基督教的教义就是它的文字内容，不能以模棱两可的譬喻上的意思去接受。诺克斯神父特别提到"基督是否存在并不重要"这个理念，认为它是一个"糟糕透顶"的理念。但我的这封读者来信所说的内容会得到许多信奉天主教的知识分子的响

① 乔汉·奥古斯特·斯特林堡（Johan August Strindberg, 1849—1912），瑞典作家，代表作有《炼狱》、《孤独》、《红色的房间》等。
② 巴瑟罗密欧·伍德洛克神父（Bartholomew Woodlock, 1819—1902），爱尔兰天主教神父、教育家、主教，在爱尔兰创建了圣·文森特·保罗社团。
③ 罗纳德·阿布斯诺特·诺克斯（Ronald Arbuthnott Knox, 1888—1957），英国神学家，曾是英国圣公会牧师，后改宗罗马天主教，曾将拉丁文《圣经》重译为英文《圣经》。

应。如果你和一位有思想的基督教信徒、天主教信徒或圣公会信徒谈话，你经常会发现自己因为无知到以为会有人真的以文字意义去理解教义而被嘲笑。他们告诉你，这些教义另有深意，是愚钝的你所无法理解的。灵魂的不朽并不表示张三或李四在死后仍然会有意识。肉身复活并不表示张三或李四的肉体真的就会复活——等等等等。因此，那些天主教的知识分子进行论战时，能玩弄某种得心应手的把戏，一字不差地重复着和他的先辈一样的教条，而当被指责迷信时，他为自己辩护说他是在以比喻的方式说话。他所表达的主旨是，虽然他本人并不相信任何确切形式的死后的来生，他对基督教的信仰并没有发生改变，因为我们的祖先也并非真的相信死后会有来生。与此同时，一件非常重要的事情变得含糊不清——西方文明的支柱之一轰然倒下。

我不知道官方是否已经对基督教的信仰作出了修正。诺克斯神父和我的这位来信读者似乎在这个问题上存在分歧。但我所知道的是，对死后的来生的信仰——张三或李四在死后仍然知道自己是张三或李四——已经没有以前那么广泛传播了。即使在声称是基督教信徒的人当中，它或许也正在衰落。而其他人甚至不相信这种事情有可能会是真的。但据我们所知，我们的祖先确实对其信以为真，相信经文里的文字，而且非常具体真切——除非他们对这件事的描写是存心要误导我们。在他们眼中，俗世的生活只是为了死后更加重要的永生所作的一段短暂的准备。但这一观念已经消亡了，或者说正在消亡，而其结果还没有真正被面对。

与某些东方文明不同，西方文明的其中一根支柱是对个体不朽的信仰。如果你以局外人的身份审视基督教，这一信仰似乎要比对上帝的信仰更加重要。西方的善恶观念很难与之分离。无疑，现代的权力崇拜与现代人认为今生是唯一的生命这一观念有着紧密的联系。如果死亡意味着万事的终结，要相信即使你是失败者，你也会是正义的一方会变得更加困难。政治家、国家、理论、事业几乎不可避免被以物质成功的标准加以衡量。假如你能将个体不朽这个信仰的衰落与机器文明的崛起这两个现象分开，我会说它们是同等重要的事情。机器文明可能会带来的种种可怕后果，在高射炮开火的那天晚上你可能就会有这么一个想法。但"个体不朽"信仰的衰落也可能会带来可怕的后果，而社会主义运动对此并没有进行深刻的思考。

我不希望对来生的信仰重新回来，而不管怎样，它不大可能会回来。我要指出的是，它的消失留下了一大片空白，我们应该注意到这个事实。在经历了数千年信奉个体不朽之后，人类必须在思想上进行一番挣扎才能习惯个体终会归于湮灭这一观念。除非人类能演变出一套独立于天堂与地狱之外的善恶体系，否则文明是无法被拯救的。事实上，马克思主义对这个问题给出了答案，但它从未真正地得以普。大部分社会主义者满足于指出一旦社会主义得以建立，我们就将在物质意义上更加快乐，并认为只要填饱了肚子，所有问题都会得到解决。但事实恰恰相反，当一个人肚里空空时，他唯一的问题就是填饱肚子。当我们摆脱了苦役和剥削，我们将真正开始思考人类的命运和人类存在的原因。只有在我们意识到基督教的衰落意味着多么大的损失的情况下，我们才能为未来勾勒出有价值的图景。很少有社会主义者意识到这一点。那些信奉天主教的知识分子死抱着教义的细微含义不放，从中解读出本不存在的意义，他们嘲笑任何相信教会的神父说什么就是什么的思想朴素之人。其实他们这些知识分子只是在大放烟雾弹，掩饰他们自己的信仰缺失。

我非常高兴地欢迎《康希尔杂志》在停刊四年后复刊。除了那些文章之外——莫里斯·鲍勒①写了一篇关于马雅可夫斯基②的好文章，还有一篇雷蒙德·莫蒂默③写的关于布罗汉姆④和麦考莱⑤的文章也不错——杂志的编辑对《康希尔杂志》早年的历史作了几则有趣的注释。这些注释表明的一个事实是维多利亚时期读书群体的规模和财富，以及那时候的文人丰厚的报酬。第一期的《康希尔杂志》卖了12万本，给特罗洛普一篇连载小说的稿费是两千英镑——他开价三千英镑——而给乔治·艾略特一篇连载小说的稿费是一万英镑。除了极少数挤进电影圈的人外，这些金额在现在几乎是不可想象的。就算要进入两千英镑稿费的阶层，你也得成为顶尖写手才行。至于要写一本书就挣一万英镑，你得成为像埃德加·赖斯·巴勒斯⑥那样的作家。如今一本小说能给作者带来五百英镑的稿酬就已经很好了———一个成功的律师一天就

---

① 西塞尔·莫里斯·鲍勒(Cecil Maurice Bowra, 1898—1971)，英国古典学者，曾担任牛津大学校长，代表作有《创新的试验》、《浪漫的想象力》等。

② 弗拉德米尔·弗拉德米洛维奇·马雅可夫斯基(Vladimir Vladimirovich Mayakovsky, 1893—1930)，俄国未来派诗人，代表作有《裤子里的一朵云》、《战争与世界》等。

③ 查尔斯·雷蒙德·莫蒂默·贝尔(Charles Raymond Mortimer Bell, 1895—1980)，英国文学批评家。

④ 亨利·彼得·布罗汉姆(Henry Peter Brougham, 1778—1868)，英国大法官，对英国的教育法规进行过许多改革，伦敦大学学院的创建人之一。

⑤ 托马斯·巴宾顿·麦考莱(Thomas Babington Macaulay, 1800—1859)，英国历史学家、政治家，曾担任印度殖民政府大法官，在印度推行英语教育和英国的教育体制。

⑥ 埃德加·赖斯·巴勒斯(Edgar Rice Burroughs, 1875—1950)，美国作家，作品多描写白人殖民者的冒险，《人猿泰山》即出自他的手笔。

能挣到这么多钱。"书籍的敲诈"并不像比奇康莫和其它文坛的敌人所想象的那样是新鲜事物。

随意集·十五
1944 年 3 月 10 日

　　我几乎是同时阅读了德里克·利昂[①]先生的《托尔斯泰的生平》、格拉迪丝·斯托莉[②]小姐关于狄更斯的书、哈利·列温[③]关于詹姆斯·乔伊斯的书和超现实主义画家萨尔瓦多·达利[④]的自传(在英国还没有出版),我比平时更惊讶地发现一个艺术家生在一个相对健康的社会所享受到的好处。

　　在我第一次读到《战争与和平》时,我应该二十岁了,那个年纪的我不怕读长篇小说,我对这本书(厚厚的三卷本——大概有四本现代小说的篇幅)唯一的抱怨就是它不够长。我觉得尼古拉·罗斯托夫和娜塔莎·罗斯托娃、皮埃尔·别祖霍夫、杰尼索夫和其他人是读者愿意一直读下去的小说人物。事实上,那个时候的一小撮俄国贵族大胆而浅薄,他们庸俗地享乐,他们的恋爱像风暴一般激烈,而且拥有庞大的家族,他们都是非常有魅力的人。

---

① 德里克·刘易斯·利昂(Derrick Lewis Leon, 1908—1944),英国作家,曾撰写过关于列夫·托尔斯泰和马塞尔·普鲁斯特的传记。
② 格拉迪丝·斯托莉(Gladys Storey, 1897—1964),英国女作家,代表作有《狄更斯与女儿》、《象征主义与小说》等。
③ 哈利·图克曼·列温(Harry Tuchman Levin, 1912—1994),美国文学批评家,比较文学理论家,代表作有《花花公子与大煞风景,漫谈戏剧理论与实践》。
④ 萨尔瓦多·达利(Salvador Dalí, 1904—1989),西班牙超现实主义画家,其作品和创作理念对二十世纪的美术、雕塑、戏剧、时装、建筑都有深刻影响。

这么一个社会阶层不能用公正或进步加以形容。它植根于农奴制，这个制度早在托尔斯泰的童年时期就让他觉得不安，即使是那些"受过启蒙"的贵族也会觉得很难想象农民和他们一样都是人。托尔斯泰本人直到步入成年很久之后才不再殴打他的仆人。

那些地主对其庄园内的农奴享有类似于初夜权的权力。托尔斯泰至少有一个私生子，他那贵庶私通所生的半个兄弟是家里的马夫。但是，你不会认为这些头脑简单多子多孙的俄国人和那些供养着达利的都市雅痞一样卑鄙可耻。他们的可取之处在于他们性格朴实，他们从未听说过安非他明或涂成金色的脚指甲。虽然后来托尔斯泰比大部分人更坦诚地忏悔自己年轻时犯下的罪行，但他一定知道他的力量——他那身健硕的肌肉的力量和创造力——是汲取自那个粗俗而健康的背景，在那里，你可以在沼泽地打水鹬，女孩子们要是一年去跳三场舞就觉得自己是幸运的人儿。

狄更斯的一大缺点在于他对乡村生活根本没有进行过描写，甚至连马虎应付的态度也没有。他甚至毫不掩饰地表明自己对农业一无所知。在《匹克威克外传》里有几段关于打猎的滑稽描写。但狄更斯作为中产阶级的激进分子，没办法以赞许的态度去描写这类娱乐活动。在他眼中，打猎根本就是势利的娱乐，而在那时候的英国，它们确实是势利的娱乐。在圈地运动、工业发展、贫富悬殊和狂热捕猎野雉和红鹿的共同作用下，英国的老百姓被逐出土地，使得或许是人类共有天性的狩猎本能似乎成为只是贵族的癖好。《战争与和平》里面写得最好的一段也许是猎狼。最后是那个农民的狗先于贵族们的狗找到了那头狼。后来，娜塔莎发现在那个农民的小茅屋里跳舞是很自然的事情。

要在英国看到这一幕，你得将时间往前推一百年或两百年，那时候地位的差别并不代表生活习惯会有非常大的差别。狄更斯时期的英国已经被那些"擅闯者将被起诉"的木牌所统治。当你想到为人所接受的左翼思想对于打猎、射击和其它运动的态度，你会觉得列宁、斯大林和托尔斯泰在世时都是热衷体育的人是很奇怪的事情。但那时候他们的祖国是一个广袤空旷的国家，运动和势利之间没有必然的联系，而乡村与城镇没有完全割裂。几乎任何现代小说家都以之作为创作素材的这个当今社会要比托尔斯泰的社会更加刻薄，没有那么高贵，而且有着更多让人烦恼的事情。能把握住这一点是作家天赋的标志之一。如果乔伊斯把《都柏林人》里面那些人写得没有他们真实的情况那么令人讨厌，那他就是在歪曲事实。但托尔斯泰的天然优势在于：其它都一样的情况下，谁愿意去写寄宿家庭里鬼鬼祟祟的通奸或信奉天主教的醉酒商人庆祝"浮生偷得半日闲"，而不去写皮埃尔和娜塔莎的故事呢？

哈利·列温先生在他那本评述乔伊斯的作品里有一些传记式的细节描写，但他不能告诉我们多少关于乔伊斯生前最后一年的情况。我们所知道的就是，当纳粹入侵法国时，他由边境逃到了瑞士，大概一年后在老家苏黎世逝世。似乎就连乔伊斯的子女们也不知所终。

学术界的批评家们忍不住要拿乔伊斯鞭尸。《泰晤士报》为他刊登了一则尖酸机智的简短讣告，然后——虽然《泰晤士报》从来不缺版面刊登关于棒球比赛的安打率或杜鹃的初啼——却拒绝刊登托马斯·斯特恩斯·艾略特写的抗议信。这很符合盛大而古老的英国传统：对死者总是得说些好话，但如果他们是艺术家则作罢。如果是一个政治家逝世，他的死敌会在议会起立并违心地说上几句悼词，而作家或艺术家则一定会被嘲讽，至少如果他有水平的话会是这样。戴维·赫伯特·劳伦斯一死，整个英国出版界就联合起来羞辱他（"色情作家"是惯用的称谓）。但那些傲慢的讣告只是乔伊斯意料中的事情。法国沦陷和像政治嫌疑犯那样逃脱盖世太保的魔掌则是另外一回事了。当战争结束时，了解乔伊斯会作何感言会是一件很有趣的事情。

乔伊斯一直在有意识地回避英国和爱尔兰的庸俗。爱尔兰容不下他，英国和美国很难忍受他。他的书被拒绝出版，胆小的出版商排好版后就将其摧毁，一发行就被查禁，在当局默许纵容下被盗印，而且几乎没有人关注，直到《尤利西斯》出版。他有满腹牢骚，对此内心深有感触。但是，他的目标是当一名"纯粹的"艺术家，"超越战争"，不理会政治。他在瑞士写下了《尤利西斯》，拿着奥地利的护照，领着英国的养老金，他对1914年至1918年那场战争几乎毫不关注。但乔伊斯发现当前这场战争是不容忽视的。我想它一定已经促使乔伊斯进行反思，意识到作出政治选择是必然之举，就算是愚昧也比极权主义要好一些。

希特勒和他的同伙所表明的一件事情就是，过去一百年来知识分子有过一段相对美好的时光。说到底，乔伊斯、劳伦斯、惠特曼、波德莱尔甚至奥斯卡·王尔德所遭到的迫害和自从希特勒上台后整个欧洲的自由派知识分子的遭遇相比又算得了什么？乔伊斯怀着厌恶离开了爱尔兰，但他并没有必要逃生，而当德国坦克驶入巴黎时，他只能落荒而逃。《尤利西斯》面世时，英国政府立刻将其查禁，但十五年后将其解禁。或许更重要的是，在他撰写这本书的时候，英国政府资助了他的生计。在此之后，在一位匿名崇拜者的慷慨资助下，乔伊斯在巴黎度过了近二十年的文明生活，创作了《芬尼根守灵夜》，身边聚集了一群门徒，而勤勉的学术专家不仅将《尤利西斯》翻译成多门欧洲语言，甚至还译出了日文版。从 1900 年到 1920 年他尝到了饿肚子和被忽视的滋味，但总的来说，如果你从德国集中营里进行观察的话，他的生活似乎还过得蛮好的。

如果乔伊斯落入纳粹手中，他们会对他怎么样？我们不知道。他们或许会努力争取他，把他加入到他们的"悔改"文人之列。但他一定会知道他们不仅摧毁了他所习惯的社会，而且是他所珍视的一切事物的死敌。他想要超越的那场战争终究还是让他直接牵连在内，我希望到最后他说出了对于希特勒的不恪守中立的评论。而这番话出自乔伊斯之口，或许会是很有分量的嘲讽。这些话现在正存于苏黎世，在战后将会被人所了解。

随意集·十六

1944 年 3 月 17 日

我没有权力将自己的理念付诸实践，但就像那些在世界各地寻求庇护的流亡政府一样，我对下列词语和表达方式宣判死亡：

"Achilles' heel"（阿喀琉斯之踵）、"jackboot"（长统靴）、"hydra-headed"（九头蛇）、"ride roughshod over"（铁蹄践踏）、"stab in the back"（背后捅刀子）、"petty-bourgeois"（小资产阶级）、"stinking corpse"（臭气熏天的死尸）、"liquidate"（清算）、"iron heel"（铁蹄）、"blood-stained oppressor"（沾满鲜血的压迫

者）、"cynical betrayal"（狠毒的背叛）、"lackey"（狗腿子）、"flunkey"（奴才）、"mad dog"（疯狗）、"jackal"（豺狼）、"hyena"（土狼）、"blood-bath"（浴血）。

无疑，这一清单可以时时追加内容，但这些就够了，我们继续往下说。它包含了相当一部分在前几年的马克思主义文学作品中盛行的僵死比喻和翻译得很蹩脚的外国词语。

当然，除了这一种英文之外，还有许多其它形式的蹩脚英文，有官方英语或商圈英语，有白皮书英语，有议会辩论英语（在最矫情的时候）和英国广播电台的新闻英语。还有科学家和经济学家，他们本能地喜欢使用"contraindicate"（忌用）和"deregionalization"（去区域化）。美国俚语虽然很吸引人，但从长远来说或许会让英语陷于贫乏。现代英语在说话时总是很散漫，不把元音发好，（在伦敦地区，你必须使用肢体语言才能区别开"三便士"和"三个半便士"）还有将动词与名词互相通用的趋势。但在这里我要探讨的只是一类蹩脚的英语：马克思主义英语或宣传册英语，这些在《工人日报》、《劳动者月刊》、《平民报》、《新领袖报》和其它类似的报刊里都可以读到。

许多政治文学中的表达方式只是委婉用语或修辞上的伎俩。举例来说，"lidiquate"（清算）（或"eliminate"［消灭］）是"杀戮"的礼貌用语，而"realism"（现实主义）通常意味着"欺诈"。但马克思主义术语的特征在于大部分是翻译过来的。它那些标志性的词汇源自德语或俄语，它们从一个国家引入到另一个国家，没有考虑为其找到合适的、意义对等的词语。比方说，下面是一篇马克思主义文章的内容——潘泰莱里亚岛的居民向盟军的致辞。

"潘泰莱里亚岛的居民对英美联军将他们从狂妄和邪恶的政权中解放出来的迅速行动致以'感激和敬意'，该政权不仅像巨大的八爪鱼那样吸取真正的意大利人的精华长达二十年之久，而且现在正将意大利变成一片满目疮痍的废墟，动机只有一个，那就是为它的当权者榨取非法个人利益，他们以矫饰而空洞的所谓的爱国主义作为面具，隐藏最卑劣的动机，与那帮德国盗匪同流合污，孵化出最低劣的利己主义和最黑暗的遭遇，而且一直以来，他们怀着令人作呕的冷酷无情，践踏着千千万万的意大利人的鲜血。"

这些乱七八糟的词语可能是从意大利文翻译过来的，但重点是，你或许不会认出它是意大利语。它或许是从任何欧洲语言翻译过来的，也有可能是由《工人日报》直接撰稿的，这种写作风格真的是国际化了。它的特点是不停地使用现成的比喻。同样地，当意大利的潜水艇击沉了给西班牙共和军运送武器的船只时，《工人日报》敦促英国海军"将那些海上的疯狗扫平"。显然，能够写出这些话的人已经忘记了词语是有含义的。

一个俄国朋友告诉我，俄语骂人的话要比英语更加丰富，因此，俄语骂人的话有的没办法准确翻译出来。因此，当莫洛托夫①斥责德国人是"cannibals"（食人族）时，或许他用的是一个俄国人听起来很自然的词语，但"食人族"只是一个近似的翻译。可是我们的本土共产党人从业已停刊的《国际通讯》和类似的出

---

① 维亚切斯拉夫·米盖尔洛维奇·莫洛托夫（Vyacheslav Mikhailovich Molotov, 1890—1986），苏联政治家，十月革命领导人物之一，斯大林政权的二号人物，曾担任人民委员会主席、外交部长。

处接受了它和一长串这类翻译得很蹩脚的词语，然后出于思维习惯，以为它们是地道的英语表达方式。共产党人的骂人词汇（根据当时的"阵营划分"，既用在法西斯分子身上，也用在社会主义者身上）包括如下词语："hyena"（土狼）、"corpse"（死尸）、"lackey"（狗腿子）、"pirate"（海盗）、"hangman"（刽子手）、"bloodsucker"（吸血鬼）、"mad dog"（疯狗）、"criminal"（罪人）、"assassin"（刺客）。这些词语都是翻译过来的，无论是第一手、第二手还是第三手，而且绝不是一个英国人在表示反对时自然而然会使用的词语。他们在使用这一语言，却对它的意思毫不在乎，实在是令人惊讶。问一个记者什么是长统靴，你会发现他不知道那是什么。但他仍在大谈长统靴。或者，"铁蹄践踏"是什么意思？也很少有人知道。根据我的经验，只有为数很少的社会主义者知道"无产者"这个词是什么意思。

　　马克思主义语言最糟糕的例子是"狗腿子"和"奴才"。革命之前的俄国仍然是一个封建国家，那些帮闲的奴仆是社会结构的一部分，在那个语境下，"狗腿子"是有意义的。英国的社会情况很不一样。除了公共职能部门外，上一次我看到一个身穿制服的男仆是在 1921 年。事实上，在日常用语中，"奴才"这个词从九十年代就已经失去意义了，而"狗腿子"这个词已经绝迹了将近一个世纪。但它们和其它同样不贴切的词语被挖掘出来用于宣传目的，结果就形成了一种写作文风，这种文风与用地道的英语写作相比，就好像拼凑一张拼图和画一幅画相比。它只是将几个现成的语句拼凑在一块。你大可以说"九头蛇般的穿着长统靴的军人以铁蹄践踏了鲜血淋漓的豺狼"。要证实这一点，你可以参阅几乎任何共产党或其它政党发行的宣传册。

随意集·十七

1944 年 3 月 24 日

在我们这个时代所有尚未得到回答的问题中，或许最重要的问题是："什么是法西斯主义？"

在美国，一个社会调查组织向一百个人提出这个问题，答案从"纯粹的民主"到"纯粹的邪恶"都有。在这个国家，如果你请一个愿意思考的普通人给法西斯主义下一个定义，他通常会回答那是德国和意大利的政权。但这个答案很不能让人满意，因为即使那几个法西斯大国在社会结构和意识形态上也有非常大的差异。

举例来说，德国和日本就不可同日而语，有些被称为法西斯国家的小国更是难以定义。比方说，我们总是认为法西斯主义的本质是好战，它在充满战争狂热的环境中如鱼得水，它只能通过备战或海外征服解决其经济问题。但这显然并不是真的。比方说，葡萄牙或几个南美独裁体制就不是这样。再者，反犹主义被认为是法西斯主义的一个突出特征，但有的法西斯运动并没有反犹主义色彩。那些高深的辩论经年累月在美国杂志中回响着，却连确定法西斯主义到底是不是资本主义的一种形式也做不到。但不管怎样，当我们把"法西斯主义"这个词用在德国、日本或墨索里尼统治的意大利时，我们大体上知道我们指的是什么。在国内政治中，这个词失去了最后残余的意思。因为如果你研究报刊的话，你会发现在过去十年里几乎没有哪一群人——没有哪个政党或组织——不被斥责为法西斯分子。

在这里我不是在说口头上所说的"法西斯分子"，我说的是我所见过的印成文字的内容。我见过"同情法西斯分子"或"法西斯主义倾向"，或干脆就是"法西斯分子"，被极其严肃地用在下列这些人身上：

保守党人：所有的保守党人，绥靖主义者或反绥靖主义者，都被认为在主观上是亲法西斯派。英国对印度和各个殖民地的统治被认为和纳粹主义没有什么两样。那些你可以称其为爱国和传统的组织被列为法西斯主义的秘密赞同者或"思想上有法西斯主义倾向"。这些组织包括：童子军、伦敦警察厅、军情五处、英国退伍军人协会等。关键的一句话："公学是孕育法西斯主义的摇篮。"

社会主义者：为老派的资本主义辩护的人（如厄尼斯特·本爵士[①]）认为社会主义和法西斯主义是一回事。有一些天主教记者认为社会主义者在纳粹占领的国家与他们展开密切的合作。在共产党的极左时期，同样的指控则是从另一个角度发起的。从1930年到1935年，《工人日报》习惯性地将工党斥为"工党法西斯分子"，并得到其他左翼极端分子如无政府主义者的响应。一些印度民族主义者认为英国的工会就是法西斯组织。

共产主义者：许多思想家（例如：劳希林[②]、彼得·德鲁克[③]、

---

① 厄尼斯特·约翰·匹克斯通·本（Ernest John Pickstone Benn，1875—1954），英国作家，出版商，代表作有《一个资本家的自白》、《回归自由主义》等。

② 赫尔曼·劳希林（Hermann Rauschning，1887—1982），德国革命家，曾加入纳粹党，但后与纳粹党决裂，逃离德国，代表作有《与希特勒对话录》，记录了他与希特勒的会面和谈话。

③ 彼得·费迪南德·德鲁克（Peter Ferdinand Drucker，1909—2005），奥地利裔美国哲学家、管理学家、教育家，对现代商业管理理论有重要影响，代表作有《新经济》、《管理世界的改变》等。

詹姆斯·伯恩汉姆、弗雷德里克·奥古斯特·沃伊特①)认为纳粹政权和苏维埃政权并没什么不同，所有的法西斯分子和共产主义者目标是一致的，甚至有时候就是同一帮人。《时代》的社论(在战前)就称苏联为"法西斯国家"。这一点从不同的角度得到了无政府主义者和托派的响应。

托洛茨基主义者：共产主义者指责托洛茨基主义者的核心组织，即托洛茨基自己的组织，是领取纳粹政府津贴的秘密赞同法西斯主义的组织。在人民阵线时期左翼人士普遍相信这一点。在极右阶段，共产主义者倾向于将这一指控加在所有比他们左倾的党派身上，如"共同财富党"或"独立工党"。

天主教徒：出了自己的圈子，天主教会几乎普遍被视为无论在主观或客观上都是亲法西斯派。

反战人士：和平主义者和其他反对战争的人经常被指责不仅使轴心国更加方便行事，而且越来越带有亲法西斯派的色彩。

主战派：反战人士经常使用的理由是，英国的帝国主义要比纳粹主义更加糟糕，因此将"法西斯分子"这个词用在任何希望获得军事胜利的人身上。"人民会议"的支持者就差没说出抵抗纳粹侵略的决心也是同情法西斯的一种体现了。国民自卫队甫一出现就被斥为法西斯组织。而且整个左翼群体倾向于将军事主义等同于法西斯主义。有政治觉悟的士兵几乎总是说他们的军官"有法西斯主义思想"或"天生就是法西斯分子"。作战训练、吐口水擦枪和向长官敬礼都被视为有助于法西斯主义滋生。在战前，加

---

① 弗雷德里克·奥古斯都·沃伊特(Frederick Augustus Voigt，1892—1957)，德裔英国作家，反对独裁和极权主义，翻译了许多德文著作，代表作有《直到恺撒为止》、《不列颠治下的和平》等。

入地方义勇军被视为有法西斯倾向的一种体现。征兵制和职业军队都被斥为法西斯主义的现象。

民族主义者：民族主义普遍被视为本质上是法西斯主义，但这只是在说话的人碰巧反对某个民族主义运动时才会说出来。阿拉伯民族主义、波兰民族主义、芬兰民族主义、印度国大党、穆斯林联盟、犹太复国主义和爱尔兰共和军统统被说成是法西斯主义，但说的人各不相同。

从这些用法可以看出"法西斯主义"这个词几乎完全失去了意义。当然，在对话中这个词的用法比在书面中的用法更滥。我听过它被用在农民、小店主、社会信贷论①、体罚、猎狐、斗牛、1922年委员会②、1941年委员会③、吉卜林、甘地、蒋介石、同性恋、普雷斯利的广播、青年旅馆、占星学、女人、狗和天知道什么事物上面。

但是，在这一片混乱的下面另有深意。首先，那些所谓的法西斯政权和所谓的民主政权有着非常大的区别，这很容易指出，但不容易解释清楚。其次，如果"法西斯主义"意味着"同情希特勒"，上面我所列举的某些指控就要比别的指控明显更加名正言顺。第三，就连那些到处肆意滥用"法西斯分子"这个词的人

---

① 社会信贷论（Social credit），由克里福德·休·道格拉斯（Clifford Huge Douglas）提出的政治经济理论，即工人的报酬与他们所创造的经济价值不等，而这种现象长期累积的结果，将导致社会生产与消费的破产。因此，他主张建立社会信贷体系，一方面将经济活动创造的"溢值"以公平形式归还人民，另一方面，建立价格体制，防止高价剥削。

② 1922年委员会（the 1922 Committee），1921年保守党赢得大选后由保守党议员组成的群体，领导人是安德鲁·博纳·劳（Andrew Bonar Law）。

③ 1941年委员会（the 1941 Committee），由英国自由党和左翼知识分子于1940年组成的政治群体，其宗旨是促进英国生产效率和协调战时工作。

至少也是带着一定程度的感情在使用它的。他们口中的"法西斯主义"大体上说指的是某种残忍无情、寡廉鲜耻、傲慢自大、愚昧落后、反对自由和反对工人阶级的事物。除了相对少数同情法西斯主义的人外，几乎每个英国人都会接受"横行霸道"就是"法西斯主义"的同义词。这就是这个被滥用的词语的近似定义。

但法西斯主义还可以是一个政治和经济体制。为什么我们就不能对它作一个清晰而广为接受的定义呢？哎呀！我们不应该有这么一个定义——至少现在还不是时候。要解释个中原因会花费太多的时间，但基本上是因为，在法西斯分子自己、保守党以及任何政治色彩的社会主义者都不愿意承认某些事实的情况下，不可能为法西斯主义给出一个令人满意的定义。现在你能做的，就是慎重地使用这个词，不要将其贬低为一个骂人的脏词这样的水平，而这种事情经常发生。

随意集·十八

1944 年 3 月 31 日

前几天我参加了一个记者招待会，在会上一个刚刚抵达的法国人——他们说他是一位"知名法学家"，但他不能透露名字或其它细节信息，因为他的家人在法国——对最近处决普丘[①]这件事阐述了法国人的观点。我很惊讶地注意到他明显是站在维护处决的立场，似乎认为处决普丘是一件在英国人和美国人眼中需要大力

[①] 皮埃尔·普丘（Pierre Pucheu, 1899—1944），法国法西斯分子，投靠德国傀儡政权维希政府，担任内务部长，期间组建法国秘密警察，积极与纳粹政权合作，1944 年在戴高乐的亲自过问下被判处死刑。

辩护的事情。他的主要观点是，普丘并不是因为政治上的原因而被枪毙，而是因为"通敌"这个寻常的罪名，按照法国的法律总是可以被判处死刑。

一位美国记者问了这个问题："如果是某个小官员通敌，比方说，一位警司，其犯罪性质是一样的吗？""当然是一样的！"那个法国人回答。因为他刚刚从法国来，想来他代表了法国人的意见，但你可以猜测得到，事实上只有最活跃的通敌者才会被判处死刑。任何真正的大开杀戒之举，如果那真的发生，多半会是贼喊抓贼，因为有许多证据表明1940年时许多法国人或多或少是支持德国的，直到他们了解德国人的真面目才改变了主意。

我不希望像普丘这样的人逍遥法外，但几个很难说得清楚是卖国贼的人，包括一两个阿拉伯人已经被枪毙了，这场对叛徒和俘虏展开的报复引发了战略上和道德上的问题，那就是，如果我们现在枪毙了太多的小老鼠，或许时候一到我们就没有热情去对付那些大老虎了。很难相信不将那些应负上责任的个人处决的话，法西斯政权会被彻底摧毁，每个国家都得杀几百人，甚至几千人。但那些真正有罪的人或许可能到最后得以逃脱，原因很简单：公共舆论早被虚伪的审判和冷血的处决给恶心透了。

事实上，这正是在上一场战争中所发生的事情。经历过那些年头的人谁不记得在英国被煽动的对于德国皇帝近乎疯狂的仇恨？就像这场战争中的希特勒一样，他被认为是我们的所有苦难的根源。没有人质疑是否应该将他立刻逮捕处决，唯一的问题是采取什么样的办法。根据杂志文章里所写的，我们的敌人得上刀山下油锅，什么车裂、开膛破肚或五马分尸都被认真地进行了探究。皇家军事学院的展览贴满了粗俗不堪的讽刺漫画，画着德国皇帝被打下十八层地狱。最后的结果是怎样呢？德国皇帝①逊位去了荷兰（虽然1915年的时候他已经"罹患癌症奄奄一息"），又活了二十二年，是欧洲最有钱的人之一。

所有其他的"战犯"也都一样。虽然各种威胁和承诺说得震天响，但没有战犯受到审判。确切地说，有十来个人受到审判，被判处入狱服刑，然后很快就被释放。当然，虽然德国的军国阶层没有被消灭是因为同盟国的领导人有意识的政策——他们害怕德国会展开革命，但普通人的情感剧变也促成了它的实现。当他们有能力进行报复的时候，他们并不想这么做。比利时惨案、卡维尔小姐②、未经示警就击沉客轮的潜水艇艇长和机关枪扫射后的幸存者——不知怎地这些全都被遗忘了。一千万无辜的人被杀，而没有人想要杀戮继续下去，杀掉几千个罪犯。

我们会不会枪毙那些碰巧落到我们手上的法西斯分子和卖国贼这个问题本身或许并不是非常重要。重要的是，报复和"惩罚"不应该成为我们的政策的一部分，甚至不应该出现在我们的白日梦里。直到目前为止，这场战争一个令人慰藉的特征是，在这个国家仇恨并没有大规模地出现。上次战争时出现过的非理性的种族主义并没有出现——比方说，没有人声称所有的德国人都长着猪一样的面孔。即使"Hun"（德国蛮子）这个词也没有真正流

---

① 当时的德国皇帝是威廉二世（Wilhelm II, 1859—1941）。

② 艾迪丝·路易莎·卡维尔（Edith Louisa Cavell, 1865—1915），英国护士，一战时曾在德国占领的比利时帮助200多名同盟国士兵逃走，被德国人逮捕并枪决，引起国际公愤和声讨。

行起来。在这个国家的德国人大部分是难民，他们的待遇不是很好，但没有像上次那样遭受残酷的迫害。举例来说，在上一场战争中，在伦敦街头说德语会是一件非常危险的事情。那些可怜的德国面包师傅和理发师傅经营的小店惨遭暴徒的洗劫，德国音乐不受人待见，就连达克斯猎犬也几乎绝迹，因为没有人想养一只"德国狗"。而在德国重整军备的早期，英国人软弱的态度与战争年间那些愚蠢的事情有着直接的联系。

仇恨不能作为制订政策的基础，奇怪的是，带着仇恨的政策不但会导致过度强硬，也会导致过度软弱。在1914年至1918年那场战争中，英国人被煽起了丑陋的仇恨，他们被灌输了荒谬的谎言，什么比利时的婴儿被钉在十字架上，德国的工厂利用尸体做人造黄油。而战争甫一结束，他们自然而然就产生了情绪反转，而当部队归国后讲述起对敌人热烈的钦佩时（英国部队总是如此），反转就更加强烈了。结果就是自1920年以来英国出现了夸张的亲德情绪，一直持续到希特勒坐稳了权力的宝座为止。在那几年，所有的"开明"意见（参阅1929年之前任何一期《每日先驱报》）都相信德国对战争不负有责任。特赖奇克[①]、伯恩哈迪[②]、泛日耳曼主义[③]、日耳曼人的神话、德国人自1900年以来公开的对"开战之日"的自吹自擂——所有这些都没有人过问。凡尔赛条

---

① 海因里希·哥达·冯·特赖奇克（Heinrich Gotthard von Treitschke，1834—1896），德国历史学家，鼓吹日耳曼血统论，崇尚民族优胜劣汰，支持德国进行殖民地扩张。

② 弗里德里希·阿道夫·朱里奥斯·冯·伯恩哈迪（Friedrich Adolf Julius von Bernhardi，1849—1930），普鲁士军国主义分子，鼓吹普鲁士领土扩张，视战争为"神圣之事"。

③ 泛日耳曼主义（Pan-Germanism），指将欧洲所有说日耳曼语的民族统一组建大日耳曼帝国的政治主张。

约背负着世界上最大的骂名，却很少有人听说过布雷斯特—立托夫斯克条约①。这就是四年来谎言和仇恨的狂欢的代价。

从1933年起，在法西斯主义扩张的那些年头里，任何想要唤醒公共舆论的人都知道仇恨宣传会造成怎样的后遗症。"暴行"被看成是"谎言"的代名词。德国集中营里发生的故事都是暴行，因此它们都是谎言——普通人就是这么想的。那些左翼人士想让公众将法西斯主义视为无以言状的恐怖，但他们得与自己在十五年前做的政治宣传进行斗争。

这就是为什么我看到审判"战犯"时和证人获准作出富于煽动性的政治演讲时不高兴的原因——虽然我认为普丘死不足惜——特别是那些地位卑微的战犯。我更不高兴看到左翼团体与瓜分德国、强制要求数百万的德国人进行劳动和制订让凡尔赛条约小巫见大巫的赔偿方案联系在一起。所有这些心怀报复的白日梦就像1914年至1918年的白日梦一样，只会使得现实的战后政策更加难以实现。如果你想的是"让德国付出代价"，那到了1950年你很可能会发现自己在称颂希特勒。重要的是结果，我们对这场战争希望得到的一个结果是确保德国不会再挑起战争。我无法肯定这个结果是以冷酷无情的手段还是以慷慨怀柔的手段去获得比较好，但我很肯定要是我们受仇恨蒙蔽的话，这两种手段都会更加难以实施。

---

① 布雷斯特—立托夫斯克条约（Brest-Litovsk Treaty），由奥匈帝国、保加利亚、德国、土耳其和俄国于1918年3月3日签署的条约，俄国退出一战，付出了割地赔款的重大代价，但为苏维埃政府巩固革命政权争取了时间，后因德国战败，该条约作废。

随意集·十九

1944 年 4 月 7 日

有时候，在橱柜的顶部或抽屉的底部，你会不经意看到一份战前的报纸，当你对它厚重的篇幅的惊讶感觉过去后，你会发现自己惊叹于它几乎难以置信的愚蠢。我碰巧看到的是 1936 年 1 月 21 日的《每日镜报》。或许我不应该单凭这一份报纸就得出太多结论，因为《每日镜报》在那个时候是我们位居第二的最愚蠢的报纸（第一名当然是《梗概》，它现在还是第一），而且因为那一期里面刊登了乔治五世驾崩的讣告。因此，它并非完全具有代表意义。但不管怎样，值得将它作为在两场战争之间强加在我们身上的那些读物的极端例子进行分析。如果你想要知道为什么你的房子会被轰炸，为什么你的儿子会在意大利，为什么所得税 1 英镑要收 10 先令，而黄油的限量供应没有显微镜只能勉强看得见，下面是原因的一部分。

这份报纸有 28 个版面。其中头 17 版全部用于报道驾崩的国王和王室的其他成员。里面有国王的生平，关于他以政治家、家里的男人、士兵、水手、摩托车手、播音员和别的什么身份进行活动和参加过大大小小的狩猎活动的文章，当然，还有不计其数的相片。除了一则广告和一两封信件外，前 17 个版面里你找不出其它《镜报》的读者可能感兴趣的话题。在第 18 版出现了第一则与王室无关的内容。不消说，那就是连载漫画。从第 18 版到第 23 版全都被娱乐指南、幽默文章等内容所占据。第 24 版开始刊登新闻，你读到一桩高速公路抢劫案、一场滑冰比赛和即将举行的拉迪亚·吉卜林的葬礼。还有关于动物园一条不肯进食的蛇的详细报道。然后只有第 26 版是《每日镜报》对现实世界的报道，标题是

领袖①作出轰炸保证
不再攻击红十字会

在标题下面，大概占了专栏的一半空间，文章解释说领袖对于红十字会遭受轰炸"深表遗憾"，轰炸并非出于故意，并补充说国联刚刚拒绝了阿比西尼亚人希望得到援助的请求，拒绝调查对意大利人犯下暴行的指控。接下来是更合《每日镜报》口味的话题，刊登了精挑细选的谋杀案、死亡事故和拉塞尔伯爵的秘密婚礼。最后一版的大字标题是："**爱德华八世万岁**"。有一则生平小介和一张非常理想化的相片，里面那个男人一年后就被保守党像开除一名管家那样赶下了台。

在这一期的《镜报》里没有提及的话题有失业（当时有两三百万人失业）、希特勒、阿比西尼亚战争的进展、法国动荡的政治局势和西班牙已经明显爆发的麻烦。虽然这只是一个极端的例子，但那时候几乎所有的报纸或多或少都是那样。它们不准刊登关于当前事务的真实信息，能瞒就瞒。整个世界——因此，那些黄色小报的读者被教导说——是一个舒服的地方，主题是忠诚、犯罪、美容文化、运动、色情和动物。

任何人在进行了必要的比较后都不会怀疑我们的报纸比起五年前要理智了许多。一部分原因是它们的版面小了很多。现在只

---

① 原文是"Duce"，意大利语，表示"领袖"之意，指意大利法西斯头子墨索里尼。

有大约 4 个版面刊登内容，而战争的新闻必定会将那些垃圾内容排挤掉。但比起以前，它们更加愿意以成熟的方式进行谈话，提及让人觉得不舒服的话题，以大字标题报道重要的新闻，而这是与记者在和广告商的对抗中势力获得壮大紧密联系在一起的。从大约 1900 年起，英语报纸之所以会愚蠢到无法忍受的程度，主要有两个原因。一个原因是几乎所有的报刊都被操纵在几个大资本家的手中，他们希望资本主义长治久安，因此不想让公众学会思考。另一个原因是在和平时期报纸得仰仗消费品、建筑公司、化妆品和其它商品的广告而生存，因此希望保持"阳光的心态"，以鼓励人们去花钱。乐观主义对贸易是好事，而越多的贸易意味着越多的广告。因此，不要让人民知道关于政治和经济情况的事实，将他们的注意力引到大熊猫、海峡游泳健将、王室婚礼和其它让人觉得心安的话题上。这两个原因中的第一个仍在发挥作用，但另一个几乎已经消失了。现在要让人花钱买报纸是非常容易的事情，而国际贸易急剧下降，广告商暂时松开了手。与此同时，内容审查和官方干涉增加了，但这造成的后果并不是那么严重，而且不会导致报纸变得愚蠢无知。被官僚控制总要比被骗子控制来得好一些。作为这一看法的证据，拿《标准晚报》、《每日镜报》，甚至是《每日邮报》和它们以前的情况比较一下就知道了。

但是，这些报纸都还没有恢复名誉——恰恰相反，它们在与电台广播的竞争中正渐渐变得声名狼藉——一部分原因是它们还没有克服它们战前的愚蠢，而另一部分原因是它们当中大部分仍保持着"卖弄噱头"的作派和唯恐天下不乱的矫情习惯。尽管它们比以前更加愿意报道严肃的题材，大部分报纸仍然根本不去考虑事实的细节。自从诺斯克里夫①把报业搞得乌烟瘴气之后，"报纸里写的一定就是真的"这一信念已经开始烟消云散，而战争还没有遏止住这一过程。许多人坦诚地说他们订阅这份或那份报纸是因为它很有趣，但他们对里面所说的内容一个字也不相信。

与此同时，英国广播公司自1940年以来在新闻方面获得了名望。"我在电台上听到的"如今几乎就等同于"我知道那一定是真的"。在世界上的大部分地方，英国广播电台的新闻被认为比其它交战国的新闻更加可靠。

怎么证实这一点呢？就我自己的经历而言，英国广播电台要比大部分报纸更加贴近真相，但倾向于进行负面的报道，对待新闻有着更加负责和有尊严的态度。它所宣扬的赤裸裸的谎言少一些，更加努力避免错误，而且——这或许是公众所在乎的——让新闻的比例更加得当。但这些都无法改变报纸的权威性不如电台是一场灾难这一事实。

电台的本质是极权主义的事物，因为它只能由政府或一个庞大的公司运作，在本质上它不可能像报纸那样几乎巨细无遗地报道新闻。说到英国广播电台，你还得记住一件事：虽然它不刻意报道谎言，但它干脆回避了每一个难堪的问题。即使在最愚昧或反动的报纸里，每一个话题至少会被提及，即使只是以文字的形式。如果你什么都没有，只有电台可以收听，你的信息将会出现惊人的空白。究其本质，报刊是更加自由和民主的事物，那些声名狼藉的报业巨头和新闻记者心知肚明地让自己堕落下去，他们

---

① 阿尔弗雷德·查尔斯·哈姆斯沃（Alfred Charles William Harmsworth，诺斯克里夫子爵，1865—1922），英国报业大亨，《每日快报》和《每日镜报》的创办人之一。

应该对此负上责任。

随意集·二十

1944 年 4 月 14 日

四月份的《共同财富报》刊登了几段话探讨英国出生率下降的问题。里面的内容大部分是真实的，但它也提到了如下的评论：

> "那些百事通立刻会指出避孕、营养学的错误、不孕不育、自私、经济上的不稳定等因素是生育率下降的主要原因。但这些原因并没有得到事实的验证。在纳粹德国，避孕是非法的，但生育率达到了创记录的低谷，而在没有限制避孕的苏联，人口却在呈健康的态势节节上升……正如佩克汉姆实验①所证明的，友爱和谐的环境会促进人口繁衍……一旦生活恢复了意义和目的，生育就会正常运作，生活将再次成为一场冒险，而不只是一场忍耐，我们将不会再听到婴儿短缺的消息。"

以这种马虎的方式探讨如此重要的问题对公众是不公平的。首先，你会从上面所引用的段落里得出希特勒使得德国的出生率下降了。恰恰相反，他将出生率提高到了魏玛共和国时期闻所未

---

① 佩克汉姆实验（the Peckham Experiment），由乔治·斯科特·威廉姆森（George Scott Williamson，1884—1953）和茵尼斯·霍普·皮尔斯（Innes Hope Pearse，1889—1978）夫妇在伦敦工人阶级居住的区域佩克汉姆进行的研究健康医疗信息的试验，对促进英国公共医疗和保健福利起到了积极的作用。

闻的水平。在战前，它在人口更替水平之上，是很多年来的首次。德国灾难性的生育率下降始于1942年，这在部分程度上一定是由于太多的德国男子离家造成的。俄国的生育率数字现在还没有，但它在同期一定是呈下降趋势。

你会认为俄国的高出生率是从俄国革命开始的，但在沙皇统治时期它也很高。而且里面根本没有提到出生率最高的国家，即印度、中国和日本（仅仅落后些许），难道可以说一个印度南部的农民的生活是"一场冒险而不只是一场忍耐"？

关于这个问题，有一件事情可以说是几乎可以肯定的，那就是高出生率伴随着低生活标准，反之亦然，真实的例外情况很少，否则这个问题就太复杂了。不管怎样，极其重要的事情是，我们应该尽可能对它进行了解，因为要是当前的趋势在十年内，最多二十年内，没有得到扭转的话，我们的人口将会出现灾难性的下降。你不能像一些人所想的那样认为这是不可能的事情，因为类似的人口变化趋势在以前经常出现。现在专家们正在论证到本世纪末我们的人口将只剩下几百万，但在1870年，他们论证的是，到1940年英国的人口将达到一亿。要再次达到人口更替水平，我们的出生率并不需要出现极其惊人的上升趋势，就像土耳其在穆斯塔法·凯末尔①掌权以来出生率节节上升那样。但第一要务是找出人口上升和下降的原因，而认为社会主义会带来高出生率是不符合科学的，就像在这个问题上听信没有子女的罗马天主教牧师所说的话一样。

---

① 穆斯塔法·凯末尔·阿塔图克（Mustafa Kemal Atatürk, 1881—1938），土耳其共和国缔造者及第一任总统，阿塔图克即"土耳其之父"之意。

当我读到前一周在下议院里发生的事情时，我不禁想起二十多年前亲眼见到的一件小事。

那是一场乡村板球比赛。一边的队长是当地的乡绅，除了富得流油之外，是一个虚荣幼稚的人，对他来说赢得这场比赛似乎至关重要。和他一队的人几乎都是他的佃户。

轮到这位乡绅的球队击球，他本人出局了，坐在凉亭里。其中一个击球手在球落入守门员的手中时碰巧抵达己方的小门。"不算出局。"那个乡绅立刻喊道，然后继续和他身边的人谈话。但是主裁判作出了"出局"的裁决，那个击球手正往凉亭走去，走到一半时那个乡绅意识到发生了什么事情。突然间，他看到那个走回去的击球手，他的脸涨得通红。

"什么！"他嚷嚷着，"他让他出局了？胡说八道！他当然没有出局！"然后他站起身，攥着拳头，对裁判嚷道："嘿，你干吗判他出局？他根本不应该出局！"

那个击球手停下脚步，裁判很踌躇，然后把那个击球手叫回球门那里，然后比赛继续进行。

那时候我还只是个孩子，对我来说那是我见过的最令人惊诧的事情。现在，随着岁月流逝，我们都变得如此世故，我的反应只会是猜想那个裁判会不会也是那个乡绅的佃户。

西德尼·达克①先生很生气地在《马尔文火炬》中对我和查尔

---

① 西德尼·厄尼斯特·达克（Sidney Ernest Dark，1872—1947），英国书评家、作家，代表作有《十二王女》、《伦敦》，翻译了法国作家大仲马的作品。

斯·史密斯①先生关于基督教的言论进行了批判，因为我指出对于个体不朽的信念正在步入腐朽。他写道："我敢打赌，如果进行盖洛普投票的话，百分之七十五（的英国人）会表示他们相信永生。"在同一周的别的刊物上，达克先生说这个数字会达到百分之八十五。

现在我很少遇到某个承认信仰个体不朽的人，无论他是来自什么背景。但我仍觉得如果你问每个人这个问题，给他一张纸和一支笔，很有可能有相当多的人（我不会像达克先生那样随便说出一个百分比）会承认死后可能会有"什么事情"发生。达克先生所遗漏的一点是，这个信仰失去了对于我们的祖先而言的真实性。我从来没有遇到过，确切地说是近几年从来没有遇到过任何让我觉得相信来生的存在就像他相信澳大利亚的存在一样信心坚定的人。对来生的信仰并没有像一种发自内心的信仰那样影响人的行为。与死后永恒的存在相比，我们的生命该是多么的短暂渺小！大部分基督徒表示相信地狱。但你遇到过一个就像害怕癌症那样对地狱心怀恐惧的基督徒吗？就算是十分虔诚的基督徒也会拿地狱开玩笑。他们可不会拿麻风病或脸庞烧得面目全非的皇家空军飞行员开玩笑，这件事太让人觉得痛苦了。写到这里我想起了已故的切斯特顿写的一首短诗：

　　　　真是遗憾，波帕出卖了他的灵魂，

　　　　在做早饭的时候被烤得嗞嗞作响。

---

① 查尔斯·史密斯（Charles Smith，1895—？），英国政治家，社会主义者，曾担任独立工党和社会财富党的党主席。

金钱很有用，但不管怎样，

真是遗憾，波帕出卖了他的灵魂

他本可以像煤炭大亨一样坚持，

价格低迷时绝不清仓。

真是遗憾，波帕出卖了他的灵魂

在做早饭的时候被烤得嗞嗞作响。

　　切斯特顿是一个天主教徒，他可能说过信奉地狱。如果住在他隔壁的邻居被活活烧死，他是不会为这场火灾写打油诗的，但他能拿某个会被下油锅几百万年的人开涮。我认为这样的信仰毫无真实性可言。它就像伪钞一样，如同萨缪尔·巴特勒的《音乐银行》里面的金钱。

　　如今你走进《论坛报》的办公室，第一件映入眼帘的东西就是厚厚一沓纸张下时不时探出的一个鼻子。那是我正在处理短篇小说征文竞赛的稿件。此次的反应可以说非常热烈。征文竞赛于3月31日结束，但我们得到几个星期后才能宣布结果。我们希望能在4月28日的那一期里刊登获奖的故事。

随意集·二十一

1944 年 4 月 21 日

　　在本周刊登于《论坛报》的一封信里，有人对我进行了猛烈的抨击，因为我说过英国广播电台是比各大日报更好的获取新闻的来源，而公众也有同感。他说我从来没有听到过普通工人在新闻节目开始时嚷道："把那傻逼节目给关掉！"

　　恰恰相反，这番话我听到过很多遍，但我更经常看到的是，当新闻报道开始时，酒吧里的顾客继续玩他们的飞镖和听他们的音乐什么的，吵闹声似乎没有半点消减。但我并不是在说每个人都喜欢英国广播电台，或认为它很有趣、深刻、民主或进步。我只是说人们觉得它是相对可靠的新闻来源。我认识很多人，当他们看到某则值得怀疑的新闻时，他们会等到电台节目予以确认后才相信。社会调查也证明了这一点——相对于电台节目，报纸的权威性已经下降了。

　　我再次重复之前所说过的内容——按照我的经验，英国广播电台相对忠于事实，而且，最主要的是，它处理新闻的态度很负责，不会单单是因为消息"有新闻价值"而进行广播。当然，不实的报道总是会发生，任何人都可以给你举出例子。但在大部分情况下，这是出于真心的错误，而英国广播电台的主要罪责在于避免任何争议话题而非直接充当宣传喉舌。毕竟——这一点我们的来信没有提及——它在海外的声誉还是比较高的。问任何一个欧洲来的难民，哪一个交战国的广播最符合真相，答案就是英国广播电台。在亚洲情况也是一样。即使在印度，那里的人十分仇视英国，根本不会收听英国的政治宣传和娱乐节目，但他们还是会收听英国广播电台的新闻，因为他们相信它大致接近真相。

　　即使英国广播电台传播了英国政府的谎言，它也会努力过滤掉其它谎言。举例来说，大部分报纸仍在继续报道美国人声称对日军军舰的毁灭性打击，照他们的说法，日本的整支舰队已经被消灭好几遍了，这些报纸根本没有对内容是否真实提出质疑。而据我所知，英国广播电台很早就对这一说法和其它不可靠的消息来源持怀疑态度。我知道不止一次，有报纸刊登了没有其它权威媒体报道而只有德国电台宣传的新闻——对英国不利的新闻，因为它"有新闻价值"和标新立异。

如果你在报纸上看到显然与事实不符的报道，然后打电话去问："那则消息你是从哪儿得到的？"你总是被这么一番话搪塞过去："抱歉，某某某先生不在办公室。"如果你坚持问下去，你通常会发现那个故事根本没有任何依据，但它读上去像是一则好新闻，因此就刊登了。除非事关诽谤，否则当有人问起名字、日期、数字和其它细节的准确性时，普通记者们会觉得很吃惊，甚至带着鄙夷。任何日报的记者都会告诉你，他的行业一个最重要的秘密，就是明明没有新闻也要弄得好像有新闻出来。

到了1940年五月底，为了节约用纸，报纸禁止出版海报。但是有几份报纸在接下来的一段时间里仍在出版海报，经查问它们用的是旧海报。像"德军坦克师退却"和"法军坚守阵地"这样的标题可以被一用再用。接下来的一段时间里，那些报贩用一块小板和粉笔自己写海报，经过他们自己的手笔，海报变得相对清醒一些，也更加贴近真相。它提到了真的刊登在你准备买的报纸里的新闻，而且总是挑出真正的新闻，而不是某件煽情的无聊琐事。这些报贩有很多人不知道大写的字母S该怎么弯曲，但比起他们那些百万富翁雇主，他们更加理解什么是新闻，对公众更加有责任感。

我们的来信读者认为英国报纸这么白痴，要怪罪的是公众和记者，而不是老板。他暗示说，你没办法靠办一份明智的报纸挣钱，因为公众要的是通篇的废话。我不能肯定是不是这样。目前大部分废话已经消失了，报纸的发行量并没有下降。但我确实同意——而且也这么说过——记者要承担一部分责任。他们眼睁睁地由得自己的职业堕落下去，而且我觉得责备像诺斯克利夫这样的人以最快的方式捞钱就像责怪一头臭鼬味道难闻一样。

关于英语的一个疑问是，它明明有最庞大的词汇，却总是从外语引入单词和短语。比方说，当你想表达"blind alley"（死胡同）时，说"cul de sac"（独头巷道）究竟有什么意义呢？其它根本没有必要的法国词语有"joie de vivre"（生活乐趣）、"amour propre"（自爱）、"reculer pour mieux sauter"（以退为进）、"raison d'etre"（存在的理由）、"vis-a-vis"（面对面）、"tete-a-tete"（促膝谈心）、"au pied de la letter"（望文生义）、"esprit de corps"（袍泽）等。像这样的词语还有几十个。其它没有必要的外来词来自拉丁语（虽然像"i.e."[即]和"e.g."[如]都是有用的缩略表达），自从战争爆发以来，我们接受了很多德语词汇："Gleichschaltung"（一体化）、"Lebensraum"（生存空间）、"Weltanschauung"（人生哲学）、"Wehrmacht"（国防军）、"Panzerdivisionen"（装甲师）和其它正被随意使用的词语。几乎每一个外来词都已经有相对应的英语单词或可以轻易找到替代的表达方式。此外还有一个趋势，那就是接受美国的俚语，而不明白它们的含义。比方说，"barking up the wrong tree"（找错对象）这个表达被普遍使用，但经过询问，大部分人并不知道它的出处，也不知道它究竟是什么意思。

有时候吸收外来语是必需的，但在这种情况下我们必须将它的发音英语化，就像我们的祖先以前那么做一样。如果我们真的需要"café"（咖啡厅）这个词（两百年来我们用"咖啡馆"用得好好的），它的拼写应该是"caffay"或者发"cayfe"的音。"Garage"（车库）应该发"garridge"的音。让我们在说话时零零碎碎地进行外语发音，对于那些没有学过该门语言的人来说是非常烦人的事情，这到底有什么意义呢？

为什么我们大部分人能找到一个生搬硬造的希腊文词语时绝不使用一个英语自身的词语呢？这方面的一个好例子是英语的花卉词语正在迅速消失。二十年前大家都在说"snapdragon"（龙头花），现在的名字叫"antirrhinum"，这个词你得查字典才写得出来。"forget-me-not"（勿忘我）渐渐被叫成"myositis"。许多其它的名字如"Red Hot Poker"（火炬花）、"Mind Your Own Business"（狗拿耗子花）、"Love Lies Sleeping"（沉睡之爱）、"London Pride"（伦敦之骄）都在消失，取而代之的是取自植物学课本里的毫无色彩的希腊语名字。我最好不要在这个问题上继续纠缠下去，因为上一次我在这个专栏里提到花卉时，一位愤慨的女士来信说花卉是资产阶级的消遣。但我认为，以后在英语里面，"marigold"（金盏花）被"calendula"代替，而"the pleasant little Cheddar Pink"（快乐的粉红小切达）这个名字没有了，变成了"Dianthus Caesius"并不是一个好兆头。

随意集·二十二

1944 年 4 月 28 日

1940 年，在壮观的高射炮阵朝伦敦上空开火的那天晚上，我在皮卡迪利广场，刚好大炮开火，我逃到皇家咖啡厅躲起来。人群里有一个样貌堂堂、衣着入时、年约二十五岁的年轻人正拿着一份《和平新闻报》到处烦人，想引起旁边桌子每个人的注意。我和他搭话，对话的内容大概是这样的：

年轻人："我告诉你吧，到圣诞节的时候事情就会结束。届时一定会达成妥协和平。我对萨缪尔·霍尔爵士很有信心。跟那群人在一起很掉价，这个我承认，但霍尔是我们自己人。只要霍尔在马德里，就有达成妥协的希望。"

奥威尔："那他们为抵御侵略所做的所有这些准备工作呢？——他们到处修筑的方形工事呢？地方抵抗志愿军呢？"

年轻人："噢，那些只是表示当德国人杀到这里时他们准备好镇压工人阶级。我想他们当中有些人傻乎乎地试图进行抵抗，但丘吉尔和德国人很快就会把他们解决掉的。别担心，事情很快就会结束的。"

奥威尔："你真的愿意看到你的孩子长大后成为纳粹分子？"

年轻人："一派胡言！你不是以为德国人准备在这个国家宣扬法西斯主义吧？他们可不想培养一个尚武的民族和他们作对。他们的目的是将我们变成奴隶。他们将鼓励每一场他们能插手的和平主义运动。这就是为什么我是一个和平主义者。他们会扶植像我这样的人。"

奥威尔："把像我这样的人枪毙？"

年轻人："那可真是太糟糕了。"

奥威尔："但是，为什么你这么渴望活下去呢？"

年轻人："那样的话我就可以进行我的工作，当然。"

在对话里我了解到那个年轻人是个画家——我不知道他的水平怎样，但不管怎样，他对艺术怀有诚恳的追求，愿意为了追求艺术事业而面对贫穷。作为一名画家，在德国占领下他可能要比一个作家或记者活得好一些。但不管怎样，他所说的话里蕴含着一个非常危险的谬误，现在广泛传播于各个极权主义还没有实现的国家。

这个谬误就是相信在一个独裁的政府统治下你能保持内心的自由。如今这种或那种形式的极权主义在世界上的各个地方明显正尘嚣日上，有不少人以这么一个想法安慰自己。在街道上高音喇叭在大鸣大放，屋顶飘扬着旗帜，警察别着冲锋枪大摇大摆地走来走去，四英尺宽的领袖的脸庞从每面围墙上盯着你，但在各个阁楼里，专制政权的秘密敌人可以自由地写下他们的思想——他们或多或少就是这么想的。许多人以为这种事情现在就在德国和其它独裁国家发生。

为什么这个想法是错误的？我想说的事实是，现代的独裁制度不会像旧的专制体制那样留下空子。而且由于极权主义的教育方式，对于思想自由的渴望或许也会被磨灭。最大的错误是将人类想象成自治的个体。那种在专制统治下你应该从秘密的自由中得到快乐其实是一派胡言，因为你的思想从来都不完全是你自己的。哲学家、作家、艺术家甚至科学家不仅需要听众，他们还需要来自其他人不停的激励。没有谈话交流就几乎不可能进行思考。如果笛福真的在荒岛上生活过，他是写不出《鲁滨孙漂流记》的，他也不会有写书的想法。言论自由一被剥夺，创造力就将枯涸。如果德国人真的来到英国，我在皇家咖啡厅结识的那位画家很快就会发现他的画作水平下降了，即使盖世太保没有找他的麻烦。当欧洲的封锁结束时，我相信让我们大为吃惊的一件事会是，我们将发现，在独裁统治下有价值的作品——甚至包括像日记之类的东西——将会如此稀少。

巴希尔·亨里克先生，东伦敦少年法庭的主席，近来对现代女孩这个话题发表了评论。他说英国的男生"很不错"，但女生就不一样了：

> "你很少遇到一个真正的坏男生。这场战争对女生的影响似乎比对男生的影响更甚……现在孩子们一周会去看几场电影，看到他们想象中的美国的高标准生活，而那其实是对美国的歪曲。她们还从收音机里听那些狂野刺耳、乱七八糟的所谓音乐的噪音，深受其害……现在十四岁的女生衣着和谈吐就像那些十八九岁的女生，脸上同样涂抹着脏兮兮的脂粉。"

我不知道亨里克先生是否知道：一、早在另一场战争之前，将青少年犯罪归因于电影的负面示范就已经是老生常谈；二、现代女生其实和两千年来的女人差不多。人类历史的一大失败是阻止女人往脸上涂脂抹粉的漫长的尝试。古罗马帝国的哲人对当时的女人举止轻浮的谴责几乎和今天对现代女性举止轻浮的谴责没什么两样。在十五世纪，教会对拔眉毛这个可恶的习惯大加谴责。英国的清教徒、布尔什维克党人和纳粹党人都试图阻止女人用化妆品，但无一成功。在维多利亚时代的英国，胭脂被认为是不体面的东西，总是以别的什么名字进行贩卖，但大家一直都在用它。

许多款式的裙子，从伊丽莎白时代的飞边到爱德华时代的窄底裙，都被牧师在布道坛上大加谴责，但没有多少效果。在二十年代，当裙子短得不能再短时，教皇颁布了赦令，宣称着装不得体的女人不能进天主教的教堂，但女性时装依然故我。希特勒的

"理想女性"，是穿着橡皮布防水服的极为朴素的典范，在德国全境和世界的其它地方进行公示，但模仿者寥寥无几。我敢说，尽管亨里克一番苦口婆心，英国的女生仍会继续"涂抹着脏兮兮的脂粉"。据说即使进了监狱，女性囚犯也会用邮包上面的颜料给自己搽上口红。

至于为什么女人要用化妆品是另一个问题，但增加性吸引力是不是主要目的似乎很值得商榷。很少会有男人不认为涂红指甲是一件恶心的习惯，但数以千万计的女人继续做着同样的事情。与此同时，如果亨里克先生知道化妆虽然仍然存在，但不再像以前那么精致了，或许他会心里觉得宽慰一些。维多利亚时代的美女会在脸上涂以瓷漆，或通过"鼓颊器"改变面颊的轮廓，就像斯威夫特在他的诗作《致一位欲寝的美丽女神》里所描写的那样。

随意集·二十三

1944 年 5 月 5 日

对于任何想好好乐上一乐的人，我会推荐一本十几年前出版的书，我前不久才得到的。这本书就是伊沃·阿姆斯特朗·理查兹①的《务实的批判主义》。

虽然它主要探讨的是文学批评的基本原则，里面还描写了理查兹先生与剑桥大学的英国学生进行的实验，或者你可以说，在

---

① 伊沃·阿姆斯特朗·理查兹（Ivor Armstrong Richards, 1893—1979），英国文学批评家、修辞学家，代表作有《文学批评原理》、《务实的批评主义》等。

他们身上进行的实验。多名不是学生但可能对英语文学感兴趣的志愿者也加入了实验。他们阅读了十三首诗，然后被要求对它们进行批评。这些诗的作者身份没有透露，没有一首是耳熟能详能被普通读者一眼就认出来的。因此，你所得到的文学评论样本不会受到常见的势利心态的影响。

一个人不应该自我感觉太良好，而且也没有必要这样，因为这本书的编排让你能够自己进行这个实验。那些没有署名的诗都放在结尾处，作者的名字被放在一张折叠页上，你得等到实验过后才去看。我得说，我只认出了两首诗的作者，其中一首是我以前读过的，虽然我对大部分诗歌的年代判定还算准确，误差范围在几十年之内，但我犯了两个糟糕的错误，其中一个是将一首写于二十世纪二十年代的诗错认成是雪莱①的作品。但不管怎样，理查兹博士记录下的某些评论很让人吃惊，它们表明许多自诩钟爱诗歌的人对诗的优劣根本没有概念，就像一只狗对算术茫然无知一样。

例如，阿尔弗雷德·诺耶斯的一首完全瞎编胡造的夸张的诗得到了许多好评。一则评论将它与济慈的作品相提并论。一首出自《随军牧师的小诗》的无病呻吟的民歌，作者是"伍德拜恩·威利"②，也很受好评。另一方面，约翰·多恩③的一首非常优美

---

① 珀西·比希·雪莱（Percy Bysshe Shelley, 1792—1822），英国浪漫主义诗人，代表作有《解放了的普罗米修斯》、《自由颂》等。

② 乔弗里·斯塔德特·肯尼迪（Geoffrey Studdert Kennedy, 1883—1929），英国圣公会牧师、诗人，曾在第一次世界大战随军出征，因给士兵派发伍德拜恩牌香烟而被戏称为伍德拜恩·威利（Woodbine Willey），代表作有《难以言状的美》、《战后，信仰是否可能》等。

③ 约翰·多恩（John Donne, 1572—1631），英国圣公会牧师、玄学诗人，代表作有《伪殉道者》、《危急时刻的献身》等。

的十四行诗却遭到冷落。理查兹博士只记录了三则好评，却有十几则冷淡或带着敌意的评论。一个作者鄙夷地说这首诗"会是一首好的赞美诗"，而另一则评论则说"我的反应就只有厌恶"。当时多恩的声望达到了顶点，无疑，大部分参与这个实验的人会拜倒在他的名声之下。劳伦斯的诗《钢琴》遭受了许多嘲讽，虽然有少数人对它加以褒扬。杰拉德·曼利·霍普金斯[①]的一首短诗也是如此。"这是我读过的最蹩脚的诗。"一位作者如是说。而另一则批评则干脆写道："切！"

然而，在责备这些年轻的学生糟糕的鉴赏力之前，让我们记住，前不久有人出版了一本不是很有说服力的伪十八世纪日记，上议院的图书馆长、资深评论家埃德蒙德·戈斯爵士立刻对其信以为真。还有《巴黎人》的那篇美术评论，我忘了是哪个"画派"对一幅画极尽赞美之词，后来发现这幅画是把画笔系在一头驴子的尾巴上画出来的。

《新闻纪实报》在一篇名为《我们正在毁灭拯救我们的益鸟》的文章里面指出，"益鸟因为人类的无知而蒙受灾难，对茶隼和仓鸮正在展开愚蠢的捕杀。而再没有别的两种鸟对我们的贡献更大了。"

不幸的是，这种事根本不是出于无知。大部分食肉猛禽为了英国的敌人野雉而被杀掉。野雉与松鸡不同，野雉在英国不是很多，除了制造被荒置的林地和因它而产生的恶毒的狩猎法外，所

---

① 杰拉德·曼利·霍普金斯(Gerard Manley Hopkins，1844—1889)，英国耶稣会牧师、诗人，代表作有《死尸的安慰》、《致基督我们的主》等。

有被怀疑会吃掉野雉的蛋或雏鸟的鸟兽都被系统地消灭掉。战前在赫特福德郡我的村子附近，我经常走过一排篱笆，那个猎场看守人将他的"猎物"挂在铁丝网上，有白鼬、黄鼠狼、田鼠、刺猬、松鸡、猫头鹰、茶隼、鸲子的尸体。除了老鼠和或许松鸡之外，其它的动物都对农业有益处。白鼬控制兔子的数量、黄鼠狼、茶隼和鸲子消灭老鼠，而猫头鹰也会吃田鼠。据计算，一只仓鸮一年要吃掉1 000到2 000只田鼠。但是，为了那种被拉迪亚·吉卜林恰如其分地形容为"一郡之贵族"的一无是处的鸟，它只能被消灭掉。

我们不得不推迟宣布短篇小说征文竞赛的结果，但我们在下周将刊登获得头奖的作品，而获得二等奖的几个作品我想将在两周后刊登。

下周我将谈一谈我对英国短篇小说的看法，但我接下来想说的是，在投稿的五六百篇作品中，我觉得大部分都写得很糟糕。有相当多的参赛者——比我预料的要多——有故事想写，但他们当中有太多人只是给出了故事的梗概，将它写成了一则轶事，没有角色刻画，总是写得很散漫。而其他人的投稿文笔不错，但没有关注里面的情节发展——事实上，只有描写而没有故事。令人失望的是，许多稿件在谈论乌托邦，或天堂里发生的事情，或加入怪力乱神的内容。不过，我承认要写关于真人的故事并不容易，还要有故事发生，还得限制在1 800字之内。除非我们的杂志再一次恢复维多利亚时期的版面，否则我不相信英国的短篇小说会有改善的希望。

随意集·二十四

1944 年 5 月 12 日

最近在读一批很肤浅乐观的"进步"书籍时，让我感到惊讶的是那种自发地不断重复着那些 1914 年前很时髦的某些话语的方式。他们最喜欢说的两句话是"距离的消灭"和"国界的消失"。我不知道自己看到过"飞机和无线电消灭了距离"和"如今世界各地相互依存"这两句话有多少遍了。

事实上，现代发明一直在助长民族主义，使得旅行变得更加困难，切断了国与国之间的交流，使得世界各地更不依赖彼此的粮食和工业品。这并不是战争的结果。自 1918 年以来同样的趋势已经在起作用，但在大萧条后它们的作用进一步增强。

就以旅行为例。在十九世纪，世界上有一些地方还未经开发，但几乎没有旅行的限制。直到 1914 年你不需要护照就可以去除了俄国之外的任何一个国家。欧洲移民只要有几英镑的路费，就可以坐船去美国或澳大利亚，到了那里没有人会质问他。在十八世纪，在一个与你的国家正在打仗的国家旅行是很平常而且安全的事情。

然而，在我们这个时代，旅行正变得越来越困难，这里有必要列出世界上各个在战前就已经无法进入的地区。

首先是整个中亚地区。或许除了极少数想方设法的共产主义者，过去多年来没有外国人到过苏联统治的亚洲地区。由于英国和俄国的敌对状态，中国的西藏从 1912 年来就是一个封闭的地域。新疆理论上是中国的领土，同样无法进入。然后是整个日本帝国，除了日本本土之外，几乎都不对外国人开放。就连印度自1918年后也去不了了。甚至连英国人的护照也总是被拒签——有时候甚至连印度人也拒签！

　　就连在欧洲，旅行的限制也正在越收越紧。正如那些可怜的反法西斯难民所发现的，除了短期探访外，要来英国是非常困难的事情。从1935年开始，苏联就很不情愿批署签证。所有的法西斯国家对任何查出有过反法西斯经历的人一概拒绝入境。很多地区只有在你不下火车的情况下才能通过。边境上到处是铁丝网、机关枪和巡逻的哨兵，他们总是戴着防毒面罩。

　　至于移民，从二十年代起就几乎断绝了。所有新世界的国家都在尽最大能力限制移民，除非他们能带去一大笔钱。日本和中国往美国的移民已经彻底停止了。欧洲的犹太人只能坐以待毙，因为他们无处可逃，而四十年前在沙皇推行民族迫害的时候，他们能够四散逃走。面对这一切，怎么有人能说现代的旅行方式促进了不同国家之间的相互沟通，我真是想不通。

　　过去很长一段时间以来，思想上的接触也在减少。说无线电使得人们能与外国进行接触是在胡说八道。要真有影响，那只是起到反效果。没有人平时会去收听外国电台，但在任何国家要是有很多人收听外国电台的话，政府要么会颁布残酷的惩罚令或没收短波收音机，或设立干扰电台，阻止他们这么做。结果就是，每个国家的电台就像一个自成天地的独裁世界，日日夜夜对着收听不到别的电台的人们进行政治宣传的狂轰滥炸。与此同时，文学作品变得越来越没有国际化色彩。绝大多数独裁国家封杀了外国报纸，只让一小部分外国书籍流入，这些书都经过仔细的内容审查，有时候发行的是经过篡改的版本。从一个国家到另一个国家的信件总是在路上就被动手脚。在很多国家，过去十几年来，历史书籍被篡改，民族主义色彩比以前更加浓厚，这样一来孩子们长大时对外面的世界就会有尽可能大的误解。

追求经济自立（"自给自足"）的潮流自1930年以来就方兴未艾，经过这场战争更是愈演愈烈，或许将成为不可逆转的趋势。像印度和南美等国家的工业化增加了他们的购买力，因此，在理论上对世界贸易会有帮助。但那些兴高采烈地说"如今世界各地相互依存"的人不知道的是，它们不再需要互相依赖。在一个牛奶可以造羊毛，石油可以造橡胶，北极圈可以种小麦，阿的平可以替代奎宁，维他命C药片可以当水果吃的年代，进口不再非常重要。任何广袤的地区都可以比拿破仑的时代更加彻底地封锁自己，虽然拿破仑的大军遭到禁运，但他们穿着英国造的大衣奔赴莫斯科。只要世界的趋势是朝民族主义和法西斯主义在发展，科学的进步就只会起到推波助澜的作用。

这里有几个当前物品的价格。瑞士造的小闹钟，战前卖5到10先令，时价3英镑15先令。二手轻便打字机，战前新的才要12英镑，时价30英镑。质量低劣的小椰纤刷子，战前卖3便士，时价1先令9便士。煤油灯战前卖大约1先令，时价5先令9便士。

我还能引用其它相似的价格。值得注意的是，比方说，上面提到的闹钟一定是在战前以旧的价格制造的。但大体上，最糟糕的东西似乎是二手物品——比方说，椅子、桌子、衣服、手表、婴儿车、单车和被单。经过一番调查，我发现现在有一条法律禁止二手物品坐地起价。这让我觉得心里宽慰了许多，就像那些十八岁的少年听说有人身保护法或印度苦力得知英国公民在法律面前人人平等一样。

胡珀在《色当战役》中，描写了温普冯将军试图为战败的法军争取到最好条款的那场会谈。他说道："从政治的角度上，给予我们体面的条款是为了你们的利益……基于维护了军队自尊的和平将会长久，而严苛的条款将会引发负面情绪，或许将挑起法国和普鲁士之间无尽的战火。"

这时，铁血宰相俾斯麦插话了，这番话收入了他的回忆录里。

"我对他说，我们或许会考虑一位国君的感激，但绝对不考虑一个民族的感激——我们根本不需要法国人的感激。在法国，没有什么制度或环境能够长久，政府和王朝总是在不停地更替，新的政权从不需要履行旧的政权作出的承诺……情况就是这样，我们不彻底利用我们的成功，那就真是愚蠢到家了。"

当今的"现实主义信念"大抵上始自于俾斯麦。这番愚昧的话在当时被认为极具"现实意义"，现在也是。然而，温普冯所说的话，虽然他只是在争取条件，却是千真万确的。如果德国人能大方地作出回应（即按照当时的标准行事），或许法国的报复情绪就不会被挑起。如果有人告诉俾斯麦那时候的严苛条款意味在48年后遭受惨痛的失败，他会说什么呢？无疑，答案或许会是：他会说应该开出更为严苛的条款。这就是"现实主义"——就像如果药让病人觉得难受的话，医生就会将剂量加倍一样。

随意集·二十五

1944 年 5 月 19 日

薇拉·布里顿[1]小姐的宣传册《混沌的种子》对无差别或"毁灭性"轰炸发起了雄辩的抨击。她写道:"在英国皇家空军的狂轰滥炸下,数以千计无辜又无助的德国人民、意大利人民和德占区城市的居民遭受了痛苦万状的死伤,堪比中世纪最难以忍受的折磨。"许多著名的实施轰炸的人物,如佛朗哥将军和富勒少将[2],都被引用以支持她的论述。但是,布里顿小姐并不是站在和平主义者的立场。显然,她很渴望赢得这场战争。她只是希望我们坚持"合法"形式的战争,放弃轰炸平民,她担心这会抹黑我们在后代子孙心目中的形象。她的这本宣传册是由轰炸限制委员会发行的,这个机构还发行了书名相似的其它宣传册。

现在任何理智的人在看待轰炸或任何其它战争行为时都只会感到厌恶。另一方面,没有哪个体面的人会在乎子孙后代的看法。一边接受战争是一种手段,与此同时又希望逃避战争更为明显的残忍特征所带来的责任,这是很让人不齿的事情。和平主义是站得住脚的立场,前提是你愿意承担后果。但所有"限制"或"人性化"战争的言论都是一派胡言,依赖的是普通人从来不会

---

[1] 薇拉·玛丽·布里顿(Vera Mary Brittain,1893—1970),英国作家、女权主义者、和平主义者,代表作有《年轻人的遗嘱》、《轰炸大屠杀》等。

[2] 约翰·弗里德里克·查尔斯·富勒(John Frederick Charles Fuller,1878—1966),英国军事家,现代装甲战理论先驱,代表作有《兵器与历史》、《战争的科学基础》等。

劳心费神去思考口号。

在这里所用的口号是"杀害平民"、"屠杀妇孺"和"毁灭我们的文化遗产"。它故意假定轰炸要比地面战争所造成的伤害更大。

当你仔细思考一番后，你会想到的第一个问题是为什么杀害平民比杀害士兵要糟糕一些？显然，在可以避免的情况下，你绝对不能杀害儿童，但只有在宣传册中才会出现每颗炸弹都落在学校或孤儿院上。每颗炸弹都会杀死不同群体的人口，但其比例并不具有代表性，因为孩子和怀孕的母亲总是第一批撤离的人，而有的年轻人则会参军。或许被炸的死难者中有不合比例的一大部分人是中年人。（直到目前，德国的炸弹炸死了英国六七千名儿童。我相信这个数字少于同期因交通事故而死的人数。）另一方面，"正常"或"合法"的战争则将年轻的男性人口中最健康最勇敢的精英挑选出来，然后加以屠杀。每一艘德国潜艇沉到海底就约有五十位健壮聪明的年轻男子被活活闷死。但听到"轰炸平民"这几个字就举起双手的人会满意地念叨着像"我们正赢得大西洋的战斗"这样的话。天知道我们对德国和被其占领的国家发起的大空袭已经致死了多少人，还将会死多少人，但你可以很肯定这个数字绝对比不上俄国前线已经发生的屠杀。

在目前的历史阶段，战争是无法避免的，既然它必须发生，在我看来，除了年轻男子之外，其他人也会被杀不见得就是坏事。我在1937年写道："有时候当我想到飞机正在改变战争的情形，心里会觉得很宽慰。当下一场世界大战来临时，我们或许将看到史无前例的情景：一个身上有弹孔的沙文主义者。我们还没有见过这一情景（这或许是一个自相矛盾的说法），但不管怎样，这场战争的苦难已经比上一场战争更平均地分摊开来。平民可以置身战争之外，这个让战争成为可能的条件之一已经受到了撼动。与布里顿小姐不一样，我并不为此感到遗憾。我不觉得战争只局限于屠杀那些年轻人就是'人性化的'，而那些老头子也被杀就是'野蛮的'。"

至于"限制"战争的国际协议，当违反协议能够带来利益时，它们从来不会得到遵守。早在上一场战争之前，各国就已经同意不使用毒气，但结果它们还是照用不误。这一次它们停用了毒气，只是因为毒气在运动战中没有什么效果，而用于对付平民肯定会引起同样的报复。对于那些不会反击的敌人如阿比西尼亚人，毒气立刻就被使用了。战争的本质就是野蛮残暴的，承认这一点会比较好。如果我们认为自己就是野蛮人，那我们或许就会作出改善，至少这是可以想象得到的。

《论坛报》上有这么一封来信：

致被犹太人收买的编辑，伦敦《论坛报》
波兰军队中的犹太人

你总是在攻击我们英勇的波兰盟军，因为他们知道如何对付这些害虫一般的犹太人。他们还知道如何对付所有被犹太人收买的编辑和共产主义报纸。我们知道你们在领取犹太人和苏联的津贴。

你是英国的敌人的朋友！清算的日子就要到来了。当心。所有犹太猪都将被以希特勒的方式消灭——消灭犹太人唯一的方式。

　　消灭犹太人。

　　这封信是在一部雷明顿打字机上打出来的（邮戳上盖着
S.W.［西南区］），让我觉得有趣的一个细节是，这是一封复
印件。

　　任何对这种人有所了解的人都知道不管怎么保证，怎么解
释，怎么出示最为确凿的证据都不能说服写这封信的人《论坛
报》不是一份共产主义报纸，也没有领取苏联政府的津贴。法西
斯分子的一个非常有趣的特征——我说的是业余法西斯分子，我
猜想盖世太保要聪明一些——就是他们无法认识到左翼政党彼
此之间是有差别的，而且目标根本不一致。他们总是被认为是
一伙人，无论其外在的表现是怎样的。我手头有一本莫斯利的
《英国联盟季刊》第一期（顺便提一下，里面就有维德孔·吉斯
林撰写的文章），我发现就连温德汉姆·刘易斯在提起斯大林和
托洛茨基时似乎也当他们是一样的人。阿诺德·伦恩在他的
《西班牙演习》中似乎在说托洛茨基是在斯大林的指示下创建
第四国际的。

　　同样地，根据我的经验，只有极少数共产主义者会相信托派
分子没有被希特勒收买。有时候我尝试指出，如果托派分子被希
特勒或什么人收买了，他们就不会缺钱了。但没有用，这番话根
本没有被听进去。同样的情形还有对犹太人喜欢耍阴谋的信念，
或在印度民族主义者中盛行的那种认为所有的英国人，无论是什
么政治色彩的，暗地里都在狼狈为奸的想法。而认为共济会是一
个革命组织这些想法里最奇怪的。在这个国家，这个想法就像

相信"皇家太古野牛兄弟会"①是革命组织一样不靠谱。不到一代人之前，如果不是现在，有天主教的修女相信在共济会的聚会上，魔鬼会化为人形，穿着隆重的晚礼服，裤子上开了个洞让他的尾巴露出来。这种以种种形式对每个人发起攻击的事情，显然是出于我们这个时代某种模糊的精神需要。

随意集·二十六
1944 年 5 月 26 日

前几天我和一个年轻的美国士兵交谈，他告诉我——有好几个人说过同样的话——美国军队普遍有反英情绪。他才到这个国家不久，刚一下船他就问码头上的宪兵，"英国怎么样？"

那个宪兵回答："这里的女孩会和黑鬼出去，把他们叫成美洲印第安人。"

在这位宪兵眼中，这就是关于英国突出的特征。与此同时，我的朋友告诉我反英情绪并不激烈，而且没有特别明确的抱怨理由。或许这种情绪主要是因为大部分人背井离乡心里烦懑而引起的。但在美国，反英情绪的情况则迫切需要进行调查。和反犹主义一样，它有许多自相矛盾的解释，而且和反犹主义一样，它或许是另外某一样事情的精神替代品。至于其它则有待调查。

与此同时，英美关系有一个方面似乎进展顺利。几个月前，有消息说至少有两万个英国女孩已经嫁给了美国士兵和水手，这

---

① 皇家太古野牛兄弟会，英国的一个由喜剧演员创立的慈善组织，其名称具有戏谑意味。

个数字应该已经节节攀升。这些女孩当中，有的正在美国红十字会组织的"美国公务员新娘学校"接受教育，准备在新的国家开始生活。她们接受关于美国礼仪、习俗和传统的具体细节——或许还会消除每个美国人都拥有汽车，每户美国家庭都有浴室、冰箱和洗衣机这样的广为流传的错误观念。

《婚姻公告和时尚婚姻广告栏目》五月刊里有 191 个男人和 200 多个女人的征婚广告。自十九世纪六十年代或更早些时候起，这种类型的广告就一直刊登于一系列杂志中，而且内容总是非常相似。例如：

> 单身男子，25 岁，身高 6 英尺 1 英寸，身材瘦削，喜爱园艺、动物、孩子、电影等，愿与年届 27 至 35，喜欢花卉、大自然和孩子的女性结识，要求：个高、中等身材，信奉英国国教。

这些广告的大体内容就是这样，虽然时不时会有一则不同寻常的广告冒出来。例如：

> 本人 29 岁，身高 5 英尺 10 英寸，英国人士，体格魁梧，善良安静，有多项智力上的爱好，道德背景可靠（登记注册为因道德信仰无条件拒服一切兵役者），思想进步，有创造力，喜欢文学。以交易稀有邮票为业，收入不定但足以维持家计，擅长游泳和骑单车，略有口吃。欲寻亲切、适应力强、受过教育的女子为偶，须样貌出众，声音动听，三十岁以

下，知书识礼，有冒险精神，不唯利是图，不看重社会地位，性情开朗，有真正的幽默感，工作可靠。金钱并不看重，品格才最重要。

这些广告中让人一直觉得很惊讶的就是，几乎所有的征婚人士都是非常合适的结婚对象。不仅大部分人思想开放、聪明睿智、热爱家庭、喜欢音乐、忠诚热情、富有幽默感——如果是女人的话，还拥有曼妙的身材——而且大部分人经济状况还挺不错。当你想到结婚是那么容易的时候，你无法想象一个"黑发白肤，身材瘦削，身高六英尺，教育良好，心思细密，性情乐天而睿智，年收入1 000英镑，略有资产"的36岁的单身汉会需要到报纸上的专栏给自己找一个新娘。还有那些"喜欢冒险，思想左倾，有现代思想，身材丰满玲珑，淡金色卷发，灰蓝色眼睛，皮肤白皙自然，身体健康，钟爱音乐、美术、文学、电影、戏剧，喜欢散步、骑车、网球、溜冰和划船"的年轻女性也是一样。为什么这么一个尤物还需要登广告呢？

我们应该注意到，《婚姻公告》是一份光明正大的刊物，会仔细核对刊登广告者的信息。

这些广告所真正展现的，是生活在大城市里的人可怕的寂寞。他们聚在一起，然后各自回到相隔遥远的家里。在伦敦市区里，或许就连知道隔壁邻居叫什么名字都是很罕有的事情。

几年前我曾在波多贝罗路住过一段时间。那里算不上是什么高尚区域，但房东太太曾经给一个贵妇当过女仆，自我感觉良好。有一天前门坏了，房东太太和她丈夫还有我都被锁在房子外面了。显然，我们只能从二楼的窗户爬进去，因为隔壁住的就是一户承揽活儿的建筑工人，我建议去他那儿借张梯子。房东太太看上去不是很自在。

"我可不想那么做。"最后她说道，"你知道的，我们不认识他。我们在这儿住了十四年，我们可以不去认识住在左右两边的人。住在这么一个区域不能这么做。你知道的，要是你开始和他们交谈，他们就会和你混熟。"

于是，我们从她丈夫的亲戚那儿借了梯子，费了好大一番气力从将近一英里外的地方抬过来。

随意集·二十七

1944 年 6 月 2 日

1942 年年中意大利电台的一则描述伦敦生活的报道摘录：

> 昨天，一个鸡蛋卖五先令，一公斤土豆卖一英镑。大米没有了，就连黑市也买不到，豌豆成了百万富翁的特权。市场上没有白糖，不过少量还是可以买到，价格贵得吓人。

终有一天将会对那些被信以为真的宣传进行科学细致的大规模调查。比方说，上面那则报道是法西斯电台报道的典型内容，它起到了什么效果呢？任何信以为真的意大利人或许会以为再过几个星期英国就会垮台。当垮台没有发生时，你会认为他将对曾经欺骗过他们的政府失去信心。但这种事情并不一定就会发生。在相当长的时期里，不管怎样，人民听到明显的谎言能漠然置之，或许是因为他们日复一日地忘记了电台里说过什么，或许是因为他们总是受到政治宣传的狂轰滥炸，对整件事变得麻木不仁了。

当情况不利的时候说出真相是有好处的，这似乎是明白的道理，但在你的宣传中保持立场一致是否有好处则尚未确定。英国的政治宣传因于不能自相矛盾而受到很大的阻碍。比方说，谈论肤色问题时能同时取悦布尔人和印度人是几乎不可能的事情。德国人根本不为这样的事情所烦恼。他们对每个人说他们认为他想听到的话，认为没有人会对别人的问题感兴趣，这或许是对的。有时候他们的各个电台甚至会互相进行攻击。

一个针对中产阶级法西斯分子的电台有时候会警告收听者不要受到伪左翼的《工人挑战报》的影响，理由是后者"接受莫斯科的赞助"。

如果调查真的发生的话，它要解决的另一个问题就是名字的神奇效果。如果你给同一个事物安上不同的名字，几乎所有的人都会觉得这个事物变得不一样了。因此，当西班牙内战爆发时，英国广播公司给佛朗哥的追随者起了"起义军"这个名字。这个名字掩盖了他们是叛乱者的事实，而且使得叛乱听起来很体面。在阿比西尼亚战争时期，海尔·塞拉西①被他的同党称为皇帝，而被他的敌人称为"敌酋"②。天主教徒强烈反对自己被称为罗马天主教徒。托派分子自称是布尔什维克—列宁主义者，但他们的敌人拒绝以这个名字叫他们。从外国征服者手中取得解放或经历过民族主义革命的国家几乎都会改变名字，有的国家拥有一系列名

---

① 海尔·塞拉西(Haile Selassie, 1892—1975)，1930 年至 1974 年以皇帝身份统治埃塞俄比亚。
② 原文是"the Negus"。

字，每一个名字有着不同的意义。因此，苏联的名字有俄国或苏联（中立的意义或简称）、苏俄（友好）和苏维埃联盟（非常友好）。奇怪的是，我们本国所用的六个名字里，唯一不会让人感到不快的名字就是那个古老而略显滑稽的"Albion"（阿尔比恩）。

我翻阅了参加"短篇小说征文比赛"的参选作品，我再次惊讶地发现英国的短篇小说由于被限制在统一的篇幅而变得毫无感染力。以前那些精彩的短篇小说字数从 1 500 字到 2 万字不等。比方说，莫泊桑的短篇小说都很简短，但他的两篇伟大作品——《羊脂球》和《泰利埃公馆》——则篇幅很长。爱伦·坡的短篇小说也长短不一。戴维·赫尔伯特·劳伦斯的《英格兰，我的英格兰》、乔伊斯的《死者》、康拉德的《青春》和亨利·詹姆斯的许多短篇小说或许会被任何现代英国期刊认为篇幅太长了。而像梅里美①的《卡门》也一样。它属于"中篇小说"，而中篇小说在这个国家已经快绝迹了，因为它们没有容身之处。它们登在杂志太长，出书又太短。当然，你可以将几则短篇小说集结出书，但这种事情并不是经常发生，因为这种书在平时是卖不出去的。

要是我们能回到十九世纪那些厚厚的、有版面刊登任何篇幅的故事的杂志，或许对短篇小说的复兴会有所帮助。但麻烦的是，在现代英国月刊和季刊中，任何有思想抱负的杂志都挣不到钱。就连《标准》这份或许是我们所拥有的最好的杂志，在它停

① 普罗斯佩·梅里美（Prosper Mérimée，1803—1870），法国作家、建筑学家、历史学家，代表作有《卡门》、《高龙巴》等。

刊前就已经亏本十六年了。

为什么？因为人们不愿意支付它标价的 7 先令 6 便士。人们不会就为了一本杂志付这么多钱。但是，他们为什么愿意为一本小说付这么多钱呢？小说并不比《标准》厚多少，而且更不值得保存。因为他们并不是直接花钱买小说。普通人不会去买一本新书，或许企鹅出版社出的书籍除外。但他们在不知情的情况下在那些两便士图书借阅处那里花了很多钱。如果你能像借书那样到图书借阅处借阅文学杂志，这些杂志将能够获得利润，因此能够扩大版面，并给投稿人支付更高的稿酬。让作家们和出版商们活下去的是借书，而不是买书，而且图书借阅处没有理由不将业务扩大到借阅杂志。让月刊或周刊厚上四分之一英寸——或许你就能让短篇小说复兴。连带的结果就是，由于缺乏发挥空间而沦为敷衍式总结的书评或许将重新成为一门艺术，就像在《爱丁堡》和《文学季刊》仍在发行的时候那样。

读完上周的《婚姻公告》之后，我在企鹅出版社的《希罗多德①》中找到了一段描写，我隐约记得内容是关于古巴比伦人的婚姻习俗。内容如下：

> 在每一个村子里，每年适龄的处女们会被集中到一个地方，男人们站成一圈围着她们。然后一位传令官一个个地召集起少女，将她们拍卖，从最漂亮的开始。当她卖出了一个

---

① 希罗多德（Herodotus，公元前 484—前 425），古希腊历史学家，被称为"史学之父"，代表作有《希波战争史》。

好价钱后，他就卖美貌仅次于她的女人……这个风俗是，当传令官将最漂亮的少女们都卖掉后，他就召集起那些最丑的少女，哪个愿意接受最少嫁妆的男人就可以把她带走。嫁妆是从卖掉那些貌美少女们的钱里分的，通过这种方式，那些貌美的少女补贴了那些貌丑的少女。

这一风俗似乎运行得很好，希罗多德对这一风俗充满了热情。但是，他补充写道，和其它好的风俗一样，在公元前450年左右它就已经绝迹了。

随意集·二十八

1944年6月9日

亚瑟·凯斯特勒[①]最近在《论坛报》发表的文章让我不禁猜想，战后书籍的骗局是否会再次恢复其旧时的活力，到那时候纸张会供应充足，但有别的东西可以让你花钱。

和其他人一样，出版社需要生存下去，你不能责备它们对自己的出版物进行广告宣传，但战前的文坛真正让人觉得蒙羞的是，广告和文学批评几乎没有什么区别。一些所谓的书评家，特别是那些名气最大的书评家，都只是些吹捧的写手。"吆喝式"的广告始于二十年代，随着争夺版面和使用形容词最高级的竞赛变得越来越激烈，出版社的广告成了几份报纸重要的收入来源。几

---

① 亚瑟·凯斯特勒（Arthur Koestler，1905—1983），匈牙利裔英国作家、记者和批评家，曾加入共产党，后来成为自由主义者，代表作有《中午的黑暗》、《渣滓》等。

份出名的报纸的文学版块基本上被几家出版社占据了，他们在所有重要的职位上都安插了自己人。这些可怜虫不吝他们的赞美之词，什么"伟大杰作"、"才华横溢"、"过目难忘"等等等等——就像许多部自动钢琴一样。一本来自对口的出版社的书不仅肯定会得到正面的书评，而且会被列入"推荐书目"中，而那些读书不辍的借书人会将书目剪下来，第二天就带去图书馆。

如果你在几家不同的出版社出书，很快你就会了解到广告的压力有多大。一家大出版社出一本书经常会在广告上花一大笔钱，得到五十到七十五篇书评，而一家小出版社出一本书可能只得到二十篇书评。我知道有一个神学作品出版社的老板不知何故出版了一本小说。他花了许多钱在广告上，却在整个英国只得到了四篇书评，唯一的标准长度的书评刊登在一份汽车报纸上，它抓住这个机会，点出那本小说里所描写的乡村适合进行自驾游。老板不是书籍骗局的自己人，他的广告不可能成为文学报刊的固定收入来源，因此，它们对他不予理睬。

就连声誉卓著的文学报刊也无法做到对广告商漠然置之。经常发生的情况是，它给一位书评家送去一本书，附上这么一则指示："看看这本书值不值得写篇正面书评，如果不行就把它寄回来。我们可不想刊登一篇纯粹只有批评意见的书评。"

自然而然地，对于一个这篇书评所带来的一基尼稿酬意味着下周房租的书评家来说，他是不会把这本书给寄回去的。他一定会找出一些内容加以褒扬，无论他本人对这本书作何观感。

在美国，就连书评家真的读过他们收钱评论的书这样的掩饰都在一部分程度上被摈弃了。有的出版社在寄出书评样书时附上一则简短的梗概，告诉书评家该写些什么。有一回，那是我的一本小说，他们将一个人物的名字拼写错了，这个拼写错误的名字在一篇篇的书评中出现。那些所谓的书评家对那本书甚至连看都不看——但他们中大部分人还是将它夸上了天。

在这个国家的政坛里有一句话被频繁使用，那就是"落入了某某某的圈套"。它似乎是一种符咒或咒语，将令人不快的真相压制下去。当有人告诉你如果说了这些或那些话，你就"落入了某个阴险敌人的圈套"，你知道你的责任就是立刻闭嘴。

比方说，如果你说一些对英帝国主义有害的话，你就"落入了戈培尔博士的圈套"。如果你批评斯大林，你就"落入了《碑文报》和《每日电讯报》的圈套"。如果你批评蒋介石，你就"落入了汪精卫的圈套"——等等等等，不一而足。

从客观上说，这一指控总是真实的。你对一个政党进行攻击一定会暂时对另一个政党有所帮助。甘地的某些言论正中日本人的下怀。托利党的极端分子会抓住任何反俄言论不放，并不介意它是来自托洛茨基分子而不是右翼政党。美帝国主义者在小说家的烟雾弹后悄悄前进，总是在寻找关于大英帝国的任何不体面的细节。如果你对伦敦的贫民窟进行真实的描写，一周之后你就会听到纳粹电台对其加以复述。但是，那你应该怎么做？假装没有贫民窟？

每一个曾从事过与公关或政治宣传相关工作的人都可以想起自己被命令在某件至关重要的事情上说谎的时候，因为说出真相将会给予敌人发起进攻的口实。例如，在西班牙内战中，左翼报刊从来不报道政府内部的意见纠纷，虽然它们事关重要的原则问题。他们告诉你，讨论共产主义者和无政府主义者之间的斗争只会让《每日邮报》有机会说赤匪在自相残杀，结果只能是整体的左翼事业受到削弱。或许因为人们三缄其口，《每日邮报》少了几则骇人听闻的故事，但更重要的教训却没有得到，直到今天我们仍深受其害。

随意集·二十九

1944 年 6 月 16 日

有几次别人以口头或书面的形式问我为什么不在这个专栏上对《智囊团》①这个节目进行抨击。"看在上帝的分上，跟乔德②干一架。"一位读者如是写道。现在我不会否认《智囊团》让人觉得很不爽。客观上我持反对《智囊团》的立场，当我在电台上听到它开始播放时我就会调到别的频道。它矫情地假装整个节目是自发进行的，没有经过内容审查，总是回避任何严肃的话题，专注于像"为什么孩子会长招风耳"这样的问题，像牧师一样热情的主持人，那些总是让人心烦的说话声，还有——想到那些业余蹩脚的播音员的声音在说着"呃—呃—呃"的时候一分钟挣10到15先令实在是让人心里很不痛快。但我没办法像许多认识的人那样感觉到同样的愤慨，至于个中原因值得解释一下。

当前公众或许对《智囊团》开始感到厌倦了，但在很长一段时间里，它真的很受欢迎，不仅在英国拥有听众，而且世界上多

---

① 《智囊团》（the Brain Trusts），由英国广播电台的讨论节目，于 1941 年 1 月开始播放，西里尔·乔德是该节目的主持。

② 西里尔·密契逊·乔德（Cyril Edwin Mitchinson Joad, 1891—1953），英国著名广播员，曾主持《智囊团》节目而名噪一时。

个地方也在播放，它的技巧被军队和民防组织不计其数的讨论节目所采用。正如大家所说，它是一个"很受用"的节目，原因不难理解。按照这个国家直到 1940 年的报纸和电台的标准，《智囊团》是一个显著的进步。至少它展现了对于言论自由和严肃知识的向往，虽然后来它不得不绝口不提"政治和宗教"，你仍可以从中获取关于燕窝汤、海豚的习性、哲学和历史的零星片段的有趣事实。它不像普通的电台节目那么明显地轻浮无聊。渐渐地，它代表了启蒙。这就是为什么会有数百万的听众喜欢它，至少在一两年内是这样。

这也是为什么毕灵普分子曾经讨厌它，现在仍然讨厌它。《智囊团》不停地遭到右翼知识分子像乔治·马尔康·杨[1]和艾伦·帕特里克·赫伯特[2]这类人（还有道格拉斯·里德先生）的抨击，当一帮教会人员创办了与《智囊团》竞争的节目时，所有的毕灵普分子都奔走相告，说这个节目要比乔德和英国广播公司的节目更好。这些人把《智囊团》看作是思想自由的象征，他们意识到，无论它的节目本身有多么傻帽，它们的趋势是让人们开始思考。或许你我不会认为英国广播公司是一个危险的颠覆组织，但在某些人眼中它就是这样，而且不停地试图干扰它的节目。在某种程度上，或许了解一个人的敌人是谁就可以了解这个人。所有思想右倾的人都不喜欢《智囊团》——还有公共的和私人的讨论群体这整个想法——从一开始就证明它一定有可取之处。这就是为什

---

① 乔治·马尔康·杨（George Malcolm Young, 1882—1959），英国历史学家，代表作有《时代的写照》等。
② 艾伦·帕特里克·赫伯特（Alan Patrick Herbert, 1890—1971），英国作家，代表作有《秘密的战斗》、《泰晤士河》等。

么我不觉得有强烈的冲动去试图批评乔德博士，他受到的责难已经够多了。我会说：想想看，要是《智囊团》的成员是（情况很可能会是这样）埃尔顿爵士①、哈罗德·尼科尔森先生②和阿尔弗雷德·诺耶斯先生，它会是什么样子。

自布兰登·布拉肯宣布他不会禁止《你的议员》这本书出口国外后，在众议院里对于这本书的争吵或许没有想象中的那么让人不齿，但它仍是一个不好的征兆。贝弗利·巴克斯特先生③在保守党展开反击的众多大炮中并不是火力最猛的——事实上，与其说他是一门大炮，倒不如说他是一门土制的迫击炮，很容易就会炸膛——但重要的是，他冒冒失失地说出了他的那些意见。他希望查禁这本书，原因是：一、作者曾经是个囚犯；二、这本书"内容下流"；三、它或许会"破坏我们与俄国的关系"。这三点里，第一点纯粹只是偏见，而第二点和第三点其实是在说这本书让人想起保守党有着怎样的记录。我对像《你的议员》这样的书也有自己的不满，但至少这本书所收录的几乎都是被承认的事实，所有的事情都很容易加以核实。大部分内容可以从《议事录》里找到，只要你肯每天付六便士就可以借到。但正如巴克斯特先生所意识到的，《你的议员》将会有成千上万的读者，他们从来不会想到翻阅《议事录》，甚至不会想到去探究到底谁是谁。因此，禁止

---

① 戈弗雷·埃尔顿（Godfrey Elton, 1892—1973），英国历史学家，代表作有《法国革命理念》等。

② 哈罗德·乔治·尼科尔森（Harold George Nicolson, 1886—1968），英国外交家、作家，曾是英国广播公司的理事会成员，代表作有《外交的演变》、《英国为何参战？》等。

③ 亚瑟·贝弗利·巴克斯特（Arthur Beverley Baxter, 1891—1964），加拿大裔英国政治家，曾担任保守党下议院议员。

这本书出口，如果可以的话，会在国内把它搞臭。让人们知道我们的保守党议员是谁，他们拥有什么股份，在关键的重要问题上他们投了什么票，在我们和希特勒开战之前他们是怎么评价他的，那可不行。保守党有充分的理由想要让他们的记录不予公开，这是尽人皆知的事情。但几年前他们可没有胆量说出这些话，这就是区别所在。

此外，布兰登·布拉肯在他的回应中说这本书里有对阿诺德·威尔逊①爵士的"恶毒攻讦"，而威尔逊爵士"以最大的勇气为国捐躯了"，言下之意是威尔逊爵士的牺牲使得任何对他的攻击都是不恰当的。

阿诺德·威尔逊爵士是一个勇敢而值得尊敬的人。当他支持的政策步入毁灭时，他愿意面对其后果。尽管一把年纪了，他坚持加入英国皇家空军，在战斗中牺牲。我可以想到许多其他在行为上要逊色一些的公众人物。但这和他战前那极其任性妄为的履历有什么关系？他的报纸《希钦水星报》是一份赤裸裸的支持法西斯主义的报纸，几乎到最后仍在对纳粹政权进行吹捧。难道我们应该相信如果一个人死得壮烈的话，他之前的行为就不会造成影响了吗？

如今你不能从国外买到杂志了，但我建议任何在纽约有朋友的人试试能不能弄到一本新的月刊《政治》，编辑是马克思主义文

---

① 阿诺德·塔尔伯特·威尔逊（Arnold Talbot Wilson，1884—1940），英国政治家，曾支持希特勒和墨索里尼的纳粹政权，后加入英国皇家空军参加第二次世界大战，在战斗中牺牲。

学批评家德威特·麦克唐纳①。我不认同这本杂志的反战政策（并非出于和平主义的角度），但我钦佩它把高端的政治分析和睿智的文学批评结合在了一起。我很难过地承认我们英国这儿没有哪本月刊或季刊能与美国的刊物媲美——因为还有好几本英国杂志可以和《政治》相提并论。我们还被"只有托利党人才有审美感受力"这一朦朦胧胧的意识所困扰。但是，美国杂志目前的优越性与这场战争有一部分的关系。在政治立场上，国内与《政治》最为接近的刊物我猜是《新领袖》。你只需要比较这两份刊物的版式、写作的文风、主题的编排和智力水平就知道生活在一个仍然有休闲和木浆的国家意味着什么。

随意集·三十

1944 年 6 月 23 日

上上周《论坛报》刊登了一篇关于杰拉德·曼利·霍普金斯的百年诞辰纪念文章，之后我碰巧读到《美洲国家》四月刊，提醒了我 1944 年也是另一位更加出名的作家——安纳托尔·法郎士②的百年诞辰。

当安纳托尔·法郎士二十年前死去时，他的声誉一落千丈，那些寿命长的作家成名后总是会有这样的结局。在法国，根据那

---

① 德威特·麦克唐纳（Dwight Macdonald, 1906—1982），美国作家，编辑，代表作有《人民的责任：关于战争罪的散文》、《我们看不见的穷人》等。
② 安纳托尔·法郎士（Anatole France, 1844—1924），法国作家，诗人，曾获得 1921 年诺贝尔文学奖，代表作有《苔伊丝》、《企鹅岛》、《天使之叛》等。

个迷人的法国风俗，许多人在他奄奄一息和尸骨未寒的时候向他发起了恶毒的个人攻击，其中有一则特别恶毒的攻击是皮埃尔·德鲁·拉罗谢尔①写的，后来他与纳粹合作。在英国，安纳托尔·法郎士也被发现不是好作家。几年后一个年轻人捎来一份周刊（我在巴黎见到了他，发现他连一张电车的车票都买不起），郑重地告诉我安纳托尔·法郎士的法语"烂到家了"。法郎士似乎是一个低俗、欺世盗名和跟风的作家，每个人现在都"看透他了"。大概就在同一时间，萧伯纳和里顿·斯特拉奇②也都被发现是同样的货色。但奇怪的是，这三个作家的作品时至今日仍然很有可读性，而他们的大部分贬斥者都被遗忘了。

我不知道对安纳托尔·法郎士的厌恶在多大程度上是真正基于文学。当然，他受到了过度的褒扬，有时候你一定会厌倦一个如此矫揉造作而且毫不疲倦地进行色情描写的作家。但毫无疑问，他遭到攻击一部分原因是出于政治上的动机。他或许不是一位伟大的作家，他是持续了上百年的政治—文学狗咬狗的战斗中的象征性角色之一。教会人员和反动分子痛恨他的程度不亚于痛恨左拉③。安纳托尔·法郎士曾支持德雷弗斯，这需要莫大的勇气，他曾揭露了关于圣女贞德的真相，他曾戏说过法国的历史，

① 皮埃尔·尤金·德鲁·拉罗谢尔（Pierre Eugène Drieu La Rochelle, 1893—1945），法国作家，在法国鼓吹法西斯主义，并在德占时期与纳粹政权合作。
② 贾尔斯·里顿·斯特拉奇（Giles Lytton Strachey, 1880—1932），英国作家，其传记作品以细腻描写及心理阐述而见长，代表作有《法国文学的里程碑》、《维多利亚女皇》。
③ 埃米尔·弗朗科伊斯·左拉（Émile François Zola, 1840—1902），法国著名作家及政治自由运动先驱，代表作有《卢贡－马卡尔家族》、《三城记》等。

最重要的是，他从不错过嘲讽教会的机会。那些教会人员和复仇主义者一开始时鼓吹"不让德国复兴"，后来又对希特勒溜须拍马，他们最痛恨的人就是法郎士。

我不知道安纳托尔·法郎士最具特色的作品如《佩妲皇后的浪漫史》到了今天是否仍然值得重读，里面的内容很有伏尔泰的风采。而《贝格雷特先生》四部曲则决然迥异，它们除了非常有趣之外，还对九十年代的法国社会和德雷弗斯案的背景提供了极为宝贵的信息。此外还有《克兰比尔》，是我读过的最棒的短篇小说之一，对"法律与秩序"发起了毁灭性的抨击。

但尽管安纳托尔·法郎士能在像《克兰比尔》这样的作品中为工人阶级发出呼吁，尽管他作品的廉价版本被刊登在宣扬共产主义的报刊上，你不能真的将他归为社会主义者。他愿意为社会主义而奋斗，甚至在阴风阵阵的大厅里发表演讲，他知道那是必要而且不可避免的事情，但在主观上他是否想要这么做则值得怀疑。他曾经说过，社会主义为这个世界带来的安慰就像一个病人在病床上辗转反侧所得到的安慰一样。遇到危机时他愿意认同自己是工人阶级的一员，但乌托邦式的未来这一想法让他觉得意兴索然，这一点从他的作品《皮埃尔·布兰奇》中可以看出来。在他关于法国大革命的小说《诸神的渴望》中甚至有更加深切的悲观主义情绪。在气质上他并不是一个社会主义者，而是一名激进分子。如今后者或许更为罕有。正是他的激进主义、他对自由的热忱和思想上的诚恳赋予了《贝格雷特先生》四部曲特殊的色彩。

我一直搞不懂为什么《新闻纪实报》——我想它的政治色彩

是很淡的粉红色，就像是虾壳的颜色，但仍然是粉红色的①——会允许罗马天主教作家"提摩西·夏伊"（即多米尼克·贝文·温德汉姆·刘易斯②）每天在他的漫画专栏上进行破坏活动。在比弗布鲁克爵士的《每日快报》里，他的天主教同伴"比奇康莫"（主笔是约翰·宾汉·莫顿③）当然更加如鱼得水。回首过去二十年的情形，这两人总是笔耕不辍，很难找到哪一个反动活动他们不予以支持——毕苏斯基④、墨索里尼、绥靖政策、鞭笞、佛朗哥、文学审查，他们赞美一切被体面的人所反对的东西，他们不断地反对社会主义、国联和科学研究。他们一直在不遗余力地抨击每一个从乔伊斯以降的作品值得一读的作家。他们一直在恶毒地反对德国，而希特勒出现后，他们的反德热情立刻冷却下来。而目前他们所痛恨的目标不消说就是贝弗理奇。

如果认为这两个人纯粹只是滑稽作家那可就错了。他们所写的每个字都在宣扬天主教，某些人，至少和他们信奉同一宗教的人，对他们的所作所为予以高度评价。任何读过切斯特顿和类似作家的人都会熟悉他们的"纲领"。它的主要基调是对英国和新教国家的诋毁。站在天主教的立场，这么做是必要的。一个天主教徒，至少一个为天主教辩护的人，觉得他必须宣扬天主教国家

---

① 在英语中，"pink"（粉红色）表示带有社会主义的色彩。

② 多米尼克·贝文·温德汉姆·刘易斯(Dominic Bevan Wyndham Lewis, 1891—1969)，英国作家，罗马天主教徒，曾担任《每日邮报》的文学编辑。

③ 约翰·卡梅隆·安德鲁·宾汉·迈克尔·莫顿(John Cameron Andrieu Bingham Michael Morton, 1893—1979)，英国作家，曾担任《每日快报》专栏《顺便说一句》的集体创作主笔。

④ 约瑟夫·克莱门斯·毕苏斯基(Józef Klemens Piłsudski, 1867—1935)，波兰政治家，波兰第二共和国缔造者，在位时依靠铁腕手段和高压统治维持政权。

的优越性，声称中世纪要好于现代，就像一个共产主义者认为在任何情况下他都必须支持苏联一样。因此就有了"比奇康莫"和"提摩西·夏伊"对英国的每一个事物——茶叶、板球、沃兹华斯、查理·卓别林、善待动物、纳尔逊、克伦威尔——进行喋喋不休的诋毁。因此就有了"提摩西·夏伊"试图改写英国历史，当他想到西班牙的无敌舰队遭受失败时发出愤怒的咆哮。（西班牙的无敌舰队是他心中的痛！就好像到了今天还有谁会在乎似的！）因此就有了喋喋不休的对小说家的嘲讽，因为小说是宗教改革后才出现的文学形式，而大体上天主教并没有催生特别优秀的作家。

无论是从文学观点还是政治观点看，这两人都只是切斯特顿之后的跳梁小丑。切斯特顿的人生观在某些方面是错误的，而且他非常无知，但至少他拥有勇气。他做好了抨击富人和权贵的准备，而且他为此付出了代价。但"比奇康莫"和"提摩西·夏伊"的独特之处在于，他们不会拿自己的知名度去冒险。他们总是采取迂回策略。因此，如果你想攻击言论自由的原则，那就通过嘲笑《智囊团》这一手段，似乎它是一个典型的例子。乔德博士是不会进行报复的！就连他们最深切的信念，当它变得危险时，也会被他们雪藏起来。在这场战争的早些时候，当这么做很安全时，"比奇康莫"写了一些反对俄国的恶毒的宣传册，但如今他的专栏里再也没有出现反对俄国的内容了。但是，如果亲俄情绪不再盛行，它们将会再次出现。我对"比奇康莫"和"提摩西·夏尔"会如何回应我的这些评论很感兴趣。如果他们真的作出回应，那将是有记录以来他们第一次对任何有可能作出反击的人进行抨击。

随意集·三十一

1944 年 6 月 30 日

我注意到，很多人对德国的无人驾驶飞机抱怨连天，说它"如此地违背自然"（显然，由活生生的飞行员投下的炸弹就很符合自然），除此之外，一些记者指责它残暴而没有人性，"对平民也展开轰炸"。

在经历了过去两年我们对德国人所做出的种种行为之后，这种指责似乎有点矫情，但这是人类面对每一种新型武器时的正常反应。毒气、机关枪、潜水艇、火药甚至弩弓在诞生之时都同样被谴责过。除非你自己拥有了那样武器，否则每样武器似乎都是不公平的。但我不会否认无人驾驶飞机，或飞行炸弹，或无论它的正确名称是什么，特别让人觉得心里不快，因为与绝大多数其它投射武器不同的是，它给你时间思考。当你听到那嗡嗡嗡的由远及近的声音时，你的第一反应是什么？不可避免地，你会希望那个嗡嗡嗡的声音不要停止。你想听到导弹安全地从头顶掠过，在引擎熄火之前消失在远方。换句话说，你希望它会落在别人头上。当你躲避一颗炮弹或普通炸弹时，你也是这样想的——但在那个时候你只有五秒钟躲起来，没有时间去思考人类没有底线的自私。

那些更加极端和浪漫的民族主义者通常都不属于他们所理想化的民族，这绝不只是出于巧合。将他们的诉求建立在"故土"或"祖国"之上的领袖有时候是彻头彻尾的外国人，或来自帝国的边境国家。明显的例子就是希特勒，他是奥地利人，而拿破仑是科西嘉人，还有许多其他人。英国沙文主义的始作俑者可以说是迪斯累里①，一个西班牙裔的犹太人，而比弗布鲁克爵士是一个加拿大人，试图诱使不情愿的英国人自称不列颠人。大英帝国基本上是由爱尔兰人和苏格兰人缔造的，我们最顽固的民族主义者和帝国主义者经常都是乌尔斯特人②。即使是丘吉尔，我们这个时代浪漫爱国主义的样板，也是半个美国人。但不只是行动派，就连理论上的民族主义者也总是外国人。比方说，纳粹主义从中借鉴了许多理念的泛日耳曼主义在很大程度上是那些非德裔的人捣鼓出来的，比方说：休斯顿·张伯伦③，一个英国人，和戈宾诺④，一个法国人。拉迪亚·吉卜林是一个英国人，却是一个很可疑的英国人。他来自一个不同寻常的英印背景（他的父亲是孟买博物馆的馆长），他的童年早期是在印度度过的，他个头矮小，肤色黝黑，让他被人怀疑拥有亚洲血统。我总是认为如果我们这个国家能出一个希特勒的话，或许他会是一个乌尔斯特人、一个南非人、一个马耳他人、一个欧亚混血儿或一个美国人——但不管怎样，不会是一个英国人。

---

① 本杰明·迪斯累里（Benjamin Disraeli，1804—1881），犹太裔英国政治家，保守党人，曾于 1868 年及 1874—1880 年两度担任英国首相。
② 乌尔斯特人（Ulstermen），乌尔斯特是北爱尔兰的一个行省，是古爱尔兰王国的所在地，乌尔斯特人是北爱尔兰人的代称。
③ 休斯顿·斯图亚特·张伯伦（Houston Stewart Chamberlain，1855—1927），英裔德国作家，其作品《十九世纪的基础》是泛日耳曼主义的重要作品之一。
④ 约瑟夫·亚瑟·康德·德·戈宾诺（Joseph Arthur Comte de Gobineau，1816—1882），法国作家，其作品《论人类种族的不平等》推崇雅利安人的优越，鼓吹种族主义。

两段英语样本。

一、伊丽莎白时代的英语

当那些侍从们在享受盛宴时，我照看着他们的骡子。我将其中一头骡子的镫革皮带割得只剩一根细绳悬吊着，当那些大腹便便的参赞或别的什么人翻身上骡时，他们会像头猪一样摔个四脚朝天，让旁边的人哈哈大笑，比捡到一百法郎还要开心。但我会更加开心，心里想，等到他回到家里时，那个侍者会被狠狠地揍一顿，我得服侍他们吃饭，但这番恶作剧让我不觉得后悔。

（托马斯·厄克特，翻译自拉伯雷的作品。）

二、现代美式英语

在政治语境中或许可以获得超脱，并在劳动分工中成为目标本身。那些让自己局限于只是知识领域的人或许会尝试将它们进行总结，使它们成为政治和个人取向的基础。然后，社会科学落后于物理科学和技术这一事实将会引发关键问题，而政治和社会问题正是由这一缺陷和落后所引发的。这么一个立场是不能成立的。

（摘自美国高端杂志。）

据说六百万本书在 1940 年的大空袭中被毁灭了，包括一千本无法复制的珍本。大部分书籍或许无关紧要，但你会发现许多优秀作品如今已经绝版了，这真是令人沮丧。正如你可以从书店的橱窗看到的，纸张被用于书写最让人不齿的废话，而所有的重印书籍，就像"人人丛书"，其清单里有许多空白，就连像《韦氏辞典》这么一本著名的工具书也只有在你碰巧看到一本二手书时才能得到。大约一年前，我准备就杰克·伦敦作一则广播。当我开始搜集材料时，我发现他那些我最想要的书已经彻底绝迹，就连去伦敦图书馆也无法借出来。为了得到那几本书，我只能去大英博物馆的阅览室，而在那时候要进去根本不是一件容易的事情。对我来说这是一场灾难，因为杰克·伦敦是那类边缘作家，他的作品可能会被完全遗忘，除非有人不辞辛苦地将它们重新出版。就连《铁蹄》有几年也是罕见的书籍，只是因为希特勒的上台令它成为讨论的话题而得以重印。

他主要被人记住的作品就是《铁蹄》，还有——完全不同题材的作品——像《白牙》和《野性的呼唤》等探讨了典型的盎格鲁—撒克逊人对于动物的感情的作品。还有他描写伦敦贫民窟的作品《深渊中的人》，对美国的流浪汉进行了精彩刻画的《马路》，对监狱进行了很有价值的描写的《夹克》。最重要的还有他的短篇小说。当他进行某一题材的创作时——大多数情况是当他描写美国城市生活时——他是英语民族中最好的短篇小说作家之一。有一篇名为《我为鱼肉》的故事，讲述两个入室抢劫的窃贼干了一笔大买卖，然后同时用士的宁把对方毒死了，那一幕在我的记忆里留下非常生动的印象。《热爱生命》是在列宁弥留之际读给他听的故事，内容也很精彩，还有《一块牛排》，描写了一个过气拳手的最后一场拳赛。这些和其它类似的故事得益于伦敦与生俱来的强蛮性情。这也使他在感情上理解法西斯主义，而社会主义者并不总是能够理解，这一理解在某种程度上使得《铁蹄》成为真正的预言。

我对这些短篇小说夸得太过分了吗？或许是吧，因为我读到它们的时候已经是许多年前的事情了。上面我所提到的两篇故事被收进一本名为《当上帝发笑时》的书里。据我所知这本书已经绝版了，要是任何人想卖这本书，我会很高兴。

随意集·三十二
1944 年 7 月 7 日

当哈里发奥马尔[①]摧毁了亚历山大港的图书馆时，据说他拿书稿当燃料，让公共浴室的水烧暖了十八天，欧里庇德斯和其他作家的许多悲剧作品就这么毁于一旦，无可挽回。我记得当我在童年时读到关于这件事的记载时，我心里非常赞同他的做法。这样一来就少了好多单词需要查阅——这就是我的看法。因为，虽然我才四十一岁，但像我这个年龄的人在接受教育时，拉丁语和希腊语是很难逃避的两门语言，而"英语"几乎算不上是学校里的一门课程。

古典教育终于被弃如敝履，但即使到了现在，曾经被老师鞭笞强迫通读过埃斯库罗斯、索福克勒斯、欧里庇德斯、阿里斯托芬、维吉尔、贺拉斯和其他许多拉丁文和希腊文作家的传世作品的成年人一定要比读过十八世纪杰出英国文学作品的人多。当然，人们会在口头赞美菲尔丁[②]和其他作家，但不会去读他们的作品。你只需要盘问朋友几个问题就可以知道这一点。比方

---

① 哈里发奥马尔（the Caliph Omar, 579—644），阿拉伯帝国第二任哈里发，曾率领阿拉伯大军攻占约旦、埃及及中东等地，于 637 年占领耶路撒冷。
② 亨利·菲尔丁（Henry Fielding, 1707—1754），英国作家，代表有《汤姆·琼斯》、《从此生到来生之旅》等。

说，有多少人曾经读过《汤姆·琼斯》？不是很多人读过比之更晚的《格列佛游记》。《鲁滨孙漂流记》的洁本颇为流行，但大体上这本书不为人所了解，甚至很少有人知道第二部分的存在（途经鞑靼的旅行）。我猜想斯摩莱特最乏人问津。萧伯纳的戏剧《卖花女》的主要情节就是出自于《皮克尔历险记》，我相信没有人曾经在报刊中指出这一点，这表明很少人读过那本书。但最奇怪的是，据我所知，斯摩莱特从未得到过苏格兰民族主义者的吹捧，而他们却非常较真地宣称拜伦是他们自己人。但是，斯摩莱特除了是英语国度最杰出的小说家之一外，还是一个苏格兰人，并公开宣称这一点，而在当时这么做对他的文学生涯根本没有帮助。

文明世界里的生活。

（一家人正在喝茶。）

嗡—嗡—嗡！

"是警报在响吗？"

"不是，一切都很平静。"

"我觉得刚才是警报在响。"

嗡—嗡—嗡！

"那些东西又来了！"

"没事的，距离有好几英里呢。"

嗡—嗡—嗡！

"小心，它来了！躲到桌子下面，快点！"

嗡—嗡—嗡！

"好了，声音变小了。"

嗡—嗡—嗡!

"又回来了!"

"它们似乎转了个圈又回来了。它们的尾巴安了什么东西,能让它们转弯,就像鱼雷一样。"

嗡—嗡—嗡!

"老天爷啊!它就在头顶爆炸了!"

一片死寂。

"就躲在下面。俯下你的头。真是幸运,孩子不在这里!"

"看看那只猫!它也被吓坏了。"

"动物们当然知道。它们能感受到震动。"

砰!

"没事的,我告诉过你,它有几英里远呢。"

(他们继续喝茶。)

我看到温特顿爵士①在《标准晚报》中撰文谈及议会和报刊在这场战争中所展现的避免危及国家安全的了不起的缄默(绝不是因为受到规定或约束得这么做),并补充说,它"赢得了文明世界的钦佩"。

并非只有在战争时期英国报刊才会自发地保持缄默。英国最了不起的地方之一就是这里几乎没有官方的内容审查制度,但没有什么真正触犯到统治阶级的内容能够得以出版,至少在任何或许会有许多人阅读的报刊上是这样。要是提起某件事没有好处,

---

① 应指第六任温特顿伯爵爱德华·图尔瑙(Edward Turnour, 6th Earl Winterton, 1883—1962),爱尔兰裔英国政治家,年仅 21 岁便当选为下议院议员(英国历史上最年轻的议员),担任下议员长达 47 年之久。

那这件事就不会被提起。希莱尔·贝洛克（我认为）曾写过下面的诗句，总结了这一情况：

> 你不能指望贿赂或威胁，
> 感谢上帝！英国的记者。
> 当看到一个人应该做什么，
> 任何情况下都无须贿赂。

没有贿赂，没有威胁，没有惩罚——只消一个颔首和一个眼色，事情就完成了。一个众所周知的例子就是逊位事件。在这个丑闻正式公开的几个星期前，数以万计的人已经听说了关于辛普森夫人的一切，但报刊上只字未提，就连《工人日报》也什么都没有刊登，虽然美国和欧洲的报纸极其热情地对这件事进行了报道。但我相信官方并没有明令禁止报道，官方只是提出了要求，然后大家就都同意不要过早地报道此事。我能想到其它好新闻无法见报的例子，虽然刊登这些新闻并不会招致惩罚。

如今，这种遮遮掩掩的审查制度甚至延伸到了书籍。当然，新闻部不会制订政策或颁布禁书清单。它只是"提出建议"。出版社把稿件交到新闻部那里，新闻部"建议"这个或那个"不受欢迎，或内容不够成熟，或没有正面意义"。虽然没有明令禁止，没有明确的说法表示某段内容不能刊登，官方的政策却从来没有遭到藐视。马戏团的狗在驯兽师响鞭时就会跃起，但真正训练有素的狗在没有鞭子的时候也会翻跟斗。这就是我们这个三百年来没有打过内战的国家所沦落的境地。

下面是一个有时候会当作智力测试的小问题。

一个人从家里出发，向南边走了四英里，开枪打死了一头熊。然后他朝西边走了两英里，然后朝北边又走了四英里，就又回到了自己的家里。请问那头熊是什么颜色的？

有趣的地方是——根据我自己的观察——男人总是能回答出这个问题，而女人不行。

随意集·三十三

1944 年 7 月 14 日

我收到了几封来信，其中有几封语气非常愤慨，斥责我对薇拉·布里顿小姐的反轰炸政治宣传手册的评论。有两点似乎需要进行更深入的探讨。

首先是那番正变得像是家常便饭的指责，说"事情是我们挑起的"，即英国是第一个对平民进行系统性轰炸的国家。我几乎无法理解任何对过去十几年来的历史有所了解的人怎么能说出这样的话。这场战争的始作俑者——如果我记得没错的话，是在递交宣战的几小时之前——是德国轰炸华沙。德国人对这座城市进行了狂轰滥炸，火力如此猛烈，根据波兰人所说，有 700 场大火在同一时间燃起。他们拍摄了一部华沙毁灭的电影，起名为《火的洗礼》，发往全世界，目的是震慑中立国家。

这件事的前几年，希特勒派遣秃鹰军团①到西班牙对西班牙

---

① 秃鹰军团（the Condor Legion）：受纳粹政权派遣，由德国空军和陆军志愿者组成的干涉西班牙内战的军事组织，活动时间从 1936 年 7 月到 1939 年 3 月。

城市逐一进行轰炸。1938年对巴塞罗那的"沉默轰炸"在几天内杀害了数千人。在此之前，意大利对毫无防备的阿比西尼亚人进行轰炸，并夸耀他们的肆虐是非常有趣的事情。布鲁诺·墨索里尼在新闻报道中将那些被炸的阿比西尼亚人形容为"宛如绽放的玫瑰"，据他所说，那是"最美妙的事物"。而日本人从1931年来就一直在轰炸人口稠密的中国城市，自1937年以来更是变本加厉，这些城市甚至连空袭警报措施都没有，更别说任何防空炮或战斗机了。

我并不是在争辩说"错上加错就是对的"，也不是在说英国的记录就好到哪里去。从1920年起，在几场"小规模战争"中，英国皇家空军往没有能力反击的阿富汗人、印度人和阿拉伯人头上投过炸弹。但要说以制造恐慌为目的对人口稠密的都市地区实施大规模轰炸的始作俑者是英国人却是有悖事实的。这种行径是法西斯国家挑起的，只要空袭战对他们有利，他们就会公然而清楚地说出自己的目标。

另一件需要探讨的事情是鹦鹉学舌般的"杀害妇孺"的呼喊。这一点在前面我已经指出过，但显然需要再次强调，杀害什么人都有的群体或许要比只杀害年轻男子要好一些。如果德国人刊登的数字属实的话，我们已经通过空袭杀害了120万平民，这一人命的损失对德国民族的伤害或许比不上在俄国前线或非洲和意大利前线的损失。

任何进行战争的国家都会尽力保护它的儿童，在空袭中遇难的儿童的数字或许与他们在总人口中的百分比不成比例。女人无法像儿童那样受到同等程度的保护，但如果你能接受杀戮，那么反对杀害妇女的抗议就只是在无病呻吟。为什么杀害女人就要比杀害男人更加糟糕？通常会提出的理由是杀害女人就是在杀害哺育孩子的人，而男人是多余的。但这是建立在人类可以像动物那样进行繁衍的观念之上的谬误。在这个想法背后的理念是由于一个男人能够让很多女人怀孕，就像一头得奖的公羊能让数千头母羊怀孕一样，因此男性生命的损失并不是那么重要。但是，人类不是牲畜。当战争的屠杀使得女人的数量过剩时，大部分这些女人并没有养育孩子。男性的生命在生物学的意义上几乎和女性的生命一样重要。

在上一场战争中，大英帝国丧失了将近100万男子，其中有四分之三来自英伦诸岛。大部分人都在三十岁以下。如果那些年轻人只生一个孩子，我们现在本来应该会多出75万年龄在二十岁左右的人口。法国遭受的损失要惨重得多，它还没有从上次战争的屠戮中恢复过来，英国是否完全恢复也尚未可知。我们还没办法计算当前这场战争的伤亡数字，但上一场战争杀害了1000万到1200万的青年男子。要是它和下一场战争一样用的是飞弹、火箭和其它远程武器，男女、老少、健康人与病人一律通杀，或许它对欧洲文明的破坏还会轻一些。

与我收到的一些来信所认为的恰恰相反，我对空袭并不抱以热情，无论是我们发起的还是敌人发起的。和这个国家的许多人一样，我烦透了轰炸。但我反对的是接受以武力为手段，却叫嚷着反对这个武器、反对那个武器的伪善，或谴责战争却想维护使得战争变得无可避免的社会体制的惺惺作态。

1940年我在日记里写道，一年之内商业广告将从墙上消失。当时这似乎很可能发生，而一两年后广告确实正在消失，虽然要比我所预料的慢一些。广告的数目和尺寸都在缩小，来自各个政府部门的告示正逐渐在墙壁和报纸上取代它们的位置。仅从这一方面进行判断，你或许会说商业主义确实正在走向衰落。

然而，过去两年来，商业广告虽然内容傻帽势利，却已经卷土重来。我认为近几年来最烦人的英国广告当数那些玫瑰牌青柠汁的广告，以"年轻绅士"为主题，还有那些佩尔汉·格伦威尔·沃德豪斯①式的对话。

"我想今天早上你没有看到我最好的状态，詹金斯。昨晚玩得好开心。你的年轻主人畅饮红色的葡萄酒和黄色的威士忌。说句粗俗的，我现在头都大了，你觉得医生会开什么药呢，詹金斯？"

"您不介意我直言的话，先生，一杯苏打水加玫瑰牌青柠汁或许能起到效果。"

"那就去弄吧，詹金斯！你一直是我的向导、哲学家和朋友。"等等等等。

当你想到这个广告出现在，比方说，每一场电影节目中，每一个去电影院看戏的人至少会幻想过上秘密的梦幻式生活，在里面他觉得自己是一个时尚的年轻男士，有忠诚的老仆时，任何剧烈的社会变化的前景就被视而不见了。

还有那些洗发水广告，它们告诉你达芬妮因为有一头清爽而又光泽的秀发而被提拔进空军妇女辅助队。但这些广告不仅让人想入非非，而且会让人误解，因为每次经过一群群隶属辅助空军妇女辅助队、本土防卫妇女辅助队或皇家海军妇女辅助队的女军

---

① 佩尔汉·格伦威尔·沃德豪斯(Pelham Grenville Wodehouse，1881—1975)，英国幽默作家，代表作有《懒汉俱乐部》、《吉夫斯和伍斯特故事集》、《弗莱德叔叔》等。

官时，我总是会想到，至少女性在军中的晋升与样貌无关。

随意集·三十四

1944 年 7 月 21 日

我刚刚找到了我那本萨缪尔·巴特勒的《笔记》，是第一辑的完整版，由乔纳森·开普出版社于 1921 年出版。它已经有二十一个年头了，而且由于在缅甸搁了几个雨季，情况糟得不能再糟了，但至少它还在，实在是太好了，因为这是一本那种家喻户晓却再也找不到的书籍。开普出版社后来在"旅行者图书馆"系列中发行了一本删节版，但这个版本的质量并不令人满意，而 1934 年出版的第二辑没有收录多少有价值的内容。只有在第一辑里你才能找到巴特勒在达达尼尔海峡采访一位土耳其官员的故事，他描写自己怎么买到新下的鸡蛋，以及他拍摄一位晕船的主教的尝试，还有其它类似的琐碎小事，这些内容在某种程度上要比他的主要作品更有价值。

巴特勒的主旨现在似乎不是很重要了，或因为重点强调的错误而受到损害。除了生物学家，现在谁会在乎达尔文的进化论与巴特勒所支持的拉马克①的演变论究竟孰对孰错？进化论的整个问题似乎没有以前那么重要了，因为我们不像维多利亚时代的人，我们不觉得由动物演变而来会冒犯人类的尊严。另一方面，巴特勒总是在如今我们看来非常重要的事情上让人哑然失笑。例如：

---

① 让-巴蒂斯特·德·拉马克（Jean-Baptiste de Lamarck，1744—1829），法国生物学家，对进化论提出了"用进废退"与"获得性遗传"两个法则，达尔文在《物种起源》一书中曾多次引用拉马克的著作。

"要辨别人类的主要人种和亚种，现在不能在黑人、切尔克斯人、马来人或美洲土著人中寻找，而要在富人和穷人中寻找。这两种人在生理组织上的差异要远远大于所谓的人种之间的差异。富人（从新西兰到英国）想去哪儿就去哪儿，而穷人的腿脚则被看不见的不幸所捆绑，无法跨越某些狭窄的限制。富人和穷人都无法理解这一哲理，也不愿承认那些能够在名下拥有半岛与东方蒸汽航运公司[1]轮船的一小部分股份的人是比那些无法做到的人更加高度进化的个体。"

在巴特勒的作品中有不计其数的类似描写。你会很容易以马克思主义的观点去理解它们，但重点是，巴特勒本人并不是这么想的。说到底他在思想上是一个保守派，虽然他对基督教信仰和家庭体制的抨击很成功。贫穷让人消沉，因此，小心点，不要变成穷人——这就是他的反应。因此就有了《众生之路》中那个狗尾续貂的结局，与前面的现实主义描写形成了古怪的反差。

但是，巴特勒的作品经得起时间的考验，远比那些更加热情的同时代作者如梅雷迪斯[2]和卡莱尔[3]更出色，一部分原因是他从未失去用眼睛观察，为细小的事物感到愉悦的能力，一部分原因是在狭义的技巧方面他的文笔非常好。拿巴特勒的散文与梅雷迪斯的扭曲或斯蒂文森的矫情相比较，你会看到，纯粹只是尝试不

---

① 半岛与东方蒸汽航运公司（the P. & O., Peninsular and Oriental Steam Navigation Company）。

② 乔治·梅雷迪斯（George Meredith, 1828—1909），英国作家、诗人，代表作有《利己主义者》、《哈利·里奇蒙历险记》等。

③ 托马斯·卡莱尔（Thomas Carlyle, 1795—1881），苏格兰作家、历史学家，代表作有《法国大革命》、《论英雄与英雄崇拜》等。

卖弄小聪明就足以获得巨大的优势。巴特勒本人对这个问题的想法值得一提：

> "我还不知道有哪个作家靠雕琢文风能让其作品拥有可读性。柏拉图曾经写一句话改了七十遍，这就足以让我知道为什么我不喜欢他。一个人可以而且应该花费许多心思在把文章写得清晰明了和铿锵动听上面，他将把许多句话写上三四遍——再改下去的话就还不如不改了。他会非常用心地注意不要重复自己说过的话，精心编排他的材料，让他的读者能最好地了解它，将多余的词语删掉，甚至删去无关紧要的材料，但在每一种情况中，他所想到的不是自己的风格，而是为了读者着想……在此我宣布，我从来不曾花半丁点儿心思在我的文风上，从来没有想过这个问题，不知道也不想知道它到底是不是一种文风，我相信并希望它能做到平常朴素和直接干脆。我无法想象有人能够花心思去琢磨自己的文风而不让自己和读者蒙受损失。"

不过，巴特勒以他独特的风格补充道，他花费了不少工夫在练字上。

社会主义者应该准备好面对一个论点，它是为基督教辩护的人和新悲观主义者如詹姆斯·伯恩汉姆等人经常提起的，那就是所谓的"人性"的永恒。社会主义者被指责认为人类是完美的，然后又指出人类的历史事实上就是一部漫长的贪婪、劫掠和压迫的历史——我想这是不公道的。他们说人类总是会想方设法盖过自己的邻居，他们总是会为了自己和家人尽可能多地敛财。人类的本质是邪恶的，靠立法是不能让他们变好的。因此，虽然经济上的剥削能够在一定程度上得到控制，消灭阶级的社会是永远不可能实现的。

在我看来，正确的答案是，这一争论属于石器时代。它的前提是物质产品总会非常稀缺。人类的权力欲确实是一个严肃的问题，但没有理由认为对于财富的贪欲是永恒的人性特征。我们在经济问题上是自私的，因为我们都生活在对贫穷的恐惧中。但当一样东西并不稀缺时，没有人会尝试去抢夺比他应得的份额更多的东西。比方说，没有人会将空气割下一角。百万富翁和乞丐都满足于自己所能呼吸到的空气。再举一个例子，水。在这个国家我们不缺水。要说真有问题，那是我们的水太多了，特别是在法定假日的时候。结果，我们总是不会去想到水。但是，在北非的干旱国家，缺水会引起何等的嫉妒、仇恨和骇人听闻的犯罪！任何物品的情况都是一样。如果它们能被大量生产，而这本不是一件难事，没有理由无法在几代人内消灭人类追求利益的本能。说到底，如果人性真的亘古不变，为什么现在我们不再同类相食了呢？而且我们甚至不想这么做。

再来一则脑力急转弯。

一个商人每天七点半乘一趟从伦敦开往郊区的火车回家。一天晚上，一个看更的刚好上班值勤，拦住了他，说道：

"抱歉，先生，但我建议您今晚别赶平时那列火车。昨晚我梦见那列火车撞车了，里面一半的乘客死掉了。或许你会觉得我是迷信，但那个梦是如此生动，我无法不认为那是一个警示。"

那个商人感触很深，于是等候搭乘了下一班火车。第二天早上，当他打开报纸时，果不其然，那趟火车出事了，许多人死于这场事故。那天晚上，他派人叫来那个看更的，对他说道：

"我得感谢你昨天的警示。你救了我的命，作为回报，我会给你30英镑作为报答。而且我得提醒你，你被解雇了。从今天算起，提前一个星期通知你。"

这是忘恩负义之举，但那个商人这么做绝对合情合理。为什么？

随意集·三十五
1944 年 7 月 28 日

几年前在写一篇关于男生周刊的文章时，我对女性报刊作了一些随意的评论——我指的是那些两便士一份的女性报刊，它们经常被称为"言情读物"。在众多的读者来信中，这篇文章引来了一封长信，是一位为《幸运星》、《黄金之星》、《琴报》、《秘密》、《神谕》和几份类似的报纸撰稿的女士写的。她的主要观点是，我说那些报纸的目的是创造对财富的迷梦是错的。它们的故事"根本不是灰姑娘式的故事"，并没有利用"她嫁给了老板"这一主题。我的来信者还补充说：

"失业总是被提起——相当频繁……当然，救济金和工会则从未被提起。这或许是受到这几家最大的女性杂志出版社都没有设立工会这件事的影响。没有人被允许批评体制，或揭露阶级斗争的实情，社会主义者这个词从来不被提起——所有这些都是千真万确的事情。但或许可以补充有趣的一点，那就是，阶级情感并没有完全消失。有钱人总是吝啬、凶残和狡猾的挣钱机器。那些有钱有闲的纨绔子弟几乎总在想着和女人偷情，而女主角则被她那强壮勤奋的工友给救出来。开着汽车的人总是'坏人'，而穿着剪裁得体的昂贵西装的人几乎都是骗子。大部分这些故事的理念就是，即使当上银行经理的妻子，有高收入也不代表幸福。有一个正直善良的丈夫，即使生活再穷，还有好几个孩子要养，住的是一间'小茅屋'，生活也是美好的。这些故事刻意要表现贫贱生活并非真的那么糟糕，至少你是诚实快乐的人，而财富则会招来麻烦和损友。穷人被鼓励追求道德上的价值，因为这是他们所能做到的。"

我可以在这里进行许多评论，但我选择探讨关于穷人的道德优越性和没有被提及的工会和社会主义。无疑，这确实是刻意为之的方针。我确实在一份女性报纸上读到过一则描写煤矿罢工的故事，即使在这一情境中，行业工会主义也没有被提起。当苏联参战时，一份这种报纸立刻及时跟进，开设了一个名为"她的苏维埃爱人"的连载专栏，但我们或许可以肯定马克思主义不会是主题。

事实上，这种穷人在道德上的优越感是统治阶级捣鼓出来的最致命的逃避现实的幻想。你任人践踏和欺骗，但在上帝的眼中你要比压迫你的人更优越，通过电影和杂志等形式，你能意淫自己凌驾于那些在现实生活中打败你的人之上。在任何希望取悦广大群众的艺术形式中，一个富人战胜一个穷人是几乎闻所未闻的事情。富人总是"坏蛋"，他的阴谋诡计总是会受到挫折。"善良的穷人打败有钱的坏蛋"是为人所接受的公式，而如果情况调转过来的话，我们就会觉得哪里出了严重的差错。在电影里和廉价杂志里这是显而易见的，而最显而易见的或许就是那些老默片，它们在不同的国家上映，必须吸引三教九流的观众。观看电影的大部分人是穷人，因此把穷人设为主角是明智之举。电影巨头、报业大亨等人靠宣扬"财富是邪恶的"而大肆敛财。

"善良的穷人打败有钱的坏蛋"只是"天上掉馅饼"的更加隐晦的版本。它是阶级斗争的升华。只要你能把自己想象成一个"强壮勤奋的修车工人"，打败某个财大气粗的恶棍，事情的**真相**就会被忘却。这是比幻想财富更加高明的逃避。但奇怪的是，这些女性报刊还是反映了现实，不是通过故事，而是通过读者来信专栏，特别是那些提供免费医疗建议的报纸。在那里你可以了解到关于"坏腿"和痔疮的让人揪心的故事，由那些使用"某位患者"、"九个孩子的母亲"和"便秘久患"等化名的中年妇女写就。比较一下这些信件和紧挨着它们的言情故事，你就会理解白日做梦在现代生活扮演着多么重要的角色。

我最近在读亚瑟·科斯勒的小说《角斗士》，里面描写了公元前70年斯巴达克斯领导的奴隶起义。这算不上他最好的作品之一，而且不管怎样，任何描写古代奴隶起义的小说都会被拿来和福楼拜①描写迦太基雇佣军起义的杰出小说《萨朗波》进行比较。但它让我想到为人所熟知的奴隶的数量是那么少。我只知道三个奴隶的名字——斯巴达克斯本人、著名的伊索——据说他曾是一个奴隶——和哲学家爱比克泰德②，他是那些博学的奴隶之一，古罗马的王公贵族喜欢让他随行。其他奴隶甚至连名字都没有。比

---

① 古斯塔夫·福楼拜（Gustave Flaubert，1821—1880），法国现实主义作家，代表作有《包法利夫人》、《萨朗波》等。
② 爱比克泰德（Epictetus，55—135），古罗马新斯多葛学派哲学家，其思想言论被弟子收录入《手册》中。

方说，我们不知道——至少我不知道——那些营造金字塔的无数劳力中哪怕一个人的名字。我想斯巴达克斯是有史以来最广为人知的奴隶。五千多年来，人类文明建立在奴隶制之上。但当一个奴隶的名字名留青史时，那是因为他没有遵守不得违抗的命令，而是揭竿而起。我想这其中自有让那些和平主义者学习的道理。

虽然火车里人满为患（16个人挤在一节设计只载10个人的车厢里如今是很普遍的事情），我注意到头等车厢和三等车厢的差别确实回来了。在战争的早前一些时候，它几乎消失了。如果你被挤出三等车厢，你会理所当然地走进头等车厢，没有人会查问你。现在你得买不同价格的车票——至少，如果你选择坐票的话——尽管要在火车的其它地方找到一个位置几乎是不可能的事情。（我相信你可以拿着三等车厢的车票到头等车厢去，但你得全程站着。）几年前，铁路公司可不敢强制实施这一区别对待。通过这些细小的迹象（顺便说一下，另一个迹象就是晚礼服正从放了樟脑球的衣柜里被拿出来穿了），你可以判断那些高层人物心里是不是踏实，觉得表现出何等程度的倨傲无礼是安全的。

上周我们刊登了一封非常蛮横无理的来信的部分内容，是关于那首名为《俄巴底亚书霍恩布鲁克的小小启示》的反战诗歌，信中作了如下评论："我很惊讶你们把它刊登出来了。"其它信件和个人评论大致上也是这些内容。

和我们这位来信者一样，我不认同《俄巴底亚书霍恩布鲁克》这首诗，但那并不是一个拒绝刊登的充分理由。每份报纸都有其政策，在政治版块它会坚持自己的政策，基本上是排他性的。采取别的做法会是蠢事一件。但一份报纸的文学版块则是另一回事。当然，即使在那里，也没有报纸会提供版面刊登对它的立场发起直接攻击的内容。比方说，我们不会发表一篇颂扬反犹主义的文章。但在取得最起码的共识的前提下，文学上的价值才是唯一重要的。

而且，如果这场战争真的有什么宗旨，那它就是一场支持思想自由的战争。我不会说我们在道德上比我们的敌人更优越，说英帝国主义比纳粹主义事实上更加卑劣也不无道理。但两者的区别确实存在，是无法抵赖的，那就是：在英国你相对自由一些，拥有言论和出版自由。就算是在大英帝国最黑暗的地区，比如说印度，那里也要比一个极权主义国家拥有更多的言论自由。我希望一直保持这样，有时候听一听不受欢迎的意见，我认为这对言论自由有所帮助。

随意集·三十六

1944 年 8 月 4 日

提到密集轰炸，一位和我意见完全相左的来信读者补充说道，他绝不是一个和平主义者。他说他知道必须击败那些"德国鬼子"。他只是反对我们现在所采取的野蛮手段。

现在我觉得往人们头上投炸弹比起把他们叫做"德国鬼子"所造成的伤害要小一些。显然，如果可以避免的话，没有人想要造成伤亡，但我并不觉得一味的杀戮是最重要的。再过不到一百年我们就都将死去，大部分人的死法是被称为"自然死亡"的肮脏恐怖的死状。真正的邪恶是兴风作浪，破坏宁静的生活。战争对文明的结构所造成的伤害不在于它所造成的毁灭（战争的净效应甚至或许能促进世界整体生产力的发展），甚至不是对人类的屠戮，而是煽动仇恨和虚伪。你能对他作出的最深刻意义上的不义之举并不是枪杀你的敌人，而是对他的仇恨，对他制造的种种谎言并让自己的孩子长大后相信这些谎言，要求签署不公平的和平协议，使得未来无可避免会继续发生战争，你摧毁的不是一代人，而是整个人类本身。

可以看到，最不受战争歇斯底里症影响的人正是那些士兵。在所有人当中，他们最不痛恨敌人，不会被谎话连篇的政治宣传所蒙蔽，也不想要报复式的和平。几乎所有的士兵——甚至包括和平时期的职业军人——都对战争抱以理性的态度。他们知道战争是讨厌的，但在很多情况下或许是必需的。一个平民很难体会到这一点，因为士兵的超脱态度一部分是源于他们身心疲惫，对危险有着清醒的警觉，而且和他自己的战争机器一直在起矛盾。那些吃好喝好舒舒服服的市民情绪更加高涨，他们倾向于将情绪用于痛恨某些人——如果他们是爱国者，痛恨的对象就是敌人，如果他们是和平主义者，痛恨的对象就是自己人。但这种战争情绪是可以与之抗争并将其征服的，就像对子弹的恐惧是可以克服的一样。问题是，"和平誓约联盟"和"拒绝战争社"[①]在看到战争情绪时都不知道它为何物。与此同时，在这场战争中，像"德国鬼子"这样的侮辱性蔑称并没有引起广泛的公众注意，这件事在我看来是一个好的征兆。

我总是觉得，上一场战争中最让人愤慨的一件事情并不是以

---

① 拒绝战争社（the Never Again Society），由芬纳·布洛克威（Fenner Brockway）发起的反战和平组织。

杀人为目标的——恰恰相反，它或许拯救了许多生命。在德国人大规模进攻卡波雷托之前，他们对意大利军队散播了大量宣扬社会主义的假传单，里面声称德国士兵准备枪杀他们的军官，和他们的意大利同志团结在一起，等等等等。许多意大利人信以为真，前去与那些德国人套近乎，结果沦为战俘——我相信他们因为头脑简单而被嘲笑。我听过有人为这一做法辩护，说它是体现了高度智慧和人文关怀的作战方式——如果你唯一的目的就是拯救生灵，那它确实是这样。但是，像这样的策略对人类团结的根基的摧毁是单纯的暴力手段所无法企及的。

我看到围栏正在回来——只有木头的，确实如此，但还是围栏——在一座又一座伦敦广场竖立起来。于是，那些奉公守法的居民又能用到他们珍藏的钥匙了，可以把穷人的孩子拦在外面。

公园和广场的围栏被拆除的一部分原因是收集生铁，但拆除围栏也被视为一个民主的姿态。现在有了更多的绿地向公众开放，你可以整天待在公园里，不用在关门的时候被板着脸的管理员赶出去。人们还发现这些围栏不仅没有必要，而且还很丑陋。公园开放后，让人觉得很亲切，很有田园气息，这是以前所没有的，改善之大几乎让人认不出来。要是那些围栏能永远消失的话，或许还会有另一项改善。沉闷的月桂和水蜡树的树篱——这些植物并不适合英国，而且总是布满了灰尘，至少在伦敦是这样——或许会被掘出，由花圃取代。和围栏一样，它们摆设在那里是为了防止人们进出，但就像其它改革措施一样，那些高层想方设法避免这一改革。到处都在竖起木制的围栏，耗费多少劳力和木材也在所不惜。

我在国民自卫队里的时候，我们总是会说引入鞭刑将会是一个不好的兆头。我相信这件事情还没有发生，但所有细微的社会征兆都指着同一个方向。最糟糕的征兆——如果托利党赢得大选，我想这件事马上就会发生——伦敦的街头又会出现高礼帽，不只是送葬人和银行信差在戴。

我们希望能在不久之后就玛丽·帕内特夫人①所写的《巷子》这本不同寻常的书进行评论——我希望借此机会引起读者对它的关注。该书的作者是，或者说，曾经是一家儿童俱乐部的义工。这本书揭露了伦敦有的儿童仍然成长在几乎可以用野蛮加以形容的环境里。但是，这些环境是否将因为战争而恶化则尚未可知。我想读一读关于战争对于儿童的影响的权威记述——我相信应该还有像这样的书，但我不知道哪一本。数十万的城镇儿童已经被转移到了郊区，许多儿童的学业中断了好几个月，其他儿童对于炸弹有着恐怖的经历（在战争初期，一个八岁的女孩被转移到哈福德郡的一个村子里，她对我说她经历了七次轰炸），有的儿童一直睡在地下防空洞里，有时候一住就是一年。我想知道这些城镇的儿童对乡村生活适应到什么程度——他们是不是对鸟兽更感兴趣了？还是说他们一心只想着回电影院——青少年犯罪是不是有了显著的增加？帕内特夫人笔下的那些孩子几乎就像俄国革命所造就的那些"野孩子"帮派。

---

① 玛丽·帕内特(Marie Paneth，1895—1986)，奥地利籍女教师，战时曾在英国，担任美术教师，帮助遭受战争影响的儿童，并于战后继续以美术教育的方式帮助集中营幸存的儿童治疗心理创伤。

回到十八世纪，当时印度的细棉纱布令世界啧啧称奇，一位印度国王派遣一位使节觐见路易十五，希望达成通商协议。他知道在欧洲女人拥有莫大的政治影响力，那些使节给她们带去了一捆昂贵的细棉纱布料子，他们奉命将其献给路易十五的情妇。不幸的是，他们的情报落后了：路易十五轻佻的爱情已经转到别人身上，这些细棉纱布料子送到了一个业已失宠的情妇那里。出使失败了，使节们回到国内都被砍了头。

我不知道这个故事是否有道德寓意，但当我看到我们的外交部喜欢交往的那些人时，我总是会想起这个故事。

随意集·三十七

1944 年 8 月 11 日

几天前一个西非人写信告诉我们伦敦有一间舞厅最近开设了"白人专享酒吧"，或许是为了取悦那些美国士兵，他们可是重要的客户。我们给那间舞厅的管理层打了几通电话，得到以下答案：一、"白人专享酒吧"已经取消了；二、从一开始就根本没有推行过。但我认为给我们通风报信的人的指控并非空穴来风。最近有一些类似的事件发生。比方说，上个星期地方治安法庭受理了一件案子，揭露了这么一个事实：一个在这里工作的西印度群岛的黑人被拒绝进入一间娱乐场所，当时他还穿着国民自卫队的队服。还有许多印度人、黑人和其他人在酒店吃了闭门羹的例子，理由是"我们不招呼有色人种"。

保持警觉防止这种事情的发生非常重要，一旦它发生了就要闹得满城皆知。因为这是那种只有吵起来才能得以解决的事情。在这个国家没有法律反对歧视有色人种，而且民众的肤色情绪并不强烈。（这并不是因为英国人与生俱来的美德——我们在印度的行径证明了这一点，而是因为在英国本土并没有肤色问题。）

　　麻烦事总是以同样的方式发生。一间酒店、一间餐馆或别的什么地方有很多有钱人光顾，他们不喜欢和印度人或黑人在一起。他们告诉老板除非他设立一间白人专享的酒吧，否则他们就上别处去。或许他们只是一小撮人，或许老板并不认同他们的看法，但对他来说失去好顾客是很艰难的事情，于是他设立了白人专享的酒吧。如果公众舆论保持警觉，并对任何侮辱有色人种的场所进行负面宣传，这种事情是不可能发生的。任何人只要有证据证明肤色歧视确实发生过，他都应该将其曝光。否则，我们当中那一小撮有肤色歧视的势利鬼就会不停地制造麻烦，而英国人作为一个民族也会背上本不应有的骂名。

　　在二十世纪二十年代，当美国游客就像香烟售卖亭和锡尿壶一样成为巴黎的景致时，就连在法国也开始出现白人专享的酒吧。那些美国人花钱如流水，那些餐厅和其它场所的老板无法对他们置之不理。一天晚上，在一间非常出名的咖啡厅的一首舞曲中，几个美国人对一个黑人和一个埃及女人的出现提出了反对。在作了几次软弱的抗议后，老板让步了，那个黑人被请了出去。

　　第二天早上发生了可怕的骚动，那个咖啡厅的老板被带到一位政府部长的面前，被威胁将受到指控。原来那个受到侮辱的黑人是海地大使。像那种身份的人总是能够得到满意的结局，但我们中的大部分人并没有那么幸运贵为大使，那些普通的印度人、黑人或中国人只能靠其他愿意挺身相助的普通人才能免遭这些微小的侮辱。

这个星期《论坛报》的读者会注意到雷吉纳德·雷诺兹先生在书评《德国人需要什么》中一再表现出他似乎相信一则关于英国部队以平民为人质发起进攻的故事。为了表示消息的权威,他引用了《新闻纪实报》一则没有日期的非正式报道。

这种以平民为人质实施进攻的事情是战争宣传史中非常爱用的一个老招数。1914年时德国人被指控使用这一手段,到了1940年这一指控再次出现。但如果指控针对的是德国人,雷诺兹先生会不会相信呢?我表示非常怀疑。他会立刻斥之为"捏造出来的暴行故事",而它的确是捏造出来的。碰巧的是,他所引述的权威媒体《新闻纪实报》上周从诺曼底前线报道了另一桩历史悠久的暴行——将女人浇上汽油,然后点火。(这是过去三十年来的战争中经常使用的宣传手段。那些女人最好是修女。《新闻纪实报》说她们是女教师,或许是仅次于修女的报道材料。)我很肯定雷诺兹先生也会拒绝相信那则报道。只有当这些故事是关于己方时,在一个抵制战争的人的眼中,它们才会是真的或值得相信的;就像对于毕灵普分子来说,当故事是针对敌人的时候它们才会是真的或值得相信的。

我怀疑抵制战争的人的态度并不见得比毕灵普分子的态度更优越,大体上我甚至觉得它们并没有什么不同。近年来,许多和平主义者和抵制战争的人都很肯定地告诉我所有关于纳粹分子暴行的故事——集中营、毒气车、橡胶警棍、蓖麻油和其它种种——都只是英国政府散布的谎言。如果它们不是谎言,那我们自己也在做出同样的事情。所有关于敌人的报道都是"战争宣传"，而正如我们从1914年至1918年的经历中所了解到的，战争宣传都是靠不住的。

一点不错，1914年至1918年确实谎言连篇，但我想说的是，这一次情况大不一样。因为这一次那些暴行故事并不是在战争开始后才出现的。恰恰相反，大部分故事是在1933年至1939年这段时间出现的。在那个时候，整个文明世界惊恐地看着在法西斯国家所发生的事情。而且这些故事不是由英国政府或任何政府散布的。

各个地方的社会主义者和共产主义者相信这些故事，并将其传播开来。全体欧洲的左翼人士，包括大部分和平主义者，都相信集中营、大屠杀和其它种种惨剧确有其事。数以十万计的逃离纳粹国家的难民也相信这些惨剧是真的。因此，如果关于纳粹暴行的故事都是谎言的说法是真的，那我们就必须接受下面两种情形中的一种：要么，一、在1933年至1939年间上千万社会主义者和数十万难民对于集中营集体产生了幻觉；要么，二、惨剧是在和平时期发生的，但战争一打响就停止了。

我认为这两种情况都无法让人相信，反对纳粹的理由一定在根本上是真实的。纳粹主义是极其邪恶的事情，它做出了当代空前的暴行。它绝对要比英国的帝国主义更加糟糕，但后者也有许多罪行要加以清算。在我看来，不接受这一点是不切实际的。

有时候怀疑会变成轻信。一位年轻的和平主义者写信告诉我，"贝德福德公爵知道——我可以向你保证这是真实的——希特勒是个好人，他希望能和他进行会谈，让他改邪归正。"我告诉他恰恰相反，希特勒不是一个好人，有大量的证据可以证实这一点。当然，我不知道关于贝德福德公爵的事情是否属实。但如果属实的话，那我认为他的看法与任何一个肥头大耳的《每日电讯报》读者的看法没有什么不同，他们一边抨击 V 型飞弹，一边却对数百万印度人饿死毫不关心。

随意集·三十八
1944 年 8 月 18 日

提到我关于伦敦各个广场的那些围栏的评论，一位来信读者写道：

"你所说的广场是公共还是私人场所？如果是私人场所，我觉得你那些平淡无奇的评论无非就是提倡盗窃，就应该被归为此类言论。"

如果将英国的土地归还英国的人民是盗窃，那我很乐意将其称为盗窃。我的那位写信人热情地捍卫私有财产，却没有停下来想一想那些所谓的地主是怎么获得土地的。他们纯粹依靠暴力攫取土地，然后聘请律师给他们补上地契。在 1600 年到 1850 年间的圈地运动中，这些土地掠夺者甚至没有外国征服者的理由，他们就赤裸裸地将自己的国民继承得到的土地剥夺走，没有任何理由，就凭他们有权力这么做。

除了极少数幸存的公地之外——高速公路、国家信托的土地、相当一部分数量的公园和潮汐标志线下的海岸——每一英寸的英国土地都被数千户家庭所拥有。这些人就像绦虫一样毫无益处。居者有其屋是理想，一个农民应该拥有他实际能耕种的土地或许也是理想。但一座城市的地主没有贡献，也没有存在的理由。他只是一个找到如何压榨公众的方式而毫无回报的人。他把房租越提越高，他使得市镇规划变得越来越困难，不让孩子们到绿地上玩，基本上他干的就是这些，除此之外就是收租。拆除广场的围栏是反对他的第一步。这是非常微小的一步，却是意义深远的一步，而眼下恢复围栏的行动证实了这一点。近三年来，广场一直对外开放，它们神圣的草坪被工人阶级的孩子们的脚踩平了，那一幕情景让食利阶层咬紧了他们的假牙。如果这就是盗窃，我要说的就是，盗窃是更加正当的事情。

我注意到，又有人在严肃地谈论在战后尝试吸引游客到这个国家来。据说这将带来可观的外汇收入。但可以肯定地预言，这一尝试将以失败告终。除了许多其它困难之外，我们的营业牌证法律和人为地抬高饮品价格就足以将外国人拒之门外。为什么在本国只花六便士就能买一瓶红酒的人会到一个一品脱啤酒就卖一先令的国家呢？但即使是这些价格也比不上那些白痴法律，他们允许你在十点半买一杯啤酒，却不许你在十点二十五分去买，而且他们竭尽所能把小孩子拒之门外，将酒吧变成光是喝酒的地方。

和大部分别的民族相比，我们遭受的是怎样的蹂躏啊，这一点从一件小事中就可窥见一斑，就连那些与"禁酒运动"毫无关系的人也无法想象我们的营业牌证法律是可以修改的。当我建议酒吧应该可以在下午营业或一直营业到午夜时，我总是得到同样一个答案："第一批出来反对的人会是那些酒吧老板，他们可不想一天营业十二个小时。"你看，人们觉得营业时间无论长短，都应该接受法律的约束，即使是一个人的小生意。在法国和其它国家，咖啡厅的老板可以随心所欲地开门营业或关门。如果他愿意的话，他可以二十四小时通宵经营。而反过来，如果他想将咖啡厅关掉，离开一个礼拜，他也大可以这么做。在英国，这种自由我们已经有将近一百年没有体验到了，人们几乎没办法想象出这种事情。

英国是一个应该能够吸引到游客的国家。它有非常漂亮的风景、温和的气候、无数迷人的村庄和中世纪的教堂、上好的啤酒和风味自然爽口的美食。如果你可以想去哪儿就去哪儿，而不是被铁丝网和"擅入者将被控告"的木板拦住，如果承包建筑商没有获准将一座大城镇方圆十英里内的每一处宜人的景致彻底破坏，如果你在什么时候都能以正常的价格买到一杯啤酒，如果在一间乡村旅馆吃到一顿能入口的饭菜是很平常的事情，如果星期天不会被人为地弄得那么惨兮兮的，那还可以指望外国游客会到这儿来。但如果那些事情实现的话，英国就不再是英国，我想我们得找出某种与我们的国民性更加相符的获取外汇的手段。

虽然我号召反对"jackboot"（长统靴）这个词——我并非孤家寡人——但我注意到在报纸的专栏里，"长统靴"仍像以往一样被广泛使用。最近我甚至在《标准晚报》的社论里看到好几个这类词语。但我仍然没有清楚的资料表明什么是"长统靴"。那是一种当你想作出暴君的行为时会穿的靴子——似乎每个人所了解的就仅限于此。

除了我之外，还有其他人指出，当战争被写入社论时，它总是会挥舞那些老掉牙的武器。飞机和坦克时不时会出现，但一旦需要唤醒英雄主义情结，唯一会提到的武器就是"sword"（长剑）

（"We shall not sheathe the sword until ..."［我们绝不会将长剑归鞘，直到……］）、"spear"（长矛）、"shield"（坚盾）、"buckler"（圆盾）、"trident"（三叉戟）、"chariot"（战车）和"clarion"（号角）。所有这些武器全都老掉牙了（比方说，战车自公元 50 年起就失去作战功效了），有些武器就连其作用也被遗忘了。比方说，什么是"buckler"呢？有些军事理论家认为它是一面小圆盾，但也有的军事理论家认为它是一面皮盾。我相信"clarion"就是"trumpet"（军号），但大部分人认为"号角响起"只是意味着响亮的声音。

一篇早期的《大众观察报》的报道描写乔治六世的加冕，指出所谓的"国家盛事"似乎总是导致语言复古。比方说，"国家之舟"（政府）出现在官方文章中时，用的词语是"prow"（船舶）和"helm"（航舵），而不像在说现代船只时用"bow"（船首）和"wheel"（舵轮）。至于它在战争方面的应用，使用这类语言的动机或许是出于委婉表达的需要。"We will not sheathe the sword"（我们不会将长剑归鞘）听上去要比"we will keep on dropping block-busters"（我们将继续投下重磅炸弹）要斯文得多，虽然意思上是一样的。

提倡基本英语①的一个理由是，它与标准英语并存，是对那些政客和宣传人员的夸夸其谈的矫正。当唱高调的语言转换成基本英语时，总是出奇地让人泄气。比方说，我让一个基本英语的专家用基本英语讲述这句话："He little knew the fate that lay in store for him."（他对前途命运一无所知。）这句话变成了："He was far

---

① 基本英语，英人 Chewles K. Ogden 和 I.A. Richards 所创，采用 850 个词和简单语法规则。

from certain what was going to happen."（他无法肯定将会发生什么事情。）这句话的感染力大为逊色，但它所表达的意思是一样的。他们告诉我，在基础英语中，一番毫无意义的话语读起来一定就会显得毫无意义——这就足以解释为什么有那么多学究、编辑、政客和文学评论家反对它。

随意集·三十九

1944 年 8 月 25 日

印缅协会是代表生活在欧洲各个社区的群体的非官方团体，奉行以克里普斯的提案为基础的"温和"政策。它给我送来了一些关于缅甸和缅甸战役的资料。

印缅协会义愤填膺地抱怨缅甸在公共宣传这方面一直做得很不到位，不仅公众对于缅甸不感兴趣，虽然在许多方面它有非常重要的地位，而且政府部门甚至没有编出一本吸引人的宣传手册告诉人们缅甸的问题是什么，以及它们和我们自己的问题有什么关系。从 1942 年起，报纸上关于缅甸战斗的报道一直都语焉不详，特别是从政治角度去看。日本人一开始发起进攻，报纸和英国广播公司就将缅甸的所有住民都称为"缅甸人"，甚至将这个名字用于北部边远地区的那些半开化的民族。这不仅就像把瑞典人叫成意大利人那样不靠谱，而且掩盖了日本人得到了缅甸主体民族的支持而少数民族大部分支持英国这一事实。在目前这场战役中，当战俘被接受时，那些报道从来不指明他们是日本人还是缅甸和印度的游击队——这一点非常重要。

几乎所有已经出版的关于 1942 年那场战役的书籍都是在误导

人。我知道自己在说些什么，因为我已经为大部分书籍写过书评。它们要么是没有背景知识和怀着反英偏见的美国记者写的，要么是一心想辩解和掩盖每一件卑鄙事实的英国官员写的。事实上，那些英国官员和军人一直因为并非他们所犯的错误而遭到谴责，而这个国家的左翼人士对这场战役的观点几乎与毕灵普分子的观点一样扭曲。但这个麻烦之所以会出现，是因为政府没有努力去把真相公之于众，因为据我所知，能提供宝贵信息的资料是存在的，但这些资料由于商业上的原因，没办法找到出版社。

我可以举三个例子。1942年，有一个缅甸年轻人，他曾经是德钦党（极端民族主义组织）的成员，并与日本人勾结。他逃到印度，看到日本人在那里的统治是怎样一番景象，改变了他对日本人的看法。他写了一本篇幅不长的书，在印度出版，名为《在缅甸发生了什么》，大部分内容是真实可信的。印度政府以其一贯的马虎作风，只送了两本书到英国来，不多不少。我试过游说好几家出版社重新出版该书，但都以失败告终。他们给出的理由都一样——不值得为一个公众不感兴趣的题材而浪费纸张。后来，一个名叫恩里克的少校——他出版过几本关于缅甸的旅游书籍——带来了一本描写缅甸战役和败退印度的日记。这本日记揭示了很多真相——有好几处地方揭露了不光彩的内容，但它与其它书籍遭受了同样的命运。现在我正在阅读另一份手稿，为缅甸的历史、经济情况、土地佃户制度等等提供了宝贵的背景信息。但我可以和你打个小赌，这本书也不会出版，至少要等到纸张短缺得以缓解为止。

如果这类书籍出版的纸张和金钱没有到位——那些可能会透露许多秘密的书籍，但对于澄清由纳粹同情者散布的谎言会有帮助——那么，政府可不要因为公众对缅甸一无所知且漠然置之的情况而感到惊讶。缅甸的情况和其它重要却被忽视的情况是一样的。

与此同时，在此我要提一个建议。当一份没有商业价值但对于未来的历史学家可能很有用处的资料出现时，它应该被提交给一个由比方说大英博物馆成立的委员会。如果他们认为它具有历史价值，他们应该有能力印几本样书，将它们保存起来，供学者们使用。目前，一份被商业出版社拒绝的手稿几乎总是被丢进垃圾桶里。有多少或许能将已经被接受的谎言加以澄清的机会就这么消失了！

在垃圾书籍充斥书店，而好的书籍却绝版的年代，我很高兴地看到近来伦纳德·梅里克①的一两本小说已经重新发行了廉价本。

在我看来，他是一位没有得到应有的尊重的作家。他一心只想成为一个受欢迎的作家，他有着许多1914年前典型的毛病，而且他认为当时中产阶级的价值观几乎是天经地义的事情。但他的作品不仅诚恳，而且拥有那种所有描写谋生艰难的书籍所拥有的魅力。它们最具特色的描写就是关于艺术家的挣扎，通常都是演员，但其描写与严肃艺术基本没有什么相干，一切都围绕着努力付清房租和同时保持"体面"的艰辛努力。自从读了伦纳德·梅里克的作品，一个旅行演员的生活的种种恐怖——星期天的巡回

---

① 伦纳德·梅里克（Leonard Merrick, 1864—1939），英国作家，代表作有《我本善良》、《凡夫俗子》。

演出和阴风阵阵灯光昏暗的剧院、那些喝倒彩的观众、由"大妈"担任舍监的剧院宿舍、那口白色的搪瓷夜壶和炸鱼经久不散的味道、肮脏卑鄙的勾心斗角和风流韵事、在巡回演出进行到一半时卷款而逃的满口谎言的经理——都在我的心里占据了一个特别的角落。

对于任何想尝试阅读伦纳德·梅里克的人,我要说的是:不要管那些关于巴黎的作品,它们带有威廉·约翰·洛克[①]的味道,读起来很乏味,应该去读《我本善良》、《林奇家族》或《佩吉·哈珀的立场》。《凡夫俗子》题材不同,但也值得一读。

我希望在我的读者中有植物学家能明确地告诉我那种在被轰炸的地点长得很茂盛,开粉红色花朵的野草叫什么名字。

从小我管这种植物叫"柳叶菜"。另一种相似但其实不一样的植物长于湿地,我管它叫"石南"或"法国柳"。但我注意到威廉·比奇·托马斯爵士[②]在《观察者报》的文章中把那种生于遭受轰炸地方的植物叫"石南柳叶菜",把这两个名字结合在了一起。我查阅了一本关于野花的书籍,但没有什么帮助。其他提到这种植物的人似乎把这三个名字调换着使用。我希望弄清楚这一点,就是想知道一个有五十年资历的《自然》通讯记者会不会弄错了。

---

① 威廉·约翰·洛克(William John Locke,1863—1930),英国作家,代表作有《爱在何方》、《白鸽》等。
② 威廉·比奇·托马斯(William Beach Thomas,1868—1957),曾为《每日镜报》和《每日快报》担任第一次世界大战战地记者,亲历了索姆河战役,写出《与英军在索姆河》,长期为英国各大报纸(《每日快报》、《观察者报》、《泰晤士报》等)供稿。

随意集·四十

1944 年 9 月 1 日

　　我的主要工作不是讨论当代政治的细节，但这个星期有一件事情实在是不吐不快。既然似乎没有别人会这么做，我想就英国媒体对最近在华沙发生的起义所表现出的卑劣而懦弱的态度提出抗议。

　　起义爆发的消息一出，《新闻纪实报》及其关系密切的报纸就抱以明显的不予认同的态度。读者会以为那些波兰人如今终于做了过去几年来盟军的所有电台广播一直在要求他们做的事情，却只配乖乖挨揍。他们不会得到也不配得到外界的援助。有几份报纸试探性地建议由远在千里之外的英美联军空投武器和物资。据我所知，没有人建议就在二十英里外的俄国人或许可以这么做。《新政治家报》在 8 月 18 日那一期报纸里甚至质疑在这样的情形下是否可以提供援助。所有的左翼报纸，或几乎所有的左翼报纸都在责备伦敦流亡政府①"仓促地"命令其追随者在红军兵临城下的时候发动起义。上周《论坛报》刊登了巴拉克罗先生②的一份信件，里面就充分地阐述了这一思想纲领。他提出了如下具体的控诉：

　　一、华沙起义"不是民众的自发起义"，而是"受伦敦的自命

------

① 指波兰共和国流亡政府（Government of the Republic of Poland in Exile），二战时的总统是瓦迪斯瓦夫·拉兹基耶维奇（Władysław Raczkiewicz, 1885—1947）。
② 乔弗里·巴拉克罗（Geoffrey Barraclough, 1908—1984），英国历史学家，德国史专家，曾担任利物浦大学、牛津大学、伦敦大学等学校的教授。

波兰政府的指使"。

二、发动起义的命令"没有与英国政府或俄国政府进行协商",而且"没有尝试将起义与同盟国的行动协调起来"。

三、波兰流亡政府没有团结波兰的抵抗运动,就像希腊国王乔治二世①未能团结希腊抵抗运动一样。(这一点通过对"流亡"、"自命"等用于修饰伦敦政府的词语的频繁运用而进一步加以强调。)

四、伦敦政府促成此次起义,目的是在俄国人到达的时候占领华沙,因为那样一来"流亡政府就有了更好的讨价还价的地位"。我们听说伦敦政府"准备背叛波兰人民,巩固其自身摇摇欲坠的执政地位",还有许多其它相似的内容。

所有这些指控都是没有证据的,虽然第一点和第二点或许可以加以证实或真有其事。我自己的猜测是,第二点是真的,而第一点在部分程度上是真的。第三点指控与前两点根本是矛盾的。如果伦敦政府不被华沙的群众所接受,为什么他们要接受其命令发起没有希望的暴动?责备索斯恩科夫斯基②和其他人应该为起义负责就等于自动承认波兰人民唯他们马首是瞻。这个明显的矛盾在一份又一份的报纸上重复着,而据我所知,没有一个人坦诚地将其指出。至于像"流亡"这种表达方式的使用,那只是修辞上的手法。如果伦敦的波兰人是"流亡者",那波兰国民

---

① 乔治二世(King George II,1890—1947),二战期间,乔治二世从1941年至1946年流亡海外。

② 卡兹米日·索斯恩科夫斯基(Kazimierz Sosnkowski,1885—1969),波兰军人、政治家,二战时任盟军波兰战区总司令。

解放委员会①和所有被占领国家的"自由"政府都是"流亡"政府。为什么某个政府跑到伦敦就成了"流亡"政府,而跑到莫斯科就不是"流亡"政府了呢?

第四点指控和《罗马观察报》对俄国人停止进攻华沙的目的是让尽可能多的波兰抵抗者被德国人杀掉这一说法在道义上都是同一德性。那是一个没有得到证实而且无法得以证实的断言,出自宣传人员之口,他们不希望了解真相,纯粹只是为了尽量抹黑对手。我在报刊上读到的所有内容,除了几份小报以及《论坛报》、《经济学家》和《标准晚报》上几则报道和评论之外,大体上和巴拉克罗先生的信件内容一致。

我对波兰的事情一无所知,即使我有能力去了解情况,我也不会掺和伦敦波兰政府和莫斯科国民解放委员会之间的斗争。我关心的是英国知识分子的态度,他们当中竟没有一个人胆敢质疑他们所信任的俄国纲领,无论该纲领有什么样的转变。他们在这件事情上表现出了闻所未闻的卑劣,暗示我们不应该派遣轰炸机去援助我们在华沙奋战的同志。绝大部分左翼人士接受了《新闻纪实报》等报刊的说辞,他们对波兰的了解并不比我多多少。他们所知道的就是俄国人反对伦敦政府,并组建了一个与之分庭抗礼的组织,而对他们来说,这样就足够了。如果明天斯大林放弃解放委员会并承认伦敦政府,英国的知识分子都会像鹦鹉一样追随他。他们对俄国外交政策的态度不是"这个政策是对是错",而是"这就是俄国的政策,我们怎么让它显得正确呢",并完全就以

---

① 波兰国民解放委员会(the Polish National Committee of Liberation),二战时依附苏联的波兰流亡政府,二战时期的领导人是爱德华·奥索巴卡-莫洛斯基(Edward Osóbka-Morawski,1909—1997)。

"强权就是公理"的立场捍卫这一态度。俄国人在东欧势力庞大，而我们势力单薄，因此，我们不能和他们作对。其原则就是，如果你无法阻止邪恶的事情发生，那你就绝不能对其提出抗议，而究其本质，这是与社会主义相悖的。

我没办法在这里探讨为什么英国知识分子（只有极少数人例外）对苏联产生了一种民族主义般的忠诚，以虚伪的态度不加批判地接受它的政策。我已经在别的地方探讨了这个问题。但我希望提出两点值得考虑的事项作为结尾。

第一点，我想奉劝英国左翼记者和知识分子："请记住，虚伪和懦弱总是要付出代价。不要以为你可以多年来一直给苏联政权或别的政权充当摇头摆尾的喉舌帮凶，然后突然间在精神上恢复体面。须记住，一日为娼，终生为娼。"

第二点涉及的层面更广。当今之世最要紧的莫如英国与俄国的友谊与合作，而没有开诚布公，那是不可能实现的。与外国达成共识的最佳方式不是不去批评它的政策，更不是让本国人民对它们茫然无知。目前，几乎所有的英国报刊都奴态十足，普通人根本不了解正在发生什么事情，而且极力支持他们在五年后将会予以否定的政策。我们隐隐约约地听说俄国的和平条件要比凡尔赛条约更加苛刻，包括瓜分德国、天文数字的赔偿和大规模的强制劳动。这些要求基本上没有遭到批评，许多左翼报刊甚至组织了御用文人对它们进行歌颂。结果就是，普通人根本不知道俄国的要求是多么过分。我不知道到时候俄国人是否真的想要执行这些条款。我猜想他们不想这么做。但我知道的是，如果做出这种事情，当战争的情绪冷却后，英国的公众，或许还有美国的公众是绝不会支持的。任何霸道的、不公义的和平协议都会带来严重的后果，就像上一场战争一样，使得英国人民对于受害者予以不合理的同情。英俄两国的友谊取决于两国都能认同的政策，而没有当下的自由讨论和真挚的批评，这是不可能实现的。以"斯大林总是英明正确"作为基础无法缔结真正的同盟。结成真正的同盟的第一步就是抛却幻想。

最后，我想对那些将就这个问题给我写信的人说，请允许我再一次引起读者对这一专栏题目的兴趣，并提醒大家，《论坛报》的编辑并不一定认同我所说的内容，但他们在践行他们对于言论自由的信仰。

随意集·四十一

1944 年 9 月 8 日

奥斯伯特·西特韦尔爵士的《致我儿的一封信》是一本只有32 页的书，里面有许多令人惊奇的谩骂。我猜想正是书中的谩骂，或那些谩骂所针对的大人物，使得西特韦尔爵士不得不更换出版社。但在那些不甚公正并且略显轻佻的篇章中，他一针见血地指出艺术家在现代中央集权社会的地位。比方说，下面有几则摘录：

> 真正的艺术家总是得抗争，但对于你和你这一代的艺术家而言，现在和将来都得面对一场比以往要艰难得多的挣扎。如今工人更受重视，他们会受到报刊的阿谀奉承和贝弗理奇计划的贿赂，因为他们掌握了大多数的选票。但谁会在乎你和你的命运，谁会惹麻烦去捍卫年轻的作家、画家、雕

塑家和音乐家的事业呢？当剧院、芭蕾舞台、音乐厅沦为废墟，而由于培养的中断，几十年内不再有伟大的表演艺术家，你能得到什么鼓舞呢？最重要的是，不要低估人们对你的恶意会达到何种程度。不是那些工人，因为虽然他们没有受过高等教育，但他们对艺术怀有一定的尊敬，而且没有先入为主的观念；不是那些为数不多的仅存的贵族；而是由夹在两者中间的那些大腹便便的中产阶级人士和小人物组成的庞然大军。在此我必须特别指出，那些公务员都是敌人……你将备受折磨，受困于那些人数虽少但权力很大的专横独断的艺术指导、博物馆骗子、撰文谈论艺术和文学的吃吃傻笑的时尚男女、出版商、记者、导师（说句公道话，这些导师会尝试着帮助你，如果你肯按照他们所说的进行创作的话）和数量庞大的其他人等，他们看到你挨饿不仅不会介怀，还会觉得开心。因为我们英国人在这一方面是非常独特的，虽然我们是一个创造艺术的民族，但我们并不热爱艺术。在过去，艺术得仰仗一小撮非常富有的赞助者。他们所营造的独立王国再也未能重建。"钟爱艺术的人"这个名字令人作呕……你今天所拥有的作为一名艺术家的权利就像以实玛利①的权利，每一个人都与你为敌。因此，请记住，被放逐的人绝对不能胆怯。

这些并不是我的观点。它们是一个睿智的保守派的观点，他低估了民主的优点，将其实是属于资本主义的好处归到了封建主

---

① 以实玛利(Ishmael)，《圣经》中的人物，其名字是"被遗弃的人"之意。

义的名下。比方说，怀念贵族的赞助就是错的。那些赞助人就像英国广播电台那样难伺候，而且还不会固定地给你支付薪水。我猜想，弗朗索瓦·维庸和我们这个时代的任何诗人一样都不好过，在阁楼忍饥挨饿的文人是富于十八世纪特色的人群之一。在赞助者最好的时代，你得把时间和才华浪费在令人作呕的阿谀奉承上，就像莎士比亚那样。事实上，如果你把艺术家看作是以实玛利，一个不亏欠社会的独立的个体，那么艺术家的黄金年代是资本主义的年代。他摆脱了赞助人，还没有被官僚俘虏。他能靠普罗大众活下去——至少对于作家、音乐家、演员是这样，或许甚至包括画家。大众从不知道自己想要什么，别人给他们什么他们就会接受什么。事实上，过去近百年来，你可以公开侮辱大众照样活得好好的，就像福楼拜、托尔斯泰、劳伦斯甚至狄更斯那样。

但不管怎样，奥斯伯特·西特韦尔爵士的话里颇有一番深意。自由资本主义正走向衰亡，艺术家的独立地位必定随之消逝。他只能要么成为闲暇的业余人士，要么当一个官员。当你看到极权主义国家里发生在艺术家身上的事情，当你看着同样的事情正通过内务部、英国广播电台和电影公司遮遮掩掩地发生——这些组织不仅收买了前途无量的年轻艺术家，阉割他们，让他们像拉车的马一样干活，而且还想方设法破坏富于个人特色的文学创作，将它变成流水线式的作业——这些前景让人意气消沉。但是，这仍然不能改变资本主义注定会毁灭，不值得对其施以援手的事实，虽然在很多方面它对艺术家和知识分子很宽容。因此，你遇到了以下两个对立的事实：一、社会不是为了艺术家而存在的；二、没有了艺术家，文明就将毁灭。我还没有想到这个两难处境的解决办法（办法一定会有的），这个问题并没有经常得到真诚的探讨。

在我面前有一张出奇恶心的相片，出自《星报》八月二十九日那一期，相片上有两个衣衫不整的女人，剃了光头，脸上画着纳粹党的万字徽，被牵着在巴黎穿街走巷，两边是咧嘴大笑的看众。《星报》——我并不是故意要找《星报》的茬，因为大部分报刊也会这么做——以赞许的态度刊登了这张相片。

我不责怪法国人作出这种事情。他们受了四年的苦，我可以在一部分程度上想象得到他们对通敌者的感受。但这个国家的报纸尝试让他们的读者相信把女人剃光头是一件好事则另当别论。一看到《星报》的这张相片我心里就在想："我以前在哪儿见过像这样的事情呢？"然后我记起来了。就在大约十年前，当纳粹政权开始高歌猛进时，非常类似的被羞辱的犹太人在德国城市游街示众的相片被刊登在英国报刊上——不同的是，那时候我们并不认为应该表示赞同。

最近另一张报纸刊登了德国人被俄国人吊死在哈尔科夫，尸体晃晃悠悠的相片，还专门提醒读者行刑已经被拍摄下来，公众很快就可以去新闻剧院一睹为快。（我不禁猜想，小孩子会不会获准去观看呢？）

之前我引用过尼采的一句话（我想不是在这个专栏），但这句话值得再引用一遍：

"与恶龙搏斗太久的人自己变成了恶龙，如果你久久地凝视深渊，深渊会凝视着你。"

在这个语境中，"太久"或许可以被理解为"恶龙被击败之后"。

回答我关于那种在遭受轰炸的地方生长的杂草的来信实在是太多了，没办法一一致谢，但我希望以集体的名义表示感谢。结果就是，威廉·比奇·托马斯爵士是对的。那种植物就叫"石南柳叶菜"。我提到的另外一种植物的名字无法完全确定，但似乎有九种柳叶菜，它肯定是其中一种。有一则信息，或许在威士忌一瓶卖27先令的时候很有用：一个来信读者告诉我"拿整棵柳叶菜去泡水很醉人"，我传达了他的看法，如果有人勇于尝试，我很有兴趣知道结果。

随意集·四十二

1944 年 9 月 15 日

大概是1936年底，我正取道巴黎去西班牙，我得去一个我不认识的地方拜访某个人，我想去那里最快的方式或许就是搭出租车。那个出租车司机也不认识那个地址。不过，我们一路沿着那条街开，找最近的警察问路，结果那个地方就只有一百码远。所以，我把那个出租车司机从候客区拖出来，车费换成英国的钱却大概只有三便士。

那个出租车司机非常生气，开始对我破口大骂，扯直了嗓子，极尽羞辱之能事，说"我是故意耍他"。我抗议说我原先不知道那个地方在哪里，要是我一早就知道的话就不会搭出租车了。他朝我嚷道："你心知肚明！"他是个头发花白的壮实老人，蓄着凌乱灰白的八字胡，脸上露出极其怨毒的表情。最后我按捺不住脾气，突然间在盛怒之下我脱口而出用法语对他嚷道："你以为自己年纪大我就不会揍扁你的脸吗？别想得太美了！"他退后靠在那辆出租车上，骂骂咧咧地，而且还准备干一架，虽然他已是花甲之年。

然后是给钱的时候了。我掏出一张十法郎的钞票。"我没零钱！"他一看到那张钞票就嚷道，"你自己去把钱找开！"

"我去哪儿把钱找开？"

"我怎么知道？那是你自己的事情。"

于是我走到马路对面，找到一间香烟店，把钱找开了。我走了回去，给了那个出租车司机不多不少的车费，告诉他由于他的行为，我不会给他任何小费。我们又互相骂了几句，然后各自离开。

当时这场肮脏的口角让我非常生气，过后又觉得很难过厌烦。"为什么人会做出这种事情？"我心想。

但当晚我出发去西班牙。火车是趟慢车，挤满了捷克人、德国人、法国人，所有人都奔赴同一个任务。在火车上上下下，你会听到一句话以欧洲所有语言的口音重复了一遍又一遍——"去那里！"我的那节三等车厢坐满了非常年轻、营养不良的金发德国青年，穿着很蹩脚的西装——那是我第一次看到合成布料——他们每到一站就会跑出去买廉价的瓶装红酒，然后在车厢的地板上叠罗汉睡着了。在法国开到半路，普通的游客下车了。或许还有几个像我这样不伦不类的记者，但这趟火车实际上是运兵火车，郊区知道这一点。上午我们缓缓驶过法国南部，每个在田里干活的农民都转过身来，庄严地立正，以反法西斯主义的姿势敬礼。他们就像仪仗队，连绵数英里迎接火车的经过。

我看着这幕情景，渐渐理解了那个老出租车司机的行为。现在我知道为什么他会这么咄咄逼人，虽然他并没有必要这么做。那是1936年，大罢工的年头，布伦姆政府仍在执政。席卷法国的革命情绪的浪潮影响到了像出租车司机和产业工人这样的人群。我的英语口音在他听来是有钱有闲的外国游客的象征，这些外国游客正不遗余力地将法国变成博物馆和妓院的综合体。在他的眼里，英国游客就是资产阶级分子。他要以自己的方式报复这些在平时是他的雇主的寄生虫。我惊讶地想到，坐在火车上的这支操不同语言的军队的目的、那些在田里举起拳头的农民的目的、我自己去西班牙的目的和那个出租车司机辱骂我的目的，归根结底都是一样的。

　　关于V型飞弹的官方言论，即使算上早些时候丘吉尔的言论，并没有透露多少内容，因为它们没有给出受影响的人群的确切数字。我们只知道每天有不到三十枚炸弹击中伦敦。根据我亲眼目睹的类似"事故"，我估计大体上每一枚击中伦敦的V型飞弹使得三十座房子不能再住人，每天会有5 000人无家可归。按照这个数字计算，过去三个月来有25万到50万人因遭受轰炸而无家可归。

　　据说优秀的台球运动员在击球之前会先往球杆上擦一些粉。同样地，如果我们在每一种轰炸开始之前就做好准备，而不是等到它发生之后再去准备，那我们应该就能从容地应付这场战争。在战争爆发的不久前，一位和其他官员到伦敦参加会议的官员告诉我，政府准备好了在空袭的第一周会有20万人的伤亡。他们已经准备了充足的可折叠的纸板棺材，集体墓地也已经挖好了。他们还专门为精神病患者的大量增加做好了准备。结果，伤亡数字并没有那么多，而我相信精神病患者的数字事实上减少了。另一方面，政府没能预料到遭受轰炸的人会无家可归，而且需要食物、衣服、住所和钱。而且，他们预料到会有燃烧弹，却没能意识到需要有备用水源，以防主管道被炸弹炸裂。

到了 1942 年，我们依据 1940 年的大空袭做好了全部准备。避难设施增加了，伦敦到处点缀着水箱，如果火灾发生而它们还在的话，可以用来拯救历史古迹。然后，V 型飞弹来了，它不只是把三四座房子炸没了，而是将一大片房子炸得住不了人，而房子里面倒是没什么损坏。因此又有了一个始料未及的头疼问题——家具的存放。被 V 型飞弹炸中的房子里面的家具几乎完好无损，但找地方存放和搬动家具的劳动量让地方政府根本无计可施。基本上这些家具只能被丢弃在荒废的、没有人看守的房子里，不是被洗劫就是被潮湿侵蚀。

邓肯·桑迪斯[①]的演讲最重要的数据是关于盟军的反击措施。比方说，他指出德国人发射了 8 000 枚臭虫飞弹，或 8 000 吨以上的高能炸药，而我们往导弹基地投下了十万吨当量的炸弹，而且损失了 450 架飞机，发射了数十万或数百万发防空炮弹。目前你只能进行粗略的计算，但看上去似乎 V 型飞弹在将来的战争里将大有用武之地。在将其斥为失败品之前，值得记住，在克雷西会战[②]中，大炮的表现也只是差强人意。

---

① 邓肯·埃德温·桑迪斯（Duncan Edwin Sandys，1908—1987），英国保守党政治家，二战中曾在战时委员会中任职，负责应对德国轰炸。
② 克雷西会战（the battle of Crécy），英法两国于 1346 年在法国加来南部进行的一场战役，英国军队以 12 000 人的劣势兵力，结合地形优势和弓箭，击溃法国规模约在 30 000 至 40 000 人的军队。此役中英军使用了五门原始火炮。

随意集·四十三

1944 年 10 月 6 日

在得到一位来信读者的同意后，我引用了她最近从一所著名的新闻学院收到的一封指导信的部分内容。我得解释一下，当她参加"课程"时，导师让她提供关于她的背景和经历的最起码的必要信息，然后叫她就感兴趣的话题写几篇散文作为样文。她是一位矿工的妻子，于是她选择了写关于挖矿的文章。这是她从某个自称是"研究中心副主任"的人那里得到的回应。我从里面摘录了一段文字：

> 我饶有兴味地仔细阅读了你的两篇习作。你应该有许多内容可以写，不要翻来覆去地说着同一件事情。矿工并不是唯一生活艰难的群体。那些年轻的海军军官呢？他们挣的钱可没有一个熟手矿工挣的多——他们必须背井离乡，在极寒或赤道地区度过三到四年。许多退休人士只能领到微薄的退休金或补贴，在扣除了收入税后，之前的两英镑或三英镑就只剩下一半，他们又该怎么办？在这场战争中我们都作出牺牲——那些所谓的上层阶级事实上也遭受了严重的打击。
>
> 与其为社会主义报纸撰写政治宣传文章，你倒不如描写挖矿的村子里的生活——读者就是那些家庭主妇。不要偏离主题，流露出对老板和经理的敌意——他们都是普通人——但如果你不吐不快的话，语气宽容一些，使之符合

你的情节或主题。

　　你的读者中有很多人根本不觉得雇主是奴隶主和资本主义社会的恶棍……写得简单点自然点，不要尝试用长单词或长句子。记住，你的任务是取悦读者。没有读者会愿意在辛苦地干了一天的活儿后去读某个人的满腹牢骚。一定要警惕自己描写采矿业"弊端"的倾向。有几百万人不会忘记，当我们的儿子和丈夫在抗击德国人时，矿工们却在发动罢工。如果军队不愿意打仗，那些矿工会何去何从呢？我说这个是为了帮助你有大局观。我建议你不要写很有争议的话题。它们很难有销路。简单地描写矿工生活，成功的机会更大一些……普通读者愿意阅读关于其它生活方式的纪实描写——但除非他是一个傻瓜或无赖，他才不会听一面倒的政治宣传。所以呢，忘记你的牢骚，告诉我们，你是如何在一座典型的采矿村子里生活的。我可以保证，一份女性报纸会考虑刊登一位家庭主妇关于这一话题的文章。

　　我的这位来信读者似乎已经答应先交 11 英镑上这门课程，她写了这封信给我，问我是不是认为她的导师在尝试影响她，让她在写作时有可以被接受的政治立场？他是不是在尝试说服她不要像一个社会主义者那样写东西？

　　当然，我认为就是如此，但这封信所隐含的意思要比这更加恶劣。这不是资本家以隐晦的方式麻醉工人的阴谋。那封蹩脚的信的作者不是一个狡猾的阴谋家，只是一个笨蛋（从文风判断，是个女性笨蛋），多年的轰炸和贫困根本对她没有造成任何影响。这封信展现了战前的思维习惯像杂草一般除之不尽的生命力。可以看得出来，她认定报刊的唯一目的就是从疲惫的读者的口袋里把钱给骗出来，而这么做的最佳方式就是不把当今社会令人不快的真相说出来。他（或者她）认为读者群体不喜欢被迫进行思考，因此就不要让他们动脑筋。你一心追逐利益，其它的事情都顾不上了。

任何对自由撰稿记者的"课程"有所了解或曾经读过如今已经不复存在的《作家》和《作家与画家年册》的人都认得出这封信的口吻。"记住，你的任务是取悦读者。""没有读者会愿意在辛苦地干了一天的活后去阅读某个人的满腹牢骚。""我建议你不要写很有争议的话题。它们是很难有销路的。"顺便提一句，即使从商业的角度看，这些建议也是在误导人。重要的是，它认为没有什么事情会改变，认为公众一定总是那些没有智慧的乌合之众，只需要以精神鸦片将其麻醉，认为任何理智的人坐在打字机前的目的就是撰写卖得出去的废话。

当我十五年前开始写作时，许多人——他们没能从我这儿挣到 11 英镑——给我的建议几乎和我在上面引用的内容一模一样。那时候似乎公众也不希望听到像失业这种"不愉快"的事情，描写"有争议性"的话题的文章"没有销路"。自由撰稿记者的无聊小天地，那个卧室兼起居室里摆着租来的打印机和写着发信人姓名地址的信封的小天地，完全由"你的任务就是取悦读者"这句话所主宰。但那时候是有原因的。首先，那时候有广泛的失业，每份报纸和杂志都被许多业余作者包围，他们拼命想找机会挣点外快。而且，那时候的出版界比现在愚蠢得多，说编辑不会刊登"阴郁的"的文章还有点道理。如果你将写作纯粹看成挣钱的手段，那么粉饰太平或许就是最好的方针。看到新闻学院的世界仍在原地踏步，实在是让人觉得沮丧。轰炸没有改变任何事情。事实上，在我读那封信的时候，我觉得战前的世界又回到我们身边了，那种感觉就像不久前透过圣殿区①的某个律师事务所的窗户看到某人正在擦亮一顶高礼帽——动作很仔细，而且看上去正自得其乐。

　　说如今乘长途火车旅行是一件不开心的事情纯属多余，你得忍受许多不便之处，这并不能怪铁路公司。在军队征用了绝大多数车辆，又有数目庞大的平民需要往返交通的情况下，这不是他们的错。一列英国火车的营造似乎总是以尽可能地浪费空间为目标。但动辄在拥挤的走廊里站上6到8小时的火车旅程可以通过几个改革变得没有那么不堪忍受。

　　首先，头等舱这些无聊的噱头应该被彻底清除掉。其次，任何抱着孩子的女人应该有就座的优先权。第三，候车室应该开放到晚上。第四，如果按照时间表发车，行李员和其他人员应该掌握准确的信息，而不是像现在这样告诉你在不应该换班次的时候换班次，或在应该换班次的时候不换班次。还有——这件事情在和平年代已经够糟糕的了，在眼下更是糟糕——为什么将行李搬到一个大城镇就没有便宜点的方式呢？如果你得把一件沉重的行李箱从帕丁顿搬到卡姆登镇，你会怎么办？你得打的。如果你没钱打的那怎么办？你就得借一辆手推车，或把行李箱摆在婴儿车上。为什么就不能像有巴士载乘客一样有便宜的载货小巴呢？又

---

① 圣殿区位于伦敦中心圣殿教堂附近，是伦敦重要的司法区，有许多家律师事务所。

《随意集》一至八十　　0561

为什么不能用地铁运送行李呢？

今天晚上，国王十字火车站又走出了一群归家的疏散者。我看到一个男人和一个女人，显然经过长途旅程累坏了，试图登上一辆巴士。那个女人抱着一个号啕大哭的婴儿，另一只手拉着一个大约六岁的孩子，那个男的扛着一个绑着绳子的破损的行李箱，还有那个大一点的孩子的婴儿车。他们被一辆又一辆的巴士拒载。当然，没有巴士能让一辆婴儿车上去。能拿它怎么办呢？可那几个人怎么回家呢？结果，那个女人带着两个孩子上了巴士，而那个男人扛着婴儿车迤逦跟在后面。我知道他还得走五英里的路。

在战争时期你必须预料会有这种事情。但重要的是，如果那些人在和平时期还得扛着大大小小的包裹走那样的路，他们仍会经历同样的困境，因为：

> 天天都在下雨，
> 好人和坏人都得挨淋，
> 但好人被淋得更惨，
> 因为坏人抢了好人的伞。

我们的社会制度不仅仅使得有钱人可以肆意购买奢侈品。说到底，钱不就是用来干这事的吗。这一制度还使得穷人每天时时刻刻都得忍受细小的羞辱和完全没有必要的苦楚——比方说，拎着一个行李箱回家，把手指都给勒断了，而只需要给半个克朗，你五分钟内就可以到家。

随意集·四十四

1944 年 10 月 13 日

奥斯伯特·西特韦尔爵士的那本小书和我的评论引来了格外多的来信，里面提到的几点问题似乎需要进一步探讨。

一位来信读者将整个问题总结为一句话：没有艺术家，社会将可以完美地运行。没有了科学家、工程师、医生、砌砖匠或修路工的话，社会也能运作得很好——目前来说是这样。就算不为明年耕种也没有关系，只要明白每个人在十二个月内都会饿死就好了。

这一观念的传播很广泛，而且被那些应该更加明理的人所倡导，只是以新的形式将问题再次重申。艺术家所做的事情不像牛奶工或矿工所做的那么直接而且有明显的必需性。除了在尚未到来的理想社会里，或在行将结束的蒙昧而繁荣的时代，这在实践中意味着艺术家必须有某个资助者——统治阶级、教会、政府或政党。而"哪一个资助者最好"这个问题通常意味着"哪一个资助者的干扰最少"。

有几位来信者指出，一个解决办法就是让艺术家找到别的谋生之道。菲利普·普莱斯①先生写道："一个可行之道就是，为社会主义创作并为之献身，一边接受英国广播电台、内政部、军队或音乐美术促进委员会的资助……唯一的出路就是以兼职的形式

---

① 菲利普·普莱斯(Philip Price，1885—1973)，英国工党政治家，众议院议员，曾于一战前往东线战场和德国，担任战地记者。

鬻文谋生。"这里的难题是，写作或其它艺术需要占据大量的时间和精力。而且在战争时期，一个作家所从事的工作，如果他不是在部队里服役的话（就算他在部队里服役也一样——因为总是有公关事务要做），通常都与政治宣传有关。但这本身是一种写作。撰写一本宣传小册子或一篇电台讲稿就和写你所信仰的东西一样辛苦，区别就是，写出来的东西一点价值也没有。我能列出一长串很有前途或才华横溢的作家，现在因为从事某份政府工作而被压榨得像干柠檬一样。确实，大部分人是出于自愿。他们希望赢得这场战争，而且他们知道每个人都必须作出牺牲。但是，结果仍是一样。这场战争结束后，他们无法展现自己所付出的劳动，甚至不像士兵那样以吃苦为代价获得阅历。

如果一个作家想要找到替代职业，那它最好不要和写作有什么关系。能够成功做好两份工作的例子是特罗洛普，每天早上七点钟到九点钟他写两千字的书稿，然后去邮局上班。但特罗洛普是一个不同寻常的人，他一星期去打猎三天，而且经常通宵达旦地游玩嬉戏。我猜想他的正职工作不是那么辛苦。

别的来信者还指出，在真正的社会主义社会，艺术家与普通人的区别将会消失。这很有可能，但这样的社会还没有实现。其他人义正词严地宣称由国家资助比私人资助更能免于冻馁，而在我看来，他们轻易地忽略了这一政策所隐含的内容审查的意味。他们总是说这能让艺术家成为对社区负责任的成员，而不是一个有无政府主义倾向的个人主义者。但是，问题的实质并不是不负责任的"个人表达"和"纪律"之间的矛盾，而是真理与谎言之间的矛盾。

艺术家不会反对美的约束。建筑师在设计剧院或教堂时都遵循同样的原则。作家根据需要，将三卷本的小说浓缩成一卷本，或将戏剧改编成电影。但问题是，这是一个政治挂帅的年代。一个作者不可避免会描写当代的事件——而这种情况会以相对间接的方式发生在所有艺术形式身上。他的冲动是说出他认为是真相的事情。但没有政府，没有大型组织会为真相支付稿费。举一个直白的例子：你能想象英国政府资助爱德华·摩根·福斯特写《印度之行》吗？只有在不依赖政府资助的情况下他才能写出这本书。将这个例子放大一百万倍，你就会看到它所蕴含的危险——事实上，我们并非集权经济，但我们正朝集体所有制的时代迈进，忘记了自由的代价就是永远要保持警惕。

前不久有人告诉我下面这则故事，我充分相信它是真人真事。

在法国，那些被俘虏的德国人里有一些是俄国人。不久前有两个被俘虏的人不会说俄语或任何俘虏他们的人与同被俘虏的人能听得懂的语言。事实上，他们俩只能彼此对话。一位从牛津大学来的斯拉夫语的教授一点儿都听不懂他们在说些什么。然后碰巧一位曾在印度前线服役过的军士听到他们的交谈，认为他们所说的语言他也能说一点点。那是西藏语！经过一番盘问，他总算弄清楚了他们的故事。

几年前他们流落到了前线，来到苏联，被编入工兵连，然后被派到俄国西线，正好与德国的战争爆发了。他们被德国人俘虏了，押到北非，然后又被押到法国，然后在第二战场开辟时被编入战斗部队中，接着被英国人俘虏了。在这段时间里，他们一直没办法和任何人交谈，只能彼此交流，根本不知道发生什么事情，也不知道是谁在和谁打仗。

要是他们现在被编入英军，然后被派去和日本人打仗，结果流落到中亚距离家乡不远的地方，仍然对整件事情茫然无知，那这个故事就完满了。

一位印度记者给我发来一篇删节过的他与萧伯纳的访谈录。萧伯纳说了一两处有道理的话，也确实申明了国大党的领袖不应该被逮捕的立场，但大体上那是一场令人厌恶的作秀。这里是一段节选：

问：假如你是印度的民族领袖，你会怎么和英国人打交道呢？你会采取什么方法争取印度独立？

答：请不要假设不可能会发生的情况。争取印度独立与我无关。

问：你认为将英国人撤出印度最有效的办法是什么？印度人应该做什么？

答：把他们的工作做得更好，让他们成为多余的人。或通过通婚将他们同化。英国的婴儿在印度无法茁壮成长。

对于那些受到极大的不公遭遇在苦苦挣扎的人，这都是些什么回答？萧伯纳还拒绝向甘地祝贺生日快乐，理由是他从来不这么做，而且建议说，如果英国拒不偿还战争时期欠下的巨债，印度人不要介怀。我不知道这次访问会给那些被关在监狱里几年，只隐约听说萧伯纳是英国的"进步"思想家之一的印度青年学生留下什么样的印象。如果就连那些心态非常平和的印度人也总是在猜疑"英国人都是一丘之貉"，这有什么好奇怪的呢？

随意集·四十五

1944 年 10 月 20 日

最近我读了一本关于温格特准将[1]的书，他今年早些时候在缅甸牺牲。我很感兴趣地注意到，温格特的"钦迪游击队"于 1943 年行军穿过上缅甸，没有戴那种常见的笨重而且惹眼的木芯头盔，而是戴阔边毡帽，就像廓尔喀士兵戴的那些帽子。这听起来只是一件非常琐碎的小事，但它极具社会意义，而在二十年前，甚至在十年前，它根本不可能发生。几乎每个人，包括几乎任何医生，都会预料这些人中的大部分人会死于中暑。

直到前不久，在印度的欧洲人对热中风或俗称为"中暑"的症状有一种根深蒂固的迷信。他们认为对于欧洲人来说中暑很危险，亚洲人则不会中暑。我在缅甸的时候，他们对我说，印度的太阳即使在最凉爽的时候也很有杀伤力，只能以戴软木或木芯做的头盔才能抵御。"土著人"的头骨厚一些，不需要这些头盔，但对于一个欧洲人而言，就算是戴一顶双层加厚的毡帽也无济于事。

但为什么缅甸的日头，就算在一个凉爽的日子，都要比英国的日头毒一些呢？因为我们离赤道近一些，日照更加接近垂直。这让我很惊讶，因为显然日照只有在中午的时候才会垂直。那大

---

[1] 沃德·查尔斯·温格特(Orde Charles Wingate, 1903—1944)，英国军人，曾于第二次世界大战创建钦迪游击队(the Chindits)，在缅甸从事敌后军事活动，抗击日本军队；1944 年 3 月 24 日，在视察完游击队基地后，因飞机失事撞山身亡。

清早呢？当太阳从地平线上升起，日照与地面平行的时候又怎么样？他们告诉我，那个时候日照是最危险的。那雨季呢？当你总是连续好几天没有看到太阳时，又会怎么样呢？然后那些富有经验的人一直对我说你应该坚持戴"托比"（木芯做的头盔被叫做"托比"，在印度语中就是"帽子"的意思）。那些致命的光线一样会从云层中过滤下来，而在阴天你会有忘记戴帽子的危险。在露天的地方脱下你的"托比"只消一小会儿，即使只是一小会儿，你就会成为一具死尸。有的人不满足于戴软木或木芯做的头盔，相信红色法兰绒的神秘功效，将一小片一小片的法兰绒碎片缝在衬衣上，盖住第一颈椎。那些欧亚混血儿很渴望强调自己的白人血统，那时候总是戴着比那些英国人更大更厚的"托比"。

有一天，我的"托比"被风吹到河里去了，我只能光着脑袋走了一天的路，结果一点不适症状都没有，从那天起我就不再相信这些废话。不过，很快我就发现其它与盛行的信念相矛盾的事实。首先，一些欧洲人（比方说，在船上操纵索具的水手）习惯于光着脑袋在太阳下。还有，当中暑的情况发生时（它们的确会发生），它们似乎不是因为中暑者把帽子脱掉而引起的。亚洲人和欧洲人一样会中暑，据说在烧煤船上那些司炉工中暑极为普遍，他们暴露在高温之下，而不是暴露在烈日下。最致命的打击是那些据说可以抵御印度烈日的"托比"被发现其实是不久前才发明的。那些久在印度的欧洲人根本不知道有"托比"这东西。简而言之，整件事情都是在胡说八道。

但为什么那些在印度的英国人制造了这个关于中暑的迷信呢？因为不停地强调"土著人"和你的区别是帝国主义的必要支柱之一。只有在你真心认为自己是优越的民族时，你才能对另一个民族实施统治，特别是当你人数居于劣势的时候。而如果你相信被统治的民族在生理上有差异，信心会更足一些。在印度的欧洲人有许多根本没有证据支持的迷信，认为亚洲人的身体有别于他们的身体。他们甚至认为在人体结构上两者也有很大的不同。但关于欧洲人会中暑而亚洲人不会中暑的这一番胡扯是最受重视的迷信。单薄的头骨是种族优越性的标志，而木芯"托比"就像是帝国主义的徽章。

这就是为什么在我看来温格特的部下，有英兵、印度兵和缅甸兵，戴着普通的毡帽行军出发是时代变迁的一个标志。他们忍受痢疾、疟疾、水蛭、虱子、毒蛇和日本人的折磨，但我想我没有看到里面有任何关于中暑的记录。最重要的是，里面似乎没有官方的抗议，也没有人觉得不戴"托比"是对白人尊严的隐晦冒犯。

在斯坦利·昂温①先生最近的小册子《和平与战争时期的出版》中记录了几则有趣的事实，罗列了政府为不同的用途所分配的纸张数量。以下是当前的数字：

报纸：25 万吨

军队文具用品办公室：10 万吨

期刊（近似数字）：5 万吨

书籍：2.2 万吨

尤为有趣的细节是在 10 万吨分配给军队文具用品办公室的配给中，国防部得到了 2.5 万吨，比整个书业分到的配给数量还

---

① 斯坦利·昂温(Stanley Unwin，1911—2002)，英国喜剧演员、作家，曾为英国广播电台主持许多逗乐的节目。

要多。

我没有亲眼见过，但我可以想象得出在国防部和众多其它部门对纸张的浪费。我知道在英国广播公司所发生的事情。比方说，你会相信每一档电台广播节目，甚至包括那些傻得出奇的相声逗乐节目，至少会有六份拷贝——有时候多达十五份拷贝吗？过去几年来，这些垃圾被归档放入了厚厚的宗卷里。与此同时，印刷书籍的纸张如此紧缺，就连最普遍通行的"经典作品"也绝版了，许多学校缺少教科书，新作家没有机会出头，就连已成名的作家在写完一本书后只能等上一两年再看看能不能出版。巧合的是，英国的书籍出口市场有很大一部分被美国抢占了。

昂温先生的小册子的这一部分读来让人觉得心里很沮丧。他表达了对政府各个部门对于书籍的轻蔑态度的愤慨。但事实上，英国人大体上不是很重视书籍，虽然在这方面要比美国人好一些。在那些小国，例如芬兰和荷兰，人均书籍消费量是最大的。在战争开始的几年前，得知雷克雅未克这么一个边远的城市比同等规模的英国城镇拥有更为齐全的英国书籍难道不是很丢脸的事情吗？

随意集·四十六

1944 年 10 月 27 日

一两个星期前，我得到克里夫·斯特普尔斯·刘易斯先生[1]最

---

[1] 克里夫·斯特普尔斯·刘易斯（Clive Staples Lewis, 1898—1963），威尔士裔英国作家，其魔幻作品和科幻作品比其宗教作品更为著名，代表作有《纳尼亚传奇》、《太空三部曲》。

近出版的一本书《超越个体》（那是重印的关于神学的系列广播），从护封的宣传上我了解到，一位比较有头脑的书评家将他早前的一部作品《地狱来鸿》与《天路历程》相提并论。"我毫不犹豫地将刘易斯先生的成就与《天路历程》相提并论。"这就是他的原话。这里是《超越个体》一段很有代表性的节选：

> 你知道，即使在人类的层次上也存在着两种伪装。有一种伪装是不好的，那种伪装并非出于真诚，就像一个人假装要帮你，但并没有给予帮助。但还有一种是好的伪装，能够引至真诚的事情发生。当你心情不好但你知道自己应该表现得友好时，你应该做的通常就是装出很友好的样子，好像你是一个比真实的自己更加和气的人。正如我们都知道的，几分钟后你的心情要比刚才友好了许多。在很多时候，让自己获得某种品质的唯一方式就是让自己的行为展现得好像你已经拥有了那种品质。这就是为什么儿童游戏如此重要。他们玩过家家，假装自己已经是成年人——扮演士兵，扮演店主。但他们在锻炼力量和培养智力，因此假装是成年人为他们带来了真诚的帮助。

这本书自始至终就是这样，我觉得我们中的大部分人在把刘易斯先生与班扬①视为同一层次的作家之前会犹豫很久。你必须考虑到这些文章是重印的广播稿，但即使在广播节目中，也实在

---

① 约翰·班扬(John Bunyan, 1628—1688)，英国基督教作家、布道家，作品《天路历程》(*The Pilgrim's Progress*)是著名的基督教寓言文学作品。

是没有必要用那些低俗的、无关痛痒的话侮辱听众，如"你知道的"和"提醒你一下"，或像"糟透了"、"好得很"、用"特别"代替"尤其"、"真丢脸"等等这些爱德华时代的口头禅。当然，它的理念是说服心存疑虑的读者或听众，一个人能同时做一个基督徒和"快乐的好人"。我想象不出这一番尝试会有多大的成功，而且英国广播电台对播音员的言论有所约束，使得任何关于神学问题的真实探讨，即使从正统神学的角度，也是不可能的事情。但刘易斯先生在目前很受欢迎，他所得到的广播时间和他所获得的夸张的褒扬都是不好的迹象，值得引起注意。

研究流行的宗教护教者的人会一早就注意到，所有这些人每几年就会自己归纳出一套简明的宗教理念，提出种种建议，说没有信仰已经"过时"、"老掉牙"什么的。他们会记得十五年前罗纳德·诺克斯说过差不多同样的话，而在此的二三十年前罗伯特·休·本森①也说过这么一番话，他们该知道刘易斯先生应该被归入哪一类人中。

六十年来在英国泛滥成灾的一类书籍就是既聪明又愚蠢的宗教书籍，它们的指导原则不是以地狱威胁那些不信教的人，而是让他们知道自己是没有逻辑的傻瓜，无法进行清晰的思考，不知道自己所说的每件事之前已经有人说过并被驳斥了。我认为这一文学流派始于威廉·贺雷尔·马洛克②的《新共和国》，它应该是写于 1880 年，有长长一列追随者——罗伯特·休·本森、切斯特

① 罗伯特·休·本森（Robert Hugh Benson，1871—1914），英国天主教作家，代表作有《世界的主宰》、《看不见的光》等。
② 威廉·贺雷尔·马洛克（William Hurrell Mallock，1849—1923），英国作家，代表作有《每个人都是自己的诗人》、《新共和国》等。

顿、诺克斯神父、"比奇康莫"等人，大部分是天主教徒，但有些人，像西里尔·艾灵顿博士①和刘易斯先生本人（我是猜的）是英国国教信徒。其攻击路线总是老一套：每个异端思想在以前都有人说过了（言下之意它也已经被反驳过了），而神学只有神学家能够理解（言下之意是你应该将思考留给牧师们）。当然，本着这一宗旨，你能通过"矫正走歪的思路"而获得一本正经的快乐，比如说，指出某某言论只是在重复伯拉纠②在公元 400 年（或别的什么时候）就说过的话，把"圣餐化体"给理解错了。这些人的攻击目标是托马斯·亨利·赫胥黎③、赫伯特·乔治·威尔斯、伯特兰·罗素、乔德教授和其他与普及科学和理性主义有关的人士。他们轻轻松松就将他们给驳倒了——但我注意到大部分被驳倒的人依然存在，而有的为基督教辩护的人自己却开始衰败凋零了。

　　这些人总是在报刊上得到过度的吹捧，原因之一就是他们总是和反动势力勾结。他们当中有的是赤裸裸的法西斯主义的崇拜者，只要这么做安全无事。这就是为什么我要引起人们对克里夫·斯特普尔斯·刘易斯先生和他那些亲切的电台广播谈话的注意。无疑，他的谈话节目还会继续下去。它们并非表面那样与政治无关。事实上，它们是过去两年来由埃尔顿爵士、

① 西里尔·阿根廷·艾灵顿（Cyril Argentine Alington，1872—1955），英国牧师、作家，曾任伊顿公学校长和乔治五世的专职教士，代表作有《走出阴影》、《永恒的生命》等。
② 伯拉纠（Pelagius，354—420），英国基督教神学家，曾与神学家奥古斯丁展开辩论，后者强调原罪和救赎必须依赖上帝的恩典，而伯拉纠强调自由意志和人能靠其行为获得救赎。由于奥古斯丁被基督教会所承认，伯拉纠的思想被斥为异端。
③ 托马斯·亨利·赫胥黎（Thomas Henry Huxley，1825—1895），英国生物学家，支持查尔斯·达尔文的演进化论，曾担任英国皇家学会会员。

艾伦·帕特里克·赫尔伯特、乔治·马尔康·杨、阿尔弗雷德·诺耶斯和许多其他人所发起的针对左翼人士的大规模反击中的迂回行动。

我注意到在他的新书《亚当与夏娃》中，米德尔顿·默里先生举例说，反对释放莫斯利的骚动是极权主义或极权主义的思维方式在这个国家发展壮大的迹象。他表示普通人仍然痛恨极权主义，但他在后面一则脚注中补充说莫斯利事件在一定程度上动摇了这一信念。我不知道他说的对不对。

表面上反对释放莫斯利的示威游行是一个非常糟糕的迹象。事实上，人们反对的是"人身保护法"。1940 年软禁莫斯利是完全正当的行动，在我看来，如果德国人踏足英国，就算将他枪毙也合情合理。当事关国家的生死存亡时，没有政府会依照法律条文行事，否则一个潜在的卖国贼只需要避免犯下任何可被指控的罪行，就可以保持自由，等到敌人一来就当起纳粹地方长官①。但到了 1943 年情况就完全不一样了。德国发动大规模侵略的可能性已经过去了，而莫斯利（虽然他以后有可能卷土重来——但我对此不予置评）只是一个患了静脉曲张溃疡的滑稽的失败政客。继续未经审判就将他监禁起来有违我们为之奋斗的各项原则。

但反对释放莫斯利的民意非常强烈，我认为这不是出于穆雷先生所提到的那些险恶的原因。你最经常听到的一则评论是"他们这么做只是因为他是个有钱人"。潜台词就是"阶级特权又尘

---

① 该处的原文是德文"gauleiter"。

器日上了"。我们在 1940 年似乎所取得的政治进步已经渐渐从我们身边溜走了。但是，虽然普通人看到这种事情发生，但他没办法进行抗争，似乎无处可以着手。从某种意义上说，政治中断了。大选停止了，选民们无法对议员施加影响，议会无法制约政府。或许你不喜欢事态的进展，但你又能怎么办呢？你无法较真地就某一个具体的行为提出抗议。

但时不时地就会有什么事情发生，显然是整体趋势的征兆——围绕着那件事情，将现有的不满具体化表现出来。"关押莫斯利"是一个挺好的团结口号。事实上，莫斯利是一个象征，就像如今的贝弗理奇和 1942 年的克里普斯。我不认为穆雷先生需要担心这件事的深层含义。虽然发生了种种事情，但任何真正的极权主义观念都无法在这个国家的平民百姓中普及开来，这是这场战争最让人惊讶也最鼓舞人心的现象。

随意集·四十七
1944 年 11 月 3 日

企鹅出版社现在开始出版法语书了，一本卖半克朗，非常好的迹象。在那些前不久出版的书籍里有安德烈·纪德最新的杂志文章，里面包括了在德占区生活了一年的纪录。我翻阅了一本以前很喜欢的书，安纳托尔·法郎士的《诸神的渴望》（它是一本关于法国大革命恐怖时期的小说），心里不禁想道：要是能把所有对行刑的描写都结集成册，那该是一本多么出色的文集啊！在文学作品中一定有数百篇这样的描写，不知道为什么，我觉得它们在大体水平上要比描写战斗的篇章出色得多。

在我现在记得的例子中，有萨克雷对库瓦西耶被绞死①和在《萨朗波》一书中将角斗士钉死在十字架上的描写、《双城记》的最后一幕、拜伦的信件或日记中的一篇，描写了断头台斩首，还有 1745 年起义后处决两个苏格兰贵族，我想作者是霍勒斯·沃波尔②。在阿诺德·本涅特的《老妇人的传说》中有一章对断头台斩首写得很好，在左拉的一本小说中有一段写得非常恐怖（那本关于圣心教堂的小说）。然后还有杰克的短篇小说《芝加哥》和柏拉图描写苏格拉底之死——你可以将这张清单不停地延伸。一定还有许多韵文诗篇章，比方说，旧时那些描写绞刑的叙事诗，吉卜林的《丹尼·迪弗》或许就借鉴了这些作品。

我觉得很引人注目的是，没有人，在我的记忆中没有一个人，以赞同的态度描写行刑。占据主导地位的基调总是恐怖。社会显然不能摆脱死刑——有些人为了安全起见，是不能让他们活下去的——然而，当处决来临时，没有人会觉得冷血地杀死另一个人是正当之举。我曾经见过一个人被吊死。毫无疑问，每个当事人都知道这么做是违背天理的可怕举动。我相信情况总是一样的——整座监狱，狱卒和囚犯都一样，当有死刑要执行时都很不开心。或许正是死刑无可避免，却又让人本能地觉得它是不对的事情，赋予了如此多的描写行刑的文学作品以悲剧色彩。大部分这些作品的作者亲眼见过行刑，觉得那是非常可怕而且难以完全理解的经历，想要将其记录下来。而描写战斗的文学作品大部分

---

① 库瓦西耶（Courvoisier），被指控谋杀英国议员威廉·罗素（William Russell）的贴身男仆。1840 年 7 月 6 日，库瓦西耶被公开以绞刑处死，狄更斯和萨克雷都到场观看了行刑的过程。

② 霍勒斯·沃波尔（Horace Walpole, 1717—1797），英国作家，以哥特式风格而著称，代表作有《奥特兰托城堡》、《神秘的母亲》等。

是那些从未听过枪响的人写的，他们以为战斗就像踢一场足球比赛，不会有人受伤。

　　或许说没有人以赞许的态度描写行刑有点言之过早，你会想到我们的报纸对法国和其它地方处决那些卑鄙的卖国贼那种兴致勃勃的态度。我想起一份报纸上刊登了整整一系列的相片，展示处决前罗马警察局长卡鲁索①。你看到那具庞大臃肿的身躯跨坐在一张椅子上，背对着行刑队，然后步枪的枪管冒起青烟，那具身躯侧着倒了下去。我猜想同意刊登这组照片的编辑觉得那是一则让人很开心的趣闻，但他并没有亲眼目睹那次行刑。我想我可以想象得出那个拍照的人和行刑队的心情。

　　对于那些喜爱无用的知识的人（我知道有很多这种人，每当我提出任何这类问题时就会有许多回信），我要提一个很有趣的小问题，出自最近鹈鹕丛书中的一本：《莎士比亚的英国》。一个名叫菲尼斯·莫里森②的作家在 1607 年游历英国，写到了西瓜长得到处都是。安德鲁·马维尔③在五十年后写了一首家喻户晓的诗，也提到了西瓜。根据这两处描写，那些西瓜长在露天的地方，事实上，西瓜就只能长在露天的地方。温床在 1600 年是很新的发明，而玻璃温室，如果它们存在的话，一定是非常罕有的事物。我想如今要在英国露天种西瓜是不大可能的事情了，而它们又很难在

---

① 彼得罗·卡鲁索（Pietro Caruso, 1899—1944），意大利法西斯分子，与纳粹德国合作，曾在意大利进行针对共产党人的屠杀，战后被公审并枪决。
② 菲尼斯·莫里森（Fynes Morrison, 1566—1630），英国旅行家，曾游历英伦诸岛和欧洲大陆，其作品《游记》记载了各地的风土人情，颇有历史价值。
③ 安德鲁·马维尔（Andrew Marvell, 1621—1678），英国诗人，代表作有《花园》、《克伦威尔颂》等。

玻璃温室里种，其高昂的价格也就由此而来了。菲尼斯·莫里森还提到了许多酿酒葡萄。我们的气候在过去三百年间发生了剧烈的变化吗？还是说，那些所谓的西瓜其实是南瓜？

从11月10日开始，《论坛报》打算重新规划它的书评。目前的方针是给每本书配篇幅为一个小专栏的一篇书评，但让人感觉不是很满意，因为可以供我们创作的版面太小了，没办法及时更新，而那些比较重要的书总是无法得到它们应该得到的更详细的评论。最好的解决方式似乎是将一些书评缩短，并给予一些书评更长的篇幅。

丹尼尔·乔治的小说书评不会受到影响，但其它书评我们打算刊登9则篇幅很短的布告——对当前的书籍进行指引——然后刊登一篇很长的书评，大约1 500字。这将让我们比现在涵盖更多的书籍，更加紧贴时代，而且好处还有，严肃的书籍能够得到严肃的待遇。每个星期至少有一本书能得到标准长度的评论，即使它的重要性只是间接性的。

我当过几年书评人，根据我的经验，我得说你能既对一本书进行总结又进行批评的篇幅的最低限度是800字。但一篇书评如果篇幅在1 000字以下的话，很难有什么价值可言。月刊和季刊通常有更高的批评水平，一部分原因就在于那些书评人不用在篇幅上捉襟见肘。一百年前，在《爱丁堡》和《季度评论》的年代，一个书评家通常有十五页可以进行创作！

如果这一方针不能起到作用，我们就会放弃，但我们得给它几个月的时间进行尝试。我们的目标是刊登出有指导性的书评，能对所选择的书进行彻底的批评，同时书评本身是拥有可读性的作品。除了那些已经经常向《论坛报》供稿的人士之外，我们还组成了一支第一流的书评人团队，包括赫伯特·里德①、斯蒂芬·斯宾德②、弗朗兹·伯克瑙③、休·金斯米尔④、迈克尔·罗伯茨、穆尔克·拉杰·安南德⑤、阿图罗·巴里亚⑥、亚瑟·科斯勒和其他几位。

随意集·四十八

1944 年 11 月 17 日

几个星期前，在提到新闻学院时，我不经意间地用"不复存在"这个词形容《作家》这份杂志。结果，我收到那份杂志的老板寄来的一封措词严峻的信，里面附带了一份《作家》的 11 月刊，还叫我收回我的言论。

我愿意收回那番话。《作家》仍在发行，似乎还是跟以往一样，虽然据我所知它改变了版式。我想值得对这份样刊进行研

---

① 赫伯特·爱德华·里德(Herbert Edward Read, 1893—1968)，英国诗人、批评家，代表作有《艺术的含义》、《英国散文风格》等。

② 史蒂芬·哈罗德·斯宾德(Stephen Harold Spender, 1909—1995)，英国作家、诗人，代表作有《法官的审判》、《世界中的世界》等。

③ 弗朗兹·伯克瑙(Franz Borkenau, 1900—1957)，奥地利作家，极权主义理论先驱之一，代表作有《欧洲共产主义》、《社会主义，走向民族或走向国际》等。

④ 休·金斯米尔·伦恩(Hugh Kingsmill Lunn, 1889—1949)，英国作家、记者，代表作有《带毒的王冠》、《受庇佑的阴谋》等。

⑤ 穆尔克·拉杰·安南德(Mulk Raj Anand, 1905—2004)，印度作家，作品多揭露印度等级社会的黑暗，代表作有《印度亲王的私生活》、《七个夏天》等。

⑥ 阿图罗·巴里亚·奥加宗(Arturo Barea Ogazón, 1897—1957)，西班牙作家、记者，西班牙内战后流亡英国，代表作有《勇气与恐惧》、《断根》等。

究，以了解新闻学院和整个行业从那些苦苦挣扎的自由撰稿人那里挣钱的内情。

那些文章总是惯常的那一套：《情节技巧》（分十五期刊登），作者是威廉·A·巴格莱等等等等，但我更感兴趣的是那些广告，它们占据了超过四分之一的版面。大部分是那些声称能教你如何靠写作挣钱的人刊登的。让人吃惊的是，许多广告保证为你提供现成的情节。下面是几则范例：

"轻轻松松谋篇布局，向我学习，史上最简单的方式，不满意可退款。收费5先令，免邮费。"

"女性刊物无穷无尽的情节编排方式。收费5先令3便士。培养真正的大师级技巧。十天见效。"

"情节：我们的情节编排让你轻松上手，长短皆宜。无须重新调整，只需填充词语，各种类型情节供应。"

"情节：情景生动，故事开篇引人入胜。对话样本，包括真实的口音……微小说：5先令。短篇小说：5先令6便士。长短篇小说完整版（情节紧凑，让人喘不过气来）：8先令6便士。广播剧：10先令6便士。连载故事、长篇小说、中篇小说（分章节付费，贴切的楔子，如有需要可提供散文或诗歌引言）15先令6便士至1基尼。"

还有许多其它广告。有一个名叫马丁·沃尔特先生的人声称已经将故事营造简化到纯科学的层面，并最终进化为"情节公式"，他和世界各地的学生就是依照这个公式撰写故事的……无论你想写"文学"故事还是流行故事，或是为任何存在的市场撰写故事，只需记住沃尔特先生的公式，你就能知道"情节"是什么和怎么去写。看广告，这个公式只需要花你一基尼。然后还有"弗里特街①的记者"，每千字只需花2先令6便士他们就会帮你修改书稿。诗人也没有被遗忘：

> "你好
>
> 你们诗人忽视了战后对于抒情诗的巨大需求了吗？
>
> 你知道需求是什么并专门进行写作吗？
>
> 艾达·鲁本的著名"贺卡课程"专为合格并且愿意努力的学生而设。她的《慰问卡与贺卡课程》，价格3先令6便士，可以从如下地点购买……"

　　我并不想说什么得罪人的话，但对于任何想要回应上面所列举的广告的人，我会提出这么一个看法：如果这些人真的知道如何通过写作挣钱，为什么他们自己不去挣这个钱，还一次以5先令兜售自己的秘密呢？别的且不说，他们将给自己招来一大帮竞争者。这一期的《作家》刊登了30则这类广告，而《作家》本身除了刊登指导文章外，也在运作自己的文学部，由"知名专家"批阅手稿，每千字多少多少钱。如果每位这些导师每周教出十个成功的学生，每一年他们就向市场供应一万五千名成功的作家！

　　此外，那些要么主持这些课程，要么为他们作证言的"弗里特街的记者"、"成功作家"和"知名小说家"都没有写出名

---

① 弗里特街（Fleet Street），位于伦敦市区，曾是英国众多报纸的总部所在地，因此，弗里特街成为新闻业的代名词。

字——如果写出了名字，都是那些作品你根本没有见过的人，难道这不是咄咄怪事吗？如果萧伯纳或约翰·布伊顿·普雷斯利提出要教你靠写作挣钱，那你或许还觉得比较靠谱。但谁会向一个秃子买生发剂呢？

《作家》希望得到免费宣传，它得到了，但我的话就说到这里。

如今人们喜欢用的篡改历史的方式之一是修改日期。法国共产主义者莫里斯·多列士①得到法国政府的特赦（他因为逃避兵役而被判刑）。关于这件事，一份伦敦的报纸评论说，多列士"将得以从过去六年来的流亡地莫斯科回国"。

恰恰相反，他在莫斯科最多待了五年，而这份报纸的编辑很清楚这一点。过去几年来，多列士一直声称他希望保卫法国，抵御德国人的侵略。1939 年，在战争爆发的前夕他受国家的征召，但没有报到，之后他在莫斯科出现。

但是，为什么要篡改日期呢？目的就是要让多列士看上去似乎是在战争打响前的一年，而不是战争开始之后当逃兵的，如果他真的当过逃兵的话。这只是为法国共产党员和其他共产党员在苏德缔约时期的行为进行开脱辩解的大风潮中的一例。我还可以指出今年来其它类似的篡改事件。有时候，只需要将日期改动几个星期，你就可以改变一个事件的色彩。但只要我们都睁大眼睛，不让那些谎言从报纸上被登进历史书，那就不要紧。

---

① 莫里斯·多列士（Maurice Thorez, 1900—1964），法国共产党领袖，曾于1946 年至 1947 年出任法国副总理。

一位没有收集兴趣的来信读者送来了一本《原则或偏见》，由保守党议员肯尼斯·皮克松①撰写的一本六便士的宣传手册，并给出了这则建议（用红笔作了下划线）："阅后即焚。"

我不会想去把它烧掉，而是会直接把它放进我的卷宗里。但我同意它是一篇讨厌的东西。所有这些宣传手册（《指引手册》，作者有乔治·马尔康·杨、道格拉斯·伍德拉夫②和莱纳德·戴维·加曼斯上尉③）都是不好的征兆。皮克松先生是那些更加聪明的年轻一辈的托利党议员之一（在政治圈子里，"年轻一辈"意味着"六十岁以下"），在这本小册子里，他试图以朴实和民主的方式表现保守主义，而对左翼人士进行误导性的小规模抨击。比方说，看看这段对马克思主义进行歪曲的描写：

> "没有哪个声称经济因素支配着世界的人自己相信这句话。如果卡尔·马克思对经济更感兴趣而不是对政治感兴趣，他可以生活得更好，而不是接受资本家恩格斯的恩惠，时不时向美国报纸贩卖文章。"

这篇文章的目标是无知的人，其主旨是暗示马克思主义认为个人的占有欲望是历史的动机。马克思不仅没有这么说，还几乎说出了与之相反的话。这本宣传册的许多内容对国际主义理念进

---

① 肯尼斯·威廉·穆雷·皮克松（Kenneth William Murray Pickthorn, 1892—1975），英国政治家，曾任剑桥大学保守党议员，在英国教育部任职，枢密院成员。

② 道格拉斯·伍德拉夫（Douglas Woodruff），个人信息不详。

③ 莱纳德·戴维·加曼斯（Leonard David Gammans, 1895—1957），英国保守党政治家，曾于丘吉尔内阁中任职。

行攻诘，并以这样的言论作为支持："没有哪一个英国的政治家会认为自己有权力将英国人的热血奉献于提倡超越英国人利益的事物之上。"幸运的是，皮克松先生的文笔太糟糕了，没办法引起广泛的反响，但其他撰写这类宣传手册的人则比较有水平。托利党总是被认为是"傻瓜党"。但这个群体的公关宣传人员当中颇有一些有头脑的人，而当托利党人变聪明时，你得时刻警惕，防止细小的变化发生。

随意集·四十九

1944 年 11 月 24 日

　　最近有无数对于店老板粗鲁无礼的投诉。人们说店老板在告诉你他们店里没有你想要的东西时似乎很幸灾乐祸，我想事情的确是这样。到店里找真正的罕有物品，比方说一把梳子或一罐鞋油，实在是糟糕的经历。它意味着从一间店走到另一间店，被三言两语打发走，或遭到充满敌意的拒绝。但就连平时去买限量供应的物品和面包对于忙碌的人来说也变得十分困难，几乎是不可能做到的事情。一个女人每天得工作到六点，而大部分店铺五点钟就关门，她该怎么为家里买到食物呢？她只能在吃午饭的时候奋力在拥挤的柜台买到东西。但人们最害怕的，是当他们想买某样供应紧缺的商品时遭到的冷落。许多店主似乎把顾客当成了要饭的，觉得他们卖东西给他是在施以恩惠。还有其它合情合理的抱怨——比方说，对未受控制的物品如二手家具无耻地加价，还有如今非常普遍的挂羊头卖狗肉的可恶伎俩。

　　但在因为所有这些事情责备店老板之前，有几件事情你应该记住。首先，不耐烦和无礼的情绪到处都在增加。你只要观察像巴士乘务员之类平常忍气吞声的人的行为就知道了。那是战争造成的神经衰弱症。但此外，许多独立经营的小店主（根据我的经验，在大商店里你会得到更有礼貌的招待）都是那些对社会很有怨气的人。他们中的某些人其实是批发公司的薪水微薄的员工。有的人正被连锁商店的竞争逐步蚕食，而且当地政府根本不理会他们的死活。有时候，一个住房重新安置的计划会一次性将店主一半的顾客统统迁走。在战争时期，由于轰炸和征召，这种事情或许发生得更加彻底。战争还给这些店主带来了别的特别的麻烦。限量供应为杂货店老板和肉店老板等人带来了许多额外的工作。整天有人要买你没得卖的东西是非常令人恼火的事情。

但说到底，最主要的事实是，在平时店员和独立经营的店老板都任人欺负。他们以"顾客总是对的"为宗旨。在和平时期的资本主义社会，每个人都在尝试贩卖货品，而社会又没有足够多的金钱去购买这些货品；在战争时期，钱多的是但货品却出现了短缺。火柴、刀片、手电筒电池、闹钟和婴儿奶瓶的奶嘴都是珍贵的稀有物品，那些掌握这些物资的人权力大得很，你得毕恭毕敬地和他们打交道。我不觉得你能责备那些店老板在情况暂时逆转时的报复行径。但我确实同意他们当中有些人的行为很令人讨厌，当一个人遭到过分的轻慢时，其他人的责任就是再也不去那间商店。

最近我读了一期《老摩尔年历》，想起了童年时给广告回信时所获得的乐趣。增加你的身高、利用闲暇一周挣五英镑、三天戒掉酗酒恶习、电动带锯、丰胸药、减肥药，失眠、拇囊炎、背痛、酒糟鼻、结巴、脸红、痔疮、腿脚不便、平足和秃顶——所有那些最受欢迎的广告，或几乎所有那些广告，都仍然在里面，有的至少三十年完全没有变过。

我想这些秘方其实不能给你带来什么好处，但你可以给这些广告回信，把他们逗出来，让他们浪费一大堆邮票给你寄来一沓又一沓的顾客证言，然后突然间对他们置之不理，这多好玩啊。许多年前我回应了温妮弗雷德·格蕾丝·哈特兰的一则广告（上面总是有她的照片——一个艳光四射的女郎，拥有一副魔鬼身材），她专治肥胖。在回答我的信件时，她以为我是个女人——当时我很是吃惊，虽然现在我知道这些广告的受骗者绝大部分是女性。她敦促我立刻和她见面。"你一定要来。"她写道，"在你预订夏装之前，只要上了我的课程，你的身材就会变得认不出来。"她一意要我去探访她，给了个位于伦敦码头区的地址。我们的通信持续了很久，价钱从两基尼降到了半个克朗，然后我写信告诉她，我找了另一个和她竞争的同行并减肥成功，事情就这么结束了。

几年之后，我无意中看到《真相》杂志时不时刊登的一份防骗清单，其目的是提醒公众不要受骗子蒙骗。原来根本没有温妮弗雷德·格蕾丝·哈特兰这么一个人。这个骗局是两个名叫哈利·斯威特和戴夫·利特尔的美国骗子在经营的。奇怪的是，他们如此迫切地想要人家上门，事实上，从那时起我就一直在猜想哈利·斯威特和戴夫·利特尔是不是真的在从事肥胖妇女的买卖，把她们卖到伊斯坦布尔当妾侍。

每个人都有一列"希望阅读"的书籍清单，时不时你会读上其中一本。最近我把清单上的一本勾掉了，这本书是乔治·伯恩①的《一个萨里郡工人的回忆录》。我对它略感失望，因为虽然它是一个真实的故事，但里面的主人公贝茨斯沃并不是一个寻常的工人。他曾经是一个农场工人，但后来成为一个揽活儿的园丁，而他与乔治·伯恩的关系是仆人与主人的关系。不过，里面有一些深入的细节描写，真实地描述了一辈子在农场辛苦工作后换来的悲惨而肮脏的结局。这本书写于三十年前，但情况并没有发生本质上的改变。战前不久就在赫特福德郡我住的村子里，有两个老人就像乔治·伯恩所描写的那样生活在赤贫的悲惨中等死。

最近我读了一本书，或者说，重读了一本书——《通灵术的愚昧和欺骗》，二十年前由理性主义者出版协会发行。这本书不大好找，但我可以推荐贝克霍夫·罗伯茨②先生关于该题材的作品。这些书所展现的一个有趣的事实就是那些相信通灵术的科学家的数目。名单包括威廉·克鲁克斯爵士③、生物学家华莱士④、隆布罗索⑤、天文学家弗拉马利翁⑥（不过后来他的思想改变了）、

---

① 乔治·伯恩(George Bourne, 1780—1845)，美国作家，废奴主义者的先驱，代表作有《美国奴隶制图景》、《不可调和的奴隶制》。

② 卡尔·埃里克·贝克霍夫·罗伯茨(Carl Eric Bechhofer Roberts, 1894—1949)，英国作家、记者，对俄国革命有深入研究，代表作有《邓尼金的俄国和高加索》、《关于通灵论的真相》等。

③ 威廉·克鲁克斯(William Crookes, 1832—1919)，英国物理学家、化学家，是铊元素的发现和命名者。其研制的阴极射线管，为1895年X射线的发现，和1897年电子的发现提供了基本实验条件。

④ 阿尔弗雷德·华莱士(Russel Wallace, 1823—1913)，英国博物学家、探险家、生物学家，支持达尔文的进化论，并敦促后者将其作品发表。

⑤ 切萨尔·隆布罗索(Cesare Lombroso, 1835—1909)，意大利医生、犯罪学家，其犯罪理论认为犯罪具有遗传性，可以通过人类学、精神病学和社会心理学加以判断并予以防止。

⑥ 尼可拉斯·卡米伊·弗拉马利翁(Nicolas Camille Flammarion, 1842—1925)，法国天文学家和作家，梁启超曾翻译其作品《世界末日记》。

奥利弗·洛奇[1]和一长串德国和意大利教授。或许这些人不是科学家的顶尖大腕，但你会发现笃信灵媒的诗人数字要少得多。据说伊丽莎白·巴雷特·勃朗宁[2]曾邀请著名的灵媒师到家里去，但勃朗宁先生本人一眼就看穿了他，写了一首关于他的声色俱厉的诗作《肮脏的灵媒》。意味深远的是，那些玩魔术的都不相信通灵术。

随意集·五十

1944 年 12 月 1 日

V2 导弹（他们告诉我现在你可以在出版物中上提起这个名字，你就管它叫 V2，但不要描述太多的细节）再次展现了人性的矛盾。人们在抱怨这些炸弹爆炸时让人猝不及防。"要是你能提前得到预警，事情还不至于那么糟糕。"他们总是这么说。人们甚至缅怀地谈起 V1 导弹的日子，说至少那些亲爱的老式嗡嗡飞弹让你有时间躲在桌子底下云云。事实上，当嗡嗡飞弹真的落下来时，大家都在抱怨等候它们爆炸的时间难受得很。有的人就是永远无法满足。从我个人来说，我不喜欢 V2 导弹，尤其是眼下，房子似乎还在因为刚才的爆炸而颤抖，但这些东西让我觉得沮丧的是它们让人们谈论起了下一场战争。每次一枚炸弹爆炸时，我总

---

① 奥利弗·约瑟夫·洛奇（Oliver Joseph Lodge，1851—1940），英国物理学家，在无线电通讯上有多项重要发明。

② 伊丽莎白·巴雷特·勃朗宁（Elizabeth Barrett Browning，1806—1861）及其丈夫罗伯特·勃朗宁（Robert Browning，1812—1889），广受尊敬的英国文坛伉俪，代表作有《葡语十四行诗》、《戒指与书》等。

是会听到沮丧的评论，什么"下一次"之类的话和后知后觉的看法："我猜想到那个时候他们能跨越大西洋把导弹射过来。"但当你问起这场大家都预料会发生的战争爆发时会是谁和谁打仗，你不会听到确切的答案。那只是抽象的战争——显然，人们已经渐渐淡忘了人类能理智地行事。

莫里斯·巴林[①]于1907年出版了一本关于俄国文学的书，这本书让英国的很多人开始了解那些伟大的俄国小说家。在这本书里，他写到英国的书在俄国总是很受欢迎。在他最喜爱的书里，他提到了《一个小人物的日记》（顺便说一句，人人丛书重印了这本书，如果可以的话，你可以去买一本）。

我一直很奇怪《一个小人物的日记》这本书的俄文版是怎样的。事实上，我猜想俄国人喜欢读这本书可能是因为它的译本就像契科夫的作品。如果你想要对英国的生活有所了解的话，这是一本很好的书，虽然它成书于八十年代，带着那个时代浓厚的气息。查尔斯·普特是个真正的英国人，天生是位绅士，而且傻得出奇。但是，有趣的事情是探究这本书的源头。它到底是源于哪一部作品呢？我想几乎可以肯定就出自《堂·吉诃德》。事实上，它是《堂·吉诃德》的现代英国国教版本。普特是个志向高远甚至喜欢冒险的男人，总是因为自己的愚蠢而惹上麻烦吃尽苦头，而他身边尽是一帮桑丘·潘沙式的人。但除了发生在他身上的事情相对比较温和之外，在两本书的结尾部分你还可以看到塞万提

---

① 莫里斯·巴林（Maurice Baring，1874—1945），英国作家，曾于一战时服务于情报部门和英国皇家空军，代表作有《勿忘我与空谷幽兰》、《十四行诗与短诗集》等。

斯的时代和我们的时代之间的巨大差异。

在故事的最后，格罗史密斯一家同情可怜的普特。一切都理顺了，或者说，几乎一切都理顺了，结尾弥漫着一股与书中其它部分格格不入的多愁善感的情怀。虽然我们自己就是这么做的，但我们不再觉得施加痛苦只是一件好玩的事情。尼采曾说，堂吉诃德的悲哀或许直到当代才被发现。很有可能塞万提斯并非要让堂吉诃德成为一个悲剧人物——或许他只是想他成为一个可笑的人物，当那个可怜的老头被投石器打掉一半的牙齿时，那只是一个让人捧腹大笑的笑话。我很肯定，堂吉诃德是什么样，福斯塔夫就是什么样。或许除了《亨利五世》的最后一幕，没有什么表明莎士比亚除了认为福斯塔夫是一个滑稽的角色之外，还是一个可悲的人物。它只是一个用来榨取钱财的沙包，一个能言善道的比利·班特①。在我们看来，最悲哀的事情是福斯塔夫对他那可憎的保护人哈利王子的依赖，后者被约翰·马斯菲尔德②恰如其分地形容为一个"惹人嫌的臃肿的混蛋"。没有迹象，至少没有清晰的迹象，表明莎士比亚认为这样一段关系中有什么可悲或不体面的地方。

随你怎么说都行，世道真的变了。几年前我与一位年约六旬或者年轻一些的女士走过亨格福德桥。潮汐退去了，我们俯瞰着

---

① 比利·班特(Billy Bunter)，查尔斯·汉密尔顿(Charles Hamilton)为少年杂志《磁石》创作的《格雷弗莱尔学校》连载文章中的一个人物，身材肥胖，性情懦弱，是被书中其他人物欺负戏弄的滑稽角色。

② 约翰·爱德华·马斯菲尔德(John Edward Masefield, 1878—1967)，英国作家、诗人，曾获英国桂冠诗人称号，代表作有《午夜的民族》、《快乐的匣子》等。

脏兮兮的、几乎都是泥浆的河床。她说道：

"我还是小女孩的时候，我们经常扔一便士硬币给下面那些泥腿子。"

我很好奇，问她什么是泥腿子。她解释说那时候职业乞丐被称为泥腿子，总是坐在桥下等着人们扔一便士硬币给他们。那些硬币会深深地掉进泥沼里，那些泥腿子就会先把头钻进去，把它们给挖出来。那被认为是非常滑稽的一幕。

如今还有人会以那种方式作践自己吗？有多少人看到这一幕会感到开心呢？

在他遇刺前不久，托洛茨基已经写完了《斯大林生平》。你或许会认为这一定是本偏激的书，但显然由托洛茨基撰写的斯大林传——或倒过来，由斯大林撰写的托洛茨基传——会是一本很有卖点的书。一家非常知名的美国出版公司准备将其发行。书已经印好了——我一直在等待着证实这一点，才能在此提及——书评的样书已经寄出去了，这时美国参战了。这本书立即被撤回，那些书评家被要求予以配合，"避免对这本传记和推迟出书作任何评论。"

他们配合得非常好。这件事在美国出版界几乎无人提及，而据我所知，在英国的出版界也根本没有人提起过，虽然这件事众所皆知，而且显然值得略书一二。

由于美国参战，美国和苏联成了盟友，我觉得撤回这本书是可以理解的，但不是什么值得赞扬的行为。让人觉得厌恶的是所有人都乐意对这本书绝口不提。不久前我参加了作家俱乐部的一个会议，主题是庆祝弥尔顿的著名政治小册《论出版自由》①出版300周年。无数人作了演讲，强调即使在战争时期保持思想自由的重要性。如果我没有记错的话，弥尔顿关于"谋杀书籍"的特别罪行的那段话就印在作家俱乐部那次活动的传单上，但我没有听到有人提起这桩谋杀，而在场的许多人无疑知道这件事。

下面又是一则脑筋急转弯。下面这一段经常被引用的文字来自莎士比亚的悲剧《雅典的泰门》第五幕：

Come not to me again, but say to Athens

Timon hath made his everlasting mansion

Upon the beach's verge of the salt flood

Who once a day with his embossed froth

The turbulent surge shall cover.②

这段话有三个错误，错在哪里呢？

随意集·五十一

1944 年 12 月 8 日

过去几年来我一直在努力收集小册子，而且一直坚持阅读各式各样的政治文学。有一件事让我越来越惊讶——很多人也为此感到惊讶——那就是，我们这个时代的政治争议是如此邪恶狰

---

① 《论出版自由》是英国诗人约翰·弥尔顿(John Milton)于 1644 年出版的政治宣传手册，捍卫言论和表达自由，历来被视为提倡言论自由的雄辩篇章。

② 译者将此段文字翻译如下："残魂不可招，寄语雅典人，高楼亘古远，泰门苦修建，海滩涌咸浪，堆沫将其淹，怒潮风波起，此事无绝期。"其中"残魂不可招"一句取自朱生豪译本。

诈。我不只是在说那些争论很恶毒刻薄。当事关严肃的问题时，它们就应该如此。我指的是似乎没有人觉得对手也应该拥有公平的发言机会或客观真相才是最重要的，只要你能达到目的就行了。纵览我所收集的政治宣传手册——保守党的、共产党的、天主教徒的、托派分子的、和平主义者、无政府主义者或别的什么人——在我看来，几乎所有的小册子都有着同样的精神氛围，虽然所强调的重点各有不同。没有人在探究真相，每个人总在阐述"情况"，完全罔顾公正或准确，就连最直白明显的事实，如果他们不想看见，也可以视而不见。同样的宣传伎俩几乎比比皆是。要将它们分门别类会占据这张报纸的很多版面，但在这里我希望引起人们对一个非常普遍、有争议性的辩论习惯的注意——罔顾对方的动机。这里的关键词是"客观"。

我们被教导说，重要的是人们的客观行动，他们的主观情感并不重要。因此，和平主义者妨碍了备战，"客观上"帮助了纳粹分子。因此，作为个体他们或许对法西斯怀着仇恨，但那是不相干的。我自己就不止一次说过这样的话，心里觉得很内疚。这一套论点被用在托洛茨基主义身上。托派分子总是被斥责为活跃而心甘情愿的希特勒的帮凶，至少那些共产主义者是这么说的。但当你指出许多明显的理由，证明这或许不是真相时，"客观效果"的那一套就会再次被提起。批评苏联就是在帮助希特勒，因此"托洛茨基主义就是法西斯主义"。当这一套说辞被确立起来之后，出于故意的背叛这一罪名就总是不断地被重复。

这不仅仅是不诚实的问题，它还带来了严重的后果。如果你罔顾人们的动机，要预见他们的行动就变得更加困难。因为有些时候，就连最迷惘的人也知道自己的行为所带来的后果。举一个粗浅但很有可能会发生的例子。一个和平主义者在从事一份能让他了解到重要军事情报的工作，一个德国密探和他接触。在这种情况下，他的主观情绪就关系重大了。如果他在主观上赞同纳粹，他就会出卖国家；如果他不赞同纳粹，他就不会卖国。而没有那么富有戏剧性但本质上相似的情况总是在发生。

在我看来，一些和平主义者内心是赞同纳粹的，而极端左翼政党里肯定会有法西斯密探。重要的是，找出那些诚实的人和不诚实的人，而那些常见的空洞指控只会让这件事变得更加困难。争论所引发的仇恨气氛使人们受到蒙蔽而失察。承认对方或许是诚实和睿智的人被认为是不可忍受的事情。痛骂对方是傻瓜或恶棍，或二者兼而有之要比了解对方是怎样的人更加让人心里觉得快慰。正是这一思维习惯，还有别的事情，使得在我们这个时代很难进行成功的政治预测。

下面这份传单（印刷的）是我的一个熟人在酒吧拿到的。

爱尔兰万岁！

第一个杀死日本人的美国士兵是迈克·墨菲。

第一个击沉日本战舰的飞行员是科林·凯利。

第一户在一场战役中失去五个儿子的美国家庭是苏利文一家，一艘海军舰艇以他们命名。

第一个击落日本战机的美国人是达奇·奥哈拉。

第一个发现德国间谍的海岸警卫队队员是约翰·康兰。

第一个获得总统授勋的美国士兵是帕特·鲍尔斯。

第一个带领舰艇在战斗中牺牲的美国海军上将是丹·卡

拉汉。

第一个从后勤部偷了四个新轮胎的美国杂种是犹太人古德斯泰因。

这份传单的原作者可能是爱尔兰人，但更有可能是美国人写的。上面看不出是哪里印刷的，但或许它出自国内某个美国组织的印刷间。如果还有像这样的传单出现，我很有兴趣去了解一番。

这一期的《论坛报》刊登了"英国小说创作科学学会"的主管马丁·沃尔特先生的一封长信，在信他抱怨我诋毁了他。他说：一、他并没有声称将小说创作变成了一门纯粹的科学；二、他的指导方法已经培养出了许多成功的作家；三、他询问《论坛报》是否接受被认为带有欺诈性质的广告。

对于第一点，"学会声明，这些问题（小说创作的问题）已经被马丁·沃尔特先生解决了。他相信每一门艺术归根结底是一门科学这一真理，分析了5 000多个故事，最终总结出了'情节公式'。他和世界各地的学生就是应用这一公式构思出了不同的故事。""我认为'情节'的本质是严格遵循科学的。"像这样的言论遍布于沃尔特先生的小册子和广告中。如果这不是在声称他已经将小说创作归结为一门纯粹的科学，那到底是什么意思？

关于第二点：沃尔特先生所教出的那些成功作家是谁呢？让我们听听他们的名字和他们出版的作品的名字，然后我们才能对情况有所了解。

关于第三点：一份报纸不应该接受显然有欺诈性质的广告，

但它无法在事先对一切广告进行筛选。比方说，那些出版商的广告总是宣称他们所出的每一本书都具有非常高的文学价值，你能怎么办呢？在这一点上，最重要的是一份期刊不应该让它的社论专栏受到广告的影响。《论坛报》一直很小心不这么做——比方说，即使沃尔特先生本人出面它也没有这么做。

沃尔特先生或许有兴趣知道，要不是他前不久在广告中捎了几份免费的手册（包括那个"情节公式"），并建议我在我的专栏里提一提它们，我是不会提起他的。正是这件事引起了我对他的关注。现在我已经提起了他，而他似乎并不高兴。

回答上周的问题。那三个错误是：

一、"who"应该是"whom"。①

二、泰门被埋在潮汐的高位下面，大海每天会将他淹没两次，而不是一次②，因为 24 小时内总会有两次涨潮。

三、他不会被淹没，因为地中海没有肉眼看得见的潮汐。

随意集·五十二

1944 年 12 月 29 日

我要感谢德威特·麦克唐纳先生发表于纽约月刊《政治》9 月刊的一篇文章，那是一篇书摘，选自一本名为《杀人——或者被

---

① 在英语中，"who"在句子中充当主语，而"whom"在句子中充当宾语。
② 原句中有"once"（一次）这个单词。

杀，肉搏战手册》的书，作者是雷克斯·阿普尔盖特少校①。

这本书是一本美国的半官方出版物，不仅为刀具、绞杀和形形色色的恐怖的"无枪械作战"提供了详实的信息，而且描述了士兵们在军校里如何接受训练应付挨家挨户的入室战。下面是几则指导的范例：

> "……在进入隧道之前，教官抛出假人A，学生用小刀扎在其身上，当学生从1号目标奔赴4号目标时，高音喇叭播放'盖世太保虐待现场'或'意大利人在咒骂'的录音……9号目标位于暗处，随着学生进入这个房间，播放'日本人实施强奸'的录音……教官给学生的手枪重装子弹时，播放'逮住那个美国杂碎'的录音。教官和学生穿过下一个房间的帘子时，他们会碰到一个象征着死尸的背部插着匕首的假人。一盏绿灯照亮了这具假人，学生不能开枪打中它，但基本上所有学生都开枪打中了它。"

麦克唐纳先生评论说："这门课在运作时有一点非常有趣。虽然作者没有明说，但学生的压抑似乎会带来危险：意志完全崩溃，开枪打死或用刀子捅死跟在身边的教官……根据指示，教官得贴身跟在学生身边，'随时'抓住学生握枪的那只胳膊。上课时学生刺中了三具假人之后，'刀子要从学生的手里解除，防止事故发生'。最后：'上课时当教官在学生身边时，不能去完全黑暗的

---

① 雷克斯·阿普尔盖特（Rex Applegate，1914—1998），美国军人，曾于二战担任特种部队教官，并曾担任罗斯福总统的贴身保镖。

地方。'"

我相信在英国军队里，类似的战斗课程已经不再进行或不再强调了，但请记住，如果你想要有一支作战高效的部队，这种课程是必不可少的。没有什么意识形态，没有什么"为某个事业而奋斗"的理念能代替它。这一刻意的残忍虐待数百万人类的行径是目前这一社会形态的代价的一部分。顺便提一下，几百年来日本人是这方面的行家好手。在以前，贵族的男孩子在非常小的时候就被带去观看行刑，如果有孩子露出轻微的感觉恶心的迹象，他立刻会被逼吃下大碗大碗的染成血色的米粒。

英国的平民对军事上的丰功伟绩并不热衷，我曾在别处指出，当一首描写战斗的诗变得家喻户晓时，它总是描写一场灾难而不是一次胜利。但有一天，当我因为提到什么事情而重复这句话时，我的脑海里掠过那首曾经流行的歌曲——如果哪家唱片公司愿意录制它的话或许会再度流行——《本鲍上将》①。这首很沙文主义的歌谣似乎与我的看法相左，但我相信它的流行部分程度上得归功于当时大家都知道的阶级斗争的色彩。

本鲍上将在与法军作战时突然被麾下的船长背叛，只能以寡敌众。这首歌谣是这么写的：

> 科比对韦德说，"我们跑吧，我们跑吧。"

---

① 约翰·本鲍(John Benbow, 1653—1702)，英国海军上将，在 1702 年 8 月与西班牙无敌舰队的海战中，因麾下几位舰长临阵脱逃而被迫孤军作战，被炮弹炸去双腿，战役后伤重不治而死，未能等到军事法庭宣判那几位舰长的罪行。

科比对韦德说，"我们跑吧。"

因为我不在意丢脸，

也不在意丢失官位。

但我不会去面对敌人，

不会面对他的大炮，不会面对他的大炮。

于是，本鲍只能孤军奋战，虽然获得了胜利，但自己却牺牲了。对他的死有一段血腥但可能真实的描写：

勇敢的本鲍失去了双腿，

被链弹炸中，被链弹炸中，

勇敢的本鲍失去了双腿，

被链弹炸中，

勇敢的本鲍失去了双腿。

他杵着断腿，哀求道，

"继续作战，我的英国小伙子们，

这是我们的战场，这是我们的战场。"

军医包扎他的伤口，本鲍在大叫，本鲍在大叫。

军医包扎他的伤口，本鲍在大叫，

快把我抬在担架上，搁在船尾处，

我要面对敌人，

直到我战死，直到我战死。

重要的一点是，本鲍是个出身行伍的普通人，凭着军功一步步晋升。他入伍时是个舱室仆童，他麾下的舰长之所以逃离战场，是因为他们不想看到一个庶民指挥官获得胜利。我不知道是不是这一传统让本鲍成了一个受欢迎的英雄，使他的名字不仅被这首歌谣传诵，而且出现在不计其数的酒吧招牌上。

我相信没有关于这首歌的唱片，但我在进行节目广播，想播点相似的歌曲打发5分钟的间歇时，我发现它只是许多没有被录制的旧流行歌曲和民谣中的一首。我相信直到不久前连《汤姆·博林》或《绿袖子》也没有被录下来，无论是歌词还是曲子。其它我找不到的歌曲包括：《盖了茅草屋顶的小屋》、《绿意盎然》、《噢，朝露慢慢地逝去》和《来吧，姑娘们和小伙子们》。其它家喻户晓的歌曲录制得零零碎碎，总是由那些职业歌手随随便便地演绎，你似乎可以闻到唱片散发出来的威士忌和香烟的味道。圣诞颂歌的唱片合辑也非常糟糕。我相信你找不到《吟游诗人和少女》、《远处神龛的银灯》、《富翁与拉撒路》或其它经典老歌。另一方面，如果你想找一张《滚木桶》、《一朵小雏菊》等歌曲的唱片，你会有好几个不同的版本可供选择。

12月15日的《论坛报》有一位记者表达了他听到利用印度军队去攻打希腊时心里的"恐惧和厌恶"，并把这件事与佛朗哥利用摩尔人军队攻打西班牙共和军相提并论。

在我看来，重要的是这一老掉牙的转移视线的言论不应该被提出来。首先，印度军队与佛朗哥的摩尔人军队不可同日而语。那些反动的摩尔人酋长和佛朗哥的关系就像那些印度亲王和英国保守党的关系一样。他们派遣军队到西班牙目的很明确，就是镇压民主。印度军队是雇佣军，为英国人服务是出于家族传统或为了谋一份差事，虽然后来他们当中有一部分人或许开始认为自己是印度人的军队，是未来获得独立的印度的核心武装势力。他们在雅典出现或许并没有什么政治含义。或许他们碰巧只是最近的可以调遣的部队。

但此外，社会主义者不应该有肤色歧视，这是非常重要的。有几次——比方说，1923年占领鲁尔区和西班牙内战——就有人在叫嚷着"使用有色人种部队"，似乎被印度人或黑人开枪打死要比被欧洲人开枪打死更惨。我们在希腊犯下的罪行是，我们干涉了希腊的内政，而执行命令的部队是什么肤色并不重要。至于占领鲁尔区，或许抗议使用塞内加尔人的部队是情有可原的，因为德国人或许会觉得这是雪上加霜的羞辱，而法国人动用黑人部队或许正是出于这个原因。但这种感觉在欧洲并不普遍，我不知道会不会有人对印度军队怀有偏见，他们显然都是行为良好的人。

我们的记者或许想说的是，那些殖民部队在政治上茫然无知，根本不知道他们在进行怎样的龌龊勾当，利用他们是格外卑劣的事情。但至少我们不要去侮辱那些印度人，暗示他们进驻雅典要比英国人进驻雅典更具羞辱意味。

随意集·五十三

1945年1月5日

我正在阅览1810年《季度评论》的合订本，我想那一年是《季度评论》发行的第二年。

从英国人的观点看，1810年不是拿破仑战争中最黑暗的年头，但也差不多了。或许可以和目前这场战争的 1941 年相比拟。英国完全陷入孤立，在德国的命令下，与每个欧洲港口的贸易都被封锁。意大利、西班牙、普鲁士、丹麦、瑞士和低地国家①全都被征服了。奥地利与法国结盟，俄国也和法国勉强达成协议，但大家都知道拿破仑很快就会入侵俄国。虽然美国没有参战，但它公开仇视英国。希望一片渺茫。只有西班牙爆发了起义，这再一次让英国在欧洲大陆站稳了脚跟，开启了与南美国家的贸易。因此，观察《季度评论》的基调是很有趣的事情——它是一份断然支持战争的保守派刊物——瞧瞧在那个绝望的时刻它是怎么谈论法国和拿破仑的。

下面是《季度评论》关于所谓的法国人有好战情绪的评论，摘自一篇书评，书评的对象是由一位沃尔什先生所写的宣传手册，他刚从法国回来：

> "沃尔什先生一直认为法国人身上有好战天性，对那些饥肠辘辘的肮脏的巴黎人听说军队每一场胜利时欣喜若狂的模样进行了生动的刻画，我们对此毫不怀疑，但我们或许可以认为这种喜悦是伴随着这种事情的人之常情。民族虚荣心的满足是一方面，而胜利所带来的庆典或许让没有野心的人也能开怀地尽兴。事实上，我们认为，当前那些情感只局限于那位伟大的征服者的胸怀中，在他的臣民中，我们几乎可以说他的军官和军队共同的愿望就是**和平**。"

---

① 指荷兰、比利时和卢森堡。

我们可以将这段文字与范西塔特勋爵①的言论或当今大部分报刊上的言论进行对比。这篇文章有几处提到了拿破仑的军事才华。但让我印象最为深刻的是，那一年的《季度评论》刊登了很多篇关于刚出版的法国书籍的评论——它们都是认真严谨的评论，但基调与其它文章并没有什么不同。比方说，有一篇九千字左右的文章，谈论法国阿卡伊尔学会②的出版物。法国的科学家盖伊-卢萨克③、拉普拉斯④和其他人都被示以最大程度的尊敬，每次提到时都以"先生"称呼。读着这篇文章，你感觉不到战争正在进行。

　　你能想象在目前这场战争中英国的报刊会怎么评论德国的书籍吗？不，事实上，我想你无法记起战争时期在德国出版的哪怕一本书的名字。如果一本当代的德国书在报刊中被提起，几乎可以肯定的是，它会被以某种方式曲解。在浏览《季度评论》里对法国书籍的评论时，我注意到只有当它们直接涉及政治话题时政治宣传才会冒出来，即使是那样，按照我们的标准，那也是极为温和的政治宣传。至于艺术、文学和科学，它们的国际性被视为天经地义的事情。然而，我猜想，英国在拿破仑战争时就像现在这场战争一样是为了生存而在奋战，对于被卷入战争的人来说，

---

① 范西塔特勋爵，全名 Robert Gilbert Vansittart，二战前与二战初期的英国外交官，对德态度强硬。
② 阿卡伊尔学会(the Society of Arcueil)，指从 1806 年到 1822 年定期在巴黎郊外阿卡伊尔聚会的科学家团体。
③ 约瑟夫·路易斯·盖伊-卢萨克(Joseph Louis Gay-Lussac，1778—1850)，法国化学家、物理学家、热气球航空先驱，曾发现了元素碘及重要的气压与温度定律。
④ 皮埃尔-西蒙·拉普拉斯(Pierre-Simon Laplace，1749—1827)，法国天文学家、数学家，对经典天体力学做出了重要贡献。

那场战争同样血腥和令人精疲力竭……

当缅甸再次成为新闻的中心时，没有人能做点有意义的工作，归纳出一套合理的拼写缅甸地名的方法。普通的报纸读者怎么分辨得出像侗墩依、米扬密亚和尼昂滨泽这些名字呢？

当日本人于1942年初入侵缅甸时，他们很努力地在电台上对缅甸的名字进行正确的发言。英国广播电台的播音员不以为意，继续我行我素，将每一个可能念错的名字都给念错了。而从那时开始，报纸自己鼓捣出名字的发音，而那些发音基本上都是错的，把情况搞得更加糟糕。

目前，缅甸的名字大体上就是从缅甸文字中直译过来的。除非你了解缅甸文如何拼写，否则这是一套非常糟糕的系统。普通人怎么会知道在一个缅甸的名字中"e"写的是"ay"，"ai"写的是"eye"，gy写的是"j"，ky写的是"ch"等等等等？要归纳出一套更好的书写系统应该是很容易的事情，英国的公众能很标准地说出第聂伯罗彼得罗夫斯克，要是肯学习的话，也能够把皎克西和坤仰公说得标准。

我最近怀着兴趣在重读《费尔柴尔德一家》，这本书写于1813年，大约五十年来一直是儿童的标准读物。不幸的是，我只有第一卷，但即便如此，其未删节的版本——近年来出了许多华而不实的版本，把所有的精华都给剔除掉了——仍很值得关注。

这本书的基调从这句话就能充分地体现出来："爸爸，"露丝（顺便说一下，露丝九岁）说道，"我们可以念一些关于坏心肠的人的诗篇吗？"当然，爸爸非常愿意，然后她念出了那些诗篇，全部都记得正确无误。下面是费尔柴尔德太太在告诉孩子们她童年时不听话和女仆去摘浆果时所说的话：

> "保姆被交给她的母亲鞭打一顿。而我则被关在小黑屋里，关了几天，只有水和面包吃。到第三天快结束时，我的几个阿姨叫我过去谈话，谈了很久。"
>
> "你违背了第四诫。"佩内洛普阿姨说道，"它的内容是：'记住，安息日是神圣的日子。'而且你违背了第五诫，内容是：'尊敬你的父母……'你还违背了第八诫，内容是：'不可偷盗。'格蕾丝，"阿姨说道，"而且和那些下人一起爬树实在是太丢人了，枉我们那么照顾你，为你吃了多少苦头，而且还教导你那些精致的礼仪。"

整本书就是这种调调，在每一章的结尾有长长的祷告，还有无数从《圣经》里引用的赞美诗和经文贯穿全文的始终。但它最主要的特征是上天对那些行为不检点的孩子的可怕惩罚。如果他们没有得到许可就去荡秋千，他们会摔下来，断了几颗牙齿；如果他们忘了祷告，他们就会掉进猪食槽里；偷了几个李子就会罹患肺炎差点没命。有一次费尔柴尔德先生逮到自己的孩子们在吵架。和往常一样，他鞭笞了他们一顿，然后带他们去很远的地方散步，看一具挂在绞刑架上的谋杀犯的腐尸——正如他所指出的，这是两个兄弟争吵而导致的结果。

这本书一个有趣而且让人觉得好奇的特征是，在这么严苛的管制下成长的费尔柴尔德家里的孩子们似乎非常难以让人信任。父母一转过身去他们就一定会调皮捣蛋，这表明鞭笞和只给面包和水吃并不特别管用。顺便说一下，作者舍伍德太太有几个孩子，至少他们没有在她的操持下死掉。

随意集·五十四
1945 年 1 月 12 日

不久前一位来信者问我是否见过展现德国人暴行的蜡像展览，这个展览在伦敦已经进行一年多了。展厅的外面写着这些字样：**集中营的恐怖。进来看看真正的纳粹酷刑。鞭笞、钉十字架、毒气室等等等等。儿童游乐区不另外收费。**

我在很久以前就去看了这个展览，我想告诉那些想去参观的人，它实在是让人大失所望。首先，许多蜡像并不是真人尺寸，我猜想它们当中有的甚至不是真正的蜡像，只是裁缝店的假人装上新的脑袋。其次，那些酷刑并不像外面的宣传海报让你设想的那么恐怖。整个展览脏兮兮的，毫无生机，让人觉得很没劲。但我猜想展览者尽了自己最大的努力，那些宣传标语很有趣，完全赤裸裸地迎合虐待狂和受虐狂的心理。在战前，如果你喜欢无规则摔跤，或写过信给你的议员抗议废除鞭刑，或光顾那些二手书店找类似《行刑室之乐》这样的书籍，别人会很讨厌你，对你抱以猜疑。而且，或许你知道自己的动机，为它们多多少少感到羞愧。然而，现在你可以沉醉于最令人恶心的关于酷刑和屠杀的描写中，不仅无须产生罪恶感，而且觉得你是在进行一项值得赞扬的政治行动。

我不是在说关于纳粹分子所犯下的暴行的故事并不是真实的。我想在很大程度上它们是真实的。这些恐怖的事情的确在战前德国的集中营里发生过，而且它们没有理由自战争开始之后就停止了。但它们被利用了，因为它们给了报纸刊登色情内容的借口。今天上午的报纸在大肆渲染英国军队对于纳粹暴行的官方报告。它们小心翼翼地告诉你，女人被赤身裸体地鞭笞，有时候将这一细节作为新闻标题进行报道。撰写这些报道的记者非常清楚自己在做什么。他们知道有很多人想到用刑就会得到虐待狂的快感，特别是折磨女人，他们就是要利用这一普遍的精神官能症。你不需要觉得愧疚，因为这些事情是敌人做出来的，而且你从中得到的快乐可以用不予认同的态度加以掩饰。你能从己方所作出的残暴的行为中得到相似的快感，只要它们被认为是对做坏事的人的正当惩罚就行。

我们还没有沦落到观赏古罗马角斗士竞技表演的地步，但如果必要的条件实现的话，我们或许会这么做。比方说，如果宣布几个甲级战犯将被喂狮或在温布利体育馆被大象踩死，我猜想一定会有很多人到场观看这一盛景。

我希望引起对最新一期的《世界评论》一篇名为《关于米哈伊洛维奇的真相？》的文章的关注（顺便说一下，它的作者也为《论坛报》写文章）。它探讨了英国媒体和英国广播电台将米哈伊洛维奇定性为德国间谍的宣传攻势。

南斯拉夫的政治非常复杂，我不想假扮这方面的专家。我所知道的是，英国和苏联放弃米哈伊洛维奇而支持铁托是完全正当的。但让我感兴趣的是这个决定作出之后，声誉卓著的英国报纸愿意纵容那些近乎伪证的报道，就为了抹黑那个几个月前他们还予以支持的人。这种事情无疑发生了。这篇文章的作者从众多例子中举了一例，在这则例子中事实报道遭到了最寡廉鲜耻的镇压。那些报纸得到了非常明确的证实米哈伊洛维奇并不是德国间谍的证据，但它们拒绝将证据刊登出来，仍像以前那样一再重复着变节卖国的指控。

在西班牙内战中发生了非常相似的事情。那时候，无政府主义者、托洛茨基分子和其他人既反对佛朗哥，也反对西班牙共和政府的官方政治纲领，他们被斥责为接受法西斯津贴的叛徒。许多同情共和政府的英国报纸认可了这一指控，并连同自己加油添醋的夸张描写将其反复报道，与此同时拒绝刊登任何回应，就连信件也不肯。他们的理由是，西班牙共和政府正在挣扎求存，对自相残杀的麻烦进行过于坦白的讨论会使得本国的亲法西斯报刊有机可乘。他们在这些问题上和稀泥，给无辜的人扣上完全没有根据的罪名。那时候和现在都一样，如果你提出抗议，你所得到的回答是：首先，那些指控是真实的；其次，就算它们不是真实的，这些人在政治上也不可靠，因此是他们活该。

我承认这个理由有一定的道理。在与法西斯主义进行斗争时，你不能总是受昆斯伯里侯爵规则①的约束，有时候撒谎几乎是不可避免的。总是有寡廉鲜耻的敌人在等着捉你的痛脚，而有些问题的真相是如此复杂，简单地陈述事实会对公众造成误导。但我仍然认为，过去二十年的历史表明，极权主义的争论方式——伪造历史、个人毁谤、拒绝公平地听取对方的意见等等等等——

---

① 昆斯伯里侯爵规则（Marquess of Queensbury rules），这个典故出自于拳击比赛，第九任昆斯伯里侯爵约翰·道格拉斯（the 9th Marquess of Queensbury John Douglas，1844—1900）倡导改革了拳击规则，突出公平竞技和运动员精神，为现代拳击运动奠定了基础。

大体上是对左翼事业的利益造成了损害。

一个谎言就像是一只回旋镖，有时候它会出其不意地很快就飞回来。在西班牙内战期间，一份左翼报纸雇用了一位记者"捏造"对西班牙托洛茨基分子的指控，而他也不择手段地这么做了，根本没办法在那张报纸的专栏上对他所说的话作出回应。不到三年后，这个人被另一份报纸聘请了，在苏芬战争时期进行最下作的"反赤化"宣传。我猜想他在1940年所说的那些反对俄国的谎言杀伤力会更大，因为他在1937年所说的那些支持俄国的谎言还没有被揭穿。

在同一期《世界评论》中，我注意到爱德华·霍尔顿[①]先生很不以为然地表示"小小的雅典城所拥有的日报比伦敦要多得多"。我所能说的就是：祝雅典好运！只有在拥有许多份报纸，各种思潮都能够得以表达的情况下，才有机会获得真相。算上晚报，伦敦只有十二份每日发行的报纸，它们覆盖了整个英国的南部，而最北到了格拉斯哥。当它们都决定讲述同一个谎言时，没有小报能够阻止。在战前的法国，报刊非常腐败龌龊，但你可以从中挖掘出比英国的报刊更多的新闻，因为每个政治党派都有自己的报纸，每一种观点都能找到读者。如果在我们准备扶植的政府管制下雅典仍然能够保持那么多的报纸，我会觉得很惊讶。

---

① 爱德华·霍尔顿(Edward Hulton，1869—1925)，英国《每日梗概报》的创办人，其报风偏于保守。

随意集·五十五

1945 年 1 月 19 日

上星期法国记者亨利·比拉德①被判处死刑——然后被减刑为终身监禁——罪名是与德国人勾结。比拉德以前经常给法西斯周刊《格林葛》②投稿，在最后的几年里，这份周刊变成了你所能想象的最让人恶心的破烂玩意儿。没有什么报刊的内容能像它的卡通漫画那样让我如此气愤，上面画着那些可怜的西班牙难民如潮水般涌入法国，而意大利的飞机正一路以机关枪对他们进行扫射。那些西班牙人被画成一排面目可憎的丑角，每个人推着一辆手推车，上面堆满了珠宝和装着金子的袋子。《格林葛》几乎一直都在叫嚣要镇压法国共产党，即使是对左翼政党中最温和的政治家，它也同样凶残。它曾刊登了一幅漫画，里面画着布伦姆和他自己的妹妹睡在床上，从中你可以了解到它在进行政治争论时的道德水准。它的广告栏目里尽是偷窥装置和色情读物的广告。这么一本垃圾读物据说发行量达到了 50 万份。

在阿比西尼亚战争期间，比拉德写了一篇支持意大利的言辞激烈的文章，在里面他声言"我痛恨英国"，并给出了痛恨英国的原因。重要的是，德国只能利用这样一群人在法国进行宣传，多年以前他们就毫不掩饰自己对法西斯的同情。一两年前，

---

① 亨利·比拉德(Henri Béraud, 1885—1958)，法国记者，因投靠维希政府，与纳粹德国合作而被判处死刑，后被改判无期徒刑。
② 《格林葛》，由法国人贺拉斯·德·加布西亚(Horace de Carbuccia)于 1928 年创办的报纸。

雷蒙德·莫蒂默先生发表了一篇关于战时法国作家活动的文章，美国的杂志上也刊登了几篇类似的文章。当你将这些文章拼凑在一起后，你会清楚地发现在德国占领时期法国文坛的知识分子表现十分体面。我希望我能坚定地认为如果纳粹党杀过来时英国文坛的知识分子也能有同样的表现。但实际的情形将会是，如果英国沦陷，情况会变得十分绝望，而接受新秩序的诱惑要强大得多。

我认为我有点对不起二十世纪。关于我对1810年的《季度评论》所说过的话——在里面我指出在与法国交战最激烈的时候，法文书籍仍能得到正面的评价——有两位来信读者告诉我，在当前这场战争中，英国给予了德国的科学出版物公允的待遇。因此，或许我们终究不是那么蛮不讲理的人。

但我仍然觉得我们的先辈在战争时期比我们更加能够保持理性。如果你曾经从弗里特街走到河堤路，你应该走进《观察者报》的办公室，看看在等候室里保存的一份资料。那是《观察者报》（它是我们最古老的报纸之一）的一页镶了框的报纸，日期是1815年6月的某一天。外表上看它很像一份现代报纸，但印刷质量稍微差一些，那一页上只有五个栏目。最大的字体比四分之一英寸大不了多少。第一个栏目是《法庭与社会》，然后是几则广告，大部分是房间出租广告。在最后一则广告下面是一则标题《佛兰德斯血腥战役，科西嘉叛军的完败》。这是滑铁卢战役的第一则新闻！

"今天英国只有八十人每年的净收入在六千英镑以上。"（众议员昆汀·霍格①先生在他的宣传册《我们所生活的时代》中如是说。）

在英式英语和美式英语中大约有 80 种方式表达不相信——例如"garn"（继续扯）、"come off it"（别扯了）、"you bet"（当然）、"sez you"（去你的）、"oh yeah"（噢，是嘛）、"not half"（一点都不信）、"I don't think"（我可不这么想）、"less of it"（别扯了）或"the pudding!"（瞎说！）但我觉得"and then you wake up"（然后你就醒了）是对上面所引用的那句话最贴切的回答。

最近我读了埃德加·华莱士的传记，由玛格丽特·雷恩②几年前执笔。它是真正的从"小木屋到白宫"式的故事，隐晦地对我们这个时代作了一番让人很是吃惊的评论。华莱士的身世非常不幸——他是一个私生子，由养父母在贫民窟带大——完全靠着自己的能力、进取心和努力一步步往上爬。他著书甚丰，在他的晚年一年能够出八本书，还写剧本、广播稿和许多报道。他只需不到一周的时间就构思好一部长篇小说。他不事锻炼，在一间热得要命的房间的玻璃屏风后面奋笔疾书，不停地抽烟和喝很多加了糖的茶。五十七岁的时候他死于糖尿病。

显然，从华莱士的几部更具野心的作品可以看出，他还是很严肃地对待自己的作品的，但他最主要的目的是挣钱，而他做到

---

① 昆汀·麦克加雷尔·霍格(Quintin McGarel Hogg, 1907—2001)，英国保守党政治家，曾先后担任英国大法官、司法大臣、教育部长等职，代表作有《左派从来都是错的》、《为保守主义辩护》等。
② 玛格丽特·雷恩(Margaret Lane, 1907—1994)，英国女作家、记者，代表作有《信仰、希望、无须施舍》、《埃德加·华莱士，一位传奇人物的传记》等。

了。晚年时的他每年挣大约五万英镑。但那些钱来得容易去得快。他经营剧院亏了本，养了好几匹赛马很少获胜，而且他还花了很多钱买了好几座房子，请了二十个仆人。当他突然在好莱坞暴毙时，人们发现他欠了十四万英镑的债务，而他的流动资产几乎为零。不过，他的书卖得很火，在他死后的两年里，他的版税多达两万六千英镑。

奇怪的是，这种完全荒废的人生——终其一生总是坐在局促的房间里，用略带恶毒的废话填满一张又一张的稿纸——被称为，或在几年前曾经被称为"励志榜样"。华莱士写的都是"要么飞黄腾达要么一败涂地"的书，从斯迈尔斯的《自助》以降这类书一直都在告诉你应该怎么做。世界在他生前死后给了他想要的回报。当他的遗体被带回国时，

　　　"他被抬上游轮'伯伦加莉亚号'……身上覆盖着一面米字旗和鲜花。他独自躺在空荡荡的大厅里，棺材上盖满了花圈。他从未进行过这么平静而高贵的旅行。当那艘游轮驶进南安普顿的水域时，它的旗帜在桅杆的一半高度处飘扬着，南安普顿的旗帜缓缓降下向他致敬。弗里特街敲响了钟声，温德汉姆酒店熄灭了灯光。"

他得到了这一切和一年五万英镑！他们还在鲁德门广场的墙上挂着华莱士的铭牌。想到伦敦能在弗里特街纪念华莱士，在肯辛顿花园纪念巴利，却不肯在兰贝斯为布莱克竖立一座纪念碑，真是奇怪。

随意集·五十六

1945 年 1 月 26 日

有一天晚上我参加了一个名为"欧洲自由联盟"的组织的大型集会。虽然严格来说那是一个包容各个党派的组织——讲台上有一位工党的下议员——我认为说它被保守党的反俄人士所主宰并不过分。

我完全赞同欧洲自由，但当它能与其它地方的自由结合的话我会更加高兴——譬如说，印度。讲台上的那些人很关心俄国在波兰和波罗的海国家等地方的行动，以及这些行动对大西洋宪章原则上的背弃。他们所说的内容有一半以上是合理的，但奇怪的是，他们在捍卫我们在希腊的高压统治时和谴责俄国在波兰的高压统治时几乎一样热情。保守党的下议员维克多·莱克斯[1]是一个能干而敢言的反动分子，他作了一番演讲，如果它只是针对波兰和南斯拉夫的话，我会认为它是一次精彩的演讲。但在谈完那两个国家之后，他继续讲起了希腊，然后突然开始颠倒黑白。那一大群听众没有作嘘也没有插话——显然，没有人能够明白，无论是谁将卖国政府强加于不情愿的人民身上，那都不是什么好事。

很难相信像这样的人会对像政治自由这种事情真的感兴趣。他们之所以关心，是因为英国未能在德黑兰会议达成的肮脏交易

---

[1] 亨利·维克多·阿尔平·麦克金农·莱克斯（Henry Victor Alpin MacKinnon Raikes，1901—1986），英国保守党政治家，曾于二战加入英国皇家空军，长期担任保守党下议员。

中大捞一笔。会议结束之后我和一个记者聊天，他比我认识更多有影响的人物。他说他认为英国的政策可能很快就会转而激烈地反对俄国，如果有必要的话，朝那个方向操纵公共舆论会是相当轻松的事情。我有好几个理由不相信他所说的是对的，但假如结果证明他是对的，那归根结底是我们的错，而不是我们的敌人的错。

　　没有人会指望保守党和它的喉舌会传播启蒙。问题是，过去这些年来，要从左翼报刊那里了解到对于外交政治的成熟言论也是不可能的事情。当事关像波兰、波罗的海国家、南斯拉夫或希腊等问题时，那些亲俄派的报刊和保守党的极端主义喉舌有什么不同呢？它们只是另一方的上下颠倒的版本。《新闻纪实报》刊登出大字标题报道希腊的战斗，却将那篇"必须以武力征讨波兰救国军"的新闻以小字印在一篇专栏的最下方。《工人日报》不赞成雅典的独裁体制，《天主教先驱报》不赞成贝尔格莱德的独裁体制。没有人能够说——至少没有人能够在发行量大的报纸上说——关于势力范围、卖国、清洗、人口迁徙、一党选举、百分之百的全民投票这些肮脏的把戏，无论是我们自己、俄国人还是纳粹分子做出来的，在道德上都是一样的。即使是在赤裸裸地回归像劫持人质这种野蛮行径的问题上，只有在做出这种事情的人不是我们自己而是敌人时，我们才会表示反对。

　　结果怎样呢？一个结果就是，误导公众舆论变得更加容易了。保守党人能够随心所欲地制造丑闻，这一部分是因为在某些事情上左翼人士拒绝以成熟的方式进行谈话。一个例子就是1940年的苏芬战争。我并不是为俄国在芬兰的行径辩护，但它并不是什么特别邪恶的事情。它和我们占领马达加斯加的性质是一样的。公众可以为之感到震惊，事实上，可以被这件事激发出危险的愤怒状态，正是因为多年来他们被灌输了错误的理念，以为俄国的外交政策在道德上与其它国家不可同日而语。我在那天晚上听着莱克斯先生的演讲时，我猛然意识到，多亏了左翼政党一直奉行自我审查，如果保守党真的选择开始抖出关于卢布林委员会①、铁托将军和相关话题的秘密，他们将有许多秘密可以抖出来。

但政治的虚伪自有其滑稽的一面。那场"欧洲自由联盟"会议的主持人恰恰就是阿瑟尔公爵夫人②，而就在七年前，公爵夫人——她被亲切地称为"红色公爵夫人"——是《工人日报》的恩客，利用她的权威支持共产党人在那个时候所说的每一个谎言。如今她在与自己帮助创造的怪物进行搏斗。我可以肯定她或她那些曾经是朋友的共产党人会看到这其中的道德意味。

我想更正上周我在这个专栏里犯的一个错误。似乎有一块铭牌是献给威廉·布莱克的，位于兰贝斯的圣乔治教堂附近。我在那一带找过，但没有找到。我向伦敦市政局表示歉意。

---

① 卢布林委员会(the Lublin Committee)，即波兰国民解放委员会(the Polish National Committee of Liberation)，二战时依附苏联的波兰流亡政府，二战时期的领导人是爱德华·奥索巴卡-莫洛斯基(Edward Osóbka-Morawski，1909—1997)。

② 凯瑟琳·玛尤莉·斯图亚特-穆雷(Katharine Marjory Stewart-Murray，1874—1960)，封号阿瑟尔公爵夫人(Duchess of Atholl)，英国左翼女政治家，因在西班牙内战中积极支持西班牙共和政府而被称为"红色公爵夫人"，后与共产主义运动决裂，反对苏联对波兰、捷克斯洛伐克和匈牙利的控制。

如果你关心英语的保护，你总是得作出决定的一点就是，当一个词语改变了词意时，是否值得进行斗争。

　　有些词语已经没得救了。我想你不能将"impertinent"（不恰当的）、"journal"（杂志）或"decimate"（什一抽杀）的原义恢复。但近几年来渐渐普及的用"infer"（推断）表示"imply"（暗示）的用法呢？（"He didn't actually say I was a liar, but he inferred it."〔他没有明说我是个骗子，但他暗示了。〕）你应该为这种事情进行抗议吗？你应该默许某些单词的意思被人为地狭义化吗？比如说，"immoral"（不道德，几乎总是意味着在性问题上不道德）和"criticize"（批评，总是意味着不予好评）。让人惊讶的是，有许多词语演变成为纯粹表示性意味的词语，一部分原因是报纸出于委婉表达的需要。像"intimacy took place twice"（发生了两次亲密关系）这样的话基本上已经不再表示"亲密"的本义。而其它十几个词语也同样发生了语义的转变。

　　显然，这种事情应该尽可能地避免，但就算你抵制通行的词语用法，能否收到成效尚未可知。词语的产生与消亡是一个神秘的过程，我们不明白个中规律。在1940年，"wallop"这个词表示淡味啤酒，突然间整个伦敦都在用这个词。在此之前我从未听说过这个词，可它似乎不是一个新的词语，但只局限于伦敦的一个地区。然后它突然间传遍整个伦敦，现在似乎再次消亡了。有的词语在蛰伏了数百年后还会复兴，但原因不是非常清楚。比方说："car"这个词只在古典诗歌里使用，从未在英语中通行，但在1900年左右，这个词复活了，用于表示那种新发明的交通工具。

　　因此，我们的语言肯定正在发生的退化或许是一个无法通过有意识的行动加以制止的过程。但我希望看到有人进行这一尝试。而作为开始，我希望看到有几十位记者向一些显然很蹩脚的词语用法宣战——比方说，那个令人讨厌的动词"contact"（接触）或给每个动词加上不必要的介词的美国式习惯——看看能否齐心协力将其消灭。

随意集·五十七

1945 年 2 月 2 日

我正怀着浓厚的兴趣重读一本童年时最喜欢的书——"老鲁克-奥伊"写的《绿色的曲线》。"老鲁克-奥伊"是斯温顿少校①的笔名（后来是斯温顿将军）。我想他是众多被认为发明了坦克的人士之一。这本书写于 1908 年，里面的故事是一个聪明的职业士兵从布尔战争和日俄战争中吸取教训后作出的预测，将这些预测和几年后实际发生的事情进行比较是很有趣的事情。

有一则故事写于 1907 年（那时候的飞机只能飞离地面几秒钟），描写了一场空袭。那些飞机携带了 8 磅重的炸弹！另一则写于同年，讲述了德国人侵英国，我饶有兴味地注意到在这则故事里德国人已经被起了"德国鬼子"这个绰号。我一直以为"德国鬼子"是吉卜林给德国人起的，在上一场战争的第一个星期他就发表了一首诗使用了这个绰号。

虽然有几份报纸努力进行宣传，但"德国鬼子"这个绰号在这场战争中并没有叫响，不过我们有很多其它侮辱性的绰号。你

---

① 厄尼斯特·邓禄普·斯温顿（Ernest Dunlop Swinton, 1868—1951），英国军事家，坦克战理论的先驱，代表作有《目击证人》、《东方的奥德赛》等。

可以就这些引起争议的名字和绰号的使用，以及它们使得政治争议模糊化的作用写一篇有价值的专著。它体现了一个有趣的事实：如果你接受一个原本是要侮辱你的名字，并用在自己身上，或许它就会失去其侮辱性的含义。这似乎就发生在"托派分子"身上，它已经危险地近乎一个褒义词了。而上一场战争中的"Conchy"（良心者，指出于道德上的原因而拒绝服兵役的人）也是一样。另一个例子是"Britisher"（英国佬）。这个词原本是仇视英国的美国报刊用来骂人的。后来，诺斯克里夫和其他人在寻找代替"English"（英国人）的富有帝国主义和沙文主义色彩的名称时，发现"英国佬"很好用，于是就拿来用了。从那时开始这个词就多了勇气和爱国主义的光环，那些对你说"这些土著人需要的就是铁腕统治"的人还告诉你他"以身为英国佬为荣"——这就像一个中国的民族主义者说自己是"Chink"（中国佬）一样。

最近我收到来自和平之友委员会的一份传单，上面说如果当前将所有波兰人从将被苏联接管的地区撤走，作为补偿，将所有德国人从波兰接管的德国地区撤走这个计划得以执行的话，"将意味迁徙不少于700万人"。

我相信有些人估计的数字要比这个数字更高，但就让我们假设它是700万。这相当于将整个澳洲的人口或苏格兰和爱尔兰的人口总和连根拔起并转移到别处。我不是人口迁徙或房屋营建的专家，我希望听到某位更有资历的人士估计一下：一、迁徙这700万人，包括他们的牲口、农业机械和家具，需要多少车厢和火车头，要持续多久；二、要是他们没有带上牲口等东西就被迁走，有多少人会死于冻馁。

我猜想第一个问题的答案会表明这一大规模的犯罪事实上是无法执行到底的，虽然它可能会在一片混乱中开始进行，造成痛苦，并播下仇恨的种子。与此同时，应该有人以尽可能具体的细节让英国人明白他们的政治家要推行什么样的政策。

一场并不是太远的爆炸让整座房子都在颤抖，窗户在基座里震个不停，隔壁房间里1964班醒来了，叫嚷了一两声。每一次这种事情发生时，我发现自己都在心里想："人类还能将这种丧心病狂的行为长久地进行下去吗？"当然，你知道答案。事实上，如今的困难是能找到相信短期内不会再次爆发另一场战争的人。

我猜想德国今年就会被打败，当德国退出战争时，日本将无法承受英美联军的压力。然后就是精疲力尽的和平，只有小规模的非官方战争会在各个地方打响，或许这所谓的和平会持续上几十年。但之后，根据目前世界的走势，战争将有可能永远进行下去。在我们的默许之下，世界正明显地被瓜分成詹姆斯·伯恩汉姆在《管理革命》一书中写到的两个或三个超级大国。目前你还没办法画出确切的国界，但你或多或少能预见到它们将包含的区域。如果世界真的陷入这一模式，这几个超级大国彼此间将永远进行战争，虽然那不一定会是非常激烈或血腥的战争。如果 V 型飞弹不停地嗖嗖嗖地飞来飞去，它们在经济上和意识形态上的问题将会变得简单得多。

如果这两到三个超级大国真的成立，不仅它们的任意一方都因为版图太大而无法被征服，而且它们不需要彼此间进行贸易，因此就能阻止国民之间的所有接触。过去十几年来这个世界已经有面积广袤的地区彼此之间被断绝了往来，虽然从严格意义上讲，它们处于和平状态。

几个月前，在这个专栏里，我指出现代科学发明是为了阻止而不是促进国际沟通。这篇文章让几个读者给我写了愤怒的来信，但没有一封信能证明我所说的是错误的。他们只是反驳说如果我们有了社会主义，飞机和收音机等东西将不会被用于不当用途。确实如此，但我们并没有实现社会主义。结果，飞机的主要用途是投掷炸弹而收音机的主要功能是煽动民族主义。即使在战前，世界人民彼此间的交流也要比三十年前少得多，而教育被扭曲，历史被重新书写，思想的自由被压制到之前无法想象的地步。没有任何迹象表明这些趋势正被扭转。

或许我是个悲观主义者。但不管怎样，这些是每一次一枚 V 型飞弹嗡嗡嗡地穿过迷雾引发爆炸时我头脑里掠过的想法（我相信有很多人也是这么想的）。

我在一本书里读到的一则小故事。

有一个人收到邀请去打狮子。他嚷嚷道："但是，我的虱子都还在啊！"

随意集·五十八

1945 年 2 月 9 日

每次我洗一大堆瓶瓶罐罐时，我总是为能够上天入海的人类的想象力之匮乏感到惊奇，却又不知道该怎么做，将这一肮脏费时的辛苦活儿从我们的日常生活中消灭掉。如果你走进大英博物馆的青铜时代展厅（等它再次开放的时候），你会注意到我们的有些家居用具三千年来基本没有什么改变。比方说，一口煎锅或一把梳子和希腊人围攻特洛伊城的时候基本上是一样的。而就在同一时期，我们从漏水的帆船进步到五万吨的远洋轮船，从坐牛车进步到开飞机。

确实，在一小部分人生活的节省劳力的现代化房子里，像洗碗这样的工作所花的时间比以前少了。有了肥皂片、充足的热水、碗碟架、灯火通明的厨房，还有——英国很少有房子拥有这些设施——轻松的垃圾处理设施，你的生活要比以前就着一根蜡烛的光亮用沙子在漏水的石头水槽里擦洗铜盘铜碟轻松得多。但是，有的活儿（比方说，清洗一个煎过鱼的煎锅）怎么样都让人觉得恶心，而拿着洗碗布就着一盆热水洗碗碟这种事情实在是非常原始。眼下我所居住的这一街区的公寓有一部分不能住人了——不是因为敌人的进逼，而是因为积雪使得屋顶漏水，而且还把天花板的石膏给冲刷了下来。每一次下起罕见的大雪时，这种灾难的发生被视为天经地义的事情。水龙头断水三天了，因为水管都被冻住了。而这也是很正常的事情，几乎年年都会发生。几份报纸刚刚宣布水管爆裂的数字太多了，整修工作得到 1945 年底才能完成——我猜想届时又会有一场严重的霜冻，它们又会全部爆裂。如果我们进行战争的方式与我们料理家务的房屋保持同步的话，我们应该才处在即将发明火药的时候。

回到洗碗这个话题，和拖地、洗涤和掸尘一样，它的本质是一件没有创造性的、浪费生命的工作。你不能像对待烹饪或园艺一样将它变成一种艺术。那能做点什么呢？家居工作的全盘问题有三个可能的解决方案。其一是大幅度简化我们的生活方式；其二是和我们的祖先一样，认为人间的生活究其本质是痛苦的，女人到了三十岁就成了垂头丧气的黄脸婆是天经地义的事情；其三是，就像我们改善交通和通讯那样，发挥聪明才智使得我们的家居生活更加合理。

我想我们应该选择第三个解决方案。如果你只是想要省事，准备将自己的家设计得就像一台机器那样没有情感，你或许可以设计出舒适而且不需要干活的房子和公寓。中央供暖、垃圾运送槽、合理的抽烟风口、没有角落的房间、电暖床、抛弃地毯将会使得家居变得完全不一样。但至于洗碗，除了像洗衣服那样以集体的方式去处理之外，我看不到有什么好的解决办法。每天早上，市政局的小货车停在你的家门口，运走一箱脏兮兮的餐具，然后归还你一箱干净的餐具（当然，上面有你的名字缩写）。这比战前就已经运作的每日尿布递送服务难不到哪里去。虽然这意味着有的人必须成为全职洗碗工，就像有的人现在得干全职洗衣工一样，但算一个总账，这样做所节约的劳动力和燃料将相当可观。而另一个办法就是继续拿着油腻腻的洗碗布笨拙地进行清洁，或用纸容器吃饭。

一则关于书评家的习惯的趣闻。

不久前有人请我为一本没有名字的年度剪贴册写一篇文章。在最后一刻（我很开心地说，我收到钱了）那些出版商决定我的文章必须被拿掉。这时候那本书正在装帧成册。那篇文章从每册书里撤掉，但由于技术上的原因，没办法将我的名字从标题页上的撰稿人名单里删掉。

此后我收到了几份报刊的剪报，里面提到了这本书。每次我都被提到是"撰稿人"之一，但没有一位书评家发现我的那篇文章其实不在里面。

现在 "explore every avenue"（探索各种途径）和 "leave no stone unturned"（巨细无遗）已经是被人嘲笑的表达方式，基本上没有人在用了。我想是时候发起一场运动去抵制另外一些充斥于我们的语言中、已经老掉牙的无用比喻。

有三个比喻是我们完全不需要的，分别是 "cross swords with"（交锋）、"ring the changes on"（老调重弹）和 "take up the cudgels for"（执仗保卫）。这些及类似的表达方式是多么死气沉沉，你可以从许多人甚至不记得它们原来的意思这个事实得以了解。比方说，"老调重弹"到底是什么意思呢？或许它曾经和教堂的钟声联系在一起，但除非你翻开字典，否则你是不能肯定的。"执仗保卫"或许源自几乎已经绝迹的棍棒游戏。当一个表达方式已经像这样远远偏离了其原本的意思时，它作为一则比喻的价值——即它提供具体的形象说明的表现力——已经消失了。写"某某某执仗保卫什么"根本没有意义。你应该要么说"某某某捍卫了什么"、要么构思出一则真的能让意思更加生动的新比喻。

有时候，这些被过度使用的表达方式由于用字不当而失去了原来的意思。比方说 "plain sailing"（一番风顺）（应该是 "plane sailing"［一帆风顺］）。还有 "toe the line"（绳趋尺步）这个表达方式经常被写成 "tow the line"（绳趋尺布）。写出这些表达方式的人显然没有赋予他们所用的词语以具体的意思。

我不知道今天还有没有人读布雷特·哈特①。我不知道为什

---

① 弗朗西斯·布雷特·哈特（Francis Bret Harte，1836—1902），美国作家、诗人，代表作有《波克公寓的放逐者》、《失窃的雪茄盒》等。

么，但一小时前《斯坦尼斯洛斯协会》这首诗里的几节片段一直在我的脑海里浮现。它描述了以混乱而告终的一场考古学家的会议：

> 接着天使院长艾伯纳提出一个议事程序的问题，
> 这时一块古老的红色砂岩击中了他的下腹，
> 他苦笑着蜷缩在地上，
> 不再关心接下来的议程。

或许对于布雷特·哈特在现代的名声不利的是，他的两首最为有趣的诗作，一首有肤色歧视倾向，另一首则有阶级势利倾向。但有几首诗值得一读，包括一两首严肃的诗，特别是《军营里的狄更斯》，这首几乎被遗忘的诗是布雷特·哈特在狄更斯死后写的，或许是写给狄更斯的最好的致敬辞。

随意集·五十九

1945 年 2 月 16 日

上星期我收到一份关于缅甸的未来的声明，由缅甸协会起草，这个组织的成员包括大部分在英国居住的缅甸人。我不知道这个组织是否具有代表性，但或许它道出了大部分有政治意识的缅甸人的愿望。原因我一会儿会试着解释清楚。这份不久前才发表的声明是一份重要的文件。将其总结之后，它提出了以下要求：

一、特赦在日占时期与日本人合作的缅甸人。

二、英国政府发表声明，明确宣布缅甸获得自治领地位的具体日期。如果可以的话，时间不得长于六年。与此同时，缅甸人民组建立宪大会。

三、拒绝"直接统治"的临时政府。

四、缅甸人民对本国的经济发展拥有更大的支配权。

五、英国政府立刻明确地声明它对缅甸的意图。

这些要求让人感到惊讶的地方是，它们是那么的温和。没有哪个带着民族主义色彩或希望号召民众跟随的政党会提出比这些更少的要求。但为什么这些人会提出如此低调的要求呢？我想你可以猜测有两个原因。首先，被日本占领的经历或许使得自治领地位比起三年前成为更加让人觉得有希望的目标。但是——更重要的是——如果他们的要求这么低，或许是因为他们期盼得到的甚至更少。我想他们的预料是对的。事实上，在上面所列举的非常温和的要求里，只有第一点是有可能实现的。

英国政府从未就缅甸的将来作出明确声明，但谣传一直在说日本人被赶走后缅甸将重新被"直接统治"，而这是军事独裁统治的委婉说法。目前缅甸的政坛正在发生什么事情呢？我们什么都不知道——我在报纸上没有看到只言片语关于将如何统治重新征服的领土的报道。要理解这个问题的重要性，你必须看看缅甸的地图。一年前缅甸几乎全在日本人掌控中，而盟军在野外作战，那里人烟稀少，生活着从未受到什么干涉的有着亲英传统的原始部落。现在他们挺进缅甸的心脏地带，有一些相当重要的城镇和行政中心已经落入他们的手中。数百万缅甸人一定再次臣服于英国的国旗之下。然而，我们对正在成立的行政管理形式一无所知。如果每一个有思想的缅甸人都害怕最糟糕的情况会发生，这会让人觉得惊讶吗？

如果可以的话，引起英国公众对这件事情的关注非常重要。我们的眼睛盯紧了欧洲，我们忘记了在世界的另一头有好几个国家在等待着解放，几乎每一个国家都在期盼情况不会只是城头变换大王旗。缅甸或许会是第一个重新收回的英属殖民地，它将会是试金石，比希腊和比利时更重要的试金石，不仅是因为更多的人牵涉在内，而且是因为它几乎完全是英国的责任。要是由于冷漠和无知，我们由得丘吉尔、埃默里①等人达成反动的解决方案，我们将永远失去缅甸人的友谊，这将是非常可怕的灾难。

　　在日本人走后的一两年里，缅甸将会比过去十几年来更加与英国亲近，更加顺从。是时候轮到我们作出慷慨的姿态了。我不知道自治领地位是不是最佳解决方案。但如果缅甸人中有政治觉悟的群体要求获得自治领地位，而由得托利党拒绝其要求，徒劳无功地想回到从前，那将会是非常可怕的事情。必须规定一个明确的日期，一个不能太遥远的日期。无论这些人是留在英联邦体制之内还是脱离出去，从长远看来，重要的是我们应该赢得他们的友谊——如果在危机时刻我们不辜负他们，我们将能如愿以偿。缅甸的未来到了决定性的时刻，有思想的缅甸人不会正眼看丘吉尔一眼。他们将会看着我们，看着工党的行动，看着我们所谈论的民族、自治、民族平等和别的事情是不是都是认真的。我不知道我们是否有能力迫使政府达成得体的解决方案，但我知道，如果我们不能至少像在希腊问题上那样引发一番争吵，我们将对自己造成无可挽回的伤害。

---

① 莱纳德·查尔斯·莫里斯·埃默里（Leopold Charles Maurice Amery，1873—1955），英国保守党政治家，二战期间曾担任印度事务大臣。

当被人问起"什么是最聪明的动物"时，一位日本的智者回答说："是人类还没有发现的动物。"

我刚刚在一本书里看到在英国的沿海地区可以找到的灰海豹数量只有一万只。它们的数目如此稀少，或许是因为和许多别的过于轻信的动物一样遭到了大屠杀。海豹性情很温顺，而且看上去很好奇。它们会跟着一艘船好几里远，有时候当你在海滩边散步时甚至会跟在你后面。没有什么好理由杀死它们。它们的皮不能用以制革，除了吃掉一些鱼之外，它们基本上无害。

它们大部分在无人岛上繁衍。但愿有的岛屿将一直没有人居住，让那些不幸的动物能避免灭绝。然而，我们不再像以前那样不停地捕杀珍稀动物了。两种鸟类——麻鸦和琵鹭本已绝迹多年，最近又重新在英国繁衍生存。它们甚至在某些地方被鼓励繁殖。三十年前，任何敢露出鸟喙的麻鸦会立刻被开枪打死并制成标本。

据说盖世太保拥有几支书评家的队伍，他们的工作是根据风格比较的方式确定未署名的宣传册子是谁写的。我总是在想，如果这么做是出于好的动机，那正是我想要的工作。

对于我们的有同样爱好的读者，我给他们提这么一个问题：现在是谁在《每日快报》里撰写"比奇康莫"专栏？一定不会是约翰·宾汉·莫顿先生，直到不久之前他一直在撰写该专栏。我听说现在是漫画家奥斯伯特·兰卡斯特①先生，但那只是一则小道消息，我没有进行过仔细的考证。但我打赌 5 先令，现在的"比

---

① 奥斯伯特·兰卡斯特(Osbert Lancaster, 1908—1986)，英国漫画家，曾担任《每日快报》漫画专栏的作者。

奇康莫"和莫顿先生不一样，他不是一个天主教徒。

随意集·六十

1946 年 11 月 8 日

　　有人刚刚给我送来一本美国时装杂志，我不会透露它的名字。它有 325 页大四开版面，大概有 15 个版面用于刊登关于世界政治、文学等方面的文章。其余的版面全都是图片，周围是一些凸版印刷的文字：晚礼服、貂皮大衣、内裤、裤子、胸罩、丝袜、拖鞋、香水、唇膏和指甲油的图片——当然，还有美得让人窒息的女人的图片，穿着用着那些东西。我不知道整本刊物有多少幅女人的图画或相片，但前 50 页就有 45 个女人，全都是美女，你可以大致算出数字。

　　当你看着这些图片时，你会觉得很惊讶，如今似乎追求的是那种养尊处优、倦怠乃至颓唐的美感。几乎所有这些女人的身材都十分修长，似乎现在流行的是高颧骨的古埃及式的脸，大体上她们的髋部都很窄，双手就像蜥蜴的爪子那样细长无力。显然真的有这么一种身材，因为在图片里和画册里都频繁出现过。另一个显眼的地方是那些广告的文风，那是一种奢华夹杂着富于表现力的技术词汇的独特文风。像 "suave-mannered"（举止斯文）、"custom-finished"（度身定制）、"contour-conforming"（符合轮廓）、"mitt-back"（露背）、"innersole"（鞋内垫）、"backdip"（后背镂空）、"midriff"（露腰上衣）、"swoosh"（潇洒）、"swash"（气势夺人）、"curvaceous"（曲线玲珑）、"slenderize"（修身）、"pet-smooth"（小鸟依人)等词语遍拾可见，显然认为读者一看就会明白。这里随机举几个句子为例：

"A new Shimmer Sheen colour that sets your hands and his head in a whirl."（"一种新的闪耀颜色，双手挥舞间使他意乱情迷。"）

"Bared and beautifully bosomy."（"赤裸而美妙的胸膛。"）

"Feathery-light Milliken Fleece to keep her kitten-snug!"（"米利肯羽光羊毛让她像猫咪一样惬意！"）

"Others see you through a veil of sheer beauty, and they wonder why!"（"在众人眼中，你是神秘朦胧的绝世尤物，他们都很惊讶为什么会这样！"）

"Gentle discipline for curves in lacy lastex pantie-girdle."（"蕾丝橡胶松紧腰带，温柔地凸显你的曲线。"）

"An exclamation point of a dress that depends on fluid fabric for much of its drama."（"一条令人惊艳的裙子，取决于它犹如戏剧般跌宕起伏的柔滑布料。"）

"Suddenly your figure lifts ... lovely in the litheness of a Foundette pantie-girdle."（"'芳德牌'紧腰裤，轻盈靓丽，瞬间修身。"）

"Lovely to look at, lovelier to wear is this original Lady Duff gown with its shirred cap sleeves and accentuated midriff."（"美观舒适，原装达芙礼服，配有折缝盖袖和加厚隔膜。"）

"Supple and tissue-light, yet wonderfully curve-holding."（"柔软轻薄，却能神奇般地展现曲线。"）

"The miracle of figure flattery!"（"超赞身材的奇迹！"）

"Moulds your bosom into proud feminine lines."（"将您的胸部

塑造成傲人的女性曲线。"）

"Isn't it wonderful to know that Corsees wash and wear and whittle you down ... even though they weigh only four ounces! "（"科希丝牌内衣，免烫快干，贴紧你的身材，仅重四盎司，何其美妙！"）

"The distilled witchery of one woman who was forever desirable ... forever beloved ... Forever Amber."（"一个女人的魔法精华，永远风华绝代……永远备受宠爱……永远的琥珀品牌。"）。

等等等等，没完没了。

我颇为辛苦地翻完整本杂志，找到了两处地方隐晦地提到白发，但没有找到有哪处地方直接提到肥胖或中年。出生或死亡也没有提到，也没有提到工作，只提到了几个早餐菜式的食谱。每二十个广告里就有一个有男性角色直接或间接出现，到处都有猫猫狗狗的照片。在三百张图片里只有两张有一个孩子。

封面上有一张彩色相片，相片中一位那种司空见惯的美女站在一张椅子上，有一个面容憔悴、穿着笼袖衬衣、头发灰白、戴着眼镜的男人，跪在她的脚下，在她的裙裾旁边不知在做什么。如果你仔细观察，你会发现他其实是拿着码尺准备度量裙裾。但不经意间看上去似乎他在亲吻那个女人的裙边——这是美国文明的有代表性的一幅画面，至少体现了它的重要一面。

我们不愿意面对事实，然后就立刻摆出一早就知道毫无意义的姿态，在这方面有一个很有趣的例子，那就是当前这场"避免交通死亡事故"的运动。

报纸刚刚宣布九月份的公路死亡数字比起去年九月同期下降了差不多 80 宗。这是非常好的事情，但这一改善或许不会持续下去——不管怎样它无法一直持续下去——与此同时，每个人都知道在我们的交通系统依然故我的情况下你是无法解决这个问题的。事故之所以会发生，是因为道路狭窄而且无法满足交通需求，路上都是盲角，而且周围都是民房，汽车和行人朝各个方向在以全速前进，速度从每小时三英里到六七十英里不等。如果你真的希望杜绝公路死亡，你得重新规划整个公路系统，使得碰撞成为不可能发生的事情。想想这意味着什么（比方说，它将包括将整个伦敦推倒重建），你会明白现在没有哪个国家能做到这一点。除此之外，你只能采取缓和性的措施，最终的效果就是促使人们更加小心谨慎。

但是，唯一会有真正效果的减轻措施是大幅度降低速度。在所有的建筑区将速度限制在每小时十二英里，那大部分事故将可以避免。但每个人都会告诉你这是"不可能的"。为什么不可能呢？那将会是无法容忍的讨厌事情。它意味着出一趟门所花的时间是现在的两三倍。而且，你无法让人们遵守这个限速。有哪个司机在知道引擎能开到每小时五十公里的情况下愿意以十二公里的龟速前进？就连让一辆现代汽车在挂起高档的情况下保持时速十二英里也不是一件容易的事情——等等等等，一切都在验证慢速交通究其本质是不可能实现的这一陈述。

换句话说，我们重视速度甚于重视人命。那为什么不明说呢？反而每几年就搞出一场这种虚伪的运动（当前这场运动是"避免交通死亡事故"——几年前则是"学会停在马路牙儿"），明知道路况仍是那样，速度仍然保持不变的话，道路屠杀仍会继续下去。

关于面包限量供应的一件轶闻。我在苏格兰的自耕农邻居这个夏天将一块抛荒了几年的农场复耕。他只有一个妹妹，没有其他帮手，而且他只有一匹马和最原始的工具，甚至没有一把镰刀。这个夏天他每天工作不少于十四小时，一周工作六天。当面包限量供应开始时，他申请了额外的配给，结果却发现虽然他能比坐办公室的工人多领到一点份额，但他无法得到农业工作者的全额供应。因为根据法案的规定他不算是一个农业工作者！由于他是"独立作业"，他算是一个农民。他们认为他比帮别人打工的时候吃得少一些。

有一天晚上，我和几个朋友在聊天，提到了一个问题，我们没有人能够回答，我希望能有人向我解释清楚。这个问题就是，挑选陪审团成员的依据是什么？我相信道理上他们是从全民当中随机挑选出来的。不管怎样，这就是在民主社会"由你的同胞审判"的含义。但我有一种强烈的感觉——我的朋友也有同感——在正常情况下没有哪一个严格来说属于工人阶级的人会成为陪审员。那些被选中当陪审员的人似乎总是小生意人或专业人士。或许在财产上有一定的限制，但没有宣布，只是默默执行？我想知道答案，因为如果事实就像我所猜想的——陪审员总是从中产阶级中挑选，而刑事案件的被告总是来自工人阶级——情况应该比我目前所看到的更加公开一些。

随意集 · 六十一

1946 年 11 月 15 日

大团大团比人手更大更脏的乌云正从政坛的地平线那边汹涌而来，有一件事情在一而再再而三地凸显自己。这件事情就是政府的麻烦，无论是当前还是以后的麻烦，大部分原因是它无法做好自己的公关工作。

没有人明白地告诉英国人民正在发生什么事情及原因，以及不远的将来会发生什么事情。结果，每一个灾难，无论大小，都让公众大为吃惊，而政府总是因为做出了无论什么政治色彩的政府在同样的情况下都不得已而为之的事情而不得人心。

举一个问题为例，这个问题近来总是见诸报端，但从来没有经过详细讨论加以解决，那就是来到这个国家的外籍劳工移民。近来我们看到在全国工会联盟的大会上有强烈的呼声反对允许波兰人在两个最需要劳动力的领域工作——采矿业和农业。

将这种事情斥责为共产主义同情者捣鼓出来的或将所有的波兰难民描述为趾高气扬、戴着单片眼镜、拎着公文包的法西斯分子都无济于事。

问题是，如果这些所谓的法西斯分子其实是法西斯主义的受害者，英国工会的态度会不会变得友好一些呢？

例如，数十万流离失所的犹太人现在正拼命想到巴勒斯坦去。无疑他们当中有很多人最终将成功抵达，但其他人将以失败告终。那把十万个犹太难民请到本国来又如何呢？那些散布于德国集中营、人数将近百万的难民呢？他们前途渺茫，也无处可去。美国和英国的各个自治领已经拒绝接受大规模的难民。为什么不授予他们英国公民的身份，解决他们的问题呢？

不难想象英国的普通人会怎么回答。即使在战前纳粹党的迫害达到高潮时，让大规模的犹太难民到本国来也得不到民意的支持，而那数十万从佛朗哥政权下逃出来的西班牙人被法国拦在铁丝网外时，我们也没有采取强有力的措施接纳他们。

说到这里，1940年的时候，当那些可怜的德国难民被关进拘留营时，没有人提出抗议。我在那时候经常听到的评论是"他们要来这里做什么"和"他们只是要抢走我们的工作"。

事实上，本国的民意强烈反对外籍移民。它源于简单的仇外情绪，一部分是出于担心工资削减，但更重要的是出于那个落伍的观念：英国的人口已经太多了，而更多的人口意味着更多的失业。

事实上，我们的情况并不是工人比工作多，而是面临严重的劳动力短缺，延绵不断的征兵又加重了这一状况，而人口的老龄化更令问题雪上加霜。

与此同时，我们的出生率仍然低得惊人，数十万到了婚育年龄的妇女还没有机会嫁出去。但是，有多少人知道和理解这些事实呢？

最后，我们能否在不鼓励欧洲移民的情况下就解决我们的问题尚未可知。政府已经在试探着这么做，却只遭遇到愚昧的敌意，因为没有人事先告诉他们相关的事实，而且还有其它无数不受欢迎的事情时不时得去完成。

但最必要的一步并不是在遇到什么特别紧急的情况下去影响公众舆论，而是提高政治思想的整体水平，而最重要的就是让英国人了解到他们从未正确理解的事情：英国的繁荣很大程度上取决于英国之外的因素。

对于工党政府来说，进行公关和将事情解释清楚并非易事，因为他们面对的是一个骨子里对他们抱以仇视态度的媒体。不过，通过其它方式也能与公众沟通，艾德礼先生和他的同僚或许可以更加关注电台，但在本国很少有政治家严肃地对待过这个媒体。

有一个问题，乍看上去只是一件惹嫌的小事，但我希望看到它得到解决。这个问题就是：过去几年来欧洲各地有很多起吊死战犯的情况，到底采取的是什么方式呢？是那种古老的窒息而死的方式，还是那种据说一下子就把囚犯的脖子给扯断的更加人性化的现代方式？

大概在一百年前，绞死犯人时就只是将他们吊起来，任由他们蹬腿挣扎，直到死去为止，为时在十五分钟左右。后来引进了下落板，理论上一下子就能让人死掉，虽然它并不总是能够起到作用。

不过，近年来，似乎有一种回归窒息而死的趋势。我没有观看到在哈尔科夫吊死德国战犯的纪实电影，但英国报刊中的描写似乎表明那个较为古老的方式被采用了。巴尔干地区的几个国家的行刑似乎也是这种方式。

报纸上对于纽伦堡绞刑的描写含糊不清。有人谈起下落板，但也有人说这些该死的人得折腾上十几二十分钟才死掉。或许这是典型的盎格鲁-撒克逊式的妥协，他们决定用下落板，却又把它弄得很短，不能起到什么作用。

这个国家仍然接受绞刑作为死刑的处理方式并不是什么好的征兆。绞刑是野蛮而没有效率的行刑方式，至少，关于它有一件事情——我相信这是众所周知的——是如此污秽，几乎无法刊登出来[①]。

但是，直到不久前我们对这个问题还是颇感不安的，我们一度还是只在私底下进行绞刑的。事实上在战前，公开处决在几乎每个文明国家都已经成为历史。现在它似乎正在回归，至少在政治罪上是这样，虽然我们还没有真的重新引入这一做法，但通过观看新闻纪实片，我们的确是以看客的形式间接参与了。

回顾历史并进行思考时，你会觉得奇怪：就在十几年前，废除死刑是每个开明人士认为是天经地义且应该支持的事情，就像离婚改革或印度独立一样。而现在不仅要支持死刑，而且还要大声疾呼杀的人不够多才是开明的标志。

因此，在我看来，了解目前窒息而死是否正成为常规的做法是挺重要的，因为，如果人们被教导不仅要为杀人叫好，而且还要为某种格外残忍的虐待形式叫好，那将标志着自 1933 年以来我们再次走向堕落。

咨询内容的出处。

在契科夫的一则故事里有一个人物，具体是哪篇我忘记了，那个人说道："莎士比亚说过，'年轻时真的年轻过是快乐的。'"我从未找到这句话的出处，而且这句话听上去不是莎士比亚说

---

① 奥威尔此处可能是指被处绞刑的囚犯会在行刑过程中大小便失禁。

的。可能是译者从俄文中翻译过来的，没有去查阅原来的出处。谁能告诉我它出自何处吗？

随意集·六十二

1946 年 11 月 22 日

两个星期前我提出了关于挑选陪审团成员的方式的问题，在本期中这个问题由一位撰稿人作出了权威的回答。它也引来了许多来信，几乎所有的来信都夹带了一份前不久派发的政府表格，给那些不想参与陪审团义务的人填写。我自己从平时的渠道收到了一份这样的表格，立刻就将它扔进了废纸篓里，但事实上，里面就有大部分我想要的信息。通读完之后，我很感兴趣地注意到"特别陪审员"的资格，无论"特别陪审员"是什么。我将内容抄录如下，以示真实。

"以下陪审员可以担任'特别陪审员'：拥有合法的'绅士'头衔；拥有高等学历；银行家及商人；根据上一次人口普查，在居民人数 2 万人以上的城镇里拥有年度净值不低于 100 英镑的私宅或其它地方的私宅年度净值不低于 50 英镑的业主；拥有除农场以外其它年度净值不低于 100 英镑的产业的业主，拥有年度净值不低于 300 英镑的农场的业主。"

细读这一段，你会看到它的措词非常严谨，目的是将任何在社会地位上和经济状况上不属于上流社会的人都排除在外。这份表格是在工党政府以压倒多数当选并执政 15 个月之后下达的。

几个写信给我的人阐明，据他们所知，体力劳动者并没有被排除在陪审团服务之外，或者说，并不总是被排除在外。一位来信读者，他是工党支部的主席，补充说问题不在于体力劳动者真的被禁止参加陪审团服务，但是他们会因为金钱上的原因而能躲就躲。陪审员没有报酬，因此担任陪审团成员意味着损失一到两天的工资。顺便说一下，没有报酬这件事使得陪审团成员很想尽快结案，而这一定导致了许多误判。

　　要解决这个问题是非常容易的事情，只需要付给每个陪审员合理的报酬——比方说，1天1英镑——以弥补他损失的时间。

　　我注意到在享有陪审团服务豁免权众多类型的人当中有"经过药剂师公司考试机构认证的药剂师"和药店老板。在《匹克威克外传》中似乎有一段内容和这一点联系在一起。在巴德尔夫人的违诺案审判时，我们都记得，一位药店老板在陪审团面前宣誓时说"在审判结束之前将有命案发生"，并在宣誓后补充道："我只留下一个跑腿的小男孩在店里，他是个非常乖的孩子，但对药品不是很熟悉，而且我知道他头脑里想的是，泻盐就是草酸、番泻叶汁和鸦片酊。事情就是这样，法官大人。"我猜想药剂师有豁免权会不会就是因为某位有想象力的官员碰巧读到了这一段内容呢?

　　我不知道有关部门是否愿意将泥煤作为家用燃料的一种。现在我的贮煤地窖是空的，根据去年冬天的经验，它会空上很久，但我在写下这段话的时候旁边正用泥煤生着火，整个房间很暖和很舒服。在伦敦泥煤贵得离谱，但那只是因为价格没有受到管制而得以进行的一场闹剧，而且因为人们愿意付高价也不愿挨冻。

我猜想同等重量的泥煤的原价应该低于煤炭的价格。

苏格兰有大量的泥煤，威尔士和英格兰的几处地方也有。在苏格兰，泥煤是以非常原始的方式开采的。人们拿着类似铲子的工具一小块一小块将其挖出来，然后把它们搁在草坪上晾干。等一边干透后，就将三块泥煤竖直地堆起来，然后堆成一小堆，然后再堆成一大堆，最后，在挖出来两个月后用手推车推回家。这些事情只能在春天和初夏做，因为其它时候要么雨水太多，要么草长得太高，没办法晾干。我相信过去经常有人认为如果一户人家没有其它燃料，要获得一年的充足燃料，他们得干上一个月，包括晾干和搬运。

当然，如果以大规模的方式挖掘泥煤，就没有必要使用这些原始的方式或依赖天气进行晾干。不习惯用泥煤的人有时候会反对用这个生火，因为他们不知道该怎么把它点着，或没有意识到它必须贮存在干燥的地方。但只消几则简单的指导，应该很容易将其普及为家用燃料。它的热力不及煤炭，但更加干净和容易处理，而且不像木柴，它适合在小壁炉里用。如果就像表面看上去的那样，我们将再次面临煤炭紧缺的问题；一年有几百万吨泥煤，情况则将大不一样。

皇家调查委员会将对报刊进行调查，当前的讨论内容总是报刊的老板和广告商带来的低俗化的影响。没有人指出，这是因为有什么样的国家就有什么样的报纸。必须承认，这并非真相的全部。当大部分报刊掌握在少数人手里时，你没有多少选择，事实上，在战争期间，那些报纸暂时变得更加理智，而发行量并没有减少，这表明公众的品位并没有表面上那么不堪。不管怎样，我们的报纸并非都是一副德性，有的报纸要比其它报纸理智一些，而有的报纸要比其它报纸更加流行。当你研究理智与流行性之间的关系时，你会发现什么呢？

我在下面将全国发行的九份主流报纸排成两栏。第一栏列出了这些报纸依据我的判断在理智方面的高低顺序。第二栏则按照发行量排出流行性的高低顺序。关于理智程度，我不是说它们得和我的想法一致。我指的是愿意客观地报道真相，重点报道真正重要的事情，讨论即使是很沉闷的严肃问题和支持合乎逻辑的明智政策。至于发行量的问题，或许我把一两份报纸的顺序排错了，因为我找不到近期的数字，但我的排序不会差得很远。下面是两份列表。

理智程度：

1. 《曼彻斯特卫报》
2. 《泰晤士报》
3. 《新闻纪实报》
4. 《电讯报》
5. 《先驱报》
6. 《邮报》
7. 《镜报》
8. 《快报》
9. 《画报》

流行性：

1. 《快报》
2. 《先驱报》
3. 《镜报》
4. 《新闻纪实报》
5. 《邮报》
6. 《画报》
7. 《电讯报》
8. 《泰晤士报》
9. 《曼彻斯特卫报》

可以看出，第二张清单几乎与第一张清单是颠倒过来的——并非完全颠倒，因为生活从来不会是那么有规律的。即使我的排序并非完全正确，大体上的关系也仍然是对的。在秉承事实方面声誉最好的《曼彻斯特卫报》就连那些对它怀有好感的人都不去读它。人们抱怨它"太枯燥"了。另一方面，无数人读《每日快报》——又坦言他们"不相信它所写的一个字"。

遇到这种情况，很难预见到会有什么大的变化，就算老板和广告商所施加的特殊压力没有了也一样。重要的是，在英国我们拥有法律上的出版自由，这使得一个人勇敢无畏地在发行量相对小一些的报纸上说出真实的想法是有可能实现的。坚持这一点非常重要。但皇家调查委员会并不能使大规模发行的报刊比现在好到哪里去，无论它使用什么控制手段。当公共舆论热情地提出要求时，我们应该会有一份严肃而真实的流行报刊。在此之前，如果新闻没有被商人扭曲，它也会被官僚扭曲，两者之间其实只是五十步笑百步。

随意集·六十三

1946 年 11 月 29 日

下面是我对一份早报的头版的分析，这份报纸出版于 1946 年 11 月一个普普通通、平淡无奇的日子。

大标题用于刊登联合国大会，在会上苏联要求知道英美联军在前敌占区和盟国部署的兵力。这显然是为了先发制人，防止对方想了解苏联境内的兵力情况，显然，这场讨论将一无所获，只会招致互相谩骂或彼此为了面子进行意气之争，没有达成真正的国际协议的进展，也没有为了获得进展而进行尝试。

希腊的交战形势变得越来越严峻。立宪反对派越来越倾向于支持叛军，而政府则指控那些所谓的叛军其实是国界对面派来的游击队。

召集印度立宪大会再一次被推迟了（这个栏目有一则脚注："印度的血浴：详见第二页"），甘地先生的绝食已经到了引起关注的地步。

美国的煤矿罢工仍在继续，并有可能"引发世界粮食供应的严重危机"。由于最近几次罢工的缘故，美国已经取消了向英国运送两百万吨钢材，这将使得英国的房屋营建问题进一步恶化。西部铁路公司发起了非正式的"怠工"运动。

耶路撒冷又有一枚炸弹爆炸，造成数人伤亡。此外还有多起不可避免的小型灾难，如飞机坠毁、洪水可能在英国各地肆虐和默西河发生了船只相撞造成一百头牲畜损失等等，我想这一百头牲畜大概可供4万人吃上一个星期。

在头版根本没有刊登正面的新闻。像十月份英国的出口上升一样，看上去似乎是好新闻，但如果你有足够的知识去解读它们，其实是坏消息。还有一则简短的报道，大意是德国境内的各占领国"或许"在短期内将达成更好的协议，但这只不过是一个虔诚的愿望，没有任何证据作为支持。

我再次重复，这页满是灾难的报纸只是一个平淡无奇的日子的报道——顺便提一下，它出现在一份最希望呈现事情好的一面的报纸上。

当你考虑从1930年前后至今局势的走向，你很难相信文明将继续存在。我不是在说唯一能做的就是放弃务实的政治，跑到某个偏僻的地方，专心寻求个人救赎或建造自给自足的社区，等候着原子弹将人类文明摧毁的那天。我认为你必须继续政治上的斗争，就像一个医生必须尽力拯救一个垂死病人的生命一样。但我的建议是，除非我们开始意识到政治行为在很大程度上是非理性的，意识到这个世界得了神经病，而要治病就必须先进行诊断，否则我们将一事无成。重要的一点是，几乎所有发生在我们身上的灾难都是没有必要的。大家都认为人类想要的就是舒适。现在我们拥有了我们的祖先所没有的过上舒适日子的能力。大自然或许时而会以地震或飓风打击我们，但我们逐渐驯服了它。但是，就在此刻，当物资足以供应每个人享用时，几乎我们所有的精力都耗费在彼此之间掠夺领土、市场和原材料上。就在此刻，当财富可以广泛分配，没有哪个政府需要害怕强烈的反对时，他们却声称政治自由是不可能的事情，有一半的世界被秘密警察统治。就在此刻，当迷信被碾碎，一种对待宇宙的理性态度成为可能时，自由思考的权利却遭到空前程度的否决。事实上，只有在人类没有什么事情值得去奋斗的时候，他们才会开始互相残杀。

对于那些目前统治着世界的人的行为，很难直接从经济上进行解释。对于纯粹权力的渴望似乎大大超过了对于财富的渴望。有很多人已经指出了这一点，但奇怪的是，对于权力的欲望似乎被视为天经地义的人性本能，任何年纪的人都受其影响，就像对食物的渴望一样。事实上，就像酗酒或赌博一样，它并不像生物本能那样是天生的。如果在我们这个时代它达到了新的癫狂程度——我就是这么认为的——那么问题就变成了：现代生活到底有什么样的特征使得欺凌别人成为主要的动机呢？如果我们能够回答这个问题——这个问题很少被提起，从来没有人跟进——在你的晨报上或许时不时就会刊登一些好消息。

然而，虽然我们所生活的年代看上去是如此不堪，但比起以前的时代它或许并不差到哪儿去，甚至没有大的区别。至少当我想起我的朋友翻译的一句印度格言时，我就会想到这种事情是有可能的：

> 四月豺狼生，
> 六月河泛滥，
> 此生未曾见，
> 洪水高如许。

我猜想时钟和手表的短缺不是任何人的错，但过去一两年来由得它们的价格飞涨是否必要呢？

今年早些时候我看到以前军队里用的手表放在陈列柜里展示，一个卖将近 4 英镑。一两周后我买到了一个，价格是 5 英镑。最近它们的价格似乎涨到了 8 英镑一个。一两年前闹钟得有许可证才能买到，一个卖 16 先令。这是管制的价格，或许它并不表示制造商真的蒙受了损失。前几天我看到一个非常相似的闹钟，卖 45 先令——价格涨了 180%。真的是成本也涨了这么多吗？

顺便提一下，如果你有电话，花上 45 先令能让电话接线员每天早上把你叫醒，为期将近 18 个月，这可要比那些普通闹钟的寿命长得多了。

在"犹太人回归巴勒斯坦"的标题下，萨缪尔·巴特勒在他的札记中记录道：

"上周有个人打电话给我，严肃地建议我写一本书，题材是他的一位朋友的一个想法，关于一个住在新邦德街的犹太人的故事……如果我能帮上忙，犹太人回归巴勒斯坦或许会是确定而轻松的事情。那些贫穷的犹太人没有什么麻烦，他知道他什么时候都能让他们回去。困难的是罗斯柴尔德家族、奥本海默家族[1]和其他人。但有我的协助，或许事情能够达成。

我一口就拒绝了参与这个计划，理由是我根本不在乎罗斯柴尔德家族和奥本海默家族会不会回到巴勒斯坦。他们觉得这会是一个阻碍。但他开始纠缠，让我觉得很烦，当然，我只能把他赶走。"

这些话写于1883年，谁会预料到只过了大概六十年，欧洲几乎所有的犹太人会自己拼命想回到巴勒斯坦，而几乎所有其他人都拼命想阻止他们呢？

随意集·六十四

1946 年 12 月 6 日

我最近很开心地重读乔治·杜·莫里耶[2]的《特丽比》——一本最近很流行的小说，是那些"一流的二流"文学作品的一个绝佳例子，而英国人似乎已经失去了写出这些作品的能力。《特丽

---

① 罗斯柴尔德家族（the Rothschilds）与奥本海默家族（the Oppenheims）都是犹太裔欧洲金融巨头。

② 乔治·路易斯·帕尔梅拉·布松·杜·莫里耶（George Louis Palmella Busson du Maurier，1834—1896），法裔英国作家、漫画家，代表作有《特丽比》、《社会讽刺漫画》等。

比》是一本仿写萨克雷的作品，模仿得非常到位，很有可读性——如果我没有记错的话，萧伯纳认为在许多方面它比萨克雷的作品写得更好——但对我来说，这件事情最有趣的一点在于希特勒上台前和垮台后阅读时的不同感受。

现在阅读《特丽比》时，惹眼之处是它的反犹主义。我猜想虽然现在没有多少人会去读这本书，但它的主要情节可谓家喻户晓，斯文加利这个名字已经成为一个代称，就像夏洛克·福尔摩斯的名字一样。一位犹太人音乐家——不是作曲家，而是一个优秀的钢琴家和音乐教师——利用了一个孤苦伶仃的爱尔兰女孩，她是一位画家的模特，有美妙的歌喉，唱起歌来却总是荒腔走板。有一天，将她催眠以治疗神经痛时，他发现当她进入催眠状态时，她能被教会不跑调地唱歌。

自此之后的两年，他们俩就在欧洲的各个首都旅行，那个女孩每晚为众多热情的听众献唱，在她醒着的时候，却从来不知道自己是一个歌女。在结局里，斯文加利在音乐会进行到一半时猝死，特丽比的歌声卡壳了，被嘘下了舞台。这就是故事的梗概。当然，故事的内容还有很多，包括一场伤感的恋爱，和三个生活严谨的英国画家，以衬托斯文加利的恶行。

这本书无疑有反犹倾向。斯文加利的虚荣、狡诈、自私、邋遢等等恶习总是和他是一个犹太人这个事实联系在一起。杜·莫里耶在《潘趣》中的插画比他的写作更加出名，他为自己的书画了插图，把斯文加利画成了传统的阴险丑角。但最有趣的是那个时候的反犹主义——那是1895年，正值德雷弗斯案的审判——和如今的反犹主义之间的分歧。

首先，杜·莫里耶显然认为有两种犹太人，一种是好人，一种是坏人，他们之间有着人种上的不同。故事里曾简略地提到另一个犹太人格罗里奥利，他拥有斯文加利所缺乏的所有美德和品质。格罗里奥利是"西葡裔犹太人"——书中写的是出生于西班牙——而斯文加利来自德国治下的波兰，是一个"东方的希伯来犹太人"。其次，杜·莫利耶认为拥有犹太人的血统能带来好处。我们了解到，男主人公小比尔利或许拥有犹太血统，在他的样貌中有所暗示，"而对于这个世界，特别是对我们而言，我们当中的大部分人血液里流淌着一丁点宝贵的犹太血统是一件幸运的事情"。显然，这不是纳粹版的反犹主义。

但是，所有提到斯文加利的地方几乎都不自觉地语带轻蔑，而杜·莫里耶选择一个犹太人扮演这么一个角色的事实意味深远。斯文加利自己不会唱歌，只能通过特丽比的歌喉演出，代表了众所周知的模式：一个聪明人充当某个地位更加显赫的人物的幕僚。

奇怪的是，杜·莫里耶坦率地承认斯文加利比那三个英国人都要更有天赋，甚至比小比尔利更出色，后者被难以令人信服地刻画为一位杰出的画家。斯文加利很有"才华"，但其他人拥有"品质"，而"品质"才是最重要的。这是玩英式橄榄球的模范生对待那些戴眼镜的"书呆子"的态度。这或许就是当时对于犹太人的普遍态度。他们天生就是劣等民族，但当然，他们比我们更聪明，更敏感，更有艺术细胞，因此这些品质并不是那么重要。如今英国人对自己不再信心满满了，不再那么肯定傻人最终总是能够获胜。盛行的反犹主义形式已经改变了，但并不是往好的方向改变。

在上周的《论坛报》中，朱利安·西姆昂斯①先生评价说奥尔德斯·赫胥黎后期的小说比起从前他的作品差了许多——我觉得他说的没错。但他或许可以补充说，这种水平上的下降在想象派的作家身上是经常发生的事情，只有在一个作家仍然拥有早期作品的动力时才不会被人注意到。例如，我们重视赫伯特·乔治·威尔斯的《托诺-邦盖》、《波利先生》、《时间机器》等作品。如果他在1920年就停止创作，那他将尽享盛名，而如果我们只知道他在1920年后所写的作品，我们对他的评价或许会很低。一个小说家和一个拳击手或芭蕾舞蹈演员一样，无法永远持续下去。他的原始冲动能写出三四本好书，或许甚至能写出十来本好书，但它迟早会陷于枯涸。显然，你没办法制订下任何严格的规矩，但在许多情况下，创作的冲动似乎能维持十五年的时间，对于一位散文作家来说，这十五年大概是在他三十岁到四十五岁左右的时候。确实，有一些作家的创作生命要长得多，人到中年甚至步入老年时仍能继续有所发展。但这些人通常都是在风格上或创作主题上或两者都突然作出改变的作家（如叶芝、艾略特、哈代、托尔斯泰等），他们甚至会否定自己的早期作品。

许多作家，或许是绝大多数作家，到了中年时就应该干脆停止创作。不幸的是，我们的社会并不会让他们停下来。他们当中大部分人不知道其它谋生之道，而写作，以及伴随而来的一切——争吵、竞争、奉承和成为一个准公众人物的感觉——这些是会上瘾的。在一个合理的世界里，一个倾诉完他想说的话之后

---

① 朱利安·古斯塔夫·西姆昂斯（Julian Gustave Symons，1912—1994），英国作家，以犯罪小说而见长，代表作有《无形的谋杀案》、《一个名叫琼斯的男人》等。

的作家会从事其它职业。在一个充满竞争的社会，就像政治家一样，他觉得退休就意味着死亡。因此，在他的创作冲动早已耗尽之后他仍继续创作，大体上，他越不知道自己在模仿自己，其作品就越加低劣。

今年早些时候我遇到一位美国的出版商，他告诉我他的出版社刚打完九个月的官司，算是在部分程度上胜诉了，不过折了一笔钱。事情是关于印出我们中大部分人每天都会用到的一个由四个字母构成的单词，基本上用的是现在时。

在这种事情上美国总是领先英国好几年。美国书籍上可以完整地印出某个以字母 b 开头的单词时，在英国书籍上它只能是字母 b 加上破折号。最近在英国这个单词可以在书本上完整地印出来了，但在报刊上它仍然只能是字母 b 加上破折号。就在五六年前，一份著名的月刊印出了这个单词，但在最后一刻，出版社还是害怕了，组织人手将这个单词以手工的方式涂黑。

至于另一个单词，那个由四个字母组成的单词，在英国的期刊中它还是不准刊印，但在书籍里它能以首字母加破折号的形式出现。早在十几年前美国就已经这么做了。去年这家出版社尝试着将这个单词完整地刊印出来。那本书遭到了查禁，经过了九个月的诉讼，查禁被取消了。但在这个过程中重要的一步已经向前迈出了。法院的判决是现在可以刊印出那个单词的首尾两个字母，中间的两个字母以星号代替，表明它有四个字母。这清楚地表明再过几年这个单词就会完整地刊印出来。

因此进步仍在继续——在我看来，这是真正的进步，因为如果我们那六七个"坏词"能从厕所的墙上去掉并刊印出来，它们很快就会失去其魔力，而我们说脏话的习惯——这既败坏思想又退化语言——或许就会变得没有那么普遍。

随意集·六十五

1946 年 12 月 13 日

一位来信读者写道：

"有一个问题可能会被完全忽略，如果你能引起对它的关注，我会非常高兴。那些议员或其他有权力的人是否意识到，由于洗衣店的极度紧缺，多少市民浪费了极大的时间、精力和精神吗？"

我不知道下议员是不是知道我们的洗衣服务的现状，但任何得自己去取换洗衣服的人，至少在伦敦我住的这一区，都会同意我的来信读者所说的每一个字。光是要找到一间洗衣店肯"接待"你就已经是一件困难的事情，除非你在该区生活了几个月，还得费尽心思和大拍马屁才能实现。而且递送服务非常缓慢，没有规律，还得在冬天雨淋淋的早上无聊地排队等候，东西丢失了，查询系统效率低下，纽扣被弄碎了，送回来的手帕比送过去的时候干净不了多少。最糟糕的或许就是，当别人的衣服被送到你家时，你要找回自己的衣服所面临的困难，因为"下面"总是"人手不足"，而且柜台后面那些厌倦不堪的年轻女士根本对情况一无所知。

所有这些都是真实的。但我的来信读者继续写道：

"如果下议员真的为人民着想，难道他们第一件要做的事情不就是将洗衣服务国有化吗？洗衣服务应该就像邮政服务一样运作平稳。让每一件能让家居生活变得更加轻松的事情应该成为人民政府的主要考量，难道这个提议是空想吗？"

　　不幸的是，国有化本身并不能使得洗衣服务更有效率，就像把我的打字机收归国有并不能让写这篇文章变得容易一些。国有化是一个长期性的措施，在大部分情况下不会带来改善，只是为改善作好准备。比方说，国有化煤矿使得煤矿现代化所必须承担的沉重支出和集中控制成为可能，但得等上几年的时间才能产出更多的煤，或让矿工的工作环境没有那么不堪忍受。

　　如果明天洗衣服务就实现国有化，它们的人员和设备还是一样的，而在目前的短缺仍将继续的情况下，效率并不会有什么大的改善。洗衣店之所以这么糟糕是因为它们缺少肥皂、燃料、机器、交通工具，还有最重要的是，缺少人手。如果它们能优先得到这些资源，其它公共设施就会受到影响。每件事情都能追溯到人手紧缺，而在我们目前百废待兴的状态下，没有什么能刺激工人去长时间工作，这使得事态变得更加严重。我们进入了难挨的重建阶段，或许将会持续好几年。我希望政府的发言人能更加大胆地直言，否则将会有许多人对国有化失去热情——他们以为国有化就是包治百病的灵丹妙药，然后发现它并不能药到病除。

　　但我同意当生活再次变得适合生活时，洗衣系统需要进行彻底的重组。比方说，一直没有办法外包清洗小宝宝的衣服实在是一件不光彩的事情。在战前有这一项服务——或许前不久已经再次开始了——尿布服务，每天交送12块干净的"尿片"。只有少数人能付得起这样的奢侈服务，而除了"尿片"之外的婴儿衣服只能在家里洗，因为没有哪间洗衣店收费廉价或服务快捷到能应付平时那些婴儿弄脏的裤子、婴儿床单等东西。而无休止地在狭小的公寓厕所或阴风阵阵的石板地洗衣间洗着脏兮兮的婴儿尿布一定影响了我们的出生率。

最近我收到了一本斯坦利·昂温先生的有趣而且有用的书——《关于出版业的真相》，自1926年以来它已经重版了好几次，最近又对内容进行了扩展，更加切合当前的情况。我很重视这本书，因为它收录了一些或许是你很难从别的地方找到的数字。大约一年前在《论坛报》上，在读书的花费这个问题上，我对英国每年在书籍上的花费进行了猜测，认为人均的花费是1英镑。似乎是我高估了，下面是1945年全国消费的一些数字：

酒精饮品……6亿8500万英镑

烟草……5亿4800万英镑

书籍……2300万英镑。

换句话说，英国人每星期花在书籍上的开销大概是2便士，而花在烟酒上的支出是10先令。我猜想2便士这个高贵的数字包括了在学校课本和其它不得不买的书籍上的花费。最近《地平线》杂志发了一份调查问卷，要21位诗人和小说家回答他们认为一个作家以什么方式挣钱最好，没有一个人坦白地说他可以靠写书挣钱，这又有什么好奇怪的呢？

当你读着联合国的会议报告或任何形式的国际谈判的报告

时，你很难不想起陆军棋和其它类似的孩子们经常玩的打仗游戏，以小片纸板象征战舰、飞机等武装，每一张"牌"都有其固定的价值，能以大家都认可的方式进行对抗。事实上，你几乎可以发明一个名叫"联合国"的新游戏，如果开明的家长不希望自己的孩子长大后有军国主义思想的话，他们可以在家里玩这个游戏。

这个游戏的"牌"有所谓的提案、方针、模式、绊脚石、困境、僵局、瓶颈和恶性循环。这个游戏的目标是达致一个解决方案，虽然细节各不相同，大体上的游戏梗概都差不多。首先，玩家们聚在一起，某个人先提出一个提案。然后别人以绊脚石予以反击，没有了它游戏可就进行不下去了。绊脚石接着变成瓶颈，更经常发生的情况是变成僵局或恶性循环。僵局和恶性循环同时发生会导致持续几个星期的困境。然后突然间某个人打出了"方针"这张牌，"方针"使得"达成解决方案"变为可能，一旦"方案达成"，玩家们就可以结束游戏，一切回到开始时的样子。

写到这里，我的早报的头版突然显得非常乐观了，一切似乎终归都会好起来的。俄国人将同意视察军备，美国人将把原子弹国际化。同一份报纸的另一版上刊登着希腊的事件，而这导致了在纽约还显得很亲热的两大军事集团处于战争状态。

但是，当僵局和瓶颈的游戏继续进行时，另一个更加严肃的游戏正在进行。它由两个定理所支配。其一，只有放弃主权，才能达致和平。其二，没有哪一个有能力捍卫主权的国家会放弃它。如果你记住这两条定理，你就可以透过报纸的烟雾弹看清国际事务的事实。当前的最主要的事实就是：

一、无论俄国人说什么，他们都不会真的同意由外国观察家对他们的领土进行视察。

二、无论美国人说什么，他们都不会放弃军事装备上的技术优势。

三、现在没有哪个国家能进行一场大规模的全面战争。

虽然这些事实到了后来或许会发生改变，目前它们却是这场真实的游戏中真正的内容，记住这几点，而不是日复一日地为那些会议的谎言欢欣鼓舞或捶胸顿足，你将更加接近真相。

随意集·六十六

1946 年 12 月 20 日

在我的星期天报纸上有一则广告，以图片的形式呈现一个成功的圣诞节所需要的四样东西。在图片的最上边是一只烤火鸡，下面是一个圣诞节布丁，再下面是一盘肉馅饼，最下面是一罐某某牌的治肝盐。

这是一个简单的快乐秘方，先是吃一顿，然后吃点助消化药，接着再吃一顿。古罗马人是这一把戏的行家里手。不过，我查阅了拉丁语辞典里"vomitorium"（竞技场的出入通道）这个词，发现它的意思并不是你吃完饭后跑去吐的地方。因此，或许饭后催吐并不是通常所认为的每一户古罗马家庭的家常便饭。

上面提到的广告里暗示着吃一顿好的意味着暴饮暴食。在原则上我认同这一观点。我只是顺带提一下，当我们在这个圣诞节敞开肚皮海吃时，要是我们真的有机会这么做的话，我们最好想一想有数亿人没有机会这么做。因为，从长远来看，要是我们能保证其他人也都能吃到圣诞晚餐，那我们的圣诞晚餐才能吃得比较安稳。我待会儿就会回到这个问题。

在圣诞节不暴饮暴食的唯一的合理动机就是别人比你更需要食物。刻意过一个简朴的圣诞节会是一件很荒唐的事情。圣诞节的全部意义就是，它是一场放纵享乐——早在基督的诞辰被人为地定在那个日期之前或许就已经是这样了。孩子们很清楚这一点。在他们眼中，圣诞节不是有节制地享受的日子，而是意味着狂欢，他们很愿意为之付出一定程度的痛苦作为代价。他们四点钟就起床查看袜子，整个早上为了玩具而争吵不休，闻着令人食指大动的肉馅饼和鼠尾草加洋葱的香味从厨房的门口飘散出来，大快朵颐享受着整盆的火鸡，将许愿骨①拉出来，窗户渐渐变得漆黑，然后端上冒着火苗的葡萄干布丁，急急忙忙地趁着白兰地还在燃烧保证每个人的碟子里都分到一块，有人开玩笑说小婴儿把三便士硬币②给吞下去了，整个下午昏昏沉睡，圣诞蛋糕的杏仁酥皮足有一英寸厚，第二天早上烦躁不安，而到了12月27日就用上了蓖麻油——这种事情就是一场折腾，并不是什么开心的事情，但为了那些更激动人心的时刻还是很值得的。

那些滴酒不沾的人和素食主义者总是反感这一态度。在他们看来，唯一理性的目标就是避免痛苦，并尽可能长久地活下去。如果你能戒酒或戒肉，或戒掉别的什么恶习，你就能多活五年；而如果你暴饮暴食或酗酒无度，第二天你就会付出肉体痛苦的代价。但是，这真的意味着所有过分享乐的行为，即使是一年一度

---

① 许愿骨（wish bone），指火鸡的叉形胸骨。根据英国的圣诞节习俗，将完整的胸骨取出后，两人各执一边拉扯，骨头断裂后拿到较大一边的人将能实现一个心愿。
② 英国的圣诞节风俗，在葡萄干布丁中放一个三便士的布丁，分到的人将在新年走好运。

的像圣诞节这样的发泄，都应该理所当然地要加以避免吗？

事实上，这么说根本没有道理。你完全知道为了偶尔享受一把而伤害肝脏是值得的。因为健康不是唯一重要的事情，与亲朋好友一起吃吃喝喝所得到的友谊、热情、高涨的情绪和思想的交流也很宝贵。我想大体上即使喝得酩酊大醉也不会造成什么伤害，只要是偶尔为之——比方说，一年两次。整场经历，包括后来的忏悔，会帮助你打破精神上的刻板定式，就像到外国度周末一样，或许是有益处的。

所有时代的人都意识到了这一点。早在发明字母之前人类就广泛地达成共识，认为经常酗酒是不好的，但欢宴是好事，即使有时候在第二天早上你会觉得后悔。描写饮食和喝酒的文学作品何其多也，尤其是喝酒，而另一方面的文学作品实在是乏善可陈！这会儿我记不起一首歌颂水作为饮品的诗作。很难想象你能对它说些什么。它能解渴，但仅此而已。另一方面，谈到歌颂美酒的诗作，即使只是流传下来的作品，其数量也堪称汗牛充栋。从人类发现葡萄可以发酵酿酒的那一天开始，诗人们就开始写诗赞美它。称颂威士忌、白兰地和其它蒸馏烈酒的作品要少一些，这部分是因为它们出现得晚一些。但关于啤酒有大量的好文章，早在中世纪就已经有了，比人们学会往里面放啤酒花还要久远得多。奇怪的是，我记不得有一首歌颂烈啤的诗，就连生烈啤也没有，我觉得它可比瓶装酒好喝。在《尤利西斯》里有一段关于都柏林啤酒桶的极为恶心的描写。不过，虽然这段描写广为人知，但它只是类似于旁敲侧击的赞美，并没有让爱尔兰人放弃他们最喜欢的饮品。

关于饮食的文学作品也很多，不过大多数是散文。但在所有喜欢描写食物的作家里，从拉伯雷到狄更斯，从皮特尼乌斯①到比顿夫人②，我不记得有哪一篇文章优先考虑节食。享受美食本身就已经足够了。没有人写过什么值得怀念的散文探讨维他命，或吃太多蛋白质的危害，或每一口饭细细嚼上三十二次的重要性。总而言之，似乎有许多文学作品是在歌颂暴饮暴食和酗酒无度，只要它们总是在有意义的时候进行，而且不是过于频繁。

但是，这个圣诞节我们应该暴饮暴食和酗酒无度吗？我们不应该这么做，我们当中的大部分人也没有这个机会。我正在写东西歌颂圣诞节，但歌颂的是 1947 年或 1948 年的圣诞节。如今整个世界不适合大肆庆祝。在莱茵河和太平洋之间不会有很多人需要某某牌的治肝盐。在印度一直有上千万人一天只能吃一顿饭。中国的情况大抵也差不多。在德国、奥地利、希腊和其它地方，数以百万计的人吃饭仅仅是在吊命，而没有力气去干活。在所有遭受战争破坏的地方，从布鲁塞尔到斯大林格勒，还有数百万人住在被炸毁的房子的地窖里、森林的藏匿地里或铁丝网后肮脏的茅屋里。几乎是同一时间，当我们了解到我们的圣诞节火鸡有很大一部分将来自匈牙利，而匈牙利作家和记者——他们应该不是那里工资最微薄的人——手头是如此拮据，他们很高兴收到糖精和英国的爱心人士捐出的废弃衣服时，这并不是什么值得高兴的事情。在这种情况下，我们几乎不能过上"像样的"圣诞节，即使东西一应俱全。

---

① 皮特尼乌斯·阿比忒(Petrenius Arbiter, 27—66)，古罗马暴君尼禄的奸臣，据说是讽刺小说《萨提利孔》(the Satyricon)的作者。
② 伊莎贝拉·玛丽·比顿(Isabella Mary Beeton, 1836—1865)，英国女作家，作品多描写家务料理和营养烹饪。

但我们很快会过上一个圣诞节的，1947 年或 1948 年，或许 1949 年吧。当我们过上圣诞节的时候，或许不会有素食主义者或滴酒不沾的人以阴沉沉的声音教训我们所做的这些事情会伤害我们的胃囊。你为了一顿美餐本身庆祝，而不是为了它对胃囊的所谓好处而庆祝。与此同时，圣诞节到了，或者说，即将到来。圣诞老人正在召集他的驯鹿，邮差背着鼓鼓囊囊、装着圣诞贺卡的麻袋蹒跚着从一道门走到另一道门，黑市正在叫卖，英国已经从法国进口了 7 000 多箱的槲寄生。因此，我希望每个人在 1947 年过上旧式的圣诞节，今年则祝你们都能享用半只火鸡、三个橘子和一瓶威士忌，价格不要超过法定价格的一倍。

随意集·六十七

1946 年 12 月 27 日

　　在哪儿或别的地方——我觉得是在《圣女贞德》的序言里——萧伯纳说今天我们比中世纪的时候更加容易上当和迷信，他举出了广为流传的"地球是圆的"这一信念，作为现代轻信的一个例子。萧伯纳说，普通人根本提不出一个理由认为地球是圆的。他只是囫囵吞枣地接受这个理论，因为这个理念符合二十世纪的精神。

　　萧伯纳的这句话有夸张之处，但他所说的不无道理，这个问题值得继续追问下去，因为它能帮助了解现代知识。为什么我们相信地球是圆的？我不是在说那上千个可以给出眼见为实的证据或拥有理论知识上的根据的天文学家或地理学家等人，而是那些阅读报纸的普通市民，就比方说你和我。

至于"地球是平的"这个理论，我相信我可以反驳它。如果在一个阳光明媚的日子你站在海滩边，你可以看到看不见船身的船只的桅杆和烟囱通过地平线。这种现象只能以地球的表面是曲线形的进行解释。但这并不代表地球是圆的。想象一下有另一个理论，叫"椭圆形的地球"，声称地球的形状就像一个鸡蛋。我能说什么去反驳它呢？

要反对那些支持"地球是椭圆形的"的人，我会打的第一张牌是拿太阳和月亮进行类比。支持"地球是椭圆形的"那个人会立刻回答我靠观察是不知道那些星体是椭圆形的。我只知道它们是圆的，或许它们是扁扁的圆盘。对这个说法我无法回应。而且，他会继续说，我有什么理由认为地球就得跟太阳和月亮一样是圆的呢？这个我也没办法反驳。

我的第二张牌是地球的影子。当发生月食时它落在月亮上面的影子似乎是圆形的。但那个支持"地球是椭圆形的"男人会追问说我怎么知道月食是由地球的影子引起的呢？答案是我不知道，但我是盲目地从报纸文章和科学小册子里获取这一信息的。

在这番小探讨遭受挫折后，现在我会打出王牌：专家们的意见。应该博学多闻的皇家天文学家告诉我地球是圆的。那个支持"地球是椭圆形的"男人以他的王牌压过我的王牌。我检验过皇家天文学会的结论吗？我知道该怎么去检验它吗？到了这里我亮出了最终的王牌。是的。我确实知道一个检验的方法。那些天文学家能预言月食，这表明他们关于太阳系的理论是很合理的。因此，我接受他们关于地球的表面是圆的这个说法。

如果那个支持"地球是椭圆形的"人回答——我相信这话是真的——那些古埃及人认为太阳绕着地球转，他们也能预测月食，这番话就把我的最终王牌轰掉了。我只剩下一张牌：航海。人们可以航船周游世界，通过基于地球是圆的这个假设进行计算，到达他们的目的地。我相信这可以驳倒那个支持"地球是椭圆形的"的人了，虽然他可能还有其它反驳。

可以看到，我认为地球是圆的种种理由都很不靠谱。然而，这是非常基本的信息。在大部分其它问题上我一早就只能搬出那些专家，也没办法去检验他们所说的话。我们的大部分知识就在这个层面。它不依赖理性推理或实验，只是基于权威。当知识的领域如此辽阔时，专家本人一旦离开了他自己的领域就成了白痴，情况还能怎样呢？大部分人如果被问到怎么证明地球是圆的，就连提出我在前面所列举的站不住脚的争辩理由都做不到。他们会一开始就说"大家都知道"地球是圆的，如果继续追问下去，他们就会生气。从某种意义上说，萧伯纳是对的。这是一个轻信的年代，而我们如今所承受的知识的负担在一部分程度上要为此负责。

对于拉斯基教授的诽谤案或许众说纷纭，但即使你觉得判决在法律意义上是正当的，我依然认为我们应该记住拉斯基教授是代表了工党采取这一行动的。它是大选中的一桩事故——在必要的时候对保守党的反赤化宣传的一个回应。因此，如果没有人资助他，由得他自己支付高昂的罚款，这是极度不公平的。请允许我再次提醒各位，请将捐款送至运输大楼工党本部的秘书长摩根·菲利普斯[①]那里。

---

① 摩根·沃尔特·菲利普斯（Morgan Walter Phillips，1902—1963），英国工党领袖，曾于1944年至1961年担任工党秘书长。

拉斯基这起案件照理会引起进一步的关于陪审团构成的讨论，尤其是特别陪审团，但我希望它会引起连带效应，再一次引起人们对关于诽谤的现行法律的关注。

我相信诽谤这种事情就像其它事情一样，在战争中度过了相对平缓的时期，但再早几年的时候，因为一些小事而控告诽谤是一桩大买卖，而且是出版社、编辑和记者的噩梦。有人总是说要是将有关诽谤的法律彻底废除就好了，至少应该放宽一些，那样的话报纸就会像以前一样有更大的空间，就像战前的法国一样。我无法同意这一看法。无辜的人有权利保护自己不受诽谤的伤害。这种事情之所以会发生，不是因为法律过于严苛，而是因为起诉诽谤罪可以申报子虚乌有的经济损失而获得赔偿。

受害者并不是那些大报，比起出版社或小期刊，它们有好几帮常备律师，能付得起赔偿。我不知道法律的具体规定，但有时候我有一本书在出版之前会先咨询律师，他们都害怕得要命。我猜想要塑造一个虚构的角色而不会遭到起诉说该角色是某位真实人物的写照几乎是不可能的事情。结果，以起诉诽谤罪进行勒索是讹钱的轻松方式。出版社和期刊经常购买保险以防被告诽谤并被诉以某个金额的索赔。这意味着他们会付一小笔赔偿款，而不是诉诸法律。有一回我甚至听说一桩同谋案，甲故意诽谤乙，而乙威胁要采取行动，然后两人平分那笔赔款。

在我看来，纠正这一现象的方法就是不让诉讼变得有利可图。除非能够证明真的造成了损害，否则不予赔偿。另一方面，当诽谤得以证实，有罪的一方应该以书面形式收回言论，这种事情目前不是经常发生。大报害怕这个更甚于要它们赔偿十万英镑的损失，而如果没有金钱上的赔偿，勒索的动机就会消失。

有一封读者来信给我送来了一份我几个星期前提到的讨厌的美国"漫画"。里面的两个主要的故事是关于一只名叫"行刑者"的漂亮怪物，它有一张绿色的脸，就像美国漫画里的许多角色一样，它还会飞。封面是一幅图片，画着一个像是猩猩的疯子或干脆就是一头猩猩穿着人的衣服，正在掐一个女人，如此逼真，她的舌头伸出足足有四英寸长。另一幅图片画着一条蟒蛇缠在一个男人的脖子上，然后将自己拴在栏杆上，把他给吊了起来。另一幅图片画着一个男人从一座摩天大楼的窗户跳出来，摔在人行道上，留下一摊血。还有很多同样题材的图片。

那位来信读者问我是否觉得这些东西可以给小孩子们看，还问我，如今钱越来越少，难道就没有其它好读物了吗？

当然，如果可以的话我不会让小孩子去看这些读物。但我不会真的禁止它们销售。开这个先例太危险了。但与此同时，我们真的得把钱花在这些有害的垃圾读物上面吗？这一点并非完全无足轻重，我希望看到这个问题得以澄清。

随意集·六十八

1947 年 1 月 3 日

大约二十五年前，我乘轮船去缅甸。虽然那不是一艘大船，但船上很舒服，甚至称得上奢华，当你没在睡觉或在甲板上嬉戏时，你似乎总是在吃东西。各家轮船公司总是在彼此竞争，因此三餐非常丰盛，中间有小吃供应，如苹果、刨冰、饼干和一杯杯的汤，惟恐有人饿晕过去。此外，酒吧早上十点营业，因为我们出海了，所以酒比较便宜。

这条航线的大部分船员是印度人，但除了长官和服务员之外，他们还雇用了四个欧洲舵手，他们的工作就是掌舵。其中一位舵手，虽然我猜想他才年过四旬，却是那种你几乎觉得他的背部会长出藤壶的老水手。他个头矮小，力气很大，长得很像一只猩猩，粗壮的前臂覆盖着厚厚的金毛。他蓄着金色的八字胡，可能是查理曼大帝时代的款式，完全遮住了他的嘴。我只有二十岁，清楚地知道自己作为一个乘客就像寄生虫一样。我很敬仰那些舵手，特别是那个长着一头金发的，觉得他们神威凛凛，和那些长官平起平坐。要是他们不先和我说话，我根本不敢和他们搭话。

有一天，不知道为什么，我早早就吃完午饭上了甲板。甲板上只有那个金发舵手，没有别人了，他正像老鼠那样沿着甲板室的一边快步走来，两只大手里露出什么东西。我刚刚看清那是什么，他就从我身边快步经过，消失在门道里。那是一个盛馅饼的小碟，放着一个吃了一半的烤蛋奶布丁。

我只看了一眼就明白是怎么一回事——事实上，那个人的内疚表情使得事情确凿无疑。那个布丁是某张乘客的桌子上吃剩的。一个司务员违反规定把它给了他，他正把它带去水手的船舱，准备闲暇时吃掉。时隔二十多年，我仍然能够隐约感受到当时内心的惊诧。我愣了好一会儿才意识到这桩事情的内在含义，但如果我说这件事情突然间让我明白了能力与报酬之间巨大的差距——得悉一位靠技术吃饭的技术工人，我们的性命可以说掌握在他的手中，很高兴能偷到我们的饭桌上的残羹冷炙——这比十几份宣扬社会主义的传单教会我的东西都要多，这么说会很夸张吗？

有一则消息说南斯拉夫现在正在清洗作家和艺术家，这让我再次去阅读关于近来在苏联进行的文坛清洗的报道。在清洗中，左琴科①、阿赫玛托娃②和其他作家被逐出了作协。

在英国，这种事情还没有发生到我们头上，因此我们可以用事不关己的态度去看待它。而奇怪的是，当我再次读着那些事件的描述时，不知怎地，比起那些受迫害的人，我更加同情那些迫害者。在那些迫害者中为首的是安德烈·日丹诺夫③，被某些人认为或许会是斯大林的接班人。虽然日丹诺夫之前执行过文坛清洗，但他是一个职业政客——从他的讲话可以判断得出——对文学的了解程度和我对空气动力学的了解程度差不多。看他的所作所为，他并不像一个邪恶或狡诈的人。他真的对某些苏联作家的变节感到震惊，在他看来，那是无法理解的背叛，就像战斗在进行中发生兵变一样。文学的宗旨是讴歌苏联，对于每个人来说这难道不是明摆着的事情吗？但这些迷途的作家没有执行这么简单的使命，而是偏离了政治宣传的路线，写出了非政治化的作品，

① 米盖尔·米哈伊洛维奇·左琴科（Mikhail Mikhailovich Zoshchenko，1895—1958），苏联作家，以讽刺作品而著称，1946 年遭到苏联文坛的镇压，只能从事翻译，代表作有《米凯尔·辛亚金》、《猴子奇遇记》等。
② 安娜·安德烈耶夫娜·阿赫玛托娃（Anna Andreyevna Akhmatova，1889—1966），俄国女诗人，被誉为"俄罗斯诗歌的月亮"（普希金曾被誉为"俄罗斯诗歌的太阳"），1946 年遭到苏联文坛的镇压，只能从事翻译，代表作有《黄昏》、《白色的群鸟》等。
③ 安德烈·亚历山德罗维奇·日丹诺夫（Andrei Alexandrovich Zhdanov，1896—1948），苏联政治家，斯大林的亲信，于 1946 年奉斯大林命令负责苏联文化政策推动与制订，迫害苏联的异见知识分子和文人。

而更有甚者，左琴科竟然由得讥讽的内容潜进他的作品里。这实在是太叫人痛苦太让人困惑了。这似乎就像你让一个人在一间先进的、有空调的好工厂里上班，工资高，工时短，伙食好，有操场，宿舍舒服，还有托儿所让他的孩子上学，有全面的社会福利，工作时还有音乐听——却发现那个不知感恩的家伙上班第一天就把扳手扔进机器了。

让整件事情略显可悲的是那一番坦白——苏林的公关人员并不习惯于这么诚实地坦白——承认俄国文学在整体上并没有达到它应有的水平。因为苏联代表了文明在当前的最高形式，显然它应该在文学方面引领世界潮流，就像其它方方面面一样。"当然，"日丹诺夫说道，"我们的新社会主义体制体现了人类文明和文化历史上一切最好的事物，它有能力创造出最先进的文学作品，将旧时代最好的文学作品远远地抛在后面。"《消息报》（引自纽约报纸《政治》）进一步说道："我们的文化屹立在比资产阶级文化更高的水平之上……我们的文化不应当是学生和模仿者，恰恰相反，它应该要指导其它文化何谓人类的基本道德，这难道不是明摆的事情吗？"然而，不知怎地，这一预料中的事情一直没有发生。他们颁布了指示，通过了毫无异议的决议，顽抗不从的作者无法发出声音，但不知道为什么，充满活力的原创文学作品，无疑要比资本主义国家更高端大气的文学作品，并没有出现。

这些事情以前发生过不止一次。言论自由在苏联有起有落，但大体的趋势是审查制度越来越严格。政治家们似乎没办法想明白的事情是，靠恐吓别人服从命令是诞生不了有活力的文字作品的。只有在一个作家能畅所欲言的时候，他的创作力才能得以发挥。你要么摧毁自主创作，生产符合正统但没有活力的文学作品，要么你就得让人们畅所欲言，代价就是有的人会说出异端思想的话。只要书是个体的创造，这就是一个无解的两难之题。

这就是为什么在某种意义上，比起那些受迫害的人，我更同情那些迫害者。或许左琴科和其他人至少知道发生在他们身上的是怎么一回事，并获得满足，而那些折磨他们的政客只是在尝试不可能的事情。日丹诺夫和他的同僚应该说的是："就算苏联没有文学也依然能够存在。"但那并不是他们能说出口的话。他们知道它很重要，它代表了尊严，而且对于政治宣传很有必要。他们会继续鼓励文学创作，假如他们知道该怎么做的话。因此他们继续进行清洗和发出指示，就像一条鱼一次又一次地用鼻子去撞击水族箱的缸壁，没有智慧意识到玻璃和水是不一样的东西。

下面的内容出自古罗马皇帝马可·奥勒留①的《沉思录》：

当你在早晨不情愿地起床时，你要想到：我正起来去做一个人的工作。如果我要去做的是我为之而存在，为之而被带到这个世界的工作，那为什么我要感到不满呢？难道我是为了躲在温暖的被子里睡觉而生的吗？这确实比较舒服。但你的存在是为了享乐，而不是为了行动和努力吗？你没有看到那些微不足道的植物、小鸟、蚂蚁、蜘蛛、蜜蜂都在一起工作，尽它们在宇宙中的本分吗？你不愿承担一个人的责任，不赶快去做那合乎你本性的工作吗？

---

① 马可·奥勒留·安东尼·奥古斯都（Marcus Aurelius Antonius Augustus, 121—180），古罗马皇帝，斯多葛学派学者，曾于166年派遣使者出使中国汉朝，代表作有《沉思录》。

将这段名言写成大字挂在床对面的墙上是一个不错的计划。但如果这么做行不通的话，有时候别人告诉我另一个不错的计划，那就是买一个最响的闹钟，放在一个你不得不起床绕过几件家具去把它关掉的地方。

随意集·六十九

1947 年 1 月 17 日

1947 年 1 月 1 日的《每日先驱报》有一则标题——《希特勒的代言人来了》，下面是一张两个印度人的相片，据称他们的名字是布里拉尔·穆科耶和安杰特·辛，"来自柏林"。相片下面的专栏继续写道："四个本应已经因叛国罪被枪毙的印度人"正住在伦敦一间酒店里，还说这几个印度人在战争时期以"通敌者"的身份通过德国电台进行广播。这些言论值得深入探讨。

首先，里面至少有两个事实上的错误，有一个还是非常严重的错误。安杰特·辛并没有在纳粹电台上进行广播，只是在意大利几家电台做过节目，而那个名字唤作"布里拉尔·穆科耶"的印度人战时一直在英国，我和伦敦的许多人都和他很熟络。但这些不实之处所表明的态度更清楚地体现在这篇报道的措词中。

我们有什么权力把在德国电台上做过广播的人唤作"通敌者"呢？他们是被占领的国家的公民，以他们认为最佳的方式向敌占势力进行反击。我不是在说他们所选择的方式是对的。即使从狭义的角度讲，假定印度的独立是唯一重要的事业，我也认为他们错得很离谱，因为要是轴心国赢得战争——他们的活动在某种程度上帮助了轴心国——印度将只会有了一个更加糟糕的新主人。但他们所采取的路线你完全可以说是出自真诚的信念，不能用"通敌"这个词加以形容，因为这是不公允的，甚至是不准确的。"通敌"这个词是和像吉斯林和拉沃尔这样的人联系在一起的。第一，它暗示着背叛一个人的祖国；第二，与征服者进行全面合作；第三，意识形态上的认同，至少是部分认同。但这和那些站在轴心国阵营的印度人又有什么关系呢？他们并不是背叛自己祖国的人——恰恰相反，他们相信他们是在为了祖国的独立而奋斗——他们并没有义务为英国服务。而且他们并不是像吉斯林等人那样通敌。德国人给了他们一套独立的广播设施，他们想说什么都可以，在很多情况下他们的政治纲领与轴心国的政治纲领很不一样。我认为他们的话不仅错误而且有害，但在道德态度上，或许也在他们所做的事情的效果上，他们与普通的变节者是很不一样的。

与此同时，你必须考虑这种事情在印度的效果。无论是对是错，当这些人回到祖国时，他们会受到英雄式的礼遇。而英国报纸对他们的侮辱不会被视而不见。那些马虎处理的相片也不会被视而不见。布里拉尔·穆科耶这个名字出现在另一个完全不同的人的面孔下方。无疑，这张照片是在伦敦的印度人迎接他们被遣返回英国的同胞时拍摄的，那个摄影师无意中拍错了人。但是，假设那个人是威廉·乔伊斯[①]，你觉得《每日先驱报》不会特别过问以确保相片里的那个人就是威廉·乔伊斯而不是别人吗？但因为那只是一个印度人，像这样的错误没有什么大不了的，这就是

[①] 威廉·乔伊斯（William Joyce, 1906—1946），爱尔兰裔美国法西斯分子，二战时在英国进行纳粹宣传，被英国当局宣判死刑并处以绞刑。

他们没有说出口的想法。这不是发生在《每日画报》上，而是发生在英国唯一一份工党的报纸上。

我希望每个能有机会找到维克多·戈兰兹最近出版的《在最黑暗的德国》的人至少去翻一翻这本书。它不是一本文学作品，而是一份精彩的纪实报道，目的是让公众对英国占领区内所发生的饥荒、疾病、混乱和疯癫的管理不善有所警觉。如何让人们意识到他们自己的小圈子之外所发生的事情是我们这个时代的主要难题之一，必须演变出新的文学方式以解决这一难题。考虑到本国人民现在的日子不是很好过，或许你不能责备他们对别处所发生的惨剧漠然置之，但值得注意的是，他们想方设法做到对那些惨剧充耳不闻。饥荒的传闻、沦为废墟的城市、集中营、大规模迁徙、无家可归的难民、受尽迫害的犹太人——听到所有这些事情，他们的反应是惊奇却又毫不上心，似乎这种事情闻所未闻，却又不是很感兴趣。那些骨瘦如柴的孩童的相片现在已是司空见惯，没有给人们留下多少印象。随着时间流逝和恐惧渐渐堆积，头脑似乎陷入了一种自我保护性的无知，需要越来越冷酷的惊诧效果去打破它，就像身体对某样药物形成免疫力后剂量得不断加大一样。

维克多·戈兰兹的那本书有一半的内容由相片构成，他很聪明地将自己照入了许多相片里作为预防措施，这至少证明了相片的真实性，杜绝了那种司空见惯的指控，说它们是从某个间谍那里获取的，是在进行"政治宣传"。但我认为这本书最好的策略，就是在反反复复描写了那些以"饼干汤"、土豆煮卷心菜、脱脂牛奶和人造咖啡为食的人物之后，插入了在饭堂里为控制委员会提供的晚餐的菜单。戈兰兹先生说只要没有人在看着他，他就偷偷把一张菜单放进口袋里，他把六张菜单印了出来。下面是其中的第一份。

杯装清炖肉汤
黄油煎比目鱼
新鲜土豆
荷兰牛排
土豆泥
花椰菜
覆盆子果酱
奶酪
咖啡

对欧洲饥荒的这些记录似乎可以与本周《给爱狗之人的提示》中的第一则联系在一起，我从圣诞节前的《标准晚报》里剪下了那一篇内容：

如果你放纵你的狗吃太多"零食"的话，它也会有"圣诞节纵欲后遗症"。许多主人想让他们的宠物"什么都尝一尝"，却忽视了圣诞节的许多美食是不适合给狗吃的。

这不会给狗造成永久性的伤害，但如果它看上去神情呆滞，舌头灰白而且有口臭，最好给它喂点蓖麻油。

戒食十二小时，接下来的几天喂以少量食物即可痊愈——可以服用8到12粒碳酸铋盐，一天三次，可以喂燕麦粥而不是清水。

　　动物学协会某位成员的签名。

　　看着上面我所写的内容，我注意到我使用了"完全不同的人"这个说法。我第一次意识到这是一个多么傻帽的表达方式。似乎真有"部分程度上不同的人"！从现在开始我会将这个表达从我的字典里删去（还有"一个非常不同的人"和"决然不同的人"）。

　　但还有其它词语和词组显然应该被归入垃圾堆，但它们仍继续被使用，因为似乎没有方便的替代品。一个例子就是"一定"。比方说，我们会说，"到了一定的年龄后，一个人的头发就变灰了。"或"二月份可能会有一定的降雪"。在这两个句子里，"一定"的意思是不一定。为什么我们得用这个词表示两个完全相反的意思？但是，除非你迂腐地说"到了某个不一定的年龄之后"，似乎没有别的词能恰如其分地传递出所要表达的意思。

随意集·七十

1947 年 1 月 24 日

　　最近我在苏格兰的一家酒店听到两个小生意人之间的对话。其中一个长得很机警，衣着很有档次，大约四十五岁，与建筑商协会有点关系。另一个年纪大很多，白发苍苍，说话苏格兰口音很重，是作批发生意的。在吃饭前他会作祷告，我已经很多年没见过有人这么做了。我想他们分别属于年收入水平在 2 000 英镑和 1 000 英镑的群体。

我们围坐在不够暖和的泥煤火堆旁边，对话从煤炭紧缺开始。似乎没有煤炭卖，因为英国的矿工不肯把煤挖出来，但另一方面不让波兰人在矿井里工作尤为重要，因为这将导致失业。苏格兰的失业问题已经很严重了。接着那个年纪大一些的人说他很满意工党赢得了大选——"实在是非常高兴"。任何在战后收拾烂摊子的政府都不好过，由于五年的限量供应制度、房屋紧缺、非正式罢工等问题，公众会看透社会主义者的承诺，下次投票给保守党。

他们开始谈论起房屋问题，然后立刻回到了波兰人这个投契的话题上。那个年轻一些的男人刚刚把他在爱丁堡的公寓卖了，挣了一笔钱，准备买一间房子。他愿意出价 2 700 英镑。另一个男人则准备把房子卖出 1 500 英镑的价格，再买一间小一点的房子。但如今似乎不可能买到房子或公寓，它们都被那些波兰人买光了。"真是奇怪，他们到底从哪儿弄到钱的呢？"那些波兰人还侵入了医疗行业。他们甚至在爱丁堡或格拉斯哥（我忘记是哪一个了）开设了自己的医学院，培养出许多医生，而"我们自己的医生"发现根本没办法从业。每个人都知道英国的医生供大于求，不是吗？把那些波兰人赶回自己的国家去。这个国家已经有太多人了。需要做的是对外移民。

那个年轻一些的男人说他是几个商业和民间协会的会员，在所有的协会里他都提出把那些波兰人遣送回国的提案。那个年纪大一些的男人补充说那些波兰人"道德极其败坏"。如今世风日下，很大程度上就是他们搞出来的。"他们和我们不是一类人。"他虔诚地总结道。他们没有提到波兰人排队时老是插队，穿着艳俗的衣服，在空袭时表现懦弱，但如果我提出这些的话，我想一定会被认可。

当然，你对这种事情无能为力。这就是当前的反犹主义的替代品。到了1947年，我所描写的这些人已经发现反犹主义是不体面的事情，因此他们得找别的替罪羊。但种族仇恨和集体妄想是我们这个时代的一部分内容，如果它们不被无知所强化，或许害处会小一些。比方说，如果在战前的那几年犹太人在德国遭到迫害的事实有更多的人知道的话，盛行一时的反犹情绪或许并不会有所收敛，但犹太难民的待遇或许会好一些。拒绝难民大规模进入本国或许被视为可耻的事情。普通人或许仍会对难民持抵制情绪，但更多的生命或许得到拯救。

波兰人的情况也是如此。上面写到的这段对话让我最觉得心里不舒服的是一再出现的那句话："把他们赶回自己的国家。"如果我对那两个生意人说："那些人大部分根本没有祖国可回，"他们或许根本不屑一顾。他们或许对有关事实根本连一件也不知道。他们或许从来没有听说过自1939年以来在波兰发生的事情，他们也不会知道英国人口过多的说法是一个谬误，或局部的失业和整体上的劳动力紧缺是可以并存的。我认为让这些人以无知为借口是错误的。你无法改变他们的观感，但你能让他们明白，当他们要求把那些无家可归的难民逐出我们的国家时，他们在说些什么，或许这样会让他们少怀一些恶意。

前几个星期，在《旁观者》中，哈罗德·尼克尔森先生因为步入花甲之年而在竭力安慰自己。在他看来，步入晚年唯一的安慰就是到了一定的年龄，你就可以开始吹嘘你见过别人不会再有机会见到的事情。这让我思考我自己——我也是四十四岁左右的人了，我能有什么可以夸耀的。尼克尔森先生见过由魁梧高大的哥萨克骑兵护卫的沙皇在祝福涅瓦河。我从未见过那一幕，但我见过玛丽·劳合，她已经几乎是一个传奇人物。我还见过"小提克"①——我想直到1928年他才死去，但应该是和玛丽·劳合差不多同时隐退——我还见过自爱德华七世之后的诸位国王和其他名人。但只有两回让我在当时产生了正在目睹某件伟大事物的感觉，而其中有一回是当时的情形而不是那个人让我有这种感觉。

其中一位是贝当。那是在1929年福熙②的葬礼上。贝当在法国极具威望，被誉为"凡尔登的守护者"，而"他们绝不能通过"这句话大家都相信就是他说的。他走在人群中，在他的身前身后有好几码的距离空无一人。他高视阔步地走过——高大瘦削的身影笔挺，虽然那时候他一定已经年届七旬，蓄着花白挺翘的八字胡，就像一只海鸥的双翼——人群交头接耳地说起了贝当。他的样貌给我留下了深刻的印象，我隐约觉得虽然他已经一大把年纪了，但他或许仍然有着远大的前程③。

另一位名人是玛丽王后。有一天我正经过温莎城堡，街道上似乎触了电一样。人民摘下帽子，士兵唰地一声立正。然后，鹅卵石街道上传来咔哒咔哒的声音，一架由四匹高头大马牵引并由

---

① 哈利·雷尔夫（Harry Relph，1867—1928），英国滑稽演员，艺名"小提克"，是个身材矮小的侏儒，以穿一双长达28英寸的靴子作出种种滑稽举动而出名，曾与玛丽·劳合有过合作。

② 费迪南德·福熙（Ferdinand Foch，1851—1929），法国名将，一战期间担任法军最高指挥官。

③ 亨利·菲利普·贝当（Henri Philippe Pétain，1856—1951），法国军事家、政治家，一战时法国的功勋人物，1940年当选法国总理，但由于德国攻占法国，贝当与德国纳粹政权合作，成立维希傀儡政府。战后被宣判死刑，后改判终身监禁。

两名左马御者驾驭的深红色大马车过来了。我相信那是我这辈子第一次和最后一次看到左马御者。在后座上,背对车厢,又一个马夫笔挺地坐着,双臂交叉抱胸。坐在后面的那个马夫以前被称为"老虎"。我几乎没有去注意王后,我直勾勾地盯着后面那个奇怪的古老身影,他就像一具蜡像那样纹丝不动,穿着他那条白色的马裤,仿佛是浇注在里面的,大礼帽上别着帽徽。即使在当时(大概是1920年),这也带给我从窗外看到十九世纪风景的奇妙感觉。

几句关于文坛的闲话:

几个星期前我在这个专栏里引用了一则印度谚语,并说它是我的一个朋友翻译的,这是我的失误。事实上,我引用的那句话出自于吉卜林。这证实了我在别的地方曾经说过的话——吉卜林是那些人们无意中会加以引用的作家之一。

《党派评论》是美国最好的高雅杂志之一——类似于《地平线》和《辩论》的结合体——从二月份起将在伦敦发行。

一年前我在《论坛报》里写了一篇文章讲述了扎米亚京[1]的小说《我们》,这本书将在英国重版,从俄文重新翻译。可以去找一找这本书。

随意集·七十一

1947 年 1 月 31 日

你与一份报纸或杂志的关系比与一个人的关系更加多变和断

---

[1] 叶甫盖尼·伊万诺维奇·扎米亚京(Yevgeny Ivanovich Zamyatin, 1884—1937),俄国作家,因在作品中对苏联政府进行批判而遭到流放,代表作有《我们》、《岛民》、《上帝遗忘的洞穴》等。

断续续。一个人或许时不时会染染头发或皈依罗马天主教，但他不能在本质上改变自己，而一份期刊会在同一个名字下经历一系列不同的形态。《论坛报》在它短短的一生里假如不是三份的话，也已经是两份截然不同的报纸。我和它的接触经历了非常剧烈的变化，如果我记得没错的话，开始的时候有一段过节。

直到 1939 年我才知道有《论坛报》这么一份报纸。它创刊于 1937 年初，但在战争开始前的 30 个月里，我有 5 个月住院，13 个月在国外。我想让我首先注意到它的是一篇对我的小说不是很友好的书评。在 1939 年至 1942 年间，我有三四本书出版或重印，我想在《论坛报》里连一篇"正面的"书评都没有刊登，直到我成为里面的一名员工。（无消说，这两件事之间没有联系。）之后，在 1939 年那个寒冬，我开始为《论坛报》撰稿，虽然刚开始时很奇怪，我没有定期去读它，也没有好好弄清楚它到底是一份什么性质的报纸。

雷蒙德·普斯盖特①是那时候的编辑，他时不时让我写写小说评论。我没有领稿酬（直到不久前，为左翼报纸写稿能领到稿酬都是罕有的事情）。只有当我到伦敦去普斯盖特在伦敦城墙附近的那间四壁空空灰尘遍地的《论坛报》办公室时，我才会读到这份报纸。它正遇到了种种困难。它仍是一份三便士的报纸，读者群体主要是产业工人，跟随"人民阵线"的纲领，与左翼书社和社会主义者联盟有联系。随着战争的爆发，它的发行量严重下挫，因为曾经是最热心支持它的共产主义者和同情共产主义的人如今

---

① 雷蒙德·威廉·普斯盖特（Raymond William Postgate, 1896—1971），英国社会学家、历史学家和编辑，代表作有《没有墓志铭》、《十二人的判决》等。

拒绝帮助它发行。不过，他们当中的一部分人继续为它撰稿，战争的"支持者"和"反对者"继续进行徒劳无功的争论，在它的专栏上大鸣大放，而德国的军队则在集结，准备发动春季攻势。

1940 年初，在一间公共会议厅里召开了一次大会，目的是讨论《论坛报》的前途和工党的左翼政策。和往常一样，在这种场合没有说些什么特别具体的事情，我大概记得的是来自一个内部渠道的政治内幕消息。挪威战役以灾难性的惨败而结束，我经过一张张阴郁的海报走过会场。两位我不会指名道姓的下议员刚刚从下议院过来。

我问他们："弹劾张伯伦这件事情有机会吗？"

"一点希望也没有。"两人回答道，"他的位置稳固得很。"

我不记得日期了，但才过了一两个星期张伯伦就下台了。

之后《论坛报》从我的脑海里消失了近两年之久。我忙于为生计奔波，在轰炸的间隙和兵荒马乱中写书，闲暇时间都花在国民自卫队上，那时候它仍是一支业余部队，要求其成员进行繁重的劳动。我再次注意到《论坛报》时正在英国广播电台的东方报道节目组上班。这时候它已经是一份几乎完全不同的报纸了。它的编排不一样了，卖六便士一份，内容主要是谈论外交政策，很快就吸引了新的读者群体，我想大部分属于捉襟见肘的中产阶级。它在英国广播电台的员工里名气很响。在评论员去了解信息的图书馆里，它是最受追捧的一份刊物，不仅是因为大部分内容是由那些了解欧洲第一手资料的人所撰写的，而且还因为当时它是仅有的站出来批评政府的报纸。或许"批评"这个词太温和了。斯塔福德·克里普斯爵士已经进了政府，安奈林·比万激烈的个性定下了它的基调。有一回，一个自称是"托马斯·莱恩斯博罗"的人对丘吉尔发起了让人吃惊的猛烈抨击。这显然是一个化名,我花了整整一个下午,想从文风判断出谁是作者,据说盖世太保所雇佣的那些文学评论家就是这样去处理匿名政治宣传手册的。最后,我认为"托马斯·莱恩斯博罗"肯定是 W 先生。过了一两天,我遇到了维克多·格兰兹,他对我说:"你知道是谁在《论坛报》里化名为'托马斯·莱恩斯博罗'写了那些文章吗?我刚刚听说他就是 W 先生。"这让我非常激动,但一两天后我得知,我们两人都猜错了。

在此期间,我偶尔为《论坛报》写写文章,但间隔都很久,因为我没有多少时间或精力。然而,到了 1943 年底,我决定放弃我在英国广播电台的工作。他们要我代替约翰·阿特金斯[①]接手《论坛报》的文学编辑,他准备接受入伍征召。我一直担任文学编辑,并撰写《随意集》这个专栏,直到 1945 年初。有趣的是,回首这段时间我并不觉得自豪。事实上,我并不擅长编辑。我不喜欢事先规划,在精神上,甚至在身体上,我对回信充满抗拒。我对那段时间最主要的回忆就是拉开这里或那里的一个抽屉,发现每一口柜子里都塞满了原本应该几个星期前就已经处理掉的信件和手稿,然后又匆忙将其关上。而且,我总是会接受自己非常清楚极其糟糕、不堪发表的手稿,这是很要命的。任何长期是自由撰稿作家的人是否应该当一名编辑实在是值得商榷。这就像把一个罪犯从牢房里放出来,让他当典狱长一样。但不管怎样,就像他们所说的,这些都是"经历",我很怀念我那间拥挤的、面朝

---

① 约翰·阿尔弗雷德·阿特金斯(John Alfred Atkins, 1916—2009),英国作家、诗人,曾任《大众观察报》和《论坛报》的文学编辑。代表作有《文学中的性爱》等。

后院的小办公室。当 V 型飞弹呼啸而来时，我们三人就抱在一起躲在角落里。炸弹一落下，那些打字机就又响起祥和的、哒哒哒哒的打字声。

1945 年初，我以《观察者报》记者的身份去了巴黎。《论坛报》在巴黎的声望之高很让人奇怪，这是从解放前就开始的。要买到这份报纸根本是不可能的事情，而英国大使馆每周收到的十份报纸，我相信，根本没办法拿到外面去。但是，所有我遇到的法国记者似乎都听说过它，知道它是英国一份既不会不加批判地支持政府，也不反对战争，更不盲目接受俄国神话的报纸。那时候有一份名为《解放报》的报纸——我可以肯定地说它仍然存在——可以说，它就是法国的《论坛报》，在德国占领期间，它和《巴黎人报》在地下进行刊印，用的是同一批机器。

《解放报》一边要反对戴高乐主义者，另一边要反对共产主义者，几乎没有资金，由踩单车的志愿者进行派发工作。有几个星期，它遭受了内容审查，被封杀到了面目全非的地步：比方说，一篇名为《关于印度支那的真相》的文章就只剩下标题，下面的整个栏目都是空白的。来到巴黎一两天后，我被带去参加一场《解放报》支持者的半公共集会。我惊讶地发现他们有一半人听说过我和《论坛报》。一个穿着黑色灯芯绒马裤的大块头工人朝我走来，大声说道："啊，是您哪，乔治·奥威尔先生！"差点把我的手骨连骨髓都榨出来。他听说过我，因为《解放报》曾翻译过《论坛报》的文摘。我相信有一个编辑以前每周都会去英国大使馆要求阅读一份《论坛报》。我觉得莫名的感动：原来一个人在不知情的情况下能够成为公众人物，而住在斯克里布酒店的那一大帮美国记者，穿着锃亮的制服，领着优厚的工资，我从未遇到他们当中有人听说过《论坛报》。

1946 年的夏天那六个月，我放弃了在《论坛报》的撰稿工作，成为一名读者，很有可能这种事情我会时不时再做一次。但我希望我和它的关系能够一直持续下去，我希望到 1957 年我会再写一篇周年纪念文章。我并不希望那时候《论坛报》干掉所有的竞争对手。多姿多彩才构成大千世界，如果你能想通这一点，或许你会发现即使是"——"也有其意义。就我所知，《论坛报》本身并不完美，我在里面工作过。但我认为它是仅有的真的在努力倡导进步和传播人文的周报——将激进的社会主义政策、尊重言论自由和对待文学和艺术的文明态度结合在一起。我认为它现在能比较流行，甚至是它能以现在的形式办了五年或更久，都是充满希望的迹象。

随意集·七十二

1947 年 2 月 7 日

最近我在翻阅彼得·胡诺特先生的《居家男人》，一两个月前由先锋出版社出版。告诉你如何进行家具维修的书有很多，但我认为它是我读过的书中最好的。作者收集了他买下一间几乎就快坍塌的房子，然后靠着自己的双手把它弄成一个像样的住家的艰辛经历。因此，他专注于那些日常生活中会出现的各种难题，并没有像我买的另一本书的作者那样告诉你怎么缝补百叶窗帘，却没有提及电器配件。我查看了去年得解决的种种家居难题，发现里面除了老鼠之外都提到了，老鼠确实很难被列入家居装修维护的题材。这本书文风简练，插图丰富，还考虑到了如今要买到工具和材料的困难。

但我仍然认为应该出一本内容广泛而且齐全的这方面的书籍，就像字典或百科全书，每一样可以想到的家居工作都按照字母顺序排列好。然后你可以查阅"水龙头"这个词，了解如何停止滴水；或查阅"地板砖"，了解它嘎吱嘎吱作响的原因，心里很有把握一定会找到正确的答案，就像你去查阅比顿夫人的烹饪书籍学做马德拉蛋糕或威尔士兔肉一样。从前，当一位业余的工匠，手里拿着平头钉锤，口袋里装满了铆钉，只会被看成是一个怪胎，被朋友们嘲笑，被家里的女人讨厌。但是，如今要么你得自己动手维修，要么就由得它们坏下去，我们中的大部分人仍然根本没有动手维修的能力。比方说，有多少人知道怎么更换一根断掉的吊窗绳呢？

正如胡诺特先生所指出的，如果我们的房屋修建合理的话，现在所进行的大部分修修补补的工作是没有必要的，或将容易得多。就连把保险丝盒放在一个伸手可及的地方这么一个简单的预防措施，也可以省去很多不便，而安装搁架这么一件辛苦活儿也能大幅简化，无需额外的物料或中途推翻最初的安装方法。我听说现在正在营建的新房子的水管将不会冻结，但这肯定不会是真的。肯定会有某个地方堵塞，每年的水管冻结将会如常发生。水管爆裂就好比松饼或烤栗子，是英国冬天的一部分内容，如果在莎士比亚时代就有了水管，他一定会在《爱的徒劳》结尾的那首歌里提到它。

要庆祝还太早了，但我得说如今的冰冻现象已经没有 1940 年的时候那么糟糕了。那时候我住的村子不仅完全被积雪覆盖了一个星期或更久，而且根本没办法出村，运送食物的货车也没办法进村。村里的每一个水龙头和每一根水管都结了冰，几天来我们没有水喝，只能喝融了的雪。让人觉得讨厌的是，雪总是很脏，除非是刚刚降下来的。我发现即使在阿特拉斯山的山峰，离住人的地方足有好几英里远，那些看上去洁白无瑕的终年积雪事实上你走近时也会发现脏得要命。

斯塔福德·克里普斯爵士从印度回来时，我听说克里普斯条款并没有给予缅甸，因为缅甸人会接受它。我不知道丘吉尔和其他人是否真的在打什么如意算盘。不管怎样，我想有担当的缅甸政治家是有可能会接受这么一份提议的，虽然当时缅甸正被日本人统治。我也相信要是我们在 1944 年就给出一份赋予自治地位并指定具体日期的提议的话，它将会被愉快接受。结果呢，缅甸人的猜疑被煽动起来了，或许只有在最不利于两个国家的条款下我们撤出缅甸的事情才会结束。

如果真是这样，我希望那些少数民族的地位将能得到比承诺更好的保障。他们的人数占了人口的百分之十到二十，带来了几个不同的难题。最大的族群是克伦邦人，大部分人与缅甸的主体民族生活在一起，但保持着自身的独立。克钦人和其它边境的部落则要落后得多，在风俗和样貌上与缅甸人差别更大一些。他们从来没有受过缅甸人的统治——事实上，他们生活的领域只非常短暂地被英国人占领过。在过去他们一直维持了独立，但面对现代武器或许就做不到了。另一个大的民族掸族与暹罗人在血统上很接近，在英国人的统治下勉强进行自治。处境最艰难的少数民族是印度人。在战前的缅甸有一百万印度人，日本人侵略的时候二十万人逃到了印度——这一行为比任何言语更加清楚地表明他们在这个国家的真正地位。

我记得二十年前一个克伦邦人对我说："我希望英国人会留在缅甸两百年。""为什么？""因为我们不想被缅甸人统治。"在当时我就惊讶地想到迟早它将会成为一个难题。事实上，只要民族主义依然是一股真实的力量，少数民族问题基本上是无法解决的。缅甸的一部分民族要求独立是出于真心，但它无法以任何有把握的方式得以满足，除非干预缅甸整个国家的主权。同样的问题在一百多个地方出现。苏丹人应该从埃及独立出去吗？乌尔斯特应该从爱尔兰独立出去吗？爱尔兰应该从英国独立出去吗？等等等等。只要甲民族在镇压乙民族，好心的人就会觉得乙民族应该独立，但结果总是表明还有丙民族渴望摆脱乙民族获得独立。问题总是，一个少数民族规模得多大才能有自治的资格呢？充其量，每一种情况只能根据其自身的是非曲直作一个马马虎虎的处理。而在实际操作中，没有人在这个问题上有一以贯之的想法，而赢得最多同情的总是那些拥有最好的公关手段的少数民族。有谁在一视同仁地支持犹太人、波罗的人、印度尼西亚人、被驱逐的德国人、苏丹人、印度的贱民和南非的卡菲尔人呢？对一个民族的同情几乎总是意味着对另一个民族的冷漠。

企鹅出版社重印了赫尔伯特·乔治·威尔斯的《莫罗博士的岛屿》。我翻了一下，想看看那些之前的版本里面的笔误和印刷错误是不是在里边重复了。果不其然，它们都还在。其中一处是格外傻帽的笔误，大部分作者会为此感到羞报。1941 年我对赫尔伯特·乔治·威尔斯指出了这一点，问他为什么不把它去掉。自

1896 年以来它在一版又一版中出现。让我很惊讶的是，他说他记得这个印刷错误，但不愿意费神去处理这件事情。他对自己早期的作品不再有半丁点儿兴趣：它们是很久之前所写的作品，他已经不再认为它们是他的一部分了。我一直不知道是不是应该钦佩这种态度。能摆脱文学上的虚荣心是很了不起的，但是，像威尔斯这么一个才华横溢的作家，如果他能进行自我批评或爱惜自己的名誉，他就不会在五十年的时间里写出总共九十五本作品，超过三分之二已经不忍卒读了。

随意集·七十三

1947 年 2 月 14 日

这里有几段来自一位苏格兰民族主义者的信件的节选。我已经将可能暴露作者身份的部分删掉了。信里频繁地提到波兰，因为这封信件探讨的主题是出现在苏格兰的那些波兰难民。

"波兰军队现在已经发现'英国人一诺千金'这句话是多么的不靠谱。早在几百年前你们就应该已经知道了。入侵波兰只是一个借口，让这些戴着圆顶礼帽的强盗能在美国人、波兰人、苏格兰人和法国人的帮助下跟对手德国人和日本人干一架。当然，再没有波兰会相信英国人的承诺了。现在战争已经结束，你们将被扔在一边，遗弃在苏格兰。如果这会引发波兰和苏格兰人的矛盾，那就更好了。就让他们互掐好了，这两个问题就都'解决'了。亲爱的和蔼的英格兰小岛！是时候所有的波兰人都抛弃'英国是自由斗士'的幻想了。举个例子，看看它在苏格兰的劣迹。请不要说我们是'不列颠人'，根本就没有这个民族。我们是苏格兰人，我们就要这个名分。英国人把名字改为不列颠人，但即使一个罪犯改名换姓，还是可以从指纹认出他来……请不要理会某某报刊里面的任何反对波兰的言论。那些都是亲英派（你也可以称其为亲俄派）的奉承话。1707年①，苏格兰经历了她的雅尔塔，那时候英国的金子做到了英国的枪炮做不到的事情。但我们永远不会接受失败。两百多年后我们仍然在为祖国而奋斗，无论发生什么事情都永不言败。"

这封信还有很多内容，但这些应该足够了。值得注意的是，作者没有从"左翼"观点攻击英国，而是基于苏格兰和英格兰是两个敌对国家。我不知道将种族理论套在这封信上是否公平，但可以肯定的是，作者痛恨我们就像一个真诚的纳粹分子痛恨犹太人一样。它不是对资产阶级或其它什么的仇恨，只是对英格兰的仇恨。虽然这个事实未被充分认识到，但相当多的类似事件正在发生。我见过好几篇言辞几乎一样激烈的登报声明。

直到今天，苏格兰民族主义运动在英格兰好像依然没有人会去注意。举个最近的例子吧，我不记得在《论坛报》里提起过这个话题，只是偶尔在书评里见到过。它的确只是一个小规模的运

---

① 1706年，英格兰议会通过《与苏格兰合并法案》，1707年苏格兰议会通过《与英格兰合并法案》，将英格兰王国与苏格兰王国合并，名为"大不列颠联合王国"。当时苏格兰全境有强烈的民意反对合并法案，但苏格兰议会的议员被金钱收买，投票赞成法案。苏格兰著名诗人罗伯特·伯恩斯（Robert Burns）曾写道："我们被英格兰的金子买来卖去，那个国家尽是一帮恶棍、无赖和歹徒。"

动，但它可能会壮大，因为它拥有壮大的基础。在这个国家，我觉得人们并没有充分意识到苏格兰反对英格兰是有其原因的——我自己直到几年前还对其一无所知。在经济上，或许理由并不是很充分。当然，过去我们曾经丧尽廉耻地洗劫了苏格兰，但英国这个地域是否在剥削苏格兰这个地域，而如果苏格兰完全获得自治情况是否就会好一些则另当别论。问题是，许多持温和态度的苏格兰人开始考虑自治，觉得他们备受压迫，在地位上低人一等。他们有很多理由。不管怎样，在某些领域苏格兰几乎是一个被占领的国家。这里有英国国教化的上流阶层和口音明显不一样的苏格兰工人阶级，有一度两者甚至还说着不同的语言。这一阶级差别要比英国现有的阶级差别更加危险。如果条件合适的话，它或许会以邪恶的方式演变，而伦敦由进步的工党执政或许于事无补。

无疑，苏格兰的主要弊端必须与英国的主要弊端一起加以纠正。但与此同时，有许多事情可以做以改善文化上的处境。语言是一个虽小但不能被忽略的问题。在说盖尔语的地区，学校里并没有教盖尔语。我只是就有限的经验而说，但我认为这是导致愤恨的肇因。而且，英国广播公司每周只播放两或三个为时半小时的盖尔语节目，给人的印象是非常业余的节目。即使如此，它们仍被热烈地收听。要收买一点人心是多么容易的事情，只需要至少每天播放一段盖尔语节目就可以了。

要是在以前，我会说让一门像盖尔语这样古老的语言继续流传下去是很荒谬的事情，只有数十万人在说这门语言。现在我没有那么肯定了。首先，如果人们觉得他们拥有独特的文化，应该将其保留下去，而那门语言是它的一部分，当他们希望他们的孩子好好地学习这门语言时就不应该给他们制造难题。其次，或许能够拥有双语能力在教育上很有好处。那些说盖尔语的苏格兰农民能说优美的英语，一部分原因是英语几乎是一门外语，有时候一连好几天他们都不用说英语。或许他们从查看字典和语法规则中获益，而那些说英语的人是不会这么做的。

不管怎样，我认为我们应该更加关注在我们自己的岛屿内进行的规模虽小但很激烈的分裂主义运动。现在它们看起来似乎无足轻重，但是，《共产党宣言》曾经也只是一份非常不起眼的文件，而希特勒加入纳粹党时只有六名党员。

换一个话题，下面是另一封信的节选，来自一位威士忌酿酒商：

> 我们非常遗憾地被迫退还您的支票，因为斯特拉奇先生未能实现他的诺言，在苏格兰供应酿酒的燕麦，所以我们不敢接洽新的生意……当你买不到酒时，如果你知道斯特拉奇先生给**中立**的爱尔兰送去了 35 000 吨燕麦供酿酒用途，或许会给你带来安慰。

当人们在一封商业信函里写下这些内容时，心里一定觉得很火大，这封信看上去几乎像是一封通函。这种事情并不是很要紧，因为威士忌酿酒商和他们的顾客占不了多少选票。昨天我在杂货店排队，听到有人在说："政府！他们连管好一间香肠店都做不到！这个区的政府就这么烂！"我希望说出这些话的人数字也同样那么少。

斯克尔顿①不是一个好找的诗人，我从未拥有过他的作品全集。最近在我获得的一本选集中，我想找一首诗但没有找到，那首诗我记得在好几年前读过。它是一首所谓的双语混合诗——一部分内容是英语，一部分内容是拉丁语——哀悼某个人的逝世。我只记得这么一节：

> 他埋葬于草茎中，
> 上帝原谅了他的罪行，
> 他就埋葬在你的脚下，
> 一个傻瓜、笨蛋、倔头，
> 直到永远永远。

它留在我的脑海里，因为它表达出了一个在我们的时代完全不可能有的世界观。今天基本上没有人会以漫不经心的态度描写死亡。自从对于个体不朽的信仰式微之后，死亡从来不被认为是有趣的事情，得过很久它才会重新被视为有趣的事情。因此，那些曾经是乡村墓地常见景致的俏皮墓志铭就消失了。要是我看到一则1850年后的滑稽墓志铭，我会觉得很惊讶。如果我没记错的话，在基犹有这么一则，大概就是那段时间立的。那块墓碑石大概有一半的空间刻满了一个丧偶的丈夫为亡妻写的长篇祷文，在墓碑的底下后来又刻上一句："如今他也走了。"

---

① 约翰·斯克尔顿(John Skelton，1460—1529)，英国诗人，代表作有《艾蒙的四个儿子》、《特洛伊的循环》等。

最好的英文墓志铭之一是兰多①的《致狄耳刻》②，那是一个我不知道是谁的化名。它不是一味追求滑稽，不过带有调侃的意味。要是我是一个女人，那会是我最喜欢的墓志铭——我希望把它作为自己的。它是这么写的：

地狱的游魂啊，挨紧一点，

你们和狄尔刻同坐一条船，

免得卡戎③见到她，

忘记了自己是一个老人，而她是一个鬼魂。

能有人为你写出这样一则墓志铭，死几乎是值得的。

随意集·七十四

1947 年 2 月 21 日刊于《曼彻斯特晚报》

（1947 年 2 月的第三周和第四周，由于燃料短缺及随之而来的电力中断，多份全国周报和许多行业报纸被政府命令停止出版。为共度危机，《观察者报》、《曼彻斯特晚报》和《每日先驱报》为

---

① 沃尔特·萨维奇·兰多（Walter Savage Landor，1775—1864），英国作家、之人，代表作有《想象的对话录》、《艾尔默玫瑰》等。
② 狄耳刻（Dirce），古希腊传说中暴君吕科斯的妻子。她的侄女安提俄珀是个美貌女子，与宙斯结合怀孕，逃到西库翁国，但被吕科斯掳回并施以强暴，并赐予妻子狄耳刻为女仆，受尽折磨。在被掳回的路上安提俄珀诞下宙斯的骨肉安菲翁和仄苏斯。后两兄弟以神力为母报仇，杀死吕科斯，并将狄耳刻缚于公牛之上冲撞至死。
③ 卡戎（Charon），古希腊神话中在冥界之河摆渡的船夫，并向亡灵索要船资，如果无法支付船资，亡灵只能徘徊于冥河的河岸，无法超生。因此，古希腊人有在死者身上或口中放置一枚钱币并一同安葬的风俗。

《论坛报》提供版面刊登它的专栏。）

有报道说，过去几个月来，一出禁止在舞台上演出的戏剧将在英国广播电台上播放（这或许会让它比演出接触到数量更多的公众），这再次暴露出英国文学审查制度种种规矩的荒谬。

只有戏剧和电影在上演之前得提交审查。至于书籍，只要你愿意承担被控告的危险，你想印什么都可以。因此，被封杀的戏剧如格兰维尔·巴克[1]的《颓废》和萧伯纳的《沃伦太太的职业》能立刻以书籍的形式出版而没有遭到指控的危险，而且由于之前发生的丑闻而卖得更好。可以公道地说，好的剧目总是迟早能重见天日。就连《颓废》这么一出以政治和性爱为题材的剧目，在完稿的三十年后也终于得以上演，那时候针砭时弊赋予它的力量已经消失了。

张伯伦勋爵对戏剧审查制度的害处不在于它封杀戏剧，而在于它的作风野蛮愚蠢，而且，显然由那些没有经过文学熏陶的官僚在执行。如果要真的进行内容审查，最好应该在事先发生，这样的话作者或许就知道自己的处境。在英国封杀书籍是非常罕见的事情，但那些真的发生了的封杀事件总是很武断。比方说，《孤独的井》被查封了，而其它在同一时间出版的主题相同的书籍则没有引起注意。

被盯上的书籍都是那些碰巧引起某位大老粗官员的注意的书。或许现在出版的半数小说都得遭受这一命运，如果它们碰巧所遇非人的话。事实上——虽说死者为大——如果我们的法官和

---

① 哈利·格兰维尔·巴克（Harley Granville Barker, 1877—1946），英国剧作家、导演，代表作有《沃尔西家族的遗产》、《玛德拉斯庄园》等。

警察真能读懂古文的话，我怀疑彼得尼乌斯、乔叟、拉伯雷或莎士比亚等人的作品也会被删节。

随意集·七十五

1947年2月27日刊于《每日先驱报》

最近我看了一本儿童字母表图画册，是今年出版的。它是那种所谓的"旅行字母表"。下面是J、N、U三个字母的顺口溜：

J for the Junk which the Chinaman finds, is useful for carrying goods of all kinds.（J就是中国佬找到的垃圾，他们的用处就是搬东西。）

N for the Native from Africa's land. He looks very fierce with his spear in his hand.（N就是非洲来的土著，他们手里拿着长矛，表情非常愤怒。）

U for the Union Jacks Pam and John carry, whole out for a hike with their nice Uncle Harry.（U就是潘姆和约翰扛着米字旗去远足，跟着亲爱的哈利叔叔。）

图片里的那个"土著"是一个祖鲁人，只穿着一小块豹皮和佩戴几个手镯。至于"垃圾"，图片里画得很小，但里面那个"中国佬"似乎留着长辫。

或许对于米字旗的出现不会有太多的反对意见。这是一个民族主义互相倾轧的时代，如果我们和其他人一样挥舞着属于自己的旗帜，又有谁能说三道四呢？但在1947年，真的有必要教小孩子说"土著"和"中国佬"这样的词语吗？

"中国佬"这个字被中国人认为是侮辱性的名称至少已经有十

几年了。至于"土著",即使在印度,早在二十年前就已经遭到官方的反对了。

回应说印度人或非洲人被称为"土著"时觉得受到侮辱是一种幼稚的行为是没有用的。我们都有这种感觉,只是形式不同。如果中国人希望被称呼为"中国人",而不是"中国佬";苏格兰人拒绝被称为苏格兰人,如果黑人(Negro)要求将第一个字母大写为 N,按照他们的要求去做只是最基本的礼貌。

关于这本字母画册让人感到难过的是,作者显然无意侮辱那些"劣等"种族。他只是没有意识到他们和我们一样都是人。"土著"是衣不蔽体的滑稽的黑人,而"中国佬"留着长辫,背着一堆垃圾在走路——这就像说英国人戴着高礼帽和乘着两座小马车是真实的情况一样。

这一无意识的傲慢的态度是从小就学到的,然后,就像本文所写的,传给新一代的儿童。有时候,它在开明人士中间会骤然显现出来,产生了不和谐的后果。比方说,1941 年底,当中国正式成为我们的盟友,在第一个重要的周年志庆时,英国广播公司在播音大楼挂起了中国国旗,却把它给挂倒了。

1947 年 2 月 28 日

刊于《曼彻斯特晚报》

如今打印机是很稀罕的东西,你会注意到几乎每个人都写得一手烂字。一手赏心悦目而且容易辨认的字如今已经很少有了。要改善这种情况,我们或许应该必须创建出一套广为接受的"字体",我们曾经有过,但现在已经失去了。

在中世纪的几个世纪里，那些职业抄写员写得一手精致的字体，或好几种不同的字体，现在活着的人没有一个能比得上。接着，字体退化了，在十九世纪钢笔发明后又再度复兴。那时候流行的是"铜版印刷字体"，清秀而且容易辨认，但满是没有必要的连线，与当代在只要有可能的情况下尽量消除修饰的趋势格格不入。接着，教小孩子写行书成了一种时尚，但结果总是很糟糕。要写出一手真正齐整的行书，基本上你得有绘画功底，而且不可能写得和草书一样快。许多年轻人或年纪不大的人现在写的字介乎行书和铜版印刷字体之间，看上去很别扭。事实上，有很多通晓文字的成人写的一手字根本从未好好"练过"。

写得一手好字和文学功底之间是否有关系是一个有趣的问题。我必须说，就我能想到的现代例子，这两者之间似乎关系不大。丽贝卡·韦斯特①小姐写得一手好字，米德尔顿·默里先生的字也写得很好，而奥斯伯特·西特韦尔爵士、斯蒂芬·斯宾德先生和伊夫林·沃的字说得客气点，实在是不咋地。拉斯基教授字看上去好看，但很难辨认。阿诺德·本涅特字迹小而清秀，但他写得很是吃力。赫伯特·乔治·威尔斯字体好看但不整齐。卡莱尔的字很糟糕，据说一个排字工人离开了爱丁堡，就是因为不想干排字这个活儿。萧伯纳先生的字迹小而清楚，但不是很漂亮。至于大部分备受尊敬的在世的英国著名小说家中，有一位小说家我在英国广播电台工作时有幸每个月报道他的作品。整个部门里只有一位文秘能看得懂他的手稿。

---

① 丽贝卡·韦斯特（Rebecca West，1892—1983），英国女作家、记者、书评家，代表作有《凯旋归来》、《叛国的含义》等。

随意集·七十六

这一届政府所犯下的大错之一就是没有告诉人们发生了什么事情和原因，这已经得到广泛的认同，不值得对这个问题一提再提。然而，随着战时的宣传机器很大程度上停止运行了，而报刊被私人老板所掌控，其中有些人态度不是太友好，政府要为自己进行公关工作并不是一件容易的事情。海报——至少像现在这些海报——效果不是很显著，电影太昂贵，而广大群众根本不会去阅读宣传册和白皮书。公关最有效的手段当数电台，而我们所面对的困难，是本国的政治家很少有电台意识。

在近来这场危机中，人们评论某某部门应该更经常"走到麦克风前"。但是，除非你所说的内容有人在听，否则走到麦克风前并不会起到什么作用。当我在英国广播公司上班时，我经常会邀请重要人物做节目。我很惊讶地发现似乎没有几个职业政客意识到广播是一门需要学习的艺术，而且它和上台演讲很不一样。一个在某个媒体上表现一流的人到了另一个媒体或许就会不知所措，除非对其重新加以培训。举个例子，厄尼斯特·贝文是一个优秀的演说家，却是一个很蹩脚的广播者。艾德礼的声音要好听一些，但似乎没有演说的天赋。丘吉尔的战时广播内容华而不实，但和大部分人不一样的是，丘吉尔让人感觉他曾经学习过对着麦克风进行演说的技巧。

当一个说话人不被别人看见的时候，他不仅无法运用他的个人魅力，即便他真的有魅力，而且他无法通过姿势对重点进行强调。

他无法运用肢体语言，因此，不得已更加精心地编排发音。对于任何希望改善其麦克风演讲的人，一个有益的锻炼就是将自己的演讲进行录音，然后听其内容。你会觉得很惊讶，甚至觉得很震惊。不仅你的声音从外面听起来比起从你的头颅里听起来完全不一样了，而且它听起来总是平淡无奇。要在广播中听起来显得自然，你必须在心里觉得自己正在进行夸张的表演。如果你像平时那样或在演讲台上那样说话，效果总是会很无聊。事实上，那就是大部分没有受过训练的广播者给人留下的印象，特别是当他们念稿的时候，而当播音员听起来很无聊，听众自然就会觉得无聊。

不久前一个外国游客问能不能推荐一本有代表性的好的英文诗选集。我想了又想，发现我连一本自己觉得满意的书名也说不出来。当然，不同时期有不计其数的选集，但据我所知，只有帕尔格拉夫出版社的《黄金宝库》尝试涵盖整个英国文学，而更新更全的则是《英文诗牛津手册》。

我不否认《牛津手册》很有用，里面有很多精彩的篇章，在没有更好的版本出来之前，每个读书的孩子都应该有一本。然而，当你看着最后五十页时，你会慎重地考虑要不要推荐这么一本书给外国游客，他会以为它真的代表了英国的诗作。事实上，该书的这一部分表明，当那些文学教授得运用独立的判断能力时是多么可悲。直到 1850 年前后，在编撰选集时，你是不会出错的，因为，能够流传下来的都是最好的诗作。但亚瑟·托马斯·奎勒-库奇爵士①一写

---

① 亚瑟·托马斯·奎勒-库奇（Sir Arthur Thomas Quiller-Couch, 1863 — 1944），英国作家、书评家，除本篇所谈论的《英文诗牛津手册：1250 — 1900》之外，代表作有《从角落里的窗户望去》、《英文十四行诗》等。

到和他同一时代的作家时，所有的矫饰的品位便离他而去。

　　《牛津手册》截止到 1900 年，诚然，十九世纪最后的十年是诗歌贫乏的年代。但尽管如此，在九十年代仍然有诗人。厄尼斯特·道森的《西纳拉》虽然在我看来算不上一首好诗，但我觉得它要比亨利①的《英国，我的英国》要好一些——还有哈代②，他在 1898 年发表了他的第一批诗作，还有豪斯曼③，他在 1896 年发表了《什罗普郡的少年》。还有霍普金斯，他的作品在当时并没有在版，或几乎没有在版，但亚瑟·托马斯·奎勒-库奇爵士一定知道他。这些人都没有出现在《牛津手册》里。叶芝④在那时候已经出版了很多诗作，被选进了一些，但并不是他最好的作品。吉卜林也是，我觉得他写了一两首诗（例如，《圣·赫勒拿岛有多远》）值得被编入一本严肃的选集。另一方面，看看里面收录的都是些什么东西！亨利·纽伯特爵士⑤的《在西北前线的老克里夫托的尸体》，还有亨利和吉卜林写的爱国诗篇，还有一页接一页的安德鲁·朗格⑥、威

---

① 威廉·厄尼斯特·亨利（William Ernest Henley，1849—1903），英国诗人、评论家，代表作有《无敌勇士》、《英国，我的英国》等。

② 托马斯·哈代（Thomas Hardy，1840—1928），英国作家、诗人，代表作有《还乡》、《德伯家的苔丝》、《今昔诗集》等。

③ 阿尔弗莱德·爱德华·豪斯曼（Alfred Edward Housman，1859—1936），英国学者、诗人，代表作有《什罗普郡的少年》、《最后的诗集：亨利·霍尔特和同伴们》等。

④ 威廉·巴特勒·叶芝（William Butler Yeats，1865—1939），爱尔兰诗人、剧作家，1923 年诺贝尔文学奖得主，代表作有《当你老了》、《钟楼》、《旋梯》等。

⑤ 亨利·约翰·纽伯特（Henry John Newbolt，1862—1938），英国作家、历史学家，代表作有《生命的火炬》、《我的时代的世界》等。

⑥ 安德鲁·朗格（Andrew Lang，1844—1912），苏格兰作家、诗人，代表作有《自古罗马占领时期后的苏格兰历史》、《书海冒险》等。

廉·华生爵士①、亚瑟·克里斯朵夫·本森②、爱丽丝·梅内尔③和其他已经被遗忘的作家所写的柔弱、病态和模仿式的诗作。你怎么会想到一个文选的编辑会把纽伯特和埃德蒙·格斯与莎士比亚、华兹华斯和布雷克归在同一卷里呢?

或许我是一个无知的人,真的已经有了一本详实的选集,从乔叟一直到迪伦·托马斯④,没有编入一丁点儿差劲的内容。但要是没有的话,我觉得是时候编一本了,或至少将《牛津手册》加以更新,对从丁尼生⑤以降的所有诗人彻底地重新加以选择。

看着我在上面所写的内容,我看到在谈到道森的《西纳拉》时我的语气很傲慢。我知道它是一首蹩脚的诗,但说它是一首糟糕的诗又有其美妙之处,说它是一首好诗又有其糟糕的地方。我不希望违心地说我从来没有钦佩过它。事实上,它是我童年时最喜欢的诗之一。凭着记忆我把它的内容引述如下:

> 我已遗忘了许多,西纳拉!随风而逝,
> 凋零的玫瑰,玫瑰,肆意放纵地结成花丛,
> 舞蹈着,忘记了你的苍白凋零的百合。

---

① 威廉·华生(William Watson, 1858—1935),英国诗人,代表作有《黎明的使者》、《被放逐的缪斯》等。

② 亚瑟·克里斯朵夫·本森(Arthur Christopher Benson, 1862—1925),英国作家、诗人,代表作有《从学院的窗户望去》、《厄普顿的信件》等。

③ 爱丽丝·克里斯蒂娜·格特鲁德·梅内尔(Alice Christiana Gertrude Meynell, 1847—1922),英国女作家、诗人,代表作有《精神之花》、《伦敦印象》等。

④ 迪伦·玛莱斯·托马斯(Dylan Marlais Thomas, 1914—1953),威尔士诗人,代表作有《夜疯狂》、《死亡没有疆界》等。

⑤ 阿尔弗雷德·丁尼生(Alfred Tennyson, 1809—1892),维多利亚时代英国桂冠诗人,代表作有《抒情诗集》、《轻骑兵进击》等。

但我形单影只，厌倦了以前的激情。

是的，一直如此，因为那支舞很漫长。

我一直忠诚于你，西纳拉！以我的方式。

这些诗句就算没有真实的价值，至少也蕴含着就像一朵粉红色的天竺葵或一块软心的巧克力那样的美丽。

随意集·七十七

1947 年 3 月 14 日

我还没有在报纸上读到过关于有人在议会里要求通过"新拼写法"①的法案的报道，但如果它就像其它要求对我们的拼写进行合理化改造的计划那样，那我将事先提出反对，我想大部分人都会这么做。

或许抵制拼写合理化改造的最强烈的原因是懒惰。我们都已经学会了读书和写字，我们不想再重来一遍。但我们还有更加体面的反对意见。首先，除非计划能严格地加以实施，否则结果将会非常混乱，有的报纸和出版社表示支持，有的报纸和出版社表示反对，而其它机构只是部分上接受，那就会很可怕。其次，任何只学习了新系统的人将会发现要阅读以旧系统出版的书籍会非常困难，因此，必须对以前所有的文学作品进行重新改写，这是一个非常庞大的工程。再次，只有赋予每一个字母以固定的用

---

① 译者注："新拼写法"在原文中被写成"Nu Speling"，与英文的"New Spelling"有所不同。

法，你才能将拼写完全理想化。但这意味着将发音标准化，在这个国家一定得经过一番大吵大闹才能完成。比方说，你怎么将"butter"（黄油）和"glass"（玻璃）的发言准化呢？这两个词在伦敦和纽卡斯尔的发音是不一样的。其它例子，比分说，"were"（英文中"是"的过去式）有两种不同的读音，根据个人的喜好或当时的情景而定。

但是，我不想先入为主地判断"新拼写法"的发明者们。或许他们已经想到了解决这些难题的办法。当然，我们现有的拼写体系很荒唐，对于外国学生来说一定是痛苦的折磨。这真是遗憾，因为要是真的要有通行的第二语言的话，英语是很适合的。比起任何自然形成的语言它有很大的优势，而比起任何人造的语言，它的优势更大，除了拼写之外很容易学会。难道就不能逐渐将其改良，每年纠正几个词语吗？已经有几个更加滑稽的拼写将被非正式地废除。比方说，现在有多少人将"hiccup"（打嗝）写成"hiccough"呢？

另一个我提前反对的事情——因为它迟早都会被提出来——那就是彻底抛弃我们当前所采用的重量和长度的单位体系。

显然，在某些方面你必须采取公制系统。在科学工作上它一早就已经被采用了，工具和机器也需要，尤其是当你准备将它们出口的时候。但在日常生活中保留旧的度量衡单位有一个好理由：那就是：公制系统没有能唤醒视觉的单位，或者说，它还没有做到这一点。比方说，在米和厘米之间没有长于一码或短于半英寸的单位。在英国你能描述某个人五尺三寸高，或五尺九寸高，或六尺一寸高，听你说话的人会清楚地知道你说的是什么意思。但我从来没有听过一个法国人说："他身高一百四十二厘米。"它并不能唤起视觉印象。其它度量衡单位也是一样。平方杆和英亩、品脱、夸脱和加仑、英磅、英石和英担，这些都是我们耳熟能详的单位，没有了它们，我们应该会落寞一些。事实上，在那些推行公制系统的国家，几个旧的度量衡体制仍然在日常生活中被使用，虽然官方不提倡这么做。

还有文学上的考量，这是不容被忽视的。旧体制中的那些单位的名字都是简短而富有家居气息的词语，它们使得说话变得非常生动。将"一夸脱酒倒入一品脱的酒杯"就是一个很形象生动的句子，在公制系统里就几乎没有这样的表达。而且，过去的文学作家只描写了旧的度量衡单位，当你在阅读的时候总得进行一番换算，许多文章会让你读起来觉得很烦，就像在读一本俄国小说时读到那些无聊的诗句一样。

蝼蚁行寸，鹰翔万里，
无聊哲思，顿现滑稽。①

想想看，将那些单位换成毫米会怎么样！

我最近读到一篇报道，关于一群到本国参观的德国教师、记者、工会代表和其他人。似乎他们在这里的时候得到工会和其它组织赠予食物，但在哈维奇又被海关官员没收了。他们甚至不被允许带 15 磅的食物离开这个国家，而就连一名归国的战俘都可以

———————————

① 这两句诗出自英国诗人威廉·布雷克（William Blake）的诗作《纯真之歌》（Auguries of Innocence）。

这么做。那则新闻报道还并没有语带讽刺地补充提到，那些德国人来这里参加了"为期六周的民主课程"。

我不知道在下一次寒流来袭之前是不是有可能解决这场木柴的危机。上星期我花了15先令买了100根木头，都是些很小的木头，每一根的重量大概1磅到1磅半，因此，就同等重量而言，它们的价格已经是煤炭的两到三倍了。一两天后，我听说木头的价格是100根木头卖1英镑或30先令。而且许多在大冷天沿街叫卖的木头里面尽是树液，几乎没办法烧着。

顺便说一句，难道我们刚刚经历过的寒冷天气不正进一步强调了之前我希望更加合理利用泥煤资源的呼吁吗？当时许多人对我说："啊，但你知道，英国人不习惯用泥煤。你是没办法让他们用那东西的。"上两个星期，我认识的大部分人什么都用，甚至不排斥拿家具做柴火烧。我自己就拿了一根被炸毁的床架当燃料，借着暖意写了一篇文章。

前几天我写到了关于私立学校教历史的情况，下面的这一幕与我所写的内容隐约有关，溜进了我的记忆里。我看到那一幕是在不到十五年前。

"琼斯！"

"是，老师！"

"法国大革命的原因。"

"是的，老师。法国大革命有三个原因：伏尔泰和卢梭的启蒙，人民对贵族的压迫和……"

这时一股隐约的凉意，就像生病的前兆，落在琼斯身上。他是不是已经答错了呢？老师的神情令人捉摸不定。琼斯的注意力立刻回到那么让人倒胃口的小书上，那本书的封皮是棕色的，很粗糙，每天都要背诵一页。他可以发誓他已经背诵了整本书，但这时琼斯第一次发现视觉记忆是会骗人的。整页纸就清楚地显现在他的脑海里，每一个段落的形状都很清晰，但那些字句都不见了。他原本很肯定是人民对贵族的压迫，但也有可能是贵族对人民的压迫，这是非此即彼的选择。在绝望中她作出了决定——还是坚持原先的答案比较好。他期期艾艾地说道：

"人民对贵族的压迫和……"

"琼斯！"

我猜想，这种事情是否仍在继续呢？

我得抢先一步，防止会有一大沓来信：

自从上周写了那个专栏之后，我已经发现有几本探讨现代诗的内容很完整的选集，要比《英文诗牛津手册》更加让人满意。

随意集·七十八

1947 年 3 月 21 日

原子弹很可怕，但是对于任何希望以别的可怕的事物摆脱对原子弹的恐惧的人，我推荐马克·艾布拉姆斯①先生于 1945 年出版的作品《大不列颠的人口》。这本书可以和同一时期出版的"大

---

① 马克·亚历山大·艾布拉姆斯（Mark Alexander Abrams，1906—1994），英国社会科学家，被誉为"英国社会调查和市场研究之父"，代表作有《英国人口的情况》、《社会调查与社会行动》等。

众观察"的调查《不列颠及其出生率》和其它关于同一主题的书籍一起阅读。它们都在表述一件事情，而对于任何有希望活到1970年的人来说，这件事情的含义非常让人觉得不快。

正如艾布拉姆斯先生的数字所展现的，当前我们的人口的年龄构成在劳动力单位这一方面是一个有利因素。我们仍然在享受1914年至1918年那场战争前后的高出生率带来的人口红利，因此，我们的人口当中有过半处于工作年龄。但问题是，我们无法维持现在的各项数字。工作人口会一直老化，又没有足够的儿童出生。在1881年时，我们的总人口只相当于现在的三分之二，而小孩子（4岁以下）的数字比现在多出了大概50万，而老年人（65岁以上）的人口少了300万以上。1881年，超过三分之一的人口在14岁以下，今天这个比例低于四分之一。如果1881年就有了老年救济金，只有低于5%的人口有资格领取，而今天这一比例超过了10%。要完整地了解这个问题的重要性，你得将目光放得长远一些。

根据艾布拉姆斯先生的计算，到1970年的时候，55岁以上的人口将会是1400万——而那时候的人口总数或许会比现在的人口总数少一些。也就是说，将近有三分之一的人口将几乎过了工作年龄，或者换个说法，每两个年富力强的人将得负担一个老人！当艾布拉姆斯先生写出这本书时，在战争后期的那几年人口出生率一直在上升，我相信1946年期间它也再次上升了，但仍然没有达到满足人口更替的水平。不管怎样，这一出生率的突然增加或许只是因为由于战争，人们结婚提早了。人口减少的趋势已经持续了半个多世纪，产生了无法摆脱的后果，但如果出生率能够达到并维持在每户家庭四个小孩，而不是像目前这样每户家庭才两个多小孩的水平，将可以避免最糟糕的情况出现。但这必须在下一个十年里实现，否则，将不会有足够多的生育年龄的妇女以恢复人口。

奇怪的是，出生率的下降直到不久前才引发了不安。即使到了现在，正如"大众观察"的报道所体现的，大部分人认为那只是意味着人口减少了，没有意识到它还意味着人口的老龄化。三十年前，甚至就在十或十五年前，呼吁缩小家庭规模是进步的标志。关键词是"人口过剩"和"不健康人口的增加"。即使到了现在仍有强大的社会压力反对大家庭，更别提赤裸裸的经济上的考虑。在这个话题上，所有的作家似乎都同意人口下降的原因很复杂，单是发放家庭补贴和提供日间托儿所等措施或许并不能将情况扭转。但显然，经济上的诱因是必需的，因为工业化社会也是一个充满竞争的社会，一户大家庭是难以忍受的经济负担。在最好的情况下，它意味着比起你自己，你的孩子的人生起点肯定要更低一些。

过去二十五年来，有无数的人出于经济上的考虑而不敢拥有一个大家庭！这是一种奇怪的审慎之举，如果你的着眼点是集体而不是个人。再过二十五年，今天的父母将过了工作年龄，而他们选择不生孩子，他们将无人赡养。我不知道到那个时候每三个人中就有一个得领养老救济金，那笔钱还会不会仍相当于每周1英镑。

我不知道是否有这么一本简洁的教科书，能让普通市民可以了解与他的生活密切相关的法律知识呢？——事实上，我相信是有这类书籍的。前不久我在这个专栏里提到了关于甄选陪审员的规矩。无疑，我一度非常无知，不知道陪审员的甄选体系目的是将工人阶级排除在外。但显然有成千上万的人也不知道这回事，而这个发现让人大为震惊。这种事情时不时就会发生。由于机缘巧合——比方说，读到一则谋杀案的报道——你就会了解到关于某一方面的法律，有时候是那么愚蠢或不公，要不是白纸黑字看得清清楚楚，你是不会相信的。

　　举个例子，我正在阅读政府关于戴维·威尔在曼彻斯特谋杀案中的招供的白皮书文件。已被处以绞刑的沃尔特·罗兰德①被判处了谋杀罪名，而后来威尔坦白招供，而罗兰德的法律顾问试图用它作为提起上诉的证据。在读完这份白皮书文件后，我毫不怀疑这份证词是伪造的，不采纳它作为证据是正确的。但这并不是重点。原来在上诉阶段法官没有权力受理那种证据。无论是真是假，这份证言都不能被采纳为证据。一个无辜的人或许被判处有罪，而真正的罪犯在作出了明确无疑是真实的供词后，那个无辜的人仍然会被绞死，除非内政大臣提出干预。你知道法律就是这么运作的吗？我以前不知道，而这桩案件表明以常识作为起点

---

① 沃尔特·罗兰德（Walter Rowland, 1907—1947），英国谋杀犯，被指控于
1946 年 10 月 20 日谋杀英国籍妇女奥利弗·巴尔琴（职业为妓女）（Olive
Balchin, 1906—1946）。而且沃尔特曾于 1934 年被指控谋杀其女儿玛维
丝·艾格尼斯（Mavis Agnes, 1932—1934）罪名成立，被判死刑，后改为缓
刑，并因表现良好而出狱。1946 年 12 月，沃尔特·罗兰德被判谋杀罪名成
立，判处死刑。等候处决期间，他的狱友戴维·约翰·威尔（David John
Ware）向警方自首，透露自己才是谋杀奥利弗·巴尔琴的凶手，但检察官否
决其证词。沃尔特·罗兰德于 1947 年 2 月 27 日被处以绞刑。戴维·威尔
为何要替沃尔特·罗兰德揽罪原因不明。1951 年 7 月 10 日，戴维·威尔购
买一把锤子意图谋杀英国籍妇女菲莉丝·弗吉斯（Phyllis Fuidge）未遂（谋杀
手法与沃尔特·罗兰德谋杀奥利弗·巴尔琴一致），于同年 11 月被判罪名
成立，但因经鉴定为精神病患者，被关押于精神病院，1954 年 4 月 1 日，
戴维·威尔上吊自杀而死。

去探究任何方面的法律的情况是多么轻率。

下面是另一个例子，但这一次或许我的无知就没有那么值得原谅了。在最近一宗搞得满城风雨的诉讼中，被告被判无罪，结果就是，辩护的沉重费用得由一份星期天报纸支付。我承认直到那时候我才意识到当一个人被控告刑事罪名，而被证明无罪时，他仍得支付自己的费用。我猜想，当皇家政府被发现理亏时，和民事诉讼案中的败诉原告一样，它得作出赔偿。但是，当你确实身无分文时，皇家政府会为你提供法律顾问，但它会很小心，不会让自己狠掏腰包。据说这件案子由那份周日报纸出钱的法律顾问的酬劳大概是 500 英镑，而如果是皇家政府提供的话，他收到的钱大概不到 20 英镑。如果是普通的入户偷窃案或挪用公款案等没有什么希望打赢的官司，按照这个酬劳，一个穷人能得到辩护的机会有多大呢？

当几份周刊被暂停发行时，引起了多么强烈的抗议！就连《小业主》也提出抗议，而《实用工程》也刊登了非常尖锐的社论。《宇宙报》，如果我记得没错的话，说这是报刊审查制度的实施。大体上，似乎大家都认为此次停刊背后一定有政治动机——据推测，这个动机就是阻止对政府犯下的错误进行评论。

一位知名作家对我说禁止周刊出版和极权主义国家对报刊的"统筹"是同一回事。在我看来，这是疑心病导致的荒唐。显然，它的目的不是为了消灭批评的声音，因为日报没有受到影响。比方说，比弗布鲁克的报刊对政府的敌对态度比任何周刊都要更加强烈，而且发行量要大得多。如果在危机期间，辛维尔①能够公开露面，哪怕只有一次，解释他正在做什么，他将能避开多少无知的辱骂。

随意集·七十九

1947 年 3 月 28 日

我一直兴趣盎然地在读"大众观察"二月至三月的公告，在这家社会调查机构成立十年后它推出了这一栏目。想起它在创业初期时所遭受的敌意，感觉真是有趣。例如，《新政治家报》对它进行了猛烈的抨击，斯托尼尔先生②宣称"大众观察"有着大象的耳朵，迈着沉重的步伐，一双总是害红眼病的眼睛老是从钥匙孔里进行偷窥等类似这样的话。另一个攻击者是斯蒂芬·斯宾德先生。但大体上，对这类或那类社会调查的反对意见来自思想偏于保守的人士，他们似乎总是对了解大众的所思所想表现出真心的愤慨。

如果询问原因，他们总是回答调查的发现很无趣，而且不管怎样，有思想的人已经知道公众意见的主要趋势。而另一个争论则是社会调查侵犯了个人自由，是通往极权主义的第一步。《每日快报》几年来都在宣扬这一点，并试图对信息部创立的规模很小的社会调查部门进行冷嘲热讽，想将其取缔，并给它起了个绰号

---

① 埃曼纽尔·辛维尔（Emanuel Shinwell, 1884—1986），英国工党政治家，曾于战后在艾德礼政府内阁任职，1947 年担任能源与燃料部长，因未能有效处理 1947 年的能源危机而遭受英国公众的指责。

② 乔治·沃尔特·斯托尼尔（George Walter Stonier, 1903—1985），英国作家、剧作家，曾担任《新政治家报》文学版编辑，并为多份报纸撰稿，代表作有《戴高礼帽的小伙子》、《一个幽灵的回忆录》等。

叫"库珀①的窥探者"。当然，在反对的背后是情有可原的恐惧，他们害怕发现在很多问题上民众的意见其实与保守主义不合。

但有些人似乎真的觉得政府对人民的所思所想知道得太多不是一件好事，也有的人推断这是政府试图对公众意见进行教育。事实上，只有这两个过程都运作正常，你才能获得民主。只有立法者和行政者知道人民要什么，知道民众的理解程度，民主才有可能实现。如果当前的政府更加关注后面一点，或许他们会对公关宣传采取不同的措词。"大众观察"上周刊登了一则关于经济形势白皮书的报告。和往常一样，他们发现对于无数普通市民来说，那些在官方公告中遍拾可见的抽象词句根本一点意义也没有。甚至许多人看到"asset"（资产）这个词都会犯迷糊，他们以为这个词是"assist"（资助）的意思！

"大众观察"的公告描述了它的调查者所使用的方法，但没有提及非常重要的一点，那就是社会调查是怎么得到资助的。"大众观察"本身似乎通过出版书籍和从政府或商业机构那儿接活勉强支撑。有一些它做得最好的调查，比方说出生率的调查，是帮广告服务部门做的。这么做的问题在于，只有在某个有钱的大型组织碰巧对某个问题感兴趣时，它才会得到调查。一个明显的例子就是反犹主义，我相信这个问题从来没有人进行过了解，或只是非常空泛地进行了解。但反犹主义只是现代民族主义诸多病症中的一例。我们对民族主义的真正原因所知甚少，如果我们对它的了解更多，或许我们能够朝解决它迈进。但谁会对此感兴趣，并

---

① 阿尔弗雷德·达夫·库珀（Alfred Duff Cooper，1890—1954），英国保守党政治家，曾于丘吉尔的内阁政府担任信息部部长。

支付数千英镑进行一次全面的调查呢?

几个星期来,《观察者报》一直收到读者来信,对军队里仍然讲究"仪容仪表①"的规矩进行探讨。一位署名为"应征士兵"的读者写了一封内容写得很好的信,描写了他和战友如何被迫将他们的时间浪费在擦亮枪管,用鞋油擦黑手摇灭火泵的橡皮管,用刮胡刀片刮干净扫帚的把手等等等等。但"应征士兵"接着继续说道:"当一位长官(少校)例行公事,阅读《国王律令》中关于性病的条文时,他毫不犹豫地补充道:'得了这种病没有什么好害臊的——这种事平常得很,不过,一定要及时报告治疗。'"

我得说,在里面提到的其它白痴行为当中,我觉得奇怪的就是反对军队系统里少有的明智之举:即它对性病的直截了当的态度。除非我们将梅毒和淋病的道德罪名烙印给去掉,否则我们永远无法将它们根除。1914 年至 1918 年实施全面征兵令时,如果我记得没错的话,几乎一半的人口被发现得了或得过某种性病,这可把官方吓坏了,采取了几条预防措施。在战争期间那几年与性病的斗争在平民群体中松懈了下来。对那些已经得病的人会提供药品,但在军队里成立早期治疗中心的提议遭到那些清教徒的反对而被取消。接着另一场战争发生了,性病也增加了,这是战争不可避免会引起的,军部又尝试着解决这个问题。卫生部的海报非常胆怯,但即使是这些也引起了那些虔诚人士的强烈抗议,似乎不是军事上的需要导致这种事情发生一样。

只要这些疾病被认为是上帝的惩罚,与其它所有疾病完全不

---

① 原文是 "Spit and Polish",直译过来就是 "吐口唾沫擦擦亮"。

是一回事，你就无法将其解决。不可避免的结果就是隐瞒和病急乱投医。说什么"检点的生活是唯一的验方"都是些废话。在我们这样的社会，滥交和卖淫是不可避免的。人们大约十五岁就性成熟，却得到二十好几才能结婚，而征兵制和劳动力的流动性打破了家庭生活，生活在大城镇的年轻人没有结识对象的固定途径。让人们更有道德观念根本无助于解决问题，因为在可预见的世界里，他们在道德上不会达到圣人的高度。而且，许多得了性病的受害者是那些本人并没有犯下任何所谓不道德行为的丈夫或妻子。唯一明智的做法就是承认梅毒和淋病只是疾病，即使不比其它疾病好治也可以加以预防，而得了这些疾病也不是什么丢脸的事情。无疑那些虔诚人士会尖声抗议。但这么一来他们或许就会道出他们真正的动机，然后我们将能更进一步地根除这一不幸。

刚才五分钟我一直在眺望窗外的广场，目光灼灼地寻找春天的迹象。天空中有几团薄云，后面是一片淡淡的蓝天，在一棵悬铃木的树枝上似乎结了新蕾。除此之外，仍然是冬天的景象。但不用担心！两天前在海德公园经过一番仔细的搜索，我找到了一丛山楂，上面结出了新蕾，有几只鸟，虽然没有真的在歌唱，正像交响乐团在合奏一样发出叽叽喳喳的声音。春天毕竟还是来了。最近有流言说今年是另一个冰河纪的开始，根本就是空穴来风。只消再过三周，我们就将听到布谷鸟的叫声，它们总是在4月14日发出啼叫。之后再过三周，我们就可以在蓝天下晒日头，吃着刨冰，忘记了为下一个冬天积攒燃料。

过去这几年来，那些古老的赞美春天的诗歌读起来是多么的贴切！当没有燃料紧缺和在一年四季你几乎什么都可以得到的时候它们似乎没有什么意义，但现在它们读来兴味盎然。在所有歌颂春天的篇章中，我最喜欢的是一首关于罗宾汉的民谣中的开头两句。我将它改成了现代式的拼写：

> 林森森，草茵茵，
> 叶子大又长，
> 丛间行，多惬意。
> 小鸟在歌唱，
> 木禽声，不停息。
> 休憩喷泉上，
> 罗宾汉，被惊醒，
> 绿林中静躺。

但到底什么是木禽呢？《牛津词典》说它就是啄木鸟，不是什么出名的鸣鸟，我感兴趣的是，它会不会是其它什么更有可能会鸣叫的鸟呢？

随意集·八十
1947年4月4日

皇家报刊委员会在经过几番神秘的推迟后现在开始运作了。料想得到很久之后它才会得出确切的结论，而得经过更长的时间才能对它的发现采取行动。不过，在我看来，现在是时候开始讨论在社会主义式的经济体制下如何保持出版自由这个问题了。因为，除非我们在困难出现之前对它们有所了解，否则本国的出版业最终将沦落到不必要的更加不堪的地步。

在燃料危机时，我对几个人说过政府的公关工作做得很糟糕，每一次的回答都是"现在政府几乎没有能够掌控的喉舌"。这当然是事实。然后我就问："为什么不接管《每日快报》——把它改造成政府的喉舌呢？"这个建议总是让人觉得很恐怖。显然，将报刊进行国有化是"法西斯主义"，而"媒体自由"就是允许几个百万富翁强迫几百个记者进行胡说八道。但我不想去讨论目前英国的报刊是多么自由这个问题。重点是，当前的国有化趋势继续下去的话，最终将会发生什么？

在我看来，媒体被国有化是迟早的事情，并成为它的主要喉舌。大规模的私有企业很难在集体经济中继续像狩猎繁殖保护区那样存在下去，但这意味着所有的表达渠道最终都将落入官僚的控制之下吗？这样的事情很有可能会发生，如果绝大部分有关人士对它们的命运不闻不问。你可以想象报纸、期刊、杂志、书籍、电影、电台、音乐和戏剧都被归在一起，由某个庞大的艺术部（或别的什么名字）实施指导和"统筹"。那可不是什么好事情，但我相信如果这个危险被提前意识到的话，它是可以被避免的。

出版自由指的是什么呢？我想说的是，当刊登少数派的意见并将它们传播给公众是很轻松而且合乎法律的时候，媒体就是自由的。在这个方面英国要比大部分国家幸运，说句公道话，这在一部分程度上是因为大型商业媒体的多样性。那几份主流的日报虽然数量不多，但它们要比政府控制的媒体更富有多样性。但是，少数派的意见的主要守护者是独立的周刊、月刊和书籍出版社。只有通过这些渠道，你才能确保任何不涉及诽谤或煽动暴力的言论能够拥有听众。因此，如果大的报刊一定会被国有化的话，难道就不能事先定下这一原则：国有化只适用于属于"大商业"的报刊，而小规模的报刊可以被放过吗？

显然，控制着一百份报纸的老板是资本家，而一个小出版商或一份月刊的老板兼编辑严格来说也是资本家。但你不能对他们一视同仁，就像在废除大规模的土地私有制时你不能将只拥有几亩地的小地主或市场园丁的土地也给剥夺掉一样。只要小规模的报刊能够存在，并且能继续生存，即使只能小打小闹，自由的真义将能得到保障。但第一步是意识到国有化是不可避免的，并制订我们相应的计划。否则那些切身相关的人员：记者、艺术家、演员等人，当那个时候到来时或许就失去了为自己争取权益的能力，那个让人倒胃口的艺术部将把他们全部吞噬。

最近我和一位编辑聊天，他任职于一份发行量非常大的报纸。他告诉我现在这份报纸光靠销售就生存下去是非常容易的事。他说这种事情或许仍会继续下去，直到纸张的情况得以改善，那将意味着重新回到战前的版面和高得多得多的成本。直到那时候之前，广告作为收入的来源，其地位只是次要的。

如果情况是这样的话——我相信现在有很多报纸不靠广告也能办下去——这不就是倾尽全力将专利药品彻底驱逐出去的时候吗？在战前，要对专利药品进行大规模的批评是不可能的事情，因为报刊需要发行，在一部分程度得依靠它们的广告而生存。作为开始，某间有作为的出版社可以找到并重印那两卷罕有而非常具有可读性的《秘方》。如果我记得没错的话，这本书是由英国医药协会发行的——要不就是由某个医生的协会发行的——第一卷大概是在 1912 年出版，而第二卷出版于二十年代。里面只是罗列了那时候的专利药品，阐述它们的功效和成分分析，并对成本进行预测。里面的评论很少，在大部分情况下是没有必要的。我记得很清楚有一个"消食药"卖给公众的价格是 35 先令一瓶，而成本估计只需半便士。

这两卷并没有引起公众的关注。出于上面提到的原因，媒体对这两本书置之不理。如今它们非常罕见，我已经有很多年没有看到过了。（顺便提一句，如果哪个读者有这两本书，我愿意掏钱买下来——特别是第二卷，我相信它更加罕有。）如果重新发行，这本书需要对内容进行更新，因为如今法律禁止药品宣称对某些疾病有疗效，而市场上出现了许多新的垃圾。但许多旧的药品仍然在市场上贩卖——这就是重点所在。如果人们对他们吃下去的专利药品的性质和真实的成本有更清楚的了解，它们的销量或许将会下降，这种情况有没有可能会出现呢？

几个星期前，《论坛报》的一位来信读者询问为什么我们不能自种自制烟草给自己抽。我想你实际上可以这么做。法律禁止这么做，但它并没有严格贯彻——反正我是知道有人自己种烟草，甚至像商业文章所说的那样把它放在蛋糕里烘烤。我试过一次，觉得对于一个不抽烟的人来说它是最完美的烟草。英国的烟草问题在于它的味道太淡，几乎品不出味道。我相信这不是因为缺乏日晒，而是因为土壤的问题。但是，有烟草总比没有好，在英国南部种上几千亩烟草或许就能帮助我们度过今年将可能发生的香烟紧缺，无须动用美元或减少国库收入。

最近我在读关于在南太平洋的所罗门和新赫布里底群岛使用的洋泾浜英语（或比斯克英语）。它是许多操不同语言或方言的岛民之间的通用语言。因为它只有少量的词汇，而且缺乏许多必要的词性，它不得不利用一些让人觉得很惊讶的累赘的表达方式。比方说，飞机被叫做"和飞鸽一样会飞的东西"。小提琴是被这么描述的："一个白人放在肚子上唱出动听声音的小匣子（盒子）"。下面是一篇和其它节选的文章比起来似乎是很高端的洋泾浜英语。它宣布了国王乔治六世的加冕。

"国王乔治，他死了。老大爱德华，他不想要他的衣服。他喜欢的老二。主教他和新的国王谈论了很多。他说道：'你会看好所有的人民吗？'国王他说：'会的。'于是主教和许多政府官员和店主和士兵和银行家和警察，所有人都起立唱歌，为他吹奏喇叭。结束。"

在世界的其它地方还有其它相似的洋泾浜英语，大部分还不是太糟糕。有时候，首先发明这些洋泾浜英语的人或许受被统治的民族就应该说话滑稽这一感觉的影响，但有的地方必须需要一种通用语言，在实际运用中的种种蹩脚的用法让你觉得基础英语的推广还是很有必要的。